BASTEI
LÜBBE
STARS

Von Patricia Shaw sind bei Bastei Lübbe Taschenbücher lieferbar:

12263 Sonnenfeuer
12342 Weites, wildes Land
12543 Heiße Erde
12613 Der Ruf des Regenvogels
12707 Der Traum der Schlange
12887 Brennender Traum
14349 Leuchtendes Land
14640 Feuerbucht
14786 Tal der Träume
15150 Im Land der tausend Sonnen
15367 Im Feuer der Smaragde

Über die Autorin:

Patricia Shaw wuchs in Melbourne auf. Sie war Assistentin des Gouverneurs von Queensland und Leiterin des Archivs für Oral History im Parlament. Heute lebt und arbeitet sie in Queensland.
Patricia Shaws Australiensagas haben ein eigenes Genre begründet und sind internationale Bestseller.

PATRICIA SHAW

STERNE IM SAND

ROMAN

Aus dem australischen Englisch von
Susanne Goga-Klinkenberg

BASTEI
LÜBBE
STARS

BASTEI LÜBBE STARS
Band 77203

Vollständige Taschenbuchausgabe

Bastei Lübbe Stars in der Verlagsgruppe Lübbe

Titel der englischen Originalausgabe: »A Cross of Stars«,
erschienen bei Headline Book Publishing, London

Lizenzausgabe: Verlagsgruppe Lübbe GmbH & Co. KG,
Bergisch Gladbach
Umschlaggestaltung: Bianca Sebastian
Titelbild: © Alamy/Strandperle
Satz: hanseatenSatz-bremen, Bremen
Druck und Verarbeitung: GGP Media GmbH, Pößneck
Printed in Germany, Juli 2007
ISBN 978-3-404-77203-2

1. KAPITEL

»SIE KAMEN ÜBER den Hügelkamm dort drüben«, sagte er und deutete mit seinem Stock in die Richtung. »Ein ganzer Haufen Schwarzer, um die fünfzig Leute, alle in voller Kriegsbemalung und mit langen, ziemlich fies aussehenden Speeren. Hat uns 'nen ganz schönen Schrecken eingejagt, das können Sie mir glauben.

Kelly und ich zäunten gerade eine Koppel für unsere Pferde ein. Natürlich stand hier damals noch rein gar nichts, es war unsere erste Schafweide, und wir lebten in einer Blockhütte unten am Fluß, da, wo sich jetzt die Anlegestelle befindet. Wir hatten nur fünfhundert Schafe und einen alten Hirten namens Claude ...«

»Aber wie sind Sie überhaupt in diese gefährliche Situation geraten?« wollte die Frau wissen.

»Land, meine Liebe, Land. Es gehörte niemandem, man brauchte einfach nur zuzugreifen. Wir trieben die Schafe von Brisbane aus einige hundert Meilen nach Westen, bis wir uns weit hinter dem bis dahin kartographierten Gebiet befanden. Nachdem wir diesen Fluß entdeckt und uns entschieden hatten, wo wir uns niederlassen wollten, steckten wir für den Anfang einige Meilen Land ab und zeichneten unsere eigenen Karten. Zunächst erschien es auch gar nicht gefährlich. Die Schwarzen waren eher neugierig als schwierig, blieben einfach an unserem Lager stehen und schauten uns an, als seien wir vom Mond gefallen. Wir gaben ihnen etwas von unserer Verpflegung ab, und sie machten sich davon. Dann entwikkelten sie sich allmählich zu einer Plage, waren eine Spur zu freundlich, glaubten, sie könnten sich bei uns nach Herzenslust bedienen. Einerseits brachten sie uns Wildhonig, Nüsse und Fische, doch gleichzeitig machten sie sich mit unseren Sachen davon, Dingen, die wir dringend brauchten.«

»Diebe«, höhnte Reverend Billings. »Sind berüchtigt dafür.«

»Das würde ich nicht sagen!« gab Austin Broderick scharf zurück. »Es ist einfach Bestandteil ihrer Kultur, das Lebensnotwendige miteinander zu teilen.« Er lächelte. »Außer es geht um das Land ihres Stammes. Da verstehen sie überhaupt keinen Spaß. Offensichtlich haben wir jede einzelne ihrer Regeln gebrochen, doch was blieb uns anderes übrig? Wir warfen einen Blick auf dieses unendliche, ungenutzt daliegende Weideland und beschlossen, hier eine Schaffarm zu gründen. Irgendwann gelangten sie zu der Ansicht, wir hätten ihre Gastfreundschaft mißbraucht, und fingen an, unsere Schafe zu töten – nicht, um sie zu essen, sie schlachteten sie mutwillig ab. Auf unsere Drohungen reagierten sie mit ausdruckslosen Mienen. Selbst als wir ihnen zeigten, was Schußwaffen so alles anrichten können, änderte sich nichts; noch immer stießen wir auf tote Schafe.«

Er sah in die Ferne. »Sie hatten ein großes Lager an der Flußbiegung, ein paar Meilen von unserer Hütte entfernt. Eines Tages waren alle Männer von dort verschwunden.«

»Auf Wanderschaft in den Busch gegangen?« erkundigte sich der Reverend.

»Nun ... das behauptete zumindest Claude. Er kannte sich ganz gut aus im Busch, aber wie sich herausstellen sollte, hatte er die Sache doch unterschätzt. Wenige Tage später waren sie wieder da, tauchten in voller Kriegsbemalung mit hohem, gefiedertem Kopfputz auf dem Hügelkamm dort drüben auf. Von uns aus gesehen wirkten sie, als seien sie drei Meter groß. Sie gaben keinen Laut von sich.

Obwohl es vierzig Jahre her ist, erinnere ich mich daran, als sei es gestern gewesen. Der Tag war etwa so wie dieser, heiß, glühend heiß, kein Lüftchen regte sich, und wir arbeiteten schwer. Alles war wie immer, der Busch mit seinen Geräuschen, der Geruch nach Schweiß und Staub, das ständige Zwitschern der Vögel, das Zirpen der Zikaden – und dann Stille. Totenstille, eine Art von unheilvoller Erwartung hing in der Luft.

Zunächst dachte ich an einen Raubvogel über uns, einen Adler oder Falken, doch dann berührte Kelly meinen Arm und deutete mit dem Kopf zum Hügelkamm.« Austin rieb sich den Nacken. »Ich spüre jetzt noch, wie mir damals die Haare zu Berge standen. Wir wußten, jeder Gedanke an Flucht war sinnlos, wir würden es nie bis zur Hütte oder zu den Pferden schaffen. Also legten wir ganz ruhig die Werkzeuge nieder und gingen langsam auf die Hütte zu, erwarteten jeden Moment einen wahren Speerregen auf unsere Rücken niedergehen. Doch nichts geschah. Als wir uns umdrehten, waren sie verschwunden. Wir sind vielleicht gerannt!«

»Alles Bluff, was?« Der Reverend verzog den Mund zu einem schwachen Lächeln. »Wollten nur Dampf ablassen.«

Austin Broderick fragte sich, weshalb er sich mit diesen Leuten, diesen verfluchten Missionaren, überhaupt abgab. Ohnehin war er nur mit ihnen spazierengegangen, weil seine Frau darauf bestanden hatte. Sie waren uneingeladen auf Springfield aufgetaucht, doch auf den großen Farmen galt Gastfreundschaft als das oberste Gebot. Jeder wurde aufgenommen, ohne Ansehen der Person oder seiner gesellschaftlichen Stellung. Also hatten auch Billings und seine Frau ein Anrecht darauf, daß man ihnen in seinem Haus höflich begegnete.

»Irgendwie schon«, antwortete er nur, denn er hatte das Interesse an seiner Erzählung verloren. Die dramatische Szene, deren Zeuge er geworden war, hatte in Wirklichkeit nämlich überhaupt nichts von einem Bluff gehabt, sollte vielmehr als Warnung dienen. Man hatte ihnen eine letzte Frist gesetzt.

»Da sieht man es wieder«, wandte sich Billings erklärend an seine Frau, »eine feige Rasse, falls man sie überhaupt als

Rasse bezeichnen kann. Können es mit den weißen Männern in keiner Weise aufnehmen.«

»Sie können es mit Schußwaffen nicht aufnehmen«, erwiderte sein Gastgeber knapp. »Sie gaben uns Zeit, uns zu verziehen, doch wir nutzten sie nicht. Statt dessen verbarrikadierten wir uns mit Claude in der Hütte und luden unsere Gewehre. Sie griffen in jener Nacht an. Speere gegen Gewehre. Bevor sie den Rückzug antraten, hatte wir sechs von ihnen erschossen, unglücklicherweise Männer, mit denen wir befreundet gewesen waren. Dies entfachte einen Krieg mit ständigen Blitzüberfällen, der sich über Jahre hinzog, bis sie sich schließlich unterwerfen mußten. Doch zuvor übten sie furchtbare Rache. Wir holten mehr Männer und mehr Schafe her und bauten die Farm weiter aus, während sie uns plagten, wo sie nur konnten. So ging es einige Jahre.

Dann fand ich eines schrecklichen Tages meinen Kumpel Kelly, er hieß in Wirklichkeit Kelvin Halligan, draußen im Busch. Man hatte ihn mit fünf Speeren, die mit Honig beschmiert waren, um Bullenameisen anzulocken, an einen Baum genagelt. Gott sei seiner Seele gnädig. Danach rückten Truppen an, und das war dann das Ende.«

»Wie entsetzlich!« rief Mrs. Billings aus. »Diese wilden Bestien! Genau wie die Maoris bei uns zu Hause.«

»Und trotzdem lassen Sie es zu, daß Schwarze auf Ihrem Anwesen leben?« fragte Billings.

Austin sah ihn überrascht an. »Der Krieg ist vorüber.«

»Aber es sind noch immer Wilde, und sie leben wie Tiere. Ich habe ihr Lager gesehen.«

»Es sind die Letzten ihres Stammes. Sie in Frieden nach ihren alten Traditionen leben zu lassen ist das mindeste, was wir tun können.«

»Ihr Freund Kelly würde es vielleicht anders sehen.«

»Kelly gehörte einer anderen Zeit an«, erwiderte Austin ungeduldig. »Doch als echter Christ würde *er* ihnen wohl kaum noch grollen. Kommen Sie, ich zeige Ihnen den Tennisplatz.« Er stapfte davon in Richtung Holzbrücke. Sie überspannte einen flachen Wasserlauf und führte zu einer weiten Rasenfläche, die das imposante Herrenhaus von Springfield umgab.

Bei dem Gedanken an Kelly fragte sich Austin, was sein verstorbener Partner wohl von diesem Anwesen gehalten hätte. Ursprünglich hatten sie zehn Quadratmeilen erstklassigen Landes am Fluß für sich abgesteckt. Dann waren sie aber tiefer ins Landesinnere vorgedrungen und hatten ihren Claim erweitert, indem sie Bäume niederbrannten und einen privaten Landvermesser kommen ließen, der die Gegend kartographierte, um drohenden Auseinandersetzungen mit künftigen Nachbarn vorzubeugen. Kurz bevor Kelly starb, hatten sie beschlossen, ihren Anspruch um weitere Ländereien am anderen Flußufer zu erweitern, damit ihrem Landvermesser nicht die Arbeit ausging.

»Verdammte Schande«, murmelte er vor sich hin. Die Springfield Station war Kellys Traum gewesen, nicht seiner. Sogar den Namen hatte er vorgeschlagen. Nun war Springfield berühmt und Herzstück eines Besitzes von über 300 000 Morgen Land, der in drei Abschnitte unterteilt war, um die Verwaltung zu vereinfachen.

Dem Unternehmen war weitaus mehr Erfolg beschieden, als er es sich je erträumt hätte. Die Pachtkosten waren minimal, da die damalige Regierung eifrig auf die Landerschließung bedacht gewesen war. Auf jedem Abschnitt weideten nun 60 000 Schafe. Doch die größte Bewunderung hätte Kelly dem Haus entgegengebracht. Was ihre Behausung betraf, hatten sich die beiden Männer von der Hütte zu einem langgestreckten Holzschuppen hochgearbeitet, den sie mit ihren Viehhütern teilten. Schuppen, Ställe und die Schmiede der sich selbst versorgenden Enklave schossen ringsherum aus dem Boden.

Etwa zu dieser Zeit war Kelly getötet worden. Springfield war noch primitiv, sie befanden sich noch in der Orientierungsphase, interessierten sich mehr für die kostbaren Schafe als für den Hausbau. Doch als der erste Wollscheck eintraf, hatten Austin und Kelly sich zwei Tage lang betrunken. Der Wollpreis war in astronomische Höhen geschossen, und plötzlich schwammen sie im Geld! Sie wußten genau, daß sie ihr Einkommen aufgrund des natürlichen Wachstums im folgenden Jahr verdoppeln oder verdreifachen konnten, wenn sie die fruchtbaren Weiden weiterbestückten. Genauso sollte es kommen, doch Kelly erlebte diese Entwicklung nicht mehr mit.

Austin baute sich dann ein Cottage, das seiner Stellung als Boß eher entsprach. Als er fünfzehn Jahre später mit einer gewissen Ehrfurcht begriff, daß er es zum Millionär gebracht hatte, verkündete er, er werde nun ein angemessenes Haus für sich errichten.

Inzwischen war er verheiratet und hatte drei kleine Söhne. Seine Frau Charlotte wirkte beunruhigt, als sie die von ihm gezeichneten Pläne sah: Pläne für ein wunderschönes Sandsteinhaus, auf einem Hügel gelegen, mit Empfangs-, Privat- und Gästezimmern und einem eigenen Flügel für den Hausherrn selbst, dessen Fenster nicht auf den Fluß, sondern auf das Tal hinausgingen, das er so liebte.

»Können wir uns das denn auch leisten?« fragte sie unglücklich.

»Das und noch mehr«, erwiderte er lachend.

»Aber es ist so groß, Austin ...«

»Und wenn schon! Die Leute in Brisbane leben doch auch in solchen Häusern.«

»Du meinst wohl Villen. Wir brauchen hier draußen keine Villa. Es sind ganze vierzig Meilen bis zu unseren nächsten Nachbarn. Was sollen sie von uns denken?«

Er grinste. »So wie ich ihn kenne, wird Jock Walker es uns vermutlich gleichtun.«

Schließlich hatte Charlotte Gefallen an dem Haus gefunden und sich bei ihrem Kampf um makellose Ordnung in eine gestrenge Zuchtmeisterin verwandelt. Austin war froh, daß er seinen eigenen Flügel gebaut hatte, in dem er ungestört arbeiten konnte, wo er Zuflucht und Erholung fand, seine Stiefel abstreifen und liegenlassen konnte, wie es ihm gefiel. Kelly hätte dieses Haus geliebt – als sichtbaren Beweis dafür, daß er von Anfang an recht gehabt hatte.

Der Tennisplatz war von einem hohen Holzzaun umgeben.

»Klingt, als würde gerade gespielt«, sagte Austin am Tor zu seinen Gästen. »Das müssen Victor und Louisa sein. Möchten Sie zuschauen?«

Ihr entsetztes Stirnrunzeln erinnerte ihn daran, daß die Missionare dieses Spiel mißbilligten. Er drehte sich lächelnd um. »Meine Schwiegertochter spielt recht gut. Manchmal, wenn sie ein bißchen zu schnell über den Platz flitzt, rutscht sie auf dem Gras aus und landet auf dem Allerwertesten. Wollen Sie wirklich nicht zusehen?«

»Nein, nein. Nein!« antworteten seine Gäste wie aus einem Munde und wandten sich ab.

Nachdem Austin das Ehepaar Billings im Gartensalon abgeliefert hatte, wo der Teetisch bereits gedeckt war, wollte er sich in seine Höhle zurückziehen, doch Charlotte fing ihn ab. »Was hast du vor? Du willst dich wohl drücken.«

»Nein, ich habe zu tun. Würdest du Minnie bitten, mir Tee und Kuchen ins Büro zu bringen?«

»Wo sind Mr. und Mrs. Billings?«

»Ich habe für heute meine Pflicht getan. Sie warten schon auf den Tee. Werden mich nicht vermissen, solange genügend Essen auf dem Tisch steht. Sie fressen wie die Scheunendrescher.«

»Sei nicht so unfreundlich.«

»Wer ist hier unfreundlich? Du hast selbst gesagt, sie seien langweilig.« Er sah aus dem hohen Fenster am Ende des langen Flurs. »Da kommen die Tennischampions, sie werden für mich einspringen. Wo ist Teddy?«

Charlotte lächelte. Ihr Enkel war Austins Augapfel. Er liebte Teddy mehr als seine eigenen Söhne, verwöhnte ihn maßlos und verbrachte so viel Zeit mit ihm, daß seine Mutter sich beklagte, er unterminiere die elterliche Disziplin. Aber Louisa fand ja immer etwas, worüber sie sich beschweren konnte.

»Teddy ist bei Nioka, also laß ihn in Ruhe. Er spielt mit Bobbo und Jagga, ihrem kleinen Jungen.«

»Wer ist Bobbo?«

»Ach, Austin, das weißt du ganz genau. Minnies Sohn.« Er grunzte. »Teddy wird bald besser Abo sprechen als Englisch.«

»Fang nicht wieder davon an. Nioka ist ein gutes Kindermädchen, und er hat nun mal keine anderen Spielgefährten in seinem Alter. Wenn es seine Mutter nicht stört, warum sollte es dich stören?«

»Seine Mutter? Sie will ihn doch nur bei sich haben, um ihn als Mädchen verkleiden zu können. Nicht einmal ein Pony gönnt sie ihm!«

»Sie hält ihn mit seinen sechs Jahren für zu jung dafür, das mußt du respektieren. Geh jetzt lieber in dein Büro. Der Postbote war da, zur Abwechslung mal eine Woche zu früh als eine Woche zu spät, wie sonst immer. Victor hat mit ihm gesprochen, weil er meint, wir sollten unsere Post einmal pro Woche anstatt nur alle vierzehn Tage zugestellt bekommen. Er hat die Briefe auf deinen Schreibtisch gelegt.«

Schon war er weg. Charlotte sah ihm nach – noch immer der kräftige Mann, in den sie sich vor so langer Zeit verliebt hatte. Das Licht, das durchs Fenster fiel, schmeichelte seiner Figur, ließ das zerzauste weiße Haar dunkler erscheinen und verbarg die leichte Beugung der Schultern. Sie liebte ihn, doch all diese schmerzhaften Jahre waren schwer zu ertragen gewesen. Als seine Frau war sie immer an zweiter Stelle gekommen, hinter all dem, was für ihn zählte. Und die Dinge, die für ihn zählten, nahmen kein Ende. Als ehrgeizigem Mann fehlte es ihm nie an Plänen und Projekten, die sich stets um die Vervollkommnung von Springfield drehten. Er mußte das schönste Haus haben; seine Schafe mußten Qualitäts-Merinos sein, seine Wolle erstklassig – und so ging es weiter, bis seine Söhne alt genug waren, auf Geheiß des Vaters das Vermögen der Brodericks zu mehren.

Charlotte ging in die Küche, überbrachte Minnie, dem schwarzen Hausmädchen, Austins Wunsch und trat mißgestimmt auf die Veranda hinaus. Austin war stets gut und freundlich zu ihr gewesen, und sie nahm an, daß er sie auch liebte, doch hatte es in ihrem gemeinsamen Leben nie echte Romantik gegeben. Sie bildeten eher eine Art Zweckgemeinschaft. Charlotte seufzte und versuchte sich einzureden, daß es albern sei, solchen Jungmädchenträumen nachzuhängen. Doch es tat weh zu wissen, daß er ihre Gegenwart von jeher als selbstverständlich hingenommen hatte.

»Selber schuld«, sagte sie sich. »Tief in deinem Herzen wußtest du, daß er dich nur aus Loyalität Kelly gegenüber geheiratet hat. Damals hat es dich nicht gestört. Du warst so hingerissen von ihm, so überwältigt, hast dich einfach hineingestürzt ...«

Ihr eigener Vater hatte ihre Mutter so sehr geliebt, daß ihr Leben eine einzige Freude gewesen war. Bis zum Schluß hatte er seiner Frau den Hof gemacht. Charlotte hatte automatisch angenommen, die gleiche Aufmerksamkeit von Austin zu erhalten, doch bisher hoffte sie vergebens darauf. Als ihre Mutter starb, folgte Mr. Halligan ihr bald ins Grab. Die Leute erzählten sich, er sei an gebrochenem Herzen gestorben. Charlotte duldete diese Erklärung nicht; sie wehrte sich entschlossen dagegen und beharrte darauf, daß er, wie auf dem Totenschein vermerkt, an Herzversagen gestorben war. Die andere Version war zu traurig, kam der Wahrheit zu nahe. Sie bezweifelte, daß Austin sich zu Tode grämen würde, wenn seine Frau ›den Zwang des Ird'schen‹ abschüttelte. Trotz ihrer gedrückten Stimmung huschte ein Lächeln über ihr Gesicht.

»Er wäre viel zu sehr damit beschäftigt, die prunkvollste Beerdigung der Welt zu arrangieren, wie es sich für die Herrin von Springfield geziemt«, murmelte sie.

»Wenn ich dann noch hier bin«, fügte sie im stillen hinzu. Sie hatte nämlich zuweilen bereits mit dem Gedanken gespielt, das Anwesen zu verlassen und nach Brisbane zu ziehen, um sich ein eigenes Leben aufzubauen, solange noch Zeit dafür war. Doch sie wußte, es würde immer nur ein schöner Traum bleiben. Wie könnte sie ihre anspruchsvolle Rolle als Hausherrin und Gastgeberin von Springfield auch aufgeben für eine kleine Behausung und die Freuden des Stadtlebens?

Sie hatte bereits einmal in Brisbane gelebt, und die Stadt hatte ihr zugesagt. Doch damals waren sie und ihr Bruder Kelly auch viel ärmer gewesen. Als ihr Vater starb, hatte Kelly darauf bestanden, daß sie Sydney verließ und mit ihm nach Queensland ging.

Ein ›Land voller Möglichkeiten‹ hatte er es genannt.

Zunächst hatte es sich ihnen freilich anders präsentiert. Sie mieteten ein Haus im Süden von Brisbane und mußten ums Überleben kämpfen. Kelly übernahm Handlangerarbeiten und weigerte sich, die wenigen hundert Pfund anzutasten, die ihnen Paddy Halligan hinterlassen hatte.

»Das ist unser Notgroschen«, erklärte er. »Unser Fahrschein ins schöne Leben, wenn ich erst einmal die richtige Investitionsmöglichkeit gefunden habe.«

Jede Nacht studierte er die Karten der besiedelten Gebiete rund um Brisbane und schmiedete Pläne, die seiner Schwester schlicht und einfach wahnwitzig erschienen – bis er dann eines Tages einen zweiten Träumer namens Austin Broderick anschleppte. Er war gutaussehend, groß und blond, und seine blauen Augen leuchteten aufgeregt, als Kelly ihm seinen Vorschlag unterbreitete, Land im Westen zu pachten. Plötzlich erklärte Charlotte sich zur Überraschung ihres Bruders damit einverstanden.

Und dann waren sie weg. Sie hatte sich im Stall von ihnen verabschiedet, von wo aus sie mit ihren Packpferden aufbrachen. In Austins Gegenwart war es ihr zu peinlich gewesen, ihren Bruder darauf anzusprechen, daß er ihr nur sehr wenig Geld dagelassen hatte, gewiß nicht genug zum Leben. Bis zur letzten Minute hatte sie gehofft, er werde ihr noch ein paar Pfund zustecken, doch er küßte sie nur auf die Wange, tätschelte ihren Kopf, sprang aufs Pferd und ritt mit seinem neuen Partner davon.

Auf dem Heimweg sprach Charlotte in einer Stiefelfabrik vor und erhielt eine schlechtbezahlte, mühselige Arbeit an einer Maschine. Zudem konnte sie dort nur halbtags arbeiten. Kelly hatte fest versprochen zu schreiben, doch Charlotte gab nicht viel auf seine Worte, da er nie ein großer Briefeschreiber gewesen war. Und wenn die beiden nun tatsächlich die Grenzen der Zivilisation hinter sich ließen, wie sollten sie von dort Briefe schicken?

Sechs Monate später kehrte er in großem Stil heim, wie ein siegreicher Eroberer. Sie hatten es geschafft! Sie hatten ihr eigenes Land abgesteckt, wunderbares Weideland, so weit das Auge reichte, und nun würden sie ihr Glück machen.

»Wir werden reich sein, Lottie! Reich! Tut mir leid, daß du arbeiten gehen mußtest, aber es dauert nicht mehr lange und du wirst nie wieder einen Finger rühren müssen. Du kannst dann auf Springfield leben.«

»Warum kann ich nicht jetzt schon mitkommen?« hatte sie gefragt und selbst in diesem Moment mit bangem Herzen an Austin gedacht, der bis dahin womöglich jemand anderen kennengelernt haben würde.

»Geht nicht. Wir leben ganz primitiv in einer Hütte. Wir sind jetzt nur in die Stadt gekommen, um noch mehr Schafe zu kaufen.«

»Wo willst du das Geld dafür hernehmen?«

»Wir haben noch ein bißchen Bargeld und nehmen ein Darlehen bei der Bank auf. Austin hat das arrangiert.«

Selbstsüchtig wie er war, hatte er für seine Schwester nur zehn Shilling übrig. Daher war sie wütend auf ihn, als er wieder aufbrach. Wie sollte sie auch wissen, daß sie ihren Bruder nie wiedersehen würde?

Sie erhielt zwei Briefe voller Versprechungen. Bald würde er sie nachkommen lassen. Bald. Charlotte suchte sich eine andere, weniger beschwerliche Arbeit in einer Hemdenfabrik. Als diese jedoch zum Jahresende den Betrieb einstellte, mußte sie an Kelly schreiben und ihn um Geld bitten. Energisch erinnerte sie ihn daran, daß sie bisher herzlich wenig von ihrem gemeinsamen Notgroschen gesehen hatte. Schließlich kam Austin nach Brisbane, umklammerte mit ernster Miene seinen Hut und überbrachte ihr stammelnd die schreckliche Nachricht. Mit Tränen in den Augen versuchte er sie zu trösten.

Charlotte war am Boden zerstört, vor allem als ihr einfiel, daß sie Kelly in ihrem letzten Brief getadelt hatte. Sie warf sich vor, nicht fest genug an ihn geglaubt zu haben, denn Austin berichtete, daß die Schaffarm Wirklichkeit geworden war und stetig an Bedeutung gewann.

Er nahm alles in die Hand, organisierte eine Totenmesse für Kelly und machte bei ihren wenigen Freunden die Runde. Charlotte war überrascht, als sie sah, wie viele ihr zum Teil unbekannte Menschen in die kleine Vorstadtkirche strömten. Sie hatte eine Messe mit jämmerlich kleiner Trauergemeinde erwartet, doch alles war so feierlich, daß sie erneut in Tränen ausbrach. Auf den Altarstufen lagen herrliche Blumen und Kränze. Ein Tenor sang mit wunderschöner Stimme Kirchenlieder, die sie eher an ihren Dad als an Kelly erinnerten. Der Geistliche sprach in aufrichtigem Ton von dem jungen Mann, der in der Blüte seiner Jugend aus dem Leben gerissen worden war, den kennenzulernen ihm leider nicht vergönnt gewesen sei und so weiter, doch Austin war es, der den größten Eindruck hinterließ.

Besser gesagt, er stahl dem Geistlichen die Schau, dachte sie später etwas zynisch. Damals war es ihr nicht bewußt geworden, dafür war sie viel zu überwältigt von seiner anrührenden Rede. Er stand neben der Kanzel und schilderte die Tapferkeit und Stärke seines Freundes und Partners, lobte Kellys Pioniergeist, stellte ihn als leuchtendes Beispiel für die jungen Männer seines Landes hin. Charlotte hörte Schluchzen in den Reihen hinter sich, denn Austin meinte jedes Wort ernst. Bisher hatte sie in ihrem eigenen Unglück gar nicht bemerkt, daß auch er litt. Kelly war sein bester Freund gewesen, der einzige Mensch, der sich mit ihm ins unbekannte Outback gewagt und nicht nur der Knochenarbeit, sondern auch den offensichtlich lauernden Gefahren gestellt hatte.

Die Demütigung folgte einige Tage später. Austin erklärte nüchtern, er habe ihren Brief an Kelly gelesen, in dem sie ihn um Geld bat.

»Ich kann dich nicht einfach hierlassen«, sagte er, ihre kläglichen Einwände beiseite wischend. »Kelly würde es mir nie verzeihen. Immerhin besitzt du einen Anteil an Springfield. Du mußt mitkommen.«

»Ist das nicht gefährlich?« fragte sie verzagt und hoffte gleichzeitig, daß er keinen Rückzieher machen würde. Doch angesichts des Todes von Kelly – bisher hatte sie nur erfahren, daß er vom Speer eines Schwarzen getötet worden war – schien diese Frage nicht unangemessen.

»Nein, ich werde schon auf dich aufpassen. Innerhalb der Grenzen der Hauptfarm bist du sicher. Doch du wirst die einzige weiße Frau dort draußen sein. Stört dich das?«

»Ich denke nicht, aber wo soll ich wohnen?«

»Ich baue ein Cottage. Ich kann sowieso nicht länger in den Arbeiterquartieren leben. Du kannst dort mit mir einziehen.«

Charlotte errötete. »Ich weiß nicht recht, Austin.«

Er stand auf, ging zur Tür des winzigen Wohnzimmers und blickte mit unverhohlener Verachtung auf die schäbige Straße mit den Arbeiterhäuschen hinaus. »Hier kannst du jedenfalls nicht bleiben. Das ist ganz ausgeschlossen. Kelly wollte nie, daß du auf Dauer hier lebst, er freute sich so darauf, dir Springfield zu zeigen.«

Sie schienen in eine Sackgasse geraten zu sein. Doch wie immer fand Austin einen Ausweg. »Schau mal, Charlotte, wir kommen doch gut miteinander aus. Und wie schon gesagt, ein Teil von Springfield gehört ohnehin dir. Ich kann verstehen, daß du es unziemlich findest, mit mir dort zu leben. Man sollte die Konventionen achten. Warum also heiraten wir nicht?«

Was war das eben gewesen? Heiraten? Vielleicht hatte sie ihn mißverstanden oder, schlimmer noch, ihre Tagträume von diesem Mann hatten dazu geführt, daß sie ihn nun schon das entscheidende Wort aussprechen hörte. Peinlich berührt eilte sie in die Küche, öffnete und schloß in Panik die Schubladen des Schrankes. Wie konnte sie antworten, wenn die Frage vielleicht nur Einbildung gewesen war?

Doch er kam ihr nach. »Was sagst du also?«

»Wozu?« fragte sie, aber konnte sie dabei nicht ansehen.

»Zu unserer Heirat. Das heißt, falls du mich als annehmbar betrachtest. Ich weiß, ich bin nur ein Mann aus dem Busch, aber die Brodericks sind aus dem richtigen Holz geschnitzt ...« Er lachte. »Von einigen Ganoven in früheren Generationen einmal abgesehen. Charlotte, ich werde dich nie im Stich lassen, das verspreche ich dir.«

Sie bekam eine Gänsehaut. Noch immer warnte sie eine innere Stimme, es könne nicht wirklich sein. Er zeige nur Mitleid mit ihr. Morgen wäre es vergessen, wie seine anderen impulsiven Gesten. Um ihr Gesicht zu wahren, entschied Charlotte sich dafür, ihm einen Korb zu geben; doch dann wollten die richtigen Worte einfach nicht kommen.

Statt dessen fragte sie: »Kommt das nicht ein bißchen plötzlich?«

»Ganz und gar nicht.« Sie war überwältigt von seinem Selbstvertrauen. »Ich habe schon seit Tagen daran gedacht. Du bist eine vortreffliche Frau, Charlotte, und es wäre mir eine Ehre, wenn du Mrs. Broderick würdest.«

Obwohl ihr Herz vor Freude hüpfte, wahrte sie noch einen Rest an Zurückhaltung. »Ich brauche Zeit zum Nachdenken.«

Als sie nach einigen Tagen seinen Antrag annahm, umarmte er sie, küßte sie auf die Wange und sagte: »Braves Mädchen. Springfield wird dir gefallen, ganz bestimmt.«

»Nun«, dachte sie auf dem Rückweg zum Teetisch, wo man sie bereits erwartete, »damit hat er ja zweifelsohne recht gehabt.« Springfield war damals unglaublich aufregend gewesen, und ihren Ehemann hatte sie geradezu vergöttert. Was sonst konnte sich ein Mädchen wünschen?

»Du und deine romantischen Vorstellungen«, schalt sie sich. »Darüber müßtest du eigentlich längst hinaus sein.« Doch da war noch etwas anderes: ihr Anteil an Springfield. Auch den hatte er als selbstverständlich erachtet. Auf den erneuerten Pachtverträgen tauchte Kellys Name nicht mehr auf, und Charlotte hatte sich nie getraut, das Thema anzusprechen. Es wäre ihr so undankbar erschienen ... Doch inzwischen konnte sie sich eines leisen Zweifels nicht erwehren, vor allem, wenn sie an ihre drei ehrgeizigen Söhne dachte.

Victor erhob sich, als seine Mutter eintrat, und zog ihren Stuhl zurück, damit sie Platz nehmen konnte. Der Reverend sah hoch, während er sich die heißen Scones dick mit Butter bestrich.

Victor mochte die Missionare nicht, vor allem nicht die Frau mit dem Gesicht einer Dörrpflaume, dem allzu gezierten Getue und der weinerlichen Stimme. Ihr Ehemann war ein dürrer, boshafter Kerl, der Gott in jede noch so triviale Unterhaltung einzuflechten wußte, als müsse er ständig seine Berufung unter Beweis stellen. Folglich betrachtete ihn jedermann im Haus als frömmelnden Langweiler.

»Ich hoffe, die Hitze macht Ihnen nichts aus«, sagte Charlotte zu Mrs. Billings, um überhaupt etwas zu sagen.

Der Reverend kam seiner Frau zuvor. »Gottes Wille, Mrs. Broderick. Wir betrachten diese geringfügigen Plagen als gottgesandt, um uns zu mahnen, daß wir alle nur Diener unseres Herrn sind. In einer solchen Umgebung, inmitten von Luxus, vergißt man rasch, daß diese Segnungen Geschenke Gottes und nicht von Dauer sind.«

»Sie können Springfield wohl kaum als nicht von Dauer bezeichnen«, warf Victor ein, ohne auf das Stirnrunzeln seiner Mutter zu achten.

»Das ganze Leben ist nicht von Dauer, Sir. Ich mußte zu meiner Enttäuschung entdecken, daß es hier keine Kapelle gibt. Ich frage mich, ob man Mr. Broderick dazu bringen könnte, eine zu errichten. Ich wäre gern bereit, wiederzukommen und den Ort zu segnen.«

»Mein Mann hat sich mit dem Gedanken an den Bau einer Kirche bereits befaßt«, erklärte Charlotte. »Allerdings herrschte unter den Geistlichen, die zu Besuch kamen, Uneinigkeit darüber, welcher Glaubensgemeinschaft diese Kirche gewidmet sein sollte. Ich bin katholisch, der Rest der Familie gehört der Kirche von England an ...«

»Und unsere Leute hängen den verschiedensten Glaubensrichtungen an«, fügte Victor grinsend hinzu. »Versuchen Sie mal, dreißig Männer unter einen Hut zu bringen. Dürfte schwierig sein.«

»Das läßt sich ohne weiteres lösen. Unsere Kirche des

Heiligen Wortes verbreitet nur die Wahrheit der Bibel. Keine andere Glaubensrichtung hält sich so streng an die Heilige Schrift wie die unsere. Ich finde, eine Kapelle des Heiligen Wortes wäre ein wunderbarer Anfang. Später könnte mein Bischof herkommen und sie als richtige Kirche einsegnen.«

»Oh, Gott, noch so einer«, stöhnte Louisa. »Der letzte Geistliche, ich glaube, er war Methodist, wollte hier auch schon eine Kirche für seine Herde errichten.«

»Sie sehen, wir stecken in einem Dilemma«, sagte Victor.

»Das sehe ich ganz und gar nicht«, erwiderte der Reverend verstimmt.

»War Ihr Spaziergang interessant?« versuchte Charlotte das Thema zu wechseln.

»Sehr interessant«, entgegnete Mrs. Billings. »Wir sind durch den Garten in den Obstgarten und über die Brücke gelaufen. Mr. Broderick zeigte uns den Hügelkamm, an dem er von Wilden angegriffen worden war.«

»Nicht schon wieder«, stöhnte Victor. »›Sie kamen über den Hügelkamm dort drüben‹ ... das ist seine Lieblingsgeschichte.«

»Aber sie entspricht doch sicher der Wahrheit.«

»Natürlich. Er könnte ein Buch darüber schreiben.«

»Dann bin ich der Ansicht, daß es unglaublich mutig von Mr. Broderick war, sich in diesem gefährlichen Land niederzulassen. Gott sei Dank wurden die Wilden besiegt. Das hoffe ich zumindest.«

»Genau darüber wollte ich mit Ihnen sprechen, Mrs. Broderick«, ergriff der Reverend wieder das Wort. »Wir haben hier Eingeborene gesehen, die unbekleidet umherliefen, ein überaus empörender Zustand, und wir hoffen ...«

Charlotte setzte erstaunt ihre Teetasse ab. »Doch nicht etwa beim Haus?«

»Nein, in einem abscheulichen Lager am Fluß.«

»Aber das ist doch meilenweit entfernt!« sagte Louisa. »Sind Sie so weit gelaufen?«

»Da wir es als unsere Pflicht betrachteten, diese Leute in Augenschein zu nehmen, sind wir zwei der Hausmädchen gefolgt.«

»Das ist schon in Ordnung«, sagte Charlotte erleichtert. »Wir sorgen dafür, daß alle Schwarzen, die in die Wohn- oder Arbeitsbereiche kommen, bekleidet sind. Für die Männer, die als Viehhüter für uns arbeiten, liegen Hosen und Hemden bereit, die Hausmädchen erhalten Kleider. Für die übrigen Stammesangehörigen können sie auch etwas aussuchen und mitnehmen, doch die meisten legen keinen Wert darauf. Um die Kinder machen wir uns ohnehin keine Gedanken, sie laufen immer nackt herum ...«

»Aber das ist falsch!« erwiderte Mrs. Billings. »Das darf nicht sein. Die Bibel sagt ...«

»Die Bibel ist nicht zuständig für unsere Aborigines«, lachte Victor. »Sie werden nicht einmal darin erwähnt.«

»Es steht Ihnen nicht zu, darüber Witze zu machen«, gab der Reverend pikiert zurück. »Meine Frau war jedenfalls schockiert. Die meisten Eingeborenen hatten kaum etwas am Leib. Das können Sie nicht dulden. Sie leben wie die Tiere.«

»Sie leben so, wie sie seit Tausenden von Jahren gelebt haben, Mr. Billings«, erwiderte Charlotte betont ruhig. »Damals hatte man noch nicht einmal von der Bibel gehört. Gott muß ihnen gewogen gewesen sein, denn er schenkte ihnen ein wunderbares Land, das ihnen ganz allein gehörte. Allerdings scheint mir, daß er sie in letzter Zeit ein wenig im Stich gelassen hat.«

Victor lächelte. Er wußte, daß der Reverend und seine Frau nach wie vor nicht überzeugt waren, doch immerhin hatte Charlotte sie fürs erste zum Schweigen gebracht. Aber noch länger hielt er das nicht aus. Er verzichtete auf ein weiteres

Stück Obstkuchen, nur um aufstehen und die Gäste der Gesellschaft der Frauen überlassen zu können.

»Narren, die sich in alles einmischen müssen«, murmelte er auf dem Weg zu den Scherschuppen. Er selbst hatte die beiden durch die Schuppen geführt, die für die bevorstehende Ankunft der Scherer geöffnet worden waren. Zusammen mit den Merino-Zuchtwiddern waren sie Victors ganzer Stolz. Sein Vater hatte sie entworfen und sich dabei an den riesigen Wollschuppen eines Freundes aus den Darling Downs orientiert. Die Gebäude waren jeweils einhundert Meter lang und faßten an die 2000 Schafe. Das Innere hatte die Besucher überrascht. In jedem Schuppen gab es in der Mitte ein Band, auf dem Vliese und Ballen transportiert wurden, und zweiundfünfzig Arbeitsplätze für die Scherer.

»Im vergangenen Jahr schoren hier vierundfünfzig Scherer zweihunderttausend Schafe«, hatte er Billings stolz berichtet. »Sie haben fünfzehn Wochen gebraucht, eine reife Leistung.«

Billings war wenig beeindruckt. »Und Sie haben deswegen kein schlechtes Gewissen?«

»Schlechtes Gewissen? Wieso sollte ich?«

»Sie müssen viel Land besitzen, um so viele Schafe halten zu können. Finden Sie das gerecht? Der Herr könnte Leute wie Sie für gierig erachten, weil Sie so viel haben, während andere Männer händeringend nach urbarem Land suchen.«

»Der Herr hat nichts damit zu tun. Mein Vater hat sich diese Weiden hart erarbeitet, ihm steht jeder einzelne Morgen davon zu.«

Der Reverend kratzte sich am Kinn und warf Victor einen gönnerhaften Blick zu. »Offensichtlich nehmen Sie sich nicht zu Herzen, was in Amerika geschehen ist. Die Rancher in den weiten Ebenen dort wurden alsbald von Horden vorrückender Siedler überrannt. Man sagt, das gleiche werde auch hier geschehen.«

»Da liegen Sie falsch. Die großen Schaffarmen wird man nicht so leicht zerstören können.«

»Ich halte es für unvermeidlich«, murmelte Billings, und Victor ließ ihm das letzte Wort. Er klärte ihn nicht darüber auf, welche Schritte bereits unternommen worden waren, um eine derartige Katastrophe zu verhindern. Die australischen Großgrundbesitzer, Squatter genannt, stellten einen Machtfaktor dar, eine geschlossene Gesellschaft, die durch gemeinsame Interessen zusammengeschmiedet worden war. Durch Bestallungen und familiäre Bindungen nahmen sie Einfluß auf Rechtsprechung wie Politik und waren für jede Schlacht um ihre ungeheuren Besitzungen gerüstet.

»Uns wird das nicht passieren«, wiederholte Victor bei sich und ließ seinen Blick durch die untadeligen Schuppen schweifen. Sie waren bereit für die Schur. Die Scherer würden in der kommenden Woche eintreffen.

Er lehnte sich an ein Holzgeländer und zündete sich eine Zigarette an. Seine Gedanken kehrten zu Billings zurück. Wie dreist von diesem Mann, ihre Gastfreundschaft in Anspruch zu nehmen, in angenehmer Umgebung mit den Damen zu plaudern und dabei die ganze Zeit seinen Gastgebern ihren Erfolg zu neiden. Vielleicht war er ja ein Spion. Nein, dafür war er viel zu dumm.

Dennoch blieben hartnäckige Bedenken. Offensichtlich plapperte Billings nur Dinge nach, die er in Brisbane oder den Städten im Landesinneren aufgeschnappt hatte. Es war allgemein bekannt, daß Siedler, die sogenannten Selektors, im ganzen Land ausschwärmten. Sie verlangten, sich ein beliebiges Stück Kronland zum Zwecke des Ackerbaus aussuchen und käuflich erwerben zu dürfen, auch wenn es bereits Teil der von Squattern gepachteten Besitzungen war. Von sozialistischen Subjekten aufgestachelt, stimmten ihnen einige Regierungsmitglieder sogar zu. Die neuen Landvergabegesetze waren bereits dem Parlament vorgelegt, bisher aber abgeschmettert worden.

Austin plante für die Zukunft voraus. Er hatte drei Söhne, die alle strategisch geschickt plaziert wurden. Victor wurde zu seiner rechten Hand auf Springfield gemacht. Harry, der mittlere, hatte aufgrund der Verbindungen seines Vaters einen sicheren Abgeordnetensitz im Parlament als Vertreter der Regierungspartei ergattert. Außerdem war er eine passende Ehe mit der Tochter von Oberrichter Walker eingegangen.

Und dann war da noch Rupert. Er war erst zwanzig und jahrelang fortgewesen, auf einem Internat. Nach seiner Rückkehr widersetzte er sich dem Wunsch seines Vaters, Jura zu studieren. Es hatte hitzige Auseinandersetzungen deswegen gegeben, bis Austin eine bessere Idee gekommen war. Angesichts des Landvergabegesetzes, das wie ein Damoklesschwert über ihnen hing, konnte eine zweite Stimme im Parlament gewiß nicht schaden. Ohne Rupe zu fragen, war sein Vater vorgeprescht und hatte ein Abkommen mit einem Politiker getroffen, der in den Ruhestand ging und dessen Sitz Rupe praktisch erben sollte. Der Premier hatte es auch schon abgesegnet, und so verkündete Austin eines Abends beim Essen Rupes leuchtende Zukunft.

Sein Sohn hatte wütend reagiert. »Ich gehe nicht in dieses verdammte Parlament. Hier gibt es genug zu tun. Ich übernehme die Zuchtwidder von Victor. Und wenn ich hier nicht arbeiten darf, verschaffe ich mir eben meine eigene Weide.« Victor hatte sich aus den Kämpfen herausgehalten. Sie gingen ihn nichts an, er wollte nur mit seiner eigenen Arbeit vorankommen. Zudem hatte er in letzter Zeit Probleme mit Louisa. Allmählich begann sie sich auf Springfield zu langweilen ... Er drückte die Zigarette aus und schnippte die Kippe weg. »Da kann man nichts machen. Es ist nun mal unser Zuhause, und wir bleiben hier.«

Manchmal überlegte Austin, ob es nicht ein Fehler gewesen war, die unteren Zimmer mit Zedernholz zu täfeln. Das Ergebnis war dunkler ausgefallen als erwartet. Victor hatte jedoch darauf hingewiesen, daß die Räume groß und hoch genug waren, den dunklen Ton zu vertragen. Die Holztäfelung in seinem eigenen Flügel jedoch hatte ihm von Anfang an gefallen; sie eignete sich vorzüglich für die Räume eines Gentleman. Er besaß sein eigenes Büro und ein langgestrecktes Zimmer, das im Stil eines Herrenclubs eingerichtet war: Es gab bequeme Ledersessel, einen Billard- und einen Kartentisch; über den Kaminsimsen hingen Fotos seiner preisgekrönten Merinos und die Medaillen, die sie gewonnen hatten.

Er trat auf die Veranda, zufrieden, den Frömmlern entkommen zu sein. Er reckte die Arme und machte einige Atemübungen, da er in letzter Zeit ein wenig kurzatmig geworden war. Helle Wolken zogen über den Hügeln jenseits des Tales dahin, doch er wußte aus Erfahrung, daß sie keinen Regen brachten. Nicht ein Tropfen würde auf das ausgedörrte Land fallen. Er schnüffelte ... noch keine Anzeichen für Buschbrände.

»Vielleicht bleiben sie uns dieses Jahr erspart«, sagte er. »Letztes Jahr war es schlimm genug.«

Mit dem üblichen breiten Grinsen brachte Minnie ihm den Tee auf einem Tablett herein. Sie war ein fröhliches Mädchen um die Zwanzig, das seit vielen Jahren als Hausmädchen auf Springfield arbeitete.

»Missus sagt, Sie auch mögen Kuchen, Boß.«

»Ja. Vielen Dank, Minnie. Wie geht es den Schwarzen unten im Lager? Fangen sie auch genügend Fische?«

»Mondzeit«, erwiderte sie nickend. »Fischen jetzt gut.«

»Dachte ich mir. Sag den Jungs, sie sollen dem Boß einen schönen dicken Fisch heraufschicken, ja?«

Sie kicherte. »Ich sag ihnen.« Sie wandte sich zur Tür und hielt dann nervös inne. »Boß ... Familien unten ärgerlich wegen Betleute. Stecken Nase rein, sollen weggehen.«

Austin goß sich Tee ein. »Sag ihnen, sie sollen sie nicht

weiter beachten. Der Reverend und seine Missus werden bald weg sein.«

»Aha.«

Als sie gegangen war, mußte er lachen. »Betleute! Das ist wirklich gut.«

Er nahm eine Zeitung von dem frisch angelieferten Poststapel und las sie aufmerksam durch, während er seinen Kuchen aß. Stirnrunzelnd studierte er einen Artikel über das verfluchte Landvergabegesetz, das nach einer Reihe von Abänderungen erneut dem Parlament vorgelegt worden war. Der Verfasser stand offensichtlich auf der Seite derer, die die Agrarindustrie unterminieren wollten. Er war der Ansicht, jedem hergelaufenen Trottel oder Landarbeiter sollte es erlaubt sein, sich ein Stück aus dem Eigentum seines Arbeitgebers herauszuschneiden. Der Leitartikel hingegen bezeichnete die großen Schaffarmen als Rückgrat des Landes, verdammte diese schändliche Bewegung, die den Ruin der Wollindustrie bedeuten würde, und warnte vor den Gefahren für die Wirtschaft des Landes.

»Recht hat er«, schnappte Austin. »Aber warum läßt er dann den anderen Typen diesen sozialistischen Unsinn verzapfen? Ich will, daß der Kerl gefeuert wird. Bernie Willoughby kriegt einen persönlichen Brief von mir, der wird ihm die Augen öffnen. Es bringt nichts, wenn er als Herausgeber eine Meinung vertritt und seine Leute ein paar Seiten weiter eine ganz andere.«

Wütend blätterte er weiter zu den Leserbriefen. Drei Verfasser unterstützten die Reform der Landvergabegesetze und drängten die Siedler, ihre Landansprüche umgehend geltend zu machen, bevor ihnen die gierigen Squatter die besten Gebiete wegschnappten.

Verblüfft versuchte Austin dies zu verdauen. Was sollte das heißen? Weshalb sollten sich Squatter wie er ihr eigenes Land schnappen? Sie waren bereits die rechtmäßigen Besitzer und konnten wasserdichte Pachtverträge vorweisen.

Er eilte in sein Büro und holte die dünnen Seiten des VII. Landvergabegesetzes hervor, die ihm Harry geschickt hatte. Der Wortlaut klang verwirrend, war vollgepfropft mit den üblichen geschraubten Wendungen wie »in dem Sinne, daß« oder »wohingegen«, offensichtlich in der Absicht, jeden geistig gesunden Leser um den Verstand zu bringen. Im Glauben, er kenne den Inhalt bereits, hatte Austin sich nicht die Mühe gemacht, das Gesetz aufmerksam zu studieren. Er hatte gedacht, es ginge darum, daß die Siedler auf Besitzungen wie Springfield auftauchen, ein Stück des Landes beanspruchen und von den Squattern den Verkauf dieser Claims verlangen konnten.

Doch beim Durchgehen des Wortsalats wurde ihm klar, daß der Sachverhalt völlig anders lag. Diese Gesetze bedeuteten, daß die Squatter ihr *gesamtes* Land von Pacht- in freien Grundbesitz umwandeln mußten, indem sie es der Regierung abkauften. Ansonsten fiele das gepachtete Land an die Regierung zurück und könnte somit an die Siedler weiterverkauft werden.

»Das ist doch Wahnsinn!« rief er aus und klopfte auf den Schreibtisch. »Wie könnte ich dieses ganze Land Morgen für Morgen kaufen? Es heißt, der aktuelle Preis liege bei einem Pfund pro Morgen. Ich müßte mehr als eine Viertelmillion Pfund aufbringen, nur um Land zu kaufen, das mir bereits gehört. Das würde mir den Hals brechen! Ein Haufen verfluchter Narren sind sie, aber ich falle nicht auf sie herein!«

Er stürmte auf die Veranda hinaus und rief einem vorbeigehenden Hilfsarbeiter zu, er solle Victor zu ihm schicken.

»Sofort!« setzte er hinzu. »Auf der Stelle!«

Victor hatte gerade die Ställe betreten, als ihn der Befehl seines Vaters in Gestalt seines Überbringers Joe Mahoney erreichte.

»Liegt er im Sterben?« fragte er Joe. Dieser zwinkerte. »Sah nicht danach aus.«

»Dann kann er noch einen Augenblick warten. Schauen wir erst mal nach der Stute.« Um seiner Frau eine Freude zu machen, hatte Victor sich auf die Tennispartie mit ihr eingelassen, obwohl sie seinen gesamten Zeitplan durcheinanderbrachte. Und als er ein paar Minuten zu spät auf dem Platz eintraf, mußte Louisa ihm auch noch vorwerfen, daß er keine weiße Tenniskleidung trug. Das war ihre neueste Marotte. »Verdammte Tenniskleidung«, schnaubte er jetzt, als er an den Streit zurückdachte, der darüber zwischen ihnen entbrannt war. Was würde als nächstes kommen?

Die kastanienbraune Stute fohlte. Sie lag in ihrem Stall und sah sie mit ängstlichen, feuchten Augen an.

»Es wird alles gut, Mädchen«, sagte er und trat näher, um sie zu untersuchen. »Bald ist es soweit, Joe. Du bleibst besser bei ihr.«

»Klar, Vic. Ich laß dich rufen, wenn sich was tut.«

»In Ordnung.«

Obwohl er kein Veterinär war, besaß Victor Erfahrung auf diesem Gebiet. Mit achtzehn hatte ihn sein Vater für ein Jahr nach Brisbane geschickt, als Lehrling eines Tierarztes. Die Arbeit hatte ihm Spaß gemacht, doch sein praktisch veranlagter Vater ließ es nicht dabei bewenden. In der Annahme, Victor habe noch genug freie Zeit übrig, und weil ihm jegliche Zeitverschwendung zuwider war, hatte er ihn zudem für einen Buchhaltungskurs angemeldet. Victor war verärgert gewesen angesichts dieser Doppelbelastung, vor allem, da ihm die Buchhaltung alles andere als leicht fiel. Aber Austin war der Boß und ließ nicht mit sich reden. Er würde am Ende des Jahres ein Buchhaltungsdiplom mitbringen oder eben so lange dort bleiben, bis er es vorweisen konnte. Das Jahr war anstrengend gewesen, doch Victor hatte den Kurs auf Anhieb geschafft und durfte zu einem stolzen Vater heimkehren. Heute war er dankbar, daß Austin auf dieser Ausbildung bestanden hatte. Die Kenntnisse hatten sich für seine Arbeit auf

Springfield als unschätzbarer Vorteil erwiesen, und er hatte sie stetig erweitert, indem er Bücher über Viehzucht las, die ihm der befreundete Veterinär aus Brisbane schickte.

Nun mußte er nur noch die Unterkünfte der Scherer inspizieren. Zwei schwarze Hausmädchen waren gerade dabei, die Schuppen zu öffnen und die Schlafstellen zu lüften.

»Paar von diese Matratzen nicht mehr gut«, beklagte sich eines der Mädchen bei ihm und deutete auf ein besonders mitgenommen aussehendes Exemplar, aus dem bereits das Roßhaar hervorquoll.

»Holt neue aus dem Lager«, wies er sie an. »Diese Schuppen müssen blitzsauber sein, sonst werden die Scherer ungemütlich. Und wenn sie kommen, haltet ihr Mädchen euch von ihnen fern. Verstanden?«

»Ja, Boß«, flüsterten sie, als könnten die fremden Männer sie hören. Die Zeit der Schafschur, in der so viele Fremde die Farm bevölkerten, war immer aufregend. Problematisch wurde es nur, wenn die Scherer etwas mit den schwarzen Frauen anfingen.

Auf dem Rückweg zum Haus schlug Victor einen langen, von Pfefferbäumen gesäumten Pfad ein. Das Laub raschelte in der leichten Brise, die eine kühlere Nacht versprach. Das würde auch der Stute die Sache leichter machen.

»Der frühen Hitze nach zu urteilen, haben wir einen langen, heißen Sommer vor uns«, sagte er sich.

Der Pfad teilte sich. Links ging es zum Haus, geradeaus gelangte man nach einer halben Meile über offenes Land zum Haupttor. Das Haus und die Nebengebäude waren eingezäunt, doch von wenigen Koppeln abgesehen, wies der riesige Besitz keine Umzäunungen auf, was Victor einiges Kopfzerbrechen bereitete. Es gab zwei Außenposten, auf denen Aufseher lebten, ihre eigenen Bereiche des Springfield-Besitzes leiteten und Victor regelmäßig Bericht erstatteten. Irgendwann einmal mußten die Grenzen jedoch genauer festgelegt werden. Ihn schauderte bei dem Gedanken an die schwindelerregenden Kosten, die das Einzäunen verursachen würde. Doch so, wie es jetzt war, konnte es nicht bleiben. Nicht umsonst beschwerte sich ihr Nachbar Jock Walker andauernd, daß Austins Grenzen ›Beine hätten‹.

Victor grinste. Vermutlich hatte er recht. Austin scheute nicht davor zurück, sich noch ein paar zusätzliche Meilen Weideland unter den Nagel zu reißen, wenn er damit durchkam. Seine Gier nach Land war nach wie vor unersättlich.

Er überquerte einen Rasen, trat über ein Blumenbeet und sprang über das Geländer an der Veranda seines Vaters. Offiziell hieß dieser Teil des Hauses Dads Flügel, doch die Brüder bezeichneten ihn als seine Höhle. Ein wunderbarer Zufluchtsort für Austin und seine Kumpel, aber eine Gefahrenzone für seine Söhne, die nur zu genau wußten, was die Uhr geschlagen hatte, wenn sie in die Höhle des Löwen vorgeladen wurden.

»Was gibt's?« fragte Victor fröhlich.

»Du hast dir aber ganz schön Zeit gelassen!« brüllte Austin. »Hast du die Zeitungen gelesen?«

»Wie könnte ich? Sie sind doch gerade erst eingetroffen.«

»Nun, es würde dir nicht schaden, wenn du mal deine Nase hineinstecken würdest, damit es nicht immer an mir hängenbleibt. Du willst mein Verwalter sein und hast anscheinend keine Ahnung, was vorgeht.« Er knallte eine der Zeitungen auf den Kartentisch und deutete mit einem schwieligen Finger auf die Seite, an der er Anstoß nahm. »Lies das! Bei Gott, ich werde ein Wörtchen mit Bernie zu reden haben. So einen Schwachsinn in seinem Blatt abzudrucken! Verstehst du, worauf die hinauswollen? Wir sollen unser eigenes Pachtland kaufen.«

Victor überflog den Artikel kurz. »Das wollte ich dir schon die ganze Zeit über klarmachen.«

»Davon war nie die Rede! Du hast nur gesagt, diese verdammten Siedler stünden Schlange, um ein Stück von meinem Land zu kaufen!«

»Das stimmt ja auch. Sie wollen es von der Regierung erwerben, wenn wir es nicht tun. Doch es gibt keinen Grund zur Panik. Die Landvergabegesetze werden niemals verabschiedet.«

Austins Gesicht war flammend rot, sein weißes Haar sträubte sich. »Von wegen, ich soll nicht in Panik geraten, du verdammter Grünschnabel! Ich möchte nicht wissen, was aus Springfield wird, wenn ich es Leuten wie dir überlasse. Ich will, daß auf der Stelle etwas dagegen unternommen wird!«

Victor seufzte. »Man unternimmt doch schon etwas. Die Siedler können erst Ansprüche anmelden, wenn die Gesetze verabschiedet sind. Harry hat die Sache im Griff. Sie werden die Gesetzesvorlage bis zum Jüngsten Gericht verschleppen mit ihren diversen Änderungsanträgen. Das hat er dir doch letzte Woche geschrieben.«

»Harry ist ein verdammter Leichtfuß, das weißt du doch! Stolziert in Brisbane herum, als sei er ein Gottesgeschenk an die Gesellschaft. Und dazu noch sein verwöhntes Frauenzimmer! Ich muß von Sinnen gewesen sein, als ich glaubte, er könne uns dort nützlich sein. Ich sollte Rupe hinschicken. So etwas wie ihn brauchen sie im Parlament, blutdürstige, sture Kerle, die pausenlos um sich treten.«

Victor nahm eine von Minnie gerollte Zigarette aus der Dose, zündete sie an und rauchte lässig, während sein Vater tobte. Es war immer dasselbe. Rupe und Austin gerieten bei jeder Gelegenheit aneinander, doch seinen Brüdern wurde Rupe wie ein Heiliger vorgehalten, wie ein junger Austin Broderick, was er keineswegs war. Sicher, Harry war als Politiker nicht gerade ein Volltreffer, doch Victor mißbilligte die Haltung seines Vaters. Er selbst war ein hervorragender Verwalter, das wußte er genau, doch von seinem Vater hatte er stets nur Kritik und Häme geerntet. Es war schwer genug, eine Farm dieser Größe mit all ihren Problemen zu leiten. Nicht zuletzt die Bewohner – Familie, Stammesangehörige, Mitarbeiter und aufgeblasene Besucher – galt es im Zaum zu halten. Da brauchte man nicht auch noch einen Vater, der einem bei jeder Gelegenheit in die Quere kam und ausdrückliche Anweisungen ignorierte. Ignorierte? dachte Victor zornig, das ist ein typischer Harry-Ausdruck. Genau das würde Harry sagen, verdammt noch mal! Austin ignoriert nicht nur, er schmeißt die Anweisungen eigenmächtig um. Läßt mich vor den Männern wie ein Idiot dastehen. Verschiebt andauernd die Grenzen, so wie er es mit Jock Walker und allen anderen auch macht.

Es war Charlottes Idee gewesen, Austin solle sich zurückziehen und Victor die Leitung der Farm überlassen. Mit ihrer sanften, schmeichlerischen Art hatte sie dem alten Mann das Gefühl vermittelt, er selbst habe diese Entscheidung getroffen. Vor seinen Freunden hatte er sich mit seinem Ruhestand gebrüstet. Schmiß eine Party, die drei Tage dauerte und auf der er den Rückzug von Austin Gaunt Broderick ins Privatleben verkündete, der die Zügel an die nachfolgende Generation übergab. Jede Zeitung in Queensland, ja sogar der *Sydney Morning Herald,* hatte pflichtschuldig darüber berichtet. Es war eine tolle Zeit gewesen, die jedoch mit dem Aufbruch des letzten Gastes ihr jähes Ende gefunden hatte. Victor hatte auf Springfield nach wie vor nicht mehr zu sagen als Minnie in der Küche, wo sie seit Jahren unter der Fuchtel der Köchin Hannah stand.

»Hörst du mir überhaupt zu?« knurrte Austin. »Ist dir schon einmal in den Sinn gekommen, daß wenn diese verdammten Landvergabegesetze durchkommen ...«

»Das können sie gar nicht«, beharrte Victor.

»Das ist doch alles nur eine Frage von Zahlen, du Idiot! Politiker sind käuflich. Ein paar von denen, die auf unserer

Seite sind, könnten krank werden. Oder den Aufruf verpassen. Und was geschieht dann? Schwachköpfe wie Harry sitzen da und gucken dumm aus der Wäsche. Besiegt! Es braucht nur eine einzige Abstimmung!«

Victor schüttelte den Kopf. »Unmöglich. Du vergißt, daß die halbe Opposition auf unserer Gehaltsliste steht. Ganz zu schweigen von den Verbindungen, die wir überall haben – zu Friedensrichtern, Stadträten, hohen Bankbeamten, Polizisten, sogar der Post. Dad, mach um Gottes Willen aus einer Mücke keinen Elefanten. Die leben doch alle von uns.«

Austin schenkte sich aus einer Karaffe einen Whisky ein und fügte Eis hinzu. »Einen Drink?«

»Ja.« Victor goß sich seinen Whisky selbst ein.

»Du hast zwei Dinge übersehen«, sagte Austin ruhig. »Und bei Jesus, selbst wenn du nie auf mich gehört hast, diesmal wirst du es tun. Erstens darfst du niemals die Macht unterschätzen. Jeder Oppositionelle würde seine eigene Großmutter verkaufen, nur um an die Regierung zu gelangen. An die Macht. Opposition! Das ist doch alles Bockmist. Da helfen dir dann auch deine ganzen Verbindungen nichts mehr. Du kannst nicht auf sie zählen.«

Genußvoll nahm er einen Schluck Whisky.

»Gut. Nehmen wir einfach mal an, daß durch Bestechung oder tiefe Überzeugung, Abwesenheit oder Überredung durch sozialistische Elemente eines dieser Landvergabegesetze doch durchkommt. Was dann, Mr. Broderick, Leiter von Springfield?«

Er schleuderte sein halbvolles Glas in den leeren Kamin.

»Ich sage dir, was dann geschieht, du verdammter Idiot. Dein schwachköpfiger Bruder wird seine weichen Händchen ringen, und wir verlieren! Worauf haben sie es denn abgesehen? Auf *uns*, du Clown. Ihnen geht es nicht um das verfluchte Land. Was kann ein Schafzüchter schon mit einem winzigen Fleckchen Land anfangen? Die Kosten sind zu hoch, die

Märkte zu weit entfernt. Man braucht riesige Weideflächen, wie wir sie haben ...«

»Das stimmt«, sagte Victor, ohne weiter auf das zerbrochene Glas zu achten. Austin warf oft mit Gegenständen um sich und konnte seine Söhne mit so etwas längst nicht mehr beeindrucken.

»Wir sollten jemanden einen Artikel für Bernies Zeitung schreiben lassen, in dem man ihnen die Risiken klarmacht, die ein solcher Schritt für ihre Investitionen mit sich bringt ...«

»Du hast es noch immer nicht kapiert, was?« fragte Austin sanft. »Es will einfach nicht in deinen Kopf, daß sie hinter uns Squattern her sind. Der Oligarchie, wie sie uns nennen. Es geht nur darum, die Macht der Squatter zu brechen. Wir haben das verdammte Land für sie erschlossen und darauf gesiedelt, lange bevor sich die Landvermesser der Regierung hierher gewagt haben. Wir haben die Kämpfe ausgefochten, sind die Risiken eingegangen und haben jeden Penny verdient, den wir besitzen. Und jeden Morgen Land, den uns eine Regierung verpachtet hat, die von der Existenz dieses Landes nicht einmal wußte. Wir haben gearbeitet und bezahlt, nicht nur mit Geld für die Pacht an diese verfluchte Regierung, die sich in Brisbane versteckt, sondern auch mit Menschenleben, darunter Kellys ...«

Oh Jesus, dachte Victor, nicht schon wieder Kelly. Er ließ sich in einem luxuriösen Sessel nieder. Kelly mochte zwar ihr Onkel gewesen sein, doch die Broderick-Jungen hatten ihn hassen gelernt. Ein weiterer Heiliger aus Austins Repertoire.

»Der zweite Punkt ist – falls es dich überhaupt interessiert, denn ich möchte dich nicht von deinem Tennisspiel abhalten ...«

»Ich habe heute gespielt, weil Louisa Gesellschaft brauchte«, setzte Victor zu einer Erklärung an und haßte sich selbst für seinen Drang, sich seinem Vater gegenüber zu rechtfertigen.

»Schön für dich«, erwiderte sein Vater sarkastisch. »In der Zwischenzeit steht Springfield am Rande des Abgrunds. Nehmen wir mal an, daß eines dieser hinterhältigen Gesetze durchkommt – trotz meines brillanten Sohnes Harry, trotz aller Hundesöhne, die wir in hohe Positionen gehievt haben. Hat dir nie jemand erklärt, daß ein Mensch, der sich einmal kaufen läßt, sich auch ein zweites und ein drittes Mal kaufen läßt? Klingelt es da nicht bei dir?«

Victor stand auf. »Ich kann das nicht mehr hören. Wenn du dir Luft gemacht hast, erkläre ich es noch einmal in Ruhe.«

Sein Vater grinste. »Nicht nötig, mein Junge. Wirf einfach einen Blick auf die Karte. Diese Karte. Jetzt!«

Er hatte mehrere Landkarten auf dem Billardtisch ausgebreitet, detaillierte Karten, die in richtiger Anordnung einen Überblick über den Gesamtbesitz von A.G. Broderick boten. Die Grenzen wiesen unregelmäßige Ausbuchtungen an den Stellen auf, wo er das beste Weideland gefunden und für sich beansprucht hatte.

»Wie sollen wir all das zurückkaufen?« fragte er.

»Das können wir nicht. Aber es gehört uns ohnehin schon. Wir müssen es gar nicht kaufen.«

»Und wenn es soweit kommt und Siedler auftauchen, die uns Dokumente unter die Nase halten, laut denen dieses Land in freien Grundbesitz umgewandelt wurde? Wir können sie nur davon abhalten, ihre Claims abzustecken, indem wir ihnen zuvorkommen und es selbst kaufen, und das ist bei unserer derzeitigen finanziellen Lage einfach nicht drin.«

Victor schüttelte den Kopf und sagte nichts dazu. Das war doch alles rein hypothetisch. Oder etwa nicht? Allmählich machte Austin ihn nervös.

»Geh und hol Rupe. Wir halten Kriegsrat. Wir müssen unser bestes Land kennzeichnen, bewässertes Land an den Flußufern und Wasserläufen ...«

»Wozu? Wir können doch unmöglich alles einzäunen.«

»Das kommt später. Es ist der Plan für den Notfall. Wir kartographieren Parzellen von der Größe, die Interessenten, darunter auch wir, maximal frei erwerben dürfen. Wenn es zum Schlimmsten kommt, sind wir bereit und schlagen als erste zu. Wenigstens die Sahnestücke können wir uns auf diese Weise sichern.«

Victor starrte auf die Karten. »Das ist viel Arbeit. Ohne einen guten Vermesser ist das gar nicht zu schaffen.«

»Dann besorg einen.«

Charlotte trat ein. »Austin, der Reverend möchte mit dir sprechen.«

»Jetzt nicht. Wir haben zu tun. Was will er?«

»Das weiß ich nicht.«

»Dann finde es heraus. Und mach du es mit ihm aus.«

Sie verließ achselzuckend den Raum.

Da sie nichts Besseres zu tun hatte, war Louisa allein mit den Gästen zurückgeblieben.

»Weshalb wollen Sie mit Austin sprechen?« fragte sie Billings. »Mein Ehemann leitet jetzt die Farm. Austin hat sich zur Ruhe gesetzt.«

»Das ist mir durchaus bewußt, meine Dame, aber mein Bischof hat mich gebeten, mit Austin Broderick über Kirchenfragen zu sprechen.«

»Es hat keinen Sinn, mit Austin über den Bau einer Kirche reden zu wollen. Da könnten Sie bei Victor schon eher Glück haben.«

»Es geht nicht um eine Kirche«, warf Mrs. Billings ein, »sondern um die Aborigines. Wir betrachten es als unsere Pflicht, ihnen zu helfen.«

»Oh, das ist aber nett«, antwortete Louisa geistesabwesend.

In diesem Augenblick kehrte Charlotte zurück. »Die Männer sind zur Zeit beschäftigt, Reverend. Vielleicht kann ich Ihnen ja weiterhelfen?«

»Sie wollen etwas für die Schwarzen tun«, erklärte Louisa.

Charlotte bemerkte, daß der Reverend nicht allzu erpicht darauf schien, die Angelegenheit mit ihr zu besprechen, und nahm wieder am Tisch Platz. Sie sah ihn ermutigend an. »Was schwebt Ihnen in diesem Zusammenhang vor?«

In die Enge getrieben, zog er einen Brief aus der Westentasche. »Vielleicht könnten Sie ihn Mr. Austin geben«, sagte er von oben herab. »Er stammt von meinem Bischof. Er empfindet es als unsere Christenpflicht, den armen, benachteiligten Kindern dieser Schwarzen, die in solchem Elend hausen müssen, die Hand zu reichen.«

»Sehr löblich«, murmelte Charlotte. »Darf ich ihn lesen?«

Der Reverend zögerte, wollte seine Gastgeberin aber auch nicht vor den Kopf stoßen.

»Selbstverständlich.«

Charlotte studierte den Brief aufmerksam und schaute dann lächelnd auf. »Was für ein wunderbares Programm. Gibt es das schon seit längerem?«

»Oh ja«, erwiderte Mrs. Billings eifrig. »Eingeborene Kinder müssen aus ihrer heidnischen Umgebung errettet und der Zivilisation zugeführt werden.«

»Sie werden als Christen erzogen«, fügte ihr Mann hinzu. »Man sorgt für sie und bringt ihnen bei, sich in der Welt der Weißen zurechtzufinden. Dieses Werk der Nächstenliebe liegt uns sehr am Herzen.«

»Ja, so erklärt es Ihr Bischof hier auch. Sie haben also schon mehr als zwanzig Kinder untergebracht? Wohin kommen sie?«

»Wir unterhalten eine Missionsschule in Reedy Creek, ungefähr fünf Meilen außerhalb von Brisbane. Sie wird von unseren Laienbrüdern geleitet. Natürlich halten wir die Rassentrennung ein. Die Kinder lernen Englisch, und wenn sie älter sind, bringen wir sie bei Familien unter, wo sie für ihren Unterhalt arbeiten können.«

»Sind sie dort glücklich?«

»In der Tat. Sie haben viel Gesellschaft.«

»Ich habe schon davon gehört«, sagte Louisa. »Eine wunderbare Idee. Die Kirche von England holte ungefähr zwanzig Kinder von der Farm meines Onkels in Neusüdwales. Es geschieht überall. Wird auch Zeit, denn was sollte sonst aus ihnen werden? Sie können nicht länger in Stammesgemeinschaften leben.«

»Genau. Schließlich haben wir die Trunksucht und das verachtungswürdige Verhalten der Schwarzen erlebt, die in die Slums der Städte strömen. Wir müssen sie vor Not und Verzweiflung bewahren. So viele wie möglich ...«

»Und Sie wollen einige unserer schwarzen Kinder mitnehmen?«

»Leider können wir gegenwärtig nur drei Kinder nehmen, weil der Platz im Wagen nicht ausreicht. Außerdem ist die Schule klein; doch später können wir noch mehr aufnehmen.«

»Wie alt sollten sie denn sein?«

»Wir haben zur Zeit Platz für sechsjährige Jungen ...«

»Sechs?« fragte Charlotte verblüfft. »Ist das nicht ein bißchen zu jung?«

»Das beste Alter. Sie lernen schneller Englisch als die älteren und passen sich dem neuen Leben besser an. Und wir schenken ihnen doch ein neues Leben, die Chance, in einer sich verändernden Welt zu überleben.«

Charlotte nickte. »Das klingt plausibel. Ich bin sicher, daß Austin es gutheißen wird. Unsere eigenen Jungen mußten ja auch fort ins Internat. Da waren sie natürlich schon älter. Vorher wurden sie von Hauslehrern unterrichtet. Dabei fällt mir ein, Louisa, hast du schon einen Lehrer für Teddy ausgewählt? Es wird allmählich Zeit für seinen Unterricht ...«

»Ich halte eine Gouvernante für geeigneter, jedenfalls für den Anfang. Victor hat Freunde und Verwandte in Brisbane gebeten, sich nach einer passenden Dame umzusehen.«

»Dann sollten wir einen Raum für die junge Frau herrichten und uns nach einem geeigneten Schulzimmer umsehen. Es wird mir Spaß machen, nach all den Jahren wieder ein Unterrichtszimmer einzurichten. Für Kinder gibt es jetzt so schöne Möbel ...«

Reverend Billings bat noch einmal um Gehör. »Ich benötige Mr. Brodericks Zustimmung so bald wie möglich. Wir haben drei gesunde Jungen ausgewählt, die uns geeignet erscheinen – natürlich wissen sie noch nichts von ihrem Glück. Also sollten wir bald aufbrechen.«

»Unbedingt«, sagte Charlotte. »Ich spreche mit ihm.«

Er wird schon zustimmen, wenn er begreift, daß die Abreise der Missionare davon abhängt, fügte sie in Gedanken hinzu.

»Wo war eigentlich Victors Unterrichtszimmer?« fragte Louisa. Die Erziehung der schwarzen Kinder war vergessen.

»In einem Schuppen, damals stand dieses Haus ja noch nicht. Teddy wird ein hübsches Zimmer bekommen, und zwar auf dieser Seite des Hauses, damit Austin sich nicht ständig in den Unterricht einmischt«, sagte Charlotte lachend.

Nach dem Tee zog Tom Billings sich zu einem Nickerchen zurück, während seine Frau Amy sich für einen Spaziergang entschied. Sie wünschte, Tom hätte nicht so voreilig erklärt, die Farm zu verlassen, sobald sie Austins Zustimmung erhalten hätten, die schwarzen Kinder mitzunehmen. Noch nie in ihrem Leben hatten sie oder Tom in einem so luxuriösen Haus gewohnt. Warum also übereilt aufbrechen? Schließlich waren sie wochenlang unterwegs gewesen, eine anstrengende, eintönige Reise im unbequemen Einspänner durch die unerträgliche australische Hitze.

Tom und Amy stammten von der Südinsel Neuseelands mit ihrer üppig grünen Landschaft. Nie zuvor hatten sie in einer so trockenen Hitze leben oder derart ungeheure Strecken zwischen zwei Dörfern zurücklegen müssen. Sie hatten die Mission auf Ersuchen des Bischofs übernommen, der ihnen versicherte, jetzt im Frühjahr werde die Reise sehr angenehm für sie sein.

»Wenn das der Frühling ist, mag ich an den Sommer gar nicht denken«, murmelte Amy und zog den schwarzen Filzhut tiefer in die Stirn.

Sie durchquerte die geräumige Eingangshalle mit den blank gebohnerten Böden und teuren Teppichen und trat vor die Tür. Die Auffahrt beschrieb einen Bogen um einen herrlichen Rosengarten, der in voller Blüte stand.

»Dürfte eine Stange Geld kosten, den Garten so schön zu erhalten«, ging es ihr durch den Kopf. Nun ja, für die Brodericks war das sicher nur ein Pappenstiel. Sie schienen eine ganze Kompanie Gärtner nur zu diesem Zweck zu beschäftigen.

Amy erinnerte sich an den Moment zurück, als sie das Haus zum ersten Mal erblickt hatte. Zu Beginn ihrer Reise hatten sie in Pensionen übernachtet, die ihren bescheidenen Möglichkeiten entsprachen. Als sie in die Gegend der riesigen Schaffarmen kamen, fanden sie Aufnahme und freie Unterkunft in den Herrenhäusern, doch nichts hatte sie auf ein Anwesen wie Springfield vorbereitet. Die anderen waren nicht viel mehr als erweiterte Cottages mit angebauten Gästezimmern gewesen. Mehr als einmal beglückwünschte man sie dazu, daß ihre Reise sie bis nach Springfield führen würde.

»Fahren Sie noch weiter bis Narrabundi, Jimmy Hubberts Farm?«

»Nein. In Springfield kehren wir um.«

»Schade, bei Hubbert ist es auch schön, aber Springfield ist die Vorzeigefarm.«

Sie folgten unzureichenden Wegbeschreibungen, fuhren Trampelpfade entlang und landeten in Sackgassen inmitten des schrecklichen Buschlandes. Dann wieder stießen sie auf

Flüsse, die sie mit ihrem Wagen nicht durchqueren konnten. Sie hatten sich verirrt, ihre Laune war auf dem Nullpunkt angelangt und kein Haus in Sicht, als schließlich zwei Reiter sie entdeckten und Stunden später am Tor zum Besitz der Brodericks ablieferten. Die lange Auffahrt war von Kiefern gesäumt und bot den erschöpften Reisenden willkommenen Schatten.

Dankbar schenkten sie den Männern religiöse Traktate aus der Bibliothek der Kirche des Heiligen Wortes und fuhren allein weiter, auf das Haus zu.

Tom und Amy waren immer Christen gewesen, vertraten aber die Ansicht, daß der anglikanische Vikar ihrer Gemeinde gegenüber Sündern zuviel Nachsicht übte. Sie hatten verlangt, er solle nachdrücklicher gegen das Böse in ihrer unmittelbaren Umgebung vorgehen. Der Vikar behauptete zwar, er verstehe ihre Klagen, unternahm aber dennoch nichts gegen die Übel der Trunksucht, des Glücksspiels und der Ausschweifung, die in Queenstown herrschten. Dann begegneten sie Pastor Williams, einem wahren Christen, der mit ihnen in allen Punkten übereinstimmte und keine Mühe hatte, sie zur Kirche des Heiligen Wortes zu bekehren.

Als er in seiner kleinen Gemeinde zur Missionierung aufrief, meldeten sich Tom und Amy voller Enthusiasmus für diese Aufgabe. Tom kündigte seine Stelle als Beamter im Erziehungsministerium, und eines glorreichen Abends gaben sie sich ganz dem Heiligen Wort hin. Es war eine ebenso tränenreiche wie erhebende Erfahrung gewesen, als sie all ihre weltlichen Güter zum Ruhme des Herrn weggaben: das kleine Haus in der Gresham Street, das Tom von seinem Vater geerbt hatte, und auch ihre Ersparnisse, denn Amy hatte als Wäscherin gearbeitet und etwas auf die Seite gelegt. Es war der glücklichste Tag ihres Lebens gewesen.

Zwei Jahre lang reisten sie im Namen Christi durch Neuseeland, klopften an Türen, um kleine Traktate und Bibeln zu verkaufen und, wenn möglich, die Menschen zum gemeinsamen Gebet zu ermutigen. Leider waren nur wenige bereit, dem Herrn ihre Zeit zu opfern, doch eine Spende war ebenfalls willkommen. Sie sammelten auch Geld bei Straßenveranstaltungen, wie es die Anhänger der Heilsarmee taten, verzichteten aber auf lärmende Trommeln und Blechpfeifen. »Sie machen den Herrn lächerlich«, pflegte Tom über sie zu sagen. »Sie verwandeln die Messe in ein billiges Schauspiel.« Nach ihrer Probezeit als Laienprediger wurde Tom im Rahmen einer besonderen Messe im Hauptquartier zum Reverend, einem wahren Priester des Herrn, geweiht. Sie nannten Pastor Williams' Heim am Rande von Christchurch das Hauptquartier, weil dort die Quelle des Guten lag. Als demütiger Mann hatte er das Angebot von Bischof Frawley aus Brisbane, ihn zu befördern, abgelehnt und war lieber als Pastor und Kirchenführer in Neuseeland geblieben. (Tom hingegen hegte keine derartigen Skrupel und hoffte, daß ihm seine guten Werke eines Tages das Bischofsamt eintragen würden.) Allerdings hatte sich der Pastor überreden lassen, ein Backsteinhaus als angemessene Residenz zu beziehen. Den Salon dieses Hauses hatte er gesegnet und in eine Kapelle umgewandelt. Seine Anhänger wohnten derweil in Holzhütten am Ende des Grundstücks. Oftmals waren diese Hütten überbelegt, doch das schien niemandem etwas auszumachen, denn es herrschte ein ständiges Kommen und Gehen. Tom und Amy freuten sich stets darauf, hierher zurückzukommen, weil sie dann mit den anderen Erfahrungen austauschen und neuen Elan für die nächste Reise sammeln konnten.

Manche Leute klagten, daß Pastor Williams sich mit ihrem Geld ein schönes Leben mache, doch Tom duldete solche Unterstellungen nicht. Er nannte ihre Beschwerden verachtenswert, um so mehr, als er entdeckte, daß eine beträchtliche Zahl seiner Glaubensgenossen Provision für den Verkauf ›geheiligter Gegenstände‹ erhielt, darunter Bildnisse des Herrn und eine Auswahl an unechten Goldkreuzen. Er betrachtete diese Geschäfte als Gotteslästerung und hielt schon bald mit Pastor Williams Rücksprache darüber ...

Wenn ich so darüber nachdenke, fällt mir auf, daß ich nie erfahren habe, was dabei herausgekommen ist, sinnierte Amy, als sie durch den Rosengarten schlenderte. Es hatte damals viel Staub aufgewirbelt. Kurz darauf eröffnete uns Pastor Williams, daß wir als Missionare nach Brisbane reisen sollten. Nach Australien!

Ihr fiel ein, wie eine gehässige Frau, die ihnen ihr Glück neidete, behauptet hatte, Bischof Frawley sei gar kein echter Bischof. Er sei gerade erst in die Kirche eingetreten und nenne sich nur so! »Er ist keinen Deut besser als Pastor Williams«, hatte sie gesagt.

Tom hatte sie schnell zum Verstummen gebracht. »Die Wahrheit wird durch unsere Kirche ans Licht gebracht«, hatte er sie ermahnt. »Irgendwo müssen wir ja schließlich anfangen. Denke immer daran, daß der heilige Petrus nur ein Fischer war. Bischof Frawley ist einfach unser erster Bischof. Viele, viele weitere werden folgen.«

Amy mußte sich eingestehen, daß sie noch immer in Armut lebten, doch dieses Opfer brachten sie willig. Andererseits mußten sie sich nicht länger mit ihrer langweiligen Arbeit abmühen oder sich um ihren Lebensunterhalt sorgen; die Zeit gehörte ihnen und dem Herrn, der sie auf dem Weg über die Kirche ernährte. Amy lächelte. »Unser Hirte«, sagte sie laut.

»Und sieh dir an, wohin er uns gebracht hat!« Sie wandte sich um und betrachtete das herrliche Sandsteinhaus, das von großen, schattigen Veranden im Kolonialstil eingefaßt war. Weiter hinten wurde das Haus nach beiden Seiten hin breiter. Einer dieser Seitentrakte war den eleganten Gästeunterkünften vorbehalten, die sie und Tom derzeit bewohnten. Dieser Flügel besaß sogar ein eigenes Wohnzimmer und ein geräumiges Bad! Da sie augenblicklich die einzigen Gäste waren, brauchten sie die Räumlichkeiten mit niemandem zu teilen. Welch ein Luxus!

Als sie am Ende der Auffahrt aus dem Schatten der Kiefern geglitten waren und das Anwesen vor ihnen auftauchte, hatte Amy vor Überraschung nach Luft geschnappt. Nie hätte sie in dieser Wildnis ein solches Haus erwartet. »Du meine Güte. Hast du je ein so prächtiges Haus gesehen?«

Doch Tom war wütend geworden. »Das ist ungeheuerlich! Eine Kränkung für den Herrn, wenn Menschen ihren Luxus so schamlos zur Schau stellen. Extravaganz ist die schlimmste aller Sünden und betrügt den Herrn um das, was ihm zusteht. Eine ekelerregende Verschwendung von Geld, mit dem man Seelen retten könnte. Gesegnet seien die Armen. Vergiß das nie, Amy. Diesen Menschen wird es schwerfallen, das Tor zum Himmel zu finden; sie sind geblendet von ihrer eigenen Wichtigkeit.«

Dennoch fuhr er mit dem Einspänner bis vor die elegante, zu beiden Seiten von Steinlöwen flankierte Treppe. Amy überlegte besorgt, ob sie nicht besser den Hintereingang benutzen sollten. Tom war aus anderem Holz geschnitzt und ließ sich von Häusern wie diesem nicht einschüchtern.

Sie hoffte, er würde sich nun endlich ausschlafen können, denn in letzter Zeit war er in ziemlich gereizter Stimmung gewesen. Sie hatte ihm geraten, während des Spaziergangs mit Mr. Broderick über ihre Mission zu sprechen, doch er hatte sie barsch zum Schweigen gebracht.

»Ich möchte nicht auf einer Besichtigungstour, sondern im Büro mit ihm sprechen. Das ist der Ort, an dem Männer wichtige Dinge diskutieren.«

Die schwarzen Kinder waren wichtig. Man hatte sie angewiesen, drei von ihnen mitzubringen, und dieser Auftrag würde sich wohl auch verwirklichen lassen. Dennoch wollte Tom zur Einleitung mit Broderick unter vier Augen über die Errichtung einer Kapelle sprechen. Broderick war ein sehr reicher Mann, und Bischof Frawley hatte angedeutet, daß von ihm eine großzügige Spende zu erwarten sei. »Kerle wie er verschenken, ohne mit der Wimper zu zucken, ein paar hundert Pfund. Denken Sie in großen Dimensionen. Wir sind hier nicht in Neuseeland.«

Nun mußte er einen erneuten Vorstoß unternehmen, um Broderick in seinem Büro zu erwischen. Er konnte nicht auf dem Umweg über dessen Frau oder Sohn das Thema zur Sprache bringen. Schließlich verließ sich der Bischof auf ihn und Amy.

Amy hatte sich vom Haus entfernt und war in Richtung der großen Nebengebäude spaziert, wo die eigentliche Arbeit getan wurde. Eine Gruppe von Reitern galoppierte über eine Lichtung. Sie genoß ihren Ausflug und trat so nah an die Koppel heran, daß sie zusehen konnte, wie die Männer abstiegen und die Pferde geschickt von Sattel und Zaumzeug befreiten. Es waren lauter junge, kräftige Kerle in ihrem Alter – sie war achtundzwanzig –, die in ihren karierten Hemden, Kattunhosen und kurzen Reitstiefeln überaus männlich wirkten.

Amy errötete bei diesen sündigen Gedanken. Was würde Tom sagen, wenn er sie dabei erwischte, wie sie Viehhütern bewundernde Blicke zuwarf?

»Vergib mir, Herr«, flüsterte sie und wandte sich ab. Dann schreckte eine Stimme sie auf.

»Selbstgespräche sind immer ein schlechtes Zeichen!«

Es war Rupe Broderick, der jüngste Sohn. Er schien sie auszulachen. Amy war so durcheinander, daß es ihr die Sprache verschlug. Sie wollte davoneilen, doch er holte sie ein.

»Wie geht es Ihnen, Mrs. Billings?«

Sie roch den Schweiß und Staub an ihm und spürte die Kraft, die von ihm ausstrahlte, als er neben ihr herging. Er war Anfang Zwanzig und hochgewachsen, unter den aufgekrempelten Ärmeln zeichneten sich seine muskulösen Arme ab.

Sie warf einen Blick in sein sonnengebräuntes Gesicht mit den funkelnden blauen Augen und murmelte: »Gut, vielen Dank.«

»Genießen Sie Ihren Aufenthalt?«

Amy wünschte, er würde sie allein lassen. Er hatte doch wohl nicht vor, sie den ganzen Weg zurück bis zum Haus zu begleiten? Sie wußte einfach nicht, wie sie sich einem selbstbewußten jungen Gentleman gegenüber verhalten sollte. Denn ein Gentleman war er, obgleich er die derbe Montur eines Viehhüters trug.

»Nochmals vielen Dank«, erwiderte sie knapp.

»Haben Sie schon den Stall gesehen?«

»Welchen Stall?«

»Den Stall, in dem die besten Zucht-Merinos von Springfield stehen.«

»Nein.«

»Sollten Sie aber. Der Widder müßte jetzt dort sein, Austins ganzer Stolz. Der gute alte Silver Floreat Della, der Beste von allen, der Vater aller unserer Merinos; und noch immer kann er nicht genug bekommen.«

Schockiert bog Amy in einen Seitenweg ein, und er blieb lächelnd stehen.

»Sie sollten besser zurückkommen. Das ist eine Sackgasse. Führt nur zum Gärtnerschuppen.«

»Das ist mir egal«, murmelte sie. »Ich will einfach nur spazierengehen.«

»Bitte, wie Sie möchten. Bis später.«

Endlich war sie ihn los. Neckte er sie absichtlich, indem er über die Schafe sprach? Erwähnte er ein solch delikates Thema, um sie in Verlegenheit zu bringen? Er hatte sie wirklich aus der Fassung gebracht. Seinem Bruder Victor mit dem kantigen, strengen Gesicht und der autoritären Haltung war er gar nicht ähnlich. Victor kommt auf seinen Vater, dachte sie und schlenderte mit gesenktem Kopf weiter. Den Hut hatte sie tief in die Stirn gezogen wie eine Mönchskapuze. Von fern hörte sie das rhythmische, metallische Klingen eines Schmiedehammers, das sie an Kirchenglocken erinnerte. Plötzlich verspürte Amy Heimweh. Sie vermißte Pastor Williams und die vertraute Gemeinschaft hingebungsvoller Christen. Sie fand, daß die Landbewohner hier anders waren, irgendwie zynischer und weniger geneigt, das Heilige Wort anzunehmen. Das war sehr beunruhigend. Selbst die Frauen widersprachen ihr in Fragen der Glaubensdoktrin, und mehr als einmal kam Amy ins Stocken; die passenden Erwiderungen wollten sich einfach nicht einstellen.

»Dann solltest du eben die Bibel aufmerksamer lesen«, hatte Tom ihr geraten. »Dort findest du alle Antworten.«

»Manchmal glaube ich, sie lachen uns nur aus.«

»Nein, das stimmt nicht.« Tom wirkte stets wie ein Fels in der Brandung. »Sie verbergen damit lediglich ihre Unwissenheit. Sie alle stammen von Sträflingen ab, von Kriminellen. Was kann man da schon erwarten?«

Amy warf einen Blick auf das große Haus und wagte es in einem Anflug von Aufsässigkeit, Tom im Geiste zu widersprechen. Sie mögen zwar von Sträflingen abstammen, doch es ist ihnen nicht schlecht bekommen.

Rupe schlenderte in die Küche, faßte Hannah, die Köchin, von hinten um die rundliche Taille und hob sie hoch. »Wie geht es meiner Lieblingsköchin denn heute?«

»Laß mich runter, Rupe«, sagte sie lachend und befreite sich aus seinem Griff. »Du bist mir vielleicht einer! Ich nehme an, du hast Hunger.«

»Falls du noch irgendwo ein paar kalte Schweinsfüße versteckt hast, ja. Na los, wo sind sie?«

»Laß es sein, du verdirbst dir den Appetit aufs Abendessen. Ich mache dir ein Sandwich.«

»Gute Idee, ich nehme beides.«

»Na schön.« Hannah lächelte nachsichtig. Sie war schon seit ewigen Zeiten als Köchin auf Springfield. Sie hatte die drei Jungen aufwachsen sehen und mochte sie alle sehr gern, doch Rupe war ihr Liebling. Er war immer ein eigenwilliges Kind gewesen, das mit Vorliebe Unheil stiftete. Wann immer er in Schwierigkeiten geriet, kam er zu Hannah gelaufen. Sie liebte das engelhafte Lächeln, hinter dem er seine Dreistigkeit verbarg, und hatte ihm stets Rückendeckung gegeben. Immer wieder fand sie Entschuldigungen für sein ungezogenes Benehmen und versteckte ihn sogar, wenn Mr. Austin auf dem Kriegspfad war. Als Gegenleistung brachte Rupe sie mit seinen Geschichten von der Farm zum Lachen.

Er schnüffelte in der Speisekammer herum und kam mit einem Teller Schweinsfüße in Aspik wieder heraus. Er saugte die Knochen aus, während Hannah ihm ein paar Brote schmierte.

»Gerade habe ich die Schwarze Witwe getroffen, draußen bei der Pferdekoppel.«

»Wen?«

»Du weißt doch, die Frau des Predigers. Wie lange bleiben sie denn eigentlich noch?«

»Das weiß ich nicht.«

»Was haben sie vor? Warum treiben sie sich überhaupt hier herum?«

»Es heißt, sie wollen eine Kirche bauen.«

»Von wegen. Nein, ich habe das Gefühl, es steckt mehr dahinter.«

»Und das wäre?«

»Keine Ahnung. Mir kommen sie irgendwie nicht ganz geheuer vor. Hat die Stute schon gefohlt?«

»Noch nicht. Victor ist bei deinem Vater. Sie haben dich vor einer Weile gesucht.«

Minnie kam herein, um der Köchin bei den Essensvorbereitungen zu helfen, während Rupe noch an eine Bank gelehnt stand und seine improvisierte Mahlzeit verschlang. Er beobachtete das Mädchen, das barfuß und mit gesenktem Blick über den Steinboden schlurfte.

»Minnie-Mädchen, warum machst du so ein langes Gesicht? Kein Lächeln für mich heute? Du bist doch meine Beste.«

»Zieh sie nicht auf«, mahnte ihn Hannah. Sie warf einen Blick auf das Aborigine-Mädchen, das sich gewöhnlich nicht an Rupes Neckereien störte. Minnie wirkte heute nicht so fröhlich wie sonst.

»Was ist los, Minnie?«

»Nichts«, antwortete diese bedrückt und ging zum Kartoffelkorb in der Ecke.

Rupe zuckte die Achseln, verputzte das letzte Sandwich und verließ die Küche. Er legte die staubige Arbeitskleidung ab, duschte und warf sich auf sein Bett, um ein Nickerchen zu machen.

Dort entdeckte ihn schließlich Victor. »Steh auf. Der alte Herr verlangt nach uns, er tobt ganz schön.«

»Was habe ich denn jetzt schon wieder angestellt?«

»Nichts. Er hat den Krieg erklärt.«

»Wem denn?« Rupe fuhr sich schläfrig mit der Hand durchs feuchte Haar.

»Einer Welt, die sich gegen uns Squatter verschworen hat.«

»Oh Jesus! Was kommt als nächstes?«

»Frag nicht. Steh lieber auf.«

2. KAPITEL

MINNIE WAR VERWIRRT, aufgebracht und daher dankbar, daß weder Rupe noch Hannah auf eine Erklärung gedrängt hatten. Sie war sich nicht ganz im klaren über das Gehörte, da sie auch nach all den Jahren im Dienst der Weißen deren Sprache nicht vollkommen beherrschte.

Nicht Rupe, sondern Hannah und Victor waren ihr von all den Bewohnern des großen Hauses am liebsten. Die Köchin behandelte sie gut und schenkte ihr oft Essensreste, die sie ins Lager zu ihrer Familie mitnehmen konnte. Victor verhielt sich immer freundlich, obwohl er ein Boß wie sein Vater geworden war.

Als sie mit Bobbo, dessen richtiger Name Bobburah lautete, schwanger gewesen war, hatte sie einen Eklat verursacht, weil sie sich weigerte, den Namen des Vaters preiszugeben. Er war Viehhüter gewesen und hatte ihr mit Schlägen gedroht, wenn sie ihn verriet. Zu ihrem Entsetzen mußte sie erfahren, daß man statt seiner Mr. Victor verdächtigte, nur weil er ihr Freund war. Sie waren gemeinsam aufgewachsen. Minnie konnte den Weißen ja schlecht erklären, daß sich weder Victor noch Harry je den schwarzen Frauen näherten. Rupe hingegen schon. Er war ein Schwerenöter, der ständig schwarzen Mädchen hinterherjagte und sich nachts im Lager herumtrieb. Alle waren erleichtert, als es hieß, er würde in die Stadt gehen, aber dann wurde doch nichts daraus. Nachdem er aus der Schule zurückgekehrt war, blieb er auf Springfield.

Minnie hatte gedacht, Victor sei wegen ihrer Sturheit böse mit ihr, doch er hatte nur gelacht. »Was trägst du denn da mit dir herum, Min? Schwarz oder Weiß?«

»Klein Baby kommen«, hatte sie errötend geantwortet, um

sich nicht festlegen zu müssen. Zu ihrer Erleichterung gebar sie ein wunderbar schwarzes Baby, das von ihrer Familie ohne die üblichen Probleme, die die Geburt von Mischlingen gewöhnlich aufwarf, angenommen wurde. Inzwischen hatte der Viehhüter die Farm verlassen, also hatte sich das Problem von selbst erledigt.

Minnie hieß in Wirklichkeit Moomabarrigah und war eine Cullya vom Emu-Volk. Der Clan ihrer Mutter gehörte zum großen Kamilaroi-Stamm, der einst das ganze Land hier bevölkert hatte, vom tiefen Süden bis zu den blauen Gipfeln, hinter denen die Sonne unterging. Allerdings hatte sich das Volk der Kamilaroi in alle Winde zerstreut. Minnies Vater war beim Überfall auf eine Gruppe weißer Jäger getötet worden. Es hieß, er sei ein Abtrünniger gewesen, der eine schlechte Horde anführte, was seine Verwandten jedoch bestritten. Manchmal wünschte Minnie, es sei wahr. Anders als ihre Schwester Nioka war sie schüchtern und stellte sich ihren Vater gern als großen Krieger und Kämpfer vor. Sie hoffte, er sei ein Abtrünniger gewesen, der es den weißen Leuten heimgezahlt hatte.

Nach seinem Tod war das Leben für die Cullya schwierig geworden. Viele zogen nach Norden in die heißen Länder, um bei entfernten Stämmen Zuflucht zu suchen; andere verschlug es in die Städte der weißen Menschen, doch Minnies engste Familie und Freunde versuchten, in der vertrauten Gegend zurechtzukommen. Leider war das kaum noch möglich, da die Weißen sie immer weiter wegtrieben, um Platz zu schaffen für ihre Familien und ihr Vieh.

Schließlich traf Minnies Mutter nach langwierigen Auseinandersetzungen die Entscheidung, ›hineinzugehen‹. Ihr Name durfte nun nicht mehr erwähnt werden, weil sie letzten Sommer gestorben war. Sie war eine starke, muskulöse Frau mit einer lauten Stimme gewesen, und der weiße Mann erkannte bald, wer in dieser Horde das Sagen hatte.

Sie war allein vor Mr. Broderick hingetreten und hatte verlangt, daß man ihnen gestattete, ein ständiges Lager an der Flußbiegung aufzuschlagen, in angemessener Entfernung von seinem Haus. Im Gegenzug würde sie dafür sorgen, daß es keine Kämpfe, toten Schafe oder Lagerdiebstähle mehr geben würde.

Und so schlossen sie einen Pakt. Er erklärte sich sogar bereit, den ungefähr fünfzig Menschen der Cullya-Horde zwei Schlachtschafe pro Monat und gelegentliche Rationen Tee, Mehl und Tabak zu überlassen, falls sie sich gut benahmen.

Allerdings lief es nicht immer glatt. Oft genug hörten die Mädchen die lautstarken Auseinandersetzungen zwischen Mr. Broderick und ihrer Mutter, wenn diese ihre Leute um jeden Preis verteidigte, die schwere Kriegskeule in seine Richtung schwang und verlangte, er solle seine Männer von den schwarzen Frauen fernhalten. Er schrie zurück und drohte damit, die gesamte Horde von seinem Besitz zu vertreiben, was ihre Wut nur noch weiter anstachelte. Sie war eine wilde Frau, beinahe so groß wie er, und nicht bereit, klein beizugeben, zumal sie fand, daß er alles in allem ein guter Mensch war, sofern das bei Weißen überhaupt möglich war.

Irgendwann setzten sie sich nieder, rauchten und redeten und lachten schließlich – zur Verwunderung der übrigen Horde, die sich unter den Bäumen versammelt hatte in der Befürchtung, bald nun auch von ihrem letzten Lagerplatz vertrieben zu werden.

Nur Minnie und Nioka wußten um die Tiefe der Verzweiflung, die im Herzen ihrer Mutter wohnte. Als sie auf Wanderschaft gingen, um die alten Gebote zu erfüllen und den geheiligten Stätten einen Besuch abzustatten, begriff sie, wie unmöglich es allmählich wurde, ihre Lebensweise aufrechtzuerhalten. Heilige Orte fanden sie entweiht vor, Land, auf dem sie früher Nüsse und Honig gefunden hatten, war gerodet worden, die großen Emu-Herden wurden vertrieben.

Letzteres tat mehr weh als alles übrige. Emus waren ihr unberührbares Totem, dem nie ein Leid zugefügt werden durfte, und mit ihrer Zahl schwand auch ihre eigene Stärke dahin. Von da an kümmerte sich die Mutter immer weniger um ihre elende Lage und verbrachte ihre letzten Tage mit Fischen und Tagträumerei.

Als sie im Sterben lag, kam Mr. Broderick allerdings, um seinen Respekt zu bezeugen. Er stand neben der Hütte Wache, während ihre Familie trauerte und das Leben mehr und mehr aus ihr wich.

Sein Erscheinen hatte Minnie beeindruckt, ganz im Gegensatz zu Nioka. Diese glich mehr ihrer Mutter, war temperamentvoll, herrisch, eine Kämpfernatur. Sie wollte ihn nicht im Lager dulden.

»Er war nicht eingeladen«, schrie sie. »Wie kann er es wagen, sich einzumischen! Seine Leute haben ihr Herz getötet.«

»Respekt, Nioka, er bezeugt seinen Respekt.«

»Wir brauchen seinen Respekt nicht. Du sagst das nur, weil du für ihn arbeitest. Du willst deinen blöden Job nicht verlieren.«

»Das ist nicht wahr.«

Minnie ging aus der Küche in den Vorratsschuppen, wo sie einen großen Kürbis aussuchte, ihn auf eine Bank legte und mit einer kleinen Machete geschickt in vier Teile hackte. Sie seufzte, zögerte ihre Rückkehr ins Haus noch ein wenig hinaus. Sie fragte sich, ob sie damals nicht doch anders darüber gedacht hätte, wenn es ihr nicht darum gegangen wäre, ihren Job zu behalten.

Mrs. Broderick hatte Minnie zum Arbeiten ins Haus geholt, als sie zwölf war. Zunächst war es ihr schwergefallen, sich im Haus und in der fremden Sprache zurechtzufinden, doch sie hatte sich sehr viel Mühe gegeben und machte inzwischen nur noch selten Fehler. Im Laufe der Jahre waren andere Mädchen gekommen und gegangen, doch Minnie war am längsten geblieben. Sie hatte einen festen Platz gefunden und lebte gern in zwei Welten. Zwei schwarze Mädchen arbeiteten als Hausmädchen, doch Minnie gefiel es in der Küche am besten. Sie kam gut mit der Köchin aus, die ihre Arbeit zu schätzen wußte.

Nioka hingegen hatte sich geradeheraus geweigert, für die Weißen zu arbeiten. Sie kümmerte sich zwar gern um den kleinen Teddy, weil sie ihn mochte und er einen guten Spielgefährten für ihren und Minnies Sohn abgab, doch niemand konnte sie dazu bringen, bei ihnen in Stellung zu gehen, wie man es hier nannte. Sie spielte mit den drei kleinen Jungen in der Nähe des Hauses oder nahm sie mit ins Lager zum Schwimmen, und die Broderick-Leute akzeptierten das. Sie wußten, daß die Schwarzen Teddy sehr liebten und dem weißhaarigen Jungen unter den Augen so vieler Menschen nichts geschehen würde.

Bedrückt kehrte Minnie mit den Kürbisvierteln und einer Emailleschüssel voller Bohnen in die Küche zurück.

Was würde Nioka dazu sagen?

Hannah war beschäftigt und beachtete Minnie nicht weiter, die den Kürbis schälte und die Bohnen mit einem kleinen Messer oder, wenn ihr die Köchin den Rücken kehrte, auch mal mit den Zähnen abzog.

Was genau hatte sie eigentlich gehört, als sie den Teetisch abräumte? Minnie war sich nicht ganz sicher. Sie war mit den Tabletts hin- und hergelaufen und hatte nur Gesprächsfetzen aufgeschnappt. Zudem sprachen der Betmann und seine Missus in Singsangstimmen, nicht geradeheraus wie die anderen, so daß sie sie vielleicht nicht richtig verstanden hatte. Das kam oft genug vor. Doch sie hatten bestimmt davon gesprochen, die Kinder mitzunehmen. Die schwarzen Kinder. Teddy nicht.

Sie wußte, daß alle Broderick-Jungs zur Schule fortgeschickt wurden, wenn sie alt genug dazu waren. Teddy würde vermutlich mit zwölf Jahren hingehen. Doch sie hatte deutlich gehört, wie der Mann von Sechsjährigen sprach, denn Mrs. Broderick hatte es noch einmal wiederholt.

Sechs? Minnie erschauderte. Ihr Junge war sechs. Jagga war knapp sieben. Und es gab im Lager noch andere Kinder dieses Alters. Minnie hätte vor Angst schreien mögen.

»Du träumst wieder vor dich hin, Missy«, sagte Hannah. »Mach weiter. Du mußt auch noch Äpfel schälen, und danach kannst du mir Milch und Käse aus der Molkerei holen.«

Hoch oben auf einer Klippe über dem Ozean saß ein sehr alter Mann. Sein Haar war mit Bienenwachs und Muscheln zu einem hohen Kegel frisiert. Um seinen Hals hing eine Kordel mit einem gefährlich aussehenden Krokodilzahn. Sein dunkler, knochiger Körper war nur mit einem Lendenschurz bekleidet, doch das dichte Netz aus Narben auf seiner Haut erweckte beinahe den Eindruck eines Kleidungsstücks. Auf den ersten Blick wirkte er schwach und hilflos, ein Opfer seines hohen Alters, doch sobald er die Augen öffnete, war dieser Eindruck verschwunden. Moobuluk brauchte sie nicht mit der Hand vor dem grellen Sonnenlicht zu beschirmen; sie leuchteten braun und hell, wachsam wie die Augen eines weit jüngeren Mannes.

Neben ihm lag ein dreibeiniger Dingo ausgestreckt. Das Tier hatte einst vor der Wahl gestanden, in der Falle eines Weißen zu sterben oder sein eigenes Bein abzubeißen. Der Dingo hatte sich fürs Weiterleben entschieden. Nachdem er feststellen mußte, daß er nicht länger der Anführer seines Rudels war, hatte er sich diesem Menschen angeschlossen, den man anscheinend ebenfalls zum Sterben zurückgelassen hatte.

Doch der Dingo hatte sich geirrt, gründlich geirrt. Moobuluk war nicht nur einer der angesehensten Ältesten des Emu-Volkes, man hatte ihm auch große Verantwortung übertragen. Das Träumen hatte ihn tiefer und tiefer in die unergründlichen Geheimnisse und Mysterien seines Volkes geführt. Nun war er der berühmteste Zauberer auf dieser Seite des Kontinents und hatte alle seine Lehrmeister überlebt. Moobuluk war viele Jahre lang weit über die Grenzen seines heimatlichen Kamilaroi-Landes hinaus gereist, hatte die Anführer unzähliger Stämme getroffen – darunter die weisen Jangga, die seltsamen Manganggai und die wilden Warungas – und sich mit ihnen beraten, weil er so viele Sprachen beherrschte und als guter Zuhörer bekannt war. Vor allem aber hieß man ihn willkommen, weil seine Kräfte sehr gefürchtet waren und niemals unterschätzt werden durften.

An diesem Tag blickte er traurig auf das leuchtende Blau des Ozeans hinaus, unter dem sich, wie er wußte, ein Riff verbarg, dessen Farben jeden Regenbogen in den Schatten stellten. Dies war sein liebster Ort auf der ganzen Welt.

Er hatte ein ganzes Leben voller Zuhören und Lernen benötigt, um seine eigenen Geheimnisse zu ergründen, doch war seine Lebensspanne lächerlich kurz, verglichen mit den Äonen, die es die winzigen Polypen gekostet hatte, ihren unzerstörbaren Unterwasserschatz zu errichten. Es lehrte einen Demut, die Zeit in diesem Zusammenhang zu betrachten. Und amüsant war es auch. Und erfreulich. Er war umgeben von üppigen Farben, vom Blau des Meeres, leuchtend wie die blauen Steine, die er weit drinnen im trockenen Land gefunden hatte, bis zum weicheren Blau des weiten Himmels und dem reichen Grün der dampfenden Bergwälder, die von einer erstaunlichen Vielfalt bunt gefiederter, frecher Vögel bewohnt wurden.

Es schmerzte ihn, diesen Ort zu verlassen, doch der Wind hatte ihm zugetragen, daß man ihn anderswo brauchte.

Doch wohin sollte er sich in diesen Zeiten wenden? Die weißen Eindringlinge verursachten so viel Leid, so viel Verzweiflung, daß er sein eigenes Gefühl der Hoffnungslosigkeit kaum unterdrücken konnte. Er vermochte die Gezeiten nicht aufzuhalten; das Schicksal hatte die alte Ordnung zerstört und ... durch was ersetzt? Moobuluk fand die Antworten nicht in seinem reichen Erfahrungsschatz, denn dessen Struktur basierte auf den Erfahrungen von tausend Leben, die an Männer wie ihn weitergegeben wurden. Die weißen Männer waren nicht Teil der Traumzeit, ebensowenig wie ihre Tiere oder die seltsamen Pflanzen, die sie eingeführt hatten. Daher fehlte ihm die Grundlage für seine Arbeit ...

Er kratzte sich am Bauch und sah auf den Hund hinab. »Die Jangga-Leute rufen nach mir, aber ich kann nicht zu ihnen gehen, weil den Cullya-Leuten Schwierigkeiten bevorstehen.« Das ärgerte ihn ein wenig. Offensichtlich waren die Probleme der Jangga sehr viel schwerwiegender als die der kleinen Horde im Süden. Die Cullya waren unter der Führung seiner Urenkelin ›hineingegangen‹ und hatten sich auf einer Schaffarm angesiedelt. So schlimm konnte es ihnen da gar nicht ergehen.

Doch die nagende Sorge blieb. Irgend etwas stimmte nicht, das verriet ihm der Wind, der vom großen Fluß heranwehte. Und sie gehörten zur Familie. Zu seiner unmittelbaren Familie. Es war seine Pflicht, ihrem Ruf zu folgen.

Moobuluk freute sich nicht gerade auf die Rückkehr in sein Heimatterritorium. Obwohl dort inzwischen Frieden herrschte, bedrückten ihn die Erinnerungen an seine Kindheit am Großer-Mann-Fluß und das Wissen, daß diese glückliche Art zu leben seinen Nachkommen verwehrt war. Es tröstete ihn wenig, daß die Horde, die nun nach Brodericks Gesetzen lebte, ihr Los akzeptiert hatte und sogar vorgab, damit zufrieden zu sein. Er selbst trauerte der althergebrachten Lebensweise nach, und es tat ihm weh, sie immer schneller verschwinden zu sehen.

Oh ja, er kannte Broderick. Und er hatte auch den anderen gekannt, den, der Kelly hieß. Sie waren die ersten weißen Männer gewesen, die ohne Erlaubnis das Land der Cullya betraten. Nicht, daß je ein Weißer um Erlaubnis gebeten hätte, aber mit diesen ersten Schritten verstießen sie gegen Stammesrecht. Die friedfertigen Cullya waren zunächst nur neugierig gewesen; als ihnen jedoch dämmerte, daß sich die Weißen bei ihnen häuslich niederlassen wollten, hatten sie vergeblich versucht, sie zu vertreiben. Sie hatten sie belästigt, ihre Schafe getötet, Buschbrände gelegt, ihr Essen gestohlen – gutes Essen, wie sich Moobuluk grinsend erinnerte –, aber dennoch waren immer mehr weiße Männer gekommen.

Schließlich hatten sie angegriffen. Zum ersten Mal sahen sie sich der Macht von Schußwaffen gegenüber. Nach wenigen Minuten war alles vorbei – es gab sechs Tote und mehrere Verwundete. In tiefem Entsetzen suchten sie Deckung im Buschland und mußten sich dem Unausweichlichen fügen. Es war die erste und letzte offene Schlacht gegen Broderick gewesen.

Es folgten wochen- und monatelange Beratungen mit den Ältesten, es wurde hin und her argumentiert, während immer mehr Weiße mit ihren riesigen Herden eintrafen, Herden von Tieren, die nicht in dieses Land gehörten. Schließlich entschied man, die Waffen der Eindringlinge seien zu mächtig; es sollte daher keine Angriffe mehr geben, dafür aber um so mehr Vergeltungsschläge.

Moobuluk, der damals schon zu den Ältesten gezählt wurde, war den beiden Weißen Tag und Nacht gefolgt und hatte ihr Verhalten studiert.

Er meldete sich zu Wort, nachdem beschlossen worden war, daß sich die Vergeltung gegen diese beiden Männer richten sollte.

»Nein, wir nehmen nur einen von ihnen. Ein ritueller Tod, damit der andere weiß, daß wir ihn ebenso leicht hätten umbringen können. Der große Kerl mit dem weißen Haar ist ruhiger, ein Mann, der nachdenkt, laßt ihn leben. Wer wird ihnen nachfolgen, wenn wir beide töten? Womöglich ein Boß, der noch brutaler ist als sie.«

Und so geschah es.

Nach dem Vergeltungsschlag, bei dem sie einen der Bosse mit dem Speer aufgespießt hatten, verließen die beiden Männer, die man zur Ausführung des Rituals bestimmt hatte, die Gegend. Kurz darauf brach der Tumult los: Berittene überfielen die Lager, manche wollten jeden Schwarzen töten, selbst die Frauen und Kinder, doch Broderick hielt sie zurück. Die Ältesten erklärten, die Schuldigen seien nicht mehr da. Zur Strafe forderte er, daß weitere zwanzig junge Männer sein Land für immer verlassen müßten.

Wie Broderick vorausgeahnt hatte, brachte dies großen Schmerz über die Leute, doch er blieb unbeugsam. Seine Vergeltung dezimierte den Clan, kostete aber immerhin niemanden das Leben.

Moobuluk war dort gewesen, als seine Verwandte starb, die Mutter der beiden Mädchen. Sie hatte ihn zu sich gerufen, als sie in den Traum entglitt, und er war an ihrer Seite aufgetaucht, um ihr den Weg zu weisen. Die alten Männer in der Sterbehütte hatten ihn erkannt und waren stolz gewesen, daß die Frau einen so mächtigen Mann herbeirufen konnte. Dennoch setzten sie unbeirrt ihre Gesänge fort.

Er hatte Broderick erkannt, der hinter den weinenden Frauen zwischen den Bäumen stand und seinen Respekt bezeugte. Befriedigt hatte er genickt, erleichtert, vor so langer Zeit den richtigen Mann ausgewählt zu haben, doch er ging nicht zu ihm hin. Moobuluk trat nur selten mit weißen Männern in Kontakt. Es hatte keinen Sinn und war auch nicht erforderlich. Er verstand ihre Sprache – das war genug.

Er schlenderte ans Ufer und sah hinaus auf seinen geliebten Fluß. Als seine Urenkelin hinüberging, heulte der Dingo klagend auf. Moobuluk verschwand wieder in die Nacht, ebenso lautlos, wie er gekommen war.

Draußen auf dem blauen Meer konnte er ein großes Schiff mit Segeln wie Flügel erkennen und bestaunte seine Anmut, doch dann wandte er sich zögernd ab. Die Pflicht rief.

Austin Broderick erwartete Rupe und seinen Bruder bereits. Sie setzten sich an einen Tisch, der über und über mit Gebietskarten bedeckt war. »Wir beginnen hier.«

»Womit beginnen wir?« fragte Rupe.

»Damit, Springfield zu retten.«

»Wovor?«

»Jesus Christus! Muß ich etwa alles wiederholen? Victor, hast du ihm die Situation nicht erklärt?«

»Ich sagte ihm, du hättest Angst, daß sich die Siedler die besten Stücke aus Springfield herausschneiden könnten.«

»Angst! Wer sagt, ich hätte Angst? Die Siedler sollten lieber Angst haben.«

Victor schüttelte den Kopf. »Du hörst mir nie richtig zu. Ich sage dir doch, die Selektionsgesetze, wie sie die Landvergabegesetze jetzt nennen, werden niemals verabschiedet werden. Die haben nicht die geringste Chance.«

»Und wenn doch?« fragte Rupe. Sein Vater schlug mit der Faust auf den Tisch.

»Genau! Was wenn doch? Dann gibt es einen Ansturm auf Land, der dem Goldrausch in nichts nachstehen wird. Land ist immerhin eine sichere Sache. Und darüber sprechen wir hier. Habt ihr irgendwelche Vorschläge?«

»Klar.« Rupe grinste. »Wir vertreiben sie. Ein paar Schüsse in den Hintern werden die Siedler schnell eines Besseren belehren.«

»Sollte es wirklich jemals ein solches Gesetz geben, dann würdest du es damit brechen«, sagte Victor wütend.

»Na und?« schnaubte sein Vater. »Es ist mein Land. Die

einzige Alternative, um Springfield in seiner gegenwärtigen Form zu erhalten, wäre, das Pachtland zu kaufen. Und das kann ich mir nicht leisten.«

Rupe stand auf und streckte sich. »Natürlich kannst du das. Verwandle alles in Eigenbesitz, und wenn du mehr Geld brauchst, leihst du es dir eben. Du stehst dich doch gut mit den Banken.«

»Etwas ähnlich Dummes hatte ich auch von dir erwartet«, versetzte Victor spitz. »Du hast doch gehört, daß Daddy es sich nicht leisten kann. Wir würden uns auf mehrere Generationen hinaus verschulden.«

Austin beachtete ihren Streit nicht. »Es gibt zwei Ansatzmöglichkeiten. Entweder wir beschäftigen Grenzreiter, die Eindringlinge fernhalten, oder wir fangen an, die besten Stükke Land abzustecken.« Er erklärte, daß diese Weidegebiete geortet und kartographiert werden müßten. »Auf diese Weise können wir die Siedler vom lebenswichtigen Wasser abschneiden und den Lumpen, die unbedingt etwas von uns haben wollen, das kümmerliche, felsige Land überlassen.«

»Du redest, als sei es schon Wirklichkeit«, wandte Victor ein. »Es ist kein feststehender Beschluß, sondern das Wunschdenken der Siedler, die eine günstige Gelegenheit wittern.«

»Nicht zu Unrecht«, warf Rupe ein. »Wir müssen einfach feststellen, welches unsere besten Weidegründe sind.«

»Das dürfte kein Problem sein«, sagte Austin. »Ich habe die Karten hier. Wir kennen dieses Land, sie nicht. Wir fangen gleich an. Victor, hol ein paar Stifte. Und einen Radiergummi.«

»Jetzt?« fragte Rupe. »Warum denn jetzt? Wir haben jede Menge Zeit.«

»Wer sagt das? Ich nicht.«

»Aber das kann die ganze Nacht dauern.«

»Meinetwegen soll es die ganze Woche dauern. Wir arbeiten die Karten hier durch, dann reitet ihr hinaus und steckt die Grenzen ab, damit sich die Vermesser an die Arbeit machen können.«

Als Charlotte hereinkam, um sie ans Abendessen zu erinnern, fand sie alle drei über Landkarten gebeugt vor, provisorische Linien ziehend.

»Unsere Gäste warten.«

Austin war so in seine Pläne vertieft, daß er kaum den Kopf hob. »Fangt schon mal an. Wir haben zu tun.«

»Aber euer Essen wird kalt.«

Er drehte sich auf seinem Stuhl herum. »Hast du nicht gehört? Wir essen später.«

Charlotte sah ihre Söhne an. Als von ihnen keine Antwort kam, zog sie sich zurück.

Wütend sagte sie Hannah Bescheid, die davon ebensowenig begeistert war, und führte die Gäste ins Speisezimmer, wo sich Louisa zu ihnen gesellte.

»Wo sind die Männer?« erkundigte sich ihre Schwiegertochter.

»Sie essen später.«

»Wieso?«

»Sie haben zu tun.«

Louisa wandte sich zur Tür. »Das werden wir ja sehen!«

»Das würde ich lieber nicht tun.« Sie verstand die Warnung und ließ sich mit einem gereizten Seufzen am Tisch nieder.

»Dann werde ich das Gebet sprechen«, verkündete Reverend Billings.

Amy saß während des Essens brav neben ihrem Ehemann. Die Mahlzeit war köstlich – cremige Suppe, saftige Lammkoteletts, herrliches Gemüse und ihr Lieblingsdessert, gedämpfter Aprikosenpudding mit Vanillesauce und Sahne –, doch sie konnte sie nicht richtig genießen. Ihr Rücken schmerzte, und Tom starrte sie finster an, wann immer sie sich anschickte, den Mund aufzumachen. Sie durfte nicht einmal auf Fragen antworten. Ihre Strafe würde sie später erhalten.

Er war sehr schlecht gelaunt, da seine Versuche, Mr. Broderick zu sprechen, fehlgeschlagen waren. Die Abwesenheit des Gastgebers am Tisch trug nicht gerade dazu bei, seine Stimmung zu heben. Amy wußte jedoch, daß auch sie Tom gegen sich aufgebracht hatte, was ihr sehr leid tat. Sie hätte es besser wissen müssen.

Er hatte sie nach ihrem Spaziergang schon ungeduldig erwartet.

»Wo bist du gewesen? Meine Socken müssen gestopft werden, und du hast nichts anderes im Sinn, als an diesem gottverlassenen Ort herumzulaufen, als gehöre er dir.«

»Ich bin nur spazierengegangen. Ich stopfe deine Socken jetzt gleich.«

Er warf sie ihr hin. »Erwartest du etwa, daß ich es diesen selbstzufriedenen Sündern gleichtue? Ich besitze nur zwei Paar Socken und werde, gelobt sei der Herr, immer nur zwei Paar Socken besitzen, von denen eins in der Wäsche und das andere zum Tragen gedacht ist. Doch was muß ich sehen? Löcher!«

»Tut mir leid, ich werde sie sofort stopfen.«

»Dafür bleibt uns keine Zeit, wenn wir die Regeln dieses Hauses einhalten wollen.« Er entriß ihr die Socken. »Ich werde sie samt Löchern tragen, und wenn sie es bemerken, wird es dich Demut lehren. Dich, nicht mich. Mit wem bist du spazierengegangen?«

Die Frage kam so plötzlich, daß sie Amy unerwartet traf. »Allein natürlich.«

Seine Faust prallte auf ihren Rücken, und sie fiel gegen die Wand. »Lügnerin! Ich war im Badezimmer am Ende des Flurs. Dort schaute ich aus dem Fenster und sah dich mit einem Mann spazierengehen.«

»Oh nein, Tom, ich habe nicht ...«

»Schon wieder Lügen!« Er riß sie an den Haaren auf die Füße und schüttelte sie, so daß sie sich auf die Zunge biß.

»Oh, Tom, laß das, bitte«, flehte sie ihn an. »Er hat sich mir einfach angeschlossen. Ich habe ihn nicht dazu eingeladen. Es war nur Rupe Broderick.«

»So nennst du ihn also? Seit wann steht ihr auf so vertrautem Fuß miteinander?«

»Man sagte uns, wir sollen die Söhne Rupe und Victor nennen.«

»Mir wurde es gesagt, nicht dir. Hast du denn gar kein Schamgefühl? Du bist eine verheiratete Frau. Auf die Knie mit dir!«

Als sein Gürtel auf ihren Rücken niederging, biß Amy auf ein Handtuch, um nicht laut herauszuschreien. Sie wollte nicht, daß irgend jemand davon erfuhr. Sie würden es nicht richtig verstehen. Tom liebte sie wirklich, es war nur so, daß es ihr schwerfiel, seinen strengen Prinzipien, was ein christliches Leben anbelangte, zu entsprechen. Schon oft hatte er ihr, wenn er in besserer Stimmung war, erklärt, daß er alle Hände voll zu tun hätte, den Teufel in sich selbst zu bekämpfen, und nicht auch noch ihre Schlachten austragen könne. Amy wußte, daß sie sich noch mehr anstrengen mußte, denn Tom war ein guter Ehemann, der sich aufrichtig um sie sorgte. Er fürchtete ständig, er werde ohne sie in den Himmel gelangen, wenn sie nicht lernte, dem Herrn zu gefallen. Ein wirklich rücksichtsvoller Mann. Nur wenige Ehemänner besaßen Toms Voraussicht; die meisten waren viel zu selbstsüchtig.

Die anderen beiden Frauen am Tisch hätten Tom Billings wohl kaum einen rücksichtsvollen Ehemann genannt. Hätten sie gewußt, daß er seine Frau unter ihrem Dach schlug, hätten sie wohl selbst zur Pferdepeitsche gegriffen. Allerdings erachteten sie ihre eigenen Männer tatsächlich als selbstsüchtig. Charlotte fühlte sich um die romantische Liebe betrogen, nach der sie sich immer gesehnt hatte, und Louisa mißbilligte, daß sich Victor von seinem Vater gängeln ließ. Ihre Wünsche kamen stets erst an zweiter Stelle. Er liebte sie, sehr sogar, war stolz auf sie und stellte sie jedem als ›meine wunderschöne Frau‹ vor, doch sie wollte nicht ständig mit einem tyrannischen Vater konkurrieren müssen, der, wie sie sehr wohl wußte, gegen ihre Heirat gewesen war.

Grimmig tauchte sie ihren Löffel in die Suppe, während Charlotte höflich nickend den Ausführungen des Reverends lauschte, der zu einem von Schlürfgeräuschen unterbrochenen Monolog über das zweite Erscheinen Christi angesetzt hatte. Seine Tischmanieren waren grauenvoll, was Louisa nur noch mehr aufbrachte. Säßen die Männer mit am Tisch, wären die Frauen seinen Litaneien wenigstens nicht allein ausgeliefert. Wie nannte Rupe es doch gleich?

Ein gefesseltes Publikum.

Er fand die Missionare komisch. Typisch Rupe!

Louisa erblickte ihr Gesicht in dem goldgerahmten Spiegel an der Wand und war getröstet. Wegen ihr brauchte Victor sich nicht zu schämen, selbst wenn sie nur die Tochter eines Ladenbesitzers und nicht wie er in die Elite von Queensland hineingeboren worden war. Tatsächlich hieß es oft, sie könnten Geschwister sein. Beide waren groß, blond und blauäugig, doch Louisa betonte stets, daß damit die Ähnlichkeit aufhöre. Schließlich war es nicht gerade schmeichelhaft für eine Frau, ihrem Aussehen nach mit einem Mann verglichen zu werden. Ihr Haar war lang und seidig, reichte ihr fast bis zur Taille. Victor liebte es ganz besonders an ihr, und sie mußte ihm hoch und heilig versprechen, daß es niemals mit einer Schere in Berührung käme. Ihre Gesichtszüge waren fein, die Haut rein und ohne Sommersprossen, der Mund klein – ›wie eine Rosenknospe‹, hatte Victor einmal gesagt.

Sie runzelte die Stirn. Ihr Vater hatte sie vor der Hochzeit gewarnt. »Laß dich nicht von ihnen unterkriegen, Liebes. Du bist so gut wie jeder einzelne von ihnen. Mein Dad war ein freier Siedler, Brodericks Großvater ist in Ketten hergekommen. Du hast also allen Grund, den Kopf hoch zu tragen.«

Damals war Louisa bei der Aussicht auf eine Ehe mit Victor, der sie ein Jahr lang umworben hatte, so aufgeregt gewesen, daß sie den Rat ihres Vaters als albern abgetan hatte. Victor war verrückt nach ihr. Was zählte sonst noch? Vieles, dachte sie nun mürrisch.

Minnie kam herein und räumte langsam die Teller ab, jeden einzeln, als habe sie Bleigewichte an den Füßen. Charlotte bemerkte es mit einem Stirnrunzeln.

Sie trug die Koteletts und das Gemüse auf, wobei sie einen Krug umstieß. Die dicke Soße ergoß sich über die Damasttischdecke.

»Oh nein, sieh nur, was du angerichtet hast«, rief Charlotte. »Was ist denn bloß los mit dir?«

»Ich hole einen Lappen«, erbot sich Louisa und sprang auf. »Du bleibst, wo du bist«, wies Charlotte sie an. »Ich kümmere mich darum.«

Louisa blieb also sitzen und überließ es ihrer Schwiegermutter, das Durcheinander zu ordnen, was ein bezeichnendes Licht auf ihren Status innerhalb der Familie warf.

»Ich gelte hier überhaupt nichts«, hatte sie sich immer wieder bei Victor beklagt. »Dein Vater behandelt mich, als hätte ich nicht einen Funken Verstand, und gibt allen Leuten zu verstehen, daß sein Sohn seiner Ansicht nach unter seinem Stand geheiratet hat. Und Charlotte läßt mich nicht einmal einen Besen in die Hand nehmen.«

»Sie will, daß du dich um nichts kümmern mußt. Sie führt das Haus, du bist für Teddy zuständig.«

»Sie führt *ihr* Haus, meinst du wohl!«

Sie und Charlotte begegneten einander freundlich, ohne jedoch befreundet zu sein. Zu ihren Jugendfreundinnen hatte Louisa jeglichen Kontakt verloren. Wäre es einmal zum offenen Streit mit Charlotte gekommen, hätte sie wenigstens herausfinden können, wer diese unscheinbare Frau mit dem dünnen, roten Haar wirklich war. Sie leitete die Geschicke des Herrenhauses von Springfield mit einer übertriebenen Geschäftigkeit, die an Besessenheit grenzte, und tat alles, um ihrem Ehemann zu gefallen. Außer Teddy hatten die beiden Frauen nichts gemein. Charlotte betrachtete Mode als leichtsinnigen Tand, während Louisa schöne Kleider liebte. Sie lächelte grimmig.

Das Kleid, das sie zum Abendessen in ihrem eigenen Heim trug, hatte zwanzig Pfund gekostet, ein kleines Vermögen. Für diese Summe hätte ihr Vater über eine Woche lang arbeiten müssen. Und in diesem herrlich kühlen Schweizer Organza, der mit gelben Schmetterlingen bestickt war, saß sie hier nun bei einem langweiligen Essen.

»Eigentlich hätten es Bienen sein sollen«, hatte sie Victor erklärt, als das Kleid in der vergangenen Woche eingetroffen war. Sie hatte es aus einem Katalog bestellt.

»Weshalb denn Bienen?«

»Ach, vergiß es.« Hatte Napoleon nicht angeordnet, daß all seine Kleider mit goldenen Bienen bestickt sein sollten? Warum dann nicht goldene Schmetterlinge für die verdammten Brodericks? Diese Squatter taten doch ohnehin, als gehöre ihnen die Welt. Was vermutlich sogar stimmte, das mußte sie sich eingestehen.

Warum also war sie so unglücklich? Louisa wünschte sich, ihre Mutter wäre noch am Leben. Bei seinem letzten Besuch auf Springfield hatte sie versucht, mit ihrem Vater zu sprechen, doch er war viel zu begeistert von ihrem prächtigen Lebensstil gewesen, um zuzuhören. Von Teddy, seinem Enkel. Und von Austins Unterstützung, die es ihm ermöglicht hatte, sein Geschäft zu einer Großhandlung auszubauen, in der die Landbewohner ihre Vorräte unter dem Einzelhandelspreis erwerben konnten, sofern sie große Mengen bestellten. Auf seinem Weg in den Wohlstand hatte sich ihr Vater von einem Kritiker in einen Verehrer Austin Brodericks verwandelt, der die Oberschicht nicht länger mißtrauisch beäugte, geschweige denn bekämpfte.

Mit Charlotte konnte sie auch nicht reden, da sie ständig zu befürchten schien, ihr verdammter Ehemann lausche an der Tür.

Doch selbst Charlotte mußte noch eine andere Seite haben. Wenn man nur zu ihr durchdringen könnte, sinnierte Louisa und rümpfte die Nase beim Anblick des Puddings, den sie verabscheute. Und auch ich habe eine andere Seite. Ich werde nicht zulassen, daß mich diese Leute hier festhalten, wo ich den lieben langen Tag zum Däumchendrehen verdammt bin. Ich will mein eigenes Zuhause. Allerdings würde Austin es nie gestatten, daß Victor ein weiteres Haus auf Springfield errichtete, obwohl mehr als genug Platz dafür vorhanden war. Er hatte dieses riesige Heim für seine gesamte Familie gebaut.

Der Reverend schwadronierte noch immer über die Wiederkunft des Messias.

»Und wann wird das in etwa sein?« fragte Louisa schnippisch.

»Sehr bald.«

»Wie bald? Nächste Woche oder nächstes Jahrhundert? Dann werden wir es vermutlich nicht mehr miterleben.«

»Ha! In diese Falle tappen viele. Warum sollte der Herr Ihnen, einem Stäubchen im Universum, verraten, wann er zuschlagen wird? Die Wahrheit steht in der Bibel, und nur wahre Anhänger des Heiligen Wortes werden Seiner Gnade teilhaftig.«

»Welche wahren Anhänger?«

»Die Menschen, die wir Missionare segnen und taufen, meine Dame.«

»Und wohin hat Ihre Mission Sie geführt, Reverend?«

»Über die Tasman-See in Ihr schönes Land.«

Louisa sah, wie sich Charlottes Augenbrauen mißbilligend hoben. Sie mochte ihre Gäste nicht, schätzte Louisas Genörgel aber ebensowenig.

Zur Hölle damit, dachte diese, deren Wagemut durch die Abwesenheit ihres Mannes gestärkt wurde. Er schalt sie gelegentlich, sie rede zuviel.

Anfangs hatte er sogar recht damit gehabt. Niemand wußte besser als sie selbst, daß sie bei ihrer Ankunft auf Springfield tatsächlich zuviel geredet hatte. Geplappert. Geschwätzt. Vor allem bei Tisch, wenn der Wein ihr die Zunge löste. Doch das war reine Nervosität gewesen. Allmählich und mit Mühe war es ihr gelungen, sich zu beruhigen, doch geschwiegen hatte sie nie. Louisa hegte ihre eigenen Vorstellungen und fühlte sich berechtigt, sie bei jeder sich bietenden Gelegenheit auch zu äußern, Austins finsteren Blicken und Victors Nasezucken zum Trotz.

»Was geschieht mit den Menschen, die Ihres Segens nicht teilhaftig werden?« fragte sie unvermittelt. »Ich meine, mit dem Rest der Welt? Bleiben ihnen die Tore des Himmels für immer verschlossen?«

Der Reverend wischte mit einer Brotkruste Soße vom Teller auf und lächelte sie an.

»Ha! Gute Frage. Deshalb arbeiten wir ja so hart. Wir möchten alle Seelen zum Herrn geleiten.«

»Und wie steht es mit mir? Bin ich verloren, nur weil ich Anglikanerin bin?«

Nun schritt Charlotte ein. »Wirklich, Louisa, dies ist wohl kaum der Ort für derartige Haarspaltereien. Denk daran, ›im Haus meines Vaters sind viele Zimmer‹.«

Louisa sah, wie das Lächeln des Reverend dahinschwand, und fragte sich, ob Charlotte sein Credo bewußt in den Grundfesten erschüttert hatte. Bei ihr konnte man sich nie sicher sein.

Sie nutzte die Gelegenheit zu weiteren Sticheleien. »Nun, dann sagen Sie mir eines: Werden die schwarzen Kinder Ihren Glauben angenommen haben, wenn sie zurückkehren, Reverend? Oder werden sie sich, wie Charlotte es ausdrückt, der vielen Zimmer bewußt sein?« Sie verzichtete auf den Nachsatz: »und weniger bigott werden als Sie.«

Mrs. Billings schreckte aus ihrer Lethargie hoch und wollte etwas sagen, doch ihr Mann kam ihr zuvor. »Es ist unsere Pflicht, die schwarzen Kinder aus ihrem heidnischen Dasein zu befreien und ins Licht der Christenheit zu führen. Anscheinend bemüht sich auf diesen Farmen niemand darum. Sie werden ihnen diese von Gott geschenkte Gelegenheit doch nicht mißgönnen wollen, Mrs. Broderick?«

»Sicher nicht«, warf Charlotte rasch ein. »Louisa, du findest das Programm doch auch hervorragend. Ich dachte, wir trinken den Kaffee heute abend draußen auf der Veranda, dort ist es kühler.« Sie wandte sich an die Gäste. »Sie schließen sich uns doch an, nicht wahr?«

Billings nahm das abgegriffene Gebetbuch, das er stets bei sich trug, und warf einen unsicheren Blick auf die dunkle Veranda.

»Ich glaube nicht. Wir ziehen uns zurück.«

Als er das Dankgebet anstimmte, prustete Louisa beinahe los vor Lachen. Wenn sich die Männer bisher zu Portwein und Zigarren in Austins Höhle zurückgezogen hatten, hatte der Reverend als Antialkoholiker und Nichtraucher den Damen im Salon Gesellschaft geleistet. Er hatte ihnen so lange aus dem Gebetbuch vorgelesen, bis sie unerträglich gelangweilt die Flucht ergriffen. Doch auf der Veranda gab es keine Lampen, da sie Horden von Insekten angezogen hätten. Lesen kam also nicht in Frage. Ob Charlotte das wohl bei ihrem Vorschlag bedacht hatte?

Amy war verwirrt. Toms Stimmung hatte sich weiter verschlechtert, nachdem sie auf den exzellenten Kaffee und die kleinen Plätzchen verzichtet hatten, die Mrs. Broderick nach dem Essen zu servieren pflegte, und sich in ihr Zimmer zurückgezogen hatten.

»Gottloser Haufen!« knurrte er. »Das hat diese Frau doch mit Absicht getan.«

»Was denn?«

»Uns nach draußen gebeten, wo ich nicht die Kapitel lesen kann, die ich für den heutigen Abend ausgesucht habe.«

»Warum nicht?«

»Weil es auf der Veranda kein Licht gibt, du dummes Weib. Doch das wird ihnen noch leid tun, denn mein ist die Rache, spricht der Herr. Denk an meine Worte. Nun knie nieder und bereue deine Sünden. Ich habe deine Untaten von heute nachmittag nicht vergessen.«

Gehorsam kniete Amy sich mit dem Gesicht zur Wand, während sie die Knöchel umklammerte, den Hals reckte und den Rücken durchbog. Die Haltung war überaus schmerzhaft.

»Nun sprich mir nach: ›Ich entsage dir, Satan. Ich vertreibe den Teufel ...‹«

Diese Sitzungen endeten erst, wenn Amy zusammenbrach, den Herrn um Vergebung anflehte und sich dankbar mit dem Gesicht nach unten auf dem Boden ausstreckte. Obwohl diese Strafe mit Qualen verbunden war, stärkte sie ihr Bewußtsein für die Gegenwart des Herrn. Wenn sie sich dann erheben durfte, konnte sie aus voller Kehle »Halleluja! Halleluja!« ausrufen, wieder vereint mit ihrem Mann.

Doch eine Frage blieb.

Als sie ins Bett stieg, erinnerte sie sich wieder daran. »Hast du gehört, was diese Mrs. Broderick, Louisa, über die schwarzen Kinder gesagt hat?«

Er nickte. »Ja, ich habe es gehört.«

»Sie scheint zu glauben, daß sie wiederkommen.«

»Was nur die Unwissenheit dieser Frau beweist. Sie gibt sich als Anglikanerin aus und hat keine Ahnung von Theologie. Und zu allem Überfluß hat sie unsere Mission völlig mißverstanden. Diese schwarzen Kinder müssen aus dem Schmutz des Heidentums und der animalistischen Rituale errettet werden. Würde man sie zurückbringen, fielen sie erneut der Verderbtheit anheim.«

»Das habe ich mir auch gedacht. Sie scheint zu glauben, daß sie wie weiße Kinder ins Internat kommen. Vielleicht solltest du ihr erklären ...«

»Auf gar keinen Fall! Wir brauchen einem verzogenen Balg wie ihr doch nicht das Wort des Herrn zu erklären. Hast du ihr Kleid gesehen? Es war vorn einfach obszön weit ausgeschnitten. Ihr Ehemann sollte es ihr vom Leib reißen. Und nun zieh das Laken beiseite.«

Pflichtschuldig zog Amy ihr langes Nachthemd hinunter, bis nur noch die Füße herausschauten, und warf das Laken zur Seite. Sie sah Tom dabei zu, wie er sie in seinem dicken Nachthemd bestieg.

»Ich bin bereit«, sagte er. »Bedecke dein Gesicht.«

Sie legte sich das Kopfkissen so übers Gesicht, daß er ihr in Würde beiwohnen konnte.

»Was gibt es denn so Dringliches, daß sie dafür das Essen ausfallen lassen?« fragte Hannah. Charlotte zuckte die Achseln.

»Das hat man mir nicht gesagt, aber ich werde es herausfinden. Bereite ein Tablett mit Sandwiches und kaltem Braten vor, und was du sonst noch finden kannst. Ich werde es ihnen bringen. Sie können nicht erwarten, daß du den ganzen Abend hier herumsitzt und wartest, bis sie fertig sind.«

»Das Gemüse ist inzwischen sowieso zerkocht«, erwiderte Hannah naserümpfend. »Ich brate es morgen mit Rindfleisch auf. Minnie, du kannst Brot schneiden und buttern.«

Minnie kam mit verweinten Augen aus der Spülküche. »Was haben gesagt?«

»Das Brot! Schneide das Brot! Hole Butter aus der Speisekammer! Gott steh uns bei, Mädchen, was ist nur in dich gefahren?«

Charlotte starrte sie an. »Ist alles in Ordnung, Minnie? Die Sache bei Tisch vorhin war doch nur ein Mißgeschick. Du brauchst dich deswegen nicht so aufzuregen.« Sie wollte sie berühren, doch Minnie fuhr zurück, als habe man sie schlagen wollen.

»Um Himmels willen, du zitterst ja wie Espenlaub«, sagte Charlotte. »Bist du krank, Minnie?«

»Nein, Missus«, schluchzte das Mädchen.

»Ich glaube, es geht ihr nicht gut«, sagte Charlotte zu Hannah. »Laß sie gehen. Morgen früh sehen wir weiter.«

Minnie sauste zur Hintertür hinaus und rannte den Weg hinter dem Gästeflügel hinunter. Als sie an dem Zimmer vorbeikam, in dem das böse Ehepaar schlief, hörte sie die Frau »Halleluja! Halleluja!« schreien. Es gellte furchtbar durch die warme Nacht. Minnie stolperte vor lauter Angst, obwohl sie die Worte nicht verstand. Sie rappelte sich auf und rannte weiter, vorbei an der Schlafhütte, die sie mit den anderen schwarzen Hausmädchen bewohnte, und über die Koppeln. Noch immer in Panik, raffte sie ihr Baumwollkleid und sprang mühelos wie eine geübte Hürdenläuferin über die Zäune. Erst am Fluß verlangsamte sie ihren Lauf. Hier war sie zu Hause, hier fühlte sie sich sicher.

Sie trottete den vertrauten Pfad zum Lager entlang. Die Finsternis der mondlosen Nacht schreckte sie nicht.

Ihre Leute würden keine Fragen stellen. Einmal wöchentlich durfte sie für die Nacht ins Lager zurückkehren, und sie würden denken, dies sei ihr freier Abend. Sie zählten die Tage nicht so wie die Weißen.

Dennoch mußte sie vorsichtig sein und durfte kein Wort über die Sache verlieren, damit man sie nicht für einen Hasenfuß hielt, der sich vor weißem Gerede und schreienden Frauen ängstigte.

Doch sie hatte noch mehr gehört. Sie sprachen noch immer über schwarze Kinder, die weggebracht werden sollten. Wieder hatte sie nur Gesprächsfetzen aufgeschnappt, weil sie so nervös gewesen war und Soße verschüttet hatte. Louisa hatte etwas von der Rückkehr der schwarzen Kinder gesagt. Nun war sich Minnie fast sicher, daß sie einige schwarze Jungen zur Schule schicken wollten, wie sie es mit Victor, Harry und Rupe gemacht hatten. Irgendwann würden sie dann wieder heimkommen, wie Mr. Brodericks Söhne auch.

Aber wieso? Schwarze Kinder gehörten nicht an solche Orte. Wozu sollte es gut sein? Nioka würde sie auslachen, wenn sie es wüßte, doch sie selbst sah eine Zukunft für Bobbo hier auf der Farm. Er konnte schon ein bißchen Englisch, und wenn er älter war, wollte sie Victor bitten, ihn reiten zu lehren. Er könnte hier als Viehhüter arbeiten.

Sie mußte zugeben, daß Nioka viel klüger war als sie. Sie bemerkte Dinge. Sie bemerkte, daß alle Weißen bezahlt wurden und die Schwarzen nicht. Nicht einmal die Jungen, die als Viehhüter arbeiteten. Doch ihre Mumma war deswegen böse auf Nioka gewesen. Sie hatte gesagt, es sei gut, wenn man einen Job wie Minnie hatte, weil man dabei viel lernen konnte, selbst wenn man kein Geld bekam.

Minnie wußte nicht so recht, was sie bei der Arbeit im Haus lernen können sollte. Manchmal war sie nach den langen, streng reglementierten Tagen so müde, daß sie ihre Schwester um das unbeschwerte Leben im Lager beneidete. Nioka konnte zum Haus kommen und mit Teddy spielen, wann immer ihr danach war, oder wenn Bobbo und Jagga ihren Spielgefährten besuchen wollten. Traurig dachte Minnie daran, daß sie ihren eigenen Sohn nur noch selten sah. Nioka kümmerte sich um ihn, während seine Mutter meilenweit entfernt war, für die Weißen arbeitete.

Geschickt bestieg Minnie einen flachen Felsen, setzte sich

hin und ließ die Füße ins strömende Wasser baumeln. Die plötzliche Kühle erfrischte sie.

Es war nicht richtig, das wußte sie. Schon oft war sie mit Nioka wegen Bobbo in Streit geraten. Wenn ihr an Niokas Erziehung etwas nicht paßte, solle sie doch wie eine gute Mutter im Lager leben und ihn auf ihre Art erziehen, anstatt die Weißen zu bedienen. Und wozu das alles? Für nichts als kostenlose Verpflegung und ein gelegentliches Kopftätscheln. »Sie interessieren sich nicht für dich!« hatte Nioka sie angeschrien. »Wenn du stirbst, holen sie sich eine Jüngere und lehren sie Gehorsam. Schlagen sie solange, bis sie es richtig macht.«

Und auch das stimmte. Als sie jünger war, hatte Minnie oft genug Schläge von Hannah und Mrs. Broderick bezogen, damit sie sich etwas einprägte. Doch die beiden hatten nie so fest zugeschlagen wie Mumma. Ein Schlag von Mumma mit ihrer berühmten Keule kam einem Pferdetritt gleich.

Das alles war sehr verwirrend. Wer hatte recht? Nioka oder Mumma? Seltsamerweise war Nioka altmodischer als Mumma. Sie wollte die Traditionen bewahren. Sogar ihr Ehemann war anderer Ansicht gewesen. Er hatte sich kurz nach Jaggas Geburt aus dem Staub gemacht, um die Städte der Weißen zu sehen. Angeblich zog er sich dort irgendeine Krankheit zu und konnte nicht heimkehren, selbst wenn er gewollt hätte.

Minnie seufzte. Sie sollte jetzt besser aufbrechen. Es waren nur noch wenige Meilen bis zum Lager, und die meisten Leute würden inzwischen schlafen. Ganz in ihrer Nähe raschelte es im Gebüsch, und sie verharrte bewegungslos. Ihre scharfen Augen hatten sich inzwischen an die Dunkelheit gewöhnt.

Aus den Büschen unter ihr hinkte ein dreibeiniger Dingo hervor und ließ sich am sandigen Ufer zum Trinken nieder. Dann drehte er sich um und schaute mit weichem, ruhigem Blick zu ihr hoch. Schließlich schüttelte er sich das Wasser von der Schnauze und machte sich leise davon.

Minnie sprang auf die Füße und lief los.

Stolpernd erreichte sie das Lager und rief nach Nioka.

»Nioka, wach auf! Wach auf! Moobuluk ist hier! Er ist wieder da.«

Nioka schlief in ihrer Rindenhütte am Flußufer. Nun zog sie sich auf die Ellbogen hoch. »Halt den Mund, du weckst die Kinder!«

»Moobuluk ist hier, wenn ich es dir doch sage. Ich habe seinen Hund gesehen. Den roten, dreibeinigen Dingo. Den großen Hund. Er hatte ihn bei sich, als unsere Mutter starb.«

»Wovon redest du? Wir haben ihn damals nicht mal gesehen.«

»Aber er war da. Jeder wußte das. Und du, wir beide, haben seinen Hund gesehen. Überall würde ich den wiedererkennen. Heute abend habe ich ihn bei dem flachen Felsen entdeckt.«

»Du bist betrunken! Hau ab.«

Minnie errötete. Die eine Nacht, in der sie nach einer Party bei den Brodericks die Reste aus Flaschen und Gläsern getrunken und man sie am folgenden Tag hilflos umhertappend und zusammenhanglos lallend im Busch gefunden hatte, würde man sie nicht so schnell vergessen lassen.

»Das ist nicht wahr«, rief sie, doch Nioka war bereits wieder eingeschlafen. Minnie legte sich neben die beiden Jungen, nahm sie in die Arme und schlief ein.

Moobuluk jedoch war viel weiter entfernt, als Minnie glaubte. Die Sorge um die beiden Mädchen quälte ihn, und er sandte ihnen einen einfachen Zauber, damit sie wußten, daß ihr Verwandter, wenn auch nicht körperlich, so doch im Geiste bei ihnen war. Sein alter Körper war gebrechlich. Maß man die Entfernung nach Art der Weißen, so lag seine verborgene Höhle Hunderte von Meilen nördlich der Broderick-Farm und seiner ursprünglichen Heimat. Dort wachte er über die heiligen Malereien, die die Geschichte der Traumzeit darstellten und noch nicht von Eindringlingen entweiht worden waren. Als junger Mann mit flinken Füßen hatte er an einem Tag große Strecken zurücklegen und sogar nachts weiterlaufen können, doch diese Zeiten waren vorbei. Da jedoch die heiße, regenreiche Zeit bevorstand, in der die breiten Flüsse anschwollen und die trockenen Gegenden im Süden unvorbereitet trafen, würde er mit etwas Glück auf Angehörige der Flußstämme treffen, die ihn ein gutes Stück in ihren Einbäumen mitnehmen könnten.

Moobuluk nickte seinem Hund zu, während sie die Berghänge hinunterstiegen. »Weshalb laufen, wenn wir im Boot fahren können? Selbst die Weißen würden einen häßlichen alten Kerl wie mich mitnehmen.«

Wochen später kämpfte er sich durch den Regenwald. Alles um ihn herum schien voller Spannung auf den Monsun zu warten. Das Unterholz war trocken und spröde, Schlingpflanzen hingen träge von durstigen Bäumen; kleine Tiere huschten geschäftig unter riesigen Blättern umher und brachten sich vor den stets wachsamen Schlangen in Sicherheit. Der alte Mann lächelte und sprach mit ihnen, während er sich dem Fluß näherte. Er führte wenig Wasser. Krokodile dösten am schlammigen Ufer, und über dem Sumpfland hing ein Verwesungsgeruch, doch Moobuluk machte das nichts aus. Alles war, wie es sein sollte.

Er stieg entschlossen über die freiliegenden Mangrovenwurzeln hinweg und folgte dem Fluß bis zu einem hohen Wasserfall. Wenn der Regen kam, würde sich der Fluß in einen reißenden Strom verwandeln, über die Felsen donnern und die Welt aufwecken.

Und so wanderte er weiter, begleitet von seinem Hund. Er würde zur rechten Zeit bei seinen Verwandten ankommen, wie es die Natur vorsah. Er hoffte, daß sie nicht zuviel von ihm erwarteten. Manche glaubten, er könne die Zeit aufhalten und Veränderungen rückgängig machen, die die Weißen verursacht hatten, doch das lag nicht in seiner Macht. Die Logik sagte ihm, daß, sofern es erneut Unruhen im offenen Land gab, wo der kleine Clan noch immer lebte, der Grund dafür wieder einmal bei den Weißen zu finden wäre. Er seufzte. Vielleicht war es an der Zeit, seine Leute tiefer ins Landesinnere zu bringen.

Tagelang ritten die drei Brodericks über den riesigen Besitz und teilten ihn in separate Weiden ein, die sie durchnumerierten. Dabei kam es zu hitzigen Diskussionen, denn jeder hatte seine eigene Vorstellung von den besten Weidegebieten. Austin bestand darauf, alle Wasserstellen und -läufe zu beanspruchen, was Victors Versuche, sie in seinem Notizbuch aufzuzeichnen, in einem Wirrwarr von Zickzacklinien enden ließ.

Nichtsdestotrotz arbeiteten sie weiter, immer unter Austins Aufsicht. Rupe brannte Bäume nieder und brachte Kreidemarkierungen für die Landvermesser an, während Victor bemüht war, System in die ganze Angelegenheit zu bringen.

Abends saßen sie in Austins Höhle, zeichneten neue Landkarten, änderten sie wieder und legten die Grenzen neu fest, was Victor im übrigen für Zeitverschwendung hielt. Rupe hingegen hatte seinen Spaß und störte sich auch nicht daran, daß Austin ein falsches Spiel trieb und seine Weiden beinahe die doppelte Größe der zulässigen Höchstgrenze erreichten, die in den bisher noch nicht auf die Probe gestellten Landgesetzen festgelegt worden war.

»Von deinen offensichtlichen Betrügereien einmal abgesehen, kannst du diese ganzen Weiden ohnehin nicht kaufen«, bemerkte Victor. »Die Gesetze legen genau fest, wieviel Land ein Mann besitzen darf.«

»Kein Problem«, grinste Rupe, »wir setzen verschiedene Namen aus unserer Familie als Besitzer ein.«

»Das wird nicht reichen.«

Doch sein Vater wollte sich von solchen Bagatellen nicht von seinem Plan abbringen lassen.

»Dann benutzen wir eben Strohmänner. Unsere Viehhüter und Farmhelfer werden schon nichts dagegen haben, als stellvertretende Käufer zu fungieren, und wer sollte je davon erfahren? Du machst dir unnötige Sorgen, Victor.«

»Umgekehrt wird ein Schuh daraus. Du zerbrichst dir den Kopf über etwas, das gar nicht passieren wird. Es wäre das reinste Chaos.«

»Die Politiker verursachen doch nichts als Chaos, anstatt endlich einmal etwas Handfestes zuwege zu bringen. Morgen fangen wir mit der anderen Flußseite an.«

Unterdessen schäumte der Reverend vor Wut. Er fühlte sich brüskiert, da er glaubte, Broderick gehe ihm absichtlich aus dem Weg. Was konnte denn schon wichtiger sein als seine Mission? Tom Billings kaufte ihm seine diesbezüglichen Entschuldigungen nicht ab. Er wollte sich aber auch nicht dazu herablassen, das Thema noch einmal mit den Frauen zu besprechen. Dennoch mußte etwas geschehen. Für Amy war es nicht förderlich, in diesem dekadenten Haushalt herumzufaulenzen, der ihr nur den Kopf verdrehte.

Schließlich paßte er Broderick auf dem Weg von den Ställen zum Haus ab.

»Sir, wenn ich um eine kurze Unterredung bitten dürfte.« Broderick blieb stehen, nahm den Hut ab und wischte sich mit einem Taschentuch übers Gesicht. »Kann das nicht warten? Ich bin ein bißchen müde.«

Er sah wirklich erschöpft aus, doch Tom konnte kein Mitleid aufbringen für einen Mann seines Alters, der in dieser Hitze unbedingt wie ein Herzog über seine Besitzungen reiten zu müssen glaubte.

»Leider nicht. Mrs. Billings und ich würde gern aufbrechen, wenn Sie erlauben ...«

Entdeckte er da ein plötzliches Interesse bei seinem Gegenüber? Tom beschloß, sein Gekränktsein darüber für sich zu behalten, und fuhr fort: »Ich wollte mit Ihnen über unseren Plan sprechen, drei schwarze Jungen mitzunehmen und ihnen eine Ausbildung zu ermöglichen.«

»Ja.« Broderick nickte. »Meine Frau erwähnte so etwas. Klingt vernünftig. Werden Sie sich um sie kümmern?«

»Allerdings, Sir. Ich habe einen Brief von meinem Bischof mitgebracht, in dem er das Programm vorstellt. Sie werden daraus ersehen können, daß wir bemüht sind, so viele junge Seelen wie möglich zu retten und in die zivilisierte Welt einzuführen. In der Missionsschule bieten wir ihnen Kost und Logis. Unsere Laienhelfer, die sich dem christlichen Leben verschrieben haben, sorgen für sie. Natürlich kostet all das Geld, und der Bischof hoffte ...«

»Sie wollen eine Spende? Wieviel? Oder soll ich für ihre Schulgebühren aufkommen? Das erscheint mir sinnvoller. Wieviel pro Kind?«

Er setzte seinen Weg zum Haus fort, und Tom beeilte sich, seinen ausladenden Schritten zu folgen. »Wir nehmen keine Schulgebühren, diese Arbeit ist rein karitativ. Das gleiche Programm wird in viel größerem Umfang von anderen Kirchen und Wohltätigkeitsorganisationen durchgeführt ...«

»Davon habe ich gehört.«

»Aber auch sie sind abhängig von Spenden. Eine direkte Gabe an Bischof Frawley ...«

»Ist mir gänzlich unbekannt.«

»Er ist das Oberhaupt der Kirche des Heiligen Wortes und wird nicht nur in Queensland, sondern auch in Neuseeland hoch geschätzt.«

»In Ordnung. Bringen Sie mir den Brief und die Namen der drei Jungen ins Büro. Klingt nach einer einzigartigen Chance. Wann wollten Sie doch gleich aufbrechen?«

»Wir könnten morgen losfahren ...«

»Dann kommen Sie um sechs Uhr in mein Büro, dann besprechen wir alles Weitere. Sie müssen mich jetzt entschuldigen, ich möchte duschen und mich ein wenig ausruhen.«

Als die Standuhr in der Halle sechs schlug, mußte der Reverend mehrfach an Brodericks Tür klopfen, bevor er eine Antwort erhielt. Bei seinem Eintreten stand Broderick mit einem Glas Whisky in der Hand über einen Tisch gebeugt, der über und über mit Landkarten bedeckt war. Tom fiel die Größe des teuer eingerichteten Raumes auf, in dem es nach Geld, Alkohol und Tabak roch. Typisch für die Brodericks mit ihrem anrüchigen Lebensstil.

»Nehmen Sie Platz«, sagte Broderick über die Schulter gewandt. Tom sah sich nach einem Stuhl um. Auf allen Sitzgelegenheiten waren Landkarten ausgebreitet, sogar auf dem Billardtisch, der auf der anderen Seite des Zimmers stand. Eine weitere Gelegenheit zum Sündigen, wie Tom voller Empörung feststellte.

»Fegen Sie die Papiere einfach beiseite«, setzte Broderick hinzu. »Einen Drink? Ach, ich vergaß. Sie trinken ja nicht.« Ungerührt goß er sich nach. »Sehen wir doch mal, was Ihr Bischof zu sagen hat.«

Als er sich mit Brief und Glas in seinem Büro niedergelassen hatte, kam Victor zur Tür herein.

»Guten Tag, Reverend.« Er legte Austin einige Briefe auf den Schreibtisch. »Ein Viehhüter hat Post mitgebracht. Ein Brief von Harry ist auch dabei ...«

»Dann mach ihn doch auf! Allmächtiger, was schreibt er denn? Was tut sich da unten?«

Victor öffnete den Brief und überflog ihn rasch.

»Etwas über die Gesetze?«

»Nein, er schreibt von seinem Haus ... sie denken daran, anzubauen. Und etwas von einem Ball im Parlamentsgebäude ... und Connies Dad geht in den Ruhestand ...«

Austin schnappte sich den Brief, las ihn rasch durch und warf ihn auf den Tisch. »Das ist doch mal wieder typisch! Er soll nicht den Partylöwen mimen. Ich müßte den Trottel eigentlich wieder herholen und ein paar Jahre als Viehhüter schuften lassen. Würde ihn vielleicht zur Vernunft bringen.«

Billings lauschte der Tirade mit der bösen Vorahnung, daß von Broderick in dieser Stimmung wohl kaum Großzügigkeit zu erwarten war.

»Reg dich nicht so auf«, sagte Victor. »Der Arzt hat gesagt, du sollst es langsam angehen lassen. Du warst schon den ganzen Tag auf der Weide ...«

»Sag mir gefälligst nicht, was ich zu tun habe! Du schreibst Harry, daß wir keinen Gesellschaftsklatsch mehr hören wollen; wir brauchen tagtägliche Berichte über dieses Gesetz, wer dafür ist und wer dagegen, so etwas. Nackte Zahlen!«

»Wenn es ein Problem gäbe, würde er es in seinem Brief erwähnen. Ich schätze, das Gesetz ist so gut wie gestorben. Das Parlament hat Wichtigeres zu tun.«

»Was denn zum Beispiel?« brüllte Broderick, zerknüllte den Brief und warf ihn Victor hin. »Sagt er uns vielleicht mal, was sich sonst noch so im Parlament tut? Oder geht er nur zum Schlafen hin?«

»Ich sag's ihm«, seufzte Victor. »Vergiß nicht, heute abend mußt du zum Essen erscheinen. Es ist unser Hochzeitstag, und Charlotte hat eine ganz besondere Dinnerparty geplant, mit Champagner und so.«

Billings erschauderte. Offensichtlich würden er und Amy einen weiteren alkoholisierten Abend mit diesen Menschen ertragen müssen. Vielleicht konnte er darum bitten, daß man ihnen das Essen auf dem Zimmer servierte.

Der Sohn verschwand, und Broderick wandte seine Aufmerksamkeit wieder ihm zu. »Wo waren wir stehengeblieben? Ach ja, der Bischof.« Er las den Brief sorgfältig durch.

»Scheint in Ordnung zu sein.«

Billings sprang auf und übergab ihm einen selbstverfaßten Brief des Inhalts, daß sie die unten genannten Jungen am nächsten Morgen in ihrem Wagen mitnehmen und dem Bischof persönlich übergeben würden.

Gleichzeitig ließ er sich lang und breit über die Vorzüge einer sauberen Umgebung, von Englischunterricht, Gebeten und einer Berufsausbildung aus.

»Berufsausbildung? Das ist gut.« Broderick holte sein Scheckbuch heraus. »Ich habe darüber nachgedacht. Um die Wahrheit zu sagen, habe ich bisher weder von Ihrer Kirche noch von Ihrem Bischof je etwas gehört. Ich möchte Sie nicht beleidigen, aber immerhin nehmen Sie drei kleine Kinder von hier mit. Sie sollten in gute Hände kommen. Daher verlange ich, daß Ihr Bischof ein Treuhandkonto auf die Namen dieser Jungen eröffnet. Wer war es doch gleich? Bobbo, Jagga und der kleine Doombie. Das Geld ist für sie bestimmt.«

»Das ist wirklich nicht nötig«, wehrte Billings ab. »Für sie wird gesorgt.«

»Aber Sie sagten doch, daß ihr Unterhalt und die Arbeit der Laienhelfer Geld kosten.«

»Das stimmt. Deshalb ist es besser, alle Spenden zusammenzufassen, damit der Bischof sie angemessen verteilen kann, Mr. Broderick.«

»Mag sein, aber ich möchte sichergehen, daß diese Kinder nicht als Fälle für die Fürsorge gelten. Immerhin stammen sie aus Springfield. Ihr Bischof kann die Kinder mit diesem Geld unterstützen, und wenn ich das nächste Mal nach Brisbane komme, werde ich sie besuchen und mich persönlich von ihrem Wohlergehen überzeugen. Hier ist ein Scheck über dreihundert Pfund, hundert pro Kind, und es soll für Unterkunft, Kleidung und andere lebensnotwendige Dinge ausgegeben werden. Sind Sie damit einverstanden?«

»Das ist sehr großzügig, Sir. Gott segne Sie.«

»Schön. Setzen Sie sich hin und legen Sie meine Bedingungen, die an diesen Scheck geknüpft sind, schriftlich nieder. Sie unterzeichnen im Namen von Bischof Frawley. Notieren Sie bitte, daß ich eine Aufstellung aller Ausgaben benötige, samt Quittungen. Nur wenn alles seine Ordnung hat, werde ich eine beträchtliche Spende für den Unterhalt des Heims erwägen. Verstehen wir uns?«

Dreihundert Pfund! Dies war die größte Spende, die Tom je erzielt hatte. Der Bischof würde begeistert sein. Und das war erst der Anfang!

»Natürlich, Sir, vollkommen. Ich schreibe alles Wort für Wort auf, ganz wie Sie es wünschen. Ich habe eine schöne Handschrift, wenn ich das selbst von mir sagen darf, und es wird ein durchaus vorzeigbares Dokument werden.«

Tom erhielt Feder, Tinte sowie elegantes Schreibpapier und machte sich an die Abfassung einer wortreichen Epistel, deren schöne Schrift den ungehobelten Broderick mit seinen herrischen Manieren beeindrucken sollte. Der Bischof würde schon wissen, wie mit ihm zu verfahren war.

Aus dem Augenwinkel bemerkte Tom, daß sich Broderick einen weiteren Whisky aus der Kristallkaraffe genehmigte. Eigentlich sollte er ihn auf die Übel der Trunksucht hinweisen, doch das mußte noch eine Weile warten.

Broderick nahm zwei Briefe zur Hand, die ihm Victor ebenfalls auf den Schreibtisch gelegt hatte. Der erste schien ihn nicht weiter zu interessieren; er legte ihn weg und öffnete den anderen mit einem Brieföffner aus Elfenbein. Dabei sagte er zu Billings:

»Die Mütter dieser Kinder sind sicher glücklich, daß sie in die Schule kommen, oder?«

Toms Hand zuckte, und er verschmierte die Seite. Die Mütter? Was hatten die denn damit zu tun? Geschweige denn die Väter! Die Idee bestand doch darin, die Kinder dem Einfluß dieser Wilden zu entziehen. War dieser Mann denn ein Narr oder bloß betrunken? Man würde die Kinder in einem

Heim in Brisbane unterbringen, bis sie alt genug wären, sich bei weißen Familien zu verdingen. Ihre Herkunft mußte praktisch ausgemerzt werden.

Er murmelte eine unverständliche Antwort und beugte sich wieder über sein Papier. Dann schreckte ihn Broderick mit dem Ausruf auf: »Jesus! Oh Gott, sehen Sie sich das an.«

»Was denn, Sir?« Tom, dem erneut die Feder aus der Hand gerutscht war, fürchtete schon, er müsse das gesamte Dokument zum dritten Mal neu schreiben. Broderick war rot angelaufen und hielt ihm seinen Brief unter die Nase.

»Das hier! Ich wußte, es würde soweit kommen!« Vor Wut schnappte Broderick nach Luft. »Die Schweinehunde tun es! Sie tun es tatsächlich!«

Verwirrt nahm Tom den Brief entgegen, der von einer Bank stammte und den Vermerk ›Persönlich und vertraulich‹ trug.

»Sagen Sie mir, was drinsteht«, flüsterte Broderick. »Ich will es wissen.«

Gehorsam las Tom vor: »Lieber Austin, leider muß ich Ihnen mitteilen, daß die Verabschiedung des neuesten Landvergabegesetzes unmittelbar bevorsteht. Wir sollten umgehend Ihre Aktien und anderen Vermögenswerte durchgehen, um zu sehen, wie Sie die Kosten für den Erwerb der Ländereien aufbringen können. Aufgrund der Dringlichkeit fasse ich mich kurz, wofür ich um Entschuldigung bitte, doch ich muß auch andere Züchter auf die kommenden Ereignisse vorbereiten. Ich werde Sie bald ausführlicher informieren.«

Er schaute hoch. »Der Brief ist mit ›Ben Mathews‹ unterzeichnet ... Alles in Ordnung, Mr. Broderick?«

»Wasser«, keuchte Austin und tastete haltsuchend nach dem Schreibtisch. »Holen Sie mir Wasser, schnell!« Dann stürzte er zu Boden, die Hand in die Brust gekrallt.

Tom wollte ihn auffangen, doch er kam zu spät. Er holte einen Wasserkrug und hielt ihn Broderick an den Mund, wobei sich das Wasser über dessen Hemd ergoß.

Broderick verzog vor Schmerz das Gesicht. Offensichtlich hatte er einen Anfall erlitten. Tom machte Anstalten, Hilfe zu holen, doch Austin klammerte sich an seinen Arm und flüsterte: »Ich hätte nie gedacht, daß es soweit kommen würde. Ich wollte sie doch nur auf Trab bringen.«

»Wen?« fragte Tom höflich zurück.

Doch ein erneuter Krampf ließ Broderick zu Boden stürzen, wo er sich vor Schmerz krümmte. »Oh Jesus!« schrie er. »Da ist es wieder.«

Bevor er davonlief, um Hilfe zu holen, ergriff Tom den kostbaren Scheck und das Dokument, das er aufgesetzt hatte, und steckte beides in die Tasche. Dann rannte er an der Standuhr vorbei durch den Flur und rief nach Mrs. Broderick. Der rachedürstende Gott, der es nicht hinnehmen konnte, daß der Mensch sündigte, hatte erneut zugeschlagen.

Die Sorge legte sich wie ein Mantel über den gesamten Haushalt. Um Broderick, der auf dem Ruhebett in seinem Zimmer lag, stand es schlecht. Seine Frau und Victor blieben bei ihm. Rupe war trotz der späten Stunde in das weit entfernte Dorf Cobbside geritten, um einen Arzt zu holen. Louisa Broderick hatte ihren kleinen Sohn nach oben gebracht und versucht, ihn zu beruhigen. Das Kind beklagte sich bitterlich, da man ihm versprochen hatte, es dürfe die Party mitfeiern.

Tom und Amy saßen vergessen im Wohnzimmer. Durch die offene Flügeltür zum Speisezimmer konnten sie die lange Tafel sehen, die festlich gedeckt und mit einem herrlichen Blumenarrangement geschmückt war.

»Sollen wir für ihn beten?« flüsterte Amy.

»Er ist in Gottes Hand. Wir mischen uns nicht ein.«

»Ich dachte nur ...«

»Das solltest du nicht tun. An uns denkt ja auch niemand.

Das Essen hätte schon vor Stunden serviert werden sollen. Das Personal ist überaus nachlässig. Es gibt keine Entschuldigung für eine derartige Mißachtung der Gastfreundschaft.«

Obwohl er es nicht zugeben wollte, gefielen Tom die Mahlzeiten auf Springfield am besten. Er fieberte dem ausgezeichneten Essen geradezu entgegen. Sein Magen knurrte unablässig bei dem Gedanken an die Köstlichkeiten, die servierbereit in der Küche standen. Die letzte Mahlzeit schien bereits eine Ewigkeit zurückzuliegen.

Schließlich kam Louisa Broderick mit den schwarzen Hausmädchen ins Speisezimmer gerauscht. Unglücklich umklammerte Tom sein Gebetbuch – sie räumten den Tisch ab!

Kerzenleuchter, Gläser und all die anderen schönen Sachen verschwanden vor seinen Augen und ließen einen alltäglich gedeckten Tisch zurück.

Louisa trat ins Wohnzimmer. »Es tut mir so leid, daß Sie warten mußten, aber wir waren sehr in Sorge. Es war ein solcher Schock, an eine Feier war gar nicht zu denken, aber wenn Sie nun mitkommen möchten ...«

Sie erhoben sich prompt von ihren Stühlen.

»Wie geht es Mr. Broderick?« erkundigte sich Amy eifrig.

»Furchtbar. Er hat solche Schmerzen. Er ist bei Bewußtsein, kann aber nicht sprechen, so sehr er sich auch bemüht. Es ist so traurig ...«

»Klingt nach einem Schlaganfall«, bemerkte der Reverend.

»Ja. Bitte warten Sie nicht auf uns. Wir essen nachher eine Kleinigkeit.«

»Verstehe. Unter diesen Umständen wäre es wohl besser, wenn wir morgen früh gleich aufbrächen. Teilen Sie Mrs. Broderick bitte mit, daß wir heute abend packen.«

»Selbstverständlich.« Louisa wirkte so erregt, daß Tom sich nicht gewundert hätte, wenn sie seine Nachricht einfach vergaß. Doch Tom empfand kein Mitleid mit ihr. Diese Leute führten ein so sorgenfreies Leben, daß ihnen ein wenig Kummer gar nicht schaden konnte. Er marschierte vor Amy zum Tisch, nahm seinen angestammten Platz ein und stopfte sich die Serviette in den Kragen. Dann klopfte er mit einem Löffel gegen die Zuckerdose, um die Küche auf seine Wünsche aufmerksam zu machen.

3. KAPITEL

DER FRÜHNEBEL SCHWEBTE geheimnisvoll über dem Fluß. Wasservögel auf langen Stelzbeinen wateten durchs seichte Wasser und schenkten der Frau, die allein am abschüssigen Ufer stand, keine Beachtung. Sie schaute auf den Fluß hinaus, als könne sein gemächliches Dahinfließen ihre Ängste vertreiben.

Charlotte war die ganze Nacht an Austins Seite geblieben, hatte versucht, seine Schmerzen zu lindern, für ihn gebetet, ihn getröstet. Aber würde er je wieder gesund werden? Sein Sprachvermögen hatte schwer gelitten, und anscheinend konnte er den rechten Arm nicht bewegen. Schlimmer noch, er war sich dessen bewußt und reagierte mit Zorn, verzweifeltem Zorn darauf. Sie betete, daß der Arzt bald kommen möge, um ihn zu beruhigen und ihm Zuversicht zu schenken. Rupe war bestimmt geritten wie der Teufel, aber was, wenn Dr. Tennant außer Haus war? Ein Landarzt konnte sich überall im Bezirk aufhalten.

»Bitte, Gott, laß Rupe ihn finden, und zwar schnell. Ich weiß nicht mehr aus noch ein. Wenn er nun noch einen Schlaganfall erleidet? Oh Gott, laß ihn nicht sterben.«

Tränen liefen ihr übers Gesicht. Charlotte beugte sich nieder und benetzte ihre Augen mit dem kalten Flußwasser, damit er nicht merkte, daß sie geweint hatte. Ihr Kopf wurde dadurch wieder etwas klarer. Sie fühlte sich erfrischt, die Müdigkeit war verflogen.

Zögernd ging sie zum Haus zurück. Sie konnte es kaum ertragen, Austin, der stets so voller Leben war, in diesem Zustand zu sehen. Aber Louisa war ebenfalls die ganze Nacht auf gewesen und sollte sich nun ein wenig hinlegen können.

Als Charlotte den Hof überquerte, schoß der Reverend auf sie zu. »Guten Morgen, meine Liebe. Wie geht es dem Patienten?«

»Keine Veränderung, danke der Nachfrage. Wir warten auf den Arzt, Mr. Billings. Ich hörte, Sie gedenken heute morgen aufzubrechen. Sie müssen aber nichts übereilen.«

»Leider doch. Ich hatte gestern abend eine Unterredung mit Mr. Broderick, es ging um die schwarzen Kinder. Er war ganz begeistert von unserem Programm und zeigte sich sehr großzügig. Er diktierte einen Brief an meinen Bischof, die Betreuung der drei Jungen betreffend, begleitet von einer generösen Spende ...«

»Ich bin froh, daß er zugestimmt hat«, sagte Charlotte eilig. »Sie halten uns doch über ihre Fortschritte auf dem laufenden?«

»Natürlich. Ich hoffe, Sie denken nicht, daß unsere kleine Unterhaltung diese schlimme Wendung herbeigeführt hat. Ich habe ihn nicht aufgebracht, er war guter Dinge während unseres Gesprächs ...«

»Ja, dessen bin ich sicher ...«

»Es war der Brief. Der hat ihn so erregt.«

»Welcher Brief?«

»Von seiner Bank. Darin warnte man ihn vor irgendeinem Gesetz. Sogar während er zusammenbrach, als er sich bereits vor Schmerzen wand, hat sich dieser gute Mann mir noch anvertraut. Er sagte: ›Ich hätte nie gedacht, daß es soweit kommen würde. Ich wollte sie nur auf Trab bringen.‹«

»Wo ist dieser Brief?«

»Auf dem Schreibtisch Ihres bedauernswerten Mannes, würde ich sagen. Oder vielleicht auf dem Boden. Es tut mir sehr leid, ich hatte keine Zeit, ihn an mich zu nehmen ...«

»Schon gut. Wann brechen Sie auf?«

»Wenn wir ein zeitiges Frühstück bekommen könnten ...«

»Ja, natürlich. Ich spreche mit der Köchin, Mr. Billings.

Jetzt muß ich aber gehen. Ich komme mich von Ihnen verabschieden, sobald Sie reisefertig sind.«

Charlotte fand Victor neben Louisa am Krankenbett. Sie nahm ihn beiseite.

»Weißt du etwas über einen Brief von der Bank?«

»Nein.«

»Komm, wir suchen danach. Vermutlich hat der ihm diesen Schock versetzt.«

Victor fand das verhängnisvolle Blatt Papier neben Austins Schreibtisch auf dem Boden. Er überflog den Wortlaut und nickte dann. »Es ist durch, Mum. Das Land ist nun freigegeben, und wenn wir es behalten wollen, müssen wir es kaufen.«

»Aber Harry hat doch gesagt ...«

»Dad hatte recht«, sagte Victor zähneknirschend. »Harry ist ein Windbeutel. Ich hoffe, Rupe denkt daran, ihm von Cobbside aus ein Telegramm zu schicken. Ich drehe Harry den Hals um, wenn ich ihn sehe ...«

Charlotte brachte ihn zum Schweigen. »Das wirst du schön bleibenlassen. Wir haben ohnedies Schwierigkeiten genug. Dein Vater steht das nicht durch. Und erwähne bitte nichts davon in seiner Gegenwart. Er ist zu krank, um sich darüber den Kopf zu zerbrechen, und kann sich an den Brief vielleicht gar nicht mehr erinnern.«

»Da kennst du Vater aber schlecht«, murmelte Victor zwischen den Zähnen, während Charlotte an die Seite ihres Mannes eilte. Beim Aufräumen hatte sie alle Landkarten in einem Schrank verstaut und dabei alte mit neuen vermischt. Victor hatte sie stöhnend mit in sein Büro genommen, um sie zu ordnen. Er und Rupe hatten eine Menge Arbeit vor sich. Der alte Mann hatte ihnen einen Ausweg aus dem Dilemma gewiesen, und Victor war fest entschlossen, seinen Plan in die Tat umzusetzen. Er trat auf die Veranda hinaus und schaute über das Tal.

»Keine Sorge, alter Junge«, murmelte er. »Sie werden uns nicht kleinkriegen. Springfield wird überleben, das verspreche ich dir.«

Amy verließ Springfield nur ungern, da sie der Gedanke an die beschwerliche Reise und die Rückkehr in ihre schäbige Unterkunft in Brisbane schreckte. Ihr ganzer Besitz füllte nicht einmal diesen rumpelnden Wagen aus. In der Stadt lebten sie in einer drittklassigen Pension. Die Besitzerin war eine alte Dame, die ebenfalls ihrer Kirche angehörte. Gerüchteweise hatte sie dem Bischof das Haus laut Testament überschrieben, obgleich es vermutlich keinen großen Wert besaß, da es dort von Flöhen und anderem Ungeziefer nur so wimmelte. Zum ersten Mal, seit sie den Weg der Erlösung eingeschlagen hatten, beklagte sich Amy bei Tom über den Dreck, in dem sie leben mußte. Ihre Zweifel hatten ihn erschüttert, da er sie als Zeichen dafür hielt, daß sie bei Gott in Ungnade gefallen war.

Er hatte im Namen des Herrn verlangt, daß sie niederkniete und Armut und Demut schwor. Wie immer hatte Amy sich danach besser gefühlt und die schäbige Umgebung als Teil ihrer Pflichterfüllung akzeptiert. Sie bewunderte Tom, der sich nie beklagte, für seine stoische Haltung.

Nun mußte sie allerdings zugeben, daß der Aufenthalt in diesem prächtigen Haus sie verunsichert hatte. Als Mrs. Broderick sie nach ihrem Heim gefragt hatte, war ihre Antwort frei von jeder Demut gewesen. Ihren Worten zufolge wohnten sie in dem schmucken Vorort Hamilton und nicht in einer schäbigen Gasse in der Innenstadt. Tom hatte ihre Lüge zum Glück nicht gehört.

»Wie nett«, hatte Mrs. Broderick geantwortet. »Hamilton ist sehr hübsch am Fluß gelegen. Ich habe selbst oft davon geträumt, dort zu wohnen.«

Seufzend sah Amy zu, wie Tom die Pferde einspannte. Es war nur eine kleine Lüge gewesen.

Als ein Mann sie von hinten am Arm berührte, schrak sie zusammen.

»Entschuldigung, Missus, ich bin der Lagerverwalter. Mrs. Broderick sagt, die sind für Sie. Soll ich sie in den Wagen packen?«

Er wies auf zwei Kartons.

»Was ist da drin?«

»Kinderkleidung. Decken. Spenden für Ihre Organisation.«

»Oh, vielen Dank. Stellen Sie sie bitte in den Wagen.« Sie rief Tom zu: »Sieh mal, Mrs. Broderick hat uns Kleider gegeben.«

»Wir haben ihre Kleider nicht nötig«, versetzte er in scharfem Ton, da er sie falsch verstanden hatte. »Laß nur, ich sehe sie mir gleich an. Steig ein, Amy, wir haben nicht den ganzen Tag Zeit.«

Sie nahm auf dem Bock Platz, zog das Band ihrer Haube fest, spannte den Sonnenschirm auf und setzte ein tapferes Lächeln auf. Der Wagen fuhr langsam zum Vordereingang, wo Tom anhielt, die Zügel festband und hinuntersprang.

»Du bleibst hier. Ich sehe zu, daß ich Mrs. Broderick auftreibe, damit wir uns von ihr verabschieden können.«

Die Herrin des Hauses kam als einzige heraus, um ihnen Lebewohl zu sagen, was Amy als Kränkung empfand. Charlotte schüttelte Tom die Hand und wollte gerade zu Amy gehen, als zwei Reiter den Hügel heraufpreschten.

»Gott sei Dank!« rief sie. »Da kommen Rupe und der Arzt!« Sie zögerte, als wolle sie noch etwas sagen, überlegte es sich dann aber anders. »Gute Reise, Mrs. Billings. Ich muß mich beeilen. Auf Wiedersehen.« Mit diesen Worten hastete sie den Reitern entgegen.

»Kein Grund für uns, länger hierzubleiben«, sagte Tom und stieg auf. »Los geht's!«

Er ließ die Zügel knallen, und der Wagen setzte sich in Bewegung. Bevor sie auf der kreisförmigen Auffahrt den Schatten der Bäume erreichten, lenkte Tom den Wagen auf einen Weg, der über die Koppel zu einem Seitentor führte. Amy öffnete und schloß das Tor, und sie fuhren durch den Busch zum Lager der Schwarzen. Es war an der Zeit, die Kinder zu holen.

Im Lager war es ruhig. Die Sonne war vor vier Stunden aufgegangen, der Tag hatte für die Schwarzen längst begonnen. Die alten Männer hatten sich unter ihrem Lieblingsbaum versammelt, die Frauen liefen geschäftig umher oder hockten in Gruppen zusammen, während sie das Essen zubereiteten oder mit flinken Fingern Netze zum Fischen flochten. Rechts von dem schmalen Weg, der sich durch das Lager schlängelte, spielten einige Kinder. Lachend und kreischend schwangen sie sich an einem Seil über den Fluß und ließen sich ins Wasser plumpsen.

Die meisten jüngeren Leute, darunter auch Nioka, hatten sich im stetig schwindenden Buschland auf Nahrungssuche begeben.

Alle wußten, daß der Boß krank geworden war. Freundlich, wie sie waren, sorgten sie sich um ihn und schickten ihre Kinder an diesem Tag nicht zu Teddy ins große Haus. Nioka vermutete, daß Minnie den kleinen Jungen schon herbringen würde, wenn er sich einsam fühlte. Hier konnten die Kinder beim Spielen so viel Lärm machen, wie sie nur wollten, und Teddy liebte das sehr.

In der Zwischenzeit genoß sie die Tage, an denen sie mit ihren Freunden Meile um Meile umherwandern, mit ihrem Stock Wurzeln ausgraben, das Land erforschen konnte. Im Busch gab es immer etwas Neues zu entdecken.

Die Leute, die im Lager geblieben waren, sahen den Mann und die Frau kommen. Sie wußten, daß es der Betmann und seine Missus waren. Sie senkten den Blick und schenkten ihnen keine Beachtung. Oft verirrten sich weiße Leute ins Lager und schnüffelten herum, blieben aber für gewöhnlich nicht lange.

Tom sah sich um und verzog das Gesicht, als ihm der Geruch von Staub und verschwitzten Körpern in die Nase stieg. Zwei magere Hunde trotteten neugierig herbei. Er trat nach ihnen und bedeutete Amy, ihm zum Fluß zu folgen, wo die Kinder spielten. Entsetzt sah er, daß auch zwei nackte Frauen mit den Kindern im Wasser planschten. Er blieb abrupt stehen und wandte den Blick ab.

»Diese Frauen sind nackt. Ich kann nicht hinsehen. Geh du hin und suche den Jungen namens Bobbo heraus. Er soll herkommen. Wir müssen mit ihm anfangen, weil er das spricht, was diese Unglücklichen für Englisch halten.«

Amy klammerte sich an den Ästen der Bäume fest und hangelte sich Schritt für Schritt über das glitschige Ufer, bis sie in Rufweite der Kinder war. Es war allerdings schwer, den Jungen zwischen all den braunen Körpern zu entdecken.

Eine Frau mit großen Brüsten und dickem Bauch stand im flachen Wasser. Amy keuchte. Sie war nicht nur nackt, sondern auch noch schwanger! Noch nie hatte sie einen so abstoßenden Anblick ertragen müssen. Sie errötete und wollte davonlaufen, doch die Frau sprach sie mit überraschend sanfter Stimme an.

»Was Sie wollen, Missus?«

»Bobbo«, erwiderte Amy, bemüht, an ihr vorbeizuschauen.

Inzwischen waren auch die Kinder auf sie aufmerksam geworden. Die Frau zeigte auf Bobbo, der sofort auf Amy zulief.

»Oh, Himmel«, sagte sie mit einem Blick auf den mageren kleinen Körper. »Wo sind deine Kleider? Oder hast du wenigstens ein Handtuch? Mr. Billings möchte mit dir sprechen.«

Bobbo zuckte die Achseln. »Keine Kleider hier, Missus.« Seufzend nahm Amy ihn mit zu ihrem Mann.

»Du lieber Himmel!« rief dieser. »Nackt vor den Augen einer Frau! Sie kennen wirklich kein Schamgefühl. Komm her, Junge.«

Er schlang dem grinsenden Kind sein Halstuch um die Hüften. »Bobbo, ich habe dir etwas Wichtiges zu sagen. Hättest du Lust, in meinem Wagen mitzufahren?«

Bobbo nickte begeistert.

»Schön. Leider können wir nur drei Jungen mitnehmen. Deshalb möchte ich, daß du deine Freunde Jagga und Doombie holst. Machst du das?«

Der Junge nickte wieder.

»Dann lauf, und beeil dich.«

Innerhalb kürzester Zeit tanzten drei eifrige kleine Jungen um sie herum. Tom führte sie zum Wagen.

»Sieh in den Kartons nach, ob du dort etwas findest, um sie zu bedecken«, sagte er zu Amy. »So können wir sie jedenfalls nicht mitnehmen.«

Amy stieg auf die Ladefläche des Wagens und durchstöberte Mrs. Brodericks Kisten, während Tom den Versuch unternahm, den Jungen zu erklären, daß er sie auf eine lange Fahrt mitnehmen und in die Schule bringen werde. Er schilderte ihnen die Wunderdinge, die sie unterwegs zu sehen bekämen. Die Kinder hörten nicht zu, sondern kletterten wie die Affen so wild auf dem Wagen herum, daß Tom sie herunterscheuchen mußte.

»Diese Kiste hier ist voller Kinderkleider«, rief Amy. »Sie sind ganz neu!« Sie warf Tom drei Baumwollhemden zu. »Dies müßte reichen, bis wir etwas anderes gefunden haben.« Mit viel Mühe zogen sie den aufgeregten Kindern, die sich dieses Abenteuer auf keinen Fall entgehen lassen wollten und auf den Wagen zurücksprangen, die Hemden über.

Tom keuchte vor Anstrengung. »Endlich. Jetzt können wir aufbrechen.«

Da tauchte die schwangere Frau aus dem Gebüsch auf. »Wohin mitnehmen?« erkundigte sie sich neugierig.

Amy baute sich vor ihr auf. »Du bist nicht angezogen! So kannst du nicht mit dem Reverend sprechen!«

Zornig griff die Frau nach Amys Schal und schlang ihn sich um die Hüften. Die Brüste blieben nackt. »Jetzt angezogen. Wohin bringen Kinder?«

Tom trat auf sie zu. »Sie haben sehr viel Glück. Gott beweist diesen Jungen seine Güte. Sie werden in die Schule gehen.«

»Schule?«

Tom erklärte seine Mission, doch die Frau schien ihm nicht folgen zu können, also mußte Amy eingreifen.

»Tom, sie versteht dich nicht. Ich glaube, sie möchte wissen, was eine Schule ist.« Sie wandte sich wieder an die Frau. »Schule. Du kennst Schule? Unterricht?«

Wie betäubt schüttelte die Eingeborene erneut den Kopf.

»Mr. Broderick will, daß ich sie in die Schule bringe. Verstehst du das? Mr. Broderick.«

»Boß sagen sollen gehen?«

»Ja, Boß sagen.«

»Ich hole Mummas.«

»Nicht nötig. Du darfst dich nicht einmischen.« Toms Stimme klang energisch. »Boß sagen. Ich muß tun, was Boß sagen. Richtig?«

Sie nickte unsicher. »Wo sein Ort, wo du hingehen?«

»Du lieber Himmel! Am Ende der Straße. Amy, ich kann hier nicht den ganzen Tag herumstehen und diskutieren. Unternimm etwas.«

Amy nahm sanft ihr Tuch an sich. »Du brauchst dir keine Sorgen zu machen«, sagte sie lächelnd und schob die Frau beiseite. »Die Kinder werden eine schöne Zeit haben. Sie dürfen im Wagen fahren. Bekommen gutes Essen. Alles in Ordnung.«

Doch die Frau spürte, daß dies nicht der Wahrheit entsprach. »Nein. Jungen bleiben.«

Amy deutete auf die Jungen. »Schau, sie wollen mitkommen. Sind glücklich. Du gehst ins Lager zurück.«

Schließlich fuhr der Wagen mit den strahlenden Jungen davon. Sie winkten der Frau zu, die ihnen nachsah. Sie folgte ihnen durch den Busch, blieb aber stehen, als sie in Richtung des großen Hauses abbogen. Erleichtert sah Amy, wie sie kehrtmachte.

Schon bald rollten sie durch die Allee und hinaus auf die Straße, wo die ausgeruhten Pferde in einen flotten Trab fielen.

Endlich waren sie unterwegs.

Vier Stunden später hielten sie unter schattenspendenden Bäumen an und veranstalteten ein ›Picanik‹, wie Bobbo es nannte. Tom hatte im Laden auf der Farm Vorräte eingekauft, und die Köchin hatte sie außerdem mit einem Korb frischer Sandwiches und Kuchen versorgt. Die drei Jungen langten kräftig zu.

An diesem Abend aßen sie Bohnen aus der Dose und Kekse dazu, bevor sie im Freien kampierten. Die Jungen wickelten sich in ihre Decken und schliefen aneinandergedrängt wie junge Hunde im Wagen. Sie ahnten nicht, daß sie auf dem Weg in eine andere Welt waren.

Doch am Morgen begannen die Schwierigkeiten. Jagga weinte, weil er nach Hause wollte. Trotz des Zuspruchs der beiden wagemutigeren Jungen weigerte er sich weiterzufahren. Er fing an zu schreien und traktierte Amy mit den Fäusten.

Als der Reverend das Theater leid war, schlug er zu, woraufhin der Junge noch lauter schrie, sehr zum Erschrecken seiner Freunde. Plötzlich sprang er vom Wagen und rannte los, gefolgt von Tom, mit dessen langen Beinen er es nicht aufnehmen konnte. Bald schon kehrte der Reverend mit dem zappelnden Kind unter dem Arm zurück.

Sie fuhren weiter, wobei Bobbo und Doombie versuchten,

den Jungen zu trösten, dessen Hände auf dem Rücken verschnürt waren. Das war kein fröhliches Abenteuer mehr, und die drei Sechsjährigen wirkten auf einmal sehr bedrückt.

Der Arzt blieb lange bei dem Patienten. Charlotte wartete draußen auf der Veranda und lauschte, konnte jedoch nicht verstehen, was drinnen gesprochen wurde.

Als er endlich herauskam, wirkte Dr. Tennant gutgelaunt.

»Es könnte schlimmer sein. Ist ein zäher alter Bursche. Sein Sprachvermögen hat sehr gelitten, und er kann den rechten Arm und das rechte Bein nicht bewegen, aber das kann alles auch nur vorübergehend sein. Deshalb ist Ruhe nun oberstes Gebot. Wir können ihn nicht auf diesem Sofa liegen lassen. Wäre es möglich, ein richtiges Bett herunterzuschaffen?«

»Natürlich.«

»Und er braucht wirklich absolute Ruhe, Charlotte. Mindestens eine Woche lang keinen Besuch. Er kämpft schon jetzt gegen seine Gebrechlichkeit an und ist ziemlich unleidlich. Wenn er sprechen könnte, würde er mich vermutlich beschimpfen, weil ihm die Heilung nicht schnell genug vorangeht. Also habe ich ihn vorsichtshalber ruhiggestellt. Ich lasse Ihnen eine Arznei hier, die Sie ihm bitte drei Tage lang einmal täglich verabreichen. Wir müssen einen weiteren Schlaganfall unter allen Umständen verhindern. Ansonsten können Sie nicht viel tun, außer es ihm bequem machen.«

»Meinen Sie wirklich, es wird wieder besser mit ihm?«

»Jedenfalls stirbt er nicht und sollte später auch nicht wie ein Invalide behandelt werden. Ganz abgesehen davon, daß Austin das auch gar nicht zulassen würde. Wir müssen einfach abwarten, welche Fortschritte er macht.«

Als sie leise das Zimmer betraten, sah Charlotte beruhigt, daß ihr Mann friedlich schlief. Dennoch war sie besorgt und bat den Arzt, über Nacht zu bleiben.

»Es war ein langer Ritt. Sie sollten sich ausruhen. Ich mache Ihnen ein Zimmer zurecht und lasse die Köchin ein Tablett mit etwas zu essen herrichten.«

»Das ist sehr freundlich von Ihnen.« Dr. Tennant reckte sich. »Ein heißes Bad würde meinen alten Knochen sicher nicht schaden. Reitet Austin noch?«

»Ja.«

»In nächster Zeit wird er das schön bleibenlassen, selbst wenn er wieder auf den Beinen ist. Charlotte, Sie sehen gut aus, das freut mich.«

»Danke. Ich versuche mich zu halten, so gut es eben geht.«

Als sich Dr. Tennant in der Wanne ausstreckte, betrachtete er bewundernd das geräumige, weiß geflieste Badezimmer. Er freute sich immer, in dieses Haus zu kommen, und war dankbar, nicht gleich wieder den Heimritt antreten zu müssen. Morgen würde er noch einige Hausbesuche in der Umgebung machen, wenn er schon einmal hier war.

Schade, daß Austin krank war. Er hätte nichts einzuwenden gehabt gegen ein anständiges Kartenspiel mit den Brodericks. Oder eine Partie Billard. Aber der Billardtisch stand leider im Krankenzimmer.

Er seufzte. Austin und Charlotte waren schon ein seltsames, da so ungleiches Paar: Broderick war groß, gutaussehend, dominant, dabei aber ein guter Gesellschafter, seine Frau dagegen linkisch, wenig attraktiv. Häßlich wäre zuviel gesagt, eher unscheinbar, mit knochigem Gesicht, karottenrotem Haar und unregelmäßigen Zähnen. Mrs. Broderick war eine stille Frau, die im Schatten ihres Mannes stand, aber als ausgezeichnete Hausfrau galt. Springfield verdankte ihr viel.

Tennant wußte von Gerüchten über Broderick und eine andere Frau, die ihn nicht überraschten. Früher hatte Austin es wild getrieben, wenn er fern von der Farm und seiner Ehefrau war. In letzter Zeit munkelte man etwas über eine Frau in Brisbane, deren Namen allerdings niemand kannte.

Der Arzt stieg aus der Badewanne. Vielleicht gehörte das alles auch nur zum Mythos des unbesiegbaren Austin Broderick.

In seinem Schlafzimmer wartete bereits ein Tablett auf ihn. Tennant stürzte sich hungrig auf die Sandwiches mit Corned beef, die warmen Käse-Scones mit Butter und den frisch aufgebrühten Tee.

»Ich muß schon sagen, diese Squatter wissen zu leben«, murmelte er. »Ich hätte damals selbst hier draußen Land pachten sollen.«

Er verschlang ein Sandwich mit süßen Pickles und spann den Gedanken weiter. Wenn das Gesetz über den freien Landbesitz durchkam, könnte er sich eine Weide leisten, sie mit Vieh bestücken und einen Verwalter einstellen. Das war schon eine Überlegung wert. Wie es hieß, konnte man dieses hervorragende Weideland hier bald für einen Spottpreis erwerben.

Am späten Nachmittag wachte Austin auf und fand sich in einem fremden Bett wieder, das zudem nicht in seinem Schlafzimmer stand. Einen Moment lang glaubte er, man habe ihn ins Krankenhaus gebracht. Dann ließ er die Blicke durch den Raum wandern und entdeckte zu seiner Beruhigung das Glitzern einer Messinglampe neben hohen Bücherregalen. Sie hatten ihn unten, in seinem Reich gelassen. Sehr gut, denn oben wäre er völlig abgeschnitten von der Welt gewesen.

Er versuchte, jemanden herbeizurufen. Man sollte die Vorhänge öffnen, außerdem brauchte er eine Tasse Tee, um den unangenehmen Geschmack im Mund zu vertreiben. Doch seine Lippen zuckten nur, und seine Zunge reagierte auch nicht. Die gutturalen Laute, die er ausstieß, ängstigten ihn. Wie wahnsinnig versuchte er, sich an Tennants Worte zu erinnern. Was hatte er doch gleich gesagt? Ein Schlaganfall. Vorübergehende Behinderungen. Sprache. Der Arm. Und Jesus, das verdammte Bein ebenfalls! Hoffentlich war das alles wirklich kein Dauerzustand, denn er hatte nicht vor, den Rest seiner Tage untätig und bewegungslos wie ein Stück Holz zu verbringen.

Mit ungeheurer Mühe zog er sich in eine sitzende Position, überrascht, daß ihm dabei der Schweiß ausbrach; doch er kämpfte weiter, bis er auf der Bettkante saß, die Füße auf dem Boden.

Das sollte für den Anfang genügen, sagte er sich. Als er es sich wieder bequem machen wollte, stieß er den Nachttisch um, und Medizinflaschen, Gläser und ein Wasserkrug krachten zu Boden.

Die Tür flog auf, und Minnie, die offensichtlich vor der Tür gewacht hatte, stürzte herein.

»Was los, Boß?« schrie sie. »In Ordnung?«

Seine Warnung vor dem Glas auf dem Boden kam zu spät. Der laute Schrei des barfüßigen Mädchens verriet ihm, daß es bereits hineingetreten war.

Austin konnte nur wie betäubt dasitzen, während Minnie zum Fenster humpelte und die Vorhänge öffnete, damit sie den Splitter aus ihrem Fuß ziehen konnte. Sie hinterließ eine Blutspur auf dem gebohnerten Boden.

»Au, au!« schrie sie, als sie den Splitter herauszog. Dann hüpfte sie zur Tür.

»Ich holen Besen.«

Austin schüttelte den Kopf. Typisch Minnie. Wenn schon jemand Pech haben mußte, dann immer sie.

Charlotte hatte Minnies Schreie gehört und kam herbeigelaufen. Sie machte viel Aufhebens um die Sache, befahl ihm, sich wieder hinzulegen, rief nach dem Arzt und wirkte insgesamt noch aufgeregter als das schwarze Mädchen. Er wünschte, sie würde sich beruhigen, ihm Tee bringen, ihm das verfluchte Oberteil des Schlafanzugs ausziehen – sie wußte doch, wie sehr er Oberteile haßte –, ihn einfach in Ruhe lassen.

Dann tauchte Tennant mit seiner aufreizenden Fröhlichkeit wieder auf, gefolgt von Victor, Louisa und Rupe, die ihn alle anstarrten und sich nach seinem Befinden erkundigten. Das konnten sie doch wohl selber sehen! Der kleine Teddy stürmte herein und sprang zu ihm aufs Bett. Sein Großvater versuchte zu lächeln, doch Louisa zerrte den Jungen weg.

»Runter mit dir, Teddy! Opa ist krank.«

»Ich will ihm nur das Jo-Jo zeigen.« Die kleinen Hände warfen das rote Jo-Jo in die Luft, doch die Schnur entglitt ihnen und das Spielzeug sauste knapp an Austins Kopf vorbei an die Wand.

»Sieh nur, was du angerichtet hast!« schalt ihn Louisa.

»Nimm ihn mit«, ordnete Charlotte an. »Austin braucht Ruhe.« Sie drückte ihrer Schwiegertochter einen Papierkorb voller Glasscherben in die Hand. »Und den hier bitte auch.« Als alle außer Charlotte den Raum verlassen hatten, kehrte erneut Ruhe ein. Sie richtete den Nachttisch wieder auf. »Ich stelle dir hier eine kleine Glocke hin. Dann kannst du klingeln, wenn du etwas brauchst. Ich bleibe immer in deiner Nähe. Victor holt außerdem den Nachtstuhl, den wir für Justin hatten ...«

Austin wandte sich angewidert ab. Nachtstuhl? Wie tief wollten sie ihn eigentlich noch sinken lassen?

Er dachte an Justin, seinen verstorbenen Bruder. Vor sieben Jahren war er hier bei ihnen an Krebs gestorben. Ein qualvoller Tod nach langem Dahinsiechen. Armer Justin! Er war immer ein scheuer, konservativer Bursche gewesen, drei Jahre älter als Austin, mit vorzeitig ergrautem Haar. Dessen Träume von einer großen Schaffarm hatten ihn nicht interessiert. Er war ein Stadtmensch, der eine öde Stelle als Lehrling bei einem Goldschmied dem Leben im Busch vorzog.

Schließlich kaufte er jedoch ein Geschäft, das in einer Passage in der Queen Street von Brisbane gelegen war, und brauchte seinem Bruder den Erfolg nicht zu neiden, denn er brachte es selbst zu einigem Wohlstand. Dann hatte er Fern geheiratet, die liebenswerte, wunderschöne Fern.

Austin war anläßlich der Hochzeit mit seiner Familie nach Brisbane gereist und hatte zu seiner Verblüffung dieser Schönheit gegenübergestanden. Er konnte einfach nicht verstehen, wie der langsame, steife Justin das Herz einer so attraktiven Frau hatte gewinnen können. Die Braut trug cremefarbene Spitze, die ihre Pfirsichhaut, die dunklen Locken und blauen Augen wunderbar zur Geltung brachte. Fern lachte viel, und ihre Augen lachten immer mit. Austin hatte sich auf der Stelle in sie verliebt.

Doch Fern und Justin waren sehr glücklich miteinander, das mußte Austin zugeben. Obwohl damals schon krank, hatte Justin darauf bestanden, sich Austins Haus anzusehen, als es endlich fertiggestellt war. Er war hergereist und nach wenigen Tagen hier zusammengebrochen.

Es war eine schwere Zeit gewesen, für alle Beteiligten. Dr. Tennant konnte nur wenig gegen Justins quälende Schmerzen ausrichten. Austin brach es fast das Herz, seinen Bruder so leiden zu sehen, und der Tod kam letztendlich als Erlösung. Austin hatte seine Schwägerin nach Brisbane zurückbegleitet und ihr jede erdenkliche Hilfe angeboten, doch Fern war eine sehr unabhängige Frau. Anstatt das Geschäft zu verkaufen, übernahm sie selbst dessen Leitung und sorgte dafür, daß der Name Broderick in der Schmuckbranche auch weiterhin einen guten Klang behielt. Insgeheim hatte Austin gehofft, sie würde damit scheitern, weil er ihr dann zu Hilfe eilen und sie vor dem finanziellen Ruin retten könnte, doch es blieb ihm versagt, den edlen Ritter zu spielen.

Wann immer er danach mit oder ohne Charlotte nach Brisbane kam, fand er stets eine Gelegenheit, um mit Fern allein zu sein. Zunächst sprachen sie natürlich übers Geschäft, und danach genoß er die amüsante Unterhaltung mit dieser reizenden Frau.

Irgendwann konnte Austin Broderick es nicht länger ertragen und platzte eines Abends beim Essen mit der Wahrheit heraus.

»Fern, ich muß dir etwas sagen. Ich liebe dich.«

Sie lächelte. »Oh, das weiß ich.«

Er konnte es kaum fassen. »Aber weshalb hast du dann nichts gesagt?«

»Ich?« fragte sie lachend. »Was hätte ich denn sagen sollen? Menschen verlieben sich eben. Es passiert einfach. Ich liebe dich auch, aber du bist ein verheirateter Mann. Also iß endlich auf, denn es erwartet dich noch dein Lieblingsnachtisch, Erdbeeren mit Sahne.«

Austin starrte sie an. »Ist das alles?«

»Ja, mein Lieber. Sprechen wir nicht mehr davon.«

Er hatte sich mit ihrer platonischen Beziehung nie abfinden können und machte ihr wie zum Ausgleich ausgefallene Geschenke, die sie mit Freude annahm. Doch an der Situation hatte sich nie etwas geändert. Nun tröstete er sich mit dem Gedanken an Fern über sein derzeitiges Unglück hinweg und hoffte, sie werde ihren leidenden Schwager wenigstens besuchen kommen, wie es sich gehörte. Seit Justins Tod war sie nicht mehr auf Springfield gewesen. Sie könnte bei ihm sitzen, ihn trösten, mit lustigen Geschichten über ihre Kundschaft unterhalten.

Austin war ein Optimist, der immer das Licht am Ende des Tunnels sah. Und der Gedanke an Fern lenkte ihn von dem Brief des Bankdirektors ab, den er keineswegs vergessen hatte.

Desgleichen galt für Victor und Rupe. Die entscheidenden Landkarten waren inzwischen säuberlich aufgerollt und in Victors Büro verstaut worden.

»Sobald Tennant weg ist, breiten wir sie in der Bibliothek aus«, sagte Victor. »Der Tisch dort ist größer. Und wir können die Tür abschließen, wenn Besucher kommen. Eine Menge Entscheidungen stehen an, bevor wir einen Vermesser kommen lassen können.«

»Ich habe Harry ein Telegramm geschickt. Er kann uns ruhig ein wenig helfen.«

Victor griff sich mit der Hand an den Kopf. »Ich wünschte, das hättest du nicht getan!«

»Was soll das denn schon wieder heißen? Du hast es mir doch selbst aufgetragen, und Charlotte wollte es auch.«

»Aber da kannten wir den Brief von der Bank noch nicht. Mathews schrieb, daß die Verabschiedung unmittelbar bevorstehe ... Es könnte noch eine Chance geben, daß die Gesetzesvorlage abgeschmettert wird. Wir brauchen jede Stimme. Wenn Harry die Abstimmung verpaßt ...«

Rupe verzog das Gesicht. »... und wir mit einer Stimme Differenz verlieren ...«

»Dann ist unser Leben keinen Pfifferling mehr wert. Austin bringt uns um.«

»Ich bin schon unterwegs!« rief Rupe.

»Wohin willst du?«

»Ich schicke einen Viehhüter nach Cobbside. Er soll Harry in Austins Namen telegrafieren und ihn anweisen, in Brisbane zu bleiben.«

»Hör zu, wenn du wiederkommst, gehen wir zum Essen, als sei nichts geschehen. Tennant braucht nichts von der Sache zu erfahren.«

»Ich hoffe, du hast Charlotte vorgewarnt.«

»Ja, sie hat sehr gut reagiert. Als der Arzt fragte, was den Anfall ausgelöst haben könnte, hielt sie dicht. Was nicht heißen soll, daß sie das Ausmaß des Ganzen erfaßt hätte ...«

Doch Rupe war bereits verschwunden.

Victor zündete sich einen Stumpen an. Austins Krankheit

bot ihnen eine Entschuldigung, um Besucher fürs erste fernzuhalten. Ihm war durchaus bewußt, daß Investoren aus Cobbside und größeren Städten wie Toowoomba und Brisbane bereits in den Startlöchern standen, um sich ehemaliges Pachtland unter den Nagel zu reißen, das die Squatter nicht länger halten konnten. Männer wie Tennant, der gerade im Salon mit den Frauen zusammensaß. Oder Ladenbesitzer, die auf die Squatter schlecht zu sprechen waren, weil diese ihre kleinen, teuren Geschäfte mieden und lieber in den Lagerhäusern der Städte en gros einkauften. Ganz zu schweigen von Verwaltern großer Farmen, die ihre Chance nutzen wollten, um sich mit kleineren Weiden selbständig zu machen.

»Nicht zu vergessen all die anderen!« grollte er. »Alle wollen sie ein Stück vom Kuchen. Wir brauchen einfach mehr Grenzreiter.«

Die Unterhaltung bei Tisch drehte sich um Austin. Jeder gab sich angestrengt fröhlich, um Charlotte nicht zu beunruhigen. Sie hatten darauf bestehen müssen, daß sie zum Essen herunterkam.

»In ein paar Tagen sind Harry und Connie da«, sagte sie. »Austin wird sich freuen. Für den armen Harry wird es ein furchtbarer Schock sein.«

»Er wird es überleben«, sagte Rupe unbeeindruckt und nickte Victor vielsagend zu. Auftrag ausgeführt.

Die Suppe wurde aufgetragen, doch schien es Probleme mit dem Hauptgang zu geben. Charlotte wollte schon in der Küche nachsehen, als das Geschrei losbrach.

»Oh, mein Gott«, schrie sie, »Austin muß etwas zugestoßen sein!«

Sie sprang von ihrem Stuhl auf und rannte aus dem Zimmer.

»Ich gehe ihr besser nach«, sagte Tennant und ließ seine Serviette fallen, doch in diesem Moment stürmte Hannah, die Köchin, ins Speisezimmer. »Wo ist Mrs. Broderick?«

»Sie sieht nach Dad«, antwortete Victor, der nun ebenfalls aufgesprungen war.

»Es geht nicht um den Boß«, keuchte Hannah. »Es sind die Schwarzen. Minnie hat einen hysterischen Anfall, und vor der Hintertür steht eine ganze Horde von ihnen.«

Als Nioka an jenem Abend ins Lager zurückgekehrt war und die verworrene Geschichte über die Freunde vom Boß hörte, die ihren Sohn, ihren Neffen und Doombie für eine Fahrt im Wagen mitgenommen hatten, war sie verärgert, aber noch nicht beunruhigt. Minnie würde ihnen schon etwas zu essen geben. Die Brodericks hatten nichts dagegen, wenn kleine Kinder auf ihrem Besitz herumliefen, und den Heimweg kannten die Jungen ja.

Doombies Eltern, die ebenfalls an der Sammelexpedition teilgenommen und einen Sack mit den Lieblingsbeeren ihres Sohnes mitgebracht hatten, zeigten sich da schon weitaus besorgter. Sie befragten die schwangere Djallini und hörten von ihr das Wort ›Schule‹.

Das reichte aus, um Gabbidgees Mißtrauen zu wecken. Er war nicht mehr jung und hinkte, seit er sich vor einigen Jahren das Bein gebrochen hatte. Er mußte am Fluß bleiben, wo das Leben einfacher war, während die körperlich kräftigeren Männer umherzogen. Doombie stammte aus der Verbindung mit seiner zweiten Frau. Seine anderen Kinder waren schon erwachsen und zum Teil davongezogen, doch Doombie hütete er wie seinen Augapfel. Auch aus diesem Grund war er auf Springfield geblieben, wo Doombie unter dem Schutz des weißen Bosses stand.

Gabbidgee wußte, was eine Schule war, doch er verstand nicht, was das mit ihnen zu tun haben sollte. Die weißen Jungen hatten Unterrichtszimmer und Lehrer und gingen irgendwann weg auf die Schule. Schwarze Kinder hingegen nie.

Bei Einbruch der Dämmerung teilte er Nioka seine Befürchtungen mit. Sie wollte sofort zum Haus aufbrechen, doch Gabbidgees Frau hielt sie zurück.

»Du bleibst hier. Minnie sagt, wir sollen hierbleiben, wo der Boß so krank ist. Der Doktor wurde gerufen.«

Die anderen rissen erstaunt die Augen auf. Sie alle kannten Dr. Tennant, da er oft ins Lager kam, um nach ihnen zu sehen und ihnen Medizin zu geben. Allerdings mußte man schon sehr krank sein, wenn er eigens herbeigerufen wurde.

»Er ist schon hier«, warf jemand ein. »Er kam diesen Morgen mit Rupe angeritten. Vielleicht liegt der Boß ja im Sterben.«

Nun wirkte selbst Nioka eingeschüchtert.

»Gut«, sagte Gabbidgee, »ihr bleibt alle hier. Ich sehe mich mal um, ohne daß es jemand merkt. Ich suche nach dem Wagen.«

Im Gebüsch fand er die Wagenspuren und folgte ihnen. Trotz des Hinkens bewegte er sich erstaunlich schnell. Gabbidgee erwartete, daß die Spuren zum großen Haus führen würden, doch sie bogen an der Abzweigung in die andere Richtung ab. Seine Füße orientierten sich im Dunkeln an den Furchen im dicken Staub, doch um sicherzugehen, hockte er sich nieder und untersuchte die Spur. Er hoffte, zwei Spuren zu finden. Dann würde er wissen, daß der Wagen nur bis zum Haupttor und wieder zurückgefahren war. Jemand hatte nämlich gesagt, der Betmann habe die Jungen bloß zu einer Spazierfahrt eingeladen. Doch es gab nur diese eine Spur.

Voller Sorge lief er die Allee hinunter und konzentrierte sich auf die Spur der Räder, da auch andere Pferde diesen Weg entlanggekommen waren. Die Furchen wurden jetzt flacher; der Wagen mußte seine Fahrt beschleunigt haben. An dieser Stelle bog eine Straße, die hauptsächlich als Viehweg genutzt wurde, nach links ab. Eine andere mit grasbewachsenem Mittelstreifen durchquerte das Tal. Seine Augen suchten im feinen, roten Staub nach den flacheren Eindrücken der

Wagenräder. Er erhob sich und starrte auf die lange, verlassene Straße hinaus.

Wohin mochten sie gefahren sein? Es gab keine Schulen hier in der Nähe, und die nächsten Nachbarn lebten in der entgegengesetzten Richtung. Sie waren schon den ganzen Tag unterwegs und müßten eigentlich längst zurück sein. Gabbidgee kratzte sich am Kopf und rückte den Kordelgurt zurecht, der auf seinen schmalen Hüften saß und den Laplap genannten Lendenschurz an Ort und Stelle hielt. Vielleicht hatten sie einen Unfall gehabt. Manchmal verloren Wagen auf den holprigen Straßen die Räder. Waren sie den Weißen nicht oft genug zu Hilfe gekommen deswegen? Doch warum hatten sie sie dann nicht auch heute geholt? Warum suchten ihre Reiter nicht nach den Vermißten? Das war alles sehr geheimnisvoll. Er kehrte mit seinen Neuigkeiten ins Lager zurück.

»Das reicht«, erklärte Nioka. »Ich gehe zu Minnie und frage, wo sie sind. Mir ist es egal, ob der Doktor da ist.«

»Ich komme mit«, sagte Doombies Mutter.

»Wartet auf mich«, rief Gabbidgee, denn ihm waren die Vorschriften eingefallen. Er rannte zu einer Ansammlung ausrangierter Teekisten. Sie enthielten ein seltsames Sammelsurium von Gegenständen, das die Leute aus irgendwelchen unerfindlichen Gründen aufgehoben hatten: verrostete Töpfe und Pfannen, eine zerbrochene Teekanne, abgetragene Stiefel, Lederfetzen, Kinderwagenräder, leere Büchsen ... Doch Gabbidgee wußte genau, wonach er suchte. Er wühlte in den Sachen und zog schließlich eine zerlumpte Hose heraus. Wenn er sich in die Nähe des großen Hauses begab, mußte er bekleidet sein.

Als er die Frauen eingeholt hatte, entdeckte er, daß sich noch andere der Gruppe angeschlossen hatten. Zügig schritten sie auf die Lichter des Herrenhauses zu.

Victor packte Minnie bei den Schultern und schüttelte sie. »Halt den Mund! Weißt du denn nicht, daß der Boß krank ist?«

Zum Glück befand sich Austins Flügel am anderen Ende des Hauses. »Was zum Teufel ist los mit dir?« schrie er. »Beruhige dich doch, du dummes Ding.«

»Wo mein Junge?« heulte Minnie. »Was ihr mit Bobbo gemacht?«

Nioka stand mit verschränkten Armen und zusammengepreßten Lippen in der Tür. Die Haltung erinnerte Victor an ihre Mutter. »Wo sind Kinder?« fauchte sie. »Wo ihr sie haben?«

»Du solltest dich auch beruhigen«, fuhr er sie an. »Und was soll die Versammlung da draußen? Sag ihnen, sie sollen verschwinden.«

Charlotte kam zurückgeeilt. »Austin schläft. Was ist los?«

»Ich glaube, irgendwelche Kinder sind verlorengegangen«, erklärte Victor. Er wandte sich an Minnie: »Hör auf zu heulen. Wir werden sie schon finden.« Schwarze Kinder gingen nicht einfach verloren. Er fragte sich, was sie wohl jetzt wieder angestellt hatten.

»Wo ist Teddy?« fragte er Louisa. »Ist er mit ihnen unterwegs?«

»Nein, er schläft oben. Ich glaube, ich weiß, warum sie sich so aufregen. Die Billings haben heute drei kleine Kinder mitgenommen, um sie in die Schule zu bringen.«

Minnie begann wieder zu stöhnen und zerrte an ihrer Schürze. Nioka fragte fassungslos: »Was sagen? Was?«

»Oh, mein Gott!« Charlotte trat vor. »Ihr geht zurück ins Speisezimmer; ich werde es den Mädchen erklären.«

»Was?« schnappte Nioka. »Was ihr verdammt getan mit unseren Kindern?«

»Das reicht, Nioka«, fuhr Victor wütend dazwischen. »Noch ein Wort, und du darfst dieses Haus nie wieder betreten.«

»Gib mir Jagga und mir verdammt egal!«

Victor bedeutete Louisa hineinzugehen. Tennant schloß sich ihr an. Dann drohte Victor Nioka mit dem Zeigefinger. »Benimm dich gefälligst!«

Charlotte griff ein. »Schon gut, Victor. Ich war so aufgeregt, daß ich die Abreise von Mr. und Mrs. Billings völlig vergessen hatte. Sie haben Bobbo, Jagga und Doombie in die Schule mitgenommen.«

»Was? Mit wessen Erlaubnis?«

»Mit Austins«, erwiderte sie streng. »Er hatte eine lange Unterredung mit Mr. Billings und war einverstanden. Er gab ihm auch eine beträchtliche Spende für den Unterhalt der Kinder mit.«

Heulend warf sich Minnie in Hannahs Arme, während Nioka mit offenem Mund in der Tür stand.

»Ihr denen unsere Kinder geben?«

»Hat es ihnen denn keiner erklärt?« fragte Victor zornig.

»Natürlich. Mr. Billings hat es sicher erklärt. Sie verstehen es bloß nicht. Das ganze Theater ist unnötig, für die Kinder wird gut gesorgt sein. Sie haben großes Glück gehabt.«

Victor sah Gabbidgee hinter Nioka auf der Veranda stehen, und ein Schauder überlief ihn.

»Da dürften allerdings einige Erklärungen vonnöten sein. Das hätte man aber auch anders handhaben können. Weshalb hast du es Billings überlassen? Er ist ein eiskalter Hund.«

»Fang jetzt nicht auch noch an«, stöhnte Charlotte. »Das halte ich nicht aus. Du weißt ganz genau, daß es dieses Bildungsprogramm für junge Schwarze bereits seit einiger Zeit gibt. Austin wußte, daß es zu ihrem Besten war, sonst hätte er es niemals zugelassen. Geh jetzt bitte mit ihnen hinaus und erkläre es ihnen richtig. Sie müssen lernen, es als gute Sache zu betrachten.«

»Na dann!«

Rupe hatte alles schweigend mit angehört. »Mir scheint,

Billings hat ihnen kein Wort davon gesagt. Man hätte zumindest die Eltern um Erlaubnis fragen müssen.«

Doch Victor begriff, daß die Reaktion womöglich noch heftiger ausgefallen wäre, wenn man Nioka, Minnie und Gabbidgee gefragt hätte. Ihre Weigerung hätte zu einem Aufruhr führen können, den Billings vermutlich vermeiden wollte. Vielleicht war es gar nicht so schlecht, daß er so unauffällig mit den Kindern verschwunden war.

Er trat auf die Veranda hinaus und schickte alle bis auf die Eltern der drei Kinder ins Lager zurück. Dann hockte er sich unter einen Baum.

Eine Stunde lang kaute er die Geschichte mit ihnen durch, begleitet von Minnies Schluchzen und Niokas Wutausbrüchen. Gabbidgee und seine Frau waren ob der unerwarteten Ereignisse vollkommen verstört.

Victor erinnerte sie daran, daß auch er und seine Brüder auf die Schule gegangen waren. Charlotte hatte geweint, als sie ihr Zuhause verließen. Er sagte, wieviel Glück die Jungen hätten, und daß sie nicht einsam sein würden. Er fragte nach, ob die Kinder geweint hätten, und hörte erleichtert, daß dies nicht der Fall gewesen war. Hannah brachte auf seine Anweisung heißen, gesüßten Tee und Kuchen, den nur Nioka entschieden ablehnte. Anscheinend gewann er an Boden. Victor erklärte, daß die Jungen in die große Stadt gefahren seien, wo sie alle möglichen Wunderdinge erleben würden, so daß sie bei ihrer Rückkehr eine Menge Geschichten zu erzählen hätten.

»Wann kommen zurück?« schluchzte Minnie.

Da er sie nicht belügen wollte, sagte Victor nur: »Wenn es an der Zeit ist.«

Schließlich fragte Gabbidgee: »Boß-Mann, dein Daddy, er sagen ist gut? Er sagen Jungen sollen in Schule lernen wie seine Jungen?«

»Ja.«

Der Schwarze nickte unglücklich. Dann machte er seiner Frau ein Zeichen, und wortlos gingen sie davon.

Nur die beiden Schwestern blieben zurück. Minnie schien sich in das Unvermeidliche zu fügen, war aber zutiefst erschüttert. Nioka war noch immer sehr zornig. Man mußte ihr einfach Zeit lassen, damit fertig zu werden, dachte Victor bei sich. Hunderte von schwarzen Eltern machten in diesen Tagen das gleiche durch. Ihre Welt veränderte sich. So einfach war das. Er verstand ihren Schmerz, konnte aber nichts weiter für sie tun.

Im Lager herrschte bedrücktes Schweigen. Die Jahre der Einschüchterung zeigten nun Wirkung. Gabbidgee drohte in einem Anfall von Tollkühnheit damit, den Wagen aufzuspüren und die Jungen heimzuholen, doch die Ältesten warnten ihn vor den Gewehren der weißen Männer. Sie fühlten sich an die schrecklichen Zeiten zurückerinnert und weinten, als Gabbidgee seinen Speer schärfte und den Frauen gestattete, ihm bei der zeremoniellen Körperbemalung vor der Schlacht zu helfen.

Seine anderen Kinder flehten ihn an, nicht zu gehen, und sprachen von der Verpflichtung, die er ihnen und seinen Enkelkindern gegenüber habe; zur Zeit gab es einfach zu wenige Männer im Lager. Es ging sogar so weit, daß ein ritueller Kampf ausgetragen werden mußte zwischen seiner Frau und seiner ältesten Tochter, bei der sie einander mit schweren Keulen schlugen, bis eine nachgab. Blutend mußte sich Doombies Mutter geschlagen geben, da sie der stärkeren – und älteren – Gegnerin nicht gewachsen war. Gabbidgee hatte bei seiner Familie zu bleiben; sein jüngster Sohn interessierte die anderen Kinder nicht.

Nioka verhöhnte ihn. Sie würde selbst gehen, wenn sie über seine Erfahrungen als Fährtenleser verfügte. Sie fürchtete sich nicht vor den Waffen der Weißen. Erschüttert und erfüllt von Trauer um seinen geliebten Doombie, zerschnitt Gabbidgee seinen Körper mit dem Messer und verkroch sich im Gebüsch, um für sein Versagen beim Beschützen des Sohnes zu büßen.

Es war nur gut, daß er dem Wagen nicht gefolgt war, da sich Billings inzwischen einer Gruppe von Viehtreibern angeschlossen hatte, die eine riesige Schafherde über die Viehwege nach Toowoomba trieb. Sie reisten mit einem Rollwagen, der ihnen bei ihrem Umherziehen als bewegliche Unterkunft diente.

Billings war erleichtert. Die Viehtreiber kannten den Weg im offenen Gelände und ermöglichten ihnen ein zügigeres Vorankommen. Da er alles andere als ein Buschkenner war, schätzte er ihre Fähigkeiten bei der Zubereitung von Mahlzeiten und dem Auffinden von Wasserstellen. Dies ersparte ihm unnötige Umwege und das Übernachten auf Farmen, wo er die Gegenwart der drei schwarzen Jungen hätte erklären müssen.

Die Viehtreiber waren zunächst ebenfalls neugierig gewesen, freuten sich aber, als sie hörten, woher die Jungen kamen.

»Aus Springfield?« meinte ihr Anführer. »Eins muß man Broderick lassen: Er mag vor Jahren gegen die Schwarzen gekämpft haben, doch heute behandelt er sie anständig. Im Gegensatz zu vielen anderen Squattern. Gut, daß er den Kindern eine Ausbildung ermöglicht. Bin selbst nie zur Schule gegangen.«

Seine Frau war dankbar für Amys Anwesenheit. »Machen Sie sich keine Sorgen, im Busch brauchen Sie sich nicht zu fürchten. Wir bringen Sie und die Kinder sicher in die Stadt, und von da müssen sie immer nur geradeaus nach Brisbane fahren.«

Sie mochte die schwarzen Kinder und heiterte Jagga soweit auf, daß man ihn nicht mehr an den Wagen binden mußte. Die Jungen konnten abwechselnd auf ihrem Rollwagen mitfahren, und ihr Mann hob dann und wann einen von ihnen auf sein Pferd, wo er vor ihm sitzen und mitreiten durfte. Dieses Privileg genossen die kleinen Burschen sogar noch mehr als die Karamellen, die die Frau des Treibers für sie machte.

Obwohl die Männer den Bekehrungsversuchen des Reverend eher zynisch gegenüberstanden, stieß sich die Frau nicht an Amys ständigen Anrufungen des Herrn. Sie genoß einfach nur die weibliche Gesellschaft.

Wäre ein erzürnter Vater auf diese Gruppe aus sechs Männern und zwei Frauen gestoßen, hätten sie ihn wohl kaum mit Schußwaffen bedroht, sondern einfach mit ihren Viehpeitschen davongejagt. Sie hätten nur gelacht über den Schwarzen, dieses Relikt aus der Vergangenheit.

Minnie war nicht nach Arbeit zumute. Sie war untröstlich und geschwächt vom pausenlosen Weinen. Nacheinander lauerte sie Victor, Rupe, der Missus und sogar Louisa auf, erhielt aber stets die gleiche Antwort: Keine Sorge, Bobbo geht es gut.

Als größte Enttäuschung erwies sich dabei Hannah. Minnie trieb sich in der Küche herum und flüsterte Hannah zu, sie solle ihr ihren Jungen wiederbringen. Obwohl sich die Köchin mitfühlender als die anderen gezeigt hatte und Minnies nagende Sorge verstand, konnte auch sie ihr nicht helfen. Sie ermutigte sie, ihre Arbeit wiederaufzunehmen, stieß aber auf hartnäckigen Widerstand.

Dann war da noch Nioka, die gegen Minnie wütete.

»Geschieht dir recht. Du hast immer gesagt, sie seien deine Freunde. Jetzt sieh dir an, was sie getan haben. Dein Junge ist weg. Haben sie dir gesagt, wann sie unsere Kinder zurückbringen? Nein! Wahrscheinlich nie. Wir sehen sie nie wieder. Das hast du nun davon, daß du dich bei ihnen lieb Kind gemacht hast. Alles nur deine Schuld.«

Minnie starrte auf den Fluß hinaus. Wenn es stimmte, daß sie ihren lachenden Bobbo nie wiedersehen würde, hatte ihr Leben seinen Sinn verloren. Ebensogut konnte sie sich in den Fluß stürzen und ertrinken. Diese Trauer war schlimmer als der Tod.

Dann entdeckte sie den dreibeinigen Dingo, der über die abgeschliffenen Steine in der Flußbiegung auf sie zukam. Sie sprach ihn an.

»Was machst du hier, du armer Kerl? Hast du dich verlaufen?«

»Nein«, erklang eine Stimme zwischen den Bäumen hinter ihr, und der alte Moobuluk stakste auf seinen knochigen Beinen hervor.

Minnie erkannte ihn auf Anhieb. Bestimmt war niemand auf der ganzen Welt so alt wie Moobuluk. Doch sie war zu niedergeschlagen, um irgendwelches Interesse dafür aufzubringen, daß der Zauberer wieder bei ihnen aufgetaucht war. Er kam zu spät.

»Warum weinst du, kleines Mädchen?« fragte er. Die Anrede ärgerte sie. Sie war kein kleines Mädchen, sondern eine erwachsene Frau. Alles und jeder gingen ihr auf die Nerven. Sie hatte ihren Sohn im Stich gelassen, doch ihre Leute hatten wiederum sie im Stich gelassen, und nun kam dieser alte Mann ... was sollte er ihnen jetzt noch nützen? Er hätte zum richtigen Zeitpunkt hier sein sollen, wo er hingehörte.

Er ging im Kreis um die Steine herum und tastete sich mit Hilfe seines Stocks das glitschige Ufer hinunter, bis er im seichten Wasser stand und sich die Füße kühlen konnte.

»Ah«, seufzte er, »schon besser. Meine Füße haben vielleicht gebrannt. Ich glaube, die Sohlen nutzen sich allmählich ab.« Er sah sie an und lachte gackernd. »Glaubst du, der Boß schenkt mir ein Paar Stiefel, wie er sie trägt?«

Minnie zuckte nur die Achseln. Der Hund, der sich auf einem glatten Felsen niedergelassen hatte und die Zunge aus der Schnauze hängen ließ, schien bei Moobuluks Frage lächeln zu müssen.

»Ich habe immer geglaubt«, sagte der alte Mann an den Hund gewandt, »daß die Weißen schwach seien, weil sie Stiefel tragen müssen, doch inzwischen bin ich mir nicht mehr so sicher. Was beweist, daß man nicht immer recht haben kann.«

Seine krächzende, alte Stimme und die triviale Unterhaltung forderten Minnie schließlich doch zu einer Reaktion heraus. »Wo bist du so lange gewesen?« wollte sie wissen. Doch selbst bei diesen wenigen Worten brach sie in Tränen aus und wandte sich ab, als wolle sie weglaufen.

»Bleib hier, Moomabarrigah.« Seine Stimme klang nun klarer und sanfter. »Wenn du weinst, weine ich mit, aber den Grund dafür kenne ich nicht. Du mußt ihn mir sagen, damit ich weiß, wie groß mein Kummer sein muß.«

Er kletterte zu ihr hinauf und streckte hilfesuchend die Hand aus, so daß Minnie sie ergreifen mußte. Dann saß er geduldig neben ihr und sah aufs Wasser hinaus.

»Mein Junge Bobburah«, flüsterte Minnie, als sich ihr Schluchzen gelegt hatte. »Sie haben ihn mitgenommen.«

»Wer?«

»Die Betleute!« Zornig sah sie ihn an. »Du hättest hier sein müssen. Du hättest sie in Krähen verwandeln können. In zwei alte, schwarze Krähen!«

Angesichts dieser simplen Lösung mußte Moobuluk ein Lächeln unterdrücken, denn die Lage war offensichtlich ernst.

»Erzähl mir alles.«

Sie brach wieder in Tränen aus, doch die Geschichte enthüllte sich allmählich, trotz der Angst, Wut und Trauer, die sie erfüllten. Moobuluk war so betrübt, daß ihm ebenfalls Tränen über die ledrigen Wangen rannen. Minnie hatte recht. Er hätte da sein sollen. Er hatte die Stimmen im Wind, die ihn nach Hause riefen, unterschätzt. Wer aber hätte voraussehen können, daß diese friedlichen Menschen ein so furchtbares Unglück treffen würde?

»Warum wurdet ihr so bestraft? Was ist geschehen?«

»Das versuche ich dir doch die ganze Zeit zu sagen. Sie behaupten, es sei eine gute Sache. Sie haben unsere kleinen Jungen in die Schule geschickt. Wie ihre eigenen Söhne.«

»Aber sie sind doch noch so klein«, sagte Moobuluk.

Minnies Zorn flackerte erneut auf. »In dem Alter schicken sie *ihre* Kinder nicht weg. Sie sagen, unsere müßten so früh fort, damit sie Englisch lernen und in der Schule auch alles verstehen können. Ich hasse alle Weißen. Du mußt sie verzaubern, großer Daddy. Sag ihnen, wir wollen unsere Jungen zurückhaben.«

Er ließ sie die seltsame Geschichte mehrfach wiederholen, bis er die Ungeheuerlichkeit dieses Verbrechens erfaßt hatte. Moobuluk war sich bewußt, daß Moomabarrigah es aufgrund ihrer Kontakte zu den Weißen am besten erklären konnte. Und er sorgte sich um ihre aufbrausende Schwester Nioka. Minnie hatte erklärt, daß sie noch immer sehr aufgebracht sei. Wenn sie Unruhe stiftete, würde sich diese nicht so leicht wieder legen.

Außerdem begriff er, daß es hier zwei Probleme gab. Zunächst einmal hatten sie diese drei Jungen verschwinden lassen. Doch wie viele würden sie noch verlangen? Stellten diese besitzergreifenden Weißen etwa eine Gefahr für alle Kinder des Stammes dar? Er stöhnte auf. Hatten sie ihnen denn noch nicht genug angetan?

Moobuluk kehrte mit Minnie ins Lager zurück. Ruhig und scheinbar unbesorgt nahm er die aufgeregten Begrüßungen entgegen, suchte aber nach einer Unterredung mit Doombies Eltern Nioka auf.

Lange blieb er bei ihr sitzen, gab Ratschläge, bestand darauf, daß sie ihren Zorn in die Hände nahm und beiseite legte, bis sie Zeit zum Nachdenken gehabt hatte. Sie war ein schwieriges Mädchen, das selbst ihm gegenüber zum Schreien neigte, doch allmählich konnte er sie beruhigen.

An diesem Abend saß er mit den Ältesten des Clans am Lagerfeuer und lauschte ihrer Trauer.

»Kannst du uns helfen?« fragten sie ihn schließlich, doch seine Antwort fiel nicht eindeutig aus.

»Ich muß erst darüber nachdenken.«

Ihr Vater erholte sich nur langsam. Obwohl seit dem Schlaganfall mehr als zwei Wochen vergangen waren, fühlte sich Austin noch schwach. Sein erster Sitzversuch hatte nicht nur den Arzt bestürzt, sondern auch den Patienten erschreckt und dessen letzte Kräfte aufgezehrt. Er sah inzwischen ein, daß die Genesung länger auf sich warten lassen würde, was ihn jedoch nicht davon abhielt, tagtäglich seiner Ruhelosigkeit und Enttäuschung Luft zu machen.

Innerhalb der Familie herrschte die unausgesprochene Überzeugung, daß er weniger schwach wäre, wenn er sich ruhiger verhielte und auf seine Temperamentsausbrüche verzichtete, zu denen es unweigerlich kam, wenn Austin sich nicht verständlich machen konnte oder der Körper ihm den Dienst versagte. Charlotte hob mit endloser Geduld die Kissen und Decken auf, wenn er sie einmal mehr zu Boden geschleudert hatte; beim Füttern ließ sie sich von seiner Wut nicht beirren; sie brachte ihm Stifte und Papier, damit er aufschreiben konnte, was er von ihnen wünschte, und bückte sich klaglos danach, wenn er damit um sich warf. Er konnte mit der linken Hand nicht leserlich schreiben, und der Anblick seines Gekritzels verstärkte nur noch seinen Zorn.

Charlotte war die ganze Zeit bei ihm und verärgerte die anderen damit, daß sie selbst die trivialste Unterhaltung mit warnendem Stirnrunzeln begleitete oder gar unterbrach. Sie wußten, daß sie weder die Landgesetze noch die Landkarten oder den ominösen Brief des Bankdirektors erwähnen durften. Ebensowenig die Tatsache, daß bereits die ersten Scherer eintrafen, um sich die besten Unterkünfte zu sichern. Auch nicht, daß Minnie verschwunden war. Alles, was mit dem Besitz zu tun hatte, schien tabu. Laut Victor wurde Austin derart in Watte gepackt, daß ihnen kein Gesprächsthema mehr einfallen wollte, das nicht Charlottes Mißfallen erregt hätte.

»Das Hengstfohlen ist ein eigensinniger Bursche«, berichtete Victor seinem Vater. »Rennt herum und tritt in alle Richtungen.«

Charlotte, die hinter Austin stand, schüttelte den Kopf. Vermutlich stieß sie sich an den Worten »rennt herum«, die seinem Vater womöglich die eigene Bewegungslosigkeit in Erinnerung brachten. Doch er beschloß, ihr diesmal keine Beachtung zu schenken, und fuhr fort.

»Er ist eine richtige kleine Schönheit. Louisa durfte ihm einen Namen geben, weil ...« Er wollte sagen, »weil ihr die Feier zu unserem Hochzeitstag entgangen ist«, begriff aber, daß er sich damit auf unsicheres Terrain begab, da Austin an jenem Abend den Schlaganfall erlitten hatte. Charlotte würde ihn erwürgen, wenn er diesen Tag erwähnte. Andererseits ruhte Austins Blick auf ihm, und er hörte aufmerksam zu. Die Namensgebung der Vollblüter sowie der edlen Merinoschafe lag ihm sehr am Herzen; schon oft war es darüber zu Auseinandersetzungen gekommen.

»Weil sie an der Reihe war«, stammelte er den Satz zu Ende. »Die Stute stammt von Joybelle ab, deshalb hat Louisa das Fohlen ›Teddy's Joy‹ genannt.«

Austins Augen und die linke Hälfte seines Gesichts verzogen sich zu einer lächelnden Grimasse. Victor lachte erleichtert mit. Teddy hatte ihn aus einer peinlichen Lage gerettet.

Draußen packte er Rupe am Arm. »Hast du sein Gesicht gesehen?«

»Ja, es ist förmlich auseinandergefallen.« Rupe haßte das

Krankenzimmer und kam nur herein, wenn es die Pflicht verlangte.

»Aber vorher war es ganz schlaff. Als er eben gelächelt hat, konnte er die eine Hälfte bewegen!«

»Das bildest du dir bloß ein.«

»Nein. Meinst du, ich sollte es ihm sagen? Das würde ihn vielleicht aufmuntern.«

»Frag Mum. Sie hat hier das Sagen. Ich glaube, sie freut sich, daß sie ihn endlich unter ihrer Fuchtel hat.«

Victor kam es vor, als sähe sein Bruder den Vater auch nicht ungern als Invaliden. Er strahlte auf einmal eine ganz neue, beunruhigende Autorität aus. Während Austin und Victor die Farm geleitet hatten, hatte Rupe apathisch, ja sogar faul daneben gestanden und nur dann mit Hand angelegt, wenn es ihm in den Kram paßte. Jetzt jedoch steckte er voller Tatendrang und Ideen – nicht nur, was die neuen Grenzziehungen betraf, sondern auf allen Gebieten, von der Merinozucht bis zum Arbeitspensum ihrer Grenzreiter. Zum ersten Mal kam Victor ins Grübeln, ob sein Bruder irgendwann nicht auch seine eigene Autorität in Frage stellen würde.

»Erinnerst du dich übrigens an diesen alten Cullya-Burschen, den Daddy kannte, diesen Zauberer? Er ist wieder da. Wie hieß er doch gleich?«

»Moobuluk«, antwortete Victor.

»Genau. Ich habe ihn jetzt drei Abende hintereinander bei Sonnenuntergang gesehen.«

»Woher weißt du, daß er es ist?«

»Weil Austin sagte, er sei aufgetaucht, als Minnies Mutter starb. Er ist mit ihnen verwandt. Und zieht mit einem dreibeinigen Dingo umher. Jedenfalls ist der alte Bursche nach Hause gekommen und steht Abend für Abend auf der Felsklippe über dem Tennisplatz. Wir arbeiten da draußen. Wenn ich heimkomme, sehe ich ihn jedesmal wie eine Bronzestatue samt räudigem Dingo am Rand der Klippe stehen. Was er wohl von uns will?«

»Nichts. Er ist einfach nach Hause gekommen. Aber an deiner Stelle würde ich es Austin gegenüber nicht erwähnen.«

Rupe grinste. »Zu Befehl, Charlotte!«

Doch Victor nahm diese Neuigkeit nicht so gleichmütig auf, wie er vorgab. Abergläubische Vorstellungen quälten ihn. Als Junge hatten ihn die Geheimnisse der Aborigine-Kultur und die Geschichten über die Traumzeit fasziniert. Er und Harry sprachen den örtlichen Dialekt beinahe so gut wie Austin, da die schwarzen Kinder ihre einzigen Spielgefährten gewesen waren. Die Erzählungen über ehrfurchtgebietende Magier hatten sie oft in Schrecken versetzt, und einige dieser dunklen Ängste waren geblieben.

Austins Verhältnis zu den Schwarzen war immer zwiespältig gewesen und hing von seiner jeweiligen Stimmung ab. Gerade hatte er sich noch maßlos über sie geärgert, und im nächsten Moment bekam Victor mit, wie sein Vater Gäste mit erstaunlichen Geschichten über ihre Kenntnisse des Landes und ihr zweites Gesicht unterhielt. Er pflegte zu behaupten, daß einige von ihnen magische Kräfte besäßen. Oft genug hatte Victor die Geschichte von dem schwarzen Medizinmann mit angehört, einem Zauberer, der an zwei Orten gleichzeitig aufgetaucht war. Und sein Vater war angeblich selbst dabei gewesen, als sich einer dieser Magier vor seinen Augen in einen riesigen Dingo mit flammendem Schlund verwandelt hatte.

Victor wußte nicht, ob es sich dabei um die Geschichte eines Betrunkenen oder um eine Halluzination handelte. Obwohl er selbst nie das Glück gehabt hatte, Zeuge solcher Ereignisse zu werden, hatte auch er von Schwarzen mit erstaunlichen Fähigkeiten gehört. Es war nicht leicht, das Mögliche vom Unmöglichen zu trennen.

Nun sorgte sich Victor wegen des alten Zauberers, dem er

noch nie begegnet war. Man erzählte sich viel über Moobuluk. War der Alte wieder einmal gekommen, um einen Tod zu bezeugen? Wie bei Minnies Mutter war er auch diesmal aus heiterem Himmel aufgetaucht, als wisse er, daß ein derartiges Ereignis bevorstand. Die Angst schnürte ihm die Kehle zu. Ging es um Austin? Hatten die geheimnisvollen Kräfte Moobuluk ein Zeichen gegeben, daß der Boß bald sterben würde?

Victor schlug die Hände zusammen, um sich von diesen deprimierenden Gedanken loszureißen. Das war genau die Stimmung, die Schwarze vor Angst erzittern ließ. Und er wußte nichts Besseres, als es ihnen gleichzutun, wo doch Austins Genesung so offensichtliche Fortschritte machte.

»Dieser verdammte Moobuluk!« murmelte er vor sich hin. »Der wird mir keine Angst einjagen.«

Dennoch machte Victor am späten Nachmittag – er befand sich gerade auf dem Heimweg von den Weiden, wo sie die Schafherden zusammentrieben, um sie zur Schur auf die Koppeln nahe des Hauses zu bringen – einen Umweg zum Hügelkamm. Und siehe da, der alte Kerl stand mit seinem Dingo wirklich dort. Beinahe arrogant hatte er sich genau dort aufgepflanzt, wo man den besten Ausblick auf das Haus genoß – in der uralten Position, bei der ein Fuß auf einem Knie ruhte. Den langen Stock hielt er entschlossen vor dem Körper.

Kein Wunder, daß Rupe ihn mit einer Bronzestatue vergleicht, dachte Victor grinsend. Das ist einer ihrer Tricks. Moobuluk stand nämlich mit dem Gesicht zur untergehenden Sonne, so daß sein Körper in kupferglänzendes Licht getaucht wurde und schon von weitem eine eindrucksvolle Erscheinung abgab.

Victor wandte sein Pferd und galoppierte auf den Hügelkamm zu. Er zwang das Tier einen steilen Zickzack-Pfad hinauf, doch als sie oben auf dem Plateau ankamen, erwartete sie nur der knurrende Dingo. Von seinem Herrn war nichts zu sehen.

Victor holte mit seiner Viehpeitsche aus, und der Hund wich grollend zurück.

»Was willst du, alter Mann?« rief er in ihrer Sprache. »Boß-Mann ist krank. Sprich mit mir.«

Eine staubgeschwängerte Bö wehte über den Hügelkamm heran, und der Hund wandte sich ab. Victor zog den Hut tiefer ins Gesicht und folgte dem Tier, wobei er sein Pferd fest am Zügel hielt. Der Staubsturm wurde stärker, die Sicht immer schlechter. Er schaute sich suchend um, da er dem alten Kerl von Angesicht zu Angesicht gegenüberstehen wollte. Dann könnte er Austin wenigstens erzählen, daß er dem legendären Zauberer begegnet war. Den Dingo konnte er gerade noch ausmachen. Vielleicht würde das Tier ihn zu Moobuluk führen. Doch plötzlich wieherte das Pferd und rutschte zur Seite. Victor stand am Rande einer tiefen Felsspalte.

»Jesus!« rief er aus und riß das Pferd mit klopfendem Herzen zurück.

Er stieg ab und tätschelte es, damit es sich beruhigte. »Braver Junge. Mein Gott, das war aber knapp. Ich hätte besser aufpassen sollen. Braver Junge, so dumm bist du nicht, was?«

Er ließ das Pferd stehen und trat allein vor. »An diesen Spalt kann ich mich gar nicht erinnern. Doch ich war auch schon lange nicht mehr hier.« Er untersuchte die Ränder, halb verborgen unter trockenem Gebüsch, und ihn schauderte. Der Dingo hatte sie hierhergeführt. Ein Hund konnte die Spalte mühelos überspringen, doch für einen nichtsahnenden Reiter und sein Pferd stellte sie eine gefährliche Falle dar.

Auch als er den Hang wieder hinunterritt, fühlte sich Victor noch unbehaglich. Seine mangelnde Vorsicht beunruhigte ihn. Doch als er um den Hügel vor dem Haus bog, schüttelte er die Gedanken an Moobuluk ab und lockerte die Zügel, damit das Pferd sich seine Anspannung von der Seele laufen konnte.

Rupe erwartete ihn bei den Ställen. »Wo warst du? Die beiden neuen Grenzreiter sind da. Sie wollen wissen, wieviel wir ihnen bezahlen.«

»Das sage ich ihnen am Ende der Woche, wenn ich weiß, was sie können. Schick sie morgen mit einem unserer Jungs hinaus. Sie müssen unsere Grenzen wie ihre Westentasche kennen. Damit sind sie mindestens eine Woche beschäftigt.«

»Ich habe ihnen gesagt, sie könnten sich Gewehre und Munition aus dem Lager holen.«

»Das war falsch. Sie brauchen im Augenblick keine Schußwaffen; damit lenken sie nur die Aufmerksamkeit auf sich. Offiziell werden sie als neue Viehhüter eingeführt, die nach streunenden Schafen suchen. Und dabei soll es vorerst auch bleiben. Du darfst nicht vergessen, daß dieses Gesetz noch nicht unter Dach und Fach ist. Es könnte sich immer noch als falscher Alarm erweisen.«

Moobuluk sah zu, wie der Sohn namens Victor den Hügelkamm verließ. Sein Haar war gelb wie das seines Vaters, und er war ebenso neugierig. Der dritte Sohn hingegen hatte ihm lediglich im Vorbeireiten einen Blick zugeworfen. Der mittlere, Harry, lebte nicht mehr hier, wie er sich hatte sagen lassen.

Was wollte er von ihnen? Er hatte Victors Frage gehört, wußte aber noch keine Antwort darauf.

Moobuluk hatte sich bei den Küchenlagern der Männer von der Farm verborgen und ihren Gesprächen gelauscht, doch die verschwundenen schwarzen Kinder waren mit keinem Wort erwähnt worden. Die schwarzen Hausmädchen bestätigten, daß auch die Familie nicht von ihnen sprach. Niemand schien einen Gedanken an sie zu verschwenden außer Teddy, der seine Freunde vermißte, und ihm hatte man lediglich gesagt, sie seien nicht mehr da. Die Weißen hatten sie völlig vergessen, als habe ihr kurzes Leben sie nie berührt; sie galten ihnen weniger als die unzähligen Schafe, die sie so liebevoll fütterten und bewachten.

Moobuluk hatte bemerkt, daß Victors Pferd beinahe in die Spalte geraten war, die der Schlangengeist vor Urzeiten geformt hatte, um seine Kinder darin zu verbergen. Der schlaue alte Dingo hatte sie absichtlich auf diesen Weg geführt; vermutlich wollte er sich für den Peitschenhieb rächen.

So. Er wischte sich den Staub aus den Augen. Was nun?

Moobuluk besaß neben den schwarzen Hausmädchen noch einen weiteren Spion – Spinner, der mehr weiß als schwarz war. Jedenfalls, was die Hautfarbe betraf. Er entstammte der Verbindung zwischen Gabbidgees Schwester und einem Scherer, dessen Haar so gelb wie das der Brodericks gewesen war. Spinner hatte sich immer für die Lebensweise der Weißen interessiert und liebte Pferde. Niemand wußte, woher sein Name kam, doch das war auch nicht wichtig. Der Junge hatte sich von Kindesbeinen an in den Ställen herumgetrieben und willig mit angepackt, solange er bei den Tieren bleiben durfte.

Als er sich eines Tages weigerte, ins Lager zurückzukehren, und lieber im Stall schlief, hatte ihn seine Mutter ziehen lassen. Sie wußte, daß er dort glücklich und sicher war. Irgendwann hatten die Weißen begonnen, seine Gegenwart als selbstverständlich hinzunehmen. Spinner entwickelte sich zu einem geschickten Reiter und arbeitete nun schon seit mehreren Jahren fest auf der Farm.

Da er wie ein Weißer lebte, beriet sich Moobuluk mit ihm in der Stille des Buschlandes.

»Wo sind unsere Kinder?«

»Man hat sie in die große Stadt gebracht.«

»Um sie zu lehren, wie Weiße zu leben?«

»Ja.«

»Warum konnten sie es ihnen nicht hier beibringen? Mit dir haben sie es doch auch so gemacht.«

»Weil sie ihnen beibringen, wie man ein Christ wird.«

»Was soll das sein?«

»Ich weiß es nicht genau. Aber sie knien sich zum Beten hin. Ich habe gesehen, wie Weiße es tun.«

»Was ist Beten?«

»Mit den Geistern sprechen.«

»Aha. Und was wissen sie von den Geistern?«

Spinner lachte. »Keine Ahnung.«

»Wann kommen sie wieder?«

Spinner schüttelte den Kopf. »Frag mich nicht.«

»Du solltest dich doch für mich danach erkundigen.«

»Keiner weiß Bescheid. Vielleicht nie. Ich habe mit diesem neuen Scherer gesprochen, und er sagt, sie sollen in der Stadt vergessen, daß sie Schwarze sind.«

»Wie soll das gehen? Das ist unmöglich.«

Spinner streckte hilflos die Hände aus. »Ich weiß es nicht. Es tut mir auch leid, aber ich kann nichts daran ändern.«

»Du könntest sie holen. Du bist in ihren Städten gewesen.«

»Aber noch nie so weit. Außerdem würden sie mich nicht gehen lassen. Vielleicht kommen sie ja nächstes Jahr zurück, wenn sie ein Jahr lang gelernt haben.«

Er klang nicht allzu überzeugt, doch Moobuluk nahm ihm ein Versprechen ab. Spinner sollte ihm Bescheid geben, sobald die Jungen zurück wären.

»Bleibst du dieses Mal bei uns, alter Mann?«

»Ich glaube nicht«, erwiderte Moobuluk betrübt. »Doch ich werde Nachrichtenstäbe vorbereiten lassen. Kennst du dich noch damit aus?«

»Sicher.«

»Dann halte die Ohren offen. Ich werde es dir nicht verzeihen, wenn du mich im Stich läßt.«

Spinner nickte und knackte nervös mit den Knöcheln. Er war nicht so sehr Weißer, als daß er es gewagt hätte, diesem

Mann gegenüber sein Wort zu brechen. Wenn Moobuluk mit dem Knochen auf ihn zeigte, hätte sein letztes Stündlein geschlagen.

»Also ...«, erklärte Moobuluk den Ältesten, »mir erscheint es als der einzige Weg, wenn ihr nicht noch mehr Kinder verlieren wollt. Ich werde mich zurückziehen, damit ihr in Ruhe entscheiden könnt. Wenn ihr meinem Vorschlag zustimmt, könnt ihr ihn den Leuten unterbreiten; die Entscheidung ist schwer, und sie müssen die Gelegenheit haben, ausführlich darüber zu sprechen.«

Die alten Männer berieten Tag um Tag ernsthaft miteinander, saßen dann gedankenverloren am Lagerfeuer und verkündeten schließlich, daß beim nächsten Mond ein Korrobori stattfinden würde. Dies war die übliche Zeit für das alljährliche Fest der Bäume, die den Menschen ihre Reichtümer, die harten, runden Nüsse schenkten, die nach dem wilden Honig als süßeste Gabe der Natur galten. Die Ältesten besaßen das Recht, den genauen Tag festzusetzen.

Sie hatten vereinbart, daß dies die beste Gelegenheit sei, um dem Clan eine Sache zu unterbreiten, die für sie alle von höchster Wichtigkeit war.

4. KAPITEL

DIE SCHUR WAR in vollem Gange, und auf Springfield herrschte energische Betriebsamkeit. Tausende von Schafen wurden von den weiträumigen Weiden hereingetrieben, auf der Schulter in Hürden getragen und gelangten von dort aus zu den schwitzenden Männern in den Wollschuppen. Wenn sie weiß, dünn und nackt wieder auftauchten, sprangen sie wie befreit in die nächsten Hürden. Von dort aus öffneten sich die Tore zur Freiheit, und die kläffenden Hunde trieben sie auf ihre angestammten Weiden zurück.

In den Schuppen ging die Arbeit unablässig weiter. Man behielt die Tafeln im Auge, auf denen die Leistung der schnellsten Scherer verzeichnet wurde. Jedes Jahr aufs neue wurden die älteren, erfahrenen Männer von Anfängern und jungen Wilden herausgefordert, während die übrigen Wetten abschlossen auf die täglichen Zahlen und den Gesamtdurchschnitt. Alle freuten sich darauf, das letzte Schaf zu scheren, denn Springfield war bekannt für seine erstklassige Abschlußfeier.

Für diese turbulenten Wochen wurde eine zusätzliche Köchin eingestellt, die in einem langen Küchenschuppen, einem Anbau der eigentlichen Küche, Hannah zur Hand ging. Auch die Frauen aus dem Haus halfen mit. Hannah buk mit Hilfe von Louisa Scones, die Dampers genannten Fladenbrote sowie Obstkuchen. Die Hausmädchen packten bei der Wäsche, im Obstgarten, der Molkerei und vor allem dem Schlachthaus mit an, denn die hungrigen Männer vertilgten ungeheure Fleischmengen.

Obwohl sie sich um ihren Mann sorgte, führte Charlotte Springfield tüchtig wie immer durch diese hektische Zeit.

Austin konnte inzwischen das Bett verlassen. Sein ›totes‹ Bein, wie er es nannte, behinderte ihn aber noch, und er war auf Übungen und Massagen angewiesen, um dessen Beweglichkeit zu fördern. Charlotte ermutigte ihn dazu. Ungeachtet ihres Protestes spannte sie auch Victor und Rupe ein, ihm bei seinen Übungen behilflich zu sein. Für die Zeit, da die beiden bei der Schur unabkömmlich waren, ließ Charlotte eine muskulöse Schwarze kommen, die Gefallen daran fand, die Beine des Bosses zu kneten. Sie erledigte diese Aufgabe besser als alle anderen.

Austin, dem die ganze Aufmerksamkeit und seine eigene Schwäche peinlich waren, entschied, daß Black Lily auch nach der Schur bleiben sollte. Er schätzte ihre fröhliche, gelassene Art und war zudem davon überzeugt, daß außer ihm nur Black Lily tatsächlich an den Erfolg dieser Maßnahmen glaubte.

Sie stellte ihn auf die Füße, legte seinen Arm um ihre Schulter und diente ihm als lebende Krücke auf seinem Weg durchs Zimmer. Sie führte ihn auf die Veranda, wo er mit Vorliebe die Mahlzeiten einnahm, und schleppte ihn sogar in die Dusche und auf die Toilette. Schockiert beschwerte sich Charlotte bei ihrem Mann. Obgleich sie nicht stark genug war, diese Aufgabe zu übernehmen, fand sie es unziemlich, daß eine andere Frau in derart intimen Momenten bei ihm war.

»Warte, bis ich einen der Männer gerufen habe, Austin.«

Doch er war anderer Meinung. Er preßte die Worte mit Mühe durch den steifen Kiefer und die zusammengebissenen Zähne: »Nein. Arbeit. Laß sie. Lily in Ordnung.«

Er wurde so abhängig von der vierundvierzigjährigen Aborigine-Frau, die ihm vom frühen Morgen bis zum Schlafengehen zur Seite stand, daß sich Charlotte wieder einmal beiseite geschoben fühlte. Natürlich interessierte Austin sich hauptsächlich dafür, wie es mit der Schur voranging. Seine Söhne mußten ihm jeden Abend Bericht erstatten, doch nicht ein

Mal erwähnte er ihnen gegenüber den Brief des Bankdirektors oder erkundigte sich nach den Parlamentsdebatten über das neue Landgesetz. Dieses Problem schien er völlig vergessen zu haben.

Charlotte hatte einen Rollstuhl bestellt, den zu benutzen er sich weigerte, und Krücken, die er nicht gebrauchen konnte. Sie reagierte beschämt, als Black Lily sie darüber aufklärte, daß der Boß noch an seinem Arm arbeiten müsse.

»Das muß er erst schaffen, Missus, kann Stöcke sonst nicht brauchen. Arm wie krankes Bein. Kann keinen Stock auf dieser Seite halten. Boß fällt krachbums um.«

Die Frau rieb seine Finger und den Arm unermüdlich mit einer übelriechenden Salbe ein und befestigte auf Austins Anweisung, die sie besser zu verstehen schien als jeder andere, kleine Säckchen an seinen Armen, um die Muskeln wieder aufzubauen. Charlotte konnte nur daneben stehen und untätig zusehen. Austin war entschlossen, die Gewalt über seine Glieder zurückzuerlangen, und diese Entschlossenheit wurde förmlich zur Besessenheit. Er arbeitete bis zur völligen Erschöpfung, weigerte sich aber, die täglichen Übungen mit Black Lily einzuschränken.

Harry äußerte in einem Brief Besorgnis um seinen Vater und erklärte, daß er nach Springfield gekommen wäre, wenn ihn nicht Rupes zweites Telegramm zum Bleiben aufgefordert hätte. Sollte er nun heimkommen oder nicht?

Austin geriet in Wut darüber und machte Victor gegenüber deutlich, daß sein Bruder bleiben solle, wo man ihn wirklich brauchte. Dann kündigte ein weiterer Brief an, daß Harry und Connie nach dieser Sitzungsperiode umgehend nach Springfield kommen würden. Die Landgesetze wurden mit keinem Wort erwähnt.

Charlotte verstand nicht so ganz, weshalb Austin den Brief ärgerlich zerknüllte und auf den Boden warf. Zum Glück sprach er danach nicht mehr davon.

Die Post brachte stapelweise Briefe von Austins Freunden und Kollegen, die ihm alles Gute wünschten. Es kam sogar ein Schreiben des Premierministers von Queensland, der Charlotte beeindruckte und Austin kaltließ. »Verdammter Narr«, zischte er. »Verliert die Kontrolle!«

Und dann traf noch ein Brief von Fern Broderick ein, die wissen wollte, ob ein Besuch von ihr dabei behilflich sein könnte, den Patienten aufzuheitern.

Zum Glück war er an Charlotte adressiert. Sie hielt es nicht für nötig, ihn Austin zu zeigen. Nicht, daß sie etwas gegen Fern gehabt hätte, doch sie neigte zur Eifersucht. Diese Frau war so elegant und selbstsicher, daß Charlotte sich in ihrer Gegenwart irgendwie minderwertig vorkam. Austin wies immer darauf hin, wie klug Fern doch sei und wie gut sie das Geschäft nach dem Tod ihres Mannes führe.

Und warum auch nicht, dachte Charlotte gereizt. An ihrer Stelle hätte ich das gleiche getan. Schließlich hatte ihr Mann sie in die Geschäfte eingeführt. Hätte sie den Laden verkaufen und von dem Erlös und Justins kleiner Hinterlassenschaft leben sollen? Anscheinend hatte er viel Geld in das herrliche Haus in Wickham Terrace gesteckt, bevor die Krankheit bei ihm ausbrach.

»Für sie allein ist es viel zu groß«, hatte Charlotte damals gesagt. »Sie sollte es verkaufen und sich nach etwas Kleinerem umsehen.«

Austins Antwort hatte sie verblüfft. »Du hast doch auch ein großes Haus, warum also sie nicht?«

»Mag sein«, sagte Charlotte nun zu sich selbst, während sie an Victors Schreibtisch die vielen Briefe beantwortete, »aber Fern gehören das Haus *und* das Juweliergeschäft.«

Nachdem sich die erste Panik angesichts Austins Schlaganfall gelegt hatte, suchte Charlotte seine Schlüssel und öffnete den Safe in seinem Büro. Der Raum lag in seinem Privatflügel und grenzte an den clubähnlichen Bereich. An den Wänden standen deckenhohe Regale, die die gesamte Geschichte von Springfield enthielten: sorgfältig geführte Aufzeichnungen über Viehbestand, Land und Wasserversorgung, Wetterberichte, die Stammbäume der Pferde und, in ledergebundenen Bänden, die Herkunft der Merino-Zuchtwidder, seiner Lieblinge. Diese Aufzeichnungen gaben auch Auskunft über die Entwicklung der Wollpreise und boten eine Fülle von Informationen über die Schafzucht und Wollverarbeitung, die Austin persönlich gesammelt hatte und die bis in die Zeit Macarthurs zurückreichten. Als Charlotte während seiner Abwesenheit einmal das Büro in Augenschein genommen hatte, war sie erstaunt und beeindruckt gewesen, wie gründlich ihr Mann sich mit dem Thema Schafzucht beschäftigt hatte. Kein Wunder, daß er im Gegensatz zu vielen anderen einen so überwältigenden Erfolg damit erzielt hatte.

Doch diesmal untersuchte sie den Safe, während Austin, von Schlafmitteln betäubt, schnarchte. Er enthielt viel Bargeld, Tausende von Pfund, die vermutlich an den Steuerprüfern vorbeigeschmuggelt werden sollten, die Springfield gelegentliche unangemeldete Besuche abstatteten. Dann fanden sich darin noch ein dickes Bündel Banknoten und eine goldene Krawattennadel, die von einem Band zusammengehalten wurden. Auf einem beigefügten Zettel stand: »Für Teddy, von seinem Opa.«

Charlotte lächelte. Wie süß. Typisch Austin. Doch das Geld war es nicht, was sie interessierte. In Victors Safe hatte sie ebenfalls eine Menge Bargeld gefunden, das für Gehälter und Einkäufe vorgesehen war.

Dann entdeckte sie endlich Austins Testament. Es war einfach gehalten und notariell beglaubigt. Darin hinterließ er Springfield seinen drei Söhnen zu gleichen Teilen.

Charlotte stellte fest, daß ihr lebenslanges Wohnrecht auf der Farm eingeräumt wurde. Wie nett, dachte sie bitter, ich darf also in meinem eigenen Heim wohnen bleiben.

Das Testament bestätigte einen schon länger gehegten Verdacht. Austin hatte ihn dadurch ausgelöst, daß er die Farm immer nur als Vermächtnis für seine Söhne bezeichnete und die Rechte seiner Frau für den Fall, daß er vor ihr sterben sollte, mit keinem Wort erwähnte. Charlotte hatte sich entschlossen, mit ihm darüber zu sprechen, doch dies war nicht der richtige Zeitpunkt. Erst mußte Austin völlig wiederhergestellt sein.

Im Testament fanden sich noch weitere Legate.

Bedienstete wie Hannah, zwei Aufseher, Carter, der alte Lagerverwalter und ein Schmied, der inzwischen gestorben war, sollten jeweils hundert Pfund erhalten. Seiner verwitweten Schwägerin Fern Broderick vermachte er zum Gedenken an seinen geliebten Bruder Justin fünftausend Pfund.

Sicher, Fern war ein netter Mensch, doch eigentlich hätte Charlotte guten Grund gehabt, ihr zu zürnen.

Was war aus Kellys Anteil an Springfield geworden? Kelly hatte hart für seinen Traum gearbeitet und mit einem furchtbaren Tod dafür bezahlt. Aus diesem Grund hatte Charlotte sich auch nie mit den Schwarzen anfreunden können, die sie für die Ermordung ihres Bruders verantwortlich machte. Gemäß den Anweisungen ihres Mannes bildete sie die Aborigine-Mädchen aus und lernte ihre Gegenwart zu ertragen, doch sie hatte sich nie getraut, Austin zu gestehen, daß sie ihr im Grunde herzlich egal waren. Sie sehnte sich so verzweifelt nach Austins Liebe, daß sie sich ihm gänzlich unterwarf und ihre eigene Meinung zurückstellte, um ihn nicht zu verärgern. Charlotte war sich wohl bewußt, daß sie nicht sonderlich hübsch war, doch hatte sie immerhin den bestaussehenden Mann weit und breit für sich gewonnen. Das mußte doch auch etwas zählen. Ihr waren die bewundernden Blicke so mancher Frauen nicht entgangen, die ihm galten; aber er gehörte ihr, und das sollte auch jede wissen.

Doch seinem Testament zufolge würde sie nichts erhalten.

Austin hielt es anscheinend für selbstverständlich, daß sich seine Söhne um sie kümmern würden. Aber welcher von ihnen? Und mit welcher Schwiegertochter würde sie auskommen müssen? Keine von beiden zeigte echtes Interesse an Springfield. Würde sie nach Austins Tod wie eine alte unverheiratete Tante im Hinterzimmer enden?

»Von wegen«, verkündete sie laut und zerschnitt den Brief von Fern Broderick fein säuberlich in tausend Stücke.

Da sich Fern große Sorgen um Austin machte, beschloß sie, ihren Neffen Harry im Parlamentsgebäude aufzusuchen und nach Neuigkeiten zu fragen. Erst gestern hatte sie zu ihrer Überraschung gehört, daß er sich noch in der Stadt aufhielt. Sie war davon ausgegangen, Connie und er seien bereits vor Wochen nach Springfield gefahren, aber vermutlich erwartete Austin, daß sich sein Sohn während der Sitzungsperiode nicht von der Stelle rührte. Fern betrachtete das als gutes Zeichen.

Sie ging durch das Haupttor und überquerte den weitläufigen Hof. Kleine Gruppen von Männern standen im ernsten Gespräch beieinander. Manche lächelten wohlwollend und lüfteten grüßend den Hut, als die elegante Dame an ihnen vorbeischritt.

Das prachtvolle Gebäude beeindruckte sie immer wieder aufs neue. Die Palmen und Jakarandabäume im Vorhof warfen filigrane Schatten auf die hohen Sandsteinmauern und milderten die Strenge der Fassade mit den gotischen Fenstern und niedrigen Balustraden. Fern nahm nicht den Haupteingang, sondern ging unter den geschwungenen Kolonnaden bis zum Seiteneingang, der den Abgeordneten vorbehalten war.

Der diensthabende Beamte kannte sie. »Einen guten Tag, Mrs. Broderick. Schön, Sie zu sehen.«

»Vielen Dank, Linus. Geht es Ihnen gut?«

»Ich kann nicht klagen. Was kann ich für Sie tun? Suchen Sie den jungen Mr. Broderick?«

»Ja. Ich hatte gehofft, ihn vor der Nachmittagssitzung zu erwischen.«

»Es ist noch ein wenig Zeit bis dahin. Er könnte in seinem Zimmer sein. Falls nicht, schicke ich einen der Botenjungen nach ihm. Soll ich Ihnen den Weg zeigen?«

Da inzwischen mehrere Abgeordnete hinter ihr warteten, schüttelte Fern den Kopf. »Vielen Dank, Linus, ich finde mich schon zurecht.«

Sie ging durch den Flur und bog nach links ab, wobei sie voller Bewunderung die blank polierte Täfelung aus Zedernholz sowie die schimmernden Lampen und Türknäufe aus Messing betrachtete.

Wie wunderschön, dachte sie beim Anblick der vergoldeten Zahlen an der langen Türenreihe. Harrys Zimmer im Erdgeschoß trug die Nummer 35. Er war noch Hinterbänkler, aber auf dem Weg nach oben. Fern, die fest zu den Brodericks hielt, zweifelte nicht an seinem Aufstieg. Mindestens in den zweiten Stock, dachte sie lächelnd, in dem Wissen, daß sich dort die Ministerbüros befanden.

Sie wollte gerade an Harrys Tür klopfen, die nur leicht angelehnt war, wich aber zurück, als sie drinnen Stimmen hörte. Sie nahm auf einer der polierten Holzbänke Platz, die vor den Büros für Besucher aufgestellt waren, und nickte den Vorübergehenden höflich zu.

Fern erkannte Harrys Stimme, die ebenso tief klang wie die seines Vaters, vermochte jedoch nicht zu verstehen, was gesprochen wurde, bemühte sich auch gar nicht darum. Als die Stimmen lauter und heftiger wurden, konnte Fern aber nicht umhin, alles mit anzuhören. Anscheinend ging es in dem Streit um eine Abstimmung.

Doch schließlich waren lautstarke Diskussionen nichts Ungewöhnliches an einem Ort wie diesem.

»Ich kann diesem Gesetz nicht zustimmen«, sagte Harry gerade. »Das ist unmöglich. Ich war von Anfang an dagegen. Sie haben wirklich Nerven, mich das zu fragen, James!«

»Begreifen Sie doch endlich, daß ich Sie nicht frage, sondern Ihnen lediglich einen guten Rat geben möchte. Mehr als diese paar kleinen Abänderungen werden Sie nicht durchsetzen können. Harry, Ihr Problem ist, daß Sie vor lauter Bäumen den Wald nicht sehen. Die Zeiten ändern sich; Sie müssen sich anpassen oder untergehen.«

»Es heißt, der freie Erwerb ruiniere die Squatter.«

»Jesus! Es heißt ... es hieß auch einmal, wir würden niemals eine Telegrafenleitung nach London bekommen. Es hieß, Brisbane sei ein Sumpf, in dem nur Sträflinge leben könnten. Es hieß, wir könnten niemals unabhängig von Neusüdwales werden und uns in Queensland selbst regieren.«

»Ja, das stimmt, doch der freie Landerwerb ist etwas völlig anderes.«

Fern hörte, wie ein Streichholz entfacht wurde, und nahm kurz darauf den Geruch von Zigarrenrauch wahr. Dann sprach der Mann namens James wieder. Seine Stimme kam ihr bekannt vor, und sie fragte sich, ob es sich dabei wohl um James Mackenzie handelte, den Gewerkschafter und einflußreichen Sprecher der Opposition.

»Nein, das ist es nicht. Wir bieten Squattern wie Ihrem Vater einen sicheren Besitzanspruch, doch das wollen sie nicht einsehen. Sie wehren sich gegen jede Veränderung. Können Sie sich noch an die Pessimisten erinnern, die sagten, der Bau dieses Gebäudes würde den Staat in den Bankrott treiben? Sehen Sie sich diesen prachtvollen Bau heute an ... und der Staat ist alles andere als bankrott.« Er seufzte. »Aber daran können Sie sich gar nicht erinnern, Sie sind noch zu jung. Ihr Problem ist, daß Sie sich trotz Ihrer Jugend auf die Seite der alten Garde stellen.«

»So ein Unsinn!« fauchte Harry. »Ich stimme mit der Regierung, mit meiner eigenen Partei.«

»Dann sollten Sie es sich besser noch einmal überlegen, mein Junge. Die Squatter haben an Einfluß verloren ... sehen Sie sich die vorderen Bänke an: Da sitzen Ärzte, Anwälte, Geschäftsleute, die allmählich Druck auf den Finanzminister ausüben. Die Verpachtung des Landes bringt nämlich nicht viel ein. Sie sagen das gleiche wie ich. Der Staat braucht Geld zum Überleben. Sie wollen das ganze Pachtland verkaufen, ihre Kassen füllen und gleichzeitig, das möchte ich betonen, den Squattern eine faire Chance einräumen, ihr Land käuflich zu erwerben.«

»Wie soll denn das gehen?« gab Harry aufgebracht zurück. »Sehen Sie sich doch nur einmal Springfield an. Allein auf der einen Seite des Flusses haben wir Hunderte von Quadratmeilen gepachtet. Wie sollten wir das Geld dafür aufbringen, all das zu kaufen?«

James lachte. »Das ist typisch! Hat es von einem kleinen Farmer bis zum Squatter gebracht, aber den Hals noch immer nicht voll. Austin könnte halb Queensland kaufen, wenn er wollte.«

»Das ist doch lächerlich. Ich kann nicht für alle sprechen, aber meine Familie könnte es sich nicht leisten, das gesamte Pachtland in ihr Eigentum zu überführen. Das ist zuviel verlangt.«

Fern hörte nun aufmerksam zu und nickte zustimmend. Gut gemacht, Harry.

»Wieso? Hat Austin eine Pechsträhne erwischt?« fragte der andere Mann aalglatt. Fern spürte den drohenden Unterton in seiner Stimme.

»Natürlich nicht. Was soll das heißen?«

»Ich habe mich nur gefragt, weshalb er Ihnen nicht unter die Arme greift, Harry. Es ist doch allgemein bekannt, daß Sie bis zum Hals in Schulden stecken. Ganz abgesehen von dem, was Sie *mir* schulden.«

»Das hat nichts mit meinem Vater zu tun.«

»Aber mit mir, Kumpel. Am Spieltisch wuchern Sie mit Austins Namen, doch wenn es ans Bezahlen geht, scheint er nicht mehr zu existieren. Entweder so oder so.«

»Ich treibe es schon noch auf«, knurrte Harry zurück. »Ich brauche nur ein bißchen Zeit.«

Fern hörte das Stühlerücken, als die Männer aufstanden.

»Woher wollen Sie es nehmen? Ihr einziges Einkommen stammt doch von Daddy. Falls Sie nicht Ihr prächtiges Haus verkaufen und wie ein Hinterbänkler leben wollen, der Sie im übrigen ja auch sind, sieht es schlecht für Sie aus. Oder gehört Austin das Haus etwa auch?«

»Das geht Sie gar nichts an!«

James verlegte sich aufs Beschwichtigen. »Hören Sie, Harry, nehmen Sie es sich nicht so zu Herzen. Ich lasse ja mit mir reden. Wie Sie wissen, schlage ich auch gern einmal über die Stränge, aber ich habe Freunde, die mir aushelfen können. Sie sollten nicht blind in ihr Unglück rennen. Wie ich bereits sagte, wird dieses Gesetz durchkommen; wenn nicht in dieser Form, dann in einer um vieles verschärften. Die derzeitige Fassung sieht vor, daß Auswahl und Kauf von dreihundertzwanzig Morgen zweihundertfünfzig Pfund kosten sollen, doch gibt es Stimmen, die einen höheren Preis fordern. Austin wird Ihnen nicht gerade dankbar sein, wenn Sie so lange zaudern, bis die Preise in astronomische Höhen geschossen sind und die Leute im Finanzministerium sich die Hände reiben.«

Harry murmelte etwas Unverständliches.

»Wir wollen doch nur diese Vorlage vom Tisch bekommen«, sagte James, nunmehr in ruhigerem Ton. Fern mußte jetzt die Ohren spitzen, um ihn verstehen zu können. »Wichtigere Entscheidungen als diese stehen an. Wenn Sie uns wissen lassen, daß Sie mit uns für eine Sicherung des Besitzanspruchs der Squatter stimmen, dann kann ich Ihnen versprechen, daß sich Freunde finden, die Ihnen unter die Arme greifen.«

»In welcher Hinsicht?« fragte Harry nervös. Fern kaute an ihrem behandschuhten Finger.

Du darfst dich gar nicht erst darauf einlassen, drängte sie ihn innerlich.

»Sie könnten schuldenfrei dastehen«, erwiderte James mit fester Stimme. »Schuldenfrei, Harry! Allein von dem, was ich von Ihnen noch zu bekommen habe, könnten Sie eine Menge Drinks kaufen *und* die Gläubiger in Ihrem Club ausbezahlen. Doch das bleibt Ihnen überlassen, mein Freund. Entweder Sie gehen mit der alten Garde unter, oder aber Sie beweisen sich und uns, daß Sie ein verantwortungsvoller, fortschrittlich denkender Parlamentarier sind ...«

»Das würde mir viel Kritik einbringen.«

James lachte erleichtert auf. »Geht es uns nicht allen so? Sie wären in bester Gesellschaft ...«

Fern Broderick eilte davon. Sie konnte Harry jetzt nicht gegenübertreten und bereute es bitter, seine private Unterhaltung belauscht zu haben.

Sie war so aufgebracht, daß sie im Labyrinth der Flure ohne es zu merken falsch abbog, und schreckte hoch, als ein Parlamentsdiener eine Glocke läutete, um die Abgeordneten zur Nachmittagssitzung zu rufen. Verzweifelt öffnete sie eine Tür und fand sich draußen an der Flußseite des Gebäudes wieder. Fern ging den Weg zum Ufer hinunter. Vom Parlament hatte sie fürs erste genug.

Sie nahm den Pfad unter der Brücke, der in die Stadt führte. In ihrer augenblicklichen Stimmung wollte sie mit niemandem sprechen.

»Harry ist ein verdammter Dummkopf«, hatte Austin ihr einmal anvertraut.

»Das ist nicht fair«, hatte sie geantwortet. »Du gibst ihm ja keine Chance. Jeder von uns ist ein Anfänger, bis er sich in seinem Metier zurechtgefunden hat. Dir ist es nicht anders ergangen. Bei der Gründung der Farm sind dir auch ein paar schlimme Fehler unterlaufen, also spiel jetzt nicht den Neunmalklugen. Ich weiß noch, daß mir Justin ein paar von diesen Geschichten erzählt hat ...«

»Welche zum Beispiel?«

»Zum Beispiel hast du einmal auf einer zu frühen Schur bestanden, und die armen geschorenen Schafe sind alle bei einem plötzlichen Kälteeinbruch erfroren.«

»Für das Wetter kann ich ja wohl nichts.«

»Ich will damit nur sagen, du solltest Harry eine Chance geben. Auf junge Männer muß das Parlament ganz schön einschüchternd wirken.«

»Das weiß ich selbst, aber schließlich bin ich es ja, der sich seine langweiligen Geschichten anhören muß. Er tut so, als sei er in den exklusivsten Club der Stadt eingetreten, und schwätzt von nichts anderem als vom gesellschaftlichen Leben.«

»Nun, so falsch liegt er damit doch gar nicht«, hatte Fern lachend erwidert. »Gib ihm ein bißchen Zeit zum Eingewöhnen.«

Das war vor drei Jahren gewesen. Harry und Connie waren inzwischen stadtbekannte Mitglieder der Gesellschaft von Brisbane und gaben rauschende Feste in ihrem Haus am Fluß, das Austin ihnen zur Hochzeit geschenkt hatte. Sie hatten Fern oft zu Abendgesellschaften und Konzerten eingeladen, aber nie zu den offizielleren Veranstaltungen, bei denen sie einen Begleiter benötigt hätte. Erst jetzt wurde ihr bewußt, daß man Harry eher aufgrund seiner Partys als seiner politischen Arbeit kannte. Er tauchte zwar häufig im Gesellschaftsteil der Zeitung auf, doch keine seiner Reden hatte genügend Eindruck hinterlassen, um abgedruckt zu werden. Bei der Antrittsrede von Harrison J. Broderick war die ganze Familie anwesend gewesen, Fern eingeschlossen.

Damals hatte er über die Schändlichkeit der Landgesetze gesprochen!

»Oh, mein Gott«, sagte sie und blickte auf den sanft dahinströmenden Fluß hinaus. »Wird er etwa umschwenken?«

Austin hatte bei verschiedenen Gelegenheiten die Vorlagen zur Änderung der Landgesetze erwähnt und sich zuversichtlich gezeigt, daß sie niemals verabschiedet würden.

»Und wenn doch?« hatte Fern einmal gefragt.

»Dann stecke ich in der Klemme. Aber du solltest dir nicht deinen hübschen Kopf darüber zerbrechen.«

»Hübscher Kopf«, schnaubte sie und schritt energisch aus. Seine Frau war so selbstlos, so unterwürfig angesichts seiner Launen und Ansichten, daß er den Verstand einer Frau grundsätzlich unterschätzte. Wie er sie angefleht hatte, das Geschäft zu verkaufen, weil er befürchtete, sie könne bankrott gehen! Selbst jetzt glaubte er noch gern, sie befolge stets seinen finanziellen Rat, und bemerkte gar nicht, daß sie sich in vielen Fällen lieber auf ihr eigenes Urteil verließ.

Seit Austin die Landgesetze zum ersten Mal erwähnt hatte, hatte sie sich so gut wie möglich über deren Entwicklung informiert und versucht, bei den ständigen Debatten und Änderungsanträgen den Überblick zu behalten. Anscheinend hatte Harrys Gesprächspartner recht. Allmählich wandelten sich die Zeiten, und alles deutete auf den freien Grundbesitzerwerb hin. Harry hatte im Gespräch mit dem gerissenen James Mackenzie – sie war sich inzwischen ziemlich sicher, daß er dieser Mann gewesen war – das Wesentliche nicht erfaßt. Sicher war mit Geld viel zu erreichen, doch die Landmenge, die eine Person erwerben konnte, würde Beschränkungen unterliegen. Austin müßte somit einen großen Teil von Springfield abtreten. Das würde ihm das Herz brechen.

Sie stand treu auf der Seite der Squatter und glaubte, daß es den Männern, die die großen Besitzungen aufteilen wollten, nicht in erster Linie darum ging, die kleinen Siedler zu unterstützen, sondern die Macht der Squatter zu brechen. Sie wußten den ungeheuren Beitrag nicht zu schätzen, den die Schafzüchter durch harte Arbeit und sorgfältige Zucht für das Land geleistet hatten. Früher hatte es geheißen, Australien sei auf dem Rücken von Schafen zum Erfolg geritten, doch heutzutage schien man es vergessen zu haben. Und wie sah Harry die Sache? Spielte er etwa mit dem Gedanken, seinem Vater in den Rücken zu fallen?

Fern schritt die betriebsame Queen Street entlang und war dankbar für den Schatten, den ihr die Markisen boten. In ihrem Ärger war sie zu schnell gelaufen und fühlte sich verschwitzt und unbehaglich. Was konnte sie in dieser Sache unternehmen? Eigentlich nichts. Auch wenn sie gestand, daß sie das Gespräch belauscht hatte, konnte sie Harry kaum der Bestechlichkeit bezichtigen. Selbst wenn er Geld annahm, wußten erfahrene Politiker ihre korrupten Machenschaften zu kaschieren, indem sie die Transaktionen wie gewöhnliche Geschäfte aussehen ließen. Es wäre schwierig, ihnen etwas nachzuweisen. Und im Grunde wollte sie Austins Sohn natürlich gar nicht der Bestechung bezichtigen.

Das auf Pfählen gebaute Haus der Brodericks lag im Stadtteil Paddington. Durch die Veranda, die es von allen Seiten umgab, wirkte das Gebäude geräumig und luftig. Das hohe, steile Dach war mit Eisenblech gedeckt. Die hölzernen Außenwände, schmiedeeisernen Geländer und das Gitterwerk hatte man weiß gestrichen, die Regenrinnen in einem hellen Grün. Die filigranen Verzierungen aus Schmiedeeisen, die sich an den Geländern der breiten hölzernen Vortreppe wiederholten, verliehen dem ansonsten schlichten Haus eine gewisse Üppigkeit. Es war im typischen Queensland-Stil gehalten.

Früher hatte man die Häuser in Brisbane zu ebener Erde errichtet, doch als man begann, an den sandigen Flußufern Häuser auf Pfähle zu setzen, erweckte dies die Aufmerksamkeit der Architekten. Sie begriffen, daß diese Häuser mit dem darunterliegenden Stauraum nicht nur Schutz gegen Überschwemmungen boten, sondern auch kühler waren, was in der drückenden Hitze von Queensland von entscheidender Bedeutung war. In der Folgezeit kamen sie auch in hügeligen Gegenden wie Paddington in Mode, da sie sich über dem Gebüsch erhoben, in dem die Moskitos lebten, und vor allem eine atemberaubende Aussicht boten. Metallkappen wurden über die hohe Pfähle gestülpt und hielten die Termiten fern, während die hochgelegten Fußböden vor Schlangen schützten, dem Alptraum jeder Hausfrau in den Tropen.

Zu beiden Seiten der Vortreppe verbargen sich hinter dem hölzernen Gitterwerk zusätzlicher Lagerraum und Wäscheleinen, die sich besonders während der Regenzeit als nützlich erwiesen. Außerdem war es kostengünstiger, an Hängen gelegene Häuser auf Pfählen zu errichten.

Connie Broderick liebte ihr Haus. Es stand ohnehin schon auf einer Anhöhe und bot einen herrlichen Ausblick auf die Stadt und den Fluß, und da es zudem auf Stelzen thronte, schien man dem Himmel noch näher. Sie und Harry hatten viel Geld in die Verschönerung ihres Heims gesteckt. Auf der Veranda brachten sie große Leinwand-Jalousien an, die Schatten spendeten und vor den Monsunregen schützten. Die zahlreich vorhandenen Gartenmöbel konnten daher im Freien bleiben.

Eine Tür aus hölzernem Gitterwerk führte auf die kühle, geräumige Veranda, so daß der Blick der Besucher zuerst auf die eleganten Korbsessel und Sofas mit geblümten Kissen, die geschickt verteilten Beistelltische und Zimmerpalmen fiel.

Durch die eigentliche Haustür, die meist offenstand, gelangte man in das überaus gepflegte Interieur. Die Fußböden mit den weichen Perserteppichen glänzten; in jedem Zimmer standen prächtige Mahagoni-Möbel, deren Strenge durch deckenhohe Spitzenvorhänge gemildert wurde. Gegenüber dem offiziellen Salon lag das Musikzimmer, in dem ein Flügel thronte, und das Speisezimmer wartete mit einem Tisch auf, an dem zwölf Personen Platz fanden.

Mit letzterem war Connie ganz und gar nicht zufrieden. Sie hatte dieses Haus selbst eingerichtet und sich dabei genau an Bilder aus einem Londoner Journal gehalten, doch das Speisezimmer erwies sich als eine Enttäuschung. Harry war ein bedeutender Mann. Als seine Frau mußte sie ihre gesellschaftliche Position wahren, und für wirklich extravagante Dinnerpartys reichte der Raum einfach nicht aus. Irgendwann würde sie ein größeres Haus mit einem passenderen Eßtisch besitzen. Sie hatten so viele wichtige Freunde, daß man sich bei Einladungen kaum auf zehn Gäste beschränken konnte.

Zu ihrer Enttäuschung kam Harry an diesem Tag allein nach Hause. Donnerstags brachte er gewöhnlich nach der letzten Sitzung einige Freunde mit, und sie sprachen und scherzten bei einem Drink über die Woche im Parlament. Es war eine fröhliche Gesellschaft, und besonders Sam Ritter sah nicht nur unglaublich gut aus, sondern flirtete auch auf Teufel komm raus mit ihr. Connie vergötterte ihn; er gab ihr stets das Gefühl, sie sei etwas Besonderes. Vergangene Woche hatte er sie zu ihrem neuen Kleid, einem Traum aus weich fließendem rosa Organza mit üppigen Volants, beglückwünscht. Aus diesem Grund hatte sie es auch heute angezogen. Sie zupfte vor dem Spiegel ihre dunklen Locken zurecht und ging ihrem Mann entgegen. Vielleicht kam ja doch noch jemand nach.

Harry zog das Jackett aus, warf es auf einen der Tische und ließ sich in einen Verandasessel fallen, um die Schuhe auszuziehen.

»Oh, Harry«, rief Connie entsetzt, »du bist hier nicht im Busch. Zieh dich bitte drinnen aus.«

»Ich ziehe mich aus, wo es mir paßt«, gab er zurück, schleuderte die Schuhe von sich, zog die Krawatte aus und knöpfte den steifen Kragen ab.

Eilig hob sie die Kleidungsstücke auf. »Du kannst nicht in Hemdsärmeln hier sitzen. Ich hole deinen Hausrock.«

»Es ist verdammt noch mal zu heiß dafür. Bring mir lieber einen Whisky und kaltes Wasser.«

»Du könntest auch ›bitte‹ sagen. Kommt sonst noch jemand?«

»Nein, ich muß gleich wieder zurück. Komiteebesprechung.«

»Das geht nicht. Wir essen heute abend bei den Pattersons.«

»Sie haben abgesagt. Anscheinend ist Mrs. Patterson krank geworden.«

»Vielen Dank, daß ich es auch noch erfahre. Ich habe der Köchin für heute abend freigegeben.«

Er seufzte. »Der Whisky, Connie. Schaffst du wenigstens den ohne ihre Hilfe?«

Sie brachte das vorbereitete Tablett mit den Drinks heraus und stellte es vorsichtig auf dem Tisch ab. »Bedien dich. Ich nehme ein Glas Weißwein, wenn es nicht zuviel verlangt ist.«

Nachdem er ihr das Weinglas gereicht hatte, machte Connie es sich in ihrem Lieblingssessel gemütlich und sah ihn schmollend an.

Er kippte den Whisky hinunter, goß sich nach und kam endlich auf das zu sprechen, was ihm Kummer machte. »Ich stehe vor einer schweren Entscheidung.«

»Worum geht es?«

»Um die Landgesetze. Demnächst steht eine weitere Abstimmung an.«

»Ach, die alte Sache. Gibt es denn kein anderes Thema?«

»Ich werde diesmal gedrängt, dafür zu stimmen. Die Idee ist eigentlich gar nicht so schlecht, aber Austin wird einen Tobsuchtsanfall bekommen.«

»Mußt du denn immer tun, was er von dir verlangt? Es ist dein Sitz im Parlament, nicht seiner.«

»Es betrifft auch Springfield. Ich kann es ihm schwerlich erklären; er würde es nicht verstehen, und zum gegenwärtigen Zeitpunkt kommen solche Gespräche ohnehin nicht in Frage.«

»Würde es ihn sehr wütend machen, wenn du nach deinem eigenen Willen abstimmtest, ohne es ihm zu sagen?«

Harry starrte in sein Glas. »Wütend ist gar kein Ausdruck. Er würde mich vermutlich enterben.«

»Guter Gott! So wichtig kann das doch nicht sein.«

»Ist es aber.«

»Dann vergiß die Sache. Hast du bisher nicht gegen diese Vorlagen gestimmt?«

»Ja, aber da waren die Umstände anders gelagert. Diesmal sollte ich wirklich dafür stimmen.«

Connie war schockiert. »Harry, du bist verrückt. Du mußt wieder mit Nein stimmen.«

»Hast du nicht eben noch verlangt, ich solle nicht immer nach seiner Pfeife tanzen? Du änderst deine Meinung aber schnell.«

»Ich weiß ja nicht, worum es in diesen Vorlagen genau geht, aber ich kenne das Temperament deines Vaters. Du übrigens auch. Du kannst Springfield nicht aufs Spiel setzen. So weit würde er doch nicht gehen, oder?«

Connie bekam es mit der Angst zu tun. Tief im Herzen kannte sie die Antwort auf ihre Frage, und Harrys Nicken bestätigte es ihr.

»Dann solltest du mit Nein stimmen, Harry. Mir ist es egal, ob das gut oder schlecht ist; Springfield ist immerhin dein Erbe!«

Sie runzelte die Stirn, als er sich einen weiteren Drink genehmigte, wagte aber keinen Einwand.

Harry lehnte sich gedankenverloren zurück und streckte die langen Beine aus. Schließlich sah er sie an.

»Wir sind pleite, Connie. Schlicht und einfach pleite.«

»Was soll das heißen? Das kann nicht sein. Du hast doch viel Geld.«

»Ich hatte viel Geld«, korrigierte er sie. »Jetzt habe ich überall Schulden, selbst bei deinem Vater.«

»Was hast du mit dem ganzen Geld gemacht? Austin und Daddy haben uns bei der Heirat beträchtliche Beträge überschrieben, und dann war da noch die Erbschaft von meiner Tante ...«

»Das fragst du mich?« versetzte er scharf. »Austin hat uns dieses Haus gekauft, und du konntest nicht aufhören, Geld auszugeben, seit du einen Fuß hineingesetzt hast. Nichts war dir zu teuer: ausländische Möbel, das beste Silber und Porzellan, und sogar den verfluchten Flügel mußtest du unbedingt haben, auf dem keiner von uns spielen kann. Ganz zu schweigen von deinen Kleidern ... Du hast mehr Kleider, als meine Mutter in ihrem ganzen Leben besessen hat.«

Sie ignorierte seine Vorwürfe. »Unser Geld wurde angelegt, um uns ein angemessenes Einkommen zu sichern. Wenn ich zuviel ausgegeben habe, hättest du es mir sagen können. Wieso hast du dir von Daddy Geld geliehen? Erzähl mir doch nichts! Du hast wieder gespielt. Vor einem Jahr gab es zwischen dir und Austin einen Streit wegen des Glücksspiels, das habe ich selbst gehört. Du hast ihm damals hoch und heilig versprochen, damit aufzuhören.«

»Was macht das jetzt noch für einen Unterschied?« gab Harry zurück. »Wir sind pleite.«

»Das macht sehr wohl einen Unterschied! *Du* bist derjenige, der es verspielt hat. Ich lasse mich nicht von dir zur Bettlerin machen! Du bist ein Idiot, Harry Broderick.«

»Verstehe«, entgegnete er trocken. »Und was schlägst du vor?«

»Leih dir noch etwas von Austin.«

»Ich will nicht noch mehr Schulden machen. Außerdem wird er mir nichts mehr leihen. Es ist schon eine komische Situation: Wenn ich mit Nein stimme, ist er zufrieden, und ich bin pleite. Stimme ich mit Ja, erlassen mir gewisse Freunde die Schulden und befördern mich vielleicht sogar in Aufsichtsräte, die mir für meine Arbeit gutes Geld zahlen. Natürlich Freunde aus der Opposition«, fügte er hinzu.

»Das ist doch Wahnsinn! Ich würde mich auf Austins Seite stellen.«

»Von Austin habe ich nichts mehr zu erwarten. Du könntest mit deinem Vater sprechen. Sag ihm, wir hätten in letzter Zeit zusätzliche Ausgaben gehabt ...«

»Das werde ich nicht tun. Ich werde mich keinesfalls deinetwegen vor ihm demütigen.«

Connie schwieg und fragte sich, ob ihr Mann das gleiche dachte wie sie: Wäre Austin dem Schlaganfall erlegen, hätten sie ausgesorgt. Harry würde einen Anteil an einer der größten Schaffarmen des Staates besitzen ...

»Möchtest du etwas essen, bevor du wieder weg mußt?« fragte sie schließlich.

»Nur ein Sandwich. Ich bin nicht allzu hungrig.«

Nachdem er gegessen und das Haus verlassen hatte, bestrich sich Connie selbst einige Scheiben Brot mit Butter und Marmelade, holte sich aus der Vorratskammer etwas Kuchen und trug dies alles, zusammen mit einem Glas Limonade, auf einem Tablett in den Salon. Wenn sie schon – wieder einmal – allein zu Hause bleiben mußte, wollte sie es sich wenigstens gemütlich machen.

Sie versuchte, sich mit einigen Zeitschriften von ihren Problemen abzulenken, warf sie aber schon bald ungeduldig zu Boden. »Wie kann er es wagen, mir Vorwürfe zu machen! Ich habe das Geld immerhin für etwas Greifbares ausgegeben. Er hat nichts vorzuweisen außer Spielschulden und einer Schublade voller unbezahlter Rechnungen!«

Connie fiel ein, daß ihre Mutter erst kürzlich eine Bemerkung über Pferderennen fallen gelassen hatte.

»Meine Liebe, du solltest dafür sorgen, daß er nicht ganz

so oft zum Rennen geht. Sicher könnt ihr am Samstagnachmittag auch etwas anderes unternehmen.«

»Mir machen die Rennen Spaß, Mutter. Alle unsere Freunde gehen hin«, hatte sie geantwortet.

War das eine Warnung gewesen? Gab es etwas, das sie ihrer Tochter nicht offen sagen wollte?

»Verdammt!« rief Connie aus. »Ich hätte darauf bestehen sollen, daß er mich über die Höhe seiner Schulden informiert!«

Doch wozu sollte das gut sein? Es würde sie höchstens noch mehr aufregen. Was hieß eigentlich pleite? Besaßen sie überhaupt kein Geld mehr? Die Angst schnürte ihr die Kehle zu. Sie hatte einmal ein Ehepaar gekannt, das sein Haus verkauft hatte, in einem Ort auf dem Land untergetaucht und damit völlig aus der guten Gesellschaft verschwunden war, weil die beiden ihr ganzes Geld verloren hatten. Connie fürchtete, es könnte ihr ebenso ergehen.

»So weit darf es nicht kommen«, sprach sie mit Nachdruck zu sich selbst. »Ich werde meine Eltern nicht um Geld anbetteln. In diesem Fall wäre es wohl das beste, ihn zu verlassen und ganz zu ihnen zurückzukehren.« Diese Lösung erschien ihr die vernünftigste. Nicht selten verließen Mädchen ihre Männer und kehrten aus Gründen, die man geflissentlich unerwähnt ließ, in ihr Elternhaus zurück. Man ging gewöhnlich davon aus, daß der Ehemann ein übler Charakter war. Je länger Connie über diesen Ausweg nachdachte, desto annehmbarer erschien er ihr. Es kam nur auf den richtigen Zeitpunkt an. Falls Harry am Rande des Ruins stand, würde sie als seine Frau jedenfalls nicht seelenruhig dasitzen und auf den Gerichtsvollzieher warten. Diese Demütigung wäre einfach zu groß. Sie würde ihre Koffer packen und verschwinden, bevor es zu spät war.

Harry war durch pure Dummheit in diese Klemme geraten. Die offensichtliche und wohl einzige Lösung bestand für ihn darin, sich auf Gedeih und Verderb seinem Vater auszuliefern. Wie konnte er da diesen Lobbyisten überhaupt Gehör schenken? Doch das war typisch für Harry: Er bevorzugte kurzfristige Lösungen, mit denen er regelmäßig scheiterte – so schloß er beispielsweise immer höhere Wetten ab, um seine Verluste auszugleichen, nur um noch mehr dabei zu verlieren.

Wenn er nicht an Austin schreiben wollte, würde Connie es eben tun. Es war völlig unnötig, ihren Schwiegervater durch die Erwähnung dieser verfluchten Abstimmung noch weiter gegen sich aufzubringen.

Andererseits – warum eigentlich nicht? Erst jetzt wurde ihr richtig bewußt, was die Angebote dieser sogenannten Freunde bedeuteten. Austin würde es recht geschehen, wenn er Harry durch seinen Geiz in die Arme der Opposition triebe. Indem er sich weigerte, Harry finanziell unter die Arme zu greifen, ließ er seinem Sohn keine andere Wahl.

Victor hatte in einem Brief von Austins Fortschritten berichtet. Er litt noch unter Lähmungserscheinungen, doch seine geistigen Fähigkeiten waren durch den Schlaganfall nicht beeinträchtigt worden. Also würde er Harrys Lage begreifen können.

Plötzlich klopfte es an der Haustür. Connie fuhr zusammen und überlegte fieberhaft, ob Gerichtsvollzieher wohl auch abends arbeiteten. Oder pochte da ein Gläubiger auf sofortige Zahlung? Sie spielte mit dem Gedanken, sich zu verstecken, doch dann vernahm sie eine vertraute Stimme.

»Hallo? Jemand zu Hause?«

Es war Sam Ritter.

Eilig zog sie sich die Schuhe an, sammelte die Zeitschriften ein und warf einen Blick auf die kläglichen Überreste ihres kargen Mahls. Dann strich sie sich das Kleid glatt, richtete vor dem Spiegel noch schnell ihr Haar und lief hinaus, wobei sie die Salontür hinter sich schloß.

»Sam, was für eine nette Überraschung. Komm herein«, sagte sie und führte ihn ins Musikzimmer.

Er lehnte sich lässig gegen den Flügel. »Connie, du siehst wirklich wundervoll aus. Du wirst von Tag zu Tag hübscher. Wo steckt denn der gute Harry?«

»Er mußte noch einmal ins Parlament zu einer Besprechung.«

Sie sah ihn kurz blinzeln. »Besprechung? Ja, natürlich. Der Fluch unseres Lebens.« Da wußte sie, daß Harry gelogen hatte. Aber wo sollte er sonst hingegangen sein?

Sam machte keinerlei Anstalten zu gehen, und Connie, die seine Gesellschaft genoß, bot ihm einen Sherry an.

»Gute Idee. Ich bin auf dem Weg zu einem Essen in Newstead House. Tödlich langweilige Angelegenheit zu Ehren eines alten Knaben von der Royal Historical Society. Ich habe es also nicht sonderlich eilig.«

Während sie die Drinks einschenkte, spielte er gekonnt einen Lauf auf den Tasten. »Ich liebe diesen Flügel. Ich selbst besitze ja auch nur ein Klavier.«

Connie lachte. Sam Ritter war allgemein als reicher Mann bekannt, der von seinem Vater eine große Summe geerbt und gewinnbringend investiert hatte, indem er Luxusgüter importierte. Er besaß riesige Lagerhäuser am North Quay, und in New Farm ein herrliches Haus mit Blick auf den Fluß.

»Spiel mir etwas vor«, bat sie. »Ich kann ein bißchen Aufmunterung gebrauchen.«

Er wollte sich gerade auf den Hocker setzen, hielt aber inne und sah sie aufrichtig besorgt an. »Wieso? Was ist denn los?«

»Nichts Besonderes.«

»Das nehme ich dir nicht ab, meine Liebe. Wo drückt der Schuh?«

»Überall«, erwiderte sie unglücklich.

Er nahm sein Sherryglas. »Nun, dann sollten wir zuerst auf

unsere Gesundheit anstoßen. Komm schon ... chin-chin ... und weg damit!«

Sam kippte seinen Sherry hinunter und lachte, da Connie mehrere Schlucke für ihren benötigte. »Sehr schön. Und jetzt setzen wir uns hier drüben hin, und du erzählst mir alles.«

Auf dem Sofa brach Connie in Tränen aus. Sie konnte unmöglich zugeben, daß sie pleite waren. Vielleicht schuldete Harry Sam ebenfalls Geld, außerdem klang es so erbärmlich. Dann fiel ihr der ursprüngliche Plan wieder ein.

Er legte tröstend den Arm um sie, während sie in ihr Taschentuch schluchzte. »Komm schon, Liebes, erzähl dem alten Sam, was dich bedrückt.«

Sie schüttelte den Kopf. »Ich kann nicht.« Das Selbstmitleid trieb ihr erneut die Tränen in die Augen.

Sam zog sie an sich und küßte sie auf die Wange. »Nicht weinen. So schlimm kann es doch nicht sein.«

»Es geht um Harry«, flüsterte Connie. »Er behandelt mich fürchterlich. Er macht mir das Leben zur Hölle. Ich fürchte mich inzwischen schon vor dem Moment, in dem er nach Hause kommt.«

Das stimmte ja auch, denn er brachte immer wieder schreckliche Neuigkeiten mit.

»Guter Gott«, sagte Sam leise, »ich hatte ja keine Ahnung. Wie, ich meine, in welcher Hinsicht mißhandelt er dich?«

»Frag mich bitte nicht«, schluchzte sie. »Es ist einfach zu furchtbar, Sam. Ich bin so froh, daß du hier bist. Ich weiß weder ein noch aus.«

»Mein armer Liebling«, murmelte er und hielt sie plötzlich in seinen Armen. Seine Lippen waren wunderbar weich. Sams elegante Erscheinung unterschied sich beträchtlich von der ihres aufgrund seiner Größe ungelenk wirkenden Mannes, was seine Anziehungskraft noch verstärkte. Zudem war er immer gut gelaunt. In seinen sonst so fröhlichen blauen Augen las Connie nun Besorgnis und fühlte sich getröstet. Sie genoß seine Küsse und Liebkosungen, die ihr so unendlich guttaten, und preßte sich voller Leidenschaft an ihn.

»Oh, Connie«, flüsterte er, »ich liebe dich. Ich habe dich immer geliebt. Weißt du das denn nicht?«

Sie war sprachlos vor Aufregung angesichts dieses Geständnisses. Als ihr Liebesspiel intimer wurde, traf sie eine Entscheidung, denn dieses harte Sofa war der Situation keineswegs angemessen. Sie wollte Sam zeigen, daß sie seiner Liebe wert war.

Im behaglich weichen Doppelbett gab sich Connie mit nie gekannter Erregung Sams Leidenschaft hin, erlebte ihn als wunderbaren Liebhaber, lauschte seinen Liebesschwüren und schwelgte in einer neuen, ungehemmten Lust ...

Dann schneite Harry herein.

Er war bei einer Besprechung gewesen, die allerdings nicht im Parlament stattfand, sondern in James Mackenzies Cottage in South Brisbane. Die vier Männer tranken Bier und kauten unermüdlich das Für und Wider des Gesetzentwurfes durch, der dem Parlament in der kommenden Woche vorgelegt werden sollte.

Harry hörte zu und diskutierte mit, doch seine Besorgnis wuchs. Er wußte, daß sich ihm hier eine willkommene Gelegenheit bot, sich aus Austins finanzieller Umklammerung zu befreien; doch wäre dies die zu erwartende Rache seines Vaters wert?

»Und bedenken Sie, daß nun jeden Moment auch das andere Gesetz verabschiedet werden kann, über Aufwandsentschädigungen für Parlamentsmitglieder«, sagte James. »Wenn Sie bei uns bleiben, Harry, bringen wir die Sache noch einen Schritt weiter. Das Programm der Labour Party fordert, daß alle Abgeordneten eine anständige Bezahlung erhalten, da sie lebenswichtige Interessen des Volkes vertreten. Die reichen Parlamentarier verschwenden natürlich keinen Gedanken daran, daß wir große Opfer bringen, indem wir unseren Pflichten nachkommen und die Wahlbezirke betreuen, was uns wiederum wenig Zeit zum Geldverdienen läßt.«

Harry nickte. »Das ist nur allzu wahr.«

»Wir wissen, daß Geld für Sie eigentlich keine Rolle spielt«, warf ein anderer Mann ein. »Junge Leute wie Sie müssen jedoch einsehen, daß sie gewählt wurden, um für alle Menschen dazusein und, mit Verlaub, nicht nur für die Reichen.«

»Diesem Vorwurf müssen Sie entgegentreten«, fügte James hinzu. »Verlassen Sie sich auf Ihre Integrität und stimmen Sie für das Volk, oder vertreten Sie weiterhin die überholten Interessen der Elite? Ihre Situation ist schwierig, da in diesem Fall Familieninteressen gegen die Interessen von Queensland stehen. Man könnte sogar so weit gehen zu behaupten, daß Sie sich in einem Interessenkonflikt befinden, der Ihre Stimmabgabe im Grunde ungesetzlich macht.«

»Ich wurde ebenso zum Abgeordneten gewählt wie Sie«, entgegnete Harry aufgebracht. »Wie kann meine Stimme da ungesetzlich sein!« Er erhob sich. »Ich muß jetzt gehen. Ich werde das alles am Wochenende überdenken.«

Als er gegangen war, nickten die Labour-Vertreter einander zu. »James, du hast ihn beinahe soweit. Bleib dran.«

Ein Mann zögerte. »Ich verstehe das nicht. Er mag zwar verschuldet sein, doch wo liegt das Problem? Sein Vater wird ihm schon aus der Patsche helfen.«

James grinste. »Vielleicht aber auch nicht. Ich habe gerüchteweise gehört, daß der alte Broderick noch vor seinem Schlaganfall die Kasse dichtgemacht hat. Es heißt, sein Zustand sei ernst, aber nicht lebensbedrohlich. Daher kann es dauern, bis ihm Harrys Klagen zu Ohren kommen. Wir müssen einfach den Druck auf den Jungen verstärken. Wie steht es mit Ned Lyons? Harry schuldet ihm eine Menge Geld. Könnte man ihn dazu bringen, uns zu helfen?«

»Sicher. Er schickt einen seiner Burschen vorbei, und der kitzelt ihn ein bißchen.«

»Es muß morgen sein, und Kitzeln reicht nicht aus.«

»Soll er ihn fertigmachen?«

James lachte. »Nein, schlimmer. Er muß begreifen, daß er keinen Penny mehr auf Pferde setzen kann, wenn er nicht bis Samstag bezahlt hat. Daraufhin gerät er gewiß in Panik ... Er will im Rennclub doch nicht als Idiot dastehen.«

»Sind wir so dringend auf ihn angewiesen?«

»Ja. Die Mehrheit der Regierung ist denkbar knapp; diesmal könnten wir es schaffen. Mein Sohn und seine Freunde stehen schon in den Startlöchern. Wenn das Land frei wird für Siedler, dann ist das besser als jeder Goldrausch.«

»Das wird aber auch allmählich Zeit. Die Squatter haben sich viel zu lange ein schönes Leben gemacht. Kommt, wir gehen die Zahlen noch einmal durch, uns bleiben nur noch vier Tage.«

Sie durchkämmten ihre Listen, suchten nach weiteren möglichen Überläufern aus dem Regierungslager, überlegten, wie man die Anwesenheit aller ihrer Anhänger bei der Stimmabgabe sicherstellen konnte, wählten die besten Redner für die Debatte aus und grübelten bis spät in die Nacht über die Gesetzesvorlage. Harry war für sie kein Thema mehr.

Fern Broderick schloß ihren Laden ab und schlenderte gemächlich hügelaufwärts zu ihrem Haus in Wickham Terrace. Sie war so müde, daß sie die Schritte zählte und vor Erleichterung seufzte, als sie die Tür erreicht hatte. Die ganze Zeit über hatte sie gegen den Drang angekämpft, eine Droschke zu nehmen und zu Harry zu fahren. Sie spürte das Bedürfnis, mit dem jungen Mann zu sprechen, doch ihre müden Knochen erlaubten es jetzt nicht.

»Vielleicht sollte ich allmählich daran denken, mich aus

dem Geschäft zurückzuziehen«, sagte sie zu Bonnie, dem Hausmädchen, und ließ sich in den erstbesten Wohnzimmersessel sinken. »Es wird mir zuviel.«

»Sie hätten nicht zu Fuß gehen sollen. Dieser Hügel ist steil. Wo Sie doch schon den ganzen Tag auf den Beinen sind, sollten Sie wenigstens abends eine Droschke nehmen.«

Fern lächelte und zog die Nadeln aus ihrem Hut. Bonnie war schon oft im Juweliergeschäft gewesen, betrachtete ihre Herrin aber noch immer als eine Art Verkäuferin, die hinter der Ladentheke stand und nicht in einem Büro im hinteren Teil des Ladens residierte. Einem sehr gemütlichen Büro hinter Glasscheiben, in dem sie mit Edelsteinhändlern und besonderen Kunden verhandelte. Die Vorhut im Laden bildeten zwei erfahrene Verkäufer, die schon seit Jahren für die Brodericks tätig waren.

Dankbar zog sie die Schuhe aus und trank den Tee, den Bonnie ihr brachte. Danach ging sie ins Badezimmer. Sie wollte Harry unangekündigt nach dem Essen aufsuchen, doch zunächst verlangten Körper und Seele nach einem langen, heißen Bad.

Bonnie sah sie überrascht an, als sie einige Zeit später in ihrem grauen Kostüm ins Speisezimmer herunterkam. »Gehen Sie noch einmal aus, Mrs. Broderick?«

»Vielleicht. Ich denke noch darüber nach.«

Fern nahm ihr Abendessen auch dann im Speisezimmer ein, wenn sie allein war. Einsam fühlte sie sich nie. Sie genoß diesen Teil des Tages: eine gute Mahlzeit, ein Glas Wein, Ruhe ... Vor dem Fenster verzogen sich die Vögel allmählich zum Schlafen ins Gebüsch, und die Currawongs stimmten ihren abendlichen Gesang an.

Fern überdachte ihren Plan. Connie war sicher zu Hause. Sie konnte weder verlangen, daß Harrys Frau sie beide allein ließ, noch das Thema in ihrer Gegenwart anschneiden. Auf keinen Fall wollte sie in der Familie Zwietracht säen. Möglicherweise würde Harry auf ihre Einmischung mit Zorn reagieren, vor allem, da sie durch Lauschen zu ihrem Wissen gelangt war.

Allmählich redete sie sich das Vorhaben selber aus. Schließlich war ihr Neffe kein Kind mehr. War er wirklich auf die Ratschläge seiner Tante angewiesen? Was wollte sie ihm überhaupt raten?

Vielleicht würde er ihr sogar die Tür weisen, und das mit Recht.

»Nein, ich bleibe doch hier«, teilte sie der erleichterten Bonnie mit. »Meinen Kaffee trinke ich am Schreibtisch.«

Austin war entsetzt gewesen, daß eine Dame ein Rollpult in ihrem Wohnzimmer aufstellte. Fern gefiel es dort besser, da ihr das hintere Zimmer, in dem Justin gearbeitet hatte, zu abgeschieden erschien.

Nun saß sie mit der Feder in der Hand vor einem leeren Blatt Papier. Vielleicht sollte sie an Harrys Mutter appellieren. Austin konnte sie wohl kaum schreiben; es wäre grausam, einen kranken Mann derart zu beunruhigen.

Fern fiel ein, daß sie auf ihren eigenen Brief keine Antwort erhalten hatte. Vermutlich war Charlotte zu sehr mit wichtigeren Dingen beschäftigt, um auch noch auf die vielen Genesungswünsche seiner Freunde zu reagieren.

Liebe Charlotte, schrieb sie.

Ich hoffe, Dir geht es gut und Austins Genesung macht Fortschritte. Connie hat mir jedenfalls berichtet, er sei auf dem Wege der Besserung. Es fällt mir schwer, diesen Brief zu schreiben, weil ich mich nicht in Eure Angelegenheiten mischen möchte, aber ich habe erfahren, daß Harry in finanziellen Schwierigkeiten steckt ...

»Nein«, sagte sie laut, »das kann ich so nicht schreiben. Klingt zu sehr nach Petzen. Unmöglich.«

Sie zerknüllte die Seite und warf sie in den Papierkorb.

»So etwas sollte man nicht brieflich erledigen.«

Sie rief nach Bonnie. »Was hältst du von einem Besuch auf der Springfield Station?«

»Ich? Wann denn?«

»Sobald ich im Laden alles geregelt habe. Anfang nächster Woche.«

»Wunderbar. Endlich machen Sie einmal Urlaub. Wie kommen wir dorthin?«

»Mit Bahn und Kutsche. Es ist eine lange Reise.«

»Klingt nicht sehr erholsam, diese Kutschen holpern doch so. Sind Sie wirklich fest entschlossen?«

Bonnie hatte recht. Ein Arzt würde einer Frau in mittleren Jahren wohl kaum eine so lange, unbequeme Reise empfehlen, selbst wenn am Ziel Austins behagliches Haus auf sie wartete. Zudem galt es auch die beschwerliche Rückreise zu bedenken.

»Nein«, gab sie zu Bonnies Überraschung zurück. »Aber ich habe das Gefühl, ich sollte es tun.«

»Ach so, Sie machen sich Sorgen um Mr. Austin?«

Fern nickte und fügte im Geiste hinzu: Um ihn und seinen verfluchten Sohn. Was sollte sie überhaupt sagen, wenn sie erst einmal dort war? Den Eltern erzählen, daß er in Schwierigkeiten steckte? Vielleicht wäre eine ruhige Unterredung mit dem besonnenen Victor die vernünftigere Lösung.

Oder sollte sie besser zu Hause bleiben und sich um ihre eigenen Angelegenheiten kümmern? Wollte sie denn wirklich fahren, um zu helfen, oder benutzte sie Harry als Vorwand, um Austin wiederzusehen?

Harry stand mit der Tweedjacke über der Schulter und der Krawatte in der Hand in seiner Schlafzimmertür. Die Schuhe hatte er auf der Veranda gelassen. Er kam sich dumm vor, wie er da in Socken auf der Schwelle stand und sein Bett anstarrte. Besser gesagt, die beiden Menschen in seinem Bett, zwei Körper, zerknüllte Laken, Kopfkissen auf dem Boden. Im

Zimmer war es dunkel, das einzige Licht drang aus dem Flur hinter ihm herein.

Er war der Eindringling. Peinlich berührt, wollte er sich schon mit einer Entschuldigung abwenden und die Tür hinter sich schließen. Er war ohnehin verwirrt und deprimiert, doch nun verstand er die Welt nicht mehr. Er sah sich um. Dies war doch sein Schlafzimmer, oder etwa nicht?

Plötzlich entstand heftige Bewegung im Bett. Körper lösten sich voneinander. Jemand umklammerte die Decken. Harry schüttelte den Kopf, während ihm ganz allmählich die Tragweite dieser Szene aufging. Aus seiner Kehle drang nur ein Krächzen. »Was geht hier vor?«

»Harry!« kreischte die Frau. Seine Frau. Connie.

Der Mann stolperte aus dem Bett. Nackt. Er war tatsächlich splitternackt! In seinem Haus! Tastete nach seinen Kleidern. Harry war wie gelähmt. Er wollte eine Erklärung, einen Hinweis, wie er sich verhalten sollte, denn sein Körper war kraftlos und zitterte.

Dann sagte der Mann etwas und stöberte in einer dunklen Ecke des geräumigen Zimmers herum. Harry verstand ihn nicht, erkannte aber im dämmrigen Licht Sam Ritter, der ihm seinen weißen Hintern entgegenstreckte.

Harry explodierte. »Ihr Schweine!« brüllte er los und stürmte davon. Für einen couragierten Mann gab es in einer derartigen Lage nur eines: Er riß den Dielenschrank auf, in dem er seine Waffen aufbewahrte, ließ die eleganten Gewehre links liegen, griff gleich nach einer doppelläufigen Schrotflinte mitsamt den Patronen und schlitterte über den blank gebohnerten Boden zurück ins Schlafzimmer. Unterwegs lud er die Waffe.

Inzwischen waren beide halb angekleidet. Sam trug Hosen und Schuhe und knöpfte gerade sein Hemd zu. Sie war schon in ihr geblümtes Kleid geschlüpft, doch ihr Haar wirkte völlig zerzaust. Sieht aus wie ein Rattennest, dachte er. Die Assoziation paßte.

»Raus aus meinem Haus, ihr verfluchten Ratten!«

Sie duckte sich hinter die Frisierkommode aus Mahagoni mit dem großen Spiegel, die ihn ein Vermögen gekostet hatte. Sam blieb, taktisch geschickt, hinter dem Bett stehen.

»Hör zu, alter Junge, ich kann dir alles erklären. Leg das Gewehr weg.«

Ihre schrille, unnatürlich klingende Stimme wirkte wie ein Echo. »Bitte, Harry, leg das Gewehr weg. Sei nicht dumm.«

»Wie kannst du es wagen, mich dumm zu nennen?« schrie er und richtete die Waffe nun auf sie. »Hast du nicht gehört, was ich gesagt habe? Raus aus meinem Haus.«

Sams Stimme klang betont ruhig. »Gut, ich gehe. Ich gehe ja schon. Du gibst mir den Weg frei, und ich gehe.«

Über den nächsten Schritt hatte Harry noch gar nicht nachgedacht. Er war völlig verwirrt. Empört. Als er Regentropfen gegen das eiserne Dach klatschen hörte, freute er sich. Brisbane brauchte den Regen dringend. Er lauschte dem heftiger werdenden Prasseln, dem Wind, der an der losen Dachrinne rüttelte, die er schon vor Monaten hatte reparieren lassen sollen.

»Wenn du mit dem Gewehr in den Salon gehst, verschwinde ich«, sagte Sam. »Wir können morgen über alles sprechen.«

»Was?« Harry fühlte sich mit Gewalt in seinen Alptraum zurückgerissen. Seine Frau und sein bester Freund! Jetzt war er den Tränen nahe, entschied sich aber für Vergeltung. Das verlieh ihm neue Stärke, und das Gewehr trug seinen Teil dazu bei. Verwundert stellte er fest, daß er sich noch nie im Leben so stark gefühlt hatte. Immer hatte er die Befehle anderer befolgt; nun war er selbst am Zug.

»Du gehst nirgendwohin«, sagte er zu Sam. »Sie übrigens auch nicht. Ich werde euch beide erschießen. Und niemand wird mich dafür bestrafen.«

Zum Beweis zielte er auf das Bett, in dem er nie wieder

schlafen würde. Das Kopfende zersplitterte. Bettfedern stoben in alle Richtungen. Als der ohrenbetäubende Lärm losging, hatten sich die beiden zu Boden geworfen. Harry lud durch.

Connie kreischte. Als sich der Federwirbel ein wenig gelegt hatte, stand Sam auf.

»Sei doch vernünftig, Harry. Du kannst uns nicht erschießen. Mach dir doch nichts vor. Sie werden dich dafür hängen.« Er kam langsam um das zerschmetterte Bett herum. »Gib mir die Waffe.«

»Verschwindet aus meinem Haus!«

»Ich gehe ja schon. Aber nicht mit einer Kugel im Leib. Also zurück mit dir! Geh mir aus dem Weg!«

Harry war erschüttert angesichts dieser Wendung. Der höfliche, gewandte Partylöwe Sam Ritter klang auf einmal wie Austin. Wie war das möglich? Harry fühlte sich betrogen. Nicht genug damit, daß sein Freund seine Ehre verletzt hatte, nun legte er auch noch Autorität an den Tag, jene verhaßte Autorität, der er sich zu Hause, in der Schule und im Parlament sein Leben lang hatte beugen müssen. Die Leute des Premierministers, die Freunde seines Vaters, alle schrieben sie ihm vor, was er zu tun hatte, wo er sitzen und wie er abstimmen sollte. Aber nicht mehr lange. Er würde ausbrechen. Wenn er konnte.

Sam starrte ungerührt in die beiden Läufe, die auf ihn gerichtet waren. Schade. Zwischen ihnen würde es nie mehr wie früher sein. Sein guter alter Freund. Eigentlich wollte er gar nicht *ihn* erschießen, sondern *sie*. Die Hure.

»Raus«, sagte Harry schließlich. Dann schossen ihm Sams Worte durch den Kopf: Sie werden dich dafür hängen. Doch es war eine Frage der Ehre.

»Raus«, wiederholte er. »Und nimm sie mit.«

Connie kroch hinter dem Bett hervor und rannte zu Sam.

»Raus hier, aber schnell!« brüllte Harry und trieb die beiden durch den Flur vor sich her. Connie war noch barfuß.

Harry spürte, wie ihn ein nie gekanntes Gefühl der Macht durchflutete. »Ich werde nicht schießen, wenn ihr verschwindet. Versprochen. Aber dreht euch gefälligst nicht um.«

»Laß mich nur schnell Schuhe und Mantel holen«, bat sie. Sie war tatsächlich in Tränen ausgebrochen, dabei hätte er sehr viel mehr Grund zum Weinen gehabt. Zufrieden stellte Harry fest, daß es draußen mittlerweile in Strömen goß.

Er feuerte einen weiteren Schuß ab, der den Garderobenständer traf. Auf die drei ging ein Regen aus Holzsplittern nieder. »Weiter«, donnerte Harry und trieb die beiden zur Haustür und auf die Veranda hinaus. Er genoß den Anblick seiner Frau, der Hure, die einer Ohnmacht nahe war und von ihrem Galan über die Veranda und nach draußen in den Regen geschleift wurde. Sie liefen auf das Gartentor zu. Harry wachte als Verteidiger von Heim und Herd über ihren Rückzug, die Schrotflinte immer an seiner Seite.

»Auf Nimmerwiedersehen!« rief er hinter ihnen her und knallte die Tür zu.

Connie klammerte sich an Sam fest. »Gott, ist mir übel. Was sollen wir jetzt machen?«

»Himmel, das weiß ich doch nicht!«

»Wir können hier nicht stehenbleiben. Ich bin schon völlig durchnäßt.« Allmählich dämmerte ihr, daß sie nicht allein waren. Überall standen die Nachbarn, von den Schüssen aufgeschreckt, in ihren Vorgärten und beäugten neugierig das zerzauste Paar.

»Ich muß gehen«, sagte er. »Morgen bringe ich die Sache in Ordnung. Harry ist schwach, er wird sich wieder beruhigen.«

»Und was ist mit mir?«

»Geh zurück und sag ihm, daß es dir leid tut.«

»Bist du verrückt? Er hat ein Gewehr.«

»Harry wird dich schon nicht erschießen.«

»Ach, nein? Vielleicht erschießt er mich ja auch nicht, sondern prügelt mich nur grün und blau. Ich gehe nicht mehr in dieses Haus zurück. Ich gehe mit dir.«

Sie rannte hinter ihm her. »Bleib stehen, Sam! Du bist zu schnell für mich.«

Wütend wandte er sich um. »Ich sagte, du sollst zurückgehen.«

Nun standen sie im strömenden Regen an der Straßenecke und stritten sich.

»Ich komme mit. Mit zu dir.«

»Zu mir?« keuchte er. »Das ist unmöglich. Sieh dich doch an! Du bist nicht einmal richtig angezogen.«

»Was macht das schon?« schluchzte sie. »Ich dachte, du liebst mich.«

»Das tue ich ja auch«, erwiderte er versöhnlich. »Aber gerade ist meine Mutter aus Melbourne zu Besuch da. Mein Gott, Connie, du kennst sie nicht. Wenn sie dich so sieht, wirft sie dich glatt aus dem Haus.«

»Wir könnten ihr ja sagen, daß wir vom Regen überrascht worden sind.«

»Und dann? Sie wird dir eine Droschke rufen. Geh nach Hause, um Gottes willen. Sag ihm einfach, es täte dir leid.«

Doch Connie gab nicht so schnell auf. »Es tut mir aber nicht leid. Und deine Mutter interessiert mich nicht die Bohne. Ich weiß nicht, wo ich hin soll. Ich komme mit zu dir. Morgen schicken wir einen Diener los, der meine Sachen holt. Sam, es wird alles gut. Vielleicht wird man eine Weile über uns reden, aber wenn wir einander lieben, spielt das doch keine Rolle. Wir beide gehören zusammen. Das haben wir heute nacht bewiesen. Du liebst mich, und nach dieser wundervollen Nacht weiß ich, daß ich das gleiche für dich empfinde.«

Sam packte und schüttelte sie mit einem abschätzigen Blick auf das armselig wirkende dünne Kleid, das an ihrem Körper klebte. »Hör auf, Connie, Schluß jetzt! Du bist verständlicherweise durcheinander, aber ein bißchen Vernunft kann ich doch wohl von dir erwarten. Du bist eine verheiratete Frau; ich kann dich nicht einfach so mit nach Hause nehmen. Und wo soll ich bei diesem Wetter eine Droschke hernehmen?«

»Das kann nicht dein Ernst sein!« schrie sie. »Du hast gesagt, du liebst mich!«

»Und du hast gesagt, Harry sei ausgegangen!«

An der nächsten Ecke setzten sie ihre Auseinandersetzung fort. Connie klammerte sich hysterisch an Sam fest, der wiederum versuchte, sie abzuschütteln.

Mittlerweile hatten sie beinahe schon die Innenstadt erreicht. Endlich gelang es ihm, eine Droschke anzuhalten. Seine Geduld war jetzt unwiderruflich zu Ende. »Ich nehme dich nicht mit zu mir nach Hause, kapier das endlich. Wo soll ich dich also absetzen?«

»Nirgendwo! Auf der Straße! Mir ist alles egal.«

»Sei vernünftig, Connie. Wohin willst du fahren? Soll ich dich zu deinen Eltern bringen? Du kannst dir doch irgendeine Geschichte für sie ausdenken.«

»Nein!« kreischte sie. »So, wie ich aussehe! Mein Vater würde geradewegs zu Harry fahren. Wenn er hört, was passiert ist, möchte ich lieber deiner Mutter als ihm gegenübertreten müssen.«

»Dann lasse ich mich von dieser Droschke jetzt nach Hause bringen, und du kehrst damit anschließend zu Harry zurück.« Connies Tränen waren inzwischen versiegt. »Harry hatte recht.« Sie spie die Worte förmlich aus. »Du bist ein Schwein! Ein verdorbenes, dreckiges Schwein! Bring mich nach Wickham Terrace.«

»Wer wohnt da?«

»Fern Broderick.«

»Harrys Tante?«

»Was geht es dich an.«

Nur Austin und Bonnie wußten, daß sich Fern ab und an in ihrem Salon einen edlen Stumpen ansteckte. Tatsächlich hatte Austin ihr eine Kiste davon selbst gekauft. Justin, der weniger Humor besessen hatte als sein Bruder, wäre entsetzt gewesen.

Nun saß sie rauchend am Schreibtisch und dachte noch immer über das Problem Harry Broderick nach. Allmählich rückte sie von der impulsiven Idee einer Reise nach Springfield ab, da Charlotte ihren letzten Brief nicht beantwortet hatte. Über dem Schreibtisch hing ein Porträt der Brüder, auf dem sie sehr ernsthaft und unpersönlich wirkten. Justin saß, und Austin, der neben ihm stand, hatte die Hand auf seine Schulter gelegt.

Fern staunte noch immer darüber, daß beide Brüder sich in sie verliebt hatten. Sie vermißte sie schrecklich.

Fern warf einen liebevollen Blick auf Austin in seinem hochgeschlossenen Anzug und dem steifen Kragen. »Was kann ich tun? Du würdest natürlich sagen, ich solle mich nicht um Konventionen scheren und einfach nach Springfield kommen. Du wärst beleidigt, wenn ich es nicht täte. Aber was dann? Du hast oft genug mit mir über Harry gesprochen ... Wie könnte ich dir seine Situation verschweigen? Ich kenne dich, Austin Broderick. Egal, was die Ärzte sagen, du würdest es nicht schätzen, wenn ich mit Victor anstatt mit dir darüber redete.«

Natürlich würde er sich aufregen, wenn man etwas hinter seinem Rücken tat, doch sein Zorn träfe nicht sie, sondern Victor. Austin mußte einfach alles wissen, was innerhalb der Familie vor sich ging.

»Ach, ich weiß nicht«, seufzte sie. »Vielleicht sollte ich doch erst mit Harry sprechen. Möglicherweise habe ich die ganze Unterhaltung mißverstanden und übertreibe nun alles.«

Gerade als sie die Zigarre ausdrückte, klopfte es an der Haustür. Wer konnte das sein – zu dieser späten Stunde und vor allem bei solch einem Wetter? Sie wedelte schuldbewußt mit den Armen durch die Luft, um den Tabakrauch zu vertreiben, und schloß rasch das Rollpult.

Besorgt ging sie zur Tür, denn sie fürchtete einen Telegrammboten mit schlechten Nachrichten. Ihr erster Gedanke galt Austin. Hatte er etwa einen weiteren Schlaganfall erlitten? War er vielleicht gar gestorben? Lieber Gott, nur das nicht!

Erregt riß Fern die Tür auf, sah sich aber nicht wie erwartet einem ernst dreinblickenden Telegrammboten gegenüber, sondern vielmehr einer zierlichen, barfüßigen Frau, die bis auf die Haut durchnäßt war.

Zum zweiten Mal an diesem Abend sah sich Connie einem Menschen gegenüber, der sie ungläubig anstarrte. Sie nicht erkannte, weil sie nichts mehr von der verwöhnten, modebewußten Dame der Gesellschaft an sich hatte.

»Ja, bitte?« fragte Fern ebenso erleichtert wie irritiert.

»Laß mich um Himmels willen herein«, zischte die durchnäßte Frau. Fern starrte sie mit offenem Mund an, als sie sich an ihr vorbei in die erleuchtete Diele drängte. Die schwarzen Haare klebten ihr am Kopf, und das Kleid war beinahe durchsichtig.

»Guter Gott, du bist es, Connie!«

Bei diesen Worten fiel Connie ihr weinend um den Hals. Aus ihrem Mund drangen zusammenhanglose Sätze, die keinen Sinn ergaben.

»Schon gut, Connie, beruhige dich. Du bist in Sicherheit. Was ist denn nur mit dir geschehen, Kleines? Ich rufe Bonnie. Du mußt unbedingt die nassen Sachen ausziehen, bevor du dir eine Erkältung holst. Bei diesem Wetter draußen herumzulaufen!«

Nach einem heißen Bad schlüpfte sie in eines von Ferns eleganten Seidennachthemden und zog einen japanischen Kimono über. Bonnie, das freundliche Hausmädchen, hatte ihr die

Haare trockengerieben und zwei Tassen heißen, süßen Kakao gebracht.

Schon fühlte Connie sich etwas besser. Sie hatte die Beherrschung wiedergewonnen und konnte sich nun genau überlegen, was sie Fern zur Erklärung sagen sollte. Sie kannte Harrys verwitwete Tante nur von gesellschaftlichen und familiären Anlässen her, wo sie zuweilen ein paar Worte gewechselt, sich jedoch nie eingehend unterhalten hatten. Fern war sehr angesehen, obwohl sie ein Geschäft betrieb, und erschien stets in Begleitung von respektablen Paaren, nie von einzelnen Herren. Kurzum, Connie fühlte sich eingeschüchtert von dieser Frau und war nur aufgrund ihrer tiefen Verzweiflung auf die Idee gekommen, ausgerechnet bei ihr Zuflucht zu suchen.

Als ihre Gastgeberin das hübsche Zimmer mit dem Einzelbett betrat, saß Connie auf der Bettkante und schaute auf ihre Hände hinunter.

»Wie geht es dir, meine Liebe?«

»Es tut mir leid, dich so überfallen zu haben«, flüsterte sie. »Ich wußte nicht, an wen ich mich wenden sollte. Dank dir geht es mir jetzt schon viel besser.«

»Was ist denn um Himmels willen passiert?«

»Er hat gewütet wie ein Berserker!«

»Wer?«

»Harry. Es war schrecklich. Ich hatte solche Angst.« Sie spielte kurz mit dem Gedanken, das Gewehr unerwähnt zu lassen, entschloß sich aber, dem Gerede der Nachbarn zuvorzukommen.

»Er hatte ein Gewehr und schoß damit im Haus herum«, wimmerte sie.

»Harry? Oh, mein Gott!«

»Ja, Harry«, bestätigte Connie empört. »Warte nur, bis Austin davon erfährt.«

»Aber ich verstehe das nicht. Was hat ihn dazu veranlaßt?«

Connie seufzte. »Er ist einfach wahnsinnig geworden. Er kam von einer Sitzung nach Hause und ließ sich darüber aus, wie pleite wir seien.«

»Pleite?« fragte Fern nervös.

»Ja, genau das. Du kannst dir sicher vorstellen, wie schokkiert ich war. Ehrlich gesagt habe ich ihm zunächst nicht geglaubt, weil er getrunken hatte. Aber er redete immer weiter und zeterte über seine Schulden, und da begriff ich erst, daß er wieder gespielt hatte.« Connie zögerte. »Entschuldige, ich möchte dich mit alledem nicht belasten. Es ist einfach zu abscheulich.«

»Schon gut. Erzähl mir nur in Ruhe, was geschehen ist.«

»Na ja ... Ich weiß nicht, ob dir bekannt ist, daß Harry spielt ... Und jetzt ist uns nichts geblieben, die ganzen Rücklagen sind weg ... einfach alles. Er schuldet ganz Brisbane Geld.« Sie brach wieder in Tränen aus. Fern reichte ihr ein Taschentuch. »Kopf hoch, meine Liebe. Du kannst mir ruhig alles erzählen.«

»Er tobte und schrie, wir wären am Ende, wir würden das Haus verlieren und den Bankrott erklären müssen. Er war wie von Sinnen. Vermutlich haben ihn die Sorgen um den Verstand gebracht. Ich wollte ihn beruhigen, aber da griff er mich an.«

»Wie meinst du das?«

»Er beschuldigte mich, es war so ungerecht. Er nannte mich eine Verschwenderin, behauptete, ich sei an allem schuld. Ich versuchte ihm zu erklären, daß ich von unseren finanziellen Problemen gar nichts gewußt habe, und das ist die Wahrheit, ehrlich.«

Fern nickte verständnisvoll.

»Doch das machte ihn nur noch wütender. Er rannte los und holte seine Schrotflinte, und dann hat er wie wild um sich geschossen. Du solltest unseren Garderobenständer sehen; er war importiert und sehr teuer, doch er hat ihn in tausend Stükke zerschossen.«

»Den Garderobenständer? Du lieber Himmel!«

»Du kannst dir nicht vorstellen, wie ich mich gefürchtet habe. Ich wollte ihn dazu bringen, das Gewehr wegzulegen, aber er drohte damit, mich zu töten. Also bin ich einfach aus dem Haus gerannt.«

»Warum bist du nicht zu einem Nachbarn gegangen?«

»Ach, Fern, ich fühlte mich so gedemütigt. Sie standen alle vor ihren Häusern, als seien sie im Zirkus. Ich konnte ihre Blicke nicht ertragen und bin einfach weitergelaufen. Der Regen schien meine Schande irgendwie zu verbergen.«

»Du bist doch nicht den ganzen Weg hierher zu Fuß gelaufen?«

»Nein. Ich war so erschöpft, daß ich eine Droschke gerufen habe.« Connie bemerkte sofort den Fehler in ihrer Geschichte und improvisierte rasch. »Der Kutscher war so nett. Vor deinem Haus mußte ich ihm gestehen, daß ich kein Geld bei mir hatte. Er sagte, ich solle mir keine Sorgen machen, er sei ohnehin auf dem Heimweg.«

»Das war wirklich nett von ihm.«

»Eigentlich wollte ich zu meinen Eltern fahren, damit sie den Kutscher bezahlten, entschied mich dann aber anders. Wie hätte mein Vater wohl reagiert, wenn er mich in diesem Aufzug gesehen hätte? Er ist sehr jähzornig. Ich fürchte, er wäre schnurstracks zu Harry marschiert und hätte womöglich etwas Unüberlegtes getan.«

»Das ist durchaus möglich. Es war gut, daß du weiteren Schwierigkeiten aus dem Weg gegangen bist. Am besten, du gehst jetzt schlafen. Das war genügend Aufregung für einen Abend.«

»Was ist mit Harry?«

»Das legt sich wieder. Wenn er nicht mehr mit dir streiten kann, wird er sich vermutlich abregen und in aller Ruhe darüber nachdenken, wie dumm er sich verhalten hat. Morgen gehen wir zusammen zu ihm.«

»Nein! Auf gar keinen Fall. Ich gehe nie mehr dorthin zurück.«

»Na schön. Reg dich nicht wieder auf. Ich mache jetzt das Licht aus, und du versuchst zu schlafen.«

Fern schloß die Tür. Sie empfand großes Mitleid mit Connie. Da sie die Unterhaltung im Parlament mitgehört hatte, konnte sie Harrys Ausbruch gut verstehen. Schulden waren eine Sache – der Bankrott, der für einen Mann in seiner Position den Untergang bedeutete, eine andere. Sie war sich nicht im klaren darüber gewesen, *wie* dramatisch seine Lage war. Harry hatte sich die Vorschläge der Oppositionsmitglieder angehört, weil er dringend Geld benötigte. Anscheinend sogar viel Geld. Selbst wenn er seine Schulden bezahlen konnte, brauchte er darüber hinaus auch noch Geld zum Leben.

Fern ging in ihr Schlafzimmer, machte Licht und zog die Vorhänge zu. Falls Harry für zahlungsunfähig erklärt würde, wäre es das Ende seiner politischen Laufbahn. Sie fragte sich, ob die ausgekochten Taktiker dies bedacht hatten. Natürlich hatten sie das. Wenn er sich weigerte, für das Landgesetz zu stimmen, blieben ihnen noch andere Möglichkeiten. Sie konnten das gleiche Ergebnis erzielen, indem sie dafür sorgten, daß man ihn seines Amtes enthob, was eine Gegenstimme weniger bedeutete. Hatte Harry diese Pläne durchschaut? Vermutlich schon. Kein Wunder, daß er so getobt hatte, was allerdings die Angriffe gegen seine Frau nicht im mindesten rechtfertigte.

Fern hoffte, daß sich alles wieder einrenken würde. Sie könnte auch gleich zu ihm fahren, doch würde sich um diese Uhrzeit wohl kaum noch eine Droschke auftreiben lassen. Außerdem hatte der Tumult außer den Nachbarn vermutlich auch die Polizei auf den Plan gerufen.

Mitten in der Nacht fuhr sie im Bett hoch, voller Angst, Harry könne sich in seinem Zustand etwas antun. Danach machte sie kaum noch ein Auge zu.

Eine zaghafte Sonne brach sich durch die dicken Wolken und ließ sie golden glänzen. Es herrschte noch ein heftiger Wind, doch der Sturm hatte nachgelassen. Harry saß auf der Hintertreppe und hielt sich den Kopf, und zwar nicht ohne Grund. Nachdem er Sam und Connie hinausgeworfen und das Gewehr weggeräumt hatte, war er durch die Verwüstung getappt, die er im Flur angerichtet hatte, bis er zur Whiskykaraffe vorstieß. Dann war er allein mit seiner Wut und seinem Whisky.

Stundenlang hatte er sodann über die beiden nachgegrübelt. Darüber, was er noch hätte zu ihnen sagen, was er hätte tun sollen. Als die Karaffe leer war, griff er zu einer neuen Flasche. Er verfluchte Sam und Connie wegen ihrer Verderbtheit, wegen ihres abstoßenden, gemeinen Verhaltens, und schwor sich, ihnen niemals zu vergeben. Dazwischen weinte er, wenn ihn sein Unglück überwältigte, und schlief endlich in einem Sessel ein.

In der Morgendämmerung weckte ihn sein rebellierender Magen. Er konnte gerade noch auf den Rasen laufen, wo er sich erbrach.

Danach schleppte er sich mit letzter Kraft zur Hintertreppe. Weiter kam er nicht. Er umklammerte seinen Kopf und saß noch immer so da, als die Köchin und das Hausmädchen durchs Gartentor auf ihn zukamen.

»Alles in Ordnung, Sir?«

Er schaute nicht hoch, sondern winkte nur ab und stieß ein ungehaltenes Grunzen aus. Als er ihre entsetzten Schreie hörte, mußte sich Harry sehr konzentrieren, um die Ereignisse der Nacht zu rekapitulieren.

Die Frauen liefen zu ihm zurück. »Mr. Broderick, was ist passiert? Da drinnen ist alles kaputt! Das Haus sieht aus wie nach einem Wirbelsturm! Wo ist Mrs. Broderick? Geht es Ihnen gut?«

Harry rappelte sich mühsam auf und starrte sie an. »Wir haben eine Party gefeiert. Macht es eben wieder sauber.«

»Wie denn? Die Möbel sind zertrümmert. Das Bett ...«

»Na und?« Er drängte sich an ihnen vorbei. »Ich will Tee und ein Sandwich. Im Speisezimmer.«

Er zog sich um, wusch sich, machte jedoch keinerlei Anstalten, sich zu rasieren. Ohne das Hausmädchen zu beachten, das in der Diele Holzsplitter aufkehrte, ging er ins Speisezimmer. Er brauchte etwas zu Essen, um zu Kräften zu kommen, um wieder klar denken zu können.

Nach dem Frühstück zog er sich in den Salon zurück und ließ sich dankbar auf das Sofa sinken. Bald war er eingeschlafen.

Das Hausmädchen weckte ihn einige Zeit später und wich angesichts seiner schlechten Laune erschrocken zurück.

»Geh weg! Was willst du von mir?«

»Ein Gentleman möchte Sie sprechen, Sir.«

»Hab' ich dir etwa erlaubt, jemanden hereinzulassen?«

Sie zuckte zusammen. »Sie haben aber auch nicht ausdrücklich das Gegenteil gesagt, Sir. Er ist erst in der Diele, ich kann ihn also noch wegschicken.«

Als Harry den Mann sah, wurde ihm wieder übel. Es war einer von Ned Lyons' Schlägern und überbrachte seine Botschaft ohne Umschweife.

»Mr. Broderick, Sir, Mr. Lyons schickt mich. Ich soll Ihnen ausrichten, daß Sie morgen nicht wetten können, wenn Sie nicht heute Ihre Schulden begleichen. Er sagt, Sie können mir das Geld jetzt geben, und ich bringe es ihm. Dann gibt es keine Probleme mehr.«

Harry schüttelte den Kopf. »Mir geht es nicht gut. Ich kann jetzt nicht nachdenken.«

»Das sehe ich, Sir«, erwiderte der Mann ungerührt. »Aber was soll ich Mr. Lyons sagen?«

»Überhaupt nichts. Kommen Sie heute nachmittag wieder.«

»Um welche Zeit, Sir?«

»Woher soll ich das wissen, verdammt noch mal? Irgendwann halt.«

»Gut, also um drei.« Der Mann setzte die Kappe auf, nickte Harry zu und verschwand.

»Jesus!« Harry wollte in den Salon zurückkehren, doch das Mädchen vertrat ihm den Weg. »Ich weiß nicht, womit ich im Schlafzimmer anfangen soll, Sir.«

»Dann fang eben nicht an!« brüllte er. »Verschwinde! Geh nach Hause! Tu, was du willst!«

Sie warf ihren Besen weg. »Genau das mache ich jetzt auch. Ich komme morgen wieder, wenn die Missus da ist. Die Köchin weiß auch nicht, was sie tun soll.«

»Kann sie nicht einfach das machen, was sie immer macht?« fauchte er.

»Die Missus muß ihr erst sagen, was sie kochen soll. Sie kann doch keine Gedanken lesen.«

Mit diesen Worten stampfte das Mädchen davon, und Harry kehrte auf sein Sofa zurück. Doch die drängenden Sorgen ließen sich nicht so einfach abschütteln.

Irgendwann bemerkte er die ungewöhnliche Stille im Haus und stellte fest, daß sich sowohl Hausmädchen als auch Köchin verdrückt und ihn mit seinem Chaos allein gelassen hatten.

Später klopfte es noch einmal an der Tür. Er schlich sich auf die Seitenveranda und sah zu seinem Erstaunen, daß Fern Broderick davorstand.

»Was will sie bloß?« murmelte er vor sich hin. Er hörte sie noch mehrmals klopfen und dann auch seinen Namen rufen, war aber nicht in der Stimmung für ein Gespräch. Also verhielt er sich ruhig, bis sie aufgab und wegging.

Die Nachwirkungen des Alkohols und seine elende Lage machten es ihm unmöglich, etwas Sinnvolles zu tun. So verharrte er weiter untätig im Haus. Am liebsten hätte er sich in einem Gästezimmer eingeschlossen und im Schlaf Zuflucht gesucht, doch es gab keine Schlösser an den Türen. Und Barrikaden aufzustellen, um Fremde fernzuhalten, hätte doch allzu unziemlich gewirkt.

»Unziemlich«, schnaubte er. »Daß ich nicht lache! Im Augenblick muß dies wohl das unziemlichste Haus in der ganzen Stadt sein!«

Aus lauter Angst vor weiteren Besuchern verkroch er sich im hinteren Teil des Hauses. Es hätte ihn nicht überrascht, wenn die Nachbarn die nächtliche Ruhestörung der Polizei gemeldet hätten. Harry sah sich momentan außerstande, einem Polizisten gegenüberzutreten. Ihn überlief ein Schauder. Und wenn Connie nun mit ihrem Liebhaber zurückkehrte, um ihre Kleider zu holen?

Dann traf er eine Entscheidung. Zum zweiten Mal an diesem Morgen kämpfte er sich durch das Durcheinander im Schlafzimmer und suchte ein Baumwollhemd, eine Arbeitshose, die Jagdjacke und seine Reitstiefel zusammen. Im Flur zog er sich um, ergriff seinen Hut und rannte über den Hof in die Gasse neben dem Haus. Von dort aus hatte er bald die Stallungen erreicht, in denen sein Pferd untergebracht war. Mit dem Tier am Zügel schlich er sich wieder zurück, räumte die Vorratskammer aus, packte einen Rucksack, rollte alles Notwendige zu einem Bündel, holte sein Gewehr und verließ das Haus.

Beim Davonreiten fühlte Harry sich auf einmal frei und unbeschwert. Er ritt zum Fluß und folgte seinem Lauf durch die Vororte und weiter über die Buschpfade.

Er ritt den ganzen Tag und behielt dabei den breiten, malerischen Fluß im Auge. Manchmal durchquerte er Ackergebiete, dann wieder unwegsames Buschland, bis er mit einem Seufzer der Erleichterung sein Ziel erreicht hatte.

Hoch über dem Ufer mit Blick auf die nächste Flußbiegung, verborgen hinter Akazien, lag die kleine Holzhütte. Es war ein gottverlassener Ort, aber Harry liebte den Ausblick, den man von dort hatte. Deshalb hatte er die Hütte mit der Hilfe eines Arbeiters an dieser Stelle errichtet. Sie bot keinerlei Annehmlichkeiten, keinen Kamin, nicht einmal eine Glasscheibe in dem einzigen Fenster. Obwohl er das Gebäude als Jagdhütte bezeichnete, jagte er hier nur selten, schoß nur dann und wann einen Buschtruthahn, um Abwechslung in seine Verpflegung zu bringen. Eigentlich zog er das Angeln vor. Sam Ritter war der einzige, den er je hierher mitgenommen hatte, und bei diesem einen Mal war es auch geblieben. Er wußte die Einsamkeit und Schönheit der Landschaft nicht zu schätzen, außerdem war er ein schlechter Angler.

»Schlecht durch und durch«, stieß Harry zwischen den Zähnen hervor und zog den Riegel zurück.

Hier war alles unverändert geblieben. Als die Hütte fertig war, hatte er die wichtigsten Dinge flußaufwärts mit dem Boot hergeschafft, denn es gab keinen richtigen Weg hierher. Die primitive Ausstattung reichte ihm völlig. Der Boden bestand aus gestampftem Lehm, Tisch und Bänke waren aus rohem Holz gezimmert, der Schlafsack lag zusammengerollt in der Ecke. Erfreut stellte er fest, daß sein Angelzeug einsatzbereit war.

Der ehrenwerte Parlamentsabgeordnete Harry Broderick reckte sich, lächelte und ging zu seinem Pferd zurück. An diesem Abend saß er unter den Sternen am Lagerfeuer, trank Rum und rauchte eine gute kubanische Zigarre. Vergeblich versuchte er sich durch das Rauschen des Flusses und die Geräusche im Busch ringsum zu entspannen – der Gedanke daran, irgendwann wieder nach Brisbane und zu all seinen Sorgen zurückkehren zu müssen, ließ ihn einfach nicht los.

Am nächsten Morgen kamen Köchin und Hausmädchen und putzten die Diele, aber das Schlafzimmer ließen sie unberührt. Besorgungen konnten sie auch nicht machen, da sie weder Geld – der heutige Freitag war Zahltag – noch entsprechende Anweisungen erhalten hatten. Also räumten sie noch die übrigen Zimmer und die Küche auf und hinterließen auf dem Küchentisch einen Zettel mit der Nachricht, sie kämen am nächsten Tag wieder.

Als sie das Haus auch am Samstag verlassen und unberührt vorfanden, fügten sie eine Notiz hinzu, in der sie ihren Lohn forderten. Ihnen war klar, daß es im Haushalt der Brodericks einen gewaltigen Zwischenfall gegeben haben mußte, was sie ungeheuer amüsierte, wenn man von der ausstehenden Bezahlung einmal absah. Sie hofften auf den Montag.

Erst am Sonntag konnte Fern Connie dazu überreden, ihr Haus und damit auch Harry aufzusuchen, um die Probleme aus der Welt zu schaffen.

»Ich begleite dich«, bot sie ihr an. Connie konnte ihr das Vorhaben nicht ausreden. Sie befürchtete, Fern könne von Harry die Wahrheit erfahren, brauchte andererseits jedoch dringend ihre Kleider. Schließlich konnte sie sich nicht ewig in Ferns Haus verbergen. Sie war entsetzt gewesen, als sie von Ferns vergeblichem Besuch in Paddington erfuhr. Wenn er nun zu Hause wäre und seiner Tante die ganze Geschichte erzählt hätte!

Seltsam, daß das Hausmädchen ihr nicht die Tür geöffnet hatte. Beim Gedanken daran, daß jemand die Bescherung gesehen haben könnte, errötete sie vor Scham. Bald würde es die ganze Stadt wissen. Inzwischen hatte Connie die Episode mit Sam Ritter völlig verdrängt und gab nun einzig und allein Harry die Schuld an allem. Kein Wunder, wenn die Leute über sie klatschten – schließlich hatte ihr Mann Spielschulden und benahm sich wie ein Verrückter.

Tapfer schritt sie auf das Haus zu. Bei jedem zweiten Schritt zerrte sie an dem viel zu langen Rock des Kleides, das Fern ihr geliehen hatte, und hielt die Augen starr geradeaus gerichtet, um die Blicke neugieriger Nachbarn nicht sehen zu müssen.

Das Haus lag still da. Am Sonntag gab Connie dem Personal immer frei, da sie selbst meist ausging.

»Da hat der Garderobenständer gestanden«, erklärte sie Fern, als sie die Diele betraten. »Ich glaube, Harry ist nicht zu Hause.«

Irgendwie bedauerte sie, daß die Trümmer beseitigt worden waren, denn sie hätte Fern mit Freuden die Beweise für Harrys empörendes Verhalten vorgeführt. Daher traf sie das Chaos im Schlafzimmer, das sie nun zum ersten Mal bei Tageslicht erblickte, auch völlig unvorbereitet. Sie stieß einen Schrei aus.

»Guter Gott!« sagte Fern und spähte über ihre Schulter.

»Habe ich es dir nicht gesagt? Sieh dir das an! Er besitzt nicht einmal den Anstand, es in Ordnung zu bringen. Er ist ein Schwein! Ein verdammtes Schwein!«

Als eine Männerstimme aus der Diele ertönte, klammerte sie sich an Fern fest. »Ich kann ihm jetzt nicht gegenübertreten. Ich will ihn nicht sehen. Sag ihm, er soll gehen.«

»Jemand zu Hause?« fragte die Stimme. Connie fiel beinahe in Ohnmacht.

»Verdammt«, stieß sie hervor, »es ist mein Vater.«

Richter Walker war entsetzt. »Das sind mir ja schöne Sachen an einem Sonntagmorgen! Wo ist dein Mann?«

»Ich weiß es nicht und will es auch gar nicht wissen«, schmollte Connie.

»Wenn ich ihn erwische, bekommt er meine Peitsche zu spüren! Mrs. Broderick, ich bin Ihnen sehr dankbar, daß Sie sich um Connie gekümmert haben. Allerdings hätte sie Sie in diese schmutzige Angelegenheit nicht mit hineinziehen dürfen.« Er wandte sich an seine Tochter. »Weshalb bist du nicht zu uns gekommen?«

»Sie war so verwirrt«, erklärte Fern. »Es ist eine überaus schwierige Situation.«

»Nein, jetzt nicht mehr. Du packst deine Sachen und

kommst mit mir nach Hause. Ich weiß nicht, was deine Mutter zu diesem schändlichen Benehmen sagen wird. Sie ist derartiges nicht gewohnt. In was für einem Haushalt hast du hier überhaupt gelebt, Mädchen? Und wo ist der Garderobenständer geblieben? Ich wußte nicht wohin mit meinem Hut.«

»Den hat er auch kaputtgeschossen«, flüsterte Connie.

»Seid ihr denn völlig verrückt geworden? Mrs. Broderick, ich glaube, das da draußen ist Ihre Droschke. Wenn Sie uns bitte entschuldigen würden. Ich warte hier, bis meine Tochter ihre Habseligkeiten zusammengesucht hat. Wir möchten Sie nicht länger aufhalten. Ich stehe tief in Ihrer Schuld.«

Als Fern sich zur Tür wandte, fügte er noch hinzu: »Würden Sie Ihrem Neffen, falls Sie ihn sehen, bitte ausrichten, daß ich ihn morgen um Punkt neun Uhr in meinem Büro zu sehen erwarte? Ich verlange eine Erklärung und habe noch einige andere Angelegenheiten mit ihm zu regeln.«

»Falls ich ihn sehe«, sagte Fern zustimmend, hielt es insgeheim aber für äußerst unwahrscheinlich.

Connie machte eine Runde durchs Haus, um sich von Harrys Abwesenheit zu überzeugen. Sie entdeckte die Notizzettel auf dem Küchentisch und zerriß sie, ohne sie genau gelesen zu haben. Es ging um ausstehenden Lohn, mehr wollte sie gar nicht wissen. Sie konnte ihren Vater unmöglich noch mit den Problemen der Dienstboten belasten.

Als sie mit dem Gedanken gespielt hatte, Harry zu verlassen und zu ihren Eltern zurückzukehren, hatte sie sich die Sache ganz anders vorgestellt. Der Richter zeigte überhaupt kein Mitleid; er sah nur den Schaden, den das Gerede seinem eigenen Ruf zufügen würde. Er kochte vor Wut, als er die neugierigen Nachbarn sah, die sich draußen versammelt hatten und seine stadtbekannte Kutsche begafften.

»Beeil dich, du Unglückswurm«, rief er, »sonst werde ich auch noch zum Gespött der Leute.«

Die Droschke rollte durch die sonntäglich stillen Straßen. Fern überlegte, ob sie sich zum Botanischen Garten bringen lassen sollte, entschied sich aber mit leisem Bedauern dagegen. Sie schlenderte sonntags oft und gern zum Pavillon, wo sie sich mit einigen Freundinnen zum Morgentee traf. Es war eine zwanglose Angelegenheit, und Fern genoß es, nach einer Woche im Geschäft die neuesten Nachrichten aus der Gesellschaft zu erfahren.

Aber nicht heute, dachte sie. Schüsse im beschaulichen Paddington waren nicht an der Tagesordnung, und solche Neuigkeiten machten schnell die Runde, vor allem, wenn bekannte Persönlichkeiten involviert waren. Ihr war ganz und gar nicht danach, Fragen über ihren Neffen, den Herrn Abgeordneten, zu beantworten.

Auch den Plan, nach Springfield zu reisen, hatte sie endgültig aufgegeben. Nicht einmal Fern Broderick besaß den Mut, Austin und seiner Familie die Neuigkeit zu überbringen, daß Harry nicht nur tief verschuldet war, sondern auch noch im eigenen Heim mit einem Gewehr um sich geschossen hatte. Daß ihn seine Frau verlassen hatte, setzte allem die Krone auf.

»Oh Gott«, brummte sie, »am besten halte ich mich ganz heraus. Hoffentlich renkt sich alles wieder ein.«

Am Montagmorgen wartete Richter Walker vergeblich auf seinen Schwiegersohn.

»Nicht einmal Manns genug, um mir Auge in Auge gegenüberzutreten«, sagte er zornig. »Aber egal, ich weiß, wo ich ihn morgen finden kann. Dort kann er mir nicht entwischen.«

Dem Richter gelang es mit Mühe, seine Termine so zu verschieben, daß er ins Parlament gehen konnte. Um drei Uhr betrat er die Besuchergalerie, um seine Beute auszuspähen.

Im Hohen Haus standen wieder einmal die verfluchten Landgesetze zur Debatte. Da dieses Thema von großer Bedeutung für seine Familie war, vertiefte sich Walker derart in die Äußerungen der Redner, daß er Harry Broderick beinah darüber vergaß. Als er dann doch über die Brüstung auf die im Halbkreis angeordneten Bänke unter ihm herunterschaute, konnte er seinen Schwiegersohn unter den vielen vertrauten Gesichtern nicht entdecken.

Die Debatte wurde nun hitziger und nahm an Lautstärke zu. Beleidigungen flogen hin und her, die Redner unterbrachen sich gegenseitig, während der Parlamentspräsident gelegentlich mit seinem Hammer auf das Pult schlug und die Abgeordneten zur Ordnung rief. Zwei Männer auf der Galerie wurden aufgrund ihrer Zwischenrufe verwarnt und mit Ausschluß bedroht.

Der Richter erkundigte sich bei dem Saaldiener nach dem Platz von Mr. Broderick.

Der Mann beugte sich über die Brüstung und deutete nach unten. »Er sitzt gewöhnlich dort, Sir. Im Augenblick ist er allerdings nicht anwesend. Er muß den Saal kurz verlassen haben.«

»Vielen Dank«, sagte der Richter und sah wieder auf die lärmende Versammlung hinunter. Nur wenige Plätze waren leer. »Das paßt zu Broderick. Fehlt, wenn die Landgesetze auf der Tagesordnung stehen«, murmelte er. »Austin wird begeistert sein.«

Nun ergriff der Parlamentspräsident wieder das Wort. »Die Zeit für die Debatte ist abgelaufen und wird nicht mehr verlängert.«

Die Unruhe nahm zu, es gab weitere Ordnungsrufe. Der Premierminister sprang wütend auf und verlangte eine verlängerte Redezeit, während ihn die Oppositionsmitglieder niederbrüllten. Der Präsident fuhr unbeirrt fort, hakte phlegmatisch Ordnungsfragen ab und rief schließlich: »Es erfolgt nun die Abstimmung nach dem Hammelsprung ...«

Die Abgeordneten erhoben sich geräuschvoll von ihren

Stühlen. Manche standen in den Gängen und diskutierten; andere stießen Schmähungen hervor, wenn Kollegen sich an ihnen vorbeidrängten. Der Richter hatte sich ebenfalls erhoben und hielt zur Linken des Präsidenten, wo sich die mit Nein stimmenden Männer versammelten, Ausschau nach Harry Broderick.

Die Zählung lief noch, doch der Richter war zu der Überzeugung gelangt, daß Broderick nicht anwesend war. Den hochgewachsenen, blonden Mann hätte er unter den vielen grauen Häuptern wohl kaum übersehen.

Er setzte die Brille auf. Dann verkündete der Präsident: »Die Entscheidung lautet Ja.« Zornige Rufe ertönten, und der Richter brauchte eine Weile, bis er das Ergebnis verdaut hatte. Das Landgesetz war verabschiedet worden! Der Angriff auf die Squatter hatte begonnen.

Zu spät versuchte er zu erkennen, wer für dieses unglaubliche Gesetz gestimmt hatte, denn die Abgeordneten kehrten bereits auf ihre Plätze zurück oder strömten dem Ausgang zu. Er war davon überzeugt, daß sein verräterischer Schwiegersohn dafür gestimmt haben mußte, sonst hätte er ihn doch bemerkt. Gemeinsam mit den anderen Zuschauern verließ er die Galerie und erkundigte sich unten im Flur bei einem Freund Harrys nach dessen Verbleib.

»Broderick!« rief der Parlamentarier aufgebracht. »Ich weiß nicht, wo zum Teufel er steckt. Ausgerechnet heute ist er nicht gekommen. Ich könnte ihn erwürgen. Eine Stimme! Wir haben mit einer verdammten Stimme verloren. Dieser verfluchte Schweinehund!«

Richter Walker machte sich auf den Weg zu Harrys Büro, wobei er so verwirrt war, daß er die Freunde und Bekannten, die ihn im Vorbeigehen grüßten, kaum zur Kenntnis nahm. Durch die Untaten seines Schwiegersohns und die Abstimmung über das Landgesetz war seine Welt vollkommen aus den Fugen geraten. Seine Familie besaß riesige Pachten in den Western Downs. Die Farm seines Vaters grenzte an Austin Brodericks Besitz, zudem hielt er beträchtliche Anteile an einer weiteren Farm. Als waschechter Squatter-Aristokrat wußte der Richter nur allzugut, daß die Umwandlung der Ländereien in freien Grundbesitz eine ungeheure finanzielle Belastung für die Squatter nach sich ziehen würde. Noch mehr sorgte er sich aber um die unvermeidlichen Folgen dieser Umwälzung: Eine ganze Lebensweise würde untergehen, an der er sehr hing.

Er kam an einigen Männern vorbei, die einander gratulierten. Der Grund war offensichtlich.

»Schämt euch!« schnaubte er und stürmte weiter.

Er hatte erwartet, Harry Broderick in seinem Büro vorzufinden. Dort wollte er ihn zur Rede stellen und eine Erklärung für seine Abwesenheit verlangen. Hatte er die Abstimmung verschlafen? War er betrunken oder gar krank geworden? Irgendeinen Grund mußte es doch geben.

Doch in dem leeren Büro traf er nur auf einen wütenden Herrn, an dessen Namen er sich nicht erinnern konnte.

»Guten Tag, Herr Richter«, sagte dieser. »Vielleicht können Sie mich über den Verbleib von Mr. Broderick aufklären.«

Walker erkannte den Einpeitscher der Regierungspartei, dem es oblag, über die Abstimmungsdisziplin der Abgeordneten zu wachen und bei wichtigen Anlässen die Anwesenheit der Fraktionsmitglieder sicherzustellen. Der Tonfall des Mannes mißfiel ihm.

»Anscheinend ist er nicht da. Niemand bleibt ohne guten Grund dem Parlament fern ...«

»Oder ohne es mir mitzuteilen«, unterbrach ihn der Mann grob.

Der Richter fuhr fort: »Daher kann ich nur folgern, daß Mr. Broderick ein Unglück zugestoßen ist. Guten Tag, Sir.«

Auf dem Heimweg suchte Walker noch einmal das Haus in Paddington auf, fand es jedoch verlassen vor. Er kam in übelster Stimmung heim und befahl seine Tochter umgehend zu sich.

»Wo ist er?« stieß er hervor. »Der Kerl hat seine Pflichten vernachlässigt, so etwas dulde ich nicht. Verstehst du mich? Ich dulde es nicht!«

»Ich weiß nicht, wo er ist«, antwortete Connie kleinlaut.

»Vielleicht in seinem Club.«

»Dann setzt du dich auf der Stelle hin und schreibst mir die Adressen seines Clubs und seiner Kumpane sowie seiner üblichen Aufenthaltsorte auf. Mein Diener wird ihn schon aufstöbern. Verstanden?«

Connie stellte ihm eine Liste zusammen, wobei sie Sam Ritter geflissentlich ausließ, und überreichte sie ihm.

»Das ist doch wieder typisch für ihn! Lauter Nichtsnutze und stadtbekannte Faulpelze. Wenn es nach mir geht, wird sich euer Lebensstil von Grund auf ändern. Ein derart abscheuliches Verhalten dulde ich nicht in meiner Familie. Und vor allem wirst du morgen in euer Haus zurückkehren. Ich denke nicht daran, zu allem Überfluß auch noch irgendwelche Ausreden für deine Anwesenheit hier zu erfinden. Und jetzt geh auf dein Zimmer.«

Connie lief weinend zu ihrer Mutter. »Ich kann nicht zurück. Wenn er nun wieder um sich schießt?«

»Der Richter weiß, was am besten ist. Er wird Harry tüchtig ins Gebet nehmen. Aber du kannst auf keinen Fall hierbleiben, sonst gibt es noch mehr Gerede.«

5. KAPITEL

ALLE HATTEN SIE ihren Spaß beim Tanz im Wollschuppen. Junge und nicht mehr ganz so junge Leute waren über fünfzig Meilen geritten, um an dem alljährlichen Fest auf Springfield teilzunehmen. Da so viele Scherer zugegen waren, die sich nach den langen, harten Wochen entspannen wollten, herrschte akuter Frauenmangel. Viele junge Damen betrachteten dies jedoch als ausgesprochenen Vorteil und strömten jedes Jahr um diese Zeit von weither in die Häuser ihrer Freunde und Verwandten, die in der Nähe der Brodericks lebten. Andere nutzten die Gelegenheit zu einem Verwandtschaftsbesuch bei Bewohnern von Springfield oder den Verwaltern und Aufsehern seiner Außenposten, die Austin unterstanden. Letztere führten in ihren weitverstreuten Cottages ein einsames Leben und empfingen jeden Besucher mit offenen Armen. Zudem hatten junge Damen, die nach Springfield reisten, meist keine Mühe, Freundinnen als Mitreisende zu gewinnen, denn diese Veranstaltung rangierte auf der Skala wichtiger Feste gleich hinter Weihnachten. Romantik lag in der Luft.

Victor hatte zunächst vorgeschlagen, die Besucherzahl im Rahmen zu halten, weil sie mit der Bewachung der Grenzen alle Hände voll zu tun hatten, doch als die ersten Gäste eintrafen, war diese Idee vergessen. Die Menschen erwarteten Gastfreundschaft, und Austin hatte nicht vor, mit dieser Tradition zu brechen. Mit Nachdruck stellte er klar, daß er trotz seiner Behinderung keineswegs ein Invalide war. Sein einziges Zugeständnis bestand darin, allein zu speisen, da ihm das Essen ohne fremde Hilfe noch immer Schwierigkeiten bereitete. Er hielt im Salon Hof und begrüßte die Gäste, sprach selbst zwar nicht viel, hörte aber mit Vergnügen den Gesprächen um ihn herum zu. Seine alten Freunde leisteten ihm nur zu gern Gesellschaft. Entgegen den Anweisungen des Arztes und ohne Charlottes mißbilligende Blicke zu beachten, trank er einige Gläser Whisky, die seine Stimmung noch weiter hoben.

Er mußte sich eingestehen, daß die Feiern zum Saisonende, die er insgeheim gefürchtet hatte, wohl nicht gar so schlimm werden würden. In dunklen Stunden hatte er Angst davor gehabt, sich in der Öffentlichkeit zu zeigen, ein bedauernswerter Schatten seiner selbst, der sich nur mit allergrößter Mühe verständlich machen konnte. Der so vieles nicht mehr tun konnte ...

Doch er hatte sich seiner veränderten Lage angepaßt, ließ sich von einem Zimmer ins nächste tragen. Zum Glück zeigten sich seine alten Freunde, die sich mit Frauen und Töchtern auf Springfield eingenistet hatten, keineswegs peinlich berührt oder herablassend, sondern plauderten angeregt mit ihm und machten Witze. Sie bezogen ihn in ihre Gespräche ein und verhielten sich insgesamt besser als seine eigene Familie, die ständig so viel Aufhebens um ihn machte. Diese Männer hatten schon Schlimmeres erlebt. Sie wußten, daß er nicht sterben würde, daß er noch viele Jahre vor sich hatte, und sprachen daher über ganz normale Dinge mit ihm, anstatt ihn andauernd mitleidig zu fragen, wie er sich denn fühle.

Nur einmal hätte er sich beinahe zum Narren gemacht, dachte Austin, als seine Frau ihm an diesem Abend beim Ankleiden half. Kurz vorher war Victor mit ihm im Rollwagen zum Grillplatz gefahren, wo sich alle Gäste versammeln sollten. Austin war sehr eigen, wenn es um das Springfield-Barbecue ging. Das Rindfleisch mußte erstklassig sein, die Tranchiertische sollten in angemessener Nähe stehen, die Serviertische in einer langen Reihe aufgebaut und die Bierfässer unter den Akazien gelagert werden. Jedes Detail mußte stimmen ...

Victor machte sich auf die Suche nach einem bequemen Stuhl, von dem aus sein Vater die Vorbereitungen überwachen konnte, und ließ ihn zu diesem Zweck oben auf dem Rollwagen zurück.

Austin wartete geduldig. Er kam in letzter Zeit nur selten aus dem Haus und genoß den Anblick des Grillplatzes in der hereinbrechenden Dämmerung.

Da kam ein fremder Scherer vorbei und entdeckte den Mann, der mit herabhängenden Beinen und schlaffem Arm auf dem Rollwagen saß. Er berührte Austin an der Schulter, nickte ihm freundlich zu und sagte lächelnd: »Alles klar, Kumpel?«

Dann ging er weiter.

Diese unaufdringliche Freundlichkeit, die frei war von jeder Herablassung, die Ermutigung mit einer kleinen Geste, deren Bedeutung Austin nur ermessen konnte, weil er sich in der lakonischen Männerwelt des Busches auskannte, rührten ihn so, daß ihm Tränen übers Gesicht liefen. Er konnte sie gerade noch wegwischen, bevor Victor mit dem Stuhl zurückkehrte. Du sentimentaler, alter Narr, schalt er sich selbst bei der Erinnerung daran. Dennoch wußte er, daß die Tränen nicht ihm selbst und seinem Los gegolten hatten, sondern den Männern, die er liebte, jenen hart arbeitenden, trinkfesten, ehrlichen Männern, in seinen Augen die besten Kerle der Welt. Dieser Abend würde der schönste sein, den sie je auf Springfield gefeiert hatten.

Das Barbecue wurde zu einem rauschenden Erfolg. Danach spielten Fiedeln und Akkordeon zum Tanz auf. Man hatte den Wollschuppen leergeräumt, der geölte Boden war zum Tanzen wie geschaffen. Austin thronte in einem riesigen Sessel auf einer Empore, was ihm ausnehmend gut gefiel. Wenigstens würde ihm an diesem Abend nichts entgehen.

Es war das Fest aller Feste. Austin trank seinen Whisky und beobachtete erfreut die Tänzer. Das Verhältnis von Männern zu Frauen betrug fünf zu eins. Die Musiker gaben den jungen Burschen Gelegenheit, auch ohne Partnerin zu tanzen, und stimmten einen Reel an.

Dieser Rundtanz galt als Höhepunkt des Wollschuppen-Balls von Springfield. Die jungen Männer in der Blüte ihrer Jahre gaben ein herrliches Bild ab. Manche hatten die Daumen in die Hosenträger gehakt und führten die komplizierten Schritte aus; andere bevorzugten die keltischen Rundtänze; die Mutigsten unter ihnen hüpften und sprangen unter donnerndem Applaus über den Tanzboden. Auf einmal bemerkte der Boß jedoch, daß irgend etwas fehlte.

Was hatte er übersehen? Was war ihm entgangen?

Der beste Scherer erhielt von ihm eine Flasche Whisky und eine Geldprämie; der alte Bursche, der zweiter geworden war, bekam ebenfalls eine Flasche. Die Ballkönigin, ein hübsches Mädchen aus Toowoomba, wurde mit einer Blumengirlande und einer großen Schachtel Pralinen bedacht. Als der Tanz weiterging, suchte Austin erneut nach der Quelle seiner Unruhe.

Dann traf ihn die Erkenntnis wie ein Schlag. Er wandte sich an Charlotte, die neben ihm saß. In diesem Moment trat jedoch der alte Jock Walker, Connies Großvater, zu ihnen. Er war ein exzentrischer Gauner, dem man nicht über den Weg trauen konnte, aber Austin mochte ihn. Er mußte mindestens achtzig sein und bestand noch immer auf seinem verblichenen Kilt und den abgetragenen Schnallenschuhen.

Er füllte sein Whiskyglas aus Austins Karaffe und goß seinem Gastgeber auf dessen Wink hin ebenfalls nach.

»Tolle Party, Charlotte«, bemerkte er grinsend. »Hast dich wieder einmal selbst übertroffen, meine Liebe.«

»Vielen Dank, Jock. Freut mich, daß du dich gut amüsierst.«

»Das tue ich doch immer, Mylady. Leider bricht es einem echten Schotten wie mir das Herz, wenn er zu alt für all diese hübschen Mädchen wird.«

Austin stieß einen kurzen Lacher aus. »Du hast Schottland nicht mal von weitem gesehen.«

Diese Neckereien besaßen inzwischen Tradition zwischen ihnen, und Jock verstand ihn sofort, obwohl Austin die Worte nicht deutlich artikulieren konnte.

»Ich kann dir versichern, ich habe die alte Heimat erst mit zwanzig Jahren verlassen«, widersprach Jock. »Auf einem prächtigen Segler.«

»Wohl eher in Ketten.«

Ohne darauf einzugehen, sah Jock zu Charlotte hin. »Würdest du ein Tänzchen mit mir wagen?«

»Vielen Dank, aber ich glaube nicht ...«

Amüsiert drängte ihr Mann: »Na los, geh schon.« Charlotte war eine schlechte Tänzerin, und Jock galt als Berserker der Tanzfläche; sie würden ein interessantes Paar abgeben.

»Hocherfreut!« sagte Jock und ergriff ihre Hand. Austin sah sich nach Victor und Rupe um, konnte sie in der Menge aber nicht entdecken. Dann betrachtete er prüfend die Türen des Wollschuppens, die mit Bändern und Girlanden aus Gummibaumblättern geschmückt waren. Normalerweise drängten sich dort die Schwarzen aus dem Lager, die sich das Fest nie entgehen ließen, doch heute abend war nicht einer von ihnen zu sehen.

Austin war beunruhigt. Erst jetzt fiel ihm auf, daß er auch beim Barbecue keinen Aborigine gesehen hatte. Da die Schwarzen von Springfield, die nicht auf der Farm wohnten und arbeiteten, noch im Stammesverband lebten, wurden sie zwar nicht offiziell eingeladen, tauchten aber stets im Hintergrund auf. Nach dem Essen wurden die Reste, sogar die verkohlten Rindsknochen, zu einem abseits stehenden Tisch gebracht, an dem sich die Schwarzen daran gütlich tun konnten. Meist blieb mehr als genug für sie übrig, da Austin die Aborigines von Beginn an als Esser einplante.

Sie fanden das große Fest ebenso aufregend wie alle anderen, doch heute abend hatten sie sich nicht eingefunden. Ob bei ihnen vielleicht jemand gestorben war? Die aufwendigen Trauerrituale wären durchaus ein Grund für ihr Fernbleiben. Schließlich entdeckte er Victor und winkte ihn zu sich.

»Wo sind die Schwarzen?«

Victor antwortete mit einem Achselzucken. Offensichtlich hatte auch er ihre Abwesenheit bemerkt, wollte seinen Vater jedoch nicht beunruhigen.

»Wo stecken sie?«

»Ich weiß es nicht.«

»Was geht hier vor?« Wenn er wütend war, fiel ihm das Sprechen noch schwerer. »Finde es gefälligst heraus!«

»Ich sehe morgen nach ihnen.«

»Sofort!« forderte Austin. Dann erspähte er auf der Tanzfläche Spinner, den Mischling, der bei ihnen als Viehhüter arbeitete. Normalerweise hätte er lächelnd zugesehen, wie sich der junge Mann in Sonntagskleidern und glänzend polierten Stiefeln beim Tanz versuchte. Er zählte lautlos die Schritte mit, die ihm irgend jemand mühsam beigebracht haben mußte, und sah nicht die Damen, sondern seine Füße an.

Diesmal schickte Austin jedoch Victor sofort zu ihm. Der Junge wirkte nicht allzu traurig über diese Unterbrechung seiner tänzerischen Bemühungen. Austin sprach jedes Wort langsam und sorgfältig aus. »Wo ist die ganze Horde? Was ist los?«

Spinner tat es weh, seinen geliebten Boß so zu sehen, und ein betrübter Ausdruck trat in seine dunklen Augen. Zudem war er verärgert, weil die ganze Horde verschwunden war, ohne ihm etwas zu sagen. Andererseits freute es ihn, da sie ihm mit ihrem heimlichen Verschwinden zu verstehen gegeben hatten, daß er für sie eindeutig zu den Weißen gehörte.

Doch er konnte dem Boß gegenüber nicht zugeben, daß er keine Ahnung von ihrem Verbleib hatte. Er war am späten Nachmittag ins Lager gegangen, um seine neuen Kleider vorzuführen, die er beim Tanz der Weißen tragen wollte, doch zu seiner Verwunderung hatte er den Ort verlassen vorgefunden. Die Feuer waren erloschen, die Hütten standen leer, nicht einmal ein Kochtopf war übriggeblieben. Das Lager war in geisterhafte Stille getaucht, als habe jemand seine Bewohner weggezaubert. Spinner erschauderte, als er bemerkte, daß der einzige wertvolle Besitz des Stammes fehlte: der hohe, geschnitzte Totempfahl, der Aufschluß gab über ihren besonderen Platz in der Traumzeit. Noch niemals hatten sie ihn von seinem Platz entfernt. Angeblich hatte das Totem die Emu-Leute-am-Fluß seit Anbeginn der Zeit beschützt. Nun war es verschwunden.

Spinner war verängstigt davongelaufen.

»Der Boß hat dich etwas gefragt«, drängte ihn Victor.

»Ach ja, sind auf Wanderschaft gegangen, Boß.«

»Alle?« fragte Victor ungläubig. »Das ist aber ungewöhnlich. Warum sind sie denn alle gleichzeitig gegangen?«

Spinner suchte nach einer plausiblen Erklärung. »Sie mußten alle gehen, Boß. Totemzeit. Das große Totem mußte zu heiligen Orten gehen, um mit Geistern zu reden.« Er sah, daß sie über den Totempfahl Bescheid wußten, und improvisierte weiter. »Altes, altes Gesetz aus Traumzeit. Alte Männer müssen reden, junge Männer machen besondere Zeremonie mit. Großes Korrobori weit draußen im Busch.« Er grinste. »Ich wette, sind wirklich sauer, weil sie Fest verpassen. Müssen aber Wanderung machen, weil sonst böse Geister kommen.«

»Wohin sind sie denn gegangen?« erkundigte sich Victor. »Wo findet dieses große Korrobori statt?«

Spinner gab sich betont gleichgültig. »Im Busch. Langer Weg, glaube ich. Kommen dann zurück. Sind bestimmt für nächstes Fest wieder da«, erklärte er grinsend.

»Vielen Dank«, sagte Victor höflich. Der Junge war in Gnaden entlassen.

»Ich will verdammt sein«, murmelte Austin vor sich hin. »So etwas habe ich ja noch nie gehört.«

»Sie gehen oft auf Wanderschaft.«

»Gewöhnlich bleiben aber Wachen im Lager zurück, damit die bösen Geister es nicht heimsuchen. Und diesen Totempfahl haben sie noch nie von der Stelle bewegt.«

Austin bemerkte, daß er unverständlich vor sich hin gebrabbelt hatte. Er verbarg sein Unbehagen, indem er Victor wegschickte und seine Frau beobachtete, die sich mit Jocks phantasievollen Hopsereien abmühte.

Als sie wiederkam, sagte Austin zu ihr: »Wo ist Black Lily? Ich habe sie heute noch nicht gesehen.«

»Ich weiß es nicht. Sie ist nicht zum Fest erschienen.«

»Hausmädchen auch nicht?« fragte er knapp.

Charlotte seufzte. »Ich wollte dich nicht beunruhigen. Die Schwarzen haben das Lager verlegt, und die dummen Mädchen sind mitgegangen. Ausgerechnet heute. Die können morgen was erleben, das sage ich dir! Wir kommen zwar ohne Black Lily zurecht, wo so viele starke Männer im Haus sind, doch die Hausmädchen sind eigentlich unentbehrlich. Im Grunde sollte ich alle drei entlassen. Louisa war so nett, der Köchin zur Hand zu gehen. Sie hat wirklich schwer geschuftet. Auch die Damen haben mit angepackt und ihre Zimmer selbst aufgeräumt, aber es war doch alles sehr lästig.«

Austin seufzte. Das Lager verlegt? Wohin? Er war eher geneigt, Spinners Erklärung zu glauben. Die Horde war auf Wanderschaft gegangen. Morgen würde er Rupe losschikken, um das Lager in Augenschein zu nehmen. Nur schade, daß sie gerade jetzt aufgebrochen waren und dem Fest damit etwas von seinem Glanz genommen hatten. Er sah es gern, wenn sie lachten und sich über die feiernden Weißen lustig machten.

Jock kam wieder, angelockt vom schottischen Whisky. Er schenkte sich nach und beugte sich dann verschwörerisch zu

Austin hinunter. »Ich gebe dir einen guten Rat, Kumpel. Ich habe schon viele Schlaganfälle erlebt. Das beste ist, du übst vor einem Spiegel sprechen.« Er lachte glucksend. »Laß dich aber nicht dabei erwischen, sonst halten sie dich für eitel.«

Er richtete sich auf und ließ den Blick durch den Raum schweifen. Die Musiker griffen gerade wieder zu ihren Instrumenten. »Meinst du, ich sollte mich mal der Ballkönigin erbarmen und ihr ein Tänzchen schenken?«

»Klar.« Austin lachte und drängte ihn zur Eile. Dann lehnte er sich zurück. Vielleicht sollte er allmählich ins Haus zurückkehren. Der Tanz würde sich bis zum Morgengrauen hinziehen, und der Sessel wurde ihm allmählich zu hart.

Am Spätnachmittag des folgenden Tages brachen die Scherer zum nächsten Einsatz auf. Manche ritten, andere fläzten sich auf der Ladefläche eines alten Brauereiwagens. Auch die Hausgäste packten ihre Sachen.

Rupe kam in Begleitung einiger Viehhüter angeritten, um Victor Bericht zu erstatten.

»Keine Spur von den Schwarzen. Ein anderes Lager haben wir auch nicht gefunden. Sie sind einfach im Busch verschwunden, der ganze Haufen. Meinst du, Spinner sollte ihre Spur verfolgen?«

»Spinner könnte nicht mal eine Herde Bullen am hellichten Tag verfolgen. Na ja, wenn sie auf Wanderschaft gegangen sind, werden sie eine Weile fortbleiben. Schick ein paar Burschen zum Aufräumen ins Lager. Bei der Gelegenheit können wir endlich den ganzen Müll verbrennen.«

Einige Stammesangehörige waren wütend, weil Moobuluk ausgerechnet diesen Tag für ihren Aufbruch gewählt hatte. Sie wollten nicht auf das Fest verzichten, aber er blieb hart, da er ein Zeichen setzen und die Gaben des weißen Mannes zurückweisen wollte.

Sie überquerten den Fluß und zogen nach Westen, wanderten über Ebenen und Hügel und sammelten unterwegs Nahrung. Allmählich fanden sie Gefallen an dieser Wanderung, die sie Schritt um Schritt von ihrem angestammten Lager fortführte. Viele Tage später tauchten sie aus dem Schutz der Hügel auf und mußten erneut flaches Land durchqueren. Sie trotteten immer weiter in Richtung Norden, still und entschlossen. Die Männer schwärmten aus, um auf die Jagd zu gehen; Frauen, die Babys in Beuteln auf dem Rücken trugen, hatten genug mit Gehen zu tun, andere suchten die Umgebung nach Nahrung ab; Kinder schritten tapfer voran und wurden dann und wann auf den Schultern getragen. Die Stammesältesten bildeten die Nachhut.

Nur Minnie war noch immer nicht von dieser Idee überzeugt. Sie verstand natürlich, daß die anderen Kinder aus Sicherheitsgründen weggebracht werden mußten, doch sie selbst wäre lieber auf Springfield geblieben und hätte dort auf Bobbos Rückkehr gewartet. Nioka gelang es schließlich, sie von Moobuluks Weitsicht zu überzeugen; er würde spüren, wenn die Jungen nach Hause kämen, und sie zurückführen. Dennoch konnte kein Argument Minnies Kummer vertreiben. Sie vermißte Bobbo einfach zu sehr.

»Denkst du etwa, Jagga fehlt mir nicht? Ich fühle mich ganz elend, wenn ich nur an ihn denke, aber im Lager würden wir die Kinder ebenso vermissen. Wir verlassen sie doch nicht; wenn es an der Zeit ist, holen wir sie zu uns. Wenn du dich so quälst, wirst du noch krank. Was soll Bobbo denn von dir denken, wenn er nach Hause kommt und dich ganz dünn und schwach vorfindet?«

Ungestört zogen sie über Weideland und blühende Acker. Als sie jedoch die Grenze zum Territorium der Baruggam erreichten, schlugen sie ihr Lager auf und warteten traditionsgemäß auf die Erlaubnis, ihr Land zu betreten. Einige der Jüngeren hielten dieses Ritual zwar für überflüssig, da die

Weißen schließlich auch nicht um Erlaubnis fragten, doch die Älteren bestanden auf dieser Respektsbezeugung.

»Solange man uns noch läßt«, fügten sie düster hinzu.

Moobuluk schätzte, daß sich ihr Ziel ungefähr hundertfünfzig Meilen nördlich ihres früheren Lagers befand, eine gute Entfernung. Dann tauchten Angehörige des Waka Waka-Clans auf und luden sie ein, sich mit ihnen an einem großen See inmitten des Waldes niederzusetzen.

Moobuluk stellte die Ältesten vor. Nach eingehender Diskussion entschied man, daß die beiden Clans die Vorzüge des entlegenen Tales zwischen den Gipfeln der hohen Bergkette im Osten miteinander teilen konnten. Grundlegende Differenzen aufgrund von unterschiedlichen Totems oder Wertvorstellungen bestanden nicht zwischen ihnen, und auch das Volk der Waka Waka lebte zerstreut. Die Neuankömmlinge wurden freundlich aufgenommen, und man plante zur Begrüßung ein großes Korrobori.

Der alte Mann wartete, bis sich alle eingerichtet hatten, und zog dann weiter, da ihn wichtige Aufgaben zum Badjala-Volk riefen, das in einem herrlichen Regenwald an der Küste lebte. Darüber hinaus gehörte auch eine ausgedehnte Insel zum Territorium. Sie waren ziemlich aggressiv und standen den kriegerischen Stämmen des Nordens nahe, konnten jedoch auf ihn als Schlichter bei den üblichen Problemen, die innerhalb eines Clans entstanden, nicht verzichten. Schon einmal hatten sie ihn in ihren schnellen Kanus auf die Insel gebracht. Moobuluk, der Landmensch, war begeistert gewesen. Dort, in dem tiefen klaren Wasser, hatte er auch zum ersten Mal die Korallenriffe erblickt und die prächtigen Fische, die durch ihre lautlose Welt glitten.

Er freute sich schon auf seinen nächsten Besuch.

Nach dem Aufbruch von Scherern und Gästen kehrten auf Springfield für gewöhnlich wieder Ruhe und Alltag ein, doch diesmal lag eine gewisse Spannung in der Luft. Austin wirkte gereizt. Er versuchte seine Gefühle zu analysieren, mit dem einzigen Ergebnis, daß seine Sorge wuchs. An der Oberfläche war alles wie sonst. Die Schur war problemlos verlaufen, das Wetter den frisch geschorenen Schafen freundlich gesonnen und der Wollertrag versprach alle bisherigen Rekorde zu brechen.

Er vermißte Black Lily, doch mit diesem Verlust mußte er allein fertig werden. Vor dem Rasierspiegel trainierte er wiederholt die Bewegungen von Kiefer und Lippen. Charlotte und Louisa hatten nach dem Verschwinden der Hausmädchen alle Hände voll zu tun, was ihm nur recht war. Außerdem konnte ihnen ein bißchen Hausarbeit gar nicht schaden. Die Abwesenheit der Schwarzen nagte an ihm, obwohl er sich sagte, daß Wanderungen nichts Ungewöhnliches waren. Er fragte sich, ob der plötzliche Aufbruch etwa mit dem alten Moobuluk zusammenhing, der sich seit Wochen in der Gegend herumgetrieben hatte.

Außerdem hingen die verfluchten Landgesetze mit ihren endlosen Änderungsanträgen wie ein Damoklesschwert über ihm. Den Brief des Bankdirektors hatte er keineswegs vergessen. Seine Gäste schienen nicht weiter besorgt zu sein angesichts dieser Situation. Er hatte Jock mit seinem Nachbarn Jimmy Hubbert über die Gesetzesvorlage sprechen hören, und der hatte sie als undurchsetzbar abgetan. Also hatte Austin den Mund gehalten und die Warnung des Bankdirektors einer Überreaktion zugeschrieben.

Eigentlich hatte er nach wie vor alles unter Kontrolle und sollte sich lieber auf die Stärkung seiner Muskeln konzentrieren, anstatt sich Sorgen über ungelegte Eier zu machen.

Die schlechte Nachricht traf ihn ohne Vorwarnung.

Da er tagsüber wenig Energie verbrauchte und ohne Lilys anstrengende Massagen und die Gehversuche mit ihr auskommen mußte, litt Austin unter Schlafstörungen, konnte es kaum erwarten, bis die Morgendämmerung einsetzte und das Haus zu neuem Leben erwachte. Also ging er dazu über, seinen Tagesrhythmus umzugestalten. Er setzte sich über Charlottes Einwände hinweg und ließ sich von Victor um fünf Uhr wecken, duschen und ankleiden. Gegen sechs frühstückte er gemeinsam mit seinen Söhnen, und danach führte er mit Rupes Hilfe seine Übungen durch.

Es funktionierte ganz gut, doch Rupe war eben nicht Black Lily. Er hielt die Übungen anscheinend für Zeitverschwendung.

»Du bist einfach zu faul«, knurrte Austin. »Hilf mir aufstehen, ich muß das Bein belasten ...«

Er wußte, daß Victor seine diesbezüglichen Pflichten ernster nahm als sein Bruder, doch um diese Zeit war er draußen unabkömmlich. Außerdem konnte Rupe ruhig auch einmal etwas für seinen Vater tun.

Das einzige Problem bei diesem frühen Aufstehen war, daß ihm die Tage, die er untätig zubringen mußte, noch länger wurden. Nach der Aufregung der letzten Wochen empfand Austin dies als besonders quälend. Um seine Schlaflosigkeit zu bekämpfen, weigerte er sich, sich tagsüber schlafen zu legen. Er versuchte sich mit den Zeitungen abzulenken, die Charlotte auf einer niedrigen Bank gestapelt hatte. Austin war nie ein großer Leser gewesen und hatte nur selten einen Blick in die *Brisbane Courier Mail* geworfen, weil sie sich eher an Stadtleute richtete und zudem voller Gesellschaftsklatsch war, den er verabscheute. Den Damen hingegen schien das Blatt zu gefallen, und sie studierten eifrig die Anzeigen, die für importierte Stoffe und Modeschnickschnack warben, während Victors Hauptinteresse den Viehpreisen galt.

Seufzend ergriff er die erste Zeitung, die vierzehn Tage alt war, und vertiefte sich in die nicht enden wollenden, sagenhaft anmutenden Geschichten über die Goldfelder.

Ein Artikel beschrieb ausführlich das Goldschürfen am

Kap und wies darauf hin, daß die Goldlagerstätten 200 Meilen Luftlinie, also an die 320 Meilen zu Fuß, von der Küstenstadt Bowen entfernt lagen.

»Von Bowen!« stieß er zwischen den Zähnen hervor. »Das ist mindestens 1000 Meilen nördlich von hier. Eine wilde, brütend heiße Gegend. Dort würden mich keine zehn Pferde hinkriegen.«

In einer anderen Ausgabe las er zu seinem Erstaunen, daß von den Schiffen, die aus England kamen, im Durchschnitt angeblich 600 pro Jahr kenterten und dabei 1500 Menschenleben forderten. Die finanziellen Verluste gingen in die Millionen.

Als Charlotte mit seinem Morgentee kam, deutete er auf den Artikel. »Das kann nicht stimmen.«

»Wenn es aber doch in der Zeitung steht ...«

»Das beweist gar nichts. Man darf kein Wort davon glauben.«

Er las ohne großes Interesse einen Artikel über die jüngste Rede des Gouverneurs. Dann stieß er auf den Leserbrief eines gewissen C.G. Graham, der den in den Landgesetzen vorgeschlagenen Preis von einem Pfund pro Morgen für viel zu hoch erachtete. Austin stimmte ihm zunächst freudig zu, doch der Rest des Briefes hatte es in sich.

Nur gierige Squatter können sich das leisten, schrieb C.G. Graham weiter.

»Wer behauptet denn so etwas?« fragte Austin laut.

Man könnte natürlich sagen, daß die Squatter über das Land herfallen werden, sobald man die Preise herabsetzt, um auch dem Arbeiter den Erwerb von Land zu ermöglichen. Dies läßt sich aber vermeiden, indem man die Größe der Weideflächen begrenzt. Zur Zeit zahlen die Squatter lediglich dreieinhalb Pence pro Morgen an Pachtgebühr. Ist das etwa gerecht?

»Natürlich ist es das«, sagte Austin verstimmt. »Wir haben

schließlich keinen sicheren Besitzanspruch. Wer ist dieser Idiot? Solche schwachsinnigen Ansichten dürften gar nicht erst in die Zeitung gelangen.«

Doch C.G. Graham hatte auch dies bedacht.

Man könnte zwar einwenden, daß die Squatter keinen gesicherten Besitzanspruch genießen, doch das unterstreicht die Morschheit dieses Systems nur um so mehr. Der Squatter beutet das Land aus und ist nicht an Verbesserungen interessiert, vom Bau eines luxuriösen Hauses für sich selbst einmal abgesehen. Er leitet keine Flüsse um, was zur Stabilisierung des Bodens beitragen würde, da er die Schaffung von fruchtbarem Land fürchtet. Denn dies könnte ja dazu führen, daß die Regierung es für den Ackerbau freigibt. Also läßt er lieber unzählige Quadratmeilen von Vieh und Schafen abgrasen und blockiert damit gutes Land in den Ebenen, das den hart arbeitenden Farmern zur Verfügung stehen sollte.

Austin grunzte verärgert, obwohl er das Argument nicht ganz von der Hand weisen konnte. Allerdings übersah der gute Mann dabei die Tatsache, daß das Land seinen Wohlstand dem Wollexport und nicht dem Anbau von Möhren oder Kohl verdankte.

Die Schwatzhaftigkeit der Zeitungen störte ihn am meisten. Jeder, der etwas zu sagen hatte, füllte lange, enggedruckte Kolumnen mit Tausenden von Wörtern zu einem einzigen Thema. Er hatte noch nie verstanden, warum sie nicht einfach knapp und sachlich ihre Meinung sagten, anstatt die Zeit ihrer Leser mit endlosem Gequassel zu verschwenden. Das war ja noch schlimmer als im Parlament.

Er erfuhr weiterhin, daß in Europa ein Krieg zwischen den Franzosen und den Preußen unter Bismarck drohte. Die ausführliche Schilderung der Hintergründe schenkte er sich und blätterte rasch um.

Am Nachmittag ließ sein Interesse an den Zeitungen allmählich nach, doch dann stieß er auf einen Leitartikel, der sich über die Dummheit und Übellaunigkeit des Landministers ausließ, der den Komitees, die Tag und Nacht an verschiedenen Klauseln des Landgesetzes arbeiteten, das Leben schwermache.

Austin fuhr hoch. Victor hatte schon lange behauptet, daß die Zeitung auf Seiten der Siedler stehe. Nun sah er es schwarz auf weiß bestätigt. Der Landminister J.J. Prosser war nämlich ein gerechter Mann, der schon viel zu viel Geduld an diese Neuerer verschwendet hatte.

Austin warf einen Blick auf den abgedeckten Billardtisch. Ob er sich wohl die Zeit damit vertreiben konnte, indem er lernte, wie man mit nur einem Arm spielte? Doch dann kam ihm eine noch bessere Idee. Er würde nicht mehr Tag und Nacht in diesem Raum verbringen. Er konnte sicher reiten, wenn ihm jemand aufs Pferd half.

An diesem Abend unterbreitete er Victor den Vorschlag, der zu seiner Überraschung einverstanden war. »Aber jetzt noch nicht. Laß dir Zeit.«

»Soll ich hier sitzen bleiben, bis ich Rost ansetze?«

Am nächsten Tag pflügte Austin sich durch weitere Zeitungen und las entsetzt, daß »Farmer, Geschäftsleute und andere Einwohner des Bezirks Toowoomba« eine Petition eingereicht hätten, in der sie sich für die Rechte kleiner Grundbesitzer einsetzten.

Eingangs der langen Petition wurde erklärt, daß die Zweckentfremdung großer Flächen als Weideland nicht sinnvoll sei und den Interessen kleiner Grundbesitzer, die ihr Land käuflich erworben hatten, zuwiderlaufe.

»Leuten wie euch, meint ihr wohl! Geldgierige Halunken!« fluchte er und schleuderte die Zeitung von sich. »Es reicht! So eine Zeitverschwendung!«

Er quälte sich aus dem schweren Sessel, um die Standfestigkeit seines geschwächten Beines zu prüfen. Zu seiner Freude hielt es einer gewissen Belastung stand.

Austin faßte Mut. Stück für Stück bewegte er sich vorwärts. In diesem Moment trat Rupe mit einer Flasche Olivenöl ein, um seinen Pflichten als Masseur nachzukommen.

»Heb die Zeitungen auf, bevor deine Mutter hereinkommt. Und streich sie glatt. Sie taugen zwar nur zum Feueranzünden, aber sie liest gern etwas über die feinen Stadtleute. Zu meiner Zeit hat man alles dafür getan, seinen Namen aus der Zeitung herauszuhalten ...«

Unterdessen sammelte Rupe die verstreuten Zeitungen auf und schob sie achtlos unter die neuesten Ausgaben, die sein Vater anscheinend noch gar nicht gelesen hatte.

Dabei fiel sein Blick auf eine kleine Überschrift. »Was heißt denn Zweckentfremdung von Land?«

»Eine neumodischer Vorwand, um sich unser Land unter den Nagel zu reißen.«

»Hier steht, ein Gesetz gegen die Zweckentfremdung von Land sei verabschiedet worden.«

»Wo steht das? Zeig her.« Austin ließ sich vorsichtig auf einem Stuhl am Tisch nieder. Rupe deutete auf die Überschrift.

Sein Vater konnte es nicht fassen, daß diese weitreichende Entscheidung den Zeitungsmachern nur wenige Zeilen wert gewesen war. Das Todesurteil über die großen Farmen im südlichen Queensland war gefällt worden, und hier reichte es nicht einmal zu einem Kommentar. Auf den Absatz folgte eine Abhandlung über das Schwurgesetz, das als Stolperstein für nichtchristliche Abgeordnete galt.

Austin ertappte sich dabei, wie er über das Gelesene nachdachte, obwohl es ihn überhaupt nicht interessierte. »Wer außer Christen sitzt denn überhaupt im Parlament?«

»Das weiß ich auch nicht. Worum geht es in diesem anderen Gesetz?«

»Es läuft darauf hinaus, daß wir das Land frei erwerben müssen«, antwortete Austin. Diesmal würde er ruhig bleiben, einen weiteren Anfall konnte er nicht riskieren. »Wir reden später darüber. Nimm jetzt lieber das Öl und verpaß diesem Bein eine tüchtige Abreibung.«

Rupe sah ihn erstaunt an. Sein Vater hatte in ganzen Sätzen gesprochen, mühsam und ein wenig undeutlich, aber dennoch in ganzen Sätzen.

»Mich wundert, daß er es so gut aufgenommen hat«, sagte Victor an diesem Abend zu Louisa. »Ich komme zur Tür herein, und er fordert mich ganz beiläufig auf, einen Blick in die Zeitung zu werfen. Rupe hatte den Artikel mit einem von Teddys Buntstiften markiert. Ich konnte es gar nicht glauben. Erst diskutieren sie endlos darüber, und dann geht plötzlich alles so schnell.«

»Und was passiert jetzt?«

»Ich muß nach Brisbane ...«

»Wundervoll! Kann ich mitkommen?«

»Wieso nicht? Ich muß mit den Anwälten und der Bank sprechen, damit wir unsere Ansprüche anmelden können.«

»Wann geht es los? Teddy wird sich freuen.«

»Noch nicht. Es dauert eine Weile, bis der Gouverneur das Gesetz genehmigt hat. Danach müssen unsere Anwälte jede einzelne Klausel durchkämmen, damit wir genau wissen, woran wir sind. Bis dahin ist bestimmt schon Weihnachten. Ich würde sagen, wir fahren Anfang Januar.«

»Vielleicht verweigert der Gouverneur ja seine Zustimmung zu diesem Gesetz.«

»Das ist mehr als unwahrscheinlich. Er sagt doch zu allem ja und amen. In der Zwischenzeit werde ich weitere Männer einstellen, um sicherzugehen, daß alle unsere Grenzen exakt ausgewiesen sind.« Er zog sich ungehalten das Hemd über den Kopf und warf es aufs Bett. »Vor allem die besten Weiden. Einige von ihnen lasse ich sogar einzäunen.«

Louisa sah ihn fassungslos an. »Du kannst doch keine Parzellen dieser Größe einzäunen!«

»Ein paar Pfosten im Bereich der Wasserstellen werden die Siedler zwar nicht abschrecken, aber wir setzen damit immerhin ein Zeichen. Verdammt! Mir fällt gerade ein, daß wir jeden einzelnen Abschnitt für die Vermesser beschreiben müssen. So langsam wird mir klar, wieviel Arbeit wir noch vor uns haben.«

»Was hat dein Vater über Harry gesagt?«

»Wegen der Abstimmung? Dazu kann er nicht viel sagen. Harrys ist nur eine Stimme unter vielen. Allerdings war er ziemlich ungehalten, daß mein Bruder es nicht einmal für nötig gehalten hat, sich zu melden. Wenigstens ein Telegramm hätte er doch schicken können, damit wir es nicht aus der Zeitung erfahren müssen. Ich möchte nicht in Harrys Haut stekken, wenn ihn der Alte zur Rede stellt.«

Rupe reagierte auf seine Weise auf die veränderte Situation von Springfield. In seinen Augen war hier ein Krieg im Gange, und es galt, sich die Treue seiner Truppe zu sichern. An diesem Abend suchte er nach dem Essen die Männerunterkunft auf und berief eine Versammlung in der Messehütte ein, um ihnen die Neuigkeit mitzuteilen.

»Wenn Springfield wirklich aufgeteilt wird, enden die meisten von euch als Arbeiter auf kleineren Weiden, die Amateuren wie Krämern und Farmern gehören«, erklärte er ernst. »Ihr werdet weder die Annehmlichkeiten noch die Unterstützung von Springfield haben. Wie die Hirten früher werdet ihr in Hütten leben, weit entfernt von jeder menschlichen Gesellschaft.«

Zu seiner Freude rief die Rede bei seinen Zuhörern Unwillen hervor. Rupe erwärmte sich für sein Thema und schilderte in den schwärzesten Farben, wie sich die Plünderer händereibend über Teile von Springfield hermachen würden.

»Sie werden den ganzen Bezirk auf den Kopf stellen«, sagte er, »denn sie malen sich jetzt schon ihre glorreiche Zukunft als Squatter aus – allerdings sind ihre Weiden wertlos, und ihre Sachkenntnis ist gleich null.«

Jack Ballard, der Aufseher der Hauptfarm, stärkte Rupe den Rücken. »Ich schätze, die halten die Leitung einer Schaffarm für ein Kinderspiel. Die werden sich noch umgukken.«

»Da hast du vollkommen recht«, sagte Rupe lachend. »Aber sie sollten ihre Fehler lieber woanders begehen. Ich sage, haltet sie fern von Springfield, bis wir alles gesichert haben.«

»Wie lange dauert das?«

»Vielleicht ein Jahr«, erklärte Ballard. Er zwinkerte Rupe zu. »Ich hatte mich schon gefragt, weshalb du und Victor die Parzellen markiert. Habt ihr etwas geahnt?«

»Wir hielten es immerhin für möglich ...«

»Der Boß läßt sich nicht übers Ohr hauen, selbst wenn er krank ist, was?« lachte Jack anerkennend.

Rupe war ein wenig gekränkt, da er sich bis zu diesem Moment beinahe selbst als Boß gefühlt hatte. Er mochte es nicht, wenn man ihn an den übermächtigen Schatten seines Vaters erinnerte.

»Wir müssen jedenfalls verhindern, daß sich die Siedler auf unserem Land herumtreiben. Die Frage ist, ob ihr mich dabei unterstützt.«

»Ja!« jubelten die Männer.

Dann meldete sich von hinten jemand zu Wort. »Wie soll das gehen?«

»Ganz einfach!« gaben ihm die anderen lachend zur Antwort. Doch Rupe ließ es sich nicht nehmen, es auf einen kurzen Nenner zu bringen.

»Ihr droht ihnen mit der Waffe und haltet sie von unserem Grund und Boden fern!«

»Und wenn sie nicht gehen wollen?« hakte dieselbe Stimme nach. Ein hochgewachsener Viehhüter fand die passende Antwort darauf.

»Erschießt ihr das Pferd zuerst«, ergänzte er lakonisch.

Rupe grinste. »Warum nicht? Sie betreten unbefugt fremdes Eigentum. Ich glaube, wir haben uns jetzt eine Runde verdient. Geht aufs Haus!« Er wandte sich an den Lagerverwalter. »Wir haben doch noch ein paar Flaschen Rum übrig, oder etwa nicht?«

Das Sonnenlicht, das durch das Gitterwerk fiel, zeichnete Muster auf die Veranda. Der riesige Jasminbaum wiegte sich sanft im Wind. Ein herrlicher Tag, doch nicht für Connie. Sie saß zusammengekauert in einem Korbsessel und kaute auf ihren Fingernägeln. Sie fühlte sich hinter diesem Holzgitter wie eine Gefangene, da sie es nicht wagte, unter die grausamen Augen der Öffentlichkeit zu treten. Harry bildete noch immer das Tagesgespräch. Seinen Kollegen und vielen Freunden galt er als Ausgestoßener, der seine Klasse verraten hatte, und dieses Urteil schloß sie anscheinend mit ein.

Die Dienstboten hatten nicht viel zu tun in diesen Tagen, da nur die Herrin zu Hause war und kein einziger Besucher vorsprach. Ihre Gegenwart schüchterte Connie ein, sie vermeinte, ihr spöttisches Gelächter hinter ihrem Rücken zu hören. Die Köchin hatte ihren Mann mit dem Rollwagen herbestellt, um die Trümmer des importierten Mahagonibettes abzutransportieren. Danach konnte das Mädchen endlich das Zimmer aufräumen. Connie klang noch das brüllende Gelächter des Mannes in den Ohren. Es war die schlimmste Woche ihres Lebens gewesen, und sie fühlte sich unsagbar gedemütigt. Ihr Vater hatte ihr ein wenig Geld gegeben, mit dem sie bis zu Harrys Rückkehr auskommen mußte. Sie hatte damit die dringendsten Rechnungen beglichen, den Rest würde der Lohn der Dienstboten verschlingen.

Und was dann, fragte sie sich besorgt.

Sie entschied, daß sie sich die beiden Frauen nicht länger leisten konnte. Sie würde sie ausbezahlen und wegschicken. Neue Dienstboten ließen sich bei Bedarf immer wieder finden.

Vom Dienstmädchen – von wem auch sonst, so neugierig wie die war! – hatte Connie erfahren, daß Harry sein Pferd aus dem Stall geholt hatte. Vermutlich war er damit nach Springfield geritten, denn in Brisbane hatte ihn niemand gesehen. Diese Ratte, dieser erbärmliche Feigling! Im Geiste belegte sie ihren Mann mit jedem Schimpfwort, das ihr in den Sinn kam. Gegen die Schimpfkanonade, die ihr wutentbrannter Vater losgelassen hatte, als er hörte, daß Harry verschwunden war, nahm sich ihre eigene Tirade jedoch eher harmlos aus.

Connie schluchzte. Harry hatte sie verlassen, doch ihrem Vater ging es ausschließlich um eine verpaßte Parlamentssitzung. Zornig hatte der Richter in der Zeitung die Abstimmungsliste überflogen, in der Harry keine Erwähnung fand. Laut dieser Meldung waren mehrere Mitglieder aus Krankheitsgründen der entscheidenden Abstimmung ferngeblieben, doch Harry hatte keine solche Entschuldigung eingereicht.

»Dieser verfluchte Narr«, hatte der Richter gedonnert und die Seite herausgerissen. »Das schicke ich Austin Broderick, mit einem passenden Brief dazu. Wenn sein Sohn schon seinen parlamentarischen Pflichten nicht nachkommt, sollte er wenigstens seinen häuslichen Pflichten gerecht werden!«

Connie war froh darüber, denn sie konnte sich ausrechnen, daß Austin ebenso wütend reagieren würde wie ihr Vater und ihn umgehend nach Hause zurückschicken würde – hoffentlich mit ein bißchen Geld in der Tasche.

Dabei fielen Connie ihre eigenen Geldprobleme wieder ein. Wenn sie die Dienstboten ausbezahlt hatte, saß sie auf dem Trockenen und mußte sich wohl oder übel noch mehr Geld von ihren Eltern borgen. Schließlich war das alles ja nicht ihre Schuld – in diesem Glauben ließ sie sie jedenfalls.

Harry war deprimiert, mehr noch: am Boden zerstört. Am ersten Abend hatte er sich mit Rum die nötige Bettschwere angetrunken, an den folgenden Tagen beruhigten ihn die friedliche Umgebung und die erfolgreichen Angelversuche. Eine Zeitlang konnte er die Sorgen verdrängen, indem er sich ganz auf seinen geliebten Zufluchtsort konzentrierte. Er schwamm im klaren, prickelnden Wasser, sonnte sich nackt am sandigen Ufer und kehrte nach langen Streifzügen durch den Busch ans Lagerfeuer zurück. Nach einer Weile mußte er jedoch einsehen, daß er sich etwas vormachte, wenn er glaubte, der Realität auf Dauer entfliehen zu können.

Allmählich kehrten die Sorgen nämlich zurück, so sehr er auch dagegen ankämpfte. Er schmiedete wilde Zufluchtspläne: Er würde sich an Sam Ritter und seiner Frau, der Hure, rächen. Ein Darlehen aufnehmen oder, besser noch, von Austin eine vorzeitige Auszahlung seines Erbteils verlangen. Warum sollte er warten, bis sein Vater starb? Er würde nach seinem eigenen Willen abstimmen; er war es leid, immer auf andere zu hören. Und er würde in Goldminen investieren, etwas Besseres gab es zur Zeit nicht ... Er fand Gefallen an diesen hochfliegenden Spinnereien und trank sich mit Hilfe von Rum in einen Erregungszustand hinein.

Die Reue folgte am nächsten Morgen auf dem Fuß. Harry spürte eine nagende Unruhe in sich. Er nahm ein erfrischendes Bad im Fluß, um einen klaren Kopf zu bekommen, und dabei traf ihn die Erkenntnis wie ein Schlag.

Welcher Tag war heute? Mit einiger Mühe kam er zu dem Schluß, daß Donnerstag sein müsse. »Oh, Jesus!« rief er. »Das Parlament tagt schon seit drei Tagen. Oh, Gott, wie konnte mir das nur passieren?«

Verzweifelt stolperte er ans Ufer, packte hastig seine Sachen zusammen und ließ sich dann mit einer Tasse Tee auf einen Stuhl fallen.

»Jetzt stecke ich wirklich in der Klemme. Wahrscheinlich wird man mich aus der Partei ausschließen.« Er fragte sich, ob das Landgesetz auf der Tagesordnung gestanden hatte oder sogar zur Abstimmung vorgelegt worden war.

»Wenn ja, dann habe ich es mir jetzt endgültig mit allen verdorben.«

Anscheinend hatte sich die ganze Welt gegen ihn verschworen. Harry ließ den Kopf hängen. »Was nun?« fragte er sich ratlos.

Ein Kookaburra antwortete ihm mit seinem lauten, johlenden Lachen. Harry versuchte vergeblich, den Vogel in den hohen Baumkronen auszumachen.

Scheinbar gelang ihm einfach gar nichts, das mußte er sich ehrlich eingestehen.

Einsam und deprimiert, wie er war, konfrontierte sich Harry mit den eigenen Schwächen, und das Bild, das er auf diese Weise von sich gewann, fiel alles andere als erfreulich aus. Das Parlament hatte er nie ernst genommen, war weitaus mehr am gesellschaftlichen Leben interessiert gewesen, das damit einherging. »Es gibt Wichtigeres, als Freunde einzuladen und Feste zu feiern«, hatte ihn Austin bereits vor längerer Zeit gewarnt, doch Harry hatte seine Mahnung in den Wind geschlagen. Seine Schulden aus Rennwetten und dem Kartenspiel hatte er sich ganz allein zuzuschreiben, anders als die Sache zwischen Connie und Sam. Doch in seinem Zorn war ihm völlig entfallen, daß auch er, Harry Broderick, nicht gerade ein Heiliger war. Wie war das doch gleich mit den Junggesellenabenden bei Madame Rosa gewesen? Mit der kleinen Pearl im plüschigen Hotel Albert? Und ihrer Freundin aus der Bar? Sie waren stets sehr entgegenkommend gewesen.

»Und ausgerechnet du schreist deine Frau an«, murmelte er. Trotzdem: so ganz dasselbe war es ja wohl doch nicht. Er war immer noch entsetzt darüber, ausgerechnet *seine* Frau mit Ritter im Bett erwischt zu haben.

Was sollte er tun? Er hatte sich zum Narren gemacht, im Haus herumgeschossen. Zweifellos war er an einem echten Tiefpunkt angelangt.

Er riß sich zusammen, stand auf und bereitete sich die letzte Portion Speck mit Bohnen zu. Dabei fiel sein Blick auf das Gewehr, das an der Wand lehnte. Diese Lösung wäre wenigstens schnell, sauber und endgültig.

Harry Broderick verspürte bei dem Gedanken an den Tod merkwürdigerweise eine gewisse Erleichterung. Er würde seinen letzten Tag unbeschwert genießen. Er führte sein Pferd zum Schwimmen in den Fluß und erklärte dem Tier, daß er es bald im Busch freilassen werde. Dann versuchte er sich an einem Fladenbrot aus Mehl, Wasser und einer Prise Salz, das ihm überraschend gut gelang. Er aß es mit Sirup und lehnte sich zufrieden zurück.

Wen kümmerte es schon, wenn er starb? Vermutlich niemanden. Für die Familie war er doch nur eine Belastung.

An diesem Abend trank er in einer seltsam euphorischen Stimmung den letzten Rum. Später würde er die Hütte von innen verbarrikadieren und sich dann dort erschießen, damit sein Körper von Raubtieren verschont blieb. Zunächst wollte er aber noch die Nacht genießen.

Es war eine wunderbar klare Nacht. Harry suchte am Himmel nach dem Kreuz des Südens, das ihn seit seiner Kindheit faszinierte. Dabei orientierte er sich an den beiden großen Sternen des Kentauren, die östlich davon lagen. Harry ließ die Augen über das Sternbild wandern.

Riesengroß prangte es über ihm am Himmel. Sein ganzes Leben lang hatte er beobachten wollen, wie das Kreuz des Südens sich umdrehte. Im Busch wurde viel darüber gesprochen, doch er war irgendwie nie dazu gekommen, hatte sich niemals die Zeit dafür genommen, weil es ihm nicht wichtig genug gewesen war. Nun war es ihm plötzlich wichtig. Auf einmal schien es das einzige, was er in seinem Leben je wirklich gewollt hatte. Er lehnte sich zurück und wartete. Harry wußte, es konnte Stunden dauern, bis das Kreuz sich über den gesamten Himmel bewegt und umgedreht hatte, vielleicht sogar die ganze Nacht. Nun, er hatte Zeit.

Zu seinem Ärger ballten sich Wolken am nächtlichen Himmel zusammen und griffen nach dem Kreuz, als wollten sie ihm sogar diese letzte kleine Freude noch verderben. Dann ertönte draußen im Busch ein scharrendes Geräusch, und sein Pferd wieherte.

Mit dem Gewehr in der Hand stürzte Harry durch das Gebüsch und erreichte eine kleine Lichtung. Das Pferd wieherte noch immer, bäumte sich auf und warf sich nach vorn, um die Dingos abzuwehren. Weglaufen konnte es nicht, da es an den Vorderbeinen gefesselt war. Harry schoß in die Luft, doch die knurrenden, schnappenden Wildhunde ließen sich nicht beirren. Sie schienen zu wissen, daß sie sicher waren, solange sie sich möglichst nah beim Pferd hielten, es als Schutzschild benutzten. Also mußte auch Harry, aus Angst, das Tier zu treffen, näher herantreten. Er feuerte noch einmal, und ein Dingo heulte vor Schmerz auf. Der verwundete Hund trottete jaulend davon, gefolgt von den beiden anderen.

Rasch löste Harry die Fußfesseln des Pferdes und führte es aus dem Gebüsch vor die Hütte.

Im Licht der Lampe wusch er die stark blutenden Wunden an Bauch und Hinterbein mit einem Schwamm aus. Dann legte er ihm das Halfter an und band es an einen Pfosten.

»Ich glaube ja nicht, daß du dieses Halfter noch brauchst, alter Junge«, grinste Harry. »Heute nacht bleibst du lieber bei mir, was?«

Er lud vorsichtshalber das Gewehr nach, obwohl ein erneuter Angriff der Dingos unwahrscheinlich war. Dann setzte er sich hin und sah zum östlichen Himmel auf.

Er redete sich ein, er müsse das Pferd bewachen, brauchte in Wirklichkeit jedoch selbst die tröstende Gesellschaft des Tieres.

Allmählich kam ihm die Komik der Situation zu Bewußtsein. »Ich kann mich ja wohl schlecht vor deinen Augen erschießen«, sagte er zu seinem Pferd. »Und von mir wegscheuchen läßt du dich auch nicht. Du würdest nicht einmal weglaufen, wenn ich dir das Halfter abnähme. So wie du nach Blut riechst, hätten dich die Dingos nämlich nach zwei Minuten aufgespürt. Du weißt ganz genau, daß du im Augenblick nur bei mir sicher bist.«

Schließlich traf Harry eine Entscheidung. »Heute ist Freitag. Wir sollten besser nach Hause zurückkehren. Sieht aus, als müßte ich in den sauren Apfel beißen und der Sache ins Gesicht sehen.«

Harry war nun merklich ruhiger, obwohl er durch sein Fernbleiben von der Parlamentssitzung in noch mehr Schwierigkeiten steckte als zuvor. Aus Rücksicht auf die Verletzungen des Tieres ritt er langsam und legte gelegentlich Ruhepausen ein. Unterwegs dachte er darüber nach, was er als nächstes tun sollte. Oder, besser noch, unterlassen sollte. Es hatte einfach keinen Sinn, es jedem recht machen zu wollen, den Ansprüchen von gesellschaftlichem Leben und politischer Karriere zugleich genügen zu wollen. Austin hatte nie ein Geheimnis daraus gemacht, daß er ihn für dumm hielt. Vermutlich hatte er sogar recht damit, denn Victor und Rupe waren beide klüger als er.

Harry hielt an einem ländlichen Pub, bestellte sich ein Pint, aß ein paar eingelegte Zwiebeln und genoß die Anonymität. Niemand hätte in dem unrasierten Buschreiter den Parlamentsabgeordneten Harry Broderick erkannt. Geistesabwesend blätterte er in einer Zeitung, bis der Abdruck des Ergebnisses der Abstimmung über das Gesetz gegen die Zweckentfremdung von Land seine Aufmerksamkeit erregte. Zu seiner Überraschung war es bereits verabschiedet worden. Mit einem leichten Schaudern bemerkte er, daß sein Name auf der Liste fehlte.

Austin wird begeistert sein, dachte er ungerührt. Jetzt hat er endlich einen Grund, um sich aufzuregen. Das wird ihn freuen.

Harry ritt langsam am Fluß entlang. Die Stadt breitete sich immer weiter aus; in beträchtlicher Entfernung vom Zentrum Brisbanes entstanden hier neue Häuser und Straßenzüge.

Sein Blick fiel auf ein weitläufiges, häßliches Holzgebäude auf Pfählen ohne schmückendes Gitterwerk, Büsche und Blumen. Lediglich die aufgestellten Schilder waren von einigem Interesse.

Am Tor prangte auf einer großen, schwarzen Tafel die goldene Inschrift: KIRCHE DES HEILIGEN WORTES, darunter die Gottesdienstzeiten von Bischof Frawley.

»Von denen habe ich ja noch nie was gehört«, wunderte sich Harry. Diese Kirche machte auf ihn einen äußerst dubiosen Eindruck. Auf der anderen Seite des Tores stand ein großes Schild mit der Aufschrift: ZU VERKAUFEN.

Kopfschüttelnd setzte Harry seinen Weg fort. In letzter Zeit schossen in Brisbane die seltsamsten Religionen wie Pilze aus dem Boden.

»Abwesend? Was soll das heißen?« donnerte Austin los, wobei er seinen Entschluß, ruhiger und damit auch länger zu leben, völlig vergaß.

Rupe fiel auf, daß sich seine Aussprache eindeutig verbessert hatte. »Genau das, was ich gesagt habe. Er war bei der Abstimmung nicht im Parlament. So hat es zumindest in der Zeitung gestanden.«

»Wo war er denn dann?«

»Das weiß keiner so genau.«

Austin sah ihn mißtrauisch an. »Stand das etwa auch in der Zeitung?«

»Nein.«

»Und von wem hast du es dann erfahren?« Beim letzten Wort kam er ins Stolpern und schlug voller Enttäuschung und Wut mit der Faust auf den Tisch.

Rupe zuckte die Achseln. »Richter Walker hat uns einen

Brief geschrieben, in dem er sich furchtbar darüber aufregt. Und über ein paar andere Dinge auch.«

»Von welchem Brief redest du da?«

»Sie waren der Ansicht, du solltest ihn besser nicht zu lesen bekommen. Victor und Mum, meine ich. Sie wollten verhindern, daß du dich aufregst.«

»Hol ihn her!« zischte Austin.

Rupe fand den Brief in Victors Büro und las ihn sich grinsend noch einmal durch. Wutentbrannt hatte der alte Knabe Harrys sämtliche Sünden aufgeführt. Der Schweinehund habe nicht nur die alles entscheidende Abstimmung verpaßt, sondern stehe auch bei jedem in der Kreide, sei völlig pleite und habe obendrein seine Frau mit einem Gewehr bedroht. Charlotte und Victor wollten den Brief unter Verschluß halten, doch Rupe war anderer Ansicht. Weshalb sollte Austin nicht erfahren, daß Harry sie im Stich gelassen hatte? Angeblich war er bereits unterwegs nach Springfield und würde sich sicher inzwischen eine Menge Entschuldigungen zurechtgelegt haben.

»Wenn es nach mir geht, wird man dich hier nicht mit offenen Armen empfangen«, brummte Rupe. Dann brachte er Austin den Brief. Ihm war durchaus bewußt, daß sein Vater daraufhin einen erneuten Schlaganfall erleiden könnte, entschuldigte sein Tun aber damit, daß er von der Geschichte früher oder später ohnehin erfahren würde. Zum Beispiel, wenn Harry auftauchte und ihn um Geld anbettelte, mit dem er sich aus dieser Klemme befreien könnte.

Rupe glaubte zwar nicht, daß Harry seine Frau mit einem Gewehr bedroht hatte – wahrscheinlich war da die Wut des Richters mit ihm durchgegangen –, doch es verlieh der Sache zweifellos zusätzlichen Reiz.

Austin lief beim Lesen rot an. Er las den Brief erneut, schüttelte ungläubig den Kopf und warf die Seiten auf den Boden.

»Er kommt nach Hause!« knurrte er.

»Sieht ganz so aus.«

»Ich will ihn hier nicht sehen!« brüllte sein Vater.

Charlotte stürmte herein. »Was ist los?« Sie hob die Blätter auf, erkannte den Brief wieder und wandte sich voller Empörung an Rupe.

»Wie konntest du nur? Ich habe ausdrücklich gesagt ...«

»Mein Brief« schrie Austin sie an. »Wie kannst du es wagen, meine Post zu unterschlagen?«

»Es war nur zu deinem Besten. Bitte, Austin, so beruhige dich doch. Du weißt, wie der Richter ist. Er mäkelt ständig an Harry herum. Ich bin sicher, es gibt für alles eine vernünftige Erklärung.«

»Die Sitzungsperiode ist noch nicht zu Ende«, warf Rupe gehässig ein. »Eigentlich sollte er dort sein, statt zu seiner Mutter gelaufen zu kommen.«

»Er ist unser Sohn und hat das Recht, uns die Dinge aus seiner Sicht zu schildern, bevor wir uns ein Urteil bilden. Wahrscheinlich geht es ihm ziemlich schlecht.«

»Er ist nicht mehr mein Sohn!« fauchte Austin. »Ich will ihn hier nicht sehen.«

»Das meinst du doch gar nicht so. Ich hole dir eine Tasse Tee.«

An diesem Abend bestand Austin darauf, daß Victor und Rupe ihm die Pläne zur Aufgliederung Springfields vorlegten, die sich an den neuen Gesetzen orientierten. Er wollte noch einmal die Liste mit den Namen der Familienmitglieder und Strohmänner sehen, die für die Ansprüche auf die besten Weidegründe verwendet werden sollten. Er studierte alles sorgfältig, denn die Liste mußte genau mit den numerierten Grundstücken übereinstimmen. Dann lehnte er sich zurück. »Streicht Harry durch. Er bekommt nicht einen lumpigen Morgen.«

Rupe war hocherfreut, hielt aber den Kopf gesenkt und gab

vor, in die Betrachtung einer der Landkarten vertieft zu sein. Victor hingegen protestierte.

»Das kannst du nicht machen. Wozu sollte es auch gut sein? Springfield gehört immer noch dir. Wir teilen den Besitz ja nicht wirklich auf, das steht doch nur auf dem Papier.«

Solange er lebt, dachte Rupe. Dann werden wir sehen, wem was gehört.

»Streicht seinen Namen!« wiederholte Austin.

»Das geht nicht. Jeder aus der Familie, auch Louisa und Connie ...«

»Streicht Connie auch!«

Victor war außer sich. »Hör mir gefälligst zu! Wir haben die Höchstmenge an Land eingezeichnet, die jeder von uns besitzen darf. Mehr bekommen wir nicht, selbst wenn wir es bezahlen könnten. Wie wir das nötige Geld aufbringen sollen, ist mir ohnehin ein Rätsel. Die äußeren Grundstücke sind auf Strohmänner wie Jack Ballard und andere Viehhüter eingetragen. Ihnen können wir vertrauen. Wenn du aber Harry streichst, müßten wir für ein großes Gebiet einen weiteren Strohmann verwenden, und mir fällt beim besten Willen niemand mehr ein, dem wir rückhaltlos vertrauen können.«

Er wandte sich an Rupe. »Das weißt du doch auch. Sieh mal, hier sind die Grenzen. Dieses Land dort drüben müssen wir nur deshalb abtreten, weil wir keinen weiteren Scheinkäufer zur Verfügung haben, der akzeptieren würde, daß es eigentlich Dad gehört.«

»Es gehört Dad in der Tat«, sagte Rupe. »Nur scheinst du das zuweilen zu vergessen. Harry hat uns im Stich gelassen, und nun müssen wir die Sache ausbaden, nicht er.«

»Darum geht es doch gar nicht«, entgegnete Victor zornig. »Er gehört zur Familie. Sein Name bleibt auf der Liste.«

Austin bekam einen Tobsuchtsanfall. Frustriert angesichts seiner Behinderung und unfähig, aufzustehen oder Victor den Stift abzunehmen, brüllte er sie an:

»Das ist *mein* Land! Es gehört mir! Ich bin noch nicht tot, verflucht noch mal! Streicht seinen Namen! Und ihren auch! Sonst verschwinden eure gleich mit!«

Victor knallte die Liste auf den Schreibtisch. »Sehr schön. Wen setzen wir an Connies Stelle ein?« Er saß kerzengerade auf seinem Stuhl und sah seinem Vater herausfordernd ins Gesicht.

»Teddy!«

Rupe fuhr zusammen. Damit hätte Victor insgesamt drei Grundstücke, den Großteil des Besitzes. »Er ist zu jung!«

»Wir ernennen Victor zum Treuhänder!«

Victor nahm sich die Liste vor und ersetzte Connies Namen durch Teddys. »Wen sonst noch? Da wäre immer noch Harrys Anteil.«

Rupe bemerkte, daß sein Vater ratlos wirkte. Es gab einfach niemanden. Nur schade, daß er selbst nicht verheiratet war. Andererseits waren dies hier erst die Vorbereitungen, und vielleicht war es noch nicht zu spät ... Er könnte sich ja mal nach einer Braut umsehen.

»Gut«, sagte Victor, »du hast Harry bestraft, indem du den Anteil seiner Frau gestrichen hast. Lassen wir es dabei bewenden.«

»Nein.« Austin war müde, gab sich aber noch nicht geschlagen.

Waren Harrys Schulden so hoch, wie Walker behauptete, konnte er ihm ohnehin nicht helfen. Jedes Pfund, das er erübrigen konnte, mußte in die Erhaltung von Springfield gesteckt werden. Wenn die Gläubiger über seinen mißratenen Sohn herfielen, würden sie seinen Pro-forma-Anteil an Springfield ebenfalls beanspruchen. Außerdem konnte er Harry sein Fehlen bei der Abstimmung einfach nicht verzeihen. Wo zum Teufel hatte er gesteckt? Vermutlich in einer Spielhölle. Austin fragte sich, womit er nur diesen Sohn verdient hatte. Was hatte er nicht alles für ihn und seine alberne Frau getan! Ihr Lebensstil in Brisbane hatte ihn bereits ein Vermögen gekostet. Zudem war er schon zweimal für Harrys Schulden aufgekommen, die offensichtlich höher waren als vermutet. Laut Walker waren die beiden nun völlig pleite. Austin konnte es nicht fassen. Peinlich berührt hatte er gelesen, daß Walker von ihm das Geld verlangte, das er seinem Schwiegersohn geliehen hatte. Das konnte der Richter vergessen! Dieser Brief war eine unerhörte Beleidigung, schließlich trug er keinerlei Schuld an dieser Situation. Es war an der Zeit, daß Walker einmal ein ernsthaftes Gespräch mit seiner ehrgeizigen Tochter führte, die so sehr darauf erpicht war, in die feine Gesellschaft aufzusteigen.

Das alles änderte jedoch nichts an der Tatsache, daß Victor eine Antwort verlangte, die er ihm nicht geben konnte.

»Niemals! Eher setze ich Spinners Namen ein, als daß Harry auch nur einen einzigen Morgen erhält! Das Maß ist voll, er ist nicht mehr mein Sohn.«

Und dann kam ihm eine Idee. Ihm fiel doch noch ein Mensch ein, dem er rückhaltlos vertrauen konnte.

»Fern Broderick«, sagte er triumphierend. »Setze sie statt seiner ein. Sie gehört zur Familie. Nun, das wäre geklärt. Rupe, ich könnte jetzt einen Brandy vertragen. Hat mir der Arzt verordnet!«

Charlotte war es mit Hilfe von Freunden aus Toowoomba endlich gelungen, zwei weiße Dienstmädchen zu bekommen. Sie arbeiteten recht gut, waren aber weniger fügsam als die Schwarzen und forderten natürlich eine bessere Unterbringung. Die Köchin freute sich diebisch, als sie ihnen ihr Zimmer abtreten und gegen ein elegantes Gästezimmer eintauschen durfte.

Der alte Jock hatte Charlotte drei Eingeborenenfrauen aus der Horde angeboten, die auf seiner Farm lebte, doch seltsamerweise hatten sie sich allesamt geweigert, nach Springfield zu gehen. Weder Bitten noch Befehle fruchteten da etwas, und sie weinten hysterisch, als er darauf bestehen wollte. Schließlich gab er es auf und fühlte sich insgeheim sogar geschmeichelt, daß die Frauen ihn den Brodericks vorzogen.

»Vermutlich würden sie sich hier einsam fühlen, wenn alle anderen auf Wanderschaft sind«, mutmaßte Victor. »Sie möchten nicht ganz isoliert von ihrem Stamm leben.«

Daher beschäftigte Charlotte jetzt Maisie und ihre Schwester Alice, die sich in ihren schwarzen Kleidern und weißen Schürzen ganz gut machten; zudem hob es irgendwie das Ansehen ihres Haushalts, wenn dort weiße Dienstboten arbeiteten. Austin hingegen zeigte sich nicht sonderlich beeindruckt. Ihm ging es gegen den Strich, daß sie im Gegensatz zu den Schwarzen entlohnt werden mußten.

»Ich bin doch kein Krösus«, grollte er. »Wir sollten den Gürtel vielmehr enger schnallen.«

Charlotte beachtete sein Murren nicht weiter. Sie war bester Laune. Sie saß oft dabei, wenn Austin und seine Söhne die komplizierten Landkarten und Pläne durcharbeiteten, mit denen sie ihren riesigen Besitz vor der Bedrohung durch die Landgesetze schützen wollten. Bei dieser Gelegenheit hatte sie erfahren, daß eines der Grundstücke, gleich neben Austins gelegen und den Hausbereich und sein geliebtes Tal umfassend, auf ihren Namen eingetragen war. Erstklassiges Land, auf dem Tausende von Schafen weiden konnten.

Das hatte sie sich seit dem Tag gewünscht, an dem Austin ihr Kellys Anteil versprochen hatte. Nun hatte sie das Land per Zufall erhalten. Eigentlich hätte ihr ein noch größeres Gebiet zugestanden, doch sie wußte sehr wohl, daß Austin ihr aufgrund der rechtlichen Beschränkungen nicht mehr zuweisen konnte. Er hatte sein Land einfach in ein Schachbrett verwandelt und Strohmänner als Bauern darauf gesetzt, um das Ministerium zu täuschen.

Wie auch immer, ihr Name war darunter. Charlotte Broderick. Sie begriff nicht, daß auch die Eintragung der Familiennamen nur eine Finte war, daß Springfield noch immer ganz und gar Austin gehörte. Die Männer hatten von der Gründung einer Firma gesprochen. Charlotte wußte nicht, daß es sich dabei um eine Viehzüchtergesellschaft handelte, die alle diese Grundstücke in Form separater Schaffarmen in sich vereinigen und von Austin geleitet werden sollte.

Dann trafen die furchtbaren Nachrichten über Harry ein. Charlotte war am Boden zerstört. Obwohl sie sich nie hatte etwas anmerken lassen, war Harry ihr Lieblingssohn. Victor war nett, aber langweilig; ein anständiger, fleißiger Mann, doch fehlte ihm Harrys Charme. Sie seufzte. Rupe besaß davon im Übermaß, und sah mit seinem bezaubernden Lächeln und den leuchtend blauen Augen von allen ihren Söhnen am besten aus. Leider geriet er allzu oft in Schwierigkeiten.

Aber Harry, der arme Harry. Sie hatte bereits an Richter Walker geschrieben und ihm mit einer Verleumdungsklage gedroht. Er solle im Interesse guter Familienbeziehungen von derart empörenden Behauptungen Abstand nehmen, bis Harry für sich selbst sprechen könne.

Charlotte gab Connie die Schuld an allem. Sie wußte, Austin hatte recht. Obwohl ihre Schwiegertochter sehr auf gesellschaftlichen Aufstieg bedacht war und aus einer angesehenen Squatter-Familie stammte, die ihren Stammbaum bis zu den berühmten Macarthurs von der Parramatta-Farm zurückführen konnte, war sie ein kleines Biest und konnte Louisa nicht das Wasser reichen. Ohne die Verschwendungssucht seiner Frau wäre es mit Harry sicher nicht soweit gekommen. Wenn sie nur wollte, könnte Connie ihnen bestimmt erklären, weshalb er an jenem Tag nicht im Parlament gewesen war. Charlotte machte sich als einzige Gedanken über den Vorwurf, er habe seine Frau mit dem Gewehr bedroht. Anders als Rupe vermutete sie ein Körnchen Wahrheit darin, denn Richter Walker würde eine derartige Behauptung nicht ohne Grund schwarz auf weiß niederlegen. Warum aber sollte ein Mann, der seine fünf Sinne beisammen hatte, so etwas tun?

Eine alte Geschichte, dachte Charlotte. Mit wem hatte Harry seine Frau wohl erwischt?

Walkers Brief kündigte Harrys Heimkehr an, erwähnte Connie jedoch mit keinem Wort. Eigentlich hätte Charlotte erwartet, daß sie ihrem kranken Schwiegervater ebenfalls einen Besuch abstatten würde. Irgend etwas an dieser Geschichte stimmte nicht. Sie würde Harry schon dazu bringen, ihr die Wahrheit zu sagen.

Austin und seine Söhne hatten gestern bis spät in die Nacht gearbeitet. Es war nicht zu fassen, welche Unordnung drei Männer hinterlassen konnten, dachte Charlotte. Überall standen Gläser herum, schmutzige Aschenbecher, leere Flaschen; Papiere waren auf dem Boden verstreut. Während Maisie aufräumte, ordnete sie selbst die Unterlagen auf dem Schreibtisch und suchte nach der Liste mit ihrem Namen, die sie so glücklich gemacht hatte.

Betrübt stellte sie fest, daß Harrys und Connies Namen mit purpurroter Tinte durchgestrichen waren. Richtig entsetzt war sie jedoch erst, als sie sah, wen Austin statt ihres Sohnes eingesetzt hatte.

Fern Broderick! Wie konnte er es wagen! Welchen Anspruch hatte sie auf einen Teil der Farm?

Charlotte hatte das gute Verhältnis zwischen Fern und ihrem Ehemann stets mit einem gewissen Mißtrauen beobachtet, und nun hatte sie indirekt die Bestätigung für ihren Verdacht erhalten. Offensichtlich besaß sie in den Augen ihres Mannes keinen größeren Anspruch auf diesen Besitz als Fern Broderick.

»Soll ich den Boden aufwischen, Madam?« fragte Maisie.

»Wie bitte? Ja, ja«, antwortete sie geistesabwesend.

Fassungslos starrte sie auf Victors Liste, in der falschen Annahme, daß ihre Söhne diese Entscheidung mitgetragen hatten. Charlotte war gekränkt, furchtbar gekränkt. Und zornig. »Das werden wir ja noch sehen«, murmelte sie und schloß den Schreibtisch.

Am nächsten Morgen machten sich bei Austin die Anstrengungen der vergangenen Tage und das späte Zubettgehen bemerkbar. Er war erschöpft und konnte kaum sprechen, so daß ihn selbst Teddys Gesellschaft nicht aufzuheitern vermochte. »Stehst du nicht auf?« fragte der Junge.

Austin schüttelte den Kopf. Der Kleine seufzte. »Dann eben morgen. Gehst du dann mit mir schwimmen? Nioka ist weg, und alle anderen haben zu tun. Du hast nichts zu tun.«

Er betrachtete prüfend Austins Frühstückstablett. »Du hast den Speck nicht gegessen. Kann ich ihn haben?«

Sein Großvater nickte. Teddy griff nach dem Speck und setzte kauend seinen Weg durch das Zimmer fort.

»Bald ist Weihnachten«, verkündete er unvermittelt. »Wie bald?«

»In ein paar Wochen«, murmelte Austin.

»Ja, und Onkel Harry kommt nach Hause. Er hat mir eine Eisenbahn versprochen. Keine echte, nur zum Spielen, aber ganz groß. Bist du schon mal Eisenbahn gefahren, Opa?«

»Ja.«

Gelangweilt lief Teddy auf die Veranda. Plötzlich begriff Austin, wie sehr der Kleine seine schwarzen Spielkameraden vermissen mußte. Er hätte ihn gern dafür entschädigt, konnte in seinem augenblicklichen Zustand aber wenig ausrichten. Er langweilte sich ebenso sehr wie Teddy.

Was Harry anging, mußte er seinen Enkel aber enttäuschen. Er würde weder diese Weihnachten noch sonst irgendwann heimkommen.

»Ich kaufe dir eine Eisenbahn«, brachte er mühsam hervor.

»Wirklich? Das ist toll. Dann habe ich zwei. Wir können ein Rennen veranstalten!«

Austin gab es auf und döste ein.

Connies Besuch bei ihren Eltern war mehr als unerfreulich verlaufen, doch brachte er ihr immerhin zehn Pfund ein. Es war nicht viel, und sie hatte sie sauer verdient, da sie sich endlose Predigten anhören mußte. Sie war froh, als sie ihnen, das Geld sicher in der Tasche, endlich entfliehen konnte.

Nach ihrer Rückkehr in das leere Haus hängte sie Mantel und Hut in das kahle Schlafzimmer. Als sie in die Küche kam, wo sie sich eine Tasse Tee kochen wollte, entdeckte sie einen großen, ungepflegt wirkenden Mann an der Hintertür.

Connie erstarrte. Einen Moment lang glaubte sie, ein Landstreicher wolle sie ausrauben, doch der Mann, dessen Gestalt sich schemenhaft vor dem grellen Sonnenlicht abzeichnete, wirkte nicht überrascht bei ihrem Anblick. Da erkannte sie Harry.

Sie fiel sofort über ihn her.

»Wo bist du gewesen, du Schuft? Hast du überhaupt eine Ahnung, was du mir angetan hast? Für ganz Brisbane bist du nur noch ein Stück Dreck. Mein Vater tobt, wenn er bloß deinen Namen hört. Mein Gott, sieh dich nur an! Du siehst aus wie ein Landstreicher! Wie kannst du es wagen, mich ohne einen Pfennig Geld hier sitzenzulassen? Ich mußte die Dienstboten entlassen. So etwas spricht sich schnell herum. Die bankrotten Brodericks!«

Als er näherkam, wich sie vor ihm zurück. »Hände weg von mir. Mein Vater hat alle Gewehre mitgenommen, damit du mich nicht mehr bedrohen kannst. Wenn du mich anfaßt, schreie ich ...«

»Der Herd ist aus«, sagte er und nahm Holz und Papier, um ihn anzufeuern. Das war zuviel für Connie. Sie stürzte sich auf ihn, schlug ihm mit den Fäusten auf den Rücken, brüllte, daß so viele Leute nach ihm gesucht hätten, darunter auch seine Gläubiger, daß der Briefkasten von Rechnungen überquelle, und dann die ganzen Demütigungen ...

Harry erhob sich, ergriff ihren Arm und führte sie zum nächsten Stuhl. »Setz dich und halt den Mund.«

Sie blieb weinend sitzen, während er den Wasserkessel aufsetzte und aus der Vorratskammer Brot, Käse und eingelegtes Gemüse holte. Daraus bereitete er sich in aller Ruhe eine Mahlzeit zu. »Möchtest du auch was?«

»Nein!«

Er zuckte die Achseln, biß in das dicke Sandwich und wartete, bis das Wasser kochte.

»Eine Tasse Tee?«

Sie konnte sich nicht überwinden, ja zu sagen, und sah sehnsüchtig zu, wie er sich eine starke Tasse Tee aufbrühte und damit an den Tisch zurückkehrte.

»Ich brauche Geld«, fuhr sie ihn an.

»Alles zu seiner Zeit.«

»Wo warst du? Ich dachte, du seist nach Springfield geritten.«

Er ignorierte ihre Frage, was sie nur noch mehr aufbrachte.

»Was hast du mir zu sagen?« fauchte sie.

»Das gleiche könnte ich dich fragen. Ich dachte, dein Liebhaber würde sich um dich kümmern. Ihm fehlt es doch nicht am nötigen Kleingeld.«

Connie sah sich plötzlich in die Defensive gedrängt. »Du hättest im Parlament sein müssen. Du hast deine Partei im Stich gelassen. Wahrscheinlich werfen sie dich hinaus.«

»Das ist nicht nötig. Ich trete von selbst zurück.«

»Wie bitte? Niemand tritt aus dem Parlament zurück.«

»Dann bin ich eben der erste. Und nun erzähle mir von Sam Ritter.«

»Was soll schon mit ihm sein? Ich habe ihn seitdem nicht mehr gesehen.« Sie verschwieg jedoch, daß sie bei ihm gewesen war und aus dem Mund eines Dienstmädchens erfahren mußte, daß er und seine Mutter für niemanden zu sprechen seien. Noch so eine Ratte, dachte sie. Er und Harry waren richtig gemeine Ratten.

»Wie lange hat die große Liebe denn gedauert?«

Connie sprang auf. »Es hat sie nie gegeben. Ich will nicht darüber sprechen. Laß mich in Ruhe.«

Er nickte. »Es überrascht mich nicht, daß du nicht darüber reden willst. Außerdem gibt es Wichtigeres zu besprechen.«

Er sprach lange und wies alle ihre Einwände strikt zurück. Seine Entscheidung war gefallen.

»Das wär's. Ich ziehe mich aus dem Parlament zurück, verkaufe das Haus hier und die eleganten Möbel, das sollte zumindest für die Tilgung eines Teils meiner Schulden reichen. Dann suche ich mir eine Stelle, wo ich endlich auch etwas Geld verdienen kann.«

»Wo werden wir denn wohnen?«

»Ich habe gute Verbindungen, im Busch, meine ich. Es dürfte für mich kein Problem sein, eine Stelle als Verwalter auf einer der Schaffarmen zu bekommen ...«

»Ein solches Leben will ich nicht führen. Ich will nicht als Frau des Verwalters einer gottverlassenen Farm im Outback enden ...«

»Dann eben nicht. Du kannst tun, was du willst. Entweder gehst du mit, oder du bleibst hier. Ich habe das Stadtleben satt. Ich will leben, wo ich hingehöre – im Busch.«

»Und wohin soll ich gehen?«

»Das mußt du selbst entscheiden. Und jetzt werde ich duschen und mich rasieren. Ich muß mit einer Menge von Leuten sprechen, allen voran dem Premierminister.«

»Dein Vater hat aber auch noch ein Wörtchen mitzureden!«
Harry lächelte. »Das glaube ich kaum.«

Austin gab sich nach außen hin zornig, um seinen Kummer zu verbergen. Charlotte war fest davon überzeugt, Harry müsse einen Nervenzusammenbruch erlitten haben, doch für Austin sprach der ruhige Tonfall seines Briefes dagegen. Was hätte diesen Zusammenbruch denn auch auslösen sollen? Seine eigene Verschwendungssucht und die Schande, die er über den Namen Broderick gebracht hatte? Dieser Kerl war ein Drückeberger, der seiner Partei, seinem Wahlkreis und nicht zuletzt seiner Familie in den Rücken gefallen war.

»Er sorgt sich sehr um dich«, wandte Charlotte ein. »Er hofft, daß du dich nicht allzusehr über seine Entscheidung aufregst, und kommt her, sobald das Haus verkauft ist.«

»Nein, das wird er nicht!« Austin blieb eisern. Er befahl Victor, Harry schriftlich mitzuteilen, daß er sich von Springfield fernhalten solle. Er sei dort nicht willkommen.

»Aber er kommt Weihnachten immer nach Hause. Er hat das Recht, angehört zu werden.«

»Ich habe ihn angehört! Ich habe seinen verdammten Brief gelesen.«

Schließlich war es Rupe, der den von Austin gewünschten Brief aufsetzte. Sein Vater wußte, daß auch Charlotte an ihren Sohn geschrieben hatte, doch das interessierte ihn nicht weiter. Harry war und blieb von Springfield verbannt.

Harry selbst war angesichts dieses Briefes kaum überrascht. Etwas anderes hatte er von seinem Vater auch gar nicht erwartet. Immerhin erholte er sich laut Charlotte gut von seinem Schlaganfall. Sie bat Harry, Austins Haltung nicht allzu ernst zu nehmen. »Er wird darüber hinwegkommen«, hatte sie geschrieben. Harry hingegen bezweifelte das.

Seine Mutter hatte sich dafür entschuldigt, daß sie ihm finanziell nicht unter die Arme greifen könne, da sie kein eigenes Geld besitze. Dies brachte Harry nun wirklich gegen seinen Vater auf. War es etwa allein das Geld, mit dem Austin sich den Gehorsam seiner Familie erkauft hatte? Er war stets großzügig gewesen. In seinem Büro bewahrte er eine Kassette auf, und wann immer seine Frau oder die Söhne Geld zum Einkaufen oder Ausgehen benötigten, zeigte er sich äußerst spendabel. Doch sie mußten ihn erst darum bitten. Und anläßlich seiner Heirat und des Einzugs ins Parlament hatte Austin ihm den Start in ein mehr als angenehmes Leben ermöglicht, das mußte man ihm lassen.

Victor hatte es da schon weniger gut getroffen. Da er und seine Frau auf Springfield lebten, hatte er es nicht für nötig befunden, ihnen ein ähnlich großzügiges Hochzeitsgeschenk zu machen. Harry wußte, daß Louisa dies noch immer kränkte, doch Victor hatte nie ein Wort darüber verloren. Vielleicht verstand er, daß das Leben in der Stadt gewisse finanzielle Mittel erforderte.

Nun war jedenfalls sein ganzes Geld weg und die Quelle, aus der es stammte, versiegt. Er mußte sich nach etwas anderem umsehen.

Der Premierminister hatte seinen Rücktritt kurz angebunden zur Kenntnis genommen und augenblicklich die Vorbereitungen für die Nachwahl getroffen.

Anschließend hatte Harry seine Tante Fern aufgesucht und ihr für die Hilfe gedankt, die sie Connie in jenen schlimmen Tagen hatte zukommen lassen. Er entschuldigte sich für sein Verhalten und erwähnte Sam Ritter mit keinem Wort.

Zum ersten Mal führte er mit Fern ein wirkliches Gespräch. Sie wirkte überraschend ruhig angesichts des ganzen Durcheinanders. Selbst die Sache mit der Waffe, die sie selbst zur Sprache brachte, ließ sie erstaunlich kalt.

»Ich hoffe, es gibt keine nächtlichen Schießereien mehr.«

Er wurde rot. »Es tut mir so leid, das war sehr dumm von mir.«

»Mehr steckte nicht dahinter?« fragte sie mit Nachdruck.

»Nein.«

»Also gut, lassen wir's dabei. Was hast du jetzt vor?«

»Josh Pearson hat die Tirrabeefarm bei Warwick gekauft und sucht einen Verwalter. Ich treffe mich heute nachmittag mit ihm.«

»Was ist mit seinem Sohn? Hatte er Tirrabee nicht ursprünglich für ihn gekauft?«

»Der arme Andy ist bei einem Sturz vom Pferd umgekommen. Hat sich den Hals gebrochen.«

»Oh, das tut mir leid.«

Beim Gehen drückte Fern ihm eine gefüllte Geldbörse in die Hand. Harry war diese Geste peinlich.

»Das kann ich nicht annehmen, Fern. Ich habe mir geschworen, nie wieder Geld zu borgen.«

»Es ist kein Darlehen, sondern soll dir über die Runden helfen, bis du auf eigenen Füßen stehst. Was hält Connie von dem Umzug nach Tirrabee?«

»Sie reißt sich nicht gerade darum, aber die Farm ist schön und das Haus ganz in Ordnung. Kein Palast, aber wir können es uns ein wenig herrichten. Ich würde mich glücklich schätzen, wenn ich die Stelle bekäme. Mehr kann ich ihr nicht bieten.«

Fern sah ihm nach. Sie war froh, daß er seinen Problemen endlich ins Gesicht gesehen und einen neuen Weg eingeschlagen hatte, selbst wenn Austin dies nicht guthieß. Seine Entscheidung, Harry von Springfield zu verbannen, war ebenso lächerlich wie typisch für ihn. Ihr machte es nichts aus, ihrem Neffen mit einigen hundert Pfund auszuhelfen. Sein Vater hatte sich ihr gegenüber immer so großzügig gezeigt, nun konnte sie wenigstens einen Teil davon in sinnvoller Weise zurückgeben.

Sie beschloß, Charlotte und Austin von Harrys Besuch zu schreiben, damit sie sich keine Sorgen machten. Dann kam sie auf ihre eigene Neuigkeit zu sprechen. Sie hoffte, Austin fühle sich besser, da sie gedenke, in einigen Wochen nach Springfield zu kommen.

Charlottes knappe Antwort kam postwendend und sorgte bei Fern für einige Bestürzung.

Vielen Dank für Deinen Brief. Austin geht es den Umständen entsprechend gut. Wir haben uns gefreut, etwas über Harry zu hören, doch er hat uns auch selbst geschrieben. Was Deinen Besuch auf Springfield betrifft, so ist der Zeitpunkt denkbar ungünstig gewählt. Wir haben gegenwärtig sehr viel zu tun.

Ich verbleibe usw.,

Charlotte Broderick.

6. KAPITEL

HANNIBAL FRAWLEY, DER selbsternannte Bischof der Kirche des Heiligen Wortes, litt unter Heuschnupfen. Er stand neben dem Schild mit der Aufschrift ZU VERKAUFEN und schniefte in sein Taschentuch. Dann machte er sich wieder daran, das Schild von dem Torpfosten zu entfernen. Er nahm es ab und eilte damit zum Haus, schlüpfte zwischen den üppig blühenden Akaziensträuchern hindurch und warf es zu dem übrigen Abfall, der sich unter dem Haus angesammelt hatte.

Er seufzte erleichtert, wischte sich die weichen, rosigen Handflächen an der Hose ab, trat auf die Veranda und warf einen zufriedenen Blick auf den ungepflegten Garten.

Ohne den Heuschnupfen wäre Hannibal ein wirklich glücklicher Mann gewesen. Dies war seine letzte Nacht in der Kirche, die ihm auch als Wohnung gedient hatte, denn er hatte das Anwesen gewinnbringend verkauft. Der Käufer war ein Gemeindemitglied, ein überaus ehrenhafter Mann mit großer Familie, der außer sich vor Freude war, weil er ein vom Herrn gesegnetes Haus erwerben durfte. Er hatte – dies war eine Verkaufsbedingung gewesen – mit der Hand auf der Bibel geschworen, das Gebäude mit Respekt zu behandeln, denn Hannibal konnte seine Kirche verständlicherweise nicht an jeden x-beliebigen Interessenten veräußern.

»Es ist immer ein trauriger Tag, wenn eine Kirche schließen muß«, meinte der Käufer, doch die Antwort seines Bischofs heiterte ihn gleich wieder auf.

»Ganz im Gegenteil, dieser Tag ist herrlich. Es wird Zeit, daß ich eine wirkliche Kirche baue. Das prachtvolle Gebäude wird gleich neben unserem Missionsheim an den Hängen des

Mount Nebo entstehen. Dort gibt es so viele Kinder und Laienhelfer, die dringend der Nähe ihres Bischofs bedürfen.«

»Gott segne Sie, Herr Bischof«, sagte der Mann, als das Geld den Besitzer wechselte.

Auch du seist gesegnet, dachte Hannibal nun grinsend, trat ins Haus und bediente sich an der Brandykaraffe. Dieser Trottel hatte teuer bezahlt für das Privileg, sein Haus mit dem Herrn zu teilen, und dem Bischof zu einem schönen Profit verholfen.

Auch das Missionsheim war geschlossen. Man hatte die Kinder ins Waisenhaus oder in die Obhut von Laienpredigern gegeben, die sich von nun an auf sich selbst gestellt durchschlagen mußten. Hannibal hatte ihnen in aller Freundlichkeit dargelegt, daß es sich lediglich um einen vorübergehenden Rückschlag handle, da die Pacht für das Missionsgrundstück abgelaufen sei und nicht erneuert werden könne. Sie waren so herrlich leichtgläubig und hatten ihm sogar abgekauft, daß er in Verhandlungen über den Erwerb eines sehr viel schöneren Grundstücks stehe, das in Redcliffe unmittelbar am Strand gelegen war. Dort sollte in vier Wochen die große Wiedervereinigung stattfinden.

Brisbane hatte ihm Glück gebracht; seine Anhänger hatten ganze Arbeit geleistet. Als hingebungsvolle Spendensammler hatten sie in seinem Namen ein kleines Vermögen zusammengetragen, wofür er ihnen überaus dankbar war. Als kleine Anerkennung hatte er jedem von ihnen eine wunderschöne Schriftrolle überreicht mit ihren Namen in goldenen Lettern darauf, die verkündete, daß sie hiermit zu neu geweihten Pastoren der Kirche des Heiligen Wortes ernannt seien. Ihre Freudentränen darüber wären ihm beinahe zu Herzen gegangen.

Doch nun war es an der Zeit, neue Wege einzuschlagen. Bei einem weiteren Brandy überdachte Hannibal seine Pläne. Das Heilige Wort war eine gute Idee, doch die wahre Goldgrube versprachen Wunderheilungen zu werden. Dazu bedurfte es jedoch einer größeren Stadt. Sydney wäre da genau richtig ...

Mit Erstaunen vernahm er draußen das Quietschen des alten schmiedeeisernen Tores. Pferde zogen einen verstaubten Wagen in die Einfahrt, und er spürte schon wieder ein Kitzeln in der Nase.

Wer zum Teufel konnte das sein?

Als Hannibal Tom Billings, dessen Frau und den drei schwarzen Rangen entgegentrat, hatte er sich wieder gefangen. Nur das Niesen ließ sich nicht unterdrücken.

»Meine Lieben«, verkündete er schniefend und streckte die Arme zur Begrüßung aus. »Ich freue mich, euch zu sehen. Gesegnet sei der Herr, der euch sicher heimgeführt hat.«

Hannibal hatte das neuseeländische Paar, das er in den Busch geschickt hatte, um bei den Squattern reiche Beute zu machen, völlig vergessen.

»Geht es Ihnen gut, Herr Bischof?« fragte ihn Mrs. Billings besorgt. »Sie sehen krank aus.«

»Vielen Dank, meine Liebe. Ich leide unter einer ganz abscheulichen Grippe. Bitte vergeben Sie mir meinen Aufzug, aber ich habe tagelang im Bett gelegen. Mir ist es sehr unangenehm, Sie in Hemdsärmeln zu empfangen. Treten Sie doch ein, ich werde mich rasch umziehen.«

Doch Billings lehnte das Ansinnen entschieden ab. »Um Gottes willen, nicht doch. Wir kommen schließlich unangemeldet. In Gottes Augen ist ein Mann in Hemdsärmeln ein Mann wie jeder andere. Wir haben immerhin drei Wochen auf der Landstraße hinter uns.« Er lächelte dünn. »Ich fürchte, auch wir sind für den Anlaß kaum passend gekleidet, wollten Ihnen aber auf schnellstem Wege mitteilen, daß wir unsere Mission erfüllt haben ...«

»Mit großem Erfolg«, fügte seine Frau hinzu und erntete dafür ein Stirnrunzeln von seiten ihres Mannes. »Durch Gottes Gnade«, verbesserte er sie.

Hannibal mußte sie wohl oder übel hereinbitten. Er entschuldigte sich für die Abwesenheit der Haushälterin, erlitt einen erneuten Husten- und Niesanfall und rieb sich demonstrativ die angeblich fiebrige Stirn. Der Anblick dieser Glaubenseiferer in Begleitung dreier schwarzer, unglücklich dreinblickender Kinder konnte einem aber auch wirklich einen Fieberanfall bescheren. Besonders jetzt.

»Sie Ärmster«, sagte Mrs. Billings. »Kann ich etwas für Sie tun?«

»Nein, danke. Ich befürchte allerdings, daß Sie sich anstekken werden, diese Grippe grassiert derzeit in Brisbane.«

Er legte die Fingerspitzen aneinander und gab vor, den Berichten des Ehepaars zu lauschen, das von seinen Touren und Torturen erzählte. Mit welchem Recht drängten sie sich ihrem Bischof derart auf? Nur das triumphierende Glitzern in Toms Augen hielt ihn davon ab, sie hinauszuwerfen. Hinter diesem Auftritt mußte mehr stecken als die Bekehrung von drei schwarzen Kindern.

Die Jungen drängten sich wie ängstliche Welpen in einem Sessel zusammen. Hannibal mußte den Blick abwenden. Jesus, wie alt mochten sie sein? Höchstens sieben. Sicher, er hatte seinen Laienpredigern eingetrichtert, daß jüngere Kinder schneller Englisch lernten, doch das hier waren noch halbe Babys. Die Kinder in der Mission waren nicht jünger als elf und damit alt genug zum Arbeiten.

Dieser verfluchte Tom Billings! Hannibal fiel ein, daß der Mann jedes seiner Worte als Evangelium betrachtete. Eigentlich wäre er genau der richtige Begleiter für ihn, ein fanatischer Idiot, der keine Fragen stellte.

Worum ging es denn bei seiner ganzen Gottsuche? Er wollte die Leichtgläubigen, die Frommen, die Fanatiker aufspüren, die die Grundfesten seiner Kirche bildeten. Sie arbeiteten für ihn und schafften unermüdlich Geld heran. Billings war der ideale Helfer.

Hannibal gestattete Mrs. Billings, in seiner Küche Tee zu kochen, den sie im Salon servierte. Die Kinder bekamen Wasser und Kekse. Er wartete gespannt auf die guten Neuigkeiten. Und dann rückte Tom Billings mit der Sprache heraus und präsentierte den Scheck des Squatters Austin Broderick.

Er überreichte ihn Hannibal mit großer Geste, dazu noch einen Beutel mit Münzen aus ihren übrigen Kollekten, von denen er die Spesen bereits abgezogen hatte. Mit seinen nächsten Worten verscherzte er es sich jedoch gründlich mit dem Bischof. Er teilte ihm mit, daß Austin Broderick weiterhin seine Hand über die Kinder halten wolle. So hatte sich Hannibal die Sache nicht vorgestellt. Männer, die sich auf solche Vereinbarungen einließen, konnte er als Helfer nicht gebrauchen.

Er gab Tom Billings die Münzen großzügig zurück, die er als Gottes Lohn für einen ehrlichen Mann bezeichnete, und hoffte, sie würden nun ihres Weges ziehen, doch Tom ließ sich nicht so leicht abwimmeln.

»Wir können keine schwarzen Kinder mit in unsere Unterkunft nehmen. Das ist nicht gestattet, Herr Bischof. Sie können sich nicht vorstellen, wie schwierig es war, sie herzubringen, nachdem wir uns von den Viehtreibern getrennt hatten. Selbst auf dem Land gab es keine Unterkunft für sie, so daß wir die Jungen nachts in Schuppen einsperren mußten. Hier in der Stadt wird sie erst recht keine Pension aufnehmen.«

»Nun gut, nun gut«, murmelte Hannibal salbungsvoll. Mrs. Billings hatte auch schon eine Lösung parat.

»Ich weiß, daß wir Ihnen Umstände bereiten, vor allem jetzt, da es Ihnen nicht gut geht, aber wir müssen sie hier bei Ihnen lassen. Uns bleibt leider keine andere Wahl. Morgen fahren wir sie zur Mission hinaus.«

»Das wird wohl das Beste sein«, bekräftigte ihr Mann. »Dann kann ich an Mr. Broderick schreiben und ihm mitteilen, daß die Kinder wie vereinbart untergebracht wurden. Sie müssen wissen, daß er während unseres Aufenthaltes einen Schlaganfall erlitten hat. Zu gut gelebt, würde ich sagen. Der Mann trinkt. Das tun sie alle.«

Zum Glück habe ich noch rechtzeitig die Brandykaraffe versteckt, dachte Hannibal.

Schließlich erklärte er sich bereit, die Kinder bei sich zu behalten, da es der einzige Weg schien, seine Laienprediger loszuwerden. Er würde sie sogar selbst in die Mission bringen. Er gab Mr. und Mrs. Billings seinen Segen sowie eine Woche Urlaub, in der sie sich von der langen Reise erholen konnten.

Dann sprach er ein Gebet, und sie dankten dem Herrn auf Knien für ihr tägliches Brot und den fortwährenden Schutz der Kirche des Heiligen Wortes. Hannibal nickte feierlich, als Billings sein Gebet begann:

»Dies ist nur der Anfang. Das Wort wird in ganz Queensland erschallen. Wir werden in jeder Stadt und jedem Dorf eine Kapelle errichten und einen Pastor zu den Lämmern Gottes senden. Amen, sage ich, und noch einmal Amen.«

»Amen«, echote Hannibal und schob sie zur Tür hinaus. Die Kinder im Sessel knabberten noch an ihren Keksen. Auf diese zusätzliche Belastung, die seine schönen Pläne durchkreuzte, hätte er gern verzichtet. Der fette Scheck des Squatters, den er gleich am nächsten Morgen einlösen würde, war eine nette Dreingabe, doch die Kinder bedeuteten nichts als Probleme. Er fragte sich, ob er sie einfach laufenlassen sollte.

»War ja nur so ein Gedanke«, schalt er sich selbst.

Verängstigt kauerten sie sich noch enger im Sessel zusammen, als er nähertrat.

»Ich werde euch schon nicht fressen«, knurrte er. »Spricht einer von euch Englisch?«

»Ich wirklich gut sprechen«, sagte einer der Jungen.

»Was ist mit deinen Freunden?«

»Nicht Englisch. Sie weinen.«

Hannibal schaute in ihre großen, feuchten Augen und nickte. »Sie können jetzt damit aufhören. Kein Grund zu weinen. Habt ihr noch Hunger?«

Diese Frage zeigte die erwünschte Wirkung: Ihre Aufmerksamkeit war geweckt. Hannibal führte sie in die Küche und sah nach, was dort zu finden war. An diesem Abend bereitete der Bischof ein Mahl aus kaltem Lammfleisch, Kartoffeln, Tomaten, roter Bete, einer Dose Bohnen und altem Brot, das er dick mit Bratfett bestrich. Er stellte alles auf den Tisch, bediente sich zuerst und überließ den Kindern den Rest, den sie gierig verschlangen.

Ihrem Sprecher, dem Jungen namens Bobbo, schienen Küchen nicht fremd zu sein. Er holte Tassen mit Wasser, wartete, bis seine Freunde alles aufgegessen hatten und wischte ihre Hände und Gesichter mit einem feuchten Lappen ab.

»Mr. Billings kommen wieder?«

»Nein. Er ist weg.«

Bobbo lächelte. »Gut. Er böser Mann. Hat uns geschlagen. Wir jetzt nach Hause gehen?«

Hannibal strich seine schönen, grauen Locken glatt. Diese Geste machte er gewöhnlich, wenn er nach einer angemessenen Lüge suchte. »Noch nicht. Erst müßt ihr schlafen.«

Das Durcheinander in der Küche interessierte ihn nicht weiter, da das Haus ohnehin verkauft war. Er brachte die Jungen in ein Hinterzimmer. »Da sind ein Bett und Decken. Ihr könnt hier schlafen.«

Die drei vermochten sich mittlerweile kaum noch auf den Beinen zu halten und torkelten wortlos ins Bett.

Hannibal kehrte zu seinem Brandy zurück. Was sollte er nun mit ihnen anfangen? Einfach hier zurücklassen konnte er sie nicht; die neuen Bewohner würden nach ihm suchen und sie ihm wiederbringen. Im katholischen Waisenhaus, das bereits einige Kinder aus der Mission aufgenommen hatte, konnte er sie auch nicht abliefern, da die Nonnen die Kinder mehrfach mißhandelt hatten. Vielleicht war es möglich, sie einzeln in verschiedenen Kirchengemeinden unterzubringen, doch er befürchtete Probleme, da die Kinder so aneinander hingen.

Dann fiel ihm eine Lösung ein ... das Heim für die Mittellosen, allgemein bekannt als Armenhaus. Er würde sich etwas ausdenken müssen, da man dort für gewöhnlich keine so kleinen Kinder aufnahm.

Vor dem Schlafengehen warf er noch einen Blick in das Zimmer der Jungen in der leisen Hoffnung, sie könnten sich durch das Fenster auf und davon gemacht haben, was leider nicht der Fall war. Die drei schliefen, in Decken eingerollt, friedlich auf dem Boden.

Bei Morgengrauen wanderten sie ziellos im Haus umher. Hannibal gab ihnen eine Tasse Milch und packte seine Habseligkeiten in den zweirädrigen Wagen. Ein freundliches Gemeindemitglied hatte ihm Äpfel und Karamelbonbons geschenkt, die er nun als Bestandteil seines Plans unter dem Sitz des Wagens verstaute. Er spannte das Pferd an, rief die Jungen zu sich, und schon bald klapperten die Hufe des Tieres durch die Gasse hinter dem Haus.

Das Tor in der Mauer des Armenhauses stand offen. Er schob die Jungen hinein und wies sie an, auf ihn zu warten.

»Nicht weglaufen«, sagte er zu Bobbo. »Ihr wart sehr brav, deshalb bekommt ihr auch ein Geschenk.«

Mit großen Augen bestaunten sie die Äpfel und Bonbons und fielen darüber her. Hannibal sprang rasch in den Wagen und fuhr davon.

»Das wird schon klappen«, sagte er zu sich. »Sie werden sie schon irgendwo unterbringen.«

Nachdem er, wie er glaubte, seine Pflicht getan hatte, verschwendete der Bischof keinen weiteren Gedanken an die Kinder. In seiner schönsten Amtstracht – schwarze Jacke, Krawatte und schwarze Reitstiefel – betrat er die Bank, löste den Scheck ein, hob sein beträchtliches Vermögen ab und kündigte das Konto.

Dann begab er sich zum nächsten Schiffsmakler.

Reverend Billings war es in der Zwischenzeit nicht ganz so gut ergangen. Zu seiner Enttäuschung waren alle Kollegen ausgezogen, und die Pension befand sich unter neuer Leitung. Seither hatten sich die Zimmerpreise verdoppelt.

»Hier können wir nicht bleiben«, erklärte er seiner Frau. »Das ist zu teuer. Andererseits hat es keinen Sinn umzuziehen, bevor uns Bischof Frawley den nächsten Auftrag erteilt hat.«

Eine Woche darauf entdeckte er zu seiner Freude mehrere Arbeiter beim Wohnsitz des Bischofs. Gärtner beackerten das Gelände, Maler strichen das Haus von außen an, aus dem Inneren drang das Hämmern von Zimmerleuten. Er deutete es als Anzeichen für die wachsende Bedeutung der Kirche des Heiligen Wortes. So wie es aussah, würde das Haus mit seinem eindrucksvollen Äußeren die Gemeindemitglieder zu neuen Höchstleistungen anspornen.

Ein Herr trat auf ihn zu. »Kann ich Ihnen helfen, Sir?«

»Ich möchte gern mit Bischof Frawley sprechen.«

»Der Bischof ist leider abgereist. Er lebt nicht mehr hier.«

»Was? Wo ist er denn hin?«

»Er baut eine neue Kirche mit Wohnhaus in der Nähe der Mission, ich glaube, am Mount Nebo. Schöne Gegend.«

»Ach ja, sicher«, sagte er und trat den Rückzug an. »Das hatte ich ganz vergessen. Guten Tag, Sir.«

»Und *er* hat vergessen, es mir zu sagen«, knurrte Tom Billings leise, als er sein Pferd bestieg. »Na ja, ihm ging es nicht gut, und wir sind unangemeldet hereingeschneit. Es war nett von ihm, daß er uns überhaupt empfangen hat.«

Eine Stunde später ritt der Reverend die Mount Nebo Road auf und ab, doch von einem Missionsgebäude war nirgends eine Spur zu entdecken. Schließlich erkundigte er sich bei einigen Straßenarbeitern und erfuhr, daß man die Mission abgerissen hatte.

»Sie stand da drüben, wo jetzt das leere Grundstück ist«, sagte ein Mann, der sich auf eine Spitzhacke stützte.

»Verstehe«, erwiderte Billings eifrig, »dort wird sicher auch die neue Kirche errichtet.«

Der Arbeiter kratzte sich am Kopf. »Nicht, daß ich wüßte, Mister. Dieses Land gehört dem Ministerium für Forstwirtschaft. Die Kirchenleute hatten die alten Cottages nur gemietet. Wenn wir mit der Straße fertig sind, werden dort Arbeitsschuppen entstehen.«

»Das kann nicht sein«, stammelte Billings. »Dies ist Kirchenland.«

Der Mann zuckte die Achseln. »Wenn Sie meinen«, sagte er und machte sich wieder an die Arbeit.

Tom Billings war besorgt. »Ich kann keinen unserer Leute finden«, berichtete er Amy. »Ich habe auch keine Ahnung, wo der Bischof ist.«

»Dann warten wir hier, bis er sich meldet.«

»Das ist viel zu teuer.«

»Wenn wir umziehen, findet er uns vielleicht nicht wieder. Wir waren eine ganze Weile weg, die Dinge ändern sich.«

Ihr Mann schaute verdrießlich aus dem Fenster. »Wir hätten niemals so lange in dieser Lasterhöhle bleiben dürfen. Jetzt müssen wir für das Luxusleben bei diesen abscheulichen Brodericks bezahlen. Wir werden dafür bestraft. Und dir hat es auch noch gefallen! Ich hoffe, du bist nun zufrieden. Möglicherweise hat Bischof Frawley entschieden, daß wir nicht mehr würdig sind, zu seiner Herde zu gehören.«

»Oder die anderen wollen uns einfach nicht mehr dabeihaben.«

Wochen später war dem Reverend und seiner Frau gerade noch genügend Geld für die Rückfahrt nach Neuseeland geblieben. Auf dem Schiff mußten sie sich eine miserable Kabine mit fürchterlichen Menschen teilen und überquerten die Tasman-See bei stürmischem Wetter. Amy litt auf der gesamten Überfahrt unter Seekrankheit, und Tom brach sich ein Bein, als er auf der Gangway ausrutschte. Nach ihrer Ankunft in Wellington kratzten sie nur mit Mühe das Geld für den Rest der Heimreise zusammen und mußten überdies erfahren, daß Pastor Williams gestorben war und mit ihm auch seine Kirche.

Für Buster Giles war es nichts Neues, ausgesetzte Kinder auf dem Hof vorzufinden; sie trafen in allen Größen und Hautfarben ein, von winzigen Babys bis hin zu zerlumpten Lausejungs. Die Menschen schienen das Armenhaus für einen sicheren Zufluchtsort zu halten, doch darin täuschten sie sich gewaltig.

Es war eher ein Irren- als ein Armenhaus.

Buster, ein ehemaliger Boxer, hatte wegen seiner Trinkerei schon mehr als einen Job verloren. Daher war er dankbar für seine Arbeit als rechte Hand des Leiters dieser Anstalt, die ihm auch ein Dach über dem Kopf bot. Seine Schwester, die ihm die Stelle besorgt hatte, leitete die Frauenabteilung. Buster hatte ihr versprechen müssen, den Schnaps aufzugeben, da er nun, wie sie es nannte, eine verantwortliche Position innehatte. Allerdings hatte er bald begriffen, daß die Angestellten dieser Institution eigentlich nichts taten außer ihr Gehalt zu beziehen und die Insassen davon abzuhalten, sich gegenseitig an die Gurgel zu gehen. Der Leiter, ein ehemaliger Bankdirektor mit bewegtem Vorleben, verbrachte den ganzen Tag in seinem Büro über Journale, Hauptbücher und Akten gebeugt und wagte sich nur selten vor die Tür, von einem Kontakt mit den Insassen ganz zu schweigen.

Also diente ihm Buster als Laufbursche. Er verteilte die Dienstpläne, übermittelte Anweisungen an die unfähigen Arbeiter in der sogenannten Schuhfabrik, informierte Insassen, wenn sie das Armenhaus verlassen mußten, hielt sich von der stinkenden Küche fern und griff in Auseinandersetzungen ein. Es war ein furchtbarer Ort, doch wie alle anderen hatte auch er keine Wahl. Immerhin erhielt er fünf Pfund pro Woche für seine Arbeit.

Das Armenhaus trieb scheinbar jeden dem Alkohol in die Arme. An Schnaps herrschte beileibe kein Mangel, sogar der Leiter griff zur Rumflasche, um seine Nerven zu beruhigen. Alle übrigen tauschten, stahlen, bettelten und prügelten sich um jeden Tropfen, der auch nur nach Fusel roch.

Buster, der seine Fäuste noch immer zu gebrauchen wußte, hatte sich zum Beschützer der wenigen Abstinenzler entwikkelt und dabei entdeckt, daß er darüber selbst die Lust am Schnaps verloren hatte. Es war wie eine Erleuchtung über ihn gekommen. Buster Giles empfand seine Umgebung als derart abstoßend, daß er nie wieder einen Tropfen anrührte und sich richtig gut dabei fühlte. Allmählich glaubte er, diese Position tatsächlich ausfüllen zu können.

Doch zunächst mußte er sich um diese Kleinen hier kümmern.

»Wo kommt ihr her?« fragte er sie.

»Busch, Boß. Wir kommen aus Busch«, sagte einer.

»Woher? Aus welchem Busch?«

Kleine Hände zeigten in unbestimmte Richtungen.

»Wer hat euch hergebracht?«

»Weißer Boß. Bringt uns nach Hause.«

»Wo ist denn euer Zuhause? Wo sind eure Mamis?«

Die beiden anderen Jungen brachen in Tränen aus.

»Im Lager«, sagte ihr Sprecher. Buster begriff, daß er es tatsächlich mit Schwarzen aus dem Busch zu tun hatte. Zwei von ihnen brabbelten nur in ihrer eigenen Sprache.

»Na, wunderbar«, sagte er und brachte sie zu seiner Schwester in die Frauenabteilung.

»Sie können nicht hierbleiben!« rief sie aus.

»Das weiß ich auch, aber ich muß jetzt meine Runde machen.«

Danach ging die alte Leier los. Das Armenhaus appellierte an Kirchen und Waisenhäuser, an Privatschulen und jeden anderen, der geneigt war zuzuhören, doch diese Kinder waren sehr viel schwerer unterzubringen als niedliche Babys und arbeitsfähige größere Kinder. Also blieben Bobbo, Jagga und Doombie, Herkunft unbekannt, wochenlang im Armenhaus. Gelegentlich kümmerten sich einige der Frauen um sie, die den kleinen Ausgestoßenen das wenige boten, das sie besaßen, nämlich Zeit.

Der Sommer brachte eine erstickende Hitzewelle sowie Moskitos, Fliegen und Horden gigantischer Küchenschaben, die durch die heißen Schlafsäle und Schuppen wimmelten. Sie verursachten epidemieartige, verheerende Krankheiten und Fieber. Die Frauen konnten sich nicht länger um die drei schwarzen Kinder kümmern, von Molly Giles ganz zu schweigen. So blieben sie sich selbst überlassen, irrten durch das labyrinthartige Gebäude und suchten jeden Winkel nach etwas Eßbarem ab.

Endlich gelang es Buster, den kleinen Bobbo, da er des Englischen mächtig war, in einem Waisenhaus der Methodisten unterzubringen. Die beiden anderen Jungen waren strikt abgelehnt worden.

Buster wußte, daß es schwierig sein würde, die Kinder zu trennen, und brachte Bobbo heimlich in der Nacht weg. Seine Freunde weinten am nächsten Morgen stundenlang, und ihr Geheul mischte sich mit dem Stöhnen und Klagen der kranken Frauen, doch die Aufseherin konnte nichts für sie tun.

Jagga fand sich nach ein paar Tagen mit den veränderten Umständen ab und zog weiter durch die Flure, wobei er ein altes rotes Kissen fest an sich drückte. Für Doombie war es jedoch zuviel. Er blieb auf ihrem Lager, einem Haufen ausgemusterter Decken, die in der äußersten Ecke eines Schlafsaals aufgestapelt lagen, und rührte sich nicht von der Stelle. Die Aufseherin verzweifelte allmählich auch. Sie litt unter Fieberschüben und wußte, daß sie nicht mehr lange durchhalten würde. Der einzige Lichtblick des Tages bestand für sie in den Besuchen gutsituierter Frauen aus den Wohltätigkeitsvereinen, die Körbe mit Nahrungsmitteln und Medikamenten für die Insassen mitbrachten. Die meisten wollten wirklich helfen und betrachteten die Zustände im Armenhaus voller Entsetzen. Die Aufseherin verließ sich mittlerweile völlig auf ihre Großzügigkeit.

Ihr war durchaus bewußt, daß einige dieser Frauen nur kamen, um sich zu zeigen, alberne, zimperliche Geschöpfe, die sich ihrer guten Taten rühmten, sich aber nur selten aus den gemauerten Empfangsräumen in die baufälligen, hölzernen Konstruktionen für die Insassen wagten. Andere jedoch besuchten die Kranken, knieten neben den Pritschen und fütterten sie mit Suppe; sie reinigten die Schuppen mit Besen und Scheuerlappen und scheuten auch nicht vor den Gemeinschaftstoiletten zurück. Sie sorgten dafür, daß Ärzte die Patienten untersuchten; sie betraten ohne Hemmungen die Männerunterkünfte und forderten das Personal auf, diese zu putzen; auch die Küchen blieben nicht verschont. Vor allem aber machten sie dem faulen Leiter die Hölle heiß und plagten ihn unablässig mit ihren gerechtfertigten Beschwerden über die Zustände in seiner Institution.

Die Aufseherin liebte diese Frauen. Sie waren einzigartig und schreckten auch nicht davor zurück, ihre Drohungen in die Tat umzusetzen. Sie verfaßten einen Bericht über die Lage im Armenhaus, den sie dem Premierminister vorlegten, und verlangten die Entlassung des Leiters, der durch einen kompetenten Verwalter ersetzt werden sollte. Molly Giles wußte, daß es über kurz oder lang dazu kommen würde, doch so lange konnte sie nicht mehr durchhalten.

Als sie eines Morgens wie gewöhnlich die Damen in der Eingangshalle begrüßte, hatte Jagga es sich in den Kopf gesetzt, sie für keinen Augenblick aus den Augen zu lassen. Er hing an ihrem Rockzipfel und spähte zu den Neuankömmlingen mit ihren schweren Körben hinauf. Dann schien ihn irgend etwas an seine Vergangenheit zu erinnern. Die meisten Frauen hatten schwarze Kleider und Schürzen an. Eine von ihnen, die offenbar zum ersten Mal hierherkam, trug ein hübsches, blaues Kleid und hob sich mit dem blonden Haar und der hellen Haut deutlich von ihren Begleiterinnen ab. Jagga stürzte auf sie zu und preßte sich an ihre bauschigen Röcke.

»Miss Louisa!«

Die Dame lächelte erfreut.

»Wer bist denn du, mein Kleiner?« fragte sie freundlich.

»Teddy!« schrie er. »Teddy!«

Die Aufseherin lachte und versuchte, ihn zurückzuziehen. »Nein, du bist Jagga.« Sie sah zu der Frau hoch. »Ich habe ihn noch nie zuvor Englisch sprechen hören. Komm, Jagga, laß die Damen vorbei.«

»Was macht er hier?« fragte eine ältere Frau.

»Er ist einfach bezaubernd«, warf Jaggas neue Freundin ein. »Diese riesigen Augen und herrlichen Locken.«

»Er gehört zu dem Trio, von dem ich Ihnen erzählt habe«, erklärte die Aufseherin. »Man hat die Jungen vor unserer Tür ausgesetzt. Wir haben sie vorübergehend aufgenommen, konnten bisher aber nur einen von ihnen unterbringen.«

»Ist er ein Waisenkind?« wollte die hübsche junge Frau wissen.

»Sieht ganz so aus. Bisher hat ihn jedenfalls niemand zurückverlangt.«

»Dabei ist er so süß. So ein kleiner Liebling.«

Buster war verblüfft, als ihm seine Schwester die Neuigkeit überbrachte. »Ich habe jemanden gefunden, der Jagga nehmen möchte. Eine der Damen vom Wohltätigkeitsverein.

Sie will ihn bei sich zu Hause aufnehmen. Ist verheiratet und hat keine Kinder. Könntest du ihn holen und gründlich reinigen, ich habe so viel zu tun. Beeil dich, bevor sie es sich wieder anders überlegt.«

»Guter Gott! Einfach so?«

»Ja. Zum Glück hat Jagga Gefallen an ihr gefunden.«

Als Buster das frisch geschrubbte Kind in schlechtsitzendem Hemd und viel zu langen Hosen vorführte, brach die Dame in Begeisterungsrufe aus.

»Was für ein kleiner Schatz! Du kommst mit mir heim, Jagga, mit deiner neuen Mami.«

»Louisa«, berichtigte er, und sie kicherte.

»Nein, Mami. Und dich werde ich Jack nennen. Das wird alles ganz wunderbar.« Sie sah Buster an. »Ist das nicht herrlich? Jetzt habe ich meinen eigenen kleinen Mohren.«

Buster hatte noch nie von diesem Volk gehört. »Nein, er ist ein Aborigine.« Er schaute zu Jagga hinunter und legte ihm seine schwere Hand auf die Schulter. »Sei lieb zu der Lady.« Diesmal gab es keine Tränen. Bobbos Verschwinden hatte das Zusammengehörigkeitsgefühl der Kinder ohnehin zerstört.

»Du siehst in letzter Zeit nicht gut aus«, sagte Buster zu seiner Schwester. »Du solltest dir ein bißchen mehr Ruhe gönnen.«

»Ich weiß etwas Besseres. Ich werde in den Ruhestand gehen.«

»Was?« Buster konnte es nicht fassen. Nach seiner Erfahrung verließ man eine Stelle nur, wenn man gefeuert wurde oder im Zorn kündigte. Wer der Arbeiterklasse angehörte, ging nicht in den Ruhestand.

»Kannst du dir nicht eine andere Stelle suchen?«

Seine Schwester schüttelte müde den Kopf. »Ich will keine andere Stelle. Mir reicht es, ich bin zu alt dafür. Es wird Zeit, daß ich mich zurückziehe.«

»Und wovon willst du leben?«

»Ich habe genug gespart. Außerdem besitze ich das kleine Haus in Camp Hill. Zur Not könnte ich immer noch als Hebamme arbeiten, das wäre sehr schön. Du kannst zu mir ziehen, wann immer du willst.«

»Da brat mir einer 'n Storch. Und wann ist es soweit?«

»Ende dieser Woche. Ich habe dem Leiter schon gesagt, daß ich kündige. Er wurde ziemlich unangenehm und erklärte, das ginge nicht. Er würde mir kein Zeugnis ausstellen.« Sie grinste. »Als ob ich so etwas noch bräuchte.«

»Da brat mir einer 'n Storch«, sagte Buster noch einmal. »Kann ich auch in den Ruhestand gehen, wenn ich fleißig spare?«

Sie ergriff seinen Arm und führte ihn zu einer Seitentür, durch die das Tageslicht hereinströmte. »Du machst deine Arbeit gut, also bleib, so lange es geht. Aber du kannst, wie schon gesagt, jederzeit zu mir ziehen, falls du die Finger weiterhin vom Schnaps läßt.«

In diesem Moment drängte sich eine Frau mit einem Wäschekorb durch die Tür. »Aufseherin, die suchen unten im Schlafsaal nach Ihnen. Sagen, das schwarze Kind wär' krank.«

Doombie glühte vor Fieber. Molly badete ihn in warmem Essigwasser, machte eine kleine Pritsche frei und flößte ihm eine in Wasser aufgelöste Medizin ein, die sie für Grippefälle bereithielt. Dennoch machte sie sich Sorgen. Er wirkte so klein und zerbrechlich, daß sie an ihren Heilkünsten zweifelte.

In dieser Nacht wurde er von einem harten Husten geschüttelt. Sie rieb ihm die Brust mit Eukalyptus ein und wickelte ihn in weiche Tücher, damit die Dämpfe der Salbe auf Hals und Brust wirken konnten. Sie hob ihn hoch und drückte ihn an sich. Er war fast bewußtlos, doch sie spürte seine Angst ... die Angst eines verlassenen, einsamen Kindes in einer furchterregenden Umgebung. Molly wußte, daß er neuen Lebensmut fassen mußte. Sie wich tagelang nicht von seiner Seite, sprach mit ihm, sang ihm Lieder vor und wiegte ihn in den Schlaf.

Die Frauen im Schlafsaal verhielten sich still und hofften auf seine Rettung. Selbst in dieser rauhen, herzlosen Umgebung brachten sie Mitleid auf, eine Form des Widerstands gegen eine erbarmungslose Welt. Sie beteten, wachten, lösten die Aufseherin ab, fanden sogar eine Mischlingsfrau, die sich neben Doombie hockte und in ihrer fast vergessenen Sprache mit ihm redete. Sie sagte zwar, er spreche eine andere Sprache als sie, doch ihre Worte gehörten so deutlich in seine Welt, daß sie auf Drängen der anderen Frauen bei ihm blieb.

Am vierten Tag war das Fieber verschwunden, und Doombie sah sie mit wachen Augen an.

Als es ihm besser ging, bat die Aufseherin die Aborigine-Frau, etwas über seine Herkunft herauszufinden. Diese schüttelte bedauernd den Kopf. »Ich komme von Norden, Missus. Kann nicht viel verstehen, aber er sagt, er kommt aus Busch. Busch mit großem Fluß. Das ist alles er weiß.«

»Auch Bobbo wußte nicht mehr«, seufzte Molly. »Mein Bruder hat sich schon unter den Aborigines hier in Brisbane umgehört, ob irgend jemand drei Kinder vermißt. Bisher hat sich niemand gemeldet. Sie haben offenbar in einem Stammesverband gelebt, aber wo im Busch? Es ist einfach hoffnungslos.«

Buster lächelte stolz, als seine Schwester nach ihrem letzten Arbeitstag das Armenhaus verließ. Er hatte sich sogar Pferd und Wagen geliehen, um sie zu dem winzigen Holzhäuschen in Camp Hill zu fahren. Doombie thronte zwischen ihnen. Er war noch schwach und dünn, bekam aber nun ein Zuhause. Nachdem sie ihn gesundgepflegt hatte, konnte Molly Giles es einfach nicht übers Herz bringen, ihn im Armenhaus zurückzulassen.

»Er würde auf der Straße landen«, hatte sie Buster erklärt, der dazu nur gütig lächelte, wohl wissend, daß der Kleine seiner Schwester inzwischen ans Herz gewachsen war. Doombie würde es gut bei ihr haben.

So fand die Geschichte ein glückliches Ende. Buster freute sich schon auf seinen eigenen Ruhestand. Bis es soweit war, würde er die beiden an seinen freien Tagen besuchen. Nach all den einsamen Jahren waren sie nun zu dritt, wie eine richtige Familie.

Das Armenhaus war von Mauern umgeben gewesen, doch Bobbo hatte seine Freiheit innerhalb dieser Grenzen genossen. Er und seine Freunde glaubten aufrichtig, daß es nur eine Zwischenstation auf dem Weg nach Hause sei. Der nette Mann hatte sie aus den Fängen des bösen befreit, der sie von zu Hause gestohlen hatte, und würde sie bald wieder holen kommen. Buster bestärkte sie in ihrem Glauben. Er schlug sie nie, fesselte sie nicht und steckte Doombie auch keinen Knebel in den Mund, wenn er im Schlaf aufschrie. Sie durften dieses riesige Haus nach Herzenslust erforschen und entdeckten bald, daß es einen herrlichen Spielplatz abgab. Sie spielten Nachlaufen und Verstecken in dem menschenüberfüllten, grauen Gebäude mit seinen seltsamen Gerüchen.

Dennoch behielt Bobbo stets das Tor im Auge, das immer offenstand. Menschen kamen und gingen, und die Jungen wußten, daß sie jederzeit davonlaufen konnten.

Nun aber befand er sich an einem anderen Ort. Mitten in der Nacht hatten ihn neue Teufel weggeschleppt, weg von seinen einzigen Freunden.

Auch dieser Ort hatte Mauern, hohe Wände aus Holz, und schwere Tore, die aber stets verschlossen waren. Das machte ihm angst. Allmählich dämmerte ihm, daß alle Weißen sie belogen hatten. Sie würden ihn nicht nach Hause bringen. Jagga und Doombie mochten vielleicht heimkehren, doch seine Chance war dahin.

Jeder Tag brachte neue Erschütterungen. Man steckte Bobbo gemeinsam mit einem Haufen meist weißer Jungs in eine langgestreckte Hütte, die von weißen, riemenschwingenden Bossen regiert wurde.

Bobbo haßte sie von Anfang an. Er wußte nicht, wie er sein Bett machen, mit Messer und Gabel essen oder sich richtig anziehen sollte. Doch es wurde noch schlimmer. Es gab so viele Vorschriften, Schläge und Schreie, daß er aus lauter Verwirrung vorübergehend seine Englischkenntnisse einbüßte. Woher aber sollte er wissen, daß dies die schlimmste Sünde von allen war? Wann immer er etwas in seiner Sprache sagte, wurde er bestraft: in Schränke eingesperrt, ohne Essen ins Bett geschickt oder mit dem Riemen gezüchtigt. Mit Hilfe der anderen Kinder erlangte er seine Kenntnisse allmählich zurück.

Es wurde gebetet, unterrichtet und gelernt. In den ersten Wochen strengte sich Bobbo mächtig an, um den Strafen zu entgehen, doch das schien auf die Bosse keinen Eindruck zu machen; er war ein für allemal als Trottel abgestempelt. Verzweifelt begann er sich zu wehren. Wenn sie ihn durch die Gegend zerrten, trat, spuckte und biß er um sich, forderte damit aber nur weitere Prügel heraus. Bald schon schnappte er Schimpfwörter und Flüche auf, mit denen er seine Peiniger überschüttete, und brüllte sich die Seele aus dem Leib, wenn man ihn in dunkle Räume einsperrte, um ihn gutes Benehmen zu lehren.

Das fröhliche Kind von einst galt nun nicht mehr als Trottel. Dieser Name paßte einfach nicht zu dem neuen, kämpferischen und herausfordernden Bobbo, der seine Verletzungen stolz zur Schau trug.

Dennoch, dies war ein Waisenhaus, und es führte kein Weg hinaus. Die Mitarbeiter wußten, früher oder später würde er sich notgedrungen anpassen müssen. In der Zwischenzeit mußten sie ihn zu einem gottesfürchtigen Christen bekehren, und sie kannten nur ein Mittel, um dies zu erreichen: den Riemen.

Jagga lebte währenddessen von Luxus umgeben bei der freundlichen Frau und ihrem Ehemann. Er schlief in einem Eisenbett auf der hinteren Veranda und wurde jeden Morgen gebadet, gepudert und in komische Kleidung gesteckt. Sie sah zwar hübsch aus, war aber äußerst unbequem, vor allem der seltsame Hut.

Zum großen Ärger der Dame ging er bald dazu über, die Kleidungsstücke nacheinander auszuziehen und im ganzen Haus zu verteilen.

Sie ernährte ihn gut, lehrte ihn geduldig das Essen mit Messer und Gabel, zeigte ihm, wie man auf Stühlen saß. Jagga empfand es als Spiel.

Der Ärger fing mit den Schuhen und Strümpfen an. Die Kleidung war schlimm genug, doch Jagga konnte es einfach nicht ertragen, wenn seine Füße eingezwängt wurden. Die Strümpfe waren eng und warm, die Schuhe drückten. Das Ankleiden wurde zum tagtäglichen, von Tränen und Drohungen begleiteten Kampf.

»Laß ihn doch!« sagte der Mann, der das Theater leid war. »Vergiß die Schuhe.«

»Nein, er muß es lernen«, beharrte die Dame.

Den Mann fand Jagga nicht weiter schlimm. Er schien die Kleiderfrage für einen Witz zu halten und zwinkerte ihm gelegentlich zu. Manchmal nahm er sich auch Zeit, um dem Jungen englische Wörter beizubringen.

Er war allerdings oft unterwegs, und im Haus hatte offensichtlich die Dame das Sagen. Auch sie unterrichtete Jagga und half ihm beim Kritzeln auf der Schiefertafel, die ihm bekannt vorkam. Teddy hatte auch so eine besessen.

Das Schönste an seinem jetzigen Leben waren die Tiere: Er

freundete sich mit den beiden Hunden und der Katze an. Die Hunde schliefen in seinem Bett und verwehrten der Katze einen Platz darin, die sich daraufhin schmollend in einem Stuhl zusammenrollte. Es gab auch zwei bunte Papageien in einem Käfig, die sich bei Jagga so lange über ihre Gefangenschaft beschwerten, bis er sie freiließ. Erfreut sah er ihnen nach, als sie davonflogen.

Die Dame war deswegen so wütend auf ihn, daß sie ihn ohne sein Abendessen zu Bett schickte. Das störte ihn nicht weiter. Diese Leute aßen ohnehin zu oft. Er nahm zu, gewann an Stärke, doch als er das Wort ›Zuhause‹ hörte, das Bobbo so oft gebraucht hatte, begann auch er Fragen zu stellen. Er fragte, wann er heimkehren dürfe. Und die Antwort war immer die gleiche:

»Das hier ist dein Heim, Jack.«

Jagga sehnte sich nach seiner eigenen Familie. Er sehnte sich nach Bobbo und Doombie. Er war es leid, den Besuchern in seiner eigenartigen Kleidung vorgeführt zu werden, und an die Stelle von Lächeln und tiefen Dienern trat ein schmollender Gesichtsausdruck. Er machte in die Hose und erhielt eine Ohrfeige. Er rannte davon und versteckte sich, wenn es an der Tür klingelte, so daß ihn die Dame unter dem Bett hervorzerren mußte.

Die hübsche Dame – sie hieß Mrs. Adam Smith und war die Frau eines Zollinspektors – hatte allmählich genug von dem ungezogenen Bengel, der keinerlei Pflichten erlernen wollte und nicht einmal bereit war, ein Tablett zu den Gästen hinauszutragen. Die Haltung ihres Mannes dazu mißfiel ihr sehr. »Ich habe es dir doch gesagt. Er ist kein Spielzeug, sondern ein Kind.«

Doch sie würde vor ihren Freunden das Gesicht verlieren, wenn sie ihn nun wegschickte, und ertrug daher die Blamage mit aufgesetztem Lächeln. Immerhin lobte man sie für ihre Nächstenliebe.

Allmählich verlor sie das Interesse daran, ihn herauszuputzen. Da ihr der Junge lästig war, übergab sie ihn der Obhut ihrer Haushälterin, die ihm freundlich begegnete.

»Ich weiß nicht, wieso er Ihnen leid tut«, sagte Mrs. Adam Smith erzürnt. »Wie viele Waisenkinder haben es schon so gut wie er?«

»Natürlich haben Sie recht, Madam, aber ich glaube nicht, daß er ein Waisenkind ist. Er sagt immer, er wolle nach Hause zu seiner Mami. Anscheinend heißt sie Nioka.«

»Ja, und vermutlich ist sie tot. Außerdem wissen wir nicht, wo sein Zuhause ist, oder?« Mrs. Adam Smith hätte es jedoch nur zu gern in Erfahrung gebracht und das Kind seinen Eltern zurückgegeben. Auch dafür würde sie das Lob ihrer Freunde einheimsen.

Obwohl sich in der Ferne dunkle Wolken zusammenbrauten, stellte man in der Hoffnung auf einen frischen Windhauch die Tische unter den zerzausten Pfefferbäumen auf, von wo sich ein schöner Ausblick auf den Fluß bot. An Weihnachten war es immer drückend heiß, das verdorrte Land dürstete nach Regen, und die Sonne stieg bereits über dem breiten Hügelkamm auf.

Victor blickte hoch und erschauderte. Manchmal wirkte dieser uralte Hügelkamm beinahe arrogant, als verachte er das zerbrechliche menschliche Leben zu seinen Füßen. Heute bedrückte ihn dieser Gedanke noch mehr als sonst. Nach außen hin ging alles seinen gewohnten Gang. Erwartung lag in der Luft, und es sah so aus, als würde das traditionelle Weihnachtsessen glatt über die Bühne gehen. An diesem Tag nahm jeder, der auf der Farm arbeitete, an der Tafel der Brodericks Platz, denn Austin betrachtete sie alle als Familienmitglieder. Trotz Charlottes Protest fehlten jedoch zwei Stammgäste; Austin hatte seinen Bannspruch gegen Harry und Connie nicht aufgehoben.

Charlottes Weihnachtsessen waren berühmt. Die Tische waren mit Leinentüchern gedeckt, die roten und silbernen Tischdekorationen aufgestellt und die Bäume mit bunten Girlanden geschmückt. Handgeschriebene Speisekarten lagen neben kleinen, selbstgefertigten Körbchen mit Süßigkeiten und Nüssen, obwohl das Menü jedes Jahr das gleiche war. Hühnercremesuppe, Fischfilet mit Zitronensauce, Brathähnchen mit gebackenem Gemüse, als Dessert Trifle aus weingetränktem Biskuit und Plumpudding mit Brandysauce.

Lächelnd betrachtete Victor die stilisierte Schrift auf seiner Karte. Charlotte hatte sich große Mühe gegeben, obwohl sie, was selten vorkam, wirklich zornig auf ihren Mann war. Sie hatte sogar hinter seinem Rücken an Harry geschrieben, der nun als Verwalter auf Tirrabee Station arbeitete, und ihn gebeten, dennoch zu kommen. Harry hatte ihnen allen frohe Weihnachten gewünscht und die Einladung mit der Begründung abgelehnt, er wolle keinen weiteren Ärger verursachen. Victor war ihm insgeheim dankbar, denn es hätte sicher Schwierigkeiten gegeben, zumal sich Rupe auf die Seite seines Vaters geschlagen hatte.

»Ich verstehe nicht, wieso du dich so aufregst«, hatte Victor zu ihm gesagt. »Passiert ist passiert.«

»Er hat uns verraten und verkauft«, erwiderte Rupe erbost. »Du bist ein Schwächling, wirst gleich wieder weich. Wir wollen ihn hier nicht haben.«

»Das bin ich nicht. Ich sehe nur nicht ein, was das ganze Theater soll.«

Zu Victors Freude hatte Harry seinen Neffen jedoch nicht vergessen und dem Jungen eine große Holzeisenbahn geschickt. Teddy liebte den rotbemalten Zug und nahm ihn überallhin mit.

Austin war schlechtgelaunt, da er die Schwarzen vermißte.

»Wo stecken sie?« hatte er Victor mehrfach gefragt.

»Ich weiß es nicht.«

»Aber sie mögen Weihnachten doch«, hatte sein Vater mürrisch erwidert. »Sie kennen unseren Kalender zwar nicht, orientieren sich jedoch an den Jahreszeiten und wissen von selbst, wann Weihnachten ist. Sie haben es noch nie verpaßt. Sie sitzen immer im Schatten am Fluß, feiern ihr eigenes Fest, und wir halten besonderes Essen für sie bereit. Wo stekken sie also diesmal?«

»Vermutlich zu weit weg, um rechtzeitig herzukommen«, sagte Victor, damit sein Vater endlich Ruhe gab.

Als Austin an diesem Morgen entdeckte, daß noch immer kein einziger Schwarzer zurückgekehrt war, sank seine Stimmung auf den Nullpunkt. Er schien ihre Abwesenheit als persönliche Beleidigung aufzufassen.

Victor konnte darüber nur den Kopf schütteln. Er würde froh sein, wenn alles vorbei war. Am Fehlen von Harry, Connie und den Aborigines konnte er ohnehin nichts ändern. Er ging zu einer Gruppe von Viehhütern hinüber und half ihnen, ein Bierfaß für ihre durstigen Kollegen aufzustellen.

Selbst hoch im Norden hatte Minnie nicht vergessen, daß Weihnachten war. An diesem Tag war der weiße Geist geboren worden, der jetzt im Himmel lebte. Es war eine fröhliche Zeit, jeder war guter Dinge, was bewies, daß dieser Jesus ein den Menschen wohlgesonnener Geist sein mußte. Als sie sich nun an ihn erinnerte, scheute sie nicht davor zurück, ihn um die Rückkehr ihres Sohnes zu bitten. Sie legte dazu die Handflächen aneinander, wie es die Weißen taten, wenn sie beteten.

Aber er sandte nicht mehr Hilfe als ihre eigenen Geister, die sie bereits mehrfach angerufen hatte. Ihre Schwermut wuchs. Die anderen schien es nicht weiter zu interessieren. Sie waren zufrieden bei dieser neuen Horde und mit dem Leben in dem bewaldeten Tal, das bessere Nahrungsquellen bot als Springfield, wo die Schafzucht die Natur zurückgedrängt hatte. Viele bezweifelten, daß sie je in ihr angestammtes Lager zurückkehren würden. Als Minnie davon erfuhr, erlitt sie einen Anfall und stürzte besinnungslos zu Boden.

Als sie Tage später aus tiefem Schlaf erwachte, nachdem ihr die Frauen eine übelriechende, weiße Flüssigkeit eingeflößt hatten, mußte sie zu alledem noch Niokas Zorn über sich ergehen lassen.

»Du mußt endlich mit diesem Theater aufhören. Alle regen sich darüber auf. Du arbeitest nicht und suchst nicht nach Essen. Du fischst nicht einmal, sondern liegst nur faul herum und bemitleidest dich selbst. Sieh nur, wie fett du geworden bist! Das gefällt den Leuten nicht. Wir schämen uns deiner. Sie verstehen nicht, warum sie dich durchfüttern sollen.«

Minnie geriet in Rage. »Sie müssen mich nicht durchfüttern. Es ist mir egal. Und über dich weiß ich genau Bescheid! Du hast einen neuen Mann. Du hast gesagt, Männer würden dein Leben nur durcheinanderbringen, und jetzt steckst du pausenlos mit diesem Rangutta zusammen!«

»Das ist kein Geheimnis. Ich habe mich entschlossen, ihn zum Mann zu nehmen.«

»Damit du neue Babys haben und Jagga vergessen kannst!«

»Das ist nicht wahr. Ich werde Jagga nie vergessen. Er kommt eines Tages heim.«

»Wie denn?« schrie Minnie. »Wie sollen sie uns hier finden? Es sind doch nur kleine Jungs.«

Nioka seufzte. »Rangutta hat mit den Ältesten seines Stammes gesprochen. Sie kennen sich aus. Sie sagen, daß die Weißen öfter schwarze Kinder mitnehmen und behalten, als wären es ihre eigenen.«

»Was? Das glaube ich nicht. Sie haben sie in die Schule gebracht und schicken sie in den Ferien nach Hause, genau wie die Söhne der Brodericks.«

»Nein«, sagte Nioka traurig. »Wir haben uns geirrt. Schwarze Kinder bringen sie nicht zurück, das mußt du einsehen, Minnie. Du kannst dich heute noch ausruhen, doch morgen mußt du mit uns arbeiten.« Sie stieß ihre Schwester sanft an. »Dann verschwindet auch dieses Fett wieder.«

»Zuerst sagst du, ich soll mehr essen, jetzt bin ich plötzlich zu fett. Du weißt gar nicht, wovon du redest. Keiner von euch.« Sie rappelte sich auf. »Ich suche Moobuluk.«

»Sei nicht albern. Wir wissen nicht, wo er ist.«

»Dann faste ich so lange, bis er kommt.«

»Das wird Bobbo auch nicht helfen.«

Minnie schlug mit der Faust nach ihrer Schwester. »Geh weg, du Lügnerin. Du sagst, Bobbo kommt nicht zurück. Du willst mich nur dazu bringen, daß ich arbeite, aber das werde ich nicht tun.« Sie begann zu weinen und schluchzte heftig. »Ich habe alles verloren. Meinen lieben Jungen. Sogar Weihnachten habe ich verpaßt.«

»Weihnachten?« entgegnete Nioka ungläubig. »Was hat das denn damit zu tun?«

»Geh weg. Ich hasse dich. Ich hasse diesen ganzen Ort.«

Minnie fastete tatsächlich. Sie weigerte sich strikt, auf Nahrungssuche zu gehen, und irgendwann begann Nioka sich ernsthaft Sorgen zu machen. Sie brachte ihrer Schwester gekochtes Fleisch, Fladenbrot mit Honig, Nüsse und ihre Lieblingsbeeren, doch Minnie schob alles beiseite.

Gabbidgee kam, um ihr ins Gewissen zu reden. Er sprach über seinen Sohn Doombie, bat sie zu essen, damit sie bei Kräften blieb. Als alles nichts fruchtete, rief er die Ältesten zusammen, die sich zu Minnie hockten und sie zu überreden versuchten. Doch sie wiederholte immer nur die eine Frage. »Stimmt es, daß die Weißen unsere Kinder behalten? Wagt es nicht, mich anzulügen, sonst trifft euch die Rache der Geister.«

»Es stimmt«, sagten sie schließlich bedrückt. »Es ist wahr.«

Manchmal verschwand Minnie tagelang im Busch und wanderte ziellos umher, bis jemand sie zurückholte. Dann saß sie schweigend am Ufer des Sees.

Nioka tat es inzwischen leid, daß sie Minnie als fett bezeichnet hatte. Sie magerte rasch ab und wirkte bald so hager und ungepflegt, daß sie zur Zielscheibe grausamer Scherze wurde. Die Kinder nannten sie nur die ›Verrückte‹.

»Warum tut sie das?« fragte Nioka die weisen Männer. »Bobbo kommt dadurch nicht wieder. Es ist so dumm.«

»Sie bestraft sich selbst. Sie denkt, sie hätte den Jungen nicht ausreichend beschützt.«

»Aber wir haben es doch nicht gewußt. Wir dachten, die Jungen seien sicher bei den Familien. Und sie glaubten, der Betmann würde sie einfach nur in seinem Wagen mitfahren lassen.« Sie weinte. »Wie konnten wir wissen, daß etwas so Schreckliches geschehen würde?«

»Das konntet ihr nicht. Euch trifft keine Schuld.«

»Wie lange kann sie so weitermachen?«

»Es dauert lange, bis man tatsächlich verhungert, doch die körperliche Schwäche macht sie anfällig für Krankheiten. Wir sprechen noch einmal mit ihr.«

Doch Minnie hatte sich die Brüste aufgeschlitzt und duldete nicht, daß man ihre Trauer störte.

»Vielleicht ist das heilsam«, sagten die Ältesten zu Nioka. »Wenn sie den Traditionen folgt, kann sie irgendwann das Weinen hinter sich lassen.«

Nioka schöpfte neue Hoffnung. Der Sommerregen kam; das Tal dampfte in der Hitze, der trockene Wald bekam ein üppig grünes Kleid, dessen leuchtende Farben sich im See spiegelten. Die Schönheit der Landschaft überwältigte Nioka, deren Herz erfüllt war von Liebe zu ihrem neuen Mann, und drängte die Sorge um Minnie in den Hintergrund.

Rupe genoß dieses Weihnachtsfest nicht, ließ es einfach nur über sich ergehen. Der Weihnachtstag zeichnete sich allein dadurch aus, daß man sich durch ein langes, langweiliges Mittagessen und den Austausch unnützer Geschenke quälen mußte. Die Viehhüter bekamen Socken, die Aufseher neue Viehpeitschen und so weiter bis hin zu Austin, der seine neue elegante Tweedjacke als viel zu teuer empfand. Die Frauen schenkten einander modischen Schnickschnack, Teddy bekam Spielzeug und Victor eine Palette neuer Hemden. Der Nachmittag zog sich unerträglich in die Länge.

Dann war endlich alles vorbei, und im Haus kehrte wieder Normalität ein. Rupe hatte den Beginn dieses aufregenden neuen Jahres voller Ungeduld erwartet, die er sich jedoch wohlweislich nicht anmerken ließ. Victor bereitete sich auf die Reise nach Brisbane vor, die er in Begleitung von Louisa und Teddy unternehmen wollte, um dort mit den Anwälten die zu erwartenden Auswirkungen des Gesetzes gegen die Zweckentfremdung von Land zu diskutieren. Er schob seine Abreise allerdings immer wieder auf, so als hätte er keinen Bruder, der ihn würdig vertreten könnte. Er traf alle möglichen Vorkehrungen für Springfield, erteilte den Aufsehern Anweisungen, prüfte die Journale und Zuchtbücher, um sie auf den neuesten Stand zu bringen, untersuchte einfach alles bis hin zum letzten Grashalm – dann endlich wurde ihr Gepäck auf den gefederten Wagen geladen, und sie brachen auf. Aus Höflichkeit begleitete Rupe sie zu Pferd durchs ganze Tal bis zu den Gebirgsausläufern, der äußeren Grenze von Springfield. Unterwegs neckte er Louisa, die ihre Aufregung kaum im Zaum halten konnte, und fragte beflissen:

»Kommt ihr ab hier allein zurecht?«

»Natürlich«, antwortete Victor lachend. »Und vergiß die Pferde nicht. Einige der Zuchttiere könnten ein Päuschen vertragen. Prüf die ganze Herde, wir brauchen ein paar frische Tiere. Du kannst zu Jock reiten und sehen, was er dahat.«

»Das hast du mir bereits gesagt. Los jetzt. Viel Spaß in Brisbane!«

Rupe sah ihnen nach, machte kehrt und ritt in wildem Galopp auf der sandigen Straße dahin. Nun, da Victor aus dem Weg und Austin ans Haus gefesselt war, würde er, Rupe Broderick, das Ruder übernehmen. Jetzt war er der Boß!

Am nächsten Morgen stand er früher auf als sonst, um die richtigen Männer für seine Zwecke auszuwählen. Nur wer dringende Aufgaben zu erledigen hatte, wurde freigestellt.

»Wie ihr alle wißt, hat die Regierung ein Gesetz erlassen, um gute Farmen wie Springfield zu ruinieren. Es ist an der Zeit, daß wir uns dagegen wehren. Die neuen Grenzreiter lernen zwar gerade den Besitz kennen, aber ich möchte sichergehen, daß ihr alle um die genauen Grenzen von Springfield wißt.« Rupe war klar, daß es irgendwann neue Grenzen zu sichern gelten würde, wenn die einzelnen Abschnitte von Springfield erst einmal genau festgelegt und die für sie unwirtschaftlicheren Gebiete abgetreten wären. Vorerst war der Besitz jedoch unverändert.

Er teilte die Männer in vier Gruppen ein. Zwei von ihnen sollten jeweils an die Aufseher der Außenposten berichten.

»Sagt ihnen, sie sollen euch mit ihren Grenzen vertraut machen. Von jetzt an setzt kein Fremder mehr einen Fuß auf unser Land.«

Einer der Männer wirkte verunsichert: »Aber es führen doch Straßen hindurch. Wir können nicht jeden einzelnen anhalten.«

»Das könnt und werdet ihr! Das gleiche gilt übrigens für die Straße durch dieses Tal. Sie alle sind für Fremde gesperrt. Wir haben die Straßen für unsere eigenen Zwecke gebaut und sie den Reisenden zur Verfügung gestellt, aber damit ist jetzt Schluß. Wenn diese Regierung so verdammt schlau ist, soll sie doch ihre eigenen Straßen bauen – aber nicht hier auf Springfield.«

»Es wird vielen Leuten Unannehmlichkeiten bereiten.«

»Na und?« gab Jack Ballard zurück. »Das hier ist Privatbesitz. Austin hat den Leuten einen Gefallen getan, indem er den Verkehr hier durchließ, aber wer tut *ihm* denn einen Gefallen? Außerdem können wir unsere Zeit nicht damit verschwenden zu prüfen, wer nur Reisender und wer ein Siedler ist, der hier nach guten Weidegründen schnüffelt.«

»Genau«, bestätigte Rupe. »Die Straßen sind ab sofort gesperrt, und ich will, daß ihr alle Waffen tragt, damit sie auch sehen, daß ihr es ernst meint.«

»Wie lange sollen wir da draußen bleiben?«

»Ein Tag sollte reichen, damit ihr eure Gebiete kennenlernt. Danach brauchen wir lediglich genügend Reiter, um die Grenzen ständig im Auge zu behalten.«

»Warum riegeln wir die Straßen nicht einfach ab? Damit wäre alles erledigt«, schlug jemand vor.

»Wieso eigentlich nicht? Die Reiter mag es zwar nicht abhalten, die Wagen aber schon. Und es spricht sich schneller herum, daß Springfield keine Durchfahrt mehr bietet.«

Er schickte die dritte Gruppe auf die gegenüberliegende Flußseite, die anderen behielt er bei sich. »Wir bewachen die Hauptstraße nach Osten. Schließlich können wir nicht unseren eigenen Zugang zum Tal blockieren. Ihr kennt die Gegend ja, also seht euch einfach nur um, damit ihr wißt, worum es geht.«

Rupe war sehr stolz, mit einer Truppe bewaffneter Viehhüter loszureiten. Nun würde man ihn endlich ernst nehmen. Auf den Straßen im Outback herrschte wenig Verkehr, und einige Tage lang blieb alles ruhig. Dann begann der Ärger. Reiter wurden mit vorgehaltener Flinte zurückgeschickt; Wagen hielten an den Grenzen des Besitzes und verlangten freie Durchfahrt nach Westen; andere Reisende, die an dem von Austin erbauten Damm den Fluß überqueren wollten, wurden abgewiesen. Nur die Gegenwart Bewaffneter verhinderte Schlägereien, obgleich einige der Reisenden ebenfalls Waffen trugen.

Rupe jubelte, als die ersten Berichte eintrafen. »Das wird

Wirkung zeigen«, sagte er zu Jack Ballard. »Ich habe selbst eine ganze Wagenladung zurückgeschickt.«

»Aber das war eine Familie«, wandte dieser ein. »Soweit ich hörte, wollten sie nur Verwandte am anderen Flußufer besuchen.«

»Das haben sie jedenfalls behauptet. Man kann heutzutage niemandem mehr über den Weg trauen.« Rupe blieb eisern und bestand darauf, daß man seinen Anordnungen auch weiterhin Folge leistete.

Als der Wagen mit Vorräten für Springfield eintraf, fragte der Kutscher erstaunt: »Was zum Teufel ist denn hier los? In Cobbside heißt es, alle Straßen wären gesperrt. Ich kann euch sagen, die sind ganz schön sauer.«

»Und wenn schon. Springfield ist kein öffentlicher Trampelpfad.«

»Aber du blockierst den halben Bezirk, Rupe. Sag Austin, er soll seinen Griff ein wenig lockern.«

»Ich entscheide hier, wer wann was lockert! Sag den Leuten in Cobbside und Toowoomba, daß die Siedler keine Chance bekommen, auch nur einen Blick auf Springfield zu werfen!«

»Aber es sind nicht alles Siedler.«

Rupe starrte ihn an. »Wie bitte?«

»Du hast mich genau verstanden.«

»Du hast gesagt, es seien nicht alles Siedler. Was denn dann?«

»Weiß nicht, sie wollen vielleicht nur die Weiden vergleichen. Lernen, worauf es dabei ankommt. Springfield hat doch einen guten Ruf.«

»Das will ich wohl meinen. Und wir wollen hier keine Fremden haben. Weiden vergleichen? Meinst du allen Ernstes, wir seien so blöd? Sag ihnen, sie sollen im Botanischen Garten üben.«

Austin erfuhr natürlich von der Blockade, aber nicht durch

seine eigenen Männer. Jock Walker ritt höchstpersönlich zu ihm, um sich zu beschweren.

Ungerührt angesichts der Tatsache, daß Austin einsam und verloren auf seiner Seitenveranda saß, kam er gleich zur Sache. »Was zur Hölle soll das?«

»Wovon sprichst du?«

»Ha! Als ob du es nicht ganz genau wüßtest! Ich spreche von der Blockade der Straßen, die durch Springfield führen.«

Austin war zu stolz, um seine Unwissenheit einzugestehen. Jock würde ihm schon auf die Sprünge helfen, wenn er ihn nur reden ließ.

»Das kannst du nicht machen, mein Freund. Sie trampeln jetzt alle über mein Land, lauter schlechtgelaunte Tölpel, die dich und deine Straßensperren verfluchen.«

»Meinst du Siedler?« fragte Austin vorsichtig.

»Woher soll ich wissen, was für Leute das sind? Jedenfalls geben sie mir die Schuld an diesem ganzen Schlamassel. Niemand will einen Umweg von fünfzig Meilen in Kauf nehmen, um Springfield zu umgehen. Das ist unzumutbar. Du mußt damit aufhören.«

»Machst du dir etwa keine Sorgen wegen des Zweckentfremdungsgesetzes?«

»Doch, aber man braucht deswegen nicht gleich mit aller Welt Streit anzufangen.«

»Dann machst du es eben auf deine und ich auf meine Weise.«

Sie unterhielten sich lange über das Gesetz. Austin erfuhr, daß Jock die gleichen Tricks anwandte wie er, indem er sein bestes Land aufteilte und auf Strohmänner überschreiben ließ. Währenddessen baute er Dämme und leitete Flüsse auf die erstklassigen Weidegründe um. Bei ein paar Gläsern Whisky amüsierten sie sich königlich über die Kniffe, die sie ausgetüftelt hatten, bis Jock die Rede auf Harry brachte.

»Mein Sohn ist nicht gerade gut auf ihn zu sprechen«, sagte er grinsend.

Austin fand das gar nicht komisch. »Ich auch nicht.«

Nachdem Jock gegangen war, erwartete Austin wütend Rupes Heimkehr, um ihn zur Rede zu stellen.

»Was sollen diese Straßensperren?«

Rupe bekam keine Gelegenheit zu einer Erklärung, da sein Vater sofort losbrüllte. »Das hier ist noch immer mein Land, nicht deins, du undankbarer Kerl. Wie kommst du dazu, ohne meine Erlaubnis solche Befehle zu erteilen? Hast du etwa geglaubt, ich würde es nicht erfahren? Daß ich ein Volltrottel bin, der nicht weiß, was auf seinem eigenen Grund und Boden vor sich geht? Du wirst hier keine Befehle mehr erteilen. Jack Ballard wird jeden Tag nach Feierabend hier erscheinen und meine Anweisungen entgegennehmen, egal, wie spät es ist. Verstanden? Ich bin hier der Boß, vergiß das nie.«

Doch als Rupe gegangen war, beruhigte sich Austin sehr schnell wieder und mußte sogar grinsen. »So was Dreistes – aber er ist auf dem richtigen Weg. Victor ist einfach zu nachgiebig, er hätte etwas so Tollkühnes nie fertiggebracht. Was Jock tut, ist ganz allein seine Sache, doch wenn Rupe Springfield abriegeln will, bin ich dafür. Wir sperren diese Schweine einfach aus ...«

Als Charlotte ihm das Essen brachte, war sie überrascht, ihn in so aufgeräumter Stimmung zu sehen. Sie vermutete, Jocks Besuch habe ihm einfach gutgetan.

Austin schlief noch immer in seinem eigenen Flügel. Obwohl sich sein Zustand sehr gebessert hatte und er mit Hilfe einer Krücke sogar umhergehen konnte, war von einer Rückkehr in ihr gemeinsames Schlafzimmer nie die Rede gewesen. In ihr Bett. Vielleicht bildete sie es sich ja auch nur ein, aber irgendwie wurde sie das Gefühl nicht los, daß er sich hier unten einfach wohler fühlte.

Es regnete eine ganze Woche lang, ein warmer, willkommener Regen. Die Weiden wurden wieder zu einem grünen Teppich. Der schlammige Fluß erwachte durch die Fluten, die sich in den Hügeln sammelten, zu neuem Leben und strömte entschlossen dahin, als wisse er ganz genau, daß diese Wassermengen vor den nächsten Regenfällen verschwinden mußten, um Hochwasserschäden zu verhindern.

Gegen kleinere Überflutungen hatte Austin nichts einzuwenden, vorausgesetzt, die Schafe waren in Sicherheit; wie die Grasbrände waren auch sie ein Geschenk der Natur, das Erneuerung und Verjüngung verhieß. Er saß auf seiner Veranda und lächelte in kindlicher Freude. Er liebte das Prasseln des Regens, das ferne Donnergrollen über dem Tal, und freute sich, daß sie wenigstens bis zum nächsten Jahr dem schlimmsten Feind, der Dürre, getrotzt hatten.

Bei diesem nassen Wetter patrouillierten nur die Grenzreiter auf ihren Abschnitten. Der Fluß, der stellenweise stark angeschwollen und damit unpassierbar geworden war, kam ihnen dabei zu Hilfe. Nur abgehärtete Buschleute, die mit ihren Pferden hindurchschwimmen konnten, benutzten die Uferstraßen; Fahrzeuge mußten sich an die weiter entfernten schlammigen Wege halten. Daher teilte Rupe seine Männer zur Bewachung der offenen Straßen ein, während er selbst den abgenutzten Pfad im Auge behielt, der zum Wasser hinunterführte.

Seit den ersten Auseinandersetzungen mit Reisenden hatte sich die Nachricht von der Sperrung der Straßen wie ein Lauffeuer verbreitet. Nur wenige wagten sich noch über die Grenzen von Springfield, so daß die Männer auf den verlassenen Straßen gelangweilt ihre Strecken abritten. Das heißt, alle außer Rupe. In seinem Hut aus Rindsleder und dem schwarzen Regenumhang setzte er die Suche nach Eindringlingen ohne Rücksicht auf die Witterung fort. Er genoß seine Rolle – vor allem, weil er wußte, daß Austin ungeachtet seines Wutanfalls seine Maßnahmen im Grunde guthieß.

Als er keine Eindringlinge entdecken konnte, ritt er in der Hoffnung, er könne Reisende zurückschicken, bevor sie Springfield überhaupt betraten, in Richtung Cobbside. Er traf jedoch nur den Postboten, der sich über die schlammigen Straßen beschwerte, auf denen sein Wagen bereits zweimal steckengeblieben war.

»Sonst noch jemanden gesehen?« fragte Rupe. »Irgendwelche Fremden?«

»Einige sogar, Reiter. Schwirren im ganzen Bezirk umher.« Er grinste. »Und ich glaube nicht, daß sie nur ihre Omas besuchen wollen. Es wird viel über die Selektionsrechte geredet, die Burschen meinen es ernst.«

»Ich auch. Hier brauchen sie sich jedenfalls nicht blicken zu lassen.«

»Dann seien Sie auf der Hut. In Cobbside und den anderen Kleinstädten stehen die Leute hinter ihnen.«

»Wieso? Was hat es mit ihnen zu tun?«

»Eine Menge. Je mehr Siedler mit Familien herkommen, desto besser verdienen die Geschäftsleute. Ist gut für die Stadt. Ich selbst bin mir da nicht so sicher, für mich bedeutet es einfach nur mehr Arbeit. Als nächstes teilen sie meinen Bezirk auf und bieten ein Stück davon anderen Leuten an. Wer hat dann wohl das Nachsehen? Sie nennen es Fortschritt, aber ich finde, man sollte lieber alles so lassen, wie es ist. Hier draußen läuft es doch gut. Ich weiß nicht, wieso wir etwas daran ändern sollen.«

Rupe ließ ihn weiterziehen. Die Sache mit den Reitern interessierte ihn. Gedankenverloren ritt er querfeldein zu den gewundenen Straßen am Fluß.

Welchen Weg würde ich denn nehmen, wenn die wichtigsten Straßen durch Springfield gesperrt wären? überlegte Rupe.

Den am Fluß, da er bei diesem Wetter wohl kaum bewacht sein dürfte. Er führt Hochwasser, hat die Ufer aber noch nicht überflutet. Ein guter Reiter kann ihn leicht durchwaten. Er ließ sein Pferd durch das karge Gebüsch traben und über Wasserrinnen springen, während er voller Zorn über die Bewohner von Cobbside nachdachte.

»Sie sind verdammt undankbar. Ohne große Farmen wie Springfield könnten sie gar nicht existieren. Und jetzt wenden sie sich gegen uns.«

Im Nieselregen erreichte er, ganz in seine ärgerlichen Überlegungen vertieft, einen Viehweg. Er war nicht in Eile; die Vermutung, die Reiter könnten diese Route nehmen, war nur eine Möglichkeit unter vielen. Wahrscheinlich besaßen sie gar nicht genügend Grips, um auf diese Idee zu kommen.

Als er die alte Furt erreichte, wo eine kleine Halbinsel in den Fluß hineinragte, stieg er ab und suchte samt Pferd Schutz unter einem Dach, das aus den Ästen der baumähnlichen Kolbenlilien gefertigt war. Diese Konstruktion war nicht dicht; das Dach wurde von sechs Ästen getragen, besaß keine Seitenwände und diente eher dem Schutz vor der Sonne als vor Regen. Für den Moment würde es jedoch reichen. Er nahm die Satteltasche ab und holte seine dicken Sandwiches mit Hammelfleisch und Senf heraus. Rupe biß herzhaft hinein und schaute müßig auf den Fluß hinaus. Ihm fiel Austins Plan über die Aufteilung von Springfield wieder ein, bei der die einzelnen Abschnitte auf Namen von Familienmitgliedern und Scheinkäufern eingetragen werden sollten. Es ärgerte ihn, daß Victor – wenn auch nur nach außen hin – drei Abschnitte besitzen würde, während ihm selbst nur einer gehörte. Dieses Mißverhältnis nagte an ihm. Und wenn Austin nun starb? Jetzt, wo Harry aus dem Spiel war, hätte er die Farm genausogut seinen beiden anderen Söhnen zu gleichen Teilen überschreiben können. Würde Victor nun auf Springfield die Kontrolle übernehmen wollen? Vielleicht hätte er nach Brisbane mitfahren sollen, um ein Auge auf Victor zu haben, der dort sicherlich vor allem seine eigenen Interessen vertrat. Er mußte auf der Hut sein.

Rupe hatte auch nicht vergessen, daß eine baldige Heirat seine Position stärken würde. Dann könnte er im Namen seiner Frau den Abschnitt beanspruchen, der für Fern Broderick reserviert war. Dies wäre immerhin ein Anfang, und wenn dann auch noch ein Kind käme, könnte er mit Victor gleichziehen. Wenn Victor wieder da war, würde er sich freinehmen und auf Brautschau gehen. Ihm fielen mehrere Mädchen ein, deren Familien ebenfalls Farmen besaßen und die eine ansehnliche Mitgift erhalten würden. Letztere war ebenso wichtig wie die Befriedigung seiner sexuellen Bedürfnisse, die seit dem Verschwinden der Aborigines weitgehend ungestillt geblieben waren. Er vermißte die Schwarzen. Für einen einsamen Mann gab es nichts Besseres als schwarze, samtweiche Haut, dachte Rupe grinsend.

Er zündete sich eine Zigarette an und lehnte sich gegen den warmen Leib seines Pferdes, während er von den Freuden des Ehelebens in der Abgeschiedenheit des Busches träumte. Plötzlich hörte er ein Geräusch. Er trat auf die Straße hinaus, die am Fluß abrupt endete, warf die Zigarette weg und schwang sich auf sein Pferd. Das war unverkennbar Hufgetrappel.

Rupe riß sein Gewehr aus dem Halfter, lud es durch und ritt zum sandigen Flußufer. Dann stellte er sich mitten auf die Straße und wartete auf die Reiter. Er würde sie zurückschikken wie alle anderen auch. Leute mit friedlichen Absichten waren auf diesem Weg nicht zu erwarten, und Eindringlingen, die auf dem Land der Brodericks herumschnüffeln wollten, würde er einen passenden Empfang bereiten.

Dann sah er sie; zwei Reiter, die den Abhang herunterkamen. Der Regen hatte sich in einen feinen Nebel aufgelöst, doch sie hatten die Hüte tief in ihre bärtigen Gesichter gezogen, und die Kragen ihrer groben Jacken waren bis zu den Ohren hochgeschlagen. Selbst aus dieser Entfernung konnte

Rupe die Gewehre an den Sätteln ausmachen. Er hob seine Waffe zur Warnung. Hinter ihnen tauchte ein weiterer Reiter auf, der sie einzuholen versuchte. Dies war kein Buschmann wie die anderen, er wirkte jünger, war glattrasiert und trug einen schicken neuen Hut, dazu einen maßgeschneiderten Mantel.

»Wer bist denn du?« fragte der erste Rupe statt einer Begrüßung. Dies war eine Provokation, und Rupe fühlte sich plötzlich unbehaglich, konnte sich aber dazu zwingen, Ruhe zu bewahren und mit fester Stimme zu antworten:

»Rupe Broderick. Sie befinden sich auf unserem Besitz, der Springfield Station.«

»Na und?«

»Sie müssen umkehren.«

»Komm schon, Kleiner, wir sind hier schon oft entlanggeritten.«

»Ich kenne Sie nicht.«

»Dann sind wir quitt. Wir dich nämlich auch nicht.«

Rupe wich einen Schritt zurück und deutete mit dem Kopf auf den Fluß. »Sie kommen hier nicht rüber, er ist zu tief.«

»Laß das mal unsere Sorge sein, Kumpel.« Der andere bärtige Mann sagte nichts, grinste aber unverschämt.

»Was haben Sie hier zu suchen?«

»Das geht dich nichts an.« Der Mann drehte sich um und rief dem dritten Reiter zu: »Komm schon, Charlie. Hier kannst du dir die Stiefel ein bißchen naß machen.«

Der Mann namens Charlie gesellte sich nun zu ihnen. Er wirkte sehr nervös. Vermutlich ein Städter, dachte Rupe. Wahrscheinlich machten sich die Bushies über seine teuren Stiefel lustig, die viel zu elegant waren für dieses Wetter.

»Entschuldigen Sie, mein Name ist Charles Todman. Wir möchten keine Schwierigkeiten machen, aber mit welchem Recht versperren Sie uns den Weg?«

»Er ist der Sohn vom Boß«, lachte der andere.

»Genau. Und Sie betreten unbefugt unser Land.«

»So würde ich es nicht nennen. Wir benutzen öffentliche Straßen.«

»Warum benutzen Sie dann nicht die im Landesinneren?« fragte Rupe mit schriller Stimme zurück. »Jeder Idiot weiß, daß der Fluß Hochwasser führt. Weshalb schleichen Sie ausgerechnet hier entlang?«

Charlies Augen zwinkerten kurz, dann antwortete er: »Weil wir in diese Richtung müssen. Die anderen Straßen sind meilenweit entfernt.«

»Tatsächlich? Und weshalb müssen Sie in diese Richtung? Wer sind Sie überhaupt, Mr. Charles Todman?« Rupe betrachtete das seltsame Trio eingehend und wußte plötzlich, daß ihm diesmal ein wirklich dicker Fisch ins Netz gegangen war. »Ich wette, Sie sind Landvermesser, und dieses saubere Paar dient Ihnen nur als Begleitschutz.«

»Fast richtig, Kumpel«, grinste einer der Bärtigen und deutete auf seinen schweigsamen Partner. »Das hier ist unser Boß, und er ist von weither aus dem Norden gekommen, um sich die Landschaft hier anzusehen. Da werden Sie ihn doch nicht enttäuschen wollen, oder?«

»Dies ist Privatbesitz. Schauen Sie sich gefälligst woanders um.« Rupe hob sein Gewehr und richtete es auf den Sprecher der Gruppe, da Todman unbewaffnet war. »Ich befehle Ihnen umzukehren. Sie betreten unbefugt unser Land.«

Rupe sah in die harten, bösen Augen seines Gegenübers. Der Mann war um die Vierzig, tiefgebräunt, sein blonder Bart gestutzt. Rupe schluckte, gab sich aber nicht geschlagen. »Ich will keine Schwierigkeiten. Ich fordere Sie lediglich auf, umzukehren.«

»Wenn Sie keine Schwierigkeiten wollen«, knurrte der Boß, »sollten Sie die Knarre weglegen.«

Rupe reagierte rasch. Er feuerte auf den Boden, so daß die Pferde scheuten und zurückwichen.

»Sie sind ja verrückt!« schrie Todman. »Aus dem Weg, Sie verdammter Narr.«

Der Boß hatte nach wie vor die Ruhe weg. »Biste auf ’ne Schießerei aus, Söhnchen? Wir sind aber in der Überzahl.«

Rupe berauschte sich an seiner eigenen Kühnheit. »Ich schieße auf den ersten, der sich bewegt.«

»Jesus!« seufzte der Fremde und drehte sich um. Eine Welle der Erregung erfaßte Rupe. Er hatte gewonnen. Sie wußten ebenso gut wie er, daß es nicht lohnte, sich wegen unbefugten Betretens erschießen zu lassen.

Dann hörte er den Schuß.

Es kam aus einem nahegelegenen Gebüsch. Rupe zuckte zusammen, als sei er getroffen. Sein Pferd wurde steif, erschauderte und brach unter ihm zusammen.

Verwirrt stieg Rupe ab, wobei ihm das Gewehr entglitt. Aus dem Augenwinkel entdeckte er einen weiteren Reiter, der nun aus dem Gebüsch auftauchte. Er drehte sich entsetzt zu seinem Pferd um, das sich mit einem schmerzhaften Wiehern auf die Seite wälzte.

Einer der Männer hob sein Gewehr auf, doch das kümmerte Rupe nicht. Er rannte auf den Reiter zu und brüllte: »Du Schwein hast mein Pferd erschossen!«

Der Mann schob ihn verächtlich mit dem Stiefel zur Seite. »Kannst von Glück sagen, daß ich nicht dich getroffen hab’.« Ohnmächtig sah Rupe ihnen nach, als sie zum Fluß ritten.

Der Boß rief Todman zu: »Steig ab, du Idiot! Du kannst nicht auf ihm sitzen bleiben, der Sattel rutscht doch weg. Halt dich an ihm fest, es schwimmt besser als du!«

Sie tauchten ins Wasser, begleitet von Rupes Flüchen. Er drohte Todman mit der Polizei.

»Ihr werdet dafür bezahlen, daß ihr mein Pferd getötet habt, ihr Schweinehunde! Das wird euch teuer zu stehen kommen!«

Keiner von ihnen schaute zurück. Sie waren viel zu sehr

mit dem Kampf gegen die Strömung beschäftigt. Rupe hoffte, sie würden ertrinken, und Todman bereitete die Flußüberquerung in der Tat einige Schwierigkeiten, doch ihre Pferde schwammen kraftvoll durchs Wasser.

Rupe beobachtete schadenfroh, wie Todman die Zügel aus der Hand glitten und er sich nur mit Mühe am Schwanz des Tieres festklammern konnte.

Auf der anderen Seite machte einer der Reiter kehrt, um den Landvermesser ans sichere Ufer zu retten.

Rupe warf einen Blick auf sein totes Pferd, das schon von Fliegenschwärmen bedeckt war, und ließ sich wie betäubt am Flußufer nieder.

Er konnte einfach nicht fassen, daß Menschen zu so etwas fähig waren. Bei der Erinnerung an einen seiner Männer, der vor einigen Wochen im Scherz vorgeschlagen hatte, auf ebendiese Weise mit den Pferden der Eindringlinge zu verfahren, zuckte er zusammen. Damals war ihm die Idee vollkommen unwirklich erschienen, prahlerisches Gerede. Nun hatte er es gegen sich selbst gerichtet erlebt und schwankte geschockt zwischen Tränen, Zorn und Enttäuschung hin und her.

Die Männer waren verschwunden und konnten auf dem riesigen Besitz nach Belieben umherstrolchen. Rupe wußte nicht, welche Richtung sie genommen hatten, aber es war ihm egal. Wie hätte er sie auch verfolgen sollen? Es würde zu lange dauern, Verstärkung zu holen. Zweifellos besaß der Landvermesser eine Karte des Bezirks und würde bei seinem Ritt ins Landesinnere schnell die Seitenarme des Flusses und die Wasserlöcher aufgespürt haben, die für jeden Landbesitzer von entscheidender Bedeutung waren.

»Es wird euch nichts bringen!« schrie Rupe in die weite Landschaft hinein. »Bis dahin haben wir alles unter uns aufgeteilt!«

Aber würden sie das wirklich schaffen? Er hatte sich so sehr auf seinen brillanten Plan mit der Sperrung der Zufahrten und seinen Wunsch, endlich einmal den Anführer zu spielen, konzentriert, daß er gar nicht mit den anderen Arbeiten fortgefahren war, auf deren Durchführung er und Victor sich geeinigt hatten. Bäume mußten niedergebrannt und Grenzsteine gesetzt werden, um alle Abschnitte des Besitzes zu kennzeichnen. Und Victor wurde täglich zurückerwartet.

Er sollte sich besser auf den Weg zur Farm machen, und zwar schnell.

Dann traf es ihn wie ein Schlag. Er mußte ja zu Fuß gehen, und es war ein langer Weg! Vor Einbruch der Dunkelheit konnte er es unmöglich schaffen.

Traurig sah er auf sein Pferd hinunter. Der Bursche war ein gutes Treibpferd gewesen. Fluchend zerrte er einige belaubte Äste aus dem Gebüsch, um das Tier notdürftig damit zu bedecken. Dort fand er auch sein Gewehr wieder. Einer der Männer mußte es entladen und weggeworfen haben.

Rupe marschierte los, ließ den Fluß jedoch hinter sich. Wäre er dort entlanggegangen, hätte er irgendwann das Haus erreicht, doch der Weg querfeldein war kürzer.

Diese Männer hatten einen Narren aus ihm gemacht, doch zu Hause würden sie aus lauter Wut über den Tod des Tieres vermutlich übersehen, daß Rupe versagt hatte. Außerdem könnte er die Geschichte ein wenig zu seinen Gunsten abwandeln, vorgeben, er sei überfallen worden und man habe sein Pferd einfach hinterrücks erschossen.

Erst jetzt sah er ein, wie sinnlos es gewesen war, ganz allein drei oder vier Männer aufhalten zu wollen. Angenommen, sie hätten ihm keine Beachtung geschenkt. Hätte er dann ihr Pferd oder sogar sie selbst erschossen?

Rupe bezweifelte es, und der Gedanke, was daraufhin womöglich geschehen wäre, ließ ihn zusammenzucken.

Vielleicht konnte er sie morgen mit Hilfe der schwarzen Fährtenleser aufspüren.

Rupe stapfte wütend weiter. Mit welchen Schwarzen denn?

Sie waren allesamt verschwunden. Er würde einen von außerhalb holen müssen, und das dauerte viel zu lange.

Er hatte ein furchtbares Durcheinander angerichtet. Austin würde wegen des Pferdes toben und ihm die Schuld an allem geben.

»Ja«, sagte er laut, als er sich den Weg durch das dichte Gebüsch bahnte, »er wird mir die Schuld geben, darin ist er ganz groß. Diese Geschichte wird mir noch lange nachhängen.«

»Überfallen? Wie bitte? Während du Wache gehalten hast? Du bist wohl eingeschlafen, was? Und sie haben dein Pferd erschossen? Das kannst du mir doch nicht weismachen!«

Austin sprach immer noch undeutlich, wenn auch nur ein wenig, doch seiner Lautstärke tat dies keinen Abbruch. Während die Tirade wie erwartet auf ihn niederging, versuchte Rupe aufgebracht, wenigstens das eine oder andere Wort einzuwerfen. Er wünschte, der Schlaganfall hätte seinen Vater ganz der Sprache beraubt, dann ginge es im Haus friedlicher zu.

Zu allem Übel war am späten Nachmittag auch noch Victor eingetroffen. Er hörte aufmerksam zu und mischte sich ständig ein.

»Woher weißt du, daß der Kerl ein Landvermesser war, wenn sie dich ohne Vorwarnung überfallen haben?«

»Ich nehme es halt an. Er war besser gekleidet als die anderen«, stammelte Rupe. Beinahe wäre ihm der Name des Mannes herausgerutscht.

»Sie haben dein Pferd erschossen, und du läßt sie seelenruhig den Fluß überqueren?« fauchte Austin.

»Hätte ich mich etwa auch erschießen lassen sollen?«

»Verdammt, sie haben dein Pferd getötet, das gilt in diesem Land nach wie vor als Verbrechen. Du hättest in Deckung gehen und auf sie feuern sollen.«

Victor griff erneut ein. »Habe ich da irgend etwas verpaßt? Was hattest du überhaupt dort draußen zu suchen? Und wieso überfallen sie dich und reiten dann in aller Ruhe davon? Weshalb warst du da?«

Rupe versuchte ihn über die Notwendigkeit aufzuklären, die Grenzen zu bewachen. Victor starrte ihn fassungslos an. »Bist du von Sinnen?«

»Hast du unterwegs jemanden auf der Straße gesehen?« fragte Austin Victor.

»Ja, ein paar Viehhüter haben uns zugewinkt. Sag jetzt bloß nicht, sie hätten ebenfalls die Straße bewacht.«

»Schön, wenigstens *sie* haben ihre Arbeit getan«, sagte Austin erfreut und warf Rupe einen mißbilligenden Blick zu.

»Das ist nicht ihre Aufgabe«, empörte sich Victor. »Es sind Viehhüter, sie haben mit den Tieren genug zu tun.«

»Komm mir jetzt bloß nicht so«, warf Rupe ein. »Du selbst wolltest Springfield doch vor Eindringlingen schützen. Wieso beklagst du dich also auf einmal?«

»Weil es der falsche Weg ist. Du würdest für so etwas eine ganze Armee brauchen. Ein paar zusätzliche Grenzreiter, die gleichzeitig noch andere Aufgaben übernehmen, sind in Ordnung, aber die übrigen Männer sollten nur die Augen aufhalten, sonst nichts.«

»Du warst ebenso scharf aufs Bewachen wie wir.«

»Ich hatte keine Zeit, genauer darüber nachzudenken«, gab Victor zu. »Aber deine Dummheit hat mir nun eindrücklich bewiesen, daß es so nicht geht. Gab es sonst noch Probleme?«

»Nur ein paar Auseinandersetzungen auf den Straßen. Sie sind gesperrt. Dad wollte es auch, also laß es nicht an mir aus«, beeilte Rupe sich zu rechtfertigen. »Und wie bist du mit den Rechtsverdrehern verblieben?«

»Sie sind unserer Meinung. Nachdem das Gesetz verabschiedet worden ist, müssen wir den Besitz aufteilen. Seid ihr fertig mit den Karten? Sie machen die Ansprüche für uns geltend, damit sie juristisch wasserdicht sind, und rechnen aus, wieviel wir für den Anfang kaufen können.«

»Ich bin nicht dazu gekommen«, murmelte Rupe.

»Mit dir ist es einfach hoffnungslos!« Victor wandte sich an Austin. »Wir stellen die Karten also jetzt schnellstens fertig, das heißt, falls Rupe sich dazu herabläßt, ausnahmsweise mal etwas Konstruktives zu tun. Davon abgesehen bringe ich schlechte Neuigkeiten. Die Anwälte reichen alle Forderungen zusammen ein, dann beginnt das Tauziehen. Das Landministerium wird nicht eine einzige ohne Diskussion über Größe und Lage durchgehen lassen. Unsere Anwälte werden Gegenargumente bringen, doch es läuft darauf hinaus, daß wir mit den Zahlungen baldigst beginnen müssen.«

»Wir lassen viele Grundstücke nur auf Strohmänner eintragen, da müssen wir sie doch nicht selber bezahlen!« rief Austin entsetzt aus.

Rupe begriff, daß sein Vater die Tragweite der Situation noch nicht erfaßt hatte. Er glaubte noch, er könne sich, was seinen Besitz anging, über alle Regeln hinwegsetzen.

»Wir müssen früher oder später für jedes einzelne Grundstück bezahlen«, erwiderte Victor ruhig. »Ich hoffe natürlich, so spät wie möglich. Das Landministerium wird mit Anträgen überschwemmt werden, aber dennoch ... auch die Grundstükke der Scheinkäufer müssen bezahlt werden, wenn das Land frei käuflich wird. Es gibt keinen anderen Ausweg. Ich schlage vor, wir kaufen als erstes das Land, auf dem das Haus steht.«

Austin sank in seinem Sessel zusammen. »Feuert diese verdammten Anwälte. Sie wissen gar nicht, wovon sie reden.« Doch seine Söhne merkten, daß sein Tatendrang nur gespielt war; er sah bleich und müde aus.

Victor schüttelte den Kopf. »Es hat keinen Sinn.«

»Sie wissen Bescheid, was? Dieser Vermesser, den Rupe angeblich gesehen hat, und all die anderen Aasgeier wissen ganz genau, daß wir es uns nicht leisten können, ganz Springfield zu kaufen.«

»Dazu bedarf es keiner großen Kombinationsgabe«, stimmte ihm Victor zu.

»Dann sind wir ruiniert.«

»Nein, wir machen weiter.«

Austin sah Rupe an. »Du hättest die Schweine erschießen sollen!«

Nach der Auseinandersetzung mit seinem Vater mußte Rupe, ohnehin erschöpft von dem langen Marsch, auch noch die Vorwürfe seiner Mutter über sich ergehen lassen.

»Dein Vater scheint dir überhaupt nichts zu bedeuten. Hast du vergessen, daß er nicht gesund ist? Er sieht furchtbar aus. Das mit dem Pferd mußtest du ihm doch nicht unbedingt sagen, oder? Mit so etwas solltest du allein fertig werden.«

»Das werde ich auch«, gab er zurück. »Und er sieht nur so blaß aus, weil du ihn in diesem verdammten Zimmer gefangenhältst. Er sollte sich mehr an der frischen Luft aufhalten. Er könnte inzwischen sogar wieder auf einem Pferd sitzen, aber du behandelst ihn ja wie einen Krüppel.«

»Wie kannst du es wagen, so mit mir zu sprechen?«

»Irgend jemand muß es ja tun. Und nun laß mich in Ruhe!«

Für Rupe gab es nur einen Silberstreifen am Horizont. Victor und Louisa hatten eine junge Frau mit nach Springfield gebracht, Teddys neue Gouvernante.

»Sie kommt gleich herunter, sei bitte nett zu ihr«, bat ihn Louisa am nächsten Morgen beim Frühstück. »Was mag sie nur von uns denken, wo ihr euch gestern abend so angeschrien habt. Und Charlotte war auch nicht gerade bester Laune.«

»Keine Sorge, ich werde so nett sein, wie ich nur kann. Wie heißt sie überhaupt?«

»Cleo Murray. Ihrem Vater gehören große Zuckerrohrfarmen oben im Norden ...«

»Die heißen Plantagen.«

»Ist doch egal. Jedenfalls hat sie ausgezeichnete Referenzen, vor allem von ihrer Schule ...«

»Dem Haleville College für junge Damen?«

»Kennst du sie etwa?«

»Wir sind uns bei einigen Hausparties in Brisbane begegnet.«

»Gut. Rupe, eine Frage, bevor Victor kommt: Wie war das denn nun wirklich mit deinem Pferd?«

»Fang du nicht auch noch damit an.« Er trank seinen Tee, schnappte sich eine Scheibe Toast und machte sich auf den Weg in Victors Büro. Die Landkarten warteten.

Er kannte Cleo Murray nicht wirklich, doch sie war zur selben Zeit am Haleville College gewesen, als er das Internat besuchte. Daher waren sie sich gelegentlich bei gesellschaftlichen Anlässen begegnet. Sie war ein schüchternes, ziemlich unscheinbares Mädchen, und man sprach eher über sie als mit ihr. Angeblich besaß ihr Vater ein riesiges Vermögen. Später hatte Rupe gehört, daß dieser mit ihr auf Europareise gegangen sei, um sie, wie böse Zungen behaupteten, dort mit irgendeinem Adligen zu verheiraten.

Rupe grinste. Offensichtlich hatte es nicht funktioniert.

Die Arbeit an den Karten langweilte ihn. Es waren nun die äußeren Bezirke an der Reihe, die sie vermutlich ohnehin abtreten mußten. Er stimmte Victor daher in allem zu, um so schnell wie möglich fertig zu werden. Als er Miss Murray am Fenster vorbeigehen sah, lief er unter einem Vorwand aus dem Zimmer.

»Guten Morgen, Miss Murray. Ich bin Rupe. Erinnern Sie sich noch an mich?«

Sie sah ihn lächelnd an. »Natürlich. Wie schön, Sie wiederzusehen.«

Er unterzog sie einer prüfenden Betrachtung, während sie Höflichkeiten austauschten. Sie wirkte noch immer unscheinbar. Das glatte, schwarze Haar trug sie mit einer schwarzen Schleife nach hinten gebunden, Gesicht und Augen waren blaß, doch ihre Schüchternheit hatte sie inzwischen abgelegt. Ihr Blick war kühl und direkt, und ihr breiter Mund mit den vollen Lippen wirkte überaus einladend. Rupe lächelte bei dem Gedanken, welche Möglichkeiten sich dahinter verbergen mochten. Cleo war eine gute Partie und freute sich offensichtlich, ihn zu sehen und auf Springfield zu sein.

»Ich hoffe, ich kann Teddy eine gute Lehrerin sein«, sagte sie. »Er ist ein zauberhafter Junge und freut sich schon richtig auf den Unterricht.«

»Sie werden es bestimmt schaffen. Ich meine mich zu erinnern, daß Sie ein Talent zum Unterrichten haben.«

»Vielen Dank für das Kompliment.«

Er begleitete sie zum neuen Schulzimmer, wo Louisa mit Teddys Hilfe gerade Kisten mit Kinderbüchern und anderen Utensilien auspackte. An der Wand hing eine nagelneue Tafel. Rupe wäre gern noch geblieben, aber Victor wartete sicher schon ungeduldig auf ihn.

Weshalb in der Ferne nach einer Frau suchen, wenn das Gute so nahe lag? Und Cleo schien ihn zu mögen. Dennoch mußte er es langsam angehen und nichts überstürzen.

Austin ärgerte sich noch immer über den Verlust des Pferdes und bestand darauf, daß Rupe bei der Polizei in Cobbside eine Klage einreichte.

»Ich schreibe heute nachmittag einen Bericht und schicke ihn hin«, sagte Rupe.

»Nein, du reitest morgen selbst nach Cobbside. Sie sollen diese Mistkerle aufspüren. Ich will, daß sie bestraft werden.«

Schade, daß Cleo erst seit ein paar Tagen auf Springfield lebte, sonst hätte er sie zu einem netten Ausflug einladen können, dachte Rupe auf dem Weg nach Cobbside. Die Gouvernante hatte auch ein Recht auf Freizeit. Wie sie wohl ihre Wochenenden verbringen würde? Die Sonntage auf der Farm waren tödlich langweilig; vielleicht konnte er nach einer angemessenen Wartezeit mit ihr ausreiten. Im Vergleich zu Europa würde ihr der Besitz vermutlich sehr öde erscheinen.

Auf den meisten Farmen wurden die jüngeren Kinder von Gouvernanten unterrichtet, manchmal auch von Lehrern, doch Louisa hatte auf einer Frau bestanden. Vielleicht sehnte sie sich auch nach weiblicher Gesellschaft, denn Charlotte und sie waren nicht gerade Busenfreundinnen. Rupe hoffte, daß Cleo Tennis spielte; darüber würde Louisa sich bestimmt freuen.

Allerdings ertrugen viele junge Frauen auf Dauer die Einsamkeit und die weiten Entfernungen zwischen den einzelnen Farmen nicht. Oft kündigten sie nach kurzer Zeit ihre Stelle, weil ihnen der Großstadtrummel fehlte.

Ich muß dafür sorgen, daß sie sich nicht einsam fühlt, dachte Rupe. Wir suchen ein nettes, kleines Pferd für sie aus, und notfalls bringe ich ihr das Reiten bei.

Für den Ritt nach Cobbside hatte er sein eigenes Vollblut gewählt. Mit Bedauern dachte er an das tote Treibpferd zurück, das ihm gute Dienste geleistet hatte. Er würde nach den Männern Ausschau halten, und dann Gnade ihnen Gott.

Er ritt auf der verlassenen, sandigen Straße geradewegs in die Sonne hinein. Dank des Regens leuchtete der Busch ringsherum in den buntesten Farben; die Schößlinge der Gummibäume sahen frisch aus, zwischen ihrem zarten Grün lugten rote und orangene Blüten hervor. Über ihm bekundete ein Schwarm Brolgas lauthals seine Anwesenheit, die langen Hälse und Beine ausgestreckt. Rupe nickte den Vögeln, die unterwegs waren zu ihren Paarungsrevieren am Fluß, einen

Gruß zu. Die großen, majestätischen Tiere führten Jahr für Jahr ihre Balztänze auf, verbeugten sich, sprangen hoch und staksten umeinander herum. Niemand auf Springfield hätte je gewagt, sie dabei zu stören. Es galt als besondere Auszeichnung, wenn man sich anschleichen und sie beobachten durfte.

Verbittert dachte Rupe an den zahmen Brolga, den er als Junge besessen hatte. Austin hatte den hübschen grauen Vogel als verletztes, unterernährtes Jungtier gefunden und gesundgepflegt. Der Vogel betrachtete das Haus als sein Heim und machte keinerlei Anstalten, in die Wildnis zurückzukehren, obwohl seine Flügel geheilt waren. Rupe hatte den Vogel für sich beansprucht und Brolly getauft. Sein neues Haustier folgte ihm überallhin und war noch zahmer als seine Elstern. Doch nach einem Jahr geschah das Schreckliche. Ein Junge namens Luke, der zu Besuch auf Springfield war, hatte einen Stein nach dem Vogel geworfen und ihm das dünne Bein gebrochen. Sie mußten Brolly töten.

Rupe war so wütend gewesen, daß er das andere Kind mit der Peitsche schlug, woraufhin er von Austin eine Tracht Prügel bezog. Die Erklärung seines Vaters war ihm kein Trost gewesen.

»Wenn du kämpfen willst, kämpf mit den Fäusten, aber nie mit einer Reitpeitsche. Der Kleine hatte überhaupt keine Chance.«

Pech, dachte Rupe. Er war noch immer froh über den Griff zur Peitsche.

Er verspürte keine Gewissensbisse, als er Sergeant Perkins in Cobbside eine beschönigte Version seiner Geschichte auftischte. Er gab sich angemessen zornig über den Verlust seines Pferdes, und die Anzeige wurde ordnungsgemäß aufgenommen.

»Es heißt, auf Springfield gehe es im Augenblick drunter und drüber.«

»Kein Wunder, wenn solche Kreaturen sich hier herumtreiben.«

»Was, glaubst du, hatten sie vor?«

»Das möchte ich auch gern wissen. Vermutlich schnüffeln sie auf unserem Land herum und suchen sich die besten Stücke heraus. Oder es waren Schafdiebe. Wir besitzen viele wertvolle Merinos. Der Tod des Pferdes war ja schon schlimm genug, aber wenn einer unserer Zuchtwidder verlorengeht, bricht die Hölle los.«

»Es sind hier in letzter Zeit viele Fremde aufgetaucht«, sagte der Sergeant verdrießlich. »Ich weiß nicht, wohin das noch führen soll. Wie geht es deinem Dad?«

»Er ist wieder einsatzbereit und tobt wegen des Pferdes. Sie kennen ihn ja, ein solches Verbrechen läßt er nicht einfach so durchgehen.«

»Rupe, mir tut es auch sehr leid. Bestell deinem Vater schöne Grüße von mir. Wenn ich in der Gegend bin, komme ich auf ein Bier vorbei.«

Danach begab sich Rupe in den Pub. Auf dem Weg dorthin bemerkte er überrascht die zahlreichen Veränderungen im Dorf. Cobbside besaß nun eine neue Bank, einen Stoffhandel, ein Fahrradgeschäft – ausgerechnet – und irgendein neues Büro. Er schlenderte unter den neuen Markisen hindurch und betrachtete die Zeichen des Fortschritts, bis sein Blick auf das Schild im Fenster des neuen Büros fiel: E.G. Todman & Sohn, Landvermesser.

Er hatte völlig verdrängt, daß er seine Geschichte erneut ein wenig abgeändert und gar nicht angegeben hatte, daß unter den Buschräubern vermutlich auch ein Landvermesser gewesen war. Ein Überfall durch Fremde, die sein Land unbefugt betreten hatten, klang einfach plausibler. Das hatte ihn sein Kreuzverhör durch Austin und Victor gelehrt. Der Polizeisergeant hatte seine verbesserte Version ja dann auch anstandslos geschluckt.

Und nun stieß er hier auf Todmans Büro!

Ohne nachzudenken, trat er ein. Im Büro empfing ihn ein Mann mittleren Alters in gestreiftem Hemd mit Fliege und gestutztem Schnurrbart.

»Was kann ich für Sie tun, Sir?« fragte er höflich.

Rupe ordnete ihn nach einem Blick auf seine billige Kleidung und das kahle Büro als miesen kleinen Geschäftemacher erster Güte ein.

»Wo steckt Todman? Charlie Todman?«

»Sie meinen Charles?« Die Stimme klang ölig. »Er ist im Moment nicht hier. Kann ich Ihnen weiterhelfen? Vielleicht möchten Sie hier in der Gegend Land kaufen? Ich bin ebenfalls Grundstücksmakler.«

Jeder im Bezirk kannte die Brodericks. Seit Rupe sein Pferd an der Polizeiwache abgestellt hatte und zu Fuß in den Ort gegangen war, hatte ihn jeder, der ihm entgegenkam, gegrüßt. Es machte ihn wütend, daß ihn dieser Kerl nicht kannte.

»Sie haben da einen Burschen aus dem Norden an der Hand, der hier Land kaufen will«, sagte er. Es war eine Feststellung, keine Frage.

Er bemerkte das nervöse Augenzucken seines Gegenübers und roch förmlich die Lüge. »Nicht, daß ich wüßte, Kumpel. Wer soll das sein? Wie war Ihr Name doch gleich?«

»Wo ist Charlie?« Rupe hätte das Büro am liebsten zertrümmert, doch dann entdeckte er eine elegante Jacke über einem Stuhl, eine weitere hing an einem Haken an der Wand. Der Besitzer der feinen Stadtkleider konnte also nicht weit sein.

Rupe verließ wortlos das Büro und schlenderte bis zum Fahrradgeschäft, wo er wartete, bis Charlie Todman die Straße entlangkam.

Todman wirkte überrascht, als Rupe ihm den Weg vertrat, fing sich aber schnell. Zu schnell, dachte dieser.

»Entschuldigen Sie, Sir. Würden Sie bitte zur Seite treten?«

»Kennst du mich nicht mehr, Charlie?« fragte Rupe und sah von oben auf den Mann hinunter.

»Leider nicht.«

»Solltest du aber. Deine Freunde haben mein Pferd erschossen.«

»Ich weiß nicht, wovon Sie sprechen. Gehen Sie mir jetzt bitte aus dem Weg.«

»Wo sind denn deine Freunde? Der Boß aus dem Norden und seine Kumpel mit dem lockeren Finger am Abzug? Die, in deren Begleitung du mein Land betreten hast? Ich spreche von Springfield.«

Rupe wollte den Kerl eigentlich am Kragen packen, zur Polizeiwache schleifen, persönlich bei Sergeant Perkins abliefern und die Namen seiner Kumpel aus ihm herausprügeln. Als Todman jedoch nur die Achseln zuckte und grinsend sagte: »Sie müssen mich verwechseln, Sir, ich habe noch nie meinen Fuß auf Springfield gesetzt, wo immer das auch sein mag«, verlor er die Beherrschung. Das Pferd, die Demütigung, der lange Heimweg und die nachfolgenden Vorwürfe und Erklärungsversuche hatten das Faß zum Überlaufen gebracht. Er griff nach der nächstbesten Waffe – einem Stück Bleirohr, das zufällig auf dem Boden lag – und schlug damit auf Todman ein. Er genoß seine Rache, bis Passanten den Landvermesser von ihm wegzogen.

»Er hat es verdient«, sagte Rupe zu dem Sergeant, als dieser ihn in die Zelle führte.

»Aber du sagtest doch, du hättest keinen von ihnen gekannt.«

»Hab' ihn erkannt, als ich ihn sah. Er war einer von ihnen.«

»Aber er trägt nie eine Waffe bei sich. Wie hätte er das Pferd erschießen sollen?«

»Einer seiner Kumpel ist es gewesen.«

»Welche Kumpel? Er sagt, er sei noch nie auch nur in die

Nähe von Springfield gekommen. Du mußt ihn mit jemandem verwechseln.«

»Nein.«

Der Sergeant kratzte sich ratlos am Kopf. »Na, ich weiß nicht recht. Du hast ihm zweimal den Arm gebrochen. Er zeigt dich wegen tätlicher Beleidigung an. Du mußt hierbleiben, bis ich Victor benachrichtigt habe.«

»Na wunderbar! Die töten mein Pferd, und ich werd' eingesperrt.«

»Nun, ihr Brodericks solltet allmählich lernen, daß euer Wort hier nicht länger Gesetz ist.«

»Und Sie sollten lieber Ihre Arbeit tun. Diese Buschräuber müssen hier in Cobbside gewesen sein. Wenn Sie nicht immer nur im Pub herumsäßen, hätten Sie sie vermutlich bemerkt. Es wird Zeit, daß wir eine richtige Polizei bekommen statt eines Säufers, wie Sie einer sind.«

»Weißt du, was dein Problem ist, Rupe?« knurrte der Sergeant zurück. »Du bist größenwahnsinnig. Irgendwann wird es dir das Genick brechen. Du bleibst erst mal hier und kühlst dich ab, während ich dein Pferd in den Stall bringe.«

7. KAPITEL

SIE FANDEN MINNIE mit dem Gesicht nach unten im Schlamm des Seeufers, einen Beutel mit ihren wenigen Habseligkeiten umklammernd, um den Hals eine Girlande aus welken weißen Jasminblüten. Die weißen Blüten symbolisierten eigentlich den sanften Übergang vom Leben in den Tod, doch ihr verfärbter, aufgedunsener Körper sprach eine andere Sprache. Nioka war entsetzt und machte sich Vorwürfe, weil sie, durch ihre junge Liebe abgelenkt, sich nicht genug um ihre Schwester gekümmert hatte. Sie war untröstlich, konnte es nicht fassen, daß nach ihrer Mutter nun auch ihre Schwester nicht mehr da war. Sie weinte um sie, obwohl sie sie damit nicht zurückholen konnte, weinte und riß an ihren Brüsten, wie es Minnie in der Trauer um ihren verlorenen Sohn getan hatte. Niokas Tage waren voller Schmerz. Sie verschmähte ihren Geliebten, brachte ihm nur Feindseligkeit und Zorn entgegen. Sie watete weit in den See hinaus und rief die Geister an, die bei der Selbstzerstörung ihrer Schwester zugesehen hatten, verfluchte sie, weil sie sie nicht früher ans Ufer zurückgetragen hatten. Tief in ihrem Inneren saß ein bohrender Schmerz, der sie glauben ließ, dies sei die Rache der Kinder. Die drei kleinen Jungen würden es ihren Müttern nie verzeihen, daß sie sie im Stich gelassen hatten. Darin lag die Quelle allen Übels. Sie ging zu Doombies Mutter und überzog sie mit einer Flut von Beschimpfungen, bis Gabbidgee einschritt und sie anflehte, ihr Leiden nicht noch zusätzlich zu verschlimmern. Er trauere jeden einzelnen Tag seines Lebens um seinen Sohn.

Am See tuschelte man, Nioka erleide das gleiche Schicksal wie ihre Schwester und werde nun ebenfalls verrückt. Die Älteren wurden herbeigerufen, um sie mit Zaubersprüchen von ihrem Weinen zu erlösen, doch nichts half. Eines Tages bemerkten sie, daß Nioka sie ebenso wie Minnie verlassen hatte. Vielleicht war sie auch im See ertrunken oder lag irgendwo tot in den dichten Wäldern.

Sie suchten am Ufer und im Wald nach ihr, riefen die Vögel in der Luft und die Nachttiere des Busches um ein Zeichen an, doch es blieb aus. Niokas Verschwinden blieb ein Geheimnis und brach ihrem Geliebten beinahe das Herz. Verzweifelt bat er die Ältesten, nach Moobuluk zu schicken, dem ehrfurchtgebietenden Zauberer, mit dem sie verwandt war.

Bobburah, auch Bobbo genannt, erlebte im Schlaf das Dahinscheiden seiner Mutter mit. Für ihn sah es genauso anmutig aus, wie sie es sich gewünscht hatte; sie trieb auf den sanften Wellen dahin, lächelte ihn an, duftende Blumen umgaben ihr langes, schwarzes Haar, und er hörte, wie sie liebevoll seinen Namen rief. Der Anblick war wunderschön, und er verzieh ihr, daß sie nichts dagegen unternommen hatte, daß die Weißen ihn mitnahmen. Er tauchte in ihre warmen braunen Augen ein, sah durch sie hindurch die vertraute Küche mit der Veranda davor, auf der er so oft mit Teddy gespielt hatte. Und die großen Männer mit ihren Pferden und die dummen, wolligen Schafe. Er lächelte. Dumme, wollige Schafe mit weichen Köpfen und niedlichen Lämmern, die ihre kleinen Schnauzen in Eimer voller Milch drückten. Sie führten ein unbeschwertes Leben. Es erinnerte ihn an glückliche Zeiten. Aber wo war das gewesen?

Seine Mutter wirkte sehr schläfrig und schloß die Augen, doch als er ihr diese Frage stellte, sah sie ihn überrascht an.

»Springfield«, antwortete sie klar und deutlich. »Springfield.«

Dann glitt sie zufrieden in die Traumzeit hinüber.

Bobbo fuhr mit einem Ruck aus dem Schlaf hoch, das Wort

›Springfield‹ noch im Ohr. Vor Kälte zitternd, trat er zu den anderen zerlumpten Jungen, mit denen er ihre schäbige Unterkunft säubern mußte, bevor sie sich alle zum Appell und dem allmorgendlichen Singen von Kirchenliedern auf dem harten Asphalt des Hofes versammelten. Danach trottete er verschlafen zum Frühstück, löffelte seinen dünnen Porridge und wartete in der Schlange auf seinen Korb. Da man der Meinung war, es habe keinen Sinn, farbigen Kindern Unterricht zu erteilen, mußte er sich trotz seines Alters an der schweren Arbeit im Gemüsegarten beteiligen. Das Waisenhaus hatte ein zusätzliches Stück Land erworben, das urbar gemacht werden mußte.

An diesem Tag machte es Bobbo nichts aus, mit den anderen Jungen aufs Feld zu ziehen, das sie von Steinen zu befreien hatten. Das Feld lag vor den Toren des Waisenhauses und war nicht eingezäunt. Als er seinen flachen Korb mit Steinen gefüllt hatte, schleppte er ihn mühsam zu dem stetig wachsenden Steinhügel, wo die Last abgeladen wurde. Er ging um den Hügel herum, ließ den Korb dort unbemerkt liegen und entfernte sich, vom Hügel gedeckt, von den anderen Jungen. Bobbo rannte nicht, ging vielmehr ganz leise auf einen Weg am Ende des Feldes zu. Dann jedoch sprintete er los, bog in den nächstbesten Hof ein, kletterte über einen niedrigen Zaun und rannte weiter. Im Zickzack sauste er über Privatgrundstücke, schlüpfte unter Stacheldrahtzäunen hindurch, erreichte eine Straße und lief sie entlang, so schnell ihn seine kleinen Beine trugen. Dann bog er in eine gepflasterte Gasse ein und rannte, rannte, rannte den Bossen davon. Stundenlang rannte er so, bis er Unterschlupf in einem verwilderten Obstgarten fand, wo er einige wurmstichige Äpfel verschlang. Bobbo schmeckten sie köstlich, und er saugte gierig an den Kerngehäusen, während er wartete.

Die Sonne wanderte über die Bäume nach Westen, weg von der großen Stadt. Er glaubte, sie werde ihn nach Hause bringen, zurück aufs Land. Entschlossen stand er auf und lief weiter, immer der Nachmittagssonne entgegen.

In dieser Nacht schlief er in einem Gebüsch am Straßenrand. Am Morgen sah er, daß er sich auf einem Acker befand, und klopfte kühn an die Hintertür des dazugehörigen Farmhauses.

Eine Frau öffnete und sah ihn verblüfft an. »Wer bist denn du?«

»Missus, haben Sie bitte was für mich zu essen?« fragte er.

Erstaunt betrachtete sie die zerlumpte Gestalt. »Wo sind deine Eltern?«

Er zeigte mit dem Finger auf die Straße. »Da lang. Haben Sie ein kleines bißchen für mich?«

Die Frau lachte. »In Ordnung, aber dann verschwindest du gleich wieder. Und nichts anfassen. Ich bin gleich zurück.« Sie kam mit einem säuberlich durchgeschnittenen Honigsandwich wieder.

»Bitte schön.«

Seine braunen Augen blitzten auf vor Freude. »Danke, Missus.«

»Und jetzt ab mit dir!«

Im Laufen verschlang er das Sandwich. Er war nach wie vor der festen Überzeugung, er befinde sich auf dem Heimweg. Und jetzt, da er wußte, wie er sich etwas zu essen beschaffen konnte, würde ihm nichts mehr passieren. Ihm war die Küche von Springfield wieder eingefallen, wo seine Mutter gearbeitet hatte, bevor sie in die Traumzeit hinüberging.

Doombie lebte nach wie vor bei der Aufseherin. Er fühlte sich wohl bei der freundlichen Frau, die ihn wie ihren eigenen Sohn behandelte. Beide freuten sich auf die Sonntage, an denen Buster zum Mittagessen kam und Neuigkeiten aus dem Armenhaus mitbrachte.

»Sie haben kein Geld zum Renovieren«, berichtete er seiner Schwester. »Sieht aus, als müßte es geschlossen werden. Vermutlich wird das ganze Gebäude abgerissen.«

»Zu etwas anderem taugt es ja auch nicht mehr.«

»Schon, aber was wird aus mir? Ich verliere meine Arbeit.«

»Du weißt, du kannst jederzeit zu mir ziehen. Ständig werden hier neue Häuser gebaut, die Siedlung wächst und wächst, und an Möglichkeiten zu Gelegenheitsarbeiten herrscht kein Mangel. Ich habe mich erkundigt – einen Mann wie dich können sie hier immer gebrauchen.« Sie lächelte. »Außerdem leben jetzt viele junge Familien hier. Meinen Ruf als zuverlässige Hebamme hab' ich bei denen schon weg.«

»Das kann ich mir denken«, erwiderte Buster stolz. »Vermutlich gibt es in dieser Gegend nicht allzu viele davon.«

Mrs. Adam Smith mißfiel die Gegenwart des schwarzen Kindes immer mehr, zumal sie inzwischen selbst ein Baby erwartete. Die Nachricht war ein rechter Schock gewesen; die Ärzte hatten ihr immer gesagt, sie könne keine Kinder bekommen, und nun war sie schon im dritten Monat. Immerhin hatte Adam daraufhin eine Entscheidung gefällt. »Wir können unser Kind nicht zusammen mit einem schwarzen aufziehen. Stell dir vor, es wird ein Mädchen!«

»Ob Junge oder Mädchen, es geziemt sich einfach nicht. Er muß weg.«

»Ja. Ich werde sehen, was sich machen läßt.«

Bei seinen Nachforschungen entdeckte er, daß es weit draußen hinter Ipswich an der Straße nach Toowoomba ein neues Reservat für Schwarze gab. Dort lebten Aborigine-Familien aus verschiedenen Bezirken.

»Das wäre ideal für ihn«, erklärte er seiner Frau. »Man sagte mir, einige schwarze Frauen würden Jack sehr gern bei sich aufnehmen. Dort ist er ohnehin besser aufgehoben.«

Die Köchin empfand als einzige Mitleid mit Jagga. Sie packte seine Sachen in einen schicken, neuen Koffer, zog ihm seinen besten Matrosenanzug mit dem weißen Strohhut an und bestand darauf, daß er seine guten Schuhe und Strümpfe trug. Dann gab sie ihm einen Korb mit Rindswürstchen, Früchtekuchen, Keksen und Bananen mit, drückte ihm zwei Pennies in die Hand und einen Kuß auf die Wange.

Jagga war begeistert, da er glaubte, man bringe ihn zurück zu Bobbo und Doombie. Daß Bobbo das Armenhaus bereits vor ihm verlassen hatte, hatte er vergessen. Der Koffer interessierte ihn nicht weiter, der Picknickkorb dafür um so mehr. Er hielt ihn fest an sich gepreßt, als ihm die hübsche Dame zum Abschied den Kopf tätschelte und ihn neben Mr. Smith in den Gig verfrachtete.

Die Reise über den Fluß und aufs Land hinaus dauerte sehr lange. Nach einer Weile rollte er sich auf einem Teppich unter dem Sitz zusammen und döste glücklich ein. In einer großen Stadt legten sie eine Pause ein. Jagga durfte an Mr. Smiths Seite in einem Café zu Mittag essen, wo er einiges Aufsehen erregte, weil er so gute Tischmanieren besaß. Er sah, daß Mr. Smith mit ihm zufrieden war, denn er lächelte und machte Scherze und kaufte ihm zum Schluß sogar ein Erdbeereis.

Dann ging der tolle Ausflug weiter. Sie rollten eine lange, sandige Straße entlang, die irgendwie vertraut roch.

»Wir fahren Hause?« fragte er unvermittelt.

»Ja. Ich bringe dich an einen Ort, wo viele Mädchen und Jungen wie du leben. Dort wirst du eine Menge Spielkameraden finden.«

»Wirklich Hause?«

»Ja.«

Doch irgendwann hielten sie an einem seltsamen, fremden Ort. Es gab ein riesiges Tor dort, viele Hütten und Menschen, doch das waren nicht seine Leute. Jagga bekam es mit der Angst zu tun.

»Das nicht Hause.«

»Doch, das sind deine Leute.«

Jagga klammerte sich an ihm fest. »Angst, kenne die nicht.« Für Jagga, dem die Unterscheidung nach Hautfarben unbekannt war, waren diese dunkelhäutigen Menschen allesamt Fremde, und er mußte gewaltsam vom Gig weggezogen werden.

»Sieht nicht wie ein Waisenkind aus«, bemerkte der Verwalter mit einem Blick auf den herausgeputzten Jungen.

»Wir haben uns gut um ihn gekümmert«, sagte Smith. »Aber ich denke, hier ist er besser aufgehoben.«

»Stimmt wohl. Wie heißt er?«

»Jack. Er ist ein braver Junge. Und überaus wohlerzogen.«

»Wenn Sie meinen, Kumpel. Lassen Sie ihn hier.«

Nach getaner Pflicht überließ ihn Mr. Adam Smith nur zu gern der Obhut des Beamten. Er freute sich auf die Zwischenübernachtung im Hotel von Ipswich, wo am Samstagabend eine ausgezeichnete Varieté-Vorstellung lief. Mrs. Smith fand es abscheulich, doch er selbst liebte das Varieté. Diese Gelegenheit würde er sich nicht entgehen lassen.

Er tätschelte den Kopf des Kindes, das sich vor Angst krümmte, ermahnte es, brav zu sein, und verschwand.

»Was soll ich jetzt mit dir anfangen?« fragte der Verwalter ratlos. Buster war es damals ähnlich ergangen.

Er sah aus dem Fenster und bemerkte eine dicke Aborigine-Frau, die im Schneidersitz vor einer Hütte saß.

»He, Maggie, komm mal her! Sieh mal, was ich hier habe.«

Erstaunlich agil angesichts ihrer Körperfülle sprang die Frau auf die Füße und kam zu ihm herüber. »Was los, Mr. Jim?«

Mit dem Korb in der Hand trat er vor die Tür. »Sieh mal rein, richtig gutes Essen.«

Sie öffnete grinsend den Korb. »Essen für mich?«

»Ja. Aber der Besitzer gehört dazu.«

»Wer ist Besitzer?«

Als sie das zitternde Kind hinter dem Schreibtisch erblickte, schloß sie es sofort ins Herz. »Lieber, kleiner Kerl! Und so hübsch. Wo ist Mumma?«

»Er ist ein Waisenkind und heißt Jack.«

Ohne zu zögern, drückte sie ihn an sich. »Armer, kleiner Junge. Hat keine Mumma. Keine Sorge, Maggie kümmert sich. Ein Kind mehr macht nichts.« Sie plazierte ihn auf ihrer ausladenden Hüfte. »Das dein Essenkorb, Jack? Wir nehmen mit.«

»Diesen Koffer könnt ihr auch haben«, sagte Mr. Jim zu ihr. »Für ein Waisenkind ist er verdammt gut ausgestattet.«

Nachdem er das Kind untergebracht hatte, kehrte Mr. Jim in seinen Sessel auf der vorderen Veranda zurück und las Zeitung. Er machte sich nicht die Mühe, Jacks Ankunft in den Akten zu vermerken. Wie Maggie bereits gesagt hatte, bedeutete ein Kind mehr oder weniger keinen Unterschied. Hier lebte ein buntes Gemisch aus unterschiedlichsten Stämmen und Clans, und man konnte wirklich nicht von ihm erwarten, daß er die verschiedenen Familiennamen auf die Reihe kriegte, geschweige denn, sie buchstabieren konnte.

Gabbidgee, Jaggas Vater, behauptete beharrlich, Nioka sei noch am Leben.

»Sie ist anders als ihre Schwester. Sie ist eine starke Frau, eine Kriegerin. Sie ist einfach nur weggelaufen.«

Er wollte die Suche nach ihr fortsetzen, aber seine Ehefrau geriet darüber in Zorn. »Warum machst du solch ein Getue um diese Frau? Hast du dich in sie verguckt? Lüg mich nicht an. Jetzt willst du fortgehen und nach ihr suchen. Sie hat immer nur Schwierigkeiten gemacht. Wenn du sie in diese Hütte bringst, töte ich dich.«

Also wartete Gabbidgee geduldig, bis Moobuluk eintraf, und hielt sich während der Willkommenszeremonie für den Ehrfurcht einflößenden Zauberer respektvoll im Hintergrund.

Er lauschte den Ältesten, die ihm schonend beibrachten, daß zwei Frauen aus seiner Familie gestorben waren.

Er nahm sogar an der von Moobuluk angeführten Trauerzeremonie teil, obwohl er sicher war, daß nur Minnie tot war.

Schließlich gelang es ihm, am Lagerfeuer einen Platz hinter Moobuluk zu erhaschen, und er flüsterte ihm zu: »Nioka lebt noch.«

Moobuluk erstarrte für einen Moment. Es war tabu, den Namen einer Toten zu erwähnen.

Er wandte sich um und starrte Gabbidgee ins Gesicht. »Was sagst du da?«

»Vergib mir, alter Mann, vergib mir«, stammelte Gabbidgee, »aber sie ist nicht tot.«

»Wie kann das sein? Ich habe mit den Ältesten gesprochen, die es doch wissen sollten. Der Tod war hier, die Geister sind zufrieden. Warum sagst du etwas so Grausames zu mir?«

»Ich bin nicht zufrieden.« Gabbidgee staunte über sich selbst. Tapfer fuhr er fort: »Du irrst dich, alter Mann, du hast nur mit den Geistern einer Schwester gesprochen.«

Moobuluks Blick war verschleiert. Diese Tragödie hatte ihn verletzt, und er fühlte sich für den Tod seiner Verwandten verantwortlich. Er hatte geglaubt, sie seien hier in Sicherheit.

»Es tut mir leid«, brummte Gabbidgee, »das hätte ich nicht sagen sollen.«

»Ich kann mich irren, Bruder. Aber niemand lügt mich an. Warum behauptest du das Gegenteil?«

Er hörte Gabbidgee an, ohne ihn zu unterbrechen, als dieser von der Verzweiflung der toten Frau und der Reaktion ihrer Schwester berichtete.

»Zuerst war sie auch verzweifelt, aber dann verwandelte sich ihre Verzweiflung in Zorn. Zorn wegen der verlorenen Schwester, der verlorenen Kinder. Nioka ist nicht tot.«

»Wo ist sie dann? Ihr Geliebter trauert um sie. Hätte sie ihn freiwillig verlassen? Ich glaube, sie liebte ihn aufrichtig.«

»Das ist wahr. Aber Nioka war zornig. Ich glaube, sie sucht nach den Kindern.«

»Aber sie sind weder im alten Lager noch in der Gegend des Broderick-Hauses, sonst hätte mir Spinner eine Botschaft geschickt. Ich wäre sofort zum See gekommen und hätte es ihnen gesagt, das wußten die beiden genau. Ich lasse so etwas nicht einfach auf sich beruhen.«

»Vielleicht glaubte sie, Spinner habe es vergessen.«

»Das würde er nicht wagen.«

Gabbidgee überlief ein Schauder. Das stimmte. Spinner würde es tatsächlich nicht wagen. Wären die Kinder inzwischen zurückgekehrt, hätten sie davon erfahren. Denn Spinner wußte, was es hieß, wenn ein Mann wie Moobuluk mit dem Knochen auf ihn zeigte.

»Nein«, gab er zu, »die Kinder sind nicht dort. Aber ich glaube trotzdem, daß Nioka zurückgegangen ist, und werde es so lange glauben, bis man sie selbst oder ihre Überreste gefunden hat.«

Der alte Mann sah auf seinen dreibeinigen Hund hinunter und stupste ihn mit dem Fuß an. »Sieht aus, als müßten wir selbst nachsehen, sonst findet Gabbidgee keine Ruhe.«

»Soll ich nicht mitkommen?«

»Nein, deine Frau würde es nicht gutheißen. Wenn du aber recht behältst und ich eines unserer Mädchen durch deine Hilfe zurückbekomme, bin ich dir zu Dank verpflichtet.«

Irgendwann in der Nacht zog Moobuluk lautlos von dannen.

»Wie bitte?« fragte Louisa entsetzt, als sie von Rupes Verhaftung erfuhr. Noch nie hatte jemand, den sie kannte, im Gefängnis gesessen.

Ihr Ehemann nahm ein Paar polierte Reitstiefel und ein sauberes Hemd aus dem Schrank. »Ich sagte, er ist im Gefängnis. Hat sich mit jemandem geprügelt, so wie es aussieht.«

»Woher weißt du das?«

»Ein Viehhüter, der unterwegs zu Jock war, hat mir Bescheid gesagt. Ich muß in die Stadt reiten und eine Kaution stellen.«

»Das glaube ich einfach nicht! Wollt ihr mich um jeden Preis blamieren? Was in aller Welt soll Cleo von uns denken? Seit sie hier ist, gibt es nichts als Streitereien, und nun sitzt Rupe auch noch wie ein gemeiner Verbrecher im Gefängnis. Und dir scheint das gar nichts auszumachen.«

Victor streifte sich das Hemd über. »Natürlich macht es mir etwas aus. Ich bin stinksauer. Keine Ahnung, in was für einen Schlamassel sich dieser Idiot jetzt schon wieder hineingeritten hat. Ich habe weiß Gott Besseres zu tun, als in die Stadt zu fahren, um ihn aus dem Gefängnis zu holen.«

»Dann laß ihn doch drin!«

»Mach dich nicht lächerlich. Das gäbe nur noch mehr Gerede. Außerdem will Austin ihn umgehend zu Hause haben.«

»Austin! Ich kann diesen Namen bald nicht mehr hören. Und wenn er noch einmal anfängt zu brüllen, werde ich ihm persönlich den Mund verbieten.«

Victor grinste. »Von mir aus gern! Wir hätten noch eine Weile in der Stadt bleiben sollen, meinst du nicht? Nächstes Mal sind wir klüger.« Er küßte Louisa auf die Wange. »Kopf hoch, schlimmer kann es doch gar nicht mehr kommen.«

»Darauf würde ich mich nicht verlassen. Was passiert, wenn der Musterknabe Rupe nach Hause kommt? Dann gibt es noch mehr Streit.«

»Die ideale Gelegenheit, Austin über den Mund zu fahren«, schlug Victor lachend vor. »Oder du bringst Cleo rasch außer Hörweite.«

»Du meinst wohl, ich mache Witze. Von wegen!«

Als er endlich Cobbside erreichte, war Victor verschwitzt, durstig und schlechtgelaunt. Außerdem hatte er Hunger, da er vor dem Mittagessen aufgebrochen war. Also beschloß er, Rupe noch ein Weilchen schmoren zu lassen und erst einmal etwas zu essen. Das Pub wirkte sehr viel einladender als das Gefängnis.

Beim Betreten des Schankraums grüßten ihn einige Hilfsarbeiter von Jocks Farm.

»Holst du Rupe aus dem Knast? Bring ihn her, dann können wir alle zusammen einen heben und feiern!«

»Was denn feiern?«

»Rupe hat ein Zeichen gesetzt! Er ist ein Held.«

Victor schüttelte den Kopf. »Ich weiß noch gar nicht, was genau passiert ist.« Er bestellte sich ein Pint. Vielleicht war es besser, wenn er sich den Hergang von diesen Männern schildern ließ, denn Rupes Version würde vermutlich alles andere als zuverlässig ausfallen. Das hatte die Geschichte mit dem Überfall am Fluß bewiesen, die ihm Victor nicht eine Sekunde lang abgekauft hatte.

»Was ist überhaupt geschehen? Gab es eine Schlägerei?«

»Nein, keine Schlägerei«, erwiderte Bert Fleming, der seit Jahren im Bezirk arbeitete. »Ich hab's mit eigenen Augen gesehen. Rupe hatte eine Art Auseinandersetzung mit Charlie Todman, einem der neuen Vermesser ...«

»Er sagt, sein Name ist Charles«, flötete ein anderer, woraufhin alle vor Lachen losbrüllten.

»Dann greift sich Rupe plötzlich ein Stück Rohr und fällt über diesen Charlie her. Junge, hat der ihn vielleicht vermöbelt! Sein Arm ist an zwei Stellen gebrochen.«

»Jesus«, murmelte Victor, »warum zum Teufel hat er das getan?«

Bert zog an seiner Pfeife. »Wir sind zwischen die beiden gegangen, sonst hätte Rupe ihn glatt umgebracht. Dann kommt Todman senior aus seinem Büro gerannt und schreit nach der

Polizei. Zur gleichen Zeit brüllt Rupe, daß der Kerl ihm sein Pferd unter dem Hintern weggeschossen hat.«

Victors Kopf schoß in die Höhe. »Sein Pferd?«

»Ja. Stimmt das?«

»Irgend jemand hat es jedenfalls getan. Fremde, Eindringlinge auf unserem Land. Aber Rupe kannte sie angeblich nicht.«

»Jetzt schon. Endlich bekommen diese Vermesser und ihre sauberen Freunde mal eine Vorstellung davon, was sie hier draußen erwartet. Der alte Jock macht sich schon richtig Sorgen; er hat gehört, daß die Leute vor dem Gericht in Toowoomba Schlange stehen, seit das Pachtland zum Verkauf freigegeben wurde. Sie beanspruchen jedes Grundstück, das nicht freier Grundbesitz ist.«

»Ich weiß, aber was hat das mit Rupe zu tun?«

»Eine Menge. Diese Vermesser hängen wie die Kletten an den Siedlern, weil sie ein schnelles Geschäft wittern. Ihre Büros schießen wie Pilze aus dem Boden. Todman & Sohn. Hast du es denn noch nicht gesehen?«

»Nein.«

»Du bist direkt dran vorbeigeritten, Kumpel. Todman sagt aber, er habe nie einen Fuß auf Springfield gesetzt. Rupe behauptet das Gegenteil. Wie auch immer, sie haben die Botschaft verstanden. Der alte Todman soll wissen, was ihm blüht, wenn er sich auch nur mit einem einzigen Siedler im Schlepptau bei Jock blicken läßt.«

Der Barkeeper unterbrach ihn. »Dennoch, Victor, Ihr Bruder wurde wegen tätlichen Angriffs angezeigt und hat bei Sergeant Perkins dann auch noch eine dicke Lippe riskiert. Damit hat er sich nicht gerade einen Gefallen erwiesen.«

»Er ist schon in Ordnung«, sagte Bert und kippte sein Bier hinunter, doch Victor war davon nicht so ganz überzeugt. Er hatte gehofft, eine ruhige Unterhaltung mit Perkins könne den Zwischenfall aus der Welt schaffen, aber

Rupes großes Mundwerk hatte ihm diesen Ausweg offensichtlich verbaut.

So begeistert diese Burschen auch waren, der Angriff auf einen unbewaffneten Mann war eine ernst zu nehmende Angelegenheit, viel ernster als eine der üblichen Wirtshausschlägereien, von der Victor zunächst ausgegangen war. Rupe hatte sich nämlich schon mehr als einmal wegen einer Frau geprügelt.

Er trank noch ein paar Gläser mit den Männern und überredete den Barkeeper, ihm wenigstens eine kalte Mahlzeit zu servieren, da die Küche bereits geschlossen war. Dann überlegte er sich seinen ersten Schachzug. Falls die Todmans auf einer Gerichtsverhandlung bestanden, würde Rupe verlieren. Es gab einfach zu viele Zeugen für den Angriff, während er bei dem Zwischenfall mit dem Pferd ganz allein gewesen war. Für das Gericht wog ein tätlicher Angriff auf einen Menschen weitaus schwerer, so daß Rupe in diesem Fall keine Chance hätte.

Manchmal kam es Victor so vor, als lebe sein Bruder in der Vergangenheit. Er war viel zu anfällig für all die wildromantischen Geschichten aus der Pionierzeit, mit denen Austin ihn fütterte. Damals war sein Wort Gesetz gewesen. Die Squatter regierten wie Herzöge über ihre Weidegründe, und niemand wagte, sich ihnen in den Weg zu stellen. Doch diese Zeit war lange vorbei. Falls Rupe sich als zweiten Austin Broderick betrachtete, mußte man ihn umgehend auf den Boden der Tatsachen zurückholen.

Aber vielleicht nicht gerade heute, dachte Victor grimmig. Diese Anzeige durfte nicht auf die leichte Schulter genommen werden. Er schlug daher nicht den Weg zur Polizeiwache ein, sondern ging erst einmal zum Büro des Landvermessers.

Beim Eintreten dachte er verärgert, daß er sich nun ebenso verhalten würde, wie Austin es angesichts der Umstände getan hätte. Leider fiel ihm kein anderer Ausweg ein.

Er stellte sich bei Todmann senior vor, der wie erwartet reagierte.

»Sagten Sie Broderick? Sind Sie etwa mit diesem Kerl verwandt, der meinen Sohn angegriffen hat? Er ist noch immer im Krankenhaus. Was sind Sie nur für Menschen? Raus aus meinem Büro!«

»Ich bin sein Bruder«, antwortete Victor ungerührt. »Betrachten Sie es als Glück, daß Ihr Junge es nur mit Rupe allein aufnehmen mußte.«

»Was heißt hier aufnehmen?« stieß der grauhaarige Mann hervor. »Er wurde überfallen. Verschwinden Sie, sonst rufe ich die Polizei!«

»Tun Sie das ruhig, aber erst, wenn ich fertig bin. Jemand hat eins unserer Pferde erschossen ...«

»Aber nicht Charles. Er trägt keine Waffe.«

»So habe ich es auch gehört. Aber Sie haben ihn mit ein paar Männern nach Springfield geschickt, und die haben es getan ...«

»Das höre ich mir nicht länger an!«

»Oh, doch. Sie setzen sich jetzt erst mal hin.« Victor wartete, bis der Vermesser in einen Sessel gesunken war. »Auf unserem Land bewacht niemand allein die Grenzen, schon gar kein Familienmitglied. Rupe war in Begleitung, als das Tier erschossen wurde, wir haben also einen Zeugen.« Victor improvisierte munter drauflos, denn er wußte, daß die Wahrheit irgendwo zwischen Rupes und Todmans Version liegen mußte. Zweifellos hatte Rupe den Städter wiedererkannt, der mit den Buschräubern unterwegs gewesen war. Und sie hatten Springfield unbefugt betreten, soviel stand fest.

»Haben Sie irgendeine Ahnung von den Regeln, die hier draußen gelten?« fragte er drohend. »Es ist schlimmer, ein Pferd zu stehlen als eine Ehefrau. Ein gutes Tier zu erschießen ist sogar noch verwerflicher. Sie können von niemandem hier Mitgefühl erwarten, denn die Wahrheit hat sich bereits herumgesprochen. Ich bin seit zwei Stunden in der Stadt und habe schon mehrfach die Meinung gehört, daß Charlie am besten gelyncht werden sollte. Mag sein, daß er das Pferd nicht erschossen hat, aber er ließ es zu, und gelogen hat er obendrein.«

Victor legte eine Kunstpause ein. »Drücken wir es einmal so aus, Mr. Todman. An Ihrer Stelle würde ich Charlie unmittelbar nach seiner Entlassung aus dem Krankenhaus von hier wegbringen. Sonst könnte er noch größeren Schaden nehmen.«

»Wollen Sie mir etwa drohen?«

»Natürlich, aber das müssen Sie mir erst einmal beweisen. Ziehen Sie die Vorwürfe gegen meinen Bruder zurück – mit einem gebrochenen Arm als Entschädigung für den Verlust eines gutes Pferdes sind Sie noch sehr gut bedient –, oder Ihre Probleme fangen gerade erst an. Und das ist keine Drohung, sondern ein Versprechen, Mr. Todman.«

Der Vermesser geriet ins Stottern. »Sie könnten wenigstens die Behandlungskosten übernehmen.«

»Und Sie können Ihrem Gott auf Knien dafür danken, daß Ihr Sohn nicht ebenfalls im Gefängnis sitzt. Er würde im Gegensatz zu meinem Bruder wohl kaum mit einer Geldstrafe davonkommen.«

Todman fingerte nervös an seiner Krawatte und zog seine Weste zurecht. »Ich bin sicher, wir können uns gütlich einigen, Mr. Broderick«, sagte er mit bebender Stimme.

»Selbstverständlich. Sie ziehen die Anzeige gegen meinen Bruder zurück, und ich stehe dafür ein, daß Charles diese Stadt ohne weitere Zwischenfälle verlassen kann.«

»Das ist aber überaus ungerecht, Sir.«

»Ganz im Gegenteil, Ihr Junge kommt noch gut davon. Und eines noch: Falls jemand, der mit Ihnen in Verbindung steht, auch nur einen Zoll von Springfield beansprucht, bekommen Sie ernsthafte Probleme. Kurzum, Mr. Todman, Sie und Ihr Sohn bewegen sich in äußerst schlechter Gesellschaft. Also, wenn nicht innerhalb einer Stunde alles geregelt ist, zeige ich Ihren Sohn an. Und das ist erst der Anfang!«

Rupe beachtete den grollenden Sergeanten nicht weiter und verließ triumphierend die Polizeiwache.

»Ich wußte, sie würden die Vorwürfe nicht aufrechterhalten können. Wo hast du eigentlich so lange gesteckt? Ich hatte schon vor Stunden mit dir gerechnet. Hätte schon längst gegen Kaution frei sein können. Dieser Charlie Todman war der Vermesser, von dem ich dir erzählt habe. Ich habe ihn sofort entdeckt, als ich in die Stadt kam. Komm, wir bleiben heute hier und gehen ins Pub. Ich muß den Dreck aus Perkins' Zelle runterspülen.«

»Steig auf dein Pferd, wir reiten nach Hause«, befahl Victor. Trotz Rupes wütendem Protest machten sie sich gemeinsam auf den Heimweg. Victor ertrug eine Zeitlang die Prahlereien seines Bruders, der sich brüstete, Charlie Todman die Tracht Prügel seines Lebens verpaßt zu haben. Irgendwann wurde es ihm aber doch zuviel, vor allem, da es ihn an sein eigenes rabaukenhaftes Benehmen gegenüber dem alten Todman erinnerte, und er fuhr Rupe an: »Halt endlich den Mund! Der Kerl hat dein Pferd nicht erschossen, das weißt du genau. Ebensowenig bist du überfallen worden. Ich vermute, du hast dir ein bißchen zuviel vorgenommen und dich wie üblich überschätzt. Du selbst bist schuld am Tod des Tieres ...«

»Auf wessen Seite stehst du eigentlich?«

»Jedenfalls nicht auf deiner. Du hast den Kerl verdroschen, bevor er eine Gelegenheit hatte, sich zu verteidigen. Wie überaus mutig von dir!«

»Wie kommt es dann, daß er die Vorwürfe zurückgenommen hat?« fragte Rupe hämisch, doch Victor stieß sein Pferd leicht an, das daraufhin in Galopp verfiel. Er hatte genug von Rupe. Vielleicht hatte Harry doch die beste Wahl getroffen, indem er ein Leben aufgab, das er weder wollte noch brauchte, und auf der Tirrabeefarm einen neuen Anfang wagte. Immerhin war er nun sein eigener Herr und konnte in Ruhe seiner Arbeit nachgehen, ohne die ständigen Einmischungen, die er selbst ertragen mußte.

Victor fragte sich allerdings, wie es Connie wohl auf Tirrabee gefallen mochte.

Zu Connies Überraschung erwies sich das Leben auf der Farm als recht angenehm. Nicht viele Ehemänner hätten ihrer Frau die peinliche Sache mit Sam Ritter verziehen, und sie war aufrichtig dankbar, daß Harry den Zwischenfall nie wieder erwähnte.

An dem Tag, an dem er das Haus in Brisbane verkauft hatte, hatte er sich mit ihr zusammengesetzt und einen Waffenstillstand vorgeschlagen. Schließlich und endlich hatten sie nichts mehr, nur noch einander.

Connie erschauderte bei der Erinnerung an die trüben Aussichten, die sich ihr damals geboten hatten. Eine Rückkehr zu ihren Eltern kam nicht in Frage, selbst wenn sie es gewollt hätte, und auch sonst gab es niemanden, bei dem sie hätte Zuflucht finden können.

Harry war ganz reizend gewesen, da er als einziger ihre Situation verstand, und hatte sich für die katastrophale Wendung entschuldigt, die ihr Leben auch durch sein Zutun genommen hatte.

»Ich möchte nicht, daß du dich gezwungen fühlst, mit mir zu kommen, Con ...«

»Mir bleibt ja keine andere Wahl«, hatte sie geschluchzt.

»So darfst du das nicht sehen. Ich will dich bei mir haben. Ich liebe dich. Empfindest du denn gar nichts mehr für mich?« Er hatte sie in die Arme genommen. »Bleib bei mir,

Liebes. Du wirst es nicht bereuen, das verspreche ich dir. Wir beide fangen noch einmal ganz von vorn an.«

In diesem Moment dämmerte ihr, daß sie Harry auf gar keinen Fall verlieren wollte. Sie fühlte sich wohl bei ihm und war vom Flirten gründlich geheilt. Was sollte sie denn ohne ihn anfangen?

»Magst du mich denn nicht wenigstens ein kleines bißchen?« fragte er leise und küßte sie.

»Schon möglich«, gestand sie, und er lachte.

»Na, das klingt ja nicht gerade überschwenglich.«

Auf einmal wurde sie wieder von dem Mann umworben, den sie vor Jahren kennengelernt hatte, einem gutaussehenden, fröhlichen Harry Broderick. Ihre romantische Seele gab nach. Obwohl Connie nach wie vor Bedenken gegen ein Leben im Busch hegte, wurde ihr schnell bewußt, daß dies für sie beide die ideale Gelegenheit war, sich von den Männern zu befreien, die ihr Leben dominiert hatten.

»Man hat uns enterbt«, kicherte sie. »Austin hat dich fallenlassen, und mein Vater hat mir die Tür gewiesen. Wir sind praktisch Ausgestoßene.«

»In der Tat«, erwiderte er grinsend. »Schande über uns. Das sollten wir feiern. Im Keller müßte es noch ein paar anständige Flaschen Wein geben.«

In dieser Nacht liebten sie sich auf einem schmalen Bett in einem der Gästezimmer und vergaßen darüber den Wahnsinn, der sie wieder zusammengeführt hatte.

Tirrabee war behaglicher, als sie erwartet hatten, eine friedliche Farm mit endlosen, grünen Weiden, die nur wenige Stunden von Toowoomba entfernt lag – einem hübschen kleinen Ort, der jedoch beständig wuchs und immer städtischer wurde.

Das Wohnhaus war herrlich, ein weißgestrichenes Holzgebäude mit rotem Dach, das sich an einen Hang schmiegte. Das Haus und der eingezäunte Garten schienen den neuen

Verwalter und seine Frau von Anfang an willkommen zu heißen. Die Einrichtung war schlicht und behaglich, die Räume makellos sauber. Die Frau eines Viehhüters hatte dafür gesorgt und stand nun zur Begrüßung bereit.

»Ich wußte nicht, wann Sie genau eintreffen würden. Also bin ich jeden Tag hergekommen, um es in Ordnung zu halten.«

»Das ist sehr freundlich von ihnen«, sagte Connie. Das Schlimmste war überstanden – insgeheim hatte sie eine von Ungeziefer wimmelnde Bruchbude erwartet.

Die Frau, Clara Nugent, führte sie in die geräumige Küche.

»Der Herd ist ein bißchen eigensinnig, Mrs. Broderick, aber Sie werden ihn sich schon zurechtstutzen.«

Als Clara gegangen war, sagte Connie: »Du hast mir kein Wort davon gesagt, daß ich selber kochen muß.«

»Auf kleineren Farmen gibt es keine Köchinnen oder Haushälterinnen. Diesen Luxus können wir uns nicht leisten.« Er streichelte den kalten Herd. »Dürfte ich Sie mit meiner Frau, der Köchin, bekannt machen?«

»Sehr komisch. Ob es hier wohl Kochbücher gibt?«

»Betrachte es als eine neue Herausforderung, meine Liebe.«

Connie lächelte. »Denk daran, du mußt es essen. Mr. Broderick, machen Sie sich auf einige seltsame Mahlzeiten gefaßt. Erst einmal wüßte ich gern, wie man dieses Ding anfeuert.«

Zum Glück bekochte Clara die Arbeiter auf der Farm und rettete Connie anfangs aus manch brenzliger Situation. Irgendwann jedoch beherrschte die resolute Frau des Verwalters die Grundlagen der ländlichen Küche und gewann sogar den Kampf gegen den widerspenstigen Herd.

Sie mochte Clara und fand allmählich sogar Freude am Kochen. Ihrem Mann erklärte sie, immerhin wisse sie aufgrund ihrer reichhaltigen Erfahrungen mit den Restaurants von Brisbane, wie die Gerichte schmecken *sollten*. Die wenige Arbeit, die in dem kleinen Haus anfiel, machte ihr keine

Mühe; sie genoß sogar die Freiheit, ohne freche Hausmädchen schalten und walten zu können.

Alles in allem waren Harry und Connie sehr glücklich. Die Männer schätzten Harry, da er die ungewohnte Arbeit mit einer Selbstverständlichkeit versah, als sei sie ihm angeboren – was ja auch irgendwie stimmte. Seiner attraktiven Frau, die die Tatsache, daß sie im Busch ein Greenhorn war, mit Humor zu nehmen wußte, begegneten sie mit Respekt.

An Connies Geburtstag veranstaltete Harry eine Überraschungsparty im Wollschuppen. Er schenkte ihr einen eigenen Ponywagen, damit sie die Farm erkunden oder Nachbarn besuchen konnte, wann immer ihr danach war.

An diesem Abend eröffnete sie Harry, daß sie vermutlich schwanger sei. Er war begeistert. »Das muß ich gleich Mutter schreiben.«

»Nein, warte bitte noch damit, ich bin doch erst ganz am Anfang. Bis es soweit ist, vergeht noch viel Zeit.«

»Gut, wenn du es so möchtest.«

Zufrieden lag Connie in seinen Armen und fragte sich, weshalb sie sich gegen dieses angenehme, geruhsame Leben jemals gewehrt und womit sie ihr derzeitiges Glück eigentlich verdient hatte.

Louisas Sorge wurde auch nach Rupes Heimkehr nicht geringer. Diese verdammten Brodericks schienen wieder einmal die Seiten gewechselt zu haben, und diesmal war Victor zum Buhmann auserkoren worden. Austin fand Rupes Eskapade amüsant; Charlotte teilte diese Meinung zwar keineswegs, dafür mißbilligte sie aber Victors Entscheidung, Rupe als Viehhüter arbeiten zu lassen, während er selbst gemütlich im Büro saß. Ständig lag Streit in der Luft.

»Es liegt an Rupe«, sagte Louisa zu Cleo. »Er gerät dauernd in Schwierigkeiten, und Victor muß ihn dann immer heraushauen. Sie sollten sie gar nicht beachten. Eigentlich war dies ein friedliches Haus, bevor die Auseinandersetzungen wegen der Selektionsgesetze begannen.«

»Darüber spricht ganz Brisbane. Es ist eine Schande. Mein Vater sagt, die Regierung solle das im Norden lieber gar nicht erst versuchen. Die Viehzüchter dort würden sich das nicht gefallen lassen.«

»Ich dachte, Ihr Vater baut Zuckerrohr an?«

Cleo nickte. »Um sich selbst macht er sich ja auch keine Sorgen. Er mußte seine Ländereien ohnehin kaufen – das Risiko, auf Pachtland Zuckerrohr anzubauen, ist bei den Investitionen, die zuvor nötig sind, einfach zu groß. Er ist allerdings mit vielen Viehzüchtern befreundet. Die großen Farmen bei uns sind alle gepachtet.«

»Die Züchter dort brauchen sich wohl keine Sorgen zu machen, sie sind zu weit von der Zivilisation entfernt. In unserer Gegend breiten sich die Siedler von Brisbane, Ipswich und Toowoomba her immer weiter aus, und die großen Farmen sind ihnen dabei im Weg.«

»Das ist Pech.«

»In der Tat. Vielleicht verstehen Sie ja jetzt etwas besser, weshalb sich die Männer so aufregen. Das gilt auch für Charlotte, schließlich hat ihr Bruder zusammen mit Austin dieses Land erschlossen. Ich möchte nur, daß Sie einsehen, weshalb im Augenblick einiges nicht so ist, wie es sein sollte. Niemand scheint wirklich zu wissen, welches der richtige Weg ist. Einen Rat möchte ich Ihnen aber doch geben, Cleo: Machen Sie einen weiten Bogen um Rupe und Austin. Der eine bringt nur Schwierigkeiten, der andere ändert seine Meinung mit dem Wind. Diese Woche hat Victor es sich anscheinend mit ihm verscherzt.«

»Ich nehme an, Mr. Broderick hat zur Zeit große Sorgen«, meinte Cleo verständnisvoll. In ihren Augen machte Louisa aus einer Mücke einen Elefanten, nur damit sie, die Gouvernante, sich hier nicht unwillkommen fühlte. Cleo war mit drei

Brüdern aufgewachsen, die sich fortwährend und weitaus heftiger stritten als die Brodericks. Die harte Arbeit auf der Plantage und das heiße Klima heizten die Temperamentsausbrüche noch weiter an. In diesem herrlichen Haus lebte es sich weitaus friedlicher als auf der heimischen Plantage. Durch ihre Entschuldigungen und Erklärungsversuche erweckte Louisa vielmehr den Eindruck, als schäme sie sich für die angesehene Familie, in der sie lebte.

Und was Rupe betraf, so verließ Cleo sich lieber auf ihre eigene Nase. Die Köchin hatte ihr haarklein vom Drama in Cobbside berichtet. Rupe hatte den Mann verprügelt, der sein Pferd erschossen hatte, und war dafür verhaftet worden. Ganz sicher hätte jeder an seiner Stelle so gehandelt. Cleo verstand nicht, weshalb sich Louisa dessen schämte. Eine Nacht im Gefängnis war jedenfalls keine Schande. Manche Frauen sahen einfach nicht ein, daß man gelegentlich die Regeln der Höflichkeit außer acht lassen mußte, um seine Rechte durchzusetzen. Cleo war eine Rebellin; sie glaubte, daß Frauen wie Louisa und Charlotte viel zu viel Wert auf einen eleganten Lebensstil und gesellschaftliche Umgangsformen legten, um noch als echte Pioniersfrauen gelten zu können. Sie hatte ihrem Vater geschrieben, wie gut es doch gewesen sei, einige Kleider aus London mitzubringen, da sich die Leute auf Springfield zum Essen umzuziehen pflegten. Er war darüber sehr erstaunt gewesen.

Sie wußte auch um das Getuschel ihrer Schulfreundinnen, wonach man sie nur nach Übersee geschickt habe, damit sie dort einen passenden Ehemann fände. Die Wahrheit sah jedoch ganz anders aus. Da Cleos Mutter vor einigen Jahren gestorben war, hatte ihr Vater sie lediglich mitgenommen, damit er nicht allein reisen mußte.

»Du kannst ebensogut mitkommen und dir die Welt ansehen, bevor du dich niederläßt«, hatte er gesagt.

Mit ›niederlassen‹ meinte er natürlich die Hochzeit mit

Tom von nebenan, dem Sohn seines besten Freundes. Diese Eheschließung würde zwei große Plantagen miteinander vereinen.

Doch nach ihrer Rückkehr hatte sich Cleo rundweg geweigert, Tom Curtis, den sie nicht einmal leiden mochte, zu heiraten.

Ihre Brüder waren dabei nicht sehr hilfreich gewesen. »Du bist nicht gerade eine Schönheit. Wer sonst sollte dich nehmen?«

Daraufhin hatte Cleo die Plantage verlassen und war zu einer Tante in Brisbane gezogen, bis sie die Stelle als Gouvernante gefunden hatte. Louisa wußte natürlich nicht, daß Cleos Vater als Zeichen seiner Reue jedem seiner Briefe Geld beilegte und sogar eine beträchtliche Summe in ihrem Namen auf einem Konto in Brisbane deponiert hatte.

»Armer Daddy«, seufzte sie. »Ich glaube nicht, daß ich je zu dir zurückkehren werde. Die Tropen mögen zwar exotisch sein, aber ich kann die Hitze nicht mehr ertragen, vom Monsun ganz zu schweigen.«

In ihrer Eigenschaft als Gouvernante hatte sie einen täglichen Stundenplan für Teddy aufgestellt: morgens Lesen, Schreiben und Rechnen, nachmittags Kunst und Werken, je nachdem, wie weit seine Konzentrationsfähigkeit reichte und wofür er sich interessierte. Cleo nahm ihre Aufgabe sehr ernst und legte Wert darauf, daß die Familie ihren Stundenplan respektierte und ihn nicht ständig umwarf. Sie wollte Teddy mit Erfolg unterrichten und beweisen, daß sie auch ohne die entsprechende Ausbildung zur Lehrerin taugte.

Außerdem würde auch Rupe es zu schätzen wissen, wenn Teddys Eltern mit ihr zufrieden wären. Cleo wußte, daß es viele Gouvernanten auf die Farmen zog, um sich einen Ehemann zu angeln, was angesichts des herrschenden Männerüberflusses nicht weiter schwierig schien. In diese Kategorie wollte sie auf gar keinen Fall gehören; jedenfalls hatte sie es nicht gewollt, bis ihr Rupe Broderick über den Weg gelaufen war. Er war zu einem attraktiven Mann geworden, groß und blond wie sein Bruder, sah aber mit den feinen Gesichtszügen viel besser aus als Victor. Cleo gestand sich selbst nur ungern ein, daß sie sich in den jüngsten Broderick-Sproß verliebt hatte, und ärgerte sich immer noch darüber, daß sie sich bei ihrem ersten Zusammentreffen wie ein vernarrter Backfisch aufgeführt hatte.

Das passiert mir nicht noch einmal, sagte sie sich. Auf diese Weise schrecke ich ihn nur ab und mache mich überdies lächerlich. Von da an hatte sie ihre Gefühle geschickt verborgen und sich distanziert gegeben, es sogar vermieden, mit Rupe allein zu sein. Sie wußte, daß arrogante Männer wie er erwarteten, daß die Frauen ihnen zu Füßen lagen. Nun, bei Cleo Murray konnte er lange warten.

»Das heißt, falls ich es durchhalte«, sagte sie zu sich selbst und trat ans Fenster des Schulzimmers, von wo sich ihr ein herrlicher Blick über den Fluß bot.

Wie gut, daß ihre Tante, die Fern Broderick kannte, ihr diese Stelle vermittelt hatte. Anscheinend war noch eine andere Gouvernante, eine Bekannte von Richter Walker, im Gespräch gewesen, doch dann hatten sich die Brodericks anscheinend mit ihm zerstritten und sahen sich lieber anderweitig um.

Cleo grinste. Diese Familie schien den Ärger förmlich anzuziehen, obwohl Louisa sie ständig vom Gegenteil zu überzeugen versuchte.

Dann kam Teddy hereingerannt und setzte sich an sein brandneues Pult. Noch schien die Begeisterung über den Unterricht anzuhalten. »Was machen wir heute, Miz Murray?«

Seine Gouvernante schüttelte den Kopf. »Zunächst einmal heißt es ›Guten Morgen, Miss Murray‹.«

Louisa war ebenfalls eingetreten und lächelte beifällig.

»Ich fürchte, er hat diese Redeweise von den schwarzen Kindern aufgeschnappt.«

»Von welchen schwarzen Kindern?« fragte Cleo erstaunt. Sie hatte bisher noch keine gesehen.

»Gott sei Dank sind sie nicht mehr hier.«

Was Rupe anging, so hatte Cleo tatsächlich recht. Er konnte einfach nicht verstehen, weshalb sie plötzlich auf Distanz ging, nachdem sie sich bei ihrer ersten Begegnung so offensichtlich gefreut hatte, ihn wiederzusehen. Natürlich mußte sie gewisse Regeln einhalten – immerhin war sie eine Angestellte –, aber diese Zurückhaltung war dann doch des Guten zuviel. Beim Essen war sie eine angenehme Gesellschafterin und ging einer Unterhaltung mit ihm nie aus dem Weg, doch in der Freizeit wirkte sie immer beschäftigt und verschwand, sobald sich die anderen in ihre Zimmer zurückzogen.

Eine Zeitlang ärgerte sich Rupe über ihr Verhalten. Er vermutete, daß sie sich vor ihm fürchtete, und fing an, sie zu necken, setzte sich im Salon absichtlich neben sie, lauerte ihr im Flur auf, stellte ihr dumme Fragen auf der Treppe, doch nichts konnte sie aus der Ruhe bringen. Stets begegnete sie ihm höflich und gut gelaunt.

Louisa blieb sein Verhalten nicht verborgen. »Bist du etwa in Cleo verliebt, Rupe? Du könntest eine schlechtere Wahl treffen.«

»Dummes Zeug«, knurrte er.

Louisas Einmischung führte ohne Cleos Wissen zu einer Veränderung in Rupes Verhalten. Plötzlich war er es, der auf Distanz ging. Sein verletzter Stolz trieb ihn zu mancher Unhöflichkeit, doch Cleo konnte damit umgehen. Sie konzentrierte sich auf ihren Unterricht und das Tennistraining, durch das sie allmählich zu einer ebenbürtigen Gegnerin für Louisa wurde. Nun war Rupe am Zug. Sie konnte abwarten, schließlich war sie das einzige heiratsfähige Mädchen auf der Farm und besaß damit, wie ihre Brüder sich ausdrücken würden, einen eindeutigen Startvorteil.

Von Louisa ermutigt, verwandte Cleo nun mehr Sorgfalt auf ihr Aussehen. Von ihr lernte sie, ihr Haar zu frisieren, anstatt es nur nach hinten zu binden. Louisa machte sie auch darauf aufmerksam, daß die plump gerafften Kleider ihrer Figur nicht gerade schmeichelten und es für sie keinen Grund gab, sich wie eine altjüngferliche Lehrerin zu kleiden. Von ihrer Europareise hatte Cleo leider keinen sicheren Geschmack in Sachen Mode mitgebracht. Unter Louisas Anleitung trennte sie sich nun Stück für Stück von ihren unkleidsamen Sachen und entpuppte sich als eine recht attraktive junge Frau.

Louisa verfolgte damit einen eigenen Plan, den sie nicht einmal Victor verriet. Sie war es leid, Rupe ständig unter den Füßen zu haben, da er Unfrieden stiftete und Austin dazu trieb, Victor an allem die Schuld zu geben, was auf Springfield schiefging. Bekam Rupe seinen Willen nicht, lief er schnurstracks zu Charlotte.

Es würde nicht schwer sein, ihn auf eine der Außenfarmen zu schaffen, wo er einen Verwalter ablösen konnte. Doch dazu mußten er und Cleo erst einmal verheiratet sein. Austin hätte sicher nichts dagegen, das Cottage durch ein für ein Ehepaar angemesseneres Heim zu ersetzen. Auch Victor würde diesen Plan gutheißen. Doch bisher zeigte Cleo leider wenig Interesse. Louisa wünschte, sie hätte ihr gegenüber Rupe nicht so heruntergemacht. Cleo war keineswegs auf diese Heirat angewiesen. Sie kam aus einer wohlhabenden Familie, hatte die Welt bereist, warum sollte sie sich jetzt also im Busch niederlassen wollen? Offensichtlich war sie ja nur hergekommen, weil sie gern unterrichtete.

Nun, sie konnte es immerhin versuchen. Sie würde alles tun, um Victors kleinen Bruder loszuwerden.

Louisa hatte Harry ohnehin stets vorgezogen und bedauerte, daß nicht Rupe statt seiner in Ungnade gefallen war.

Doch ihre Pläne gerieten wieder in Vergessenheit, da ungeahntes Unheil das Leben auf Springfield alsbald grundlegend verändern sollte.

8. KAPITEL

DIE ANTRÄGE WURDEN eingereicht, nach denen Springfield in mehrere voneinander unabhängige Besitzungen aufgeteilt werden sollte, von denen jede die von der Regierung festgelegte Höchstgrenze aufwies. Jedes Grundstück, das von einem Familienmitglied erworben werden sollte, bot ausgezeichnetes Weideland, während die auf Strohmänner eingetragenen Gebiete in Austins Augen nur zweitklassig waren.

Dies war ärgerlich, denn die Gesetze über den freien Erwerb machten keinen Unterschied bezüglich der Qualität des Bodens; der Preis pro Morgen war immer derselbe.

Austin verzichtete auf die steinigen, hügeligen oder zu trockenen Gebiete am Rande von Springfield, wenngleich er sich auch von ihnen nur ungern trennte, weil er sie als *sein* Land ansah. Ohne sie wäre Springfield nicht mehr dasselbe.

Victor fürchtete sich vor dem Tag, an dem er seinen Vater um die Ausstellung eines Schecks für die Bezahlung der Claims bitten müßte. Als ihm die Anwälte mitteilten, daß der Antrag für den ersten Besitztitel durch sei, blieb ihm nichts anderes übrig – er mußte das Thema anschneiden.

»Sie wollen das Geld jetzt schon?« knurrte Austin. »Da stimmt doch etwas nicht.«

»Es ist für deinen Claim, das Kerngebiet, auf dem das Haus steht. Das möchte ich zuerst unter Dach und Fach haben. Bei den anderen wird es vermutlich Probleme geben, wir haben da einige sehr dubios aussehende Karten eingereicht. Dieses Gebiet hier ist das Herzstück der Farm.«

»Und was bekomme ich für mein Geld? Mein eigenes Land! Die Geier in der Regierung sind wahrhaft großzügig. Ich werde nicht zahlen! Sollen sie doch zur Hölle fahren.«

»Dad, wir müssen aber zahlen. Bei der Größe deines Vermögens wirst du doch gar nicht merken, daß das Geld weg ist. Und für die nächsten Claims können wir einige unserer Aktien verkaufen ...«

»Von wegen, ich werde es nicht merken! Das ist mal wieder typisch für dich! Weißt du denn nicht, wie hart ich für dieses Geld gearbeitet habe? Nur damit ihr im Luxus leben konntet? Also erzähl mir nicht, ich würde es nicht merken. Schließlich geht es hier nicht um ein lumpiges Stück Seife.«

Es dauerte Tage, bis sich Austins Zorn gelegt hatte, und die ganze Zeit über machte Charlotte ihrem Ältesten deswegen Vorwürfe. »Hättest du es ihm nicht schonender beibringen können? Er hat einen fürchtbaren Schock erlitten. Du weißt doch, daß es ihm nicht gutgeht.«

»Mutter, er mußte doch damit rechnen. Wir kommen nicht daran vorbei, ich konnte es ihm nicht ersparen.«

Rupe war wie immer anderer Meinung. »Du hättest eine kleine Anzahlung vorschlagen können.«

»Wir haben es hier nicht mit einem gewöhnlichen Verkäufer zu tun; das hier ist die Regierung. Entweder wollen wir das Land kaufen oder nicht. Außerdem kann er es sich durchaus leisten. Er wird noch einige Grundstücke kaufen können, bevor in seiner Kasse Ebbe ist. Und dann kann ich immer noch mit der Bank über einen Kredit sprechen. Das Land bietet eine ausreichende Sicherheit. Er muß sofort mit dem Bezahlen anfangen, anders geht es nicht.«

Er suchte Austin mit der Situation zu versöhnen, indem er ihm die Sicherheit vor Augen führte, die ein Besitztitel mit sich brachte. »Dann gehört uns das Land wenigstens; wir müssen das hier nie wieder durchmachen. Und Springfield wird weiterhin eine Menge abwerfen, da wir die Anzahl der Schafe nicht zu verringern brauchen.«

»Du sollst mich nicht bevormunden! Meinst du, ich wüßte das nicht selbst?«

Letztendlich unterzeichnete Austin nach wochenlanger hartnäckiger Weigerung den Scheck, wirkte aber müde und niedergeschlagen, nachdem er sich zu diesem Schritt durchgerungen hatte.

»Er wird schon darüber hinwegkommen«, sagte Victor.

»Bis zum nächsten Mal«, fügte Rupe düster hinzu.

»Das wird sich zeigen. Es gibt aber noch viel zu tun. Wir beide werden in Zukunft sehr viel härter arbeiten müssen.«

»Wie stellst du dir das vor? Vielleicht könntest du zur Abwechslung auch mal deinen Hintern aus deinem gemütlichen Bürosessel erheben.«

»Du wirst lachen, das habe ich tatsächlich vor. Und ich werde noch mehr tun. Wo immer es möglich ist, werde ich mich bemühen, unsere Ausgaben zu senken. Früher oder später wird es finanziell eng für uns, also können wir ebensogut gleich mit dem Sparen beginnen. Ich werde jeden einzelnen Kostenfaktor prüfen und sehen, was sich machen läßt.«

Rupe zuckte nur die Achseln. Er wußte, daß sie die Grundstücke systematisch kaufen würden, wobei das Tal den Ausgangspunkt bildete. Als nächstes wären dann Victors Claims an der Reihe. Obwohl das alles ohnehin nur auf dem Papier bestand, wurmte es ihn noch immer, daß Victor drei Grundstücke gehören würden, während nur eines seinen Namen trug. Und was sollte dieses Gerede von Einsparungen? Er konnte sich nicht vorstellen, wie so etwas zu bewerkstelligen wäre, doch die Idee als solche gefiel ihm ganz und gar nicht.

»Wir könnten das Personal reduzieren«, sagte Victor zu seiner Frau während eines gemeinsamen Abendspaziergangs durch den Garten. Die Luft war schwer vom Duft des Jasmins. »Und bei den Gärtnern fangen wir an.«

»Das wird Charlotte aber gar nicht gefallen.«

»Im Augenblick gefällt ihr ohnehin nichts von dem, was ich tue. Ständig ist sie gereizt. Ich weiß überhaupt nicht, was in sie gefahren ist.«

»Sie macht sich Sorgen und ist aufgebracht, weil Austin Harry nicht verzeihen will.«

Victor schüttelte den Kopf. »Das Problem ist, daß Austin nie erwachsen geworden ist.«

»Wer wird das schon?« versetzte Louisa leise. Sie wünschte, ihr Mann würde seinem Vater energischer entgegentreten, anstatt ständig klein beizugeben und sich anschließend bei ihr auszuheulen.

Victor schien ihre Bemerkung nicht gehört zu haben. Er öffnete das Tor zum Obstgarten und hielt es für sie auf. Als sie an ihm vorbeiging, zog er sie an sich. »Du siehst wunderschön aus heute abend. Und ich liebe dich so sehr. Mach dir keine Sorgen wegen dieser ganzen Landgeschichte. Immerhin wissen wir jetzt, woran wir sind und was wir dagegen tun können. Wir haben uns viel zu lange mit der Ungewißheit gequält.«

Louisa küßte ihn. »Tut mir leid, ich war dir dabei wohl keine große Hilfe.«

Sie gingen weiter im Schatten der Bäume und genossen die Abendstille. Irgendwann begann der Donner über den Hügeln zu grollen. Er versprach Regen und eine willkommene Abkühlung.

Nach dem nächtlichen Gewitter roch die Luft klar und frisch, die gewohnten Staubwolken waren fürs erste verschwunden. Die Schafe wurden von den Kookaburras, den Boten der Morgendämmerung, geweckt; Tausende von Papageien tanzten krächzend am Himmel; Landtiere wie Känguruhs und Wallabies begrüßten den Morgen mit wachsamen Blicken aus feuchten, sanften Augen. Pferde stampften und wieherten und berührten mit der Nase das taunasse Gras. Aus den Unterkünften traten gähnende Männer vor die Tür. Zu ihrer Erleichterung hatte das Unwetter keine Schäden angerichtet, sondern nur ein wenig Linderung von der Hitze gebracht.

Auch Charlotte erwachte früh. Sie stieg aus dem großen Himmelbett und tappte barfuß ins Badezimmer. Aus Gewohnheit hämmerte sie im Vorbeigehen an Rupes Tür. Er kam morgens nur schwer aus dem Bett.

Danach zog sie sich rasch an, bürstete ihr Haar und steckte es zu einem Knoten fest. Sie betrachtete sich einen Moment im Spiegel und nahm beinahe verstohlen einen Tiegel Creme aus einer Schublade. Sie massierte die Creme in ihre trockenen Wangen, um ihnen – wenn auch nur vorübergehend – etwas Glanz zu verleihen.

Charlotte hatte sich entschlossen, Austin zuliebe mehr Sorgfalt auf ihr Äußeres zu verwenden. Sie hoffte, er werde ihr dann mehr Aufmerksamkeit zuteil werden lassen. Fern Broderick ging ihr einfach nicht aus dem Kopf, zumal er sich in letzter Zeit des öfteren erkundigt hatte, weshalb sie ihn nicht besuchen komme. Charlotte hatte Austins Frage jedesmal wie beiläufig abgetan.

Nun betrachtete sie eingehend ihr rötlich-graumeliertes Haar. Wie könnte sie es tragen, um den strengen Knoten zu vermeiden? Es mußte doch eine Frisur geben, die ihr Gesicht attraktiver und weicher erscheinen ließe. Louisa hätte da bestimmt eine Idee, doch sie konnte es nicht über sich bringen, sie danach zu fragen. Dafür war Charlotte einfach zu schüchtern, und stolz zugleich. Sie hatte interessiert beobachtet, wie ihre Schwiegertochter sich aus einem unscheinbaren Mädchen mit unattraktiver Frisur in eine elegante junge Dame verwandelt hatte. Louisa war auf diesem Gebiet sehr begabt; sehr viel mehr hatte sie auf Springfield ja auch nicht zu tun.

Seufzend drehte Charlotte dem Spiegel den Rücken zu, band eine saubere Schürze über ihr eher praktisches als modisches braunes Kleid und ging nach unten in die Küche. Sie servierte Austin seinen Morgentee stets selbst.

Kurz darauf, als gerade die ersten Sonnenstrahlen über die

Hügel krochen, wurde das ganze Haus von ihren markerschütternden Schreien geweckt.

Türen wurden aufgerissen, Stimmen riefen durcheinander. Teddy wachte verstört und weinend wie aus einem Alptraum auf. Draußen blieben Männer abrupt stehen, schauten sich entsetzt um. Manche rannten auf das Haus zu.

Victor fand sie auf Austins Ruhebett, wo sie sich verzweifelt hin- und herwiegte.

»Er ist tot«, schluchzte sie, »er ist tot.«

Er mußte sie sanft herunterziehen. »Warte, Mutter, laß mich nachsehen. Einen Moment, bitte.«

Doch Austin Broderick war tatsächlich tot. Er war friedlich entschlafen.

Hinter Victor drängten sich andere ins Zimmer. Er selbst war wie betäubt. Louisa nahm ihn in die Arme. »Liebling, es tut mir so leid. Unendlich leid.«

Er sah sie hilflos an, als wäre dieses unbegreifliche Ereignis zuviel für ihn. Seine Stimme war nur ein nervöses Flüstern. »Er ist tot. Was machen wir jetzt?«

Louisa wußte darauf nichts zu erwidern. Sie verstand seine Verwirrung, seine augenblickliche Angst davor, nun auf eigenen Füßen stehen zu müssen. Sie fragte sich, als was für ein Mensch sich ihr Mann wohl entpuppen würde, wenn er endlich den Schatten des übermächtigen Vaters abgestreift hätte. Sie schaute zu Rupe hinüber, der bemüht war, seine Mutter zu trösten, und vermeinte eine gewisse Zufriedenheit in seinen kühlen blauen Augen zu lesen, doch das konnte auch eine Täuschung sein. Er war sicher ebenso erschüttert wie alle anderen.

Auch Cleo sprach ihr Beileid aus, konnte aber keine tiefe Trauer empfinden, da sie dem großen Mann nur ein paarmal begegnet war, wenn sie Teddy zu ihm führte oder Austin sich einmal dazu herabließ, aus den Tiefen seines Privatflügels emporzusteigen. Interessant fand sie allerdings, die Reaktionen der anderen zu beobachten. Sie waren allesamt starke Persönlichkeiten, auch die Frauen, obwohl sie sich dessen in Gegenwart ihres übermächtigen Patriarchen gar nicht bewußt zu sein schienen. Cleo fand die Brodericks faszinierend.

Als Zeichen des Respekts sagte sie für diesen Tag den Unterricht ab und half in der Küche. Es wurden zahlreiche Trauergäste erwartet, die alle verköstigt werden wollten. Zudem konnte sie dem neuesten Klatsch lauschen.

»Harry kommt bald nach Hause. Er und seine alberne Frau. Der arme Kerl ist sicher am Boden zerstört. Hatte keine Gelegenheit mehr, sich mit dem alten Mann auszusöhnen. Hatte es immer gehofft. Mr. Broderick konnte sehr jähzornig sein, aber nach einer Weile beruhigte er sich wieder.«

»Ich dachte, er hat Harry enterbt«, sagte Cleo, wohlweislich ohne zu erwähnen, daß in Brisbane noch schlüpfrigere Gerüchte über die Brodericks kursierten. Angeblich hatte Harry in einem Anfall von Eifersucht gedroht, seine Frau und ihren Liebhaber zu erschießen. Die ganze Nachbarschaft samt ihrer Tante hatte darüber getratscht; manche Leute behaupteten sogar, sie hätten mit eigenen Augen gesehen, wie er die Missetäter aus dem Haus warf. Und doch waren die beiden nach wie vor zusammen. Die Köchin jedenfalls hatte angekündigt, er werde seine Frau mitbringen.

»Sicher, er hat Harry aus dem Testament gestrichen, aber doch nur auf dem Papier. Mit der Zeit hätte der arme Mr. Broderick die Sache wieder in Ordnung gebracht. Sehen Sie, er mußte ein Machtwort sprechen. Aber er hat immer nur gebellt, nie gebissen. Dreht sich bestimmt im Grab um, weil er diesmal zu weit gegangen ist. Aber sie sind alle drei seine Söhne, und Victor und Rupe werden tun, was sich gehört. Dafür wird die Missus schon sorgen.«

Als Cleo Teddy später auf der vorderen Veranda etwas vorlas, fuhr ein Gig vor. Ein großer Mann mit dem wohlbekannten blonden Haarschopf der Brodericks half einer Frau beim Aussteigen.

Teddy bestätigte Cleos Vermutung, als er »Onkel Harry! Opa ist jetzt im Himmel!« rief und auf den Mann zustürmte.

Sie sah den aufrichtigen Schmerz in seinen Augen, als er den Jungen hochnahm, und empfand Mitleid mit ihm, da seine Situation besonders grausam schien. Auch seine Frau stand wie betäubt vor dem Haus ihres Schwiegervaters.

»Komm, Liebling, gehen wir hinein.«

Teddy hielt sie auf, da er ihnen unbedingt Miss Murray vorstellen wollte, die so gut Geschichten vorlas. Sie wurden von Charlotte unterbrochen, die herauskam und sich weinend an Harry klammerte. Die drei betraten das Haus, und Cleo hielt es für das beste, mit Teddy einen Spaziergang zu den Ställen zu unternehmen.

Rupe stand wütend in der Tür zum Salon. »Was hast du hier zu suchen? Hast du nicht schon genug Unheil angerichtet?« Harry schüttelte nur den Kopf.

Connie antwortete an seiner statt. »Wie kannst du es wagen, so mit ihm zu sprechen? Laß ihn in Ruhe.«

Harry nahm ihre Hand. »Schon gut, Connie, er ist nur aufgewühlt, so wie wir alle.«

»Wo ist Mutter?« wollte Rupe wissen. »Weiß sie, daß du hier bist?«

Louisa betrat das Zimmer. »Ich habe sie gerade nach oben gebracht, sie muß sich ein wenig hinlegen. Und ja, Rupe, sie weiß, daß Harry hier ist.«

Rupe stürmte davon. Louisa sah Connie an. »Was sollte das denn eben?«

Harry erhob sich aus seinem Sessel. »Nichts, Lou. Connie ist sicher erschöpft von der langen Fahrt. Wir gehen nach oben. Haben wir unser altes Zimmer?«

»Natürlich.« Louisa sah ihre Schwägerin aufmerksam an.

»Du siehst gut aus, trotz der langen Reise.« In der Tat wirkte Harry abgekämpfter als seine Frau, die nun matt lächelte.

»Meine Liebe, sag bloß nicht, du ...«

Connie errötete. »Doch, ich erwarte ein Baby.«

Alle schwiegen betroffen und hatten nur einen Gedanken: Austin würde sein zweites Enkelkind niemals kennenlernen.

»Wo ist er?« fragte Harry.

»In seiner Höhle. Hannah und die Frau des Arztes haben ihn dort aufgebahrt.«

Er nickte Connie zu. »Ich komme später nach.«

Victor saß mit einem Whisky auf Austins Veranda, als Harry ins Arbeitszimmer trat.

Entsetzt stellte er fest, daß man das Lieblingszimmer seines Vaters in ein Mausoleum verwandelt hatte: Der große Spiegel war schwarz verhängt, die Bilder waren zur Wand gedreht, seine kostbaren Trophäen weggeschlossen. In der Mitte des Zimmers lag Austin in einem dunklen Anzug aufgebahrt, umgeben von einem Meer weißer Chrysanthemen. Natürlich, es ist ja Mai, dachte er zerstreut. Im Mai blühten immer dichte Büschel dieser Blumen im Garten von Springfield.

Er versuchte, die Augen vor der gespenstischen Szenerie zu verschließen, sich zu sagen, daß dies alles nur auf Charlottes Pflichtverständnis und ihre übliche Fehleinschätzung von Austins Geschmack zurückzuführen war. Dad hätte es gehaßt, inmitten dieses Blumenschmucks wie ein Bräutigam zu thronen ... Harry sah nieder auf das unbewegliche, noch immer gutaussehende Gesicht, und flüsterte:

»Es tut mir leid, Dad, es tut mir so leid.«

Er drängte die Tränen zurück, holte ein Glas aus dem Schrank und ging zu Victor auf die Veranda.

»Wie geht es dir?« fragte er seinen Bruder.

Dieser schob ihm die Whiskyflasche hin. »Ich weiß es

nicht. Es kommt mir so unwirklich vor. Gestern abend fühlte er sich noch gut. Wir haben Karten gespielt, er hat sogar ein paarmal gewonnen gegen Rupe und mich. Sprach davon, den alten Jock und ein paar Freunde einzuladen ... Vielleicht sind wir zu lange aufgeblieben. Ich dachte, er hätte das Schlimmste überstanden.«

Harry ließ ihn sich von der Seele reden, was er hätte tun oder unterlassen sollen, weil es ihm half, sich seiner nutzlosen Schuldgefühle zu entledigen.

»Mutter meint, wir wären zu lange mit ihm aufgeblieben«, fuhr Victor verzweifelt fort.

»Sieht aus, als sei er mit einem Lächeln auf den Lippen gestorben. Er liebte es zu gewinnen.«

»Stimmt.«

»Mutter ist einfach verzweifelt, du solltest dich nicht darum kümmern, was sie sagt. Sie sucht nach einem Schuldigen, so wie er es auch immer getan hat. Gott kann sie ja schlecht die Schuld geben.«

Victor schenkte sich einen weiteren Drink ein. Harry reichte ihm die silberne Wasserkaraffe, doch er winkte ab. An diesem Tag trank er seinen Whisky lieber pur. »Springfield wird nie wieder sein, was es einmal war.«

»Selbstmitleid hilft dir jetzt auch nicht weiter.«

Wütend fuhr Victor auf. »Du hast gut reden. Du mußtest ja nicht zusehen, wie er sich Tag für Tag abmühte, bis er beinahe wieder der alte war; wie er ohne ein Wort der Klage gegen seine Behinderung ankämpfte ...«

»Das klingt mir aber gar nicht nach Vater.« Harry sah, wie sein Bruder in Tränen ausbrach, und sagte tröstend zu ihm: »Komm, trinken wir noch einen. Wir können die Totenwache ebensogut heute abend halten.«

Louisa half Victor ins Bett und verabreichte ihrer Schwiegermutter anschließend eine weitere Dosis des Beruhigungsmittels, das der Arzt gegen ihr hysterisches Weinen verschrieben hatte.

Dann brachte sie Connie ein Tablett mit dem Abendessen hinauf.

»Stimmt es, daß Austin Harry aus seinem Testament gestrichen hat?«

»Woher weißt du das?« fragte Louisa, der diese Frage offensichtlich peinlich war.

»Rupe hat ein großes Mundwerk. Aber eigentlich wird auf der ganzen Farm darüber geklatscht. Ist es denn wahr?«

»Ja.«

»Auch gut. Ich wünsche euch allen viel Glück mit unserem Anteil.«

»Ich habe nichts damit zu tun, Connie.«

»Das weiß ich, ich wollte nur sicher sein. Harry interessiert es sowieso nicht besonders.«

»Wirklich nicht?« fragte ihre Schwägerin überrascht.

»Nein. Er hat sich geändert, will jetzt nichts weiter als ein ruhiges Leben führen. Er hatte nämlich einen Nervenzusammenbruch.«

»Tut mir leid, das wußte ich nicht.«

»Wie solltest du auch, schließlich hat sich keiner von euch nach unserem Befinden erkundigt oder uns besucht. Nicht einmal Charlotte. Ihr Mann war ihr da anscheinend wichtiger.«

»Wir haben es wirklich nicht gewußt. Wir dachten, er hätte seinen Parlamentssitz wegen der verpaßten Abstimmung aufgegeben, aber ...«

»Ach, ist ja jetzt auch schon egal«, unterbrach Connie sie mit fester Stimme. »Es ist vorbei. Wir sind glücklich auf Tirrabee ...«

»Ich habe gehört, es sei eine schöne Farm.«

»Harry hat dort alles, was er sich vom Leben wünscht.«

»Dann ist ja alles bestens.«

»Wirklich?« Connie stellte das Tablett beiseite, zog den Gürtel ihres rosafarbenen Morgenrocks enger und trat ans Fenster.

»Ich sagte, Harry interessiert es nicht mehr, aber mich schon. Mein Kind, das Enkelkind von Austin Broderick, hat ein Recht auf sein Erbe. Denk darüber nach, Louisa, und richte Victor von mir aus, daß mein Sohn oder meine Tochter die gleichen Rechte besitzt wie Teddy. Wenn er und Rupe uns auszubooten versuchen, wird das Folgen haben.«

Sie lächelte. »Nimm es nicht persönlich, Louisa, ich habe dich immer gern gemocht. Und vielen Dank für das Essen. Ich muß meinen Kakao trinken, bevor er kalt wird.«

Da Victor ausgestreckt auf dem Bett lag und viel zu betrunken für eine Unterhaltung war, legte Louisa sich in einem der Gästezimmer schlafen.

Connie hingegen ging noch lange nicht ins Bett. Sie setzte sich an den Tisch und verfaßte einen wohlgesetzten Brief an ihren Vater. Sie seien sehr glücklich auf Tirrabee und ihr Mann entschuldige sich für alle Unannehmlichkeiten, die er verursacht haben mochte – wobei letzteres allerdings frei erfunden war. Harry habe ein neues Leben begonnen und sei nun ein liebender Ehemann, der seine Pflichten ernst nehme. Dann eröffnete sie ihrem Vater die gute Neuigkeit, daß sie sein erstes Enkelkind erwartete.

Stirnrunzelnd spannte Connie von dort den Bogen zu der schlechten Neuigkeit, die ihn womöglich bereits von anderer Seite erreicht hatte, da Austin ein sehr bekannter Mann war. Sie bat den Richter um Rat. Wie könne es angehen, daß Harry Broderick aufgrund eines vorübergehenden Nervenzusammenbruchs aus dem Testament seines Vaters gestrichen wurde? Daß Harry und ihr Kind um ihren rechtmäßigen Anteil, ein Drittel von Springfield, gebracht werden sollten?

Unter dem Vorwand, seinen juristischen Rat zu erbitten, appellierte Connie an die Geldgier ihres Vaters. Er würde alle

Hebel in Bewegung setzen, um Harrys Anteil mit dem Besitz der Walkers zu vereinigen.

Zufrieden lächelnd versiegelte sie den Brief und trank den kalt gewordenen Kakao. Was Rupe wohl für ein Gesicht machen würde, wenn er gegen das geballte juristische Fachwissen von Richter Walker antreten müßte? Dies würde ihn lehren, seinen Bruder in seinem eigenen Heim wie einen Eindringling zu behandeln.

Rupe und Cleo aßen allein. Er wirkte unsicher und nervös, entschuldigte sich für die Abwesenheit der übrigen Familienmitglieder und schien zu keiner vernünftigen Unterhaltung fähig, bis er schließlich vorschlug, eine Flasche Wein zu öffnen.

»Ich brauche etwas zu trinken. Sind Sie damit einverstanden?«

»Natürlich.«

»Meine Brüder sitzen mit einer Flasche Whisky da draußen. Mich hat man nicht eingeladen, meine Meinung zählt anscheinend nicht. Nun, Sie trinken ohnehin keinen Whisky, oder?«

»Nein.«

»Dann also Wein, den besten, den wir haben. Mein Vater hielt nämlich zeitlebens nichts vom Trübsalblasen. Wir sollten auf ihn anstoßen. Leider nicht mehr auf gute Gesundheit und ein langes Leben.«

Sie lehnte sich zwanglos zurück. »Rupe, Sie müssen sich nicht ständig entschuldigen. Holen Sie schon den Wein. Ich leiste Ihnen Gesellschaft.«

»Wieso? Weil ich der Ausgestoßene bin?«

»Nein, weil Sie durcheinander sind und jetzt nicht allein bleiben sollten.«

Sie nippte an dem trockenen Weißwein und wünschte insgeheim, sie wäre mit einem Buch und einem Imbiß in ihrem

Zimmer geblieben. Der Umgang mit Rupe war schwierig, zudem servierte das Mädchen das Essen mit aufreizender Langsamkeit. Cleo meinte, bei Rupe eine Mischung aus Trauer und Zorn über eine Welt zu entdecken, die ihm den Vater genommen hatte. Ihr war weh ums Herz, ihn so leiden zu sehen. Immer wieder versank er in brütendes Schweigen, doch sie fand, er hatte ein Recht dazu, und versuchte nicht krampfhaft, ihn aufzumuntern.

Irgendwann schob er seinen Stuhl zurück. »Wie wäre es mit einem Spaziergang?«

Das kam unerwartet. Cleo wäre am liebsten davongelaufen, aber ihr fiel keine Entschuldigung ein. »Wenn Ihnen danach ist.«

»Also, gehen wir.«

Sie nahmen den Vordereingang und folgten den Kieswegen, die sich um die Blumenbeete zogen. Zu ihrer Erleichterung bemühte sich Rupe nun, sie in ein Gespräch zu verwikkeln, erkundigte sich nach ihrer Heimat im Norden, den Plantagen, den Jahreszeiten, den Pflanzen, einfach nach allem, wenn es nur nichts mit Austin Broderick zu tun hatte. Wie jeder Landbewohner schien er an ihren Antworten ehrlich interessiert. Sie machten die Runde ein zweites Mal, und als sie wieder vor der Tür standen, berührte er sie leicht am Arm.

»Danke, Cleo. Tut mir leid, daß ich vorhin so unausstehlich war, es ist nur ... Ach, egal, Sie sollten jetzt besser hineingehen.«

An der offenen Tür drehte sie sich noch einmal um und sah ihn sich entfernen, die Hände in den Taschen vergraben. Plötzlich wurde ihr bewußt, wie einsam er sich fühlen mußte. Sein Vater war wohl sein einziger echter Freund gewesen.

Doch Rupe war keineswegs einsam, sondern sehr zufrieden mit sich. Endlich hatte er das Eis gebrochen; ab heute würde sie ihm nicht mehr aus dem Weg gehen. Je näher er sie kennenlernte, desto besser gefiel sie ihm – gut genug jedenfalls, um sie zu heiraten. Immerhin stammte sie aus einer reichen Familie, würde eine ansehnliche Mitgift mitbringen und hatte eine beträchtliche Erbschaft zu erwarten.

»Verdammte Regierung«, murmelte er. Ausgerechnet jetzt, da diese verfluchten Politiker ihnen das Geld aus der Tasche zogen, erbte er die Hälfte von Springfield. Es war eine unglaubliche Geldverschwendung, so zu tun, als teilten sie den Besitz auf. Erst als Victor von Einsparungen sprach, hatte er die Endgültigkeit dieser ungeheuren Zahlungen zur Sicherung des Besitzes begriffen. Nicht Austins Geld würde nun in die Kassen der Regierung fließen, sondern sein eigenes!

Rupe lehnte sich gegen den Zaun und sah zum Haus zurück, dessen Sandsteinmauern beinahe weiß im Mondlicht schimmerten. Er hatte sich immer vorgestellt, daß er nach Austins Tod Victor die Leitung der Farm überlassen würde, während Harry in Brisbane lebte und er selbst frei war, in die Welt hinauszuziehen. Sein Anteil an den Wollerträgen würde ihm, wie vielen anderen Squattern auch, ein angenehmes Leben ermöglichen.

Jetzt, nachdem Harry enterbt war, hätte das ganze schöne Geld ihm und Victor allein gehört.

»Verdammtes Pech!« schnaubte er. Die Ehe mit einem reichen Mädchen erschien nun unumgänglich. Von ihrem Geld würde er keinen Penny in Springfield stecken, soviel stand fest. Es würde ihnen allein zugute kommen. Oder besser noch: ihm allein.

Rupe fragte sich, ob es überhaupt erforderlich war, ganz Springfield zu kaufen. Austin hatte den Besitz in vollem Umfang erhalten wollen, doch er war gestorben und mit ihm sein alberner Stolz auf das Land, das ihnen auf viele Jahre hinaus beträchtliche finanzielle Einschränkungen auferlegen würde.

Nein, wir werden es anders machen, beschloß er. Zum Teufel mit den Strohmännern! Wir kaufen einfach nur so viel von dem Land zurück, daß es für einen anständigen, ertragreichen Besitz reicht. Den Rest sollen andere haben. Wenn er sich weigerte, mehr Land zu kaufen, würde Victor keine andere Wahl bleiben, als mitzuziehen. Wir behalten das Beste für uns und stoßen die Nebenfarmen ab, damit sparen wir auch gleich die Gehälter für die Verwalter ein. Springfield wird einfach nur etwas kleiner werden.

Rupe fühlte sich besser, nachdem er diese Entscheidungen getroffen hatte, und kehrte ins Haus zurück. Er ging sofort in sein Zimmer, da er Harry nicht noch einmal über den Weg laufen wollte; zwischen ihnen gab es nichts mehr zu sagen. Morgen würden von überallher die Trauergäste eintreffen. Das Begräbnis war für übermorgen vorgesehen. Die Frauen steckten schon in den Vorbereitungen für die Ankunft der größten Menschenmenge, die Springfield je erlebt hatte. Das Haus würde förmlich aus den Nähten platzen.

Er nickte. »Wenn alles vorbei ist, werde zur Abwechslung einmal ich es sein, der bestimmt, was zu tun ist.«

Charlotte erwachte und spürte sofort wieder die tiefe Niedergeschlagenheit, die sie wie ein Mantel umgab. Ihr Kopf tat weh, der Körper war bleischwer, als könne sie sich nie wieder ohne fremde Hilfe aus diesem Bett erheben. Ein trockenes Schluchzen schüttelte sie, und sie mußte gegen eine aufsteigende Übelkeit ankämpfen.

Im Zimmer war es totenstill, durch die offenen Fenster drang nicht die leiseste Brise. Das ganze Haus lag in völliger Ruhe. Keine Stimmen, kein geschäftiges Treiben, nichts.

Heute wurde ihr Mann beerdigt.

Sie wollte weinen, hatte aber keine Tränen mehr. Ihr war, als müsse ihr das Herz brechen, weil Austin sie ohne ein Wort verlassen hatte. Ohne ihre Wünsche erfüllt zu haben, ohne ihr ein einziges Mal gesagt zu haben, wie sehr er sie liebte. Um sich zu trösten, ließ sie sich noch einmal in ihren Traum sinken: Sie verließ Austin und zog nach Brisbane. Er kam ihr nach und flehte sie an, zu ihm zurückzukehren, damit er der Welt zeigen könne, wieviel sie ihm bedeutete.

Gestern hatte sie Pferde und Wagenräder auf der Kiesauffahrt gehört. Ihr Zimmer lag unmittelbar über der Haustür, von wo jetzt leise Stimmen zu ihr heraufdrangen, die ihr Beileid ausdrückten. Heute würden weitere Trauergäste eintreffen. Sie wußte, sie hätte eigentlich unten sein und sie begrüßen müssen, wollte aber niemanden sehen. Sie würde besser hier oben bleiben, bis alle gegangen waren, denn wer interessierte sich schon für die Witwe von Austin Broderick? Die Gäste waren seine Kumpel, Freunde, Angehörige der Oberschicht wie er selbst; sie alle ließen es sich nicht nehmen, zu seiner letzten Ruhestätte zu pilgern, die gleich neben der von Kelly liegen würde, wie er es sich immer gewünscht hatte.

Die Namen wichtiger Leute, von denen manche vermutlich bereits die Gästezimmer bezogen hatten, schwirrten ihr durch den Kopf. Charlottes hausfrauliche Sorge erwachte. Kam Louisa mit alldem zurecht? Wußte sie, was zu tun war? Hatte sie das Haus in Ordnung bringen lassen? War alles an seinem Platz? Sie bezweifelte es, da ihre Schwiegertochter nicht gerade die personifizierte Ordnungsliebe war. Was würden die Leute denken, wenn sie Springfield vernachlässigt vorfanden? Ihre Sorge verwandelte sich in Furcht, während sie sich den Kopf über die zahlreichen Details zerbrach, die Louisa vermutlich übersehen hatte. Es half nichts, sie mußte aufstehen und das Kommando übernehmen.

Das war allerdings leichter gesagt als getan. Mit größter Mühe schleppte sie sich aus dem Bett. Im Stehen wurde ihr schwindlig. Sie machte einen Schritt auf die vergoldete Klingel zu, um ein Hausmädchen zu rufen, zögerte aber. Die Depression umgab sie wie ein Glocke, lockte sie, in diesem Zimmer zu bleiben, das sie mit Austin geteilt hatte. Sie hätte der Verlockung beinahe nachgegeben, doch ihr Stolz auf den immer so tadellosen Haushalt gewann schließlich die Oberhand. Wie betäubt öffnete sie ihren Kleiderschrank und suchte ihr bestes schwarzes Seidenkleid und all die anderen Dinge heraus, die sie benötigen würde. Erneut liefen ihr die Tränen übers Gesicht.

In der Küche wurden gerade die Überreste des Frühstücks weggeräumt, als Charlotte müde, aber äußerlich gefaßt in der Tür erschien.

»Louisa, es ist zehn Uhr, und im Salon ist noch nichts gerichtet.«

»Ich weiß, Charlotte. Wir haben heute morgen viel zu tun. Geht es dir gut? Möchtest du eine Tasse Tee?«

»Nicht jetzt. Ich möchte erst die vorderen Zimmer in Ordnung bringen.«

Louisa berichtete Victor, daß seine Mutter heruntergekommen sei und sehr gefaßt wirke. »Gott sei Dank.«

»Gut, ich hatte mich nämlich schon gefragt, ob sie überhaupt imstande sein würde, am Begräbnis teilzunehmen. Ich will mal nachsehen, ob ich ihr irgendwie zur Hand gehen kann.«

Cleo war schier überwältigt von der ungeheuren Menschenmenge, die aus Anlaß von Mr. Brodericks Begräbnis zusammengekommen war. Gerührt bemerkte sie, daß auch viele einfache Viehhüter von anderen Farmen gekommen waren, um sich von diesem Pionier zu verabschieden. Charlotte stand tief verschleiert am Grab, umgeben von ihren drei Söhnen, deren blondes Haar der düsteren Zeremonie ein wenig Licht verlieh.

Die Kirchenlieder schwollen im Wind, der durch das Tal fegte, an und ab. Louisa sang solo »Nun danken alle unserm Herrn«, weil sie eine schöne Singstimme besaß.

Und dann war auf einmal alles vorbei.

Die Gäste zogen sich leise und respektvoll zum Nachmittagstee ins Haus zurück und wurden später von Charlotte vor der Tür verabschiedet. Als sich die verbliebenen Damen im Salon versammelten, suchte Cleo ihr Zimmer auf, wo zu ihrer Überraschung von draußen Gesang zu ihr drang.

Sie trat ans Fenster und lauschte. Die Männer hielten unten am Fluß ihre eigene Totenwache ab. Sie sah das Flakkern der Lagerfeuer und roch den eukalyptusgeschwängerten Rauch. Das alles wirkte sehr tröstlich auf sie. Anstelle von Kirchenliedern sangen sie Balladen, traditionelle Weisen so vertraut wie alte Freunde, die davon zeugen sollten, daß sie Austin Broderick ebensowenig vergessen würde wie seine Familie.

»Müßt ihr denn wirklich schon aufbrechen?« wollte Charlotte am nächsten Morgen von Harry wissen. »Könnt ihr nicht noch ein bißchen bleiben?«

»Leider nicht, zu Hause wartet viel Arbeit auf mich. Du mußt uns bald einmal besuchen, ein Urlaub würde dir sicher guttun.«

»Ich habe hier so viel zu erledigen ...«

Er legte seiner Mutter den Arm um die Schultern. »Komm, Austin würde nicht wollen, daß du traurig bist. Du hast dich prächtig gehalten, aber jetzt mußt du ein bißchen kürzer treten. Soll ich dich in vierzehn Tagen abholen?«

Sie schüttelte den Kopf. »Bitte dräng mich nicht, Harry, ich kann Springfield jetzt noch nicht verlassen. Es ist schwer genug, den Tag zu überstehen.«

»Ich weiß«, antwortete er sanft. »Du kommst, wenn dir danach ist.«

»Fahr bitte noch nicht weg«, bat Charlotte eindringlich. »Bleib noch einen Tag, ich brauche dich hier. William Pottinger wartet, bis die letzten Gäste weg sind, und will dann das Testament eröffnen. Es soll alles ganz offiziell ablaufen.«

»Ein Grund mehr für mich, das Haus zu verlassen. Rupe

hat mir sehr deutlich zu verstehen gegeben, daß ich nicht darin bedacht wurde.«

»Ach, was weiß Rupe denn schon?«

»Aber es stimmt doch, oder? Schau mal ... ich will dir und den anderen keine Schwierigkeiten machen. Es war Austins Entscheidung, und ich muß sie akzeptieren.«

»Ich möchte dennoch, daß du bleibst. Ich brauche dich wirklich hier bei mir. Die anderen interessieren sich nicht für mich.«

»Wie kommst du denn auf die Idee?«

»Sag mir, daß du bleibst«, beharrte Charlotte. »Tu einmal im Leben etwas für mich.«

Zu seiner Überraschung war Connie einverstanden. Sie hatte nicht einmal etwas dagegen, bei der Testamentseröffnung im Salon anwesend zu sein. »Ich dachte, es wäre dir peinlich, wenn dein Ehemann wie das fünfte Rad am Wagen daneben sitzt.«

»Keineswegs. Ich möchte es mit eigenen Ohren hören.«

»Wie du willst.«

Louisa stieß Victor an, als die beiden den Raum betraten. Er sah nervös zu ihnen hinüber. Rupe schenkte ihnen keine Beachtung, und Charlotte nickte Pottinger zu. »Sie können anfangen.«

William Pottinger wirkte mit seinem hageren, gebräunten Gesicht und den großen Händen eher wie ein Farmer, doch alle wußten, daß er als Anwalt nahezu unschlagbar war. Er raschelte mit den Papieren, die auf der polierten Tischplatte lagen, schob seine Frackschöße nach hinten und nahm Platz. Harrys Gegenwart schien ihn nicht zu stören.

Er hüstelte. Verlas das Datum des Testaments und hüstelte noch mehr, als wolle er ihnen Zeit geben, die Tatsache zu verdauen, daß dies ein neues Testament war, verfaßt, nachdem Harry auf so spektakuläre Weise in Ungnade gefallen war. Dann las er den Wortlaut vor: »Dies ist der letzte Wille und das Testament von mir, Austin Gaunt Broderick. Ich befinde mich im Vollbesitz meiner geistigen Kräfte ...« Pottinger sah zu Charlotte hinüber, die ihr Gesicht dem Fenster zugewandt hatte, als errege dort etwas ihre Aufmerksamkeit.

Er fuhr fort mit den Legaten, die schweigend aufgenommen wurden, und bemerkte dazu, dies sei im Gegensatz zu vielen anderen, mit denen er zu tun gehabt habe, ein einfaches, unkompliziertes Testament. Sodann beeilte er sich zu verkünden, daß Austin seinen gesamten Besitz, seine Güter und seine bewegliche Habe seinen Söhnen Victor und Rupert vermache unter der Bedingung, daß Charlotte Broderick für den Rest ihres Lebens Wohnrecht auf Springfield genieße.

Da sich niemand zu Wort meldete, sammelte er seine Papiere wieder ein und verzichtete auf die übliche Gratulation, die ihm angesichts der unbehaglichen Familiensituation unangemessen erschien.

Schließlich erhob sich Rupe von seinem Stuhl. »Vielen Dank, William. War das alles?«

»Wir müssen noch die Details der Erbschaft besprechen, das Kapitalvermögen und so weiter, aber das hat Zeit. Da Sie beide hier leben, ist es nicht dringlich.«

Pottinger sah, wie sich Charlotte vorbeugte, etwas sagen wollte, Luft holte, es erneut versuchte. Er empfand Mitleid mit der Witwe. Das Sprechen schien ihr enorme Mühe zu bereiten.

»Ja, meine Liebe?« fragte er teilnahmsvoll.

Sie schluckte. »Was ist mit meinem Anteil?«

Pottinger starrte sie an. »Wie bitte?«

»Mein Anteil.«

»Charlotte, für Sie ist bestens gesorgt. Dies ist und bleibt Ihr Heim, das wird hierin sehr deutlich erklärt.«

»Tatsächlich?« fragte sie zornig. »Dann werde ich euch allen jetzt etwas sagen: Mein Bruder hat diese Farm mit Austin zusammen gegründet. Sie waren Partner, und ihnen gehörte das ganze Land in diesem Tal, als Kelly starb und Austin weitere Ländereien pachtete.«

»Ich glaube nicht, daß dies jetzt von Belang ist, Mutter«, warf Rupe ein, doch Harry knurrte: »Mutter hat uns etwas zu sagen, Rupe. Laß sie bitte ausreden.«

Sie sah ihre Söhne gequält an. »Versteht ihr mich denn nicht? Austin sagte immer, mir stehe ein rechtmäßiger Anteil zu, da ich die engste Verwandte meines Bruders war. Seine Erbin«, fügte sie verbittert hinzu. »Das Wort dürfte euch ja nicht unbekannt sein. Aber ich habe meinen Anteil nie bekommen, er hat alles für sich behalten. Und nun hat er mich schon wieder übervorteilt.«

Victor war völlig perplex. »Mutter, bitte! So darfst du nicht denken. Dies ist doch dein Zuhause.«

»Und ich muß künftig bei dir um jedes Pfund betteln, wie ich es zuvor bei deinem Vater getan habe.«

»Komm schon, du bist jetzt nur ein wenig aufgeregt. Austin hat dir nie etwas verweigert, Mutter, und das werden wir ebensowenig tun. Wenn du möchtest, setzen wir eine regelmäßige finanzielle Zuwendung fest, die zu deiner freien Verfügung steht ...«

»Du verstehst nicht, worum es geht«, warf Connie ein, die diese Auseinandersetzung genoß. »Deine Mutter will sagen, daß ihr ein Anteil an Besitz und Vermögen zusteht, keine Almosen von ihren Söhnen. So ist es doch, Harry?«

Er wirkte hilflos. »Nun, ich weiß nicht, darüber habe ich nie nachgedacht.«

»Wir reden ein anderes Mal darüber«, sagte Victor unglücklich, denn ihm war dieses Schauspiel vor den Augen des Anwalts aus Toowoomba überaus peinlich. Schließlich hatte dieser zu Austins besten Freunden gehört.

Doch Charlotte, die endlich all ihren Mut zusammengenommen hatte, wußte genau, daß sie diese Frage jetzt oder nie klären mußte.

»Ich möchte aber jetzt darüber sprechen. William, ich bitte Sie, meinen Anspruch zu prüfen. Ich verlange einen Anteil an Springfield.«

Er schüttelte ratlos den Kopf. »Charlotte, ich handle hier im Namen Ihres verstorbenen Mannes und kann unmöglich auch noch Sie vertreten. Wenn Sie bei dieser ... hm ... Haltung zu bleiben belieben, müssen Sie sich einen anderen Anwalt suchen.«

»Sie verstehen es auch nicht, oder? Versteht es auch nur einer von euch? Ich habe die Karten mit den Ansprüchen gesehen, die die Männer eingereicht haben, damit es so aussieht, als hielten sie die Gesetze der Regierung ein. William, wußten Sie, daß Austin mir die gleiche Menge Land zugewiesen hat wie Fern Broderick?«

Bei dem bloßen Gedanken daran wurde sie wieder so wütend, daß alle überrascht zusammenfuhren, doch sie verfolgte ihren Gedankengang unbeirrt weiter. »Sehen Sie sich diese Karten an. Zu mehr als einem Strohmann tauge ich anscheinend nicht. Und das betrachte ich als grobe Beleidigung.«

Pottinger setzte sich wieder hin. »Charlotte, Sie werfen das Erbe von Springfield mit den Anforderungen des Gesetzes gegen die Zweckentfremdung von Land in einen Topf. Für welche Verfahrensweise sich die Herren auch immer entschieden haben – wie ich höre, werden Sie dabei von Anwälten aus der Stadt beraten –, um so viel Grund und Boden wie möglich behalten zu können, es steht ihnen frei, dies zu tun. Ich möchte Sie jedoch aufrichtig davor warnen, die Frage der Strohmänner außerhalb der vier Mauern dieses Hauses anzusprechen. Dieser Komplex geht weit über meine juristische Kompetenz, und obwohl ich die Viehzüchter bedaure, die sich derartigen Problemen gegenübersehen, möchte ich nicht an illegalen Vorhaben beteiligt sein. Ich will vergessen, daß der Begriff Strohmann je gefallen ist.«

»Mit anderen Worten, es ist Ihnen gleichgültig, daß man

mich, so sehe ich es zumindest, um den mir zustehenden Anteil an Springfield gebracht hat?«

»Ganz und gar nicht. Wenn Sie es so empfinden, ist es Ihr gutes Recht, das Testament anzufechten.«

»Wie bitte?« Rupe war aufgesprungen.

»Setz dich hin!« donnerte Harry. Sein Bruder gehorchte, wenn auch nur widerwillig.

Pottinger fuhr fort: »Wie gesagt, es steht Ihnen frei, einen anderen Rechtsbeistand zu verpflichten.«

»Wen denn?« fragte Charlotte.

»Das liegt ganz bei Ihnen, meine Liebe.«

Connie lächelte. »Natürlich Richter Walker. Ich bin sicher, meinem Vater wird es eine Ehre sein, dir zu helfen.«

»Mein Gott, nur das nicht!« rief Harry entsetzt aus, doch seine Mutter nickte Connie dankbar zu. Zum ersten Mal standen die beiden Frauen wirklich auf einer Seite.

Er lehnte sich zurück und suchte den Fortgang des Streits aus seinem Bewußtsein auszublenden. Wie traurig, dachte er, daß sich Charlotte die ganze Zeit über mit dem Wunsch nach einem Anteil an Springfield gequält haben mußte. Er wünschte, sie hätte mit Austin darüber gesprochen, doch das hätte sie wohl zu große Überwindung gekostet. Austin redete nicht *mit* den Leuten, er redete sie in Grund und Boden.

Der Anwalt machte Anstalten zu gehen, verabschiedete sich mit bemühter Höflichkeit von allen Anwesenden und verließ so schnell wie möglich den Raum. Charlotte begleitete ihn.

»Ich hoffe, Sie überdenken das alles noch einmal, meine Liebe«, sagte er zu ihr, während sie ihm in den weißen Staubmantel half. »Wenn Sie Austins Testament anfechten, wird dies einen gewaltigen Skandal verursachen.«

Ihr Blick schweifte über den Garten zu der langen Baumreihe am Ende des Tales, die vom Licht der Nachmittagssonne vergoldet wurde. »Ich betrachte es als einen Skandal, daß man mich übergangen hat«, seufzte sie. »Aber ich will Sie nicht länger aufhalten. Auf Wiedersehen, William, und vielen Dank für den schönen Kranz.«

Im Salon wandte Victor sich unterdessen an Harry. »Hinter alledem steckst doch du! Bist du deshalb hiergeblieben? Du hast Connie und Charlotte gegen uns aufgehetzt.«

»Nein, ich bin nur ein unbeteiligter Zuhörer«, sagte Harry grinsend.

»Wie kommt Connie denn dazu, für dich ebenfalls einen Anteil zu verlangen?«

»Davon wußte ich ja gar nichts.«

Rupe stürmte auf ihn zu. »Du verdammter Lügner, du willst uns nur Schwierigkeiten machen ...«

Er konnte den Satz nicht mehr beenden, da ihn Harry am Hemdkragen packte und gegen die getäfelte Wand stieß. »Deine Beleidigungen habe ich gründlich satt. Halt endlich die Klappe.«

Connie genoß die Szene. Also hatte Rupe ihren Mann nun doch genügend provoziert, um ihm eine Reaktion zu entlokken. Vielleicht würde er ja jetzt endlich um seinen Anteil an Springfield kämpfen. Louisa hingegen war außer sich.

»Hört auf! Euer Vater ist kaum unter der Erde, und schon geht ihr einander an die Kehle! Hört sofort damit auf!«

Die Männer traten auseinander, doch niemand machte Anstalten, den Salon zu verlassen. Es stand einfach zuviel auf dem Spiel. Harry bot schließlich eine Lösung an.

»Mutter sollte euch nicht darum bitten müssen, daß Austins Vermögenswerte umverteilt werden. Wir alle müssen uns bei ihr entschuldigen. Niemand, auch Vater nicht, hat je auf ihre Wünsche Rücksicht genommen. Wenn ihr den Besitz durch drei teilt und dies rechtlich absichert, dann sind alle Probleme gelöst.«

»Und was passiert, wenn Springfield in einzelne Abschnitte aufgeteilt wird?« wollte Victor wissen. »Das wird doch alles viel zu kompliziert.«

»Komm schon, Victor, du weißt ganz genau, daß weiterhin alles durch deine Hände läuft: die Ausweisung neuer Weiden, die Verwaltung, die Viehbestandskontrolle, die Geldgeschäfte. Ich sage lediglich, ihr sollt Mutter ein Drittel davon abtreten.«

»Das können wir uns nicht leisten.«

»Natürlich könnt ihr das. Sie bittet nicht um Bargeld, sondern um einen gleichrangigen Anteil am Besitz. Das ist doch nicht so schwer zu verstehen.«

Rupe, der etwas abseits am Fenster stand, ergriff nun wieder das Wort: »Wenn ich etwas dazu bemerken darf – jemand sollte Harry darüber aufklären, daß für uns lediglich Austins Testament bindend ist. Und ich für meinen Teil habe vor, die Bestimmungen buchstabengetreu zu befolgen.«

»Auch wenn du damit deine Mutter ausschließt?« fragte Harry knapp.

»Es ist ja nicht so, als hätte Austin sie völlig übergangen. Sie kann so lange im Haus leben, wie sie möchte. Er wußte, daß wir uns um sie kümmern würden. Vielleicht dachte er, eine Wiederheirat könne die Dinge erschweren, falls er ihr einen Anteil hinterließe. Austin wußte, was er tat, und hatte zumeist recht damit.«

Victor schien seiner Sache nicht mehr ganz sicher. »Wenn wir Mutter einen Anteil geben, könntest du ebenfalls einen einfordern, oder nicht, Harry?«

»Das werde ich nicht tun.«

»Paß auf, was du sagst, Harry Broderick«, warf seine Frau ein. »Du verzichtest nicht auf den Anteil an einer kleinen Bauernkate. Springfield ist nicht Tirrabee, wo du nur als Verwalter arbeitest. Victor weiß genau, daß es noch um jemand anderen geht ...«

»Um wen denn, bitte schön?« fauchte Rupe, doch Connie schenkte ihm keine Beachtung.

»... da Louisa ihn bestimmt davon in Kenntnis gesetzt hat. Er tut jetzt nur so, als wüßte er von nichts, und dabei spekuliert er darauf, daß er das bessere Geschäft macht, wenn er Charlottes Forderung nachgibt und du gleichzeitig auf deine Ansprüche verzichtest.«

Während sie sprach, ging Harry durchs Zimmer und schenkte sich an der Anrichte einen Whisky ein. »Wovon sprichst du eigentlich? Bin ich denn der einzige hier, dem da was entgangen ist?«

Charlotte, die in der Tür stand, sagte: »Nein, mein Lieber, ich hatte zuvor auch nicht daran gedacht, aber Connie hat völlig recht. Wenn du nicht selbst um das Erbe eures Kindes, Austins zweitem Enkel, kämpfst, werden Connie und ich es für dich tun.«

Auf unsicheren Beinen schwankte sie durchs Zimmer. Victor kam ihr zu Hilfe und führte sie zurück zu ihrem Stuhl. »Soll ich dir einen Brandy bringen?«

»Ja, bitte, mit Wasser.«

Harry goß den Drink ein und gab Victor das Glas, der es seiner Mutter brachte. »Das ist alles zuviel für dich. Warum legst du dich nicht ein bißchen hin, und wir besprechen alles, wenn du dich erholt hast?«

Sie nahm einen Schluck Brandy. »Wir reden jetzt darüber. Ich verlange eine Entscheidung. Du und Rupe vertretet anscheinend die gleiche Meinung wie Austin, was ich euch nicht übelnehme. Schließlich hat er euch so erzogen. Ich habe mit eurem Vater nie über dieses Thema gesprochen, weil er sich Frauen gegenüber sehr herablassend verhielt. Bei meinen Söhnen werde ich dieses Benehmen aber keinesfalls dulden.« Sie hielt inne. »Harry beginnt bereits, mich ein wenig zu verstehen, aber wie steht es mit euch? Ich verlange eine Antwort.«

»Mutter, dies ist nicht der geeignete Zeitpunkt, um über eine Dreiteilung des Besitzes zu sprechen«, sagte Victor.

»Vierteilung«, berichtigte sie ihn.

»Wie auch immer, jedenfalls geht es um eine Teilung«, fuhr er fort, »während der Zwang zum freien Erwerb wie ein Damoklesschwert über unseren Köpfen hängt. Kannst du nicht warten, bis wir all das hinter uns haben?«

Natürlich, dachte sie, bis Fern Brodericks Name im Landministerium registriert ist, und zwar für einen Anteil, der ebensogroß ist wie meiner.

»Was meinst du dazu, Rupe?«

»Ich halte es für falsch und erbärmlich, den letzten Willen unseres Vaters derart zu mißachten. Er war im Vollbesitz seiner geistigen Kräfte und wußte, mit welchen Schwierigkeiten Victor und ich beim Schutz unseres Landes zu kämpfen haben würden. Es geht doch auch um dein Heim, Mutter.«

Charlotte nippte an ihrem Brandy, während die anderen auf ihre Reaktion warteten.

»So, das wäre es dann wohl«, sagte sie schließlich. »Ich bin in meinem eigenen Haus nur geduldet.«

Louisa war empört. »Oh, Charlotte, so etwas darfst du nicht einmal denken!«

Ihre Schwiegermutter faltete die Hände im Schoß. »Harry und Connie fahren morgen nach Hause. Ich werde sie begleiten. Mich hält nichts mehr auf Springfield. Ich bleibe eine Weile bei ihnen auf Tirrabee und reise dann weiter nach Brisbane.«

»Wo willst du dort wohnen?« fragte Harry. »Du brauchst Tirrabee nicht zu verlassen.«

»Noch bin ich keine Bettlerin. Wie du hörtest, hat Victor mir finanzielle Zuwendung zugesagt. Mir ist durchaus bewußt, daß sich sowohl in Victors als auch in Austins Safe eine Menge Bargeld befindet, ein Notgroschen, wie Austin es nannte. Ich allein entscheide, was ich tue und wo ich lebe.«

An diesem Abend fühlte Charlotte sich so einsam, daß sie sich in den Schlaf weinte. Sie konnte sich ein Leben ohne Austin einfach nicht vorstellen, und der Familienstreit hatte sie nur vorübergehend von ihrer Trauer abgelenkt. Es war ihr egal, daß sie nun alle verärgert hatte. Keiner von ihnen konnte ihren Verlust nachempfinden. Was wußten sie denn schon von der Liebe? Austin mochte selbstsüchtig und herablassend gewesen sein, da er glaubte, man erwarte diese Haltung von einem Mann in seiner Position – schließlich war er ja der Boß. Aber sicher hatte er gewußt, wie sehr sie ihn liebte, konnte seine eigenen Gefühle nur nicht zeigen. Romantik und Sentimentalität waren ihm fremd gewesen, und Charlotte hatte gehofft, daß er im Alter ein wenig weicher würde. Leider war ihr diese Freude vom Schicksal nicht vergönnt.

Ihre Träume trösteten sie vorübergehend darüber hinweg; süße, liebliche Träume, in denen ihr gutaussehender Mann neben ihr lag und sie geborgen in seinen Armen, in denen er ihr ins Ohr flüsterte, wie sehr er sie liebe. Als sie am nächsten Morgen erwachte, erschien ihr die graue Realität irgendwie unwirklich.

Doch sie fühlte sich heute viel besser. Austin würde für immer in ihrem Herzen wohnen, aber nun war sie frei, ihr eigenes Leben zu leben und ihre Interessen mit der gleichen Hartnäckigkeit zu vertreten, die ihr Mann an den Tag gelegt hatte. Das immerhin hatte sie von ihm gelernt. Man zauderte nicht, man wich nicht zurück, und niemals durfte man auf sein Recht zu herrschen verzichten. Mit dieser Haltung hatte sich Austin sein Imperium aufgebaut, allen Auseinandersetzungen mit den Aborigines, anderen Züchtern, Viehhütern und Scherern zum Trotz. Er hatte ausgeharrt und gesiegt.

Traurig dachte sie, daß er sich vielleicht aus dem Leben gestohlen hatte, weil er wußte, daß der nächste Kampf zu hart und die Niederlage zu schwer zu ertragen sein würden.

Ungeachtet ihrer Pläne war sich Charlotte bewußt, daß ihre Söhne schwierigen Zeiten entgegensahen, wenn sie Springfield zusammenhalten wollten, doch sie empfand kein Mitleid. Nicht, solange Rupe und Victor sie um ihren rechtmäßigen Anteil betrügen wollten.

Sie zog sich an und packte gemächlich ihren Koffer. Es war noch früh, alle anderen schliefen noch, und so blieb ihr genügend Zeit, ihren Schlachtplan zu überdenken.

In Brisbane würde sie umgehend Richter Walker aufsuchen und sich von ihm bezüglich der Anfechtung des Testaments beraten lassen. Und sie hatte ein weiteres As im Ärmel. Es würde nicht mehr allzu lange dauern, bis ihre Söhne das Land, das Austins Frau zugeteilt war, erwerben würden. Erstklassiges Land im Herzen von Springfield.

Sie durfte nicht zögern. Das Land war auf ihren Namen eingetragen, und wenn ihre Söhne weiterhin stur blieben, könnte sie es einfach verkaufen, auch ohne ihre Erlaubnis. Ein Stück aus den besten Weiden herausschneiden, wodurch Springfield unwiderruflich aufgeteilt würde, während sie weiterhin unbeschränkten Zugang zum Haus hätte.

Und sie wollte, daß Fern Brodericks Name gestrichen und durch Harrys ersetzt wurde. Auf diese Weise würde sie zahlreiche Pläne auf einen Schlag durchkreuzen.

Sie setzte ihren Hut auf und befestigte ihn mit einer silbernen Nadel. »Ihr seid ja nur Kinder«, sagte sie zu ihren abwesenden Söhnen, »ich hingegen bin bei einem Fachmann in die Lehre gegangen. Versucht also nicht, euch mit mir anzulegen. Ich werde gewinnen oder euch zerstören!«

Das Leben in dem verkleinerten Haushalt war so friedlich, daß Louisa im siebten Himmel schwebte. Victor und Rupe, der Cleo umwarb, die beinahe schon zur Familie gehörte, kamen erstaunlich gut miteinander aus. Die vier jungen Leute aßen jeden Abend zusammen und genossen das Leben ohne die Verhaltensregeln, die ihnen die ältere Generation auferlegt hatte. Die Männer arbeiteten sieben Tage in der Woche, kontrollierten ständig die Herden, prüften die Wasserstellen, zogen kleinere Stacheldrahtzäune, um ihren Besitzanspruch zu unterstreichen, ritten rastlos mit den Viehhütern über den Besitz wie die Hirten in früheren Zeiten, um ihren wertvollen Herden die bestmöglichen Weidebedingungen zu sichern.

Es gab keine Herrenabende mehr, bei denen die Frauen vom Feierabendvergnügen ausgeschlossen gewesen wären. Niemand mußte sich beeilen, um sich fürs Abendessen umzuziehen. Das Leben war einfacher geworden, legerer. Louisa hatte beschlossen, das Speisezimmer nur für besondere Gelegenheiten zu nutzen, und sie nahmen von nun an alle Mahlzeiten im Frühstückszimmer ein, das zudem den Vorteil besaß, kühler zu sein.

Hannah begrüßte die Veränderungen. »Weniger zu tun für die Mädchen. Es ist allein schon eine Menge Arbeit, andauernd diese riesigen Tischtücher zu stärken und zu bügeln.«

Doch Victor empfand trotz der Annehmlichkeiten seines neuen Lebens tiefe Schuldgefühle. Natürlich genoß er es, abends heimzukehren und auf der Veranda von den Mädchen mit kaltem Bier und einem Lächeln auf den Lippen empfangen zu werden, doch ihm war, als habe er sich diese Freuden auf Kosten seines Vaters erkauft. Es schien beinahe, als seien alle erleichtert, daß Austin nicht mehr da war. Dieser Gedanke schmerzte ihn. Wenn er allein durch den Busch ritt, sprach er oft in Gedanken mit seinem Vater und entschuldigte sich für sein Verhalten. Was aber hätte Austin zu der furchtbaren Sache mit Charlotte gesagt? Vermutlich eine ganze Menge.

Natürlich trug Harry an allem die Schuld, da er Charlotte überhaupt erst auf diese Idee gebracht hatte. Von selbst wäre es ihr doch nie in den Sinn gekommen, das Testament anzufechten, wenn Harry nicht seine eigenen Interessen im Auge gehabt und mit voller Absicht Zwietracht unter ihnen gesät hätte. Und zu allem Übel hatte er sie auch noch ermutigt, Springfield zu verlassen.

Victor dachte an die heftige Auseinandersetzung vor der

Abreise seines Bruders zurück. Er hatte Charlotte angefleht, Springfield nicht so überstürzt zu verlassen, doch sie war eisern geblieben.

»Springfield hat vier Erben, nicht zwei. Bis du gelernt hast, dies zu akzeptieren, gehe ich weg.«

Als Charlotte bei dieser letzten Diskussion in Tränen ausgebrochen war, war Harry eingeschritten. »Victor, um Gottes willen, laß Mutter in Ruhe. Ich verzichte meinetwegen auf meinen Anteil, aber Mutter hat ein Recht darauf. Siehst du das nicht ein?«

Victor hatte ihn daraufhin wütend angebrüllt. »Ich sehe nur, daß du entschlossen bist, diese Familie zu ruinieren. Dabei hast du in Brisbane schon genügend Ärger verursacht. Verlaß dieses Haus, für immer! Du warst nicht willkommen, als Austin noch lebte, und bist es auch jetzt nicht. Wage es nicht, je wieder herzukommen!«

Später, nachdem er sich ein wenig beruhigt hatte, hatte er an Charlotte geschrieben. Er hoffe, daß sie nach einer Zeit der Erholung zurückkehren und zu einem vernünftigen Gespräch bereit sein werde.

Sie hatte auf diesen Brief nicht reagiert – vermutlich auf Anraten Harrys hin – und war nach Brisbane weitergereist, um sich mit ihren Anwälten zu besprechen.

Sechs Wochen später trafen von dort ein Paket mit Märchenbüchern für Teddy und eine kurze Mitteilung seiner Mutter ein – ihr gehe es gut, sie genieße den Aufenthalt in Brisbane und freue sich schon auf ihre Heimkehr. In der Zwischenzeit lasse sie sich juristisch beraten bezüglich ihres Anrechts auf das eigene Land.

Victor saß hinter verschlossener Tür in seinem Büro und zog trübsinnig an seiner Pfeife. Es war spät, im Haus rührte sich nichts, eigentlich die beste Zeit für die Buchhaltung, doch die Sorgen ließen ihm keine Ruhe.

Mittlerweile fürchtete er Charlottes Rückkehr. Er hatte sich nicht dazu überwinden können, Louisa davor zu warnen, allzu viele Veränderungen vorzunehmen. Inzwischen fühlte seine Frau sich als Herrin des Hauses. Sie hatte Möbel umgestellt, die schweren Vorhänge abgenommen, um die Zimmer im Erdgeschoß heller und luftiger zu gestalten. Alles sah anders aus, besser, wie er zugeben mußte, doch was würde Charlotte dazu sagen? Vermutlich würde sie es ganz und gar nicht gutheißen.

Dann traf der Brief von William Pottinger ein. Er müsse ihnen leider mitteilen, daß Charlotte seine Vermittlungsversuche abgelehnt habe. Sie scheine fest entschlossen, notfalls Austins Testament anzufechten.

»Verdammt!« Noch nie war Victor so frustriert gewesen. Rupe hatte den ausgezeichneten Vorschlag gemacht, einige weniger fruchtbare Abschnitte und sogar einen Teil der Nebenfarmen zu verkaufen, um die dort arbeitenden Verwalter einzusparen. Obwohl er den Verlust von mehreren tausend Morgen Land bedauerte, befürwortete Victor diesen Plan. Im Augenblick benötigten sie Geld dringender als Land.

Er fragte sich, ob sie sich nicht doch dazu überwinden sollten, Charlotte ein Drittel abzutreten. Schließlich stünde es nur auf dem Papier da, weil sie ja ohnehin auf Springfield lebte. Zum Ausgleich könnten sie dann die Forderung stellen, daß Harry jeglichen Anspruch auf den Besitz aufgab.

»Das ist die Lösung!« sagte er laut zu sich selbst. »Das ist es doch!«

Sofort machte er sich an die Arbeit und setzte einen sorgsam formulierten Brief an seine Mutter auf, in dem er sich unter dieser einen Bedingung mit ihrer Forderung einverstanden erklärte. »Ich werde ihnen schon zeigen, wo's langgeht!«

Dennoch war ihm nicht ganz wohl bei der Sache, da Charlotte zurückkehren, Louisa entthronen und ihrem angenehmen Lebensstil ein Ende bereiten würde.

Leider zeigte sich Rupe ebenso halsstarrig wie seine Mutter.

»Du beweist damit nicht gerade Weitblick, Victor. Mal angenommen, wir teilen mit Mutter. Was passiert, wenn sie stirbt? Sie wird Harry auf jeden Fall etwas hinterlassen. Dann geht alles wieder von vorne los.«

»Darüber mache ich mir Gedanken, wenn es soweit ist.«

»Dann wird es zu spät sein. Und was gibt dir überhaupt das Recht, einen solchen Brief zu schreiben? Vergiß es, Victor, meine Antwort lautet nein.«

Richter Walker war Brodericks Witwe nur allzugern zu Diensten. Sie hatten Charlotte eingeladen, bei ihnen zu wohnen, doch sie erklärte ihnen brieflich, sie wolle niemandem zur Last fallen. Also besorgte er ihr eine respektable Unterkunft im Park Private Hotel mit Blick auf den Botanischen Garten. In diesem Haus lebten einige ältere Damen, so daß es für eine Frau vom Land ohne weibliche Begleitung durchaus angemessen war.

Nachdem er den Sonntagnachmittag mit ihr verbracht hatte, kam der Richter jedoch zu dem Schluß, daß Charlotte Broderick eine ziemlich törichte Frau sei, da sie selbst nicht zu wissen schien, was sie eigentlich wollte. Obwohl sie bei der Erwähnung ihres verstorbenen Mannes in Tränen ausbrach, bestand sie darauf, daß er ihr einen Anteil an seinem Besitz hätte hinterlassen müssen.

Connie hatte ihren Vater bereits vom Inhalt des Testaments in Kenntnis gesetzt und dabei zugeben müssen, daß sie nach wie vor nicht ganz auf seinen Rat verzichten konnte.

»Diese jungen Leute«, sagte er zu seiner Frau, »sie glauben, sie wüßten alles besser. Und nun sieh dir an, was passiert. Sobald etwas schiefgeht, kommt sie angelaufen. Typisch, daß ihr verantwortungsloser Ehemann sich nicht um sein Erbe kümmert, auch wenn er demnächst eine Familie zu ernähren haben wird.«

»Ich bin nur froh, daß sie dir geschrieben hat, bevor es zu spät ist.«

»Ja, das ruhige Landleben hat ihr scheinbar die schlimmsten Flausen ausgetrieben. Allerdings ist mir nicht ganz klar, was man in dieser Angelegenheit von mir erwartet. In einem Moment jammert Charlotte Broderick noch über den Tod ihres Mannes, und im nächsten will sie seinen guten Namen in den Schmutz ziehen, indem sie behauptet, er habe sie ungerecht behandelt. War Austin denn der einzige Mensch in dieser Familie mit so etwas wie Selbstachtung?«

»Sieht ganz danach aus. Jedenfalls hält Connie nicht das geringste von den anderen beiden Söhnen. Wie steht es denn überhaupt mit Charlottes Chancen?«

»So, wie ich es ihr zu erklären versucht habe. Besitzrecht macht neun Zehntel unseres Gesetzes aus. Er hat sie nicht ungerecht behandelt. Sie hat ein wunderschönes Heim und Söhne, die den Besitz verwalten. Sie genießt dort ein lebenslanges Wohnrecht, das ihr niemand nehmen kann.«

Mrs. Walker rutschte unbehaglich auf ihrem Stuhl hin und her. »Ich glaube, sie denkt, sie sei jetzt abhängig von ihren Söhnen.«

»Das ist doch aber nichts Ungewöhnliches. Ihr Pech ist nur, daß sie da an etwas seltsame Vögel geraten ist, die die Farm im übrigen aber gar nicht so schlecht leiten. Jock jedenfalls hält Victor für einen sehr fähigen Verwalter, der sich ausgezeichnet auf die Schafzucht versteht. Sie sollte der Umsicht ihres verstorbenen Mannes danken, anstatt in Brisbane zu sitzen und zu schmollen.«

Insgeheim war Mrs. Walker froh, daß sie keine Söhne hatte, die ihr das Erbe ihres Mannes hätten streitig machen können. Er würde nie auf die Idee kommen, sein beträchtliches Vermögen seiner Tochter zu hinterlassen – vor allem nicht dieser Tochter.

»Oh Gott, was soll denn nun werden?«

»Mit der Witwe? Nichts weiter. Ich besorge ihr einen Anwalt, der ihr lang und breit erklärt, daß sie vor Gericht nicht die geringste Chance hat. Austin hat auf die übliche Art und Weise für sie gesorgt. Stell dir vor, was passieren würde, wenn ihr ein Anteil gehörte und sie sich noch einmal verheiratete? Ich darf gar nicht daran denken.«

»Und Harry? Anscheinend haben ihn seine Brüder schlecht behandelt. Connie sagt, er sei inzwischen soweit, daß er ebenfalls einen Anteil beanspruchen wolle.«

»Leider. Er hat bereits genügend Leute vor den Kopf gestoßen. Ginge es dabei nicht auch um mein Enkelkind, so würde ich keinen Finger für ihn rühren. Aber gut, Harry soll seinen Anteil haben, wie es im ursprünglichen Testament vorgesehen war, oder ich sorge dafür, daß sich dieser Prozeß bis zum Jüngsten Gericht hinzieht.«

Seine Frau lächelte. »Ich habe irgendwie den Eindruck, daß du es auch für Connie tust.«

»Natürlich. Falls Harry auf Tirrabee nicht zurechtkommt, was mich bei seiner Labilität nicht wundern würde, stehen sie wieder hier vor unserer Tür. Und dann ein Drittel von Springfield im Rücken zu haben, ist wirklich nicht zu verachten.«

9. KAPITEL

SPINNER SPIELTE MIT dem Gedanken, sich eine Frau zu nehmen, doch es gab da gewisse Hindernisse. Seine Wahl war auf Dixie gefallen, eine aufgeweckte junge Frau, die als Wäscherin für den alten Jock arbeitete. Sie war von seiner Werbung sehr angetan, da es nicht viele Männer ihres Stammes gab, die feste, respektable Stellen als Viehhüter innehatten. Doch als es darum ging, sich für einen gemeinsamen Wohnort zu entscheiden, kam ein Problem auf.

Er konnte Dixie nicht nach Springfield bringen, da es dort keine Unterkünfte für schwarze Frauen gab. Zudem hatte die dortige Horde vor langem ihr Lager verlassen, so daß sie auch da nicht unterkommen konnte.

»Dann mußt du eben hier leben«, sagte sie zu ihm.

Spinner sah sich vor eine schwere Entscheidung gestellt. Diese Farm war sein Zuhause; er liebte Springfield und kannte es so gut wie seine Westentasche. Da er aber auch Dixie liebte, ja ganz wild nach ihr war, gestattete er ihr, diesbezüglich Erkundigungen einzuholen.

Als er sie das nächste Mal besuchte, rannte sie ihm aufgeregt entgegen. »Du bekommst die Stelle. Die Missus sagt, sie will mich nicht verlieren, also kannst du hier als Viehhüter arbeiten. Sie spricht mit dem jungen Mr. Victor darüber. Und soll ich dir noch was verraten? Sie hat gesagt, wir können in der alten Schererhütte hinter den Ställen wohnen! Die anderen Mädchen helfen mir beim Saubermachen und Einrichten. Dann haben wir unser eigenes Zuhause.«

Spinner war begeistert ob dieser überwältigenden Neuigkeiten. Außerdem schmeichelte es ihm, daß Mrs. Crossley, Jocks verwitwete Tochter, ihnen behilflich sein wollte. Seine zukünftige Familie würde in einem richtigen Heim leben! Tatsächlich wären sie dadurch besser gestellt als viele weiße Viehhüter, die in den schlafsaalähnlichen Männerunterkünften wohnten und oft keine Familie gründen konnten, da es kaum Wohnungen für Verheiratete gab. Für Spinner bedeutete die Schererhütte einen gewaltigen Schritt nach vorn; endlich würde er so leben, wie er es sich immer gewünscht hatte. Wie eine weiße Familie. Er war nicht gezwungen, mit seiner Frau bei seiner Horde unten am Fluß zu leben.

Im übrigen war er froh, daß sie weg waren.

Schließlich waren alle Vorbereitungen getroffen, und in Springfield wußten alle Bescheid, daß Spinner heiraten und den Besitz verlassen würde. Sie zogen ihn zwar unbarmherzig damit auf, aber er merkte, daß sie sich insgeheim für ihn freuten.

Doch dann änderte er plötzlich seine Meinung und weigerte sich strikt, Springfield zu verlassen.

Dixie war ebenso verwirrt wie empört, und Mrs. Crossley empfand Mitleid mit ihr. Sie erkundigte sich bei Victor nach der Ursache für diesen Sinneswandel, doch auch ihm waren Spinners Gründe unbekannt. Auf Anfragen hatte dieser lediglich erklärt, er liebe Dixie noch immer und wolle sie nach wie vor heiraten, könne aber den Besitz nicht verlassen.

Vermutlich sei die Bindung an den Clan doch noch zu stark, antwortete Victor Mrs. Crossley, und Spinner fürchte sich vor dem Heimweh. Er würde schon darüber hinwegkommen, es brauche nur ein wenig Geduld.

Doch in Wahrheit hatte Spinner sich plötzlich an Bobbo, Jagga, Doombie und das Versprechen erinnert, das er Moobuluk gegeben hatte. Sein Versprechen, nach ihnen Ausschau zu halten, sich umzuhören und ihm sofort zu berichten, wenn er etwas in Erfahrung brachte. Natürlich hätte er auch von Zeit zu Zeit nach Springfield hinüberreiten und sich nach den Kindern erkundigen können, doch das wäre nicht das, was der Zauberer von ihm erwartete. Als letztes Clanmitglied mußte er dortbleiben.

Wann aber würde er die Farm endlich verlassen können?

Als er eines Tages mit Jack Ballard am Vorratsraum vorbeikam, sah er drinnen Teddy mit seinem Vater stehen und fragte beiläufig: »Teddy ist schon großer Junge. Wann geht zur Schule?«

Jack lachte. »Noch lange nicht. Er hat hier eine Lehrerin. Das Mädchen, dem Rupe schöne Augen macht.«

»Klar.« Spinner nickte. »Wann sind Bobbo und andere Kinder wohl mit Schule fertig?«

»Wer weiß«, antwortete Jack gleichgültig und ging zu Victor hinüber. Also hatte Spinner noch immer keine Neuigkeiten für Moobuluk. Vielleicht kehrten die Jungen niemals mehr heim.

Als dann der Boß starb, machte sich Spinner noch größere Sorgen. Er spürte, daß sein Clan mit dem Dahinscheiden dieses Mannes eine wichtige Brücke zu der Welt der Weißen verloren hatte. Der Boß hätte sicher gewußt, wo die Kinder waren; er hätte nicht zugelassen, daß man sie einfach wegholte und irgendwo verschwinden ließ.

Während des Trubels anläßlich der Beerdigung nutzte Spinner die Gelegenheit und stahl sich unbemerkt davon. Er ritt einen ganzen Tag lang nach Norden, bis er das Lager des Warrigal-Stammes mit dem Dingo-Totem erreichte. An dieser Stelle vereinigten sich zwei Flüsse. Er hinterließ dort für Moobuluk die Nachricht von Boß Brodericks Tod. Er ging nicht davon aus, daß es den Alten sonderlich interessierte, doch er wollte ihm dadurch beweisen, daß er nach wie vor loyal war. Vielleicht würde Moobuluk sogar Kontakt zu ihm aufnehmen. Spinner wünschte sich sehnlichst, bei dieser Gelegenheit von seinem Versprechen entbunden zu werden.

Moobuluk erhielt die Nachricht, als er die große Hügelkette erkletterte, die sich wie ein Rückgrat an der Ostküste entlangzog und den Menschen half, sich zu orientieren. Er besuchte alte Freunde bei den Hügelstämmen und sandte Späher aus, die sich nach Nioka umhören sollten. Niemand hatte sie gesehen, was angesichts der Entfernung, die sie zurücklegen mußte, nicht weiter verwunderlich war. Falls sie überhaupt unterwegs nach Süden war. Er hatte sich einige Tage zurückgezogen und meditiert, um geistigen Kontakt zu ihr aufzunehmen und ihre Geheimnisse zu ergründen, war aber nur auf Zorn gestoßen. Keinerlei Hinweise auf ihren Aufenthaltsort. Immerhin war sie noch am Leben.

Er wandte seine Aufmerksamkeit dem Tod von Boß Broderick zu, der ihn betroffen machte. Er selbst litt unter Beschwerden, die ihn darauf hinwiesen, daß auch seine Tage gezählt waren. Dabei gab es noch so viel zu tun.

Nun, da er wußte, daß Nioka ihr eigenes Leben nicht so leichtfertig verschenkt hatte wie ihre Schwester, hatte er es nicht mehr eilig, sie zu finden. Es war besser, wenn sie ihrem Zorn auf ihre Weise Luft machte. Früher oder später würde er sie ausfindig machen. In der Zwischenzeit brauchten ihn die Hügelbewohner, um ihre zahlreichen Probleme zu lösen. Es mußte entschieden werden, welche Ältesten zu Hütern des Liedes ernannt werden sollten, welche Väter aufgrund ihrer erworbenen Weisheit die wichtigsten Initiationsriten ausführen durften; daneben ging es um Streitigkeiten im Zusammenhang mit Totems und Eheschließungen wie auch um die unvermeidliche Sorge um das Vorrücken der Weißen.

Entsetzt erfuhr er, daß die Weißen Angehörige aller Clans und Stämme in riesige Lager drängten, die man Reservate nannte und die von den Schwarzen nicht verlassen werden durften. Eines davon lag in Yarrabah, ein anderes außerhalb einer Weißenstadt namens Ipswich. Diesen Ort kannte er gut.

Er befand sich auf den Ebenen, die sich bis zu den weiten Grasplateaus, seiner eigenen Heimat, erstreckten.

Er hörte von all den bedauernswerten Menschen, die an diese Orte gebracht, sogar mit dem Schiff aus dem Süden herauftransportiert und wie Schafe eingepfercht wurden, und daß dort niemand Verständnis für Stammestabus aufbrachte, nach denen bestimmte Clans nicht gemeinsam am Lagerfeuer sitzen durften.

»Ich muß an diese Orte gehen«, sagte Moobuluk. »Ich muß es mit eigenen Augen sehen, denn diese Geschichten sind nur sehr schwer zu glauben.«

Yarrabah lag weit im Norden, das andere Reservat näher. Er folgte der Hügelkette nach Süden und erreichte von Westen her über Boß Brodericks Schafweiden das große Plateau. Spinner war noch dort. Obwohl er anscheinend keine Nachricht von den Kindern erhalten hatte, könnte er Nioka begegnet sein. Vielleicht war sie in der Hoffnung, sie dort anzutreffen, nach Springfield zurückgekehrt.

Moobuluk selbst hielt diese Hoffnung für vergeblich, da sie nun schon ganze Familien aus ihrer Heimat wegbrachten.

Ihm liefen die Tränen über das vernarbte Gesicht. »Was soll bloß aus uns werden?«

Nioka hatte einen anderen Weg eingeschlagen als bei der gemeinsamen Wanderung der Horde nach Norden. Auf dem kürzesten Weg hatte sie die Siedlungen der Weißen aufgesucht, wo sie verzweifelt nach den Kindern Ausschau hielt.

Dieser Plan war ihr im Traum eingefallen, einem Alptraum, in dem sie mit ihrer Schwester gekämpft und versucht hatte, sich vor Minnies heftigen Keulenschlägen zu schützen. Dabei drohten sie beide in einem See zu ertrinken, über dem ein wilder Sturm tobte.

»Finde meinen Bobbo!« kreischte Minnie.

»Das geht nicht. Laß mich in Ruhe. Ich muß an Land.«

Sie schwamm wie wahnsinnig, war zornig auf Minnie,

schluchzte vor Angst und schrie: »Ich weiß nicht, wo ich suchen soll.«

»Und ob du es weißt, du faules Miststück. Hättest du besser auf sie aufgepaßt, während ich gearbeitet habe, wären sie gar nicht erst verlorengegangen.«

Minnie schlug, unterstützt von unbekannten Dämonen, auf Nioka ein, die verzweifelt auf das unsichtbare Ufer zustrebte. Sie erwachte schweißgebadet und fand sich in der einsamen Hütte wieder, die sie für sich im Wald oberhalb des Sees errichtet hatte. Doch die Dämonen waren noch da. Wütend sprang sie auf und rannte schreiend ins Gebüsch.

»Laßt das, ihr bösen Wesen! Laßt meine Schwester ruhen, sonst rufe ich die Geister auf euch nieder. Meine Schwester war schwach, ich bin es nicht. Meine Mutter auch nicht.« Sie hob die Faust gegen die bedrohlich wirkenden Bäume. »Wir sind von hoher Herkunft. Nachkommen großer Häuptlinge. Ich werde ihren Sohn und meinen Sohn und Gabbidgees Sohn finden. Auf euer und ihr Geheul kann ich gut verzichten!«

Die Worte entsetzten sie, doch sie konnte sie nicht mehr zurücknehmen. Sie kehrte in den Schatten der Hütte zurück, setzte sich nieder und aß ein paar Nüsse.

Mit welchem Recht sagte Minnie, sie wüßte, wo sie zu suchen hätte? Wie konnten sie es wagen, ihr die Schuld zu geben?

Wo sollte sie überhaupt mit ihrer Suche anfangen?

Und dann fiel es ihr ein. Natürlich bei den Weißen. Sie mußten dort irgendwo sein.

Sie würde von den Hügeln hinuntersteigen und die erleuchteten Häuser der Weißen aufsuchen. Straßen folgen, die zu anderen Lagern und Städten führten, und dabei jeden Zentimeter ausspähen. Damit würde sie ihre Schwester endlich zum Schweigen bringen.

Als sie aufbrach, war sie wütend auf Minnie, die Dämonen

und vor allem auf den weißen Betmann und seine Sippschaft. Diese Wut trieb sie vorwärts.

Im ersten Dorf stahl sie eine Bluse und einen Rock von einer Wäscheleine, schwamm durch einen Bach, um sich vom Reiseschmutz zu befreien, und band ihr Haar mit einem Streifen Stoff von der Bluse zusammen. Barfuß, aber bekleidet, ging sie die Straße entlang, als kenne sie ihr Ziel genau, sah sich dabei aber ständig um und horchte auf Kinderstimmen.

Schon bald lernte Nioka die Schulen zu erkennen, doch sie schienen weißen Kindern vorbehalten zu sein; sie bemerkte Betmänner in schwarzer Kleidung mit umgedrehten Kragen und folgte ihnen in ihre Bethäuser. Einer von ihnen, ein alter, weißhaariger Mann, lud sie sogar zur Besichtigung seiner Kirche ein, doch Nioka traute sich nicht hinein, aus Angst, es sei eine Falle. Zu ihrer Überraschung fragte er, ob sie hungrig sei, womit er den Nagel auf den Kopf traf. Er bat sie zu warten. Vorsichtig blieb sie unter einem Baum stehen, und er kehrte mit einem Gefäß voll warmer Suppe zurück, die sie gierig trank.

»Woher kommst du?« fragte er freundlich.

»Nirgendwo.«

»Du lebst nicht hier?«

»Nein.«

»Bist du einfach auf Wanderschaft gegangen?«

»Ja.«

»Ganz allein? Das ist aber ungewöhnlich. Du scheinst ein anständiges Mädchen zu sein. Es ist sehr gefährlich, allein umherzuwandern. Du solltest mit meiner Frau sprechen, sie könnte dir eine Stelle besorgen ...«

Nioka verstand von alledem nur, daß er von einer Stelle sprach, und zum Arbeiten hatte sie keine Zeit. Da er es aber anscheinend gut mit ihr meinte, nahm sie allen Mut zusammen und fragte: »Wo ist Schule für schwarze Kinder, Mister?«

»Die Schule für schwarze Kinder?« wiederholte er. »Nun,

hier gibt es jedenfalls keine. Sie brauchen nicht zur Schule zu gehen. Warum fragst du? Hast du Kinder bei dir?«

Nioka ging wortlos davon, da sie nicht mehr Zeit für den alten Burschen erübrigen konnte. Sie hatte erfahren, was sie wissen wollte: Hier gab es keine Schule für ihre Jungen.

Außerhalb der kleinen Städte stieß sie oft auf traurige, erbarmungswürdige Aborigine-Lager, in denen die pure Verzweiflung herrschte. Für diese Menschen war es zu spät, um in ihre Jagdgründe zurückzukehren, und zu früh, um die Welt der herrschenden Weißen zu verstehen. Demütig nahm Nioka ihren Schutz und die armseligen Nahrungsmittel an, die sie ihr anboten. Sie sah mit eigenen Augen, welche Wirkung der Schnaps auf die jungen Männer hatte. Ihre Mutter und zugegebenermaßen auch Boß Broderick hatten sie oft genug davor gewarnt. Beide hatten im Lager jeglichen Schnaps verboten und Viehhüter oder Scherer, die ihn trotzdem hinbrachten, umgehend der Farm verwiesen.

Von diesen Menschen erfuhr sie etwas über die Missionen, wo sie Kinder hinschafften, und über Reservate, in die ganze Familien verfrachtet wurden. Sie waren nicht mehr wert als der Staub unter ihren Füßen. Wohin sie auch kam, überall fürchteten die Aborigines, sie könnten die nächsten sein, und warnten sie vor der Polizei.

Nioka wanderte weiter und fragte sich, ob die Reservate wohl noch schlimmer als diese ausgedörrten, staubigen Lager sein konnten, in denen man den ganzen Tag lang nur auf Besucher hoffte, die Schnaps oder Essen mitbrachten. Andererseits konnten die Menschen die Reservate nicht einfach verlassen, was diese auf eine Stufe mit einem Gefängnis stellte. Vor dem Gefangensein empfand sie Angst. Sie stellte sich vor, welche Unruhen entstehen mußten, wenn sie Menschen mit den unterschiedlichsten Totems in einen Raum sperrten. Die Geister würden verrückt spielen und die Leute vollends verwirren.

In ihrer Einsamkeit verkroch sich Nioka, kurz bevor sie eine weitere Stadt erreichte, in einer Scheune und weinte. Sie hatte einfach zuviel gesehen. Diese Wanderung war ein furchtbarer Fehler gewesen. In der Geborgenheit von Springfield und des Landes am See, in das Moobuluk sie voller Umsicht geführt hatte, hatte Nioka sich diese Welt gar nicht vorstellen können. Ihre Kleidung war inzwischen zerfetzt und schmutzig, und sie fühlte sich zum ersten Mal in ihrem Leben minderwertig – eine furchtbare Empfindung. Alle Schwarzen, denen sie begegnet war, wußten so viel über diese Welt und andere Dinge. Sie begriff, daß sie in ihren Augen nur eine verlassene und nicht allzu kluge Stammesangehörige war.

In dieser Nacht kam ihre Mutter zu ihr, doch sie spendete ihr keinen Trost. »Was hast du denn erwartet? Du wolltest ja nicht auf mich hören. Oh nein, für dich sollte die Welt stillstehen. Und jetzt tust du dir selber leid. Du wolltest keinen Platz in der Welt der Weißen, und diesen Wunsch hat man dir erfüllt. Für sie existierst du überhaupt nicht.«

Doch auch Boß Broderick, der grundsätzlich nie einer Meinung mit Niokas Mutter war, erschien ihr. »Geh nach Hause, du gehörst nach Springfield«, sagte er.

Er wirkte traurig, als er das sagte. »Warum bist du fortgegangen? Warum seid ihr alle gegangen? Keiner von euch war da, um mich mit einem Lied auf die Reise zu schicken, und ich habe euch vermißt. Das hat mein Sterben traurig gemacht. Ich habe euch nie etwas Böses gewollt.«

Moobuluk hatte recht behalten. Nioka hatte ihren Zorn bei der Wanderung nach und nach abgestreift. Die seltsamen Welten, in die sie gelangt war, hatten das Feuer in ihrem Inneren gelöscht, sie demütig gemacht, weil sie keine Antwort auf ihre quälenden Fragen fand.

Was soll aus uns werden? fragte sie sich unablässig, wußte aber nicht, weshalb dieser Gedanke sie so hartnäckig verfolgte. Sie war doch nur eine unbedeutende Schwarze. Nioka wanderte weiter, durch die Vororte einer Stadt, bis sie zu einem Fluß kam.

Die Dämonen nutzten ihre Hilflosigkeit sofort aus. »Sieh nur, dies ist ein großer Fluß. Breit und aufregend. Ergib dich den Flußgeistern, sie werden dich in ihre Herzen schließen ...«

Vielleicht hatten sie ja recht. Der mächtige, schnell fließende Strom führte zu den Wundern der Ozeane, von denen Nioka nur gehört hatte und die sie niemals sehen würde. Es wäre so leicht, sich einfach im warmen, samtigen Wasser aufzulösen ...

Sie setzte sich ans Ende eines Anlegestegs und spielte mit dem Gedanken, sich um ihres Friedens willen in den Traum gleiten zu lassen und sich auf diese Weise von all den furchtbaren Wirrnissen zu befreien.

»Was machst du hier, Mädchen?« fragte ein Mann, der dabei war, seine Angelleine auszuwerfen.

Nioka drehte sich zu ihm um.

Was machte sie hier? Was war geschehen? Hatte sie vergessen, weshalb sie den See verlassen hatte? Sie vermeinte, die Jungen weinen zu hören. Niemand sonst suchte nach ihnen. Minnie war tot, Gabbidgee hatte aufgegeben. Würde sie sie nun auch noch im Stich lassen?

»Wie heißt dieser Ort?« fragte sie müde.

Er grinste. »Nun, du bist hier in Brisbane, Missy. Das hier ist der gute alte Brisbane River, verdammt mächtiger Fluß.«

Nioka blickte stromabwärts und schrak zusammen. Dies war kein Dorf, sondern eine riesengroße Stadt. An den Ufern drängten sich Häuser, und eine ungeheure Brücke überspannte den Fluß.

»Alles in Ordnung?« fragte der Angler.

Sie schüttelte den Kopf. »Nein, Boß. Hab' mich wohl verlaufen.«

»Wohin willst du denn?«

»Springfield.«

Er kaute auf seiner Pfeife. »Hab' nie von der Stadt gehört.«
»Keine Stadt, Ort mit vielen Schafen.«
»Ach so, dann kann es nicht hier in der Nähe sein.«
Nioka war fassunglos. So weit war es also schon mit ihr gekommen – sie mußte einen Weißen nach dem Weg in ihre Heimat fragen!
Tränen liefen über ihre schmutzigen Wangen. »Ich will nach Hause.«
»Na, na, das ist doch kein Grund zum Weinen. Nimm erst mal das Brötchen hier. Wenn ich unser Essen gefangen habe, rede ich mit meiner Missus. Vielleicht weiß sie ja, was zu tun ist. Es gibt ja nicht viel, was sie nicht weiß. Aber erzähl ihr ja nicht, daß ich das gesagt habe!«

Freda Omeara stand in der schmalen Gasse mit den schäbigen Häuschen und wedelte ungeduldig mit ihrer Schürze.
»Rein mit euch, Kinder!« rief sie. Die zerlumpte Schar riß sich von ihrem Spiel los und drängte sich an die Mutter. Dann blieben die Kinder jedoch stehen und spähten ihrem Vater entgegen, der die Straße hinaufkam, an den leeren Bierkästen vorbei, die vor dem Hintereingang des Pubs aufgestapelt waren. Die Kinder wußten, daß sie seinetwegen mit der Schürze wedelte; das tat sie immer, wenn sie wütend war. Es war beinahe dunkel, und er würde zu spät zu seiner Arbeit als Nachtwächter kommen.
Sie stießen einander an und grinsten, warteten auf die Explosion, denn ihr Pa kam nie zur rechten Zeit.
»Du kommst noch mal zu spät zu deiner eigenen Beerdigung«, pflegte Freda zu sagen.
Auch diesmal wurden die Kinder nicht enttäuscht. »Du warst im Pub, du Unglückswurm!« kreischte sie, als er nah genug herangekommen war. »Willst du diese Stelle auch noch verlieren? Und wir sind schon mit der Miete im Rückstand. Denkst du denn gar nicht an die Kleinen?«

Pa nahm sie nie ernst; er schien überhaupt nichts ernst zu nehmen. Verschmitzt drohte er ihr mit der Angelrute. Freda wich ihm aus, wobei sich die Kinder weiter an ihrer Schürze festklammerten.

»War nicht im Pub, sondern fischen, siehst du das nicht? Und hier im Korb ist unser Essen.«

Doch seine Frau starrte an ihm vorbei auf die große, heruntergekommene Schwarze, die sie zuerst für eine Passantin gehalten hatte. Nun blieb sie jedoch unmittelbar neben den Omearas stehen.

»Wen hast du da bei dir?«

»Hm, das hier ist Nioka. Eine tolle Anglerin. Hat schöne, fette Flußkrebse gefangen. Sieh dir die mal an! Zusammen mit den Fischen gibt das ein richtiges Festessen.« Er drehte sich zu Nioka um. »Sag Mrs. Omeara guten Tag, dann gehen wir rein.«

Als Nioka schüchtern nickte, sahen die Kinder zu ihrer Mutter auf.

»Was denkst du dir dabei, eine Schwarze mitzubringen? Bist du völlig von Sinnen?«

Dann geschah etwas, das nur selten vorkam. Das Lächeln verschwand aus seinem breiten Gesicht, und die blauen Augen wurden schmal.

»Das ist nur fair, Mrs. Omeara. Sie hat uns die Krebse gefangen.«

»Dann gib sie ihr und schick sie weg!«

Er zögerte, sah von einer zur anderen. Dann ergriff er den Arm seiner Frau, um sie zu beruhigen, und strahlte sie an. Erleichtert sahen die Kinder, daß sich das Gewitter verzogen hatte.

»Das geht nicht, da wäre nämlich noch etwas. Sie hat sich verlaufen, und ich hab' ihr gesagt, daß meine liebe Frau gebildet ist und lesen und schreiben kann. Wenn jemand ihr helfen kann, dann du.«

Die Kinder spürten förmlich, wie sich ihre Mutter entspannte. Sie war stolz auf ihre Bildung, konnte sie aber in ihrer ärmlichen Umgebung selten nutzen, außer wenn sie ihren Kindern mit Tafel, Kreide und Spucke Buchstaben und Zahlen einbleute.

»Was kann ich ihr schon sagen?«

»Laß uns erst mal reingehen, sonst komme ich wirklich noch zu spät zur Arbeit«, murmelte er und grinste vielsagend.

Sie drängten sich in das Zweizimmerhäuschen mit dem Schindeldach.

»Nicht so schnell«, fauchte Mrs. Omeara und schickte ihren Mann erst einmal auf den Hinterhof, um die Fische zu säubern und die Schalen der Flußkrebse zu entfernen. Die älteste Tochter feuerte den Herd an, wärmte den Haferschleim auf und wies ihre Schwester an, das von Rüsselkäfern wimmelnde Mehl und die Fettbüchse zu holen, um die Fische darin zu braten.

Das dunkelhäutige Mädchen drückte sich an der Tür herum, als wolle es jeden Augenblick die Flucht ergreifen.

»Nioka heißt du?« fragte Mrs. Omeara entschlossen.

Sie nickte.

»Sprichst du Englisch?«

»Kleines bißchen«, flüsterte sie.

»Immerhin etwas. Aber eins muß ich dir sagen: Hier bestimme ich, was getan wird. Und ich kann dich nicht in meinem Haus dulden, wenn du so stinkst wie jetzt. Komm mit.« Sie führte Nioka durch die Hintertür, vorbei an der Bank, wo ihr Mann mit Hilfe der beiden Söhne die Fische säuberte, hinein in die Waschküche. Sie schloß die klapprige Tür hinter ihnen.

»Weißt du, was das ist?« fragte sie und deutete auf die große Blechbadewanne.

»Ja, Missus.«

»Gut. Denn du wirst dich jetzt von Kopf bis Fuß abschrubben.« Sie öffnete die Tür und rief einer ihrer Töchter zu: »Sheila, bring mir den Eimer und die Kernseife, und zwar schnell!«

Allmählich ging Nioka dieses herrische Benehmen auf die Nerven. Sie war einsam, niedergeschlagen und sehr hungrig, besaß aber auch ihren Stolz. Ungerührt sah sie zu, wie die Badewanne einige Zentimeter tief mit Wasser gefüllt wurde. Dann schickte die Missus Sheila ins Haus, damit sie ihrem Vater sein Essen vorsetzte.

»Steig hinein und wasch dich. Die Haare auch, verstanden?« Nioka richtete sich würdevoll auf und blickte auf die rundliche Frau hinunter. »Ich brauche ein Handtuch.«

Die Frau sah sie erstaunt an. »Wie bitte? Ach so, ja, da hast du wohl recht. Warte, ich hole dir eins.«

Nioka kannte nur die kuschelig weichen Handtücher aus der Wäscherei von Springfield und sah den erbärmlichen Stoffetzen, den ihr die Frau brachte, etwas befremdet an. Ohne ein Zeichen der Dankbarkeit nahm sie es entgegen.

Im Haus knallte Mrs. Omeara die Teller der Kinder auf den Tisch.

»Ganz schön hochnäsig, die junge Frau. Hält sich anscheinend für was Besseres.«

Ihr Mann sah von seinem Essen auf. »Sie tut nur so. Sieh zu, ob du ihr helfen kannst.«

»Was denkst du, daß ich die ganze Zeit tue? Ich kann sie übrigens nicht wieder in diese verdreckten Lumpen stecken, die sind nur noch zum Verbrennen gut. Was soll ich ihr zum Anziehen geben?«

»Hinter deiner Schroffheit steckt doch ein gutes Herz. Du wirst schon etwas finden.«

»Gott steh uns bei!«

Zu ihrem Entsetzen besaß das Mädchen keine Unterhose, nur Rock und Bluse. Mrs. Omeara fand in ihrer Kleiderkiste eine rosa Unterhose, eine schwarze Strickjacke und einen verblichenen, braunen Rock, den sie eigentlich als Flicken verwenden wollte. Sie legte die Kleidungsstücke rasch auf den Hocker in der Waschküche und suchte die Augen von dem Mädchen in der Wanne abzuwenden. Zum ersten Mal hatte sie einen Blick auf den glänzenden, schwarzen Körper einer Aborigine-Frau erhascht. Sie errötete beim Hinausgehen, denn der kurze Moment hatte ihr eine geschmeidige Figur enthüllt, die beinahe schön zu nennen war.

Als alle gegessen hatten, das Dutzend fetter Flußkrebse verschwunden und Mr. Omeara zur Arbeit gegangen war, stellte seine Frau die Lampe auf den frisch geschrubbten Tisch.

»Nun, worum geht es denn eigentlich?«

Nioka holte tief Luft, heraus kam jedoch etwas, das verdächtig nach einem Schluchzen klang. Sie hatte gehofft, den Mann nach den Jungen fragen zu können, doch nun saß sie hier allein mit der barschen Frau und ihren gaffenden Kindern. Sie fühlte sich von ihnen eingeschüchtert.

»Der Herr sagen, Sie wissen, wo Springfield ist.«

»So, so, der ›Herr‹ hat das gesagt. Hat es aber weit gebracht in der Welt. Lebst du in Springfield?«

Nioka nickte.

»Und du möchtest nach Hause?«

»Ja, Missus.«

»Laß mich mal überlegen. Er sagte, es sei eine Schaffarm. Stimmt das?«

»Ja, Missus.«

»Wie kommst du nach Brisbane?«

»Hab' mich verlaufen.« Nioka hielt das, im Gegensatz zu Mrs. Omeara, für die einleuchtendste Erklärung.

»Ich wußte gar nicht, daß Leute wie du sich verlaufen können. Dachte, ihr würdet eurer Nase folgen. Sieht aber so aus, als hättest du dich tatsächlich verlaufen. Hier in der Gegend gibt's keine Schaffarmen. Wo soll sie denn liegen?«

Nioka hielt die Frage für dumm. Hätte sie es gewußt, müßte sie nicht danach fragen. Sie sah die Frau ausdruckslos an.

»In welcher Richtung? Norden? Süden?«

»Weiß nicht.«

»Du lieber Himmel! Dann suchen wir ja die Nadel im Heuhaufen. Sheila, hol mir meine Landkarte!«

Das Mädchen lief ins Nebenzimmer und kam nach einer Weile mit einer zusammengefalteten Karte zurück. »Meinst du die hier?«

»Ja. Breite sie hier aus. Nun«, sie schaute ihre versammelten Kinder an, da sich die Gelegenheit zu einer Lektion bot, »dies ist meine Karte von Queensland. Ich habe sie von meinem eigenen Geld gekauft, weil ich gerne weiß, wo ich mich befinde. Kannst du lesen, Mädchen?«

»Nein, Missus.«

»Das hatte ich auch nicht erwartet. Ihr Kinder paßt jetzt gut auf. Wenn sie lesen könnte, hätte sie dieses Problem gar nicht. Sie könnte sich eine Landkarte besorgen und würde den Weg nach Hause ganz leicht finden. Also ist es wichtig, Lesen zu lernen. Habt ihr mich verstanden?«

»Ja, Mutter«, erklang ein Chor ernsthafter Stimmen.

Ihre Augen wanderten aufmerksam über die Karte. »Dieser Staat ist riesengroß, vierzigmal größer als Irland, wo Pa und ich hergekommen sind. Vielleicht sogar fünfzigmal. Von da oben kann sie aber nicht gekommen sein, dann hätte sie keine Fußsohlen mehr. Sehen wir mal hier unten nach. Hier liegt Brisbane, da sind wir. Da ist der Fluß.«

Sie lehnte sich zurück, damit die Kinder sehen konnten, auf welcher Stelle ihr Finger ruhte. Fasziniert beugte sich Nioka ebenfalls nach vorn.

Dann mußten sie beiseite treten, damit Mrs. Omeara nach dem Namen suchen konnte. Ihr Finger wanderte über die Karte, hielt inne, bewegte sich weiter, und Nioka begriff plötzlich, daß diese Boßfrau die Suche richtig genoß. Sie wirkte auf einmal viel fröhlicher und erinnerte sie an Hannah, die Köchin auf Springfield. Diese war oft herrisch und gereizt gewesen, doch abends nach getaner Arbeit zeigte sie sich viel netter und war freundlich zu Minnie und den Kindern, die sie großzügig mit Essensresten bedachte.

Sie schaute sich in der winzigen Küche mit dem alles beherrschenden Herd um, betrachtete den Steinboden und die wackligen Möbel. Was würde diese weiße Frau wohl von der geräumigen Küche auf Springfield halten, die größer war als das ganze Haus der Omearas zusammen? Erstaunlich, daß weiße Menschen so arm sein konnten.

Mrs. Omeara setzte kopfschüttelnd ihre Suche fort.

»Kannst du es nicht finden, Mutter?« erkundigte sich einer der Jungen besorgt.

»Vielleicht steht es hier gar nicht drin. Nicht alle großen Farmen sind auf den Karten verzeichnet. Nur die Städte. Hör zu, Mädchen, in der Nähe muß es doch eine Stadt geben. Kennst du ihren Namen?«

Nioka runzelte die Stirn. »Stadt?«

»Ja, sie müssen ihre Vorräte doch in irgendeiner Stadt kaufen. Die kennst du doch sicher.«

Da leuchtete der Name wie eine Sternschnuppe vor Niokas innerem Auge auf. »Ja, Stadt! Ich weiß, Missus. Ist Cobbside.« Sie sprach den Namen langsam und deutlich aus.

Der Finger sauste wieder über die Karte.

»Bring mir mal das Lineal, Johnny«, sagte Mrs. Omeara. Der Junge holte es aus der Kommodenschublade, und seine Mutter bewegte es quälend langsam über das Blatt. Alle sahen in atemloser Spannung zu.

»Hab' nie davon gehört«, murmelte sie. »Obwohl ich diese Karte tausendmal studiert habe, kann ich mich an kein Cobbside erinnern. Stimmt der Name wirklich, Nioka?«

Zum ersten Mal hatte sie ihren Namen ausgesprochen, und Nioka war stolz. Sie fühlte sich akzeptiert.

»Ja, Missus.«

»Ist es ein kleiner Ort? Vielleicht zu klein, zu unbedeutend, um auf dieser Karte zu stehen? Wir müssen es noch einmal versuchen. Kennst du noch eine andere Stadt da draußen?«

Der Kinder seufzten, als Nioka den Kopf schüttelte. Die Frau aber sah sich einer Herausforderung gegenüber, die ihr ganzes Wissen verlangte, und würde nicht aufgeben, schon gar nicht vor Zeugen, die es ihrem Mann weitererzählen könnten, der doch so fest an sie glaubte.

»Ich sage dir was. Ich lese dir jetzt ein paar Städtenamen vor, und du sagst mir, ob bei dir etwas klingelt.«

Nioka wußte nicht genau, woher das Klingeln wohl kommen sollte, verstand aber, was von ihr verlangt wurde. Die Missus beugte sich über die Karte und las Namen vor.

Bei ihren Reisen hatte Nioka bemerkt, daß sie viel mehr Englisch verstand, als sie vermutet hatte. Auf Springfield hatte sie die Ohren vor der Sprache der Weißen verschlossen und vor allem in Minnies Gegenwart vorgegeben, sie nicht zu verstehen.

Doch nun war sie völlig hilflos, als ihr die Missus willkürlich einzelne Namen an den Kopf warf.

»Maryborough. Sandgate. Redcliffe ...«

Sie sagten ihr gar nichts, doch als Gympie erwähnt wurde, meinte sie, einen Kommentar abgeben zu müssen.

»Stechender Baum«, übersetzte sie beflissen.

»Was? Ist das der Ort?« fragte die Missus erwartungsvoll.

»Nein.«

»Ist das die Bedeutung des Namens?«

»Ja.«

»Na so was! Wie steht es denn mit dem hier – Gyandah?«

»Donner«, erwiderte Nioka grinsend. Damit begann ein neues Spiel.

Yarraman hieß Pferd. Kingaroy rote Ameisen. Nambour war die Keulenlilie, Bundaberg die Heimat des Bunda-Volkes.

Mrs. Omeara klatschte vor Freude in die Hände. Das konnte sie nicht aus Büchern lernen. Sie würde die Namen später aufschreiben. Dann suchte sie aus Spaß weitere einheimisch klingende Begriffe heraus, wobei sie den eigentlichen Zweck der Suche vorübergehend vergaß.

»Maroochy?«

»Schwarzer Schwan.«

»Indooroopilly?«

»Viele Blutegel im Bach.«

»Mareeba?«

»Weiß nicht, andere Sprache.«

»Toowoomba?«

»Großer Sumpf. Wasser unter Erde.« Sie hätte es beinahe übergangen, so vertieft war sie in das Spiel. »Das ist die Stadt, Toowoomba! Große Stadt. Boß Broderick reitet oft dorthin. Viele Leute da.«

»Gott sei Dank, wir kommen der Sache näher! Sieh mal, genau hier ist es. Wie weit ist die Farm von Toowoomba entfernt?«

Nioka maß Entfernungen nur in Tagesmärschen und war zudem noch nie in Toowoomba gewesen, hatte nur davon gehört. Sie zerbrach sich den Kopf und gab eine Schätzung ab, um nicht unwissend zu erscheinen.

»Drei Tage«, verkündete sie unbekümmert.

»Drei Tage, das ist ein langer Marsch. Und von hier aus ist es noch weiter. Bin selbst nie dagewesen, es ist ein paar hundert Meilen entfernt.« Mrs. Omeara grinste, stolz auf ihren Erfolg. »Da draußen gibt es Schaffarmen, da hast du schon recht, aber du hast dich gehörig verlaufen. Wir müssen meinen Mann fragen, was da zu tun ist.«

Nioka hatte sich eher im Geiste als räumlich verlaufen, weil sie auf der Suche nach den Jungen verzweifelt durch die Labyrinthe der Straßen und Gassen geirrt war. Die Angst hatte sie davon abgehalten, Weiße nach dem Weg zu fragen.

Angst, man würde ihre Suche verdächtig finden und die Jungen nur noch besser im Gewirr der Städte verbergen.

Nun aber wurde sie angesteckt von der Aufregung, die in dieser Familie herrschte, als sie am nächsten Morgen auf den heimkommenden Mann zustürzten und verkündeten, daß sie Niokas Heimat gefunden hatten.

Er strahlte die Kinder an. »Hab' ich nicht immer gesagt, eure Mutter ist eine bemerkenswerte Frau?«

Sie sprachen mit Nioka über Springfield, stellten Fragen, da noch keiner von ihnen je eine Schaffarm gesehen hatte, und wollten eifrig hinzulernen. Sie beantwortete ihre Fragen so gut sie konnte. Ja, großes Haus, viel Land. Viele, viele Schafe. Auch Känguruhs?

Nioka grinste. »Viele Känguruhs. Und auch Wallabies, die kleinen.« Mit der Tierwelt kannte sie sich weit besser aus und hielt damit ihre Zuhörer in Bann.

»Dieses Leben muß herrlich sein«, seufzte die Missus. »Wir müssen irgendwie dafür sorgen, daß du nach Hause kommst.« Nach Hause? fragte sich Nioka. Ein Zuhause war es wohl kaum, doch die Begeisterung wirkte ansteckend, und sie konnte es nicht erwarten, nach Springfield zurückzukommen. Vielleicht war es ja ein Zeichen. Die Jungen konnten längst wieder zu Hause und ganz verwirrt sein, weil alle Aborigines verschwunden waren.

Mehrere Tage vergingen, während der Mann Erkundigungen einzog. Nioka war sich nun sicher, daß die Geister ihre Hilferufe doch noch erhört hatten und ihre Rückkehr nach Springfield vorbereiteten. Sie befand sich in ihren Händen. In der Zwischenzeit überwand sie die Abneigung gegen die Tätigkeiten, die weiße Frauen verrichteten, und ging der Missus, die als Wäscherin arbeitete, bereitwillig zur Hand. Sie erwies sich als kräftige, fähige Arbeitskraft. Lächelnd hob sie die schweren, dampfenden Laken aus dem Kupferkessel und ließ sie in den Korb plumpsen. Falls ihre Schwester sie aus ihrem Heim bei den Geistern beobachtete, wäre sie sicher mehr als erstaunt über ihren Sinneswandel. Doch diese Menschen waren nett zu ihr, ließen sie in eine Decke gewickelt neben dem Herd schlafen und teilten das Essen mit ihr. Folglich war die Hilfe, die sie ihnen beim Waschen leistete, das mindeste, was sie tun konnte.

Als der große Tag gekommen war, versammelte sich die Familie am Ende der Gasse, um sich von ihr zu verabschieden. Sie umklammerte ihren Beutel, der etwas Proviant für die Reise enthielt, und ihre gewaschenen und geflickten Kleider, die in braunes Papier gewickelt waren. Nioka kletterte auf ein Brauereigespann und ließ sich oben auf den schweren Fässern nieder. Sie winkte den Omearas zu, als sich die Pferde schnaubend in Bewegung setzten.

»Komm wieder und besuch uns!« rief Mrs. Omeara. Nioka nickte traurig, denn ihre Zuversicht schwand angesichts ihres neuerlichen Alleinseins dahin. Der Kutscher schien sich nicht im mindesten für sie zu interessieren.

Sie überquerten den Fluß und fuhren aufs Land hinaus, als die Sonne die Morgennebel zum Schmelzen brachte. Nioka merkte sich gewisse Orientierungspunkte in der Landschaft, da sie seit der Begegnung mit Mrs. Omeara fest entschlossen war, mehr zu lernen. Heutzutage war es wichtig zu wissen, wohin diese ganzen Straßen führten.

Am späten Nachmittag hielten sie in Ipswich, wo ihr der Kutscher gestattete, bei seinen Pferden im Stall zu schlafen. Am Morgen setzten sie ihre Reise fort. Die Pferdehufe klapperten über eine Brücke. Sie fuhren tiefer ins Land hinein und gelangten auf steilen Straßen in die Berge. Die Tiere mußten mit ihrer schweren Ladung kämpfen, und Nioka klammerte sich in Todesangst am Wagen fest.

Schließlich erreichten sie eine langgestreckte, flache Straße, wo ihr der Kutscher zurief: »Hier ist Toowoomba, Missy. Weiter fahre ich nicht.«

Er wies ihr die Straße nach Cobbside. »Du kannst ruhig losgehen, sicher nimmt dich einer mit.«

Auf der sandigen Straße brauchte Nioka eine Weile, bis sie genügend Mut aufgebracht hatte, um vorüberfahrenden Wagen zuzuwinken. Die meisten fuhren vorbei, doch endlich ließen ein Mann und eine Frau sie hinten auf ihrem Gefährt aufsitzen. Nioka fand es erstaunlich, wie mühelos Weiße sich fortbewegten. Zum ersten Mal im Leben wünschte sie sich ein Pferd. Auf der Farm hatte sie die Tiere nicht weiter beachtet, doch nun sah sie bewundernd den schlanken Geschöpfen nach, die mit ihren Reitern auf den Rücken an ihnen vorbeitrabten. Die lange Reise aus dem Land am See hatte ihr wirklich die Augen geöffnet. Eine gute Lektion, wie Mrs. Omeara sagen würde.

Der Wagen hielt an einer Kreuzung, und die Frau wandte sich zu ihr um. »Du mußt hier absteigen, wir fahren nach Cobbside.«

Nioka sprang hinunter; die Luft kam ihr bereits vertraut vor; dies war ihr eigenes Land. »Danke, Missus.«

»Gehörst du zu den Schwarzen von Springfield?«

Sie nickte. Ihre Füße sehnten sich nach der Berührung mit dem Buschland jenseits der Straße.

»Ist Mrs. Broderick schon zurück?«

»Wo ist sie denn gewesen?« fragte der Fahrer seine Frau.

»Das habe ich dir doch gesagt. Nachdem Austin gestorben war, ist sie mit Harry weggegangen. Man sagt, sie sei am Boden zerstört gewesen und brauchte eine Luftveränderung. Allerdings habe ich es auch anders gehört. Da war von Streitigkeiten wegen des Testaments die Rede.« Sie sah das schwarze Mädchen fragend an.

Nioka hatte keine Ahnung, wollte aber unbedingt weiter und sagte daher aufs Geratewohl: »Nein, noch nicht zurück.«

Bevor der Wagen außer Sicht war, tauchte Nioka schon in den Busch ein, vorbei an einer großen, alten Akazie, die von gelben Blüten überquoll. Vor lauter Aufregung rannte sie meilenweit an einem Stück. Sie sog die süßen, sie willkommen heißenden Düfte ein, stieg in eine Wasserrinne hinunter, erkannte auf den altvertrauten Wegen jeden Baum und jeden morschen Baumstamm wieder.

Eigentlich brauchte sie sich nicht so zu beeilen, da sie zu Hause war und nun auch ohne fremde Hilfe mühelos Nahrung finden konnte. Sie dachte an die Unterhaltung mit dem weißen Paar zurück.

Hatten sie nicht gesagt, Boß Broderick sei tot? Und Mrs. Charlotte habe den Besitz verlassen? Dies waren ungeheuerliche Neuigkeiten, die ihre Pläne zwar nicht durcheinanderbrachten, aber Fragen über seinen Tod und dessen Folgen aufwarfen. In Niokas Augen waren Boß Broderick und Springfield ein und dasselbe. Sie konnte sich das Anwesen ohne ihn nicht vorstellen. Was würden die weißen Leute jetzt anfangen? Es spielte keine Rolle, ob Mrs. Charlotte da war oder nicht – sollten die drei Jungen auftauchen, würde Mrs. Louisa sich schon um sie kümmern.

Doch wer sollte sie nach Hause bringen? Der Betmann? Nioka hoffte es und genoß in Gedanken die verschiedenen Strafen, die sie sich für ihn ausgedacht hatte. Sie würde ihn verprügeln. Sie könnte auch einen Speer schnitzen und ihn damit töten. Oder mit einem Beil zerstückeln. All das waren überaus anregende Vorstellungen.

Und wenn die Jungen nun schon da waren? Die Geister würden sie wieder zusammenführen, dessen war sie ganz sicher. Nioka lief wieder schneller. Der Weg zum Fluß, wo sich das frühere Lager befand, und von dort zur Farm war lang. Selbst nach Sonnenuntergang lief sie weiter, getrieben von der Freude in ihrem Herzen und der Hoffnung, daß die Jungen sie vielleicht auf Springfield erwarten würden. Die Dunkelheit stellte für sie kein Hindernis dar, und sie schlug sich durch das vertraute Gebüsch, in dem sie sich so sicher bewegte wie die Nachttiere, die an ihr vorbeihuschten. Die Sterne leisteten ihr Gesellschaft, während sie durch das offene Land lief, in dem Schafe schliefen und Dingos umherstreiften. Sie rannte geradeaus, bis sie einige Felsen erreichte, von denen aus sie in der Ferne den Fluß schimmern sehen konnte.

Im Garten neben dem Haus blühte leuchtend rot der Lampenputzerbaum, farbenfrohe Loris sausten kreischend durchs Gebüsch, hüpften wie Kobolde über die Zweige und tranken den Nektar. Weiße Kakadus, deren Schreie lauter und rauher als die der kleineren Vögel klangen, flatterten wütend in den benachbarten Baumkronen, um die Rivalen zu vertreiben. Allerdings verlieh die schiere Überzahl den Loris Sicherheit, und sie dachten gar nicht daran, das Feld zu räumen.

Louisa liebte die Vögel, doch der Lärm, den sie veranstalteten, verursachte ihr Kopfschmerzen. Sie schloß die Fenster und fuhr mit dem Sortieren ihrer Kleider fort, da der Sommer bevorstand und die leichten Kleider gelüftet werden mußten.

Im Zimmer war es jetzt ruhiger, doch der Kopfschmerz wollte nicht weggehen. Ihr machten die verbalen Auseinandersetzungen zwischen Rupe und Victor Sorgen, die fortwährend Unruhe in den Haushalt brachten.

Rupe mußte wie immer alles verderben mit seinem verdammten Egoismus. Doch es lag nicht nur an Rupe, auch Charlotte trug Schuld an der gespannten Situation. Beide waren eigensinnig und wollten stets ihren Willen durchsetzen, während Victor dazwischenstand.

Anwälte beider Seiten hatten der törichten Frau erklärt, daß sie mit ihrer Klage gegen Austins Testament keine Chance habe, doch sie bestand auf einer gerichtlichen Anhörung. Auf diese Weise wollte sie ihre Söhne daran hindern, einen Teil der äußeren Grundstücke zu verkaufen, um an das so dringend benötigte Bargeld zu gelangen. Irgendwann war Victor dann zu Zugeständnissen bereit gewesen, doch Rupe wollte nichts davon hören.

»Du gibst zu leicht nach«, warf er ihm vor. »Sie kann nicht gewinnen. Laß sie doch vor Gericht ziehen.«

»Das kostet uns nur Geld.«

»Sie aber auch. Und woher will sie es nehmen? Sie hat keinen müden Penny.«

Doch dieses Argument brachte Victor nur noch mehr auf. »Es spricht nicht gerade für uns, daß unsere Mutter keinen müden Penny hat, nachdem sie all die Jahre auf Springfield gearbeitet hat, lange bevor dieses Haus überhaupt gebaut war. Sie hat viel für Springfield getan.«

»Und dafür lebenslanges Wohnrecht erhalten.«

»Aber kein Geld.«

»Wenn sie sich entsprechend benimmt, bekommt sie auch das. In Form einer Unterhaltszahlung.«

»Ich bin nach wie vor der Meinung, wir sollten unter der Voraussetzung, daß Harry auf seine Ansprüche verzichtet, mit ihr teilen.«

»Nein, auf gar keinen Fall. Springfield gehört uns. Wir müssen einfach den längeren Atem zeigen.«

»Sei nicht so unvernünftig. So viel Zeit haben wir nicht.«

Louisa war mit ihrem Mann einer Meinung. Sie konnte es nicht ertragen, ihn so voller Sorge zu sehen. Sie hatte versucht, mit Rupe zu reden, und war entsetzt über seine Haltung.

»Halt dich da raus. Du willst Mutter doch gar nicht wieder hier haben. Hast es doch genossen, die Herrin des Hauses zu spielen. Wenn sie einen Anteil bekommt, verbringt sie den Rest ihres Lebens hier, und du rangierst wieder unter ferner liefen. Solange sie ihren Anteil aber nicht erhält, wird sie Springfield aus Prinzip fernbleiben. Überleg dir gut, wo deine Interessen liegen, Louisa.«

Das Schlimme daran war, daß er recht hatte und es auch noch so unverblümt aussprach.

Sie seufzte, ließ die Kleider auf dem Bett liegen und ging nach unten, um eine Tasse Tee zu trinken.

Als einige Tage darauf die Post kam, brachte sie die Briefe in Victors Büro und begann sie zu öffnen. Sie genoß es, bei der Büroarbeit zu helfen und Victor etwas zu entlasten. Sein Vater hingegen hätte ihre Arbeit als Einmischung betrachtet. In seinen Augen hatten allein die Männer die Farm geleitet. Er selbst hatte die gesamte Buchführung beaufsichtigt, obwohl Victor offiziell der Verwalter war. Wenn es um die Bücher der Farm ging, hatte sein Sohn höchstens die Aufgaben eines Sekretärs erfüllt. Nun aber besaß Victor seine eigene Assistentin, die all die Bücher und Unterlagen überaus interessant fand.

Louisa sortierte die Zeitungen und Magazine aus, legte Rechnungen sorgfältig ab, las einen fröhlich klingenden Brief ihres Vaters und ging Rundschreiben durch, die aktuelle Informationen über Woll- und Viehverkäufe enthielten. Lächelnd schaute sie hoch. Endlich hatte sie eine Beschäftigung gefunden, die ihr zusagte. Welch eine Erleichterung!

Seit Austins Tod waren zwei Monate vergangen, und Charlotte vermißte ihn nach wie vor. Sie konnte es noch immer nicht fassen, daß er tatsächlich tot war. Der Schmerz war ein Dauergast in ihrem Herzen geworden. Nicht, daß sie in Brisbane der Gesellschaft ihres Mannes bedurft hätte – es gab hier viel zu tun. Der Schmerz reichte tiefer und erzeugte eine grausame Leere.

Sie wußte, daß Richter Walker und andere Freunde es seltsam fanden, daß sie Austins deutlich dargelegten letzten Willen anfechten wollte und dennoch um ihn zu trauern schien. In der Tat hielt man sie offensichtlich für eine Heuchlerin, doch das war nicht ihr Problem. Wie könnte sie denn auch erklären, daß diese Frage jahrelang an ihr genagt und sie sich nur nicht getraut hatte, sie offen auszusprechen?

Mittlerweile wünschte sie sich natürlich, sie wäre früher ein wenig mutiger gewesen, doch damals wäre es ihr nicht im Traum eingefallen, daß ihre Söhne sich weigern könnten, ihr zu ihrem Recht zu verhelfen. Oft genug hatten sie sich über Austins altmodische Ansichten beklagt, und sein Testament war ein typisches Beispiel dafür. Wie dumm von ihr zu glauben, sie könne sich auf ihre Kinder verlassen!

Ihre Räume im Park Private Hotel waren sehr komfortabel und boten einen herrlichen Blick auf den Botanischen Garten, in dem sie oft Abendspaziergänge unternahm. Dennoch vermißte sie Springfield. Sie hatte im Hotel einige Damen kennengelernt, die ständig dort lebten und der frisch verwitweten Mrs. Broderick überaus freundlich begegneten. Einige von ihnen waren ebenfalls verwitwet und bemüht, ihr zu helfen, doch Charlotte ging ihnen möglichst aus dem Weg. Ihr Leben schien aus ständigen Teekränzchen und anderen Mahlzeiten, Kartenpartien und Einkaufsbummeln zu bestehen, für die sie sich nicht im geringsten interessierte. Sie vermißte das geschäftige Leben auf Springfield, die Verantwortung, die der Haushalt mit sich brachte, die endlosen Aktivitäten im Freien ... Charlotte hatte nie gern im Haus gehockt.

In dieser sterilen Atmosphäre vermißte sie plötzlich die maskuline Welt der Schaffarm. Männer bei der Arbeit. Reiter. Den Auftrieb der Schafe. Den hart arbeitenden Schmied, der dennoch immer zu einem Schwätzchen aufgelegt war. Die Zureiter, die hinter den hohen Zäunen pfiffen und mit der Peitsche knallten. Die ernsthaften Diskussionen im Zuchtstall, in dem Schafe mit edlem Stammbaum ihre schöne Wolle zur Schau trugen. Das Gelächter der Viehhüter. Die Aufregung in den großen Schuppen während der Schur. All das gehörte zu ihrem Leben, sie paßte einfach nicht in diese Treibhausatmosphäre.

Ein paarmal hatte sie sich mit dem Anwalt getroffen, den Richter Walker empfohlen hatte, da sie die Angelegenheit so schnell wie möglich bereinigen wollte, hatte aber den Eindruck gewonnen, daß er ihr auswich, nachdem er ihr seine Meinung zu dem Fall dargelegt hatte.

Gestern hatte sie sich jedoch nicht wieder abwimmeln lassen und hatte so lange in seiner Kanzlei gewartet, bis er endlich frei war. Dabei ließ sie sich noch einmal seine Argumente gegen eine gerichtliche Anfechtung des Testaments durch den Kopf gehen.

Als er sie endlich in sein Büro bat, wirkte er ungeduldig.

»Meinen Sie wirklich, es wäre ratsam, in dieser Angelegenheit vor Gericht zu gehen, Mrs. Broderick?«

»Ich bestehe darauf. Ich will, daß meine Söhne sehen, wie töricht sie sich verhalten. Sie werden es nicht zu einer Gerichtsverhandlung kommen lassen. Victor würde es nicht dulden, daß Familienangelegenheiten in aller Öffentlichkeit breitgetreten werden. Er wird nicht gegen mich kämpfen, Sir. Sobald er begreift, daß ich fest entschlossen bin, meinen Anspruch durchzusetzen, wird er nachgeben.«

»Mit anderen Worten, Sie bluffen?«

Charlotte schob eine Haarsträhne unter ihren Hut. »So könnte man es ausdrücken.«

»Leider wird das nicht funktionieren.«

»Wie kommen Sie darauf?«

»Ich habe hier Briefe des Anwalts aus Toowoomba. Darin erklärt er, daß seine Klienten selbstverständlich vor Gericht gehen werden, wenn Sie es darauf ankommen lassen.«

Charlotte war verblüfft. »Sie wollen vor Gericht gegen mich antreten?« flüsterte sie ungläubig.

»Es sieht leider ganz danach aus.«

Sie saß eine Weile schweigend da und umklammerte ihre Handtasche, bevor sie antwortete. »Gut, dann soll es so sein. Wie gesagt, ich bin davon überzeugt, daß mir ein Anteil an diesem Besitz zusteht, nicht nur von seiten meines Mannes, sondern auch meines Bruders, seines ursprünglichen Partners. Wir gehen vor Gericht.«

»Mrs. Broderick, dürfte ich Sie daran erinnern, daß ich mir unserer Erfolgschancen keineswegs sicher bin? Zudem kommt ein derartiger Rechtsstreit sehr teuer. Vielleicht sollten Sie es sich noch einmal überlegen.«

»Es gibt nichts mehr zu überlegen. Mir bleibt keine andere Wahl. Es tut mir wirklich sehr leid, ich hatte gehofft, es würde nicht soweit kommen.«

Der Anwalt vertiefte sich mit gesenktem Kopf in die Papiere auf seinem Schreibtisch, sein feiner, weißer Bart strich dabei über die Dokumente. Dann sah er Charlotte über den Rand seiner Brille hinweg an, wobei sich seine buschigen Augenbrauen hoben.

»Hier ist eine Mitteilung vom Anwalt Ihrer Söhne, auf die ich Sie aufmerksam machen muß, bevor wir weitere Schritte unternehmen. Mrs. Broderick, besitzen Sie ein eigenes Einkommen?«

»Nein, das ist doch wohl offensichtlich. Besäße ich ein verbrieftes Recht auf einen Anteil an diesem Besitz, hätte ich auch ein Einkommen, nicht wahr?«

»Und wer bezahlt Ihre Unterkunft im Park Private Hotel?«

Sie errötete tief. »Victor. Er zahlt mir Unterhalt.«

»Anscheinend ist Ihr Sohn Rupe aber nicht damit einverstanden. Er fordert die Einstellung dieser Zahlungen, falls Sie die Sache nicht zu den Akten legen. Außerdem muß ich Sie davon in Kenntnis setzen, daß die beiden Besitzer von Springfield keinesfalls die Absicht haben, Ihnen die für einen Prozeß erforderlichen Mittel zur Verfügung zu stellen.« Er räusperte sich und wich ihrem Blick aus. »Das war leider zu erwarten. Vom logischen Standpunkt her gesehen.«

Charlotte saß aufrecht auf ihrem Stuhl, sichtlich bemüht, angesichts dieser neuen Schläge keine Schwäche zu zeigen. Sie fragte sich, ob sie ihn um eine Stundung der Honorare bitten könnte, bis die Angelegenheit dem Gericht vorlag. Dann fiel ihr ein, daß sie im Falle einer Niederlage die Kosten selbst tragen müßte.

Er griff nach seiner Pfeife und legte sie wieder hin. »Die

Begleichung meiner bisherigen Auslagen kann warten«, sagte er freundlich, »dennoch sollten Sie sich die Sache noch einmal durch den Kopf gehen lassen und mir dann mitteilen ...«

Charlotte mußte sich geschlagen geben, wehrte sich aber dagegen, daß dieser Bursche sie als Sozialfall betrachtete.

»Wieviel Honorar steht Ihnen bisher zu?« fauchte sie und kramte nach ihrem Portemonnaie. »Ich bezahle Sie auf der Stelle!«

Er erhob sich. »Das ist nicht nötig, Mrs. Broderick. Ich weiß, daß ich Ihnen vertrauen kann. Es hat keine Eile. Das beste wird sein, mit Ihren beiden Söhnen zu einer gütlichen Einigung zu kommen, dann wird sich alles zum Guten wenden.«

»Gönnerhafter Kerl«, murmelte sie, als sie auf die Queen Street hinaustrat, wo ihr der Sturm den Regen ins Gesicht peitschte. Sie war so aufgeregt, daß sie losstapfte, obwohl sie keinen Regenschirm bei sich trug. Die Krempe ihres Hutes flatterte im Wind, und ihr Kleid war bald völlig durchweicht.

Fern Broderick sah von drinnen, wie ihre Schwägerin mit grimmiger Miene ihr Geschäft passierte. Vermutlich ärgerte sie sich, weil sie in das Unwetter geraten war. Die meisten Fußgänger suchten irgendwo Zuflucht vor dem Regen. Sie holte einen Schirm aus dem Ständer neben der Tür und lief hinaus, doch Charlotte war bereits um die nächste Ecke verschwunden.

Fern sagte sich, daß sie Charlotte endlich einmal besuchen müßte. Sie hatte gehört, daß ihre Schwägerin zur Zeit im Park Private Hotel wohnte. Ihr war aber auch zu Ohren gekommen, daß sich die Brodericks angeblich wegen Austins Testament stritten. Sie war sehr neugierig zu erfahren, was es damit auf sich hatte. Normalerweise hätte sie Charlotte schon früher ihre Aufwartung gemacht, wußte aber, daß sie aus irgendeinem Grund ihren Unwillen erregt hatte. Schon bevor

Austin starb, hatte sie sich zurückhaltend gezeigt, und die Antwort auf ihr Kondolenzschreiben hatte Louisa verfaßt. Auch hatte ihre Schwägerin sie mit keinem Wort wissen lassen, daß sie sich in der Stadt aufhielt.

Ich weiß nicht, was in sie gefahren ist, dachte Fern und kehrte in ihr Büro zurück. Ich bin ihre einzige Verwandte in Brisbane, und sie ist bestimmt am Boden zerstört nach Austins Tod. Ich muß sie unbedingt besuchen, sonst heißt es noch, ich hätte sie bewußt ignoriert.

Als Mrs. Broderick ins Foyer ihres Hotels stürmte und den tropfenden Hut ausschüttelte, eilte ihr der Portier entgegen. »Mein Gott, Madam, Sie sind ja völlig durchnäßt. Soll ich ein Mädchen mit Ihnen hinaufschicken?«

»Nicht nötig. Ein bißchen Regen hat noch niemandem geschadet.« Als sie an ihm vorbei zur Treppe eilte, rief er hinter ihr her: »Mrs. Broderick, für Sie ist ein Brief angekommen.«

Charlotte hielt inne. »Was soll denn das schon wieder?« fragte sie unwillig, wartete aber, bis er ihn brachte, und ging damit auf ihr Zimmer.

Der Brief stammte von Harry. Sie ließ ihn auf dem Tisch liegen und zog sich zitternd die nassen Kleider aus. Es war fünf Uhr, also noch eine Stunde bis zum Abendessen, doch im Zimmer herrschte wegen des Unwetters bereits Dunkelheit. Charlotte zündete alle Lampen an und wünschte sich, sie könnte ihren Morgenrock anziehen und einfach auf ihrem Zimmer bleiben. Ihr war nicht danach, den vielen Leuten im Speisesaal zu begegnen, die immer so ein Getue um sie veranstalteten, daß es ihr schon lästig wurde. Vor allem auf die Witwen mit ihren zuckersüßen Ratschlägen konnte sie gut verzichten. Anscheinend war es ihr einfach nicht vergönnt, allein zu essen, obgleich sie es vorgezogen hätte.

Allein essen? Da fiel ihr etwas ein. Eine der Frauen hatte einmal erwähnt, sie nehme ihr Essen auf dem Zimmer ein, wenn sie sich nicht wohl fühle. Charlotte beschloß, diesen Service ebenfalls in Anspruch zu nehmen.

Sie läutete, und wenige Minuten später erschien ein Mädchen an ihrer Tür.

»Mir geht es nicht allzu gut«, erklärte sie. »Könnten Sie mir das Essen bitte heraufbringen?«

»Natürlich, Madam. Was möchten Sie haben? Heute abend gibt es Erbsen- oder Ochsenschwanzsuppe ...«

»Bringen Sie mir einfach irgend etwas, vielen Dank.«

Dennoch, alte Gewohnheiten sitzen tief. Charlotte duldete es nicht, daß jemand sie unziemlich gekleidet beim Essen erblickte, selbst wenn es sich dabei nur um ein Zimmermädchen handelte. Sie steckte ihr Haar zu einem Knoten fest, zog ein strenges, schwarzes Kleid mit hohem Kragen an und nahm am Wohnzimmertisch Platz.

Sie war neugierig, was Harry zu erzählen hatte. Er hatte seinen Anspruch auf Springfield zurückgezogen und bedauerte, daß diese Entscheidung bei Connie und ihrem Vater auf Unverständnis gestoßen war, doch er war sicher, sie würden schon darüber hinwegkommen.

Es war eine flüchtige Laune meinerseits, Mutter, die aus den falschen Beweggründen erwuchs, eher aus Zorn auf meine Brüder als aufgrund reiflicher Überlegung. Mein Vater war geistig gesund und hatte guten Grund, böse auf mich zu sein. Daher muß ich seine Wünsche respektieren. Ich möchte ihm meine Achtung bezeugen, indem ich die Sache auf sich beruhen lasse.

Andererseits glaube ich, daß, wenn Austin Deine Wünsche verstanden hätte, er bessere Vorsorge für Dich getroffen hätte.

Ich hoffe, daß meine Brüder Deiner Bitte bereitwilliger nachkommen, wenn ich meinen Anspruch zurückziehe, was ich für moralisch angebracht halte.

Dies war am Ende eines anstrengenden Tages zuviel für Charlotte, und sie brach in Tränen aus.

Was Harry auch sagen oder tun mochte, sie hatte verloren. Sie konnte es sich nicht leisten, gegen Victor und Rupe vor Gericht zu ziehen, wovor sie sich ohnehin gefürchtet hatte, und selbst wenn sie es täte, würde sie nach Dafürhalten des Anwalts mit Sicherheit verlieren. Und die Kosten tragen müssen. Was also konnte sie tun?

Nichts.

Nichts, außer geschlagen nach Springfield zurückzukehren, nachdem sie sich nicht nur ihre Söhne zu Feinden, sondern auch sich selbst lächerlich gemacht hatte. Wie würde ihr Leben auf Springfield von nun an aussehen? Charlotte kannte sich selbst gut genug, um zu wissen, daß sie eine schlechte Verliererin war. Natürlich könnte sie zurückkehren und den anderen das Leben zur Hölle machen, doch was wäre das für eine Alternative? Zudem war es durchaus möglich, daß sich eine solche Haltung am Ende als zweischneidige Angelegenheit erwies.

Das alles war so ungerecht. Wäre Austin nicht gestorben, hätte ihr Leben friedlich weiterlaufen können.

Dann brach sich die Trauer erneut Bahn. Sie schluchzte unkontrolliert und wünschte sich verzweifelt, sie wäre vor ihm gestorben.

Als es an der Tür klopfte, fuhr sie zusammen. Das Mädchen durfte sie auf keinen Fall in diesem Zustand sehen!

»Einen Moment«, rief sie und schämte sich für ihre tränenerstickte Stimme. Sie betupfte sich die Augen mit einem Taschentuch, riß sich zusammen, öffnete die Tür und trat beiseite.

Allerdings stand nicht das Mädchen mit dem Tablett vor ihr, sondern Fern Broderick.

»Was willst du denn hier?« fragte Charlotte unfreundlich.

Als sie im Hotel angelangt war, hatten sich Ferns Gewissensbisse verfestigt. Natürlich hätte sie Charlotte ihre Aufwartung machen müssen, gleich nachdem sie von ihrer Ankunft in

Brisbane erfahren hatte. Ihre Schwägerin war durchaus im Recht, wenn sie sich gekränkt und vernachlässigt fühlte. Zudem war sie in Trauer. Fern hatte Charlottes bisherige Ablehnung auf Mißverständnisse und Launen zurückgeführt, doch ihre jetzige Feindseligkeit traf sie völlig unvorbereitet.

Sie schluckte. »Nun ja ... ich wollte sehen, wie es dir geht. Wie du zurechtkommst.«

»Das hast du ja nun. Mir geht es gut.«

Da Charlotte ihr schlecht die Tür vor der Nase zuschlagen konnte, blieb sie stirnrunzelnd auf der Schwelle stehen. Doch Fern war entschlossen, sich nicht so leicht vertreiben zu lassen. Wenn sie jetzt den Rückzug antrat, wäre der Bruch endgültig, denn sie würde sich kein zweites Mal auf diese Weise brüskieren lassen.

»Ich hatte gehofft, wir könnten miteinander reden. Mir tut es so leid, daß Austin gestorben ist.«

»Natürlich, das wundert mich nicht.«

»Charlotte, was ist in dich gefahren? Es ist doch nichts dabei, wenn ich als deine Schwägerin vorbeikomme. Ich würde es vorziehen, nicht auf dem Flur stehenbleiben zu müssen.«

Unwillig ließ Charlotte sie ins Wohnzimmer eintreten. Fern bemerkte jetzt, daß ihre Schwägerin geweint hatte, und bedauerte sofort ihre harschen Worte.

»Mir tut es wirklich sehr leid. Es muß eine schlimme Zeit für dich sein. Ich wußte nicht, daß du so aufgewühlt bist.«

»Das bin ich auch nicht«, schrie Charlotte wütend, konnte ihre Tränen aber nicht zurückhalten.

In diesem Augenblick tauchte das Mädchen mit dem Tablett an der Tür auf. Charlotte eilte zum Fenster, um ihre Tränen zu verbergen. Fern nahm das Essen entgegen und bedankte sich bei dem Mädchen.

Sie spähte unter die Metallhauben. »Dein Abendessen, Charlotte. Sieht sehr gut aus. Komm und iß deine Suppe, solange sie noch heiß ist.«

»Ich habe keinen Hunger.«

»Immerhin bezahlst du dafür.«

Mit einigem ruhigen Zureden gelang es ihr, Charlotte soweit zu bringen, daß sie etwas Suppe aß, doch sie weigerte sich beharrlich, den Lammbraten auch nur anzurühren.

»Ich kann es nicht essen«, sagte sie. »Nimm du es.«

Grinsend biß Fern in eine Bratkartoffel. Zum Glück schien das Essen das Eis zwischen ihnen gebrochen zu haben. »Die Kartoffeln sind köstlich, probier mal.«

Charlotte griff achselzuckend zu, und die beiden Frauen bedienten sich nun wie Schulmädchen mit den Fingern.

»Soll ich dir etwas Tee eingießen?«

»Ja, bitte.«

Charlotte erblickte sich selbst in dem goldgerahmten Spiegel an der Wand und schüttelte unglücklich den Kopf. Ihr Gesicht verquollen, die Augen verweint, die Nase rot vom Schneuzen. Normalerweise hätte sie es nicht ertragen, daß eine attraktive Frau wie Fern sie in diesem Zustand sah, doch heute machte es ihr nichts aus. Ihr war ohnehin alles egal. Sie mußte sich eingestehen, daß sie doch froh war über Ferns Anwesenheit. Sie brauchte Gesellschaft, und die ihrer Schwägerin war um Längen interessanter als die der Witwen unten im Speisesaal. Dann fiel ihr ein, daß auch Fern verwitwet war.

»Oh, Gott«, entfuhr es ihr.

»Was ist los?«

»Nichts.« Sie ließ sich in einen Sessel am Fenster plumpsen und sah zu, wie Fern ihr den Tee eingoß und herüberbrachte. »Austin hat auf dich immer größere Stücke gehalten als auf mich«, sagte sie plötzlich. »Hat er dich eigentlich geliebt?«

Fern reagierte geistesgegenwärtig. Sie spürte, daß dies nicht der richtige Zeitpunkt für Geständnisse war. »Guter Gott, Charlotte! Wie kommst du denn darauf?«

»Ich hielt es für offensichtlich.«

»Damit tust du Austin Unrecht. Er war nicht in mich verliebt, ich übrigens auch nicht in ihn. Schlag dir diesen Gedanken bitte aus dem Kopf. Er hat sich gern in meine Geschäfte eingemischt«, erklärte sie lächelnd, »wollte mir dauernd gute Ratschläge erteilen. Ich glaube nicht, daß er viel von Geschäftsfrauen hielt.«

»Das kannst du wohl annehmen«, erwiderte Charlotte wütend.

»Wieso? Warst du auch gegen meine Tätigkeit?«

»Die hat mich nicht weiter interessiert. Aber du hattest großes Glück«, fuhr sie grimmig fort. »Du hattest es nicht mit Söhnen zu tun, die dir dein Erbe vor der Nase wegschnappten. Dich praktisch auf die Straße setzten.«

Fern war verblüfft. »Meine Liebe, das kann ich nicht glauben. Das hätte Austin nie geduldet.«

»Ach nein? Er hat mich mittellos zurückgelassen.« Sie sah Fern mit Tränen in den Augen an. »Wie kann ich um einen Mann trauern, den ich so sehr geliebt habe, und ihn gleichzeitig hassen, weil er meine Rechte mit Füßen getreten hat?«

»Ich verstehe nicht ganz. Was ist denn geschehen?«

Während Charlotte in ihrem Bericht zwischen Selbstmitleid und berechtigtem Zorn schwankte, bemühte sich Fern, aus dem Debakel schlau zu werden, das sich allem Anschein nach auf Springfield ereignet hatte. Ihre Schwägerin wetterte gegen Victor und Rupe, gegen eine Regierung, die die Squatter ruinieren wolle, gegen Rechtsanwälte jeglicher Couleur, die nichts als überbezahlte Beamte ohne Respekt vor Frauen seien, sogar gegen Richter Walker, der versprochen habe, ihr zu helfen, letztendlich aber ein bloßer Windbeutel sei. Sie weinte, als sie Fern erzählte, wie sie Austin morgens tot in seinem Bett gefunden hatte, nachdem er allein, ohne jeden Beistand, gestorben war.

Fern ließ sie reden. Anscheinend hatte die arme Charlotte bisher keine Zeit für echte Trauer gefunden, da die Ereignisse sich überschlagen hatten – Austins unvorhergesehener Tod, dann die ebenso unerwartete Auseinandersetzung mit ihren Söhnen, gefolgt von der überstürzten Abreise, dem Umzug nach Brisbane und den juristischen Schwierigkeiten. Durch den Verlust ihres Mannes war ihre ganze Welt auseinandergefallen, was bei Charlotte anscheinend zu einem Zustand völliger Verwirrung geführt hatte.

Fern schlüpfte auf den Flur hinaus und trieb ein Mädchen auf, bei dem sie Kaffee für zwei Personen und Brandy zu medizinischen Zwecken bestellte.

»Aber Madam, dies ist ein privates Hotel ohne Schankgenehmigung«, entgegnete das Mädchen.

Fern lächelte. »Das ist mir bewußt, aber ich bin sicher, daß die Hausdame Mrs. Brodericks Wunsch nachkommen wird.« Sie brauchte den Brandy ebensosehr wie Charlotte. Eine so leidvolle Geschichte hatte sie nicht erwartet. Einige Dinge, die man ihr berichtet hatte, ergaben durchaus einen Sinn, und sie war entsetzt darüber, daß Victor und Rupe ihre Mutter so aus der Fassung gebracht hatten. Harry war seltsamerweise nicht erwähnt worden, und Fern traute sich nicht, Charlotte nach ihm zu fragen, da sie eine weitere Flut von Beschuldigungen fürchtete. Sie war schon immer eine schwierige Person gewesen – äußerst empfindlich und schnell beleidigt.

Beim Gedanken an Charlottes Frage nach ihrem Verhältnis zu Austin schauderte es sie nachträglich. Hoffentlich war dieses Thema nun endgültig ad acta gelegt.

Als sie ins Zimmer zurückkam, begann Charlotte von der Aufteilung Springfields zur Umgehung der neuen Gesetze zu erzählen.

»Ja, es ist schrecklich. Ich glaube, den Squattern bleibt einfach keine andere Wahl, wenn sie ihren Besitz halten wollen.« Fern hätte es vorgezogen, dieses Thema damit zu beenden, weil es sie in gefährliche Nähe zu Harrys unrühmlicher Rolle bei der Parlamentsabstimmung brachte, doch Charlotte zeigte sich beharrlich, und Fern gewann den Eindruck, daß sich das alte Selbst ihrer Schwägerin allmählich wieder Bahn brach.

Zum Glück traf bald darauf das Zimmermädchen mit dem Kaffee ein, begleitet von der Hausdame, die ihnen aus einer kleinen Karaffe Brandy in zwei Kristallgläsern servierte.

»Meine Damen, dies verstößt zwar gegen unsere Regeln, aber da er medizinischen Zwecken dient, will ich ein Auge zudrücken. Mrs. Broderick, Sie Ärmste, ich hoffe, es geht Ihnen wieder besser. Wir haben Sie beim Dinner vermißt ...«

Fern komplimentierte sie hinaus.

»Ich hasse diese Frau«, verkündete Charlotte.

»Egal, wir haben ihr den Brandy abgeluchst. Hier ist deiner.«

Charlotte nippte an ihrem Glas und nickte anerkennend. »Wie gesagt, Springfield wurde aufgeteilt, wobei die Familienmitglieder jeweils Grundstücke in maximaler Größe erhielten. Verstehst du, was ich meine?«

»Ja.« Wie oft wollte Charlotte ihr diesen Teil eigentlich noch darlegen?

»Als Austins Frau bekam ich natürlich auch einen Anteil. Victor mit Frau und Kind haben jedoch drei Grundstücke erhalten.«

»Darüber brauchst du dich doch nicht so aufzuregen. Du hast mir selbst erklärt, daß diese Aufteilung nur auf dem Papier besteht. Damit Springfield auch weiterhin intakt bleiben kann und das ganze Land in der Familie bleibt.«

»Tatsächlich? Und wie erklärst du dir dann, daß dein Name auf dem Grundstück gleich neben meinem erscheint? Daß dein Teil ebenso groß ist wie meiner?« Charlottes Stimme wurde schriller. »Erklär mir das bitte, Mrs. Broderick!«

Fern war sprachlos, und Ärger stieg in ihr auf. »Ich kann und will es nicht erklären. Ich müßte mir erst ein Bild von der Gesamtsituation machen, bevor ich solch voreilige Schlüsse ziehe, wie du es anscheinend tust.«

Verdammt noch mal, Austin, dachte sie im stillen, warum mußtest du mich da mit einbeziehen? Aus sentimentalen Gründen? Hoffentlich nicht. Dann fiel ihr ein, daß die Aufteilung völlig fiktiv war und gar nichts zu bedeuten hatte.

»Charlotte, es wird Zeit für mich, nach Hause zu gehen. Ich habe genug gehört! So wie ich es sehe, war es ein furchtbares Versäumnis von Austin, dich nicht abzusichern und deinen Söhnen auszuliefern, aber es ist dennoch nicht fair, daß du mich derart angreifst, nur weil er irgendwo meinen Namen eingesetzt hat. Was macht es schon für einen Unterschied, daß mein Gebiet so groß ist wie deins? Es gehört mir doch nicht, ist nur ein Teil von Austins Plan, Springfield in seiner Ganzheit zu bewahren.«

Fern ersparte sich den Zusatz, daß sie Charlottes Haltung beleidigend fand, denn schließlich basierte ihre eigene Darlegung der Dinge auf einer Lüge. Austin hatte sie sehr wohl geliebt.

Sie griff nach Handschuhen und Tasche. Charlotte starrte sie an. »Was hast du da eben gesagt?«

»Ich wollte dir erklären, daß es völlig unerheblich ist, auf wessen Namen diese Grundstücke eingetragen sind ...«

»Nein, ich meine wegen Austin. Hältst du es für falsch, daß ich mich über sein Testament aufrege?«

»Das habe ich nicht gesagt.«

»Meinst du etwa, *er* sei im Unrecht gewesen?«

»In der Tat. Ich finde es empörend. Hätte ich einen Sohn, dem mein Mann sein gesamtes Vermögen hinterlassen hätte, so daß mir nur ein Dach über dem Kopf bliebe, würde ich toben.«

»Ich hätte nie gedacht, daß du meine Meinung teilen könntest.«

»Weil du zu sehr darauf aus warst, mit mir zu streiten, Charlotte.«

»Tut mir leid. Es ist nur so, daß niemand außer Harry meine Haltung in dieser Sache versteht, und er hat kein Mitspracherecht. Austin hat ihn aus dem Testament gestrichen, was ihn im übrigen ziemlich kalt läßt. Ich habe erfahren, aus zuverlässiger Quelle, wie es so schön heißt, daß eine Anfechtung keinerlei Aussicht auf Erfolg hätte.«

»Und wenn du all diese Rechtsverdreher umgehst und dich unmittelbar an Victor und Rupe wendest?«

»Das hat Harry bereits getan. Sie bestehen darauf, daß Austins Verfügungen eingehalten werden. Darüber hinaus drohen sie mir damit, meinen Unterhalt auszusetzen, wenn ich nicht klein beigebe.«

»Guter Gott«, sagte Fern. Kein Wunder, daß sich ihre Schwägerin in einem derartigen Zustand befand. »Charlotte, wenn du Geld brauchst, helfe ich dir gerne aus.«

»Ein Darlehen würde nur das Unvermeidliche hinauszögern«, erwiderte Charlotte. »Aber ich danke dir für das freundliche Angebot.«

»Möchtest du vielleicht zu mir ziehen?«

»Danke, nein. Sollen sie mir doch den Unterhalt sperren, wenn sie es wagen!«

»So ist es richtig. Laß dich nur nicht unterkriegen. Aber jetzt muß ich wirklich gehen. Ruh dich aus, und morgen ißt du bei mir zu Abend. Wir werden ganz unter uns sein, so daß niemand die beiden Broderick-Witwen angaffen kann. Versprich mir, daß du kommst.«

»Na ja, warum nicht.«

Fern mußte sich mit dieser wenig begeisterten Zusage begnügen. Als sie gegangen war, vertiefte sich Charlotte in neue Überlegungen. Anscheinend war Fern Broderick ihre einzige Freundin – nie hätte sie gedacht, daß ausgerechnet ihre Schwägerin, die so gut mit Austin gestanden hatte, ihre Ansichten teilen würde. Und nun hatte sie ihr sogar finanzielle Hilfe angeboten. Obwohl Charlotte die Vorstellung, sich Geld zu leihen, entsetzlich fand, war der Gedanke an diesen Rückhalt durchaus beruhigend.

Am nächsten Abend kam es bei einem köstlichen Essen und hervorragenden Weinen zu einem richtigen Gespräch zwischen den beiden Frauen.

Diesmal stellte Fern die Fragen, um sich ein genaues Bild von der Situation machen zu können, und Charlotte gab scheu die Antworten. Fern war empört, als sie erfuhr, daß der Anwalt ihre Schwägerin darauf hingewiesen hatte, daß sie kein Geld für einen Prozeß habe.

»Natürlich hast du das«, verkündete sie galant. »Ich werde seine Rechnung bezahlen. Das kannst du ihm ruhig von mir ausrichten.«

Charlotte schüttelte ihren Kopf. »Das wäre reine Geldverschwendung. Allem Anschein nach kann ich dabei nur verlieren.«

»Und was geschieht als nächstes? Kann Harry nicht noch einmal mit seinen Brüdern reden?«

»Sie sprechen nicht mehr miteinander.«

»Du lieber Himmel! Austin würde sich im Grab herumdrehen, wenn er das wüßte.«

»Ach ja?« fragte Charlotte wütend. »Er trägt doch die Schuld an allem.«

Fern nahm einen Schluck Wein. »Keineswegs. Er hat niemals wirklich geglaubt, er könne sterben. In seiner Vorstellung war er auf ewig der Boß und alles ging immer so weiter wie bisher.«

»Dafür kann ich mir nichts kaufen.«

»Ich wünschte, ich hätte eine bessere Antwort für dich. Ich fühle mich so hilflos und kann deine Enttäuschung gut verstehen. Du brauchst nicht nach Springfield zurückzukehren. Du kannst, wie ich schon sagte, bei mir wohnen.«

»Ich will aber zurück, das ist ja das Problem. Ich habe schreckliches Heimweh, Fern. Ich sehne mich nach meinem Zuhause.«

Charlotte konnte sich nicht erinnern, wann sie zuletzt einen Abend so genossen hatte. Als Ferns Kutscher sie am Hotel absetzte, war sie leicht beschwipst. Und wenn schon, sie und ihre Schwägerin hatten sich bestens amüsiert. Sie hatten Champagner, Wein und Portwein getrunken und Charlottes elende Situation betrauert. Beim nächsten Glas Portwein hatten sie sogar Zigarren geraucht und sich albernem Gelächter hingegeben.

»Wenn mich Louisa so sehen könnte, würde sie glatt in Ohnmacht fallen!« hatte Charlotte ausgerufen.

»Wie ist es denn mit Louisa?« fragte Fern mit dem Hintergedanken an eine mögliche Verbündete.

»Louisa? Sie steht immer hinter Victor. Außerdem, wer würde sich schon darum reißen, seine Schwiegermutter im Haus zu haben? Ich wette, sie hofft, daß ich auf Dauer fortbleibe.«

Fern seufzte. »Warum können wir Frauen nicht zusammenstehen und uns gegenseitig unterstützen?«

»Weil es immer nur einen Boß geben kann. Das werden Victor und Rupe noch früh genug erfahren.«

Das war vielleicht ein Abend gewesen!

Charlotte Broderick schaffte es gerade noch, würdevoll in ihr Zimmer zu gelangen. Dort angekommen, ließ sie sich in einen Sessel fallen.

Morgen war ein neuer Tag, und mit etwas Glück und Ferns Geld würde es ihr vielleicht doch noch gelingen, als Siegerin aus diesem Streit hervorzugehen.

Fern ihrerseits konnte es kaum glauben, daß Austins Söhne sich nicht mit ihrer Mutter einigen konnten. Möglicherweise hatte Charlotte, die nicht gerade für ihr Taktgefühl berühmt war, ja selbst zu diesem Bruch beigetragen. Also schrieb sie einen freundlichen Brief an Victor und Rupe, in dem sie vorschlug, daß sie ihre Mutter um die Rückkehr nach Springfield bitten sollten, damit die Probleme außergerichtlich aus der Welt geschafft werden könnten.

Sie hoffte auch, daß die beiden als Zeichen ihres guten Willens Charlotte den anteilsmäßigen Besitzanspruch auf Springfield zugestehen würden. *Großzügigkeit wird allgemein belohnt, und es wird zur Freude aller sein, wenn der Familienfrieden wiederhergestellt ist.*

Leider öffnete Rupe den Brief, da Victor mit Teddy und den beiden Frauen nach Cobbside gefahren war. Seine Antwort fiel ähnlich knapp, kalt und barsch aus wie die Absage, die Fern seinerzeit von Charlotte auf ihr Angebot, Austin zu besuchen, erhalten hatte.

Vielen Dank für Dein Interesse, aber wir können unsere Familienangelegenheiten ganz gut allein regeln. Mutter weiß, daß sie bei uns jederzeit willkommen ist.

An diesem Tag feierte Cobbside die Eröffnung des ersten Rathauses, eines bescheidenen Backsteingebäudes mit einem recht pompösen Portal. Von dort aus würden mehrere Herren, die sich um das Amt des Bürgermeisters bewarben, zur Bevölkerung sprechen.

Auf der obersten Stufe stand ein wichtiger Gast, der Ehrenwerte Abgeordnete Mike Howland. Mit der Schere in der Hand würde er diesen Tag zum Feiertag erklären, das Band durchschneiden, um diese stolze Stätte freizugeben, und den Jahrmarkt, der sich bereits auf der fröhlich geschmückten Hauptstraße ankündigte, offiziell eröffnen.

Alle bedeutenden Persönlichkeiten des Bezirks, Geschäftsleute und Squatter mit ihren Frauen waren zu einem Bankett im Rathaus geladen worden. Bald drängten sich die gutgelaunten Gäste ziemlich unsanft durch die Tür, um ihre Plätze an der langen Tafel einzunehmen.

Die Brodericks waren natürlich auch eingeladen, doch Rupe interessierte sich nicht für dieses Zusammentreffen der Bauerntölpel und wichtigtuerischen Städter, wie er es nannte.

»Wir müssen hingehen«, erklärte Louisa. »Es sind nicht nur Leute aus der Stadt da, alle unsere Bekannten von den Nachbarfarmen kommen auch. Es wäre doch schön, sie alle wiederzusehen.«

Später nahm Victor sie beiseite. »Ermutige ihn bloß nicht. Wir gehen allein und amüsieren uns. Er fängt ja doch nur wieder Streit an.«

Im Laufe des Tages sollte Louisa sich des öfteren die Frage stellen, ob Rupe vielleicht wußte, welchen Ruf die Brodericks inzwischen hatten. Er kam viel mehr im Bezirk herum als ihr Mann, kaufte und verkaufte Schafe und Pferde, sah sich nach guten Zuchttieren um, brachte Wolle zu den Käufern und behielt die Wollpreise im Auge. Victor war dies nur recht, schließlich war es stets ein Kampf gewesen, Rupe zu Hause zu halten. Überdies war er auf die Informationen der anderen Züchter angewiesen. Ohnehin zog er es vor, die tägliche Verwaltungsarbeit auf der Farm selbst zu erledigen und alles unter Kontrolle zu haben.

Victor bemerkte nichts Ungewöhnliches bei dieser hektischen Veranstaltung. Als er mit Teddy auf der Hüfte zum Essen ging, scherzte er mit den Männern, die er bereits sein ganzes Leben lang kannte. Louisa, die ihm mit Cleo folgte, machte die Gouvernante mit einigen Squatterfrauen bekannt.

Louisa empfand die Stimmung als frostig – die Begrüßungen fielen irgendwie knapp aus, und obgleich die Frauen Cleo mit Höflichkeit begegneten, zogen sie sich rasch zurück. Als sie vier Plätze nebeneinander gefunden hatten, fauchte Mrs. Toby Black von der Strathmore-Farm, die seinerzeit auch zu Austins Begräbnis gekommen war: »Schon besetzt.«

Cleo und Victor schienen sich nichts dabei zu denken. Als sie andere Plätze gefunden hatten, setzte Cleo ihren Schützling auf den Stuhl neben sich und ermahnte ihn, dort brav sitzen zu bleiben.

»Vielleicht sollte ich ihn besser auf den Schoß nehmen«,

sagte Louisa nervös. »Es ist bestimmt nicht erwünscht, daß Kinder einen eigenen Stuhl beanspruchen.«

»Laß ihn doch sitzen«, lachte Victor, »aufstehen kann er immer noch.«

Die Leute von den Farmen, die Elite des Bezirks, fanden sich nach und nach an den Tischen zusammen.

Das viergängige Menü war ausgezeichnet. Alle schienen sich zu amüsieren, da die Honoratioren nicht an flüssiger Nahrung gespart hatten, doch Louisa bemerkte bald, daß sie von den Frauen absichtlich ignoriert wurde. Wann immer sie jemanden ansprach, schien man sie nicht zu hören und führte die fröhliche Unterhaltung weiter, als sei nichts geschehen.

Sie wollte mit Victor darüber sprechen, wußte aber nicht, wie sie es in Worte fassen sollte. Vielleicht würde er ihr keinen Glauben schenken. Er und Cleo schienen keinerlei Probleme zu haben und unterhielten sich angeregt mit den Damen in ihrer Nähe. Louisa war das alles furchtbar peinlich, und sie saß mit gesenktem Kopf da. Am liebsten wäre sie davongelaufen. Warum behandelte man sie auf diese Weise? Oder bildete sie sich doch nur alles ein? Während sie sich mit diesen Fragen quälte, rauschte ein Schwall endloser Reden an ihr vorbei.

Dann endlich schickte man sich allmählich zum Aufbruch an. Victor, der sich prächtig amüsierte, hatte es nicht eilig, doch für Louisa wurde es einfach zuviel. Sie sprang auf, entschuldigte sich und ging zur Tür, wo sie auf eine Gruppe von Frauen stieß, die sich mit Mrs. Crossley, der verwitweten Tochter des alten Jock, unterhielten.

Die Frauen sahen zu ihr hinüber. Sie begriff, daß man über sie gesprochen hatte. Eine von ihnen stieß Mrs. Crossley an, die allein schon von ihren üppigen Formen her furchteinflößend wirkte. Diese verstand den Wink und fiel sofort über Louisa her.

»Sie müssen ja überaus zufrieden mit sich sein, Mrs. Broderick.«

»Wie bitte?«

»Sie sind Charlotte ja auf sehr schlaue Weise losgeworden.«

»Was?«

»Sie haben mich genau verstanden. Charlotte Broderick besitzt viele Freunde hier, sie wird in diesem Bezirk als Pionierin hoch geschätzt. Eigentlich hätte ihr und nicht Ihnen und den wichtigtuerischen Söhnen heute ein Platz an dieser Tafel gebührt.«

Louisa floh nach draußen, vorbei an den Kuchenständen und Clowns mit Luftballontrauben, ohne zu wissen, wohin sie sich wenden sollte.

Schließlich fand ihr Mann sie auf einer Bank unter einer Reihe Fichten.

»Warum bist du weggelaufen? Wir haben dich überall gesucht.«

Erstaunt hörte er zu, als sie schluchzend erzählte, was ihr widerfahren war.

»Das kann nicht sein. Du hast sie bestimmt falsch verstanden.«

Nun geriet Louisa in Rage. »Sicher, ich habe mir alles nur eingebildet. Ihr Männer kümmert euch verdammt noch mal um gar nichts, solange die Viehpreise und das Wetter stimmen. Aber ich sage dir, diese Frauen sind aufgebracht und stehen allesamt auf Charlottes Seite.«

»Herr im Himmel, dann laß sie doch! Das legt sich bald wieder.«

»Du hast gut reden. Ich habe einen furchtbaren Tag hinter mir, und dann werde ich noch auf diese Weise abgekanzelt! Muß ich mich derart demütigen lassen, nur weil ihr eure Streitereien nicht beilegen könnt?«

»Mein Gott, nun mach doch nicht so ein Theater. Wer kümmert sich schon um diese alte Hexe?«

Doch Louisa ließ sich nicht beschwichtigen. Sie ahnte, daß ihr bei anderen Anlässen die gleiche Behandlung zuteil werden würde, und ärgerte sich zunehmend über die beiden Männer, die sie in diese Lage gebracht hatten. Sie wußte auch keine Lösung für dieses Dilemma; Hauptsache, es hatte so bald wie möglich ein Ende damit. Sie hatte eigentlich vorgehabt, ein festliches Sonntagsessen anläßlich von Victors bevorstehendem Geburtstag zu geben, ließ diesen Plan jetzt aber aus Angst vor erneuter Zurückweisung lieber fallen.

Cleo berichtete Rupe von dem Zwischenfall, doch dieser lachte nur. »Mrs. Crossley hält sich für die Königin des gesellschaftlichen Parketts, dabei kann niemand sie leiden. Sie schmollt, weil sie mit Charlotte ihre einzige Freundin verloren hat.«

»Louisa scheint zu glauben, Sie hätten gewußt, daß die Leute an der ... Abwesenheit Ihrer Mutter Anstoß nehmen würden, und seien deshalb nicht hingegangen.«

Er wirkte ehrlich überrascht. »Wie das? Ich bin doch kein Hellseher. Woher soll ich wissen, was den Bauern hier so durch den Kopf schießt? Wohin wollen Sie eigentlich?«

Cleo lächelte. »Ich wollte mal in den Obstgarten schlüpfen, solange Teddy bei seiner Mutter ist. Vielleicht sind ja schon ein paar Äpfel reif. Dann muß ich wenigstens nicht ständig hinter ihm herlaufen und aufpassen, daß er nicht die unreifen ißt.«

»Fein, da schlüpfe ich mit.«

Sobald sie das Tor hinter sich gelassen hatten und in den Schatten des duftenden Gartens getaucht waren, legte Rupe die Arme um Cleos Taille und zog sie an sich. Er hatte lange gewartet, doch nun war er sich ganz sicher. In den letzten Wochen war ihm nicht entgangen, daß Cleo ihn gern hatte, doch er hatte es vorgezogen zu flirten, ohne sie auch nur ein einziges Mal zu berühren.

Nun hatte sich das Blatt gewendet. Er spürte, daß sie bereit war, küßte sie immer heftiger, atemloser, fordernder, bis sie sich schließlich errötend, aber keineswegs verärgert, von ihm losriß.

»Aber ich liebe dich doch«, wisperte er ungehalten und nahm sie wieder in die Arme.

»Ich weiß. Ich dich auch, Rupe.«

Sie blieben lange im Obstgarten, küßten und streichelten einander, und Cleo wehrte sich nicht, als er ihre Bluse aufknöpfte und ihre glatten, weichen Brüste liebkoste.

»Komm heute nacht zu mir«, bat er sie immer wieder, doch Cleo lächelte nur.

»Nein, das geht nicht.«

»Natürlich geht es.«

Sie brachte ihre Kleider wieder in Ordnung, strich sich das Haar glatt und ging mit Rupe zum Tor. Die Äpfel waren vergessen. Beide waren sehr vorsichtig und kehrten getrennt ins Haus zurück, um keine Aufmerksamkeit auf ihre Romanze zu lenken.

Dennoch wurden sie beobachtet, und zwar von einer Frau, die bei Einbruch der Dämmerung ihren täglichen Gang zum Haus unternahm. Sie war erst seit einigen Tagen wieder da und überwand nur allmählich die entsetzliche Enttäuschung darüber, daß die Jungen nicht heimgekehrt waren. Nirgendwo fand sich ein Zeichen von ihnen.

Allerdings stellte Nioka fest, daß ihre innere Kraft gewachsen war. Sie konnte hier, wo sie zu Hause war, leichter mit Rückschlägen fertig werden, weit entfernt vom See, dem Schauplatz der Tragödie, die sie in so tiefe Verzweiflung gestürzt hatte. Auch konnte sie sich mit der Erinnerung an die guten und schlechten Erfahrungen ablenken, die sie während ihrer langen Reise gemacht hatte. Sie hatte so viel von der Welt gesehen.

Nach den ersten Nächten im alten Lager am Fluß nahm sie

die tröstliche, vertraute Umgebung wieder wahr und schalt sich selbst für ihren übertriebenen Optimismus.

Du Närrin, sagte sie sich, die Jungen, die zur Schule gehen, kommen doch im Sommer nach Hause, in den Weihnachtsferien. Alle Schwarzen auf Springfield hatten gewußt, daß Weihnachten Feiern und Geschenke bedeutete, daß sich die Familie bei Gesang und Tanz versammelte. Und so hatte sie den einen Traum gegen einen anderen eingetauscht. Sie mußte nur bis Weihnachten warten. Teilnahmslos sah sie von ihrem Versteck im hohen Gras aus Rupe und einer fremden Frau beim Liebesspiel zu. Sie hatte Zeit genug und würde sich nicht von der Stelle rühren. Sie lebte, wie es ihr gefiel, ein einsamer Geist, der sich den Blicken der Weißen entzog, die er verachtete, der aus den Tiefen des Busches auftauchte, um sich an seinen heimlichen Wanderungen um das Haus zu erfreuen.

Sie hatten jetzt weiße Hausmädchen, das müßte sie Minnie eigentlich berichten. Dann aber änderte sie ihre Meinung, da sie nicht wollte, daß Minnies Geist in diese Idylle eindrang. Nioka hatte genügend Gesellschaft – sie kannte alle Vögel und Pelztiere, die sie in ihrem verborgenen Lager besuchten, und nachts wachte die alte Eule mit stetigem Blick über sie.

Manchmal sah sie Teddy umherlaufen, und das machte sie traurig. Der Verlust seiner Spielgefährten schien ihn nicht weiter zu berühren. Er hatte Bobbo, Jagga und Doombie wie alle Weißen bereits vergessen. Nioka betete zu den guten Geistern um Hilfe und hoffte, daß wenigstens ihr kleiner Junge seine Mutter nicht vergessen hatte.

10. KAPITEL

»DU HATTEST DOCH angeboten, mir Geld zu leihen«, sagte Charlotte in ihrer gewohnt unverblümten Art.

Fern nickte. »Gewiß doch. Wieviel brauchst du?«

»Eine ganze Menge, aber du bekommst alles zurück.«

Sie hatten sich an einem schönen Samstagnachmittag am Pavillon im Botanischen Garten getroffen. Charlotte liebte diesen Ort, konnte sich aber noch immer nicht dazu durchringen, Ferns Einladung anzunehmen, wenn diese sich dort an den Sonntagen mit ihren Freundinnen traf. Ihr war nicht danach, Fremden zu begegnen, vor allem, seitdem ihr dank der hämischen Bemerkungen einiger Damen im Hotel bewußt geworden war, daß sich ganz Brisbane über ihren Anspruch auf den Familienbesitz das Maul zerriß.

Ihr Verhalten schien aus dem Rahmen zu fallen, doch das scherte Charlotte wenig.

»Sie wollen nicht mehr für deinen Unterhalt aufkommen, nicht wahr?« fragte Fern besorgt.

»Doch, doch, soweit ist es gottlob noch nicht. Es hat nichts mit dem Unterhalt zu tun. Ich habe einen sehr netten, neuen Anwalt verpflichtet, einen Mr. Craig Winters. Kennst du ihn?«

»Nein. Wie bist du auf ihn gekommen?«

»Bei einem Spaziergang bin ich auf seine Kanzlei gestoßen, drüben in der Terrace. Er ist neu in Brisbane.«

Fern wirkte beunruhigt. »Also wirklich, Charlotte, du solltest ein bißchen vorsichtiger sein. Ich hätte dir doch jemanden empfehlen können.«

»Ich bin sehr zufrieden mit Mr. Winters. Er ist überaus zuvorkommend und zur Abwechslung einmal bereit, nach meinen Anweisungen zu handeln.«

»Du willst doch nicht tatsächlich gegen deine Söhne vor Gericht ziehen? Versteh mich bitte nicht falsch, ich habe nichts dagegen, dir das Geld zu leihen, wenn du es für richtig hältst. Aber die besten Anwälte haben dir doch bereits abgeraten. Wenn dein Mr. Winters nun trotz alledem andeutet, er könne das Testament erfolgreich anfechten, verhält er sich sehr verantwortungslos.«

Charlotte löffelte Sahne auf ihren Teller. »Ich bin ganz süchtig nach diesem Passionsfruchtkuchen. Er ist einfach köstlich, noch besser als der Schokoladenkuchen. Die Küche hier ist ausgezeichnet.« Als sie den Kuchen aufgegessen hatte, betupfte sie sich die Lippen mit einer Serviette und trank einen Schluck Tee.

»Ich habe dieses Thema ihm gegenüber noch gar nicht angeschnitten. Mittlerweile habe ich mich damit abgefunden, daß ich einen Prozeß nicht gewinnen kann. Das sollte Victor und Rupe inzwischen auch aufgegangen sein. Sie halten mich vermutlich für einen furchtbaren Dummkopf.«

»Ihre Haltung ist zwar empörend, aber das glaube ich dann doch nicht.«

»Und wenn schon! Mit deiner Hilfe werde ich ihnen eins auswischen. Wenn ich überhaupt etwas von Austin gelernt habe, dann das: Man darf niemals aufgeben. Solange man gemein genug ist, gewinnt man auch. Und er konnte sehr gemein sein.«

Fern antwortete nicht. Es stimmte, Austin war ein harter, rücksichtsloser Geschäftsmann gewesen; dennoch konnte sie seiner Witwe in diesem Punkt nicht rückhaltlos zustimmen.

»Wenn du einverstanden bist, wäre alles geregelt.«

»Was denn bitte?«

»Wie du weißt, wurde Springfield in mehrere große Gebiete aufgeteilt, von denen jedes als unabhängige Farm bestehen könnte ...«

»Ja.«

»Die Anträge wurden bereits eingereicht, und Victor hat einige Grundstücke erworben, doch er zögert die anderen Käufe hinaus, da er erst das Geld dafür aufbringen muß.«

»Und?«

»Nun, wie schon erwähnt, ist ein Abschnitt, und zwar der neben Austins, auf meinen Namen eingetragen. Ich habe vor, ihn zu kaufen.«

»Das kannst du nicht!«

»Und ob ich das kann. Mr. Winters war im Landministerium und hat die eingereichten Anträge durchgesehen. Darin steht es schwarz auf weiß, Fern!« rief Charlotte aufgeregt. »Sie haben es mir praktisch auf einem Silbertablett serviert. Ich muß nur noch das Geld zusammenbringen, und schon gehört mir das Herzstück von Springfield. Das Land jenseits des Tales, die besten Weidegründe!«

»Und was sagt dein Mr. Winters dazu?«

Charlotte grinste. »Ich glaube, er ist noch ein wenig mißtrauisch. Wir haben uns mehrfach unterhalten, und es würde mich nicht wundern, wenn er Erkundigungen über mich eingezogen hätte. Er machte so gewisse Andeutungen bezüglich familiärer Probleme. Wie auch immer, er ist ein Gentleman und handelt in meinem Namen. Er ist bereit, das Land für mich zu erwerben.«

Sie bestellte ein weiteres Stück Kuchen. »Victor und Rupe bewachen dort draußen aus lauter Angst vor Siedlern, die ihr kostbares Land für sich beanspruchen könnten, ihre Grenzen. Sie sind noch gar nicht auf die Idee gekommen, daß ich ihnen mit meinem Anspruch in die Quere kommen könnte.« Charlotte lehnte sich zurück. »Wer ist denn jetzt der Dummkopf?«

»Willst du das wirklich tun? Ich meine, ist es legal?«

»Sieh mich nicht so entsetzt an, Fern. Du weißt sehr wohl, daß es legal ist. Und verbindlich. Und wenn du mir das Geld nicht leihen willst, wird Mr. Winters laut eigener Aussage die Mittel problemlos anderweitig aufbringen. Ich gelte noch immer als Herrin von Springfield. Ich habe in dem Haus, das auf Austins Grundstücksabschnitt steht, Wohnrecht auf Lebenszeit. Dieses Gebiet wurde bereits gekauft. Und wie Mr. Winters sagt, ist mein Name allein schon Sicherheit genug.«

Die Kellnerin trat an ihren Tisch. »Tut mir leid, Madam, der Passionsfruchtkuchen ist uns ausgegangen. Möchten Sie vielleicht etwas anderes?«

Charlotte war so in ihre Grundstücksangelegenheit vertieft, daß sie nur mit »Nein, danke« antwortete und sogleich ihr Gespräch mit Fern wieder aufnahm.

»Nun, wie denkst du darüber?«

Fern war sich da selbst nicht so sicher. Sie dachte an Austin, der bei diesem Vorschlag einen Tobsuchtsanfall erlitten hätte. Aber Austin war tot, und eine neue Ära war angebrochen.

»Er wäre außer sich«, sagte sie schließlich leise, beinahe verschwörerisch, und Charlotte wußte augenblicklich, wen sie meinte.

»Geschähe ihm recht. Er hat mich um den sauer verdienten Anteil meines Bruders gebracht. Was ist nun, leihst du mir das Geld?«

»Ich weiß nicht, die Idee erscheint mir ziemlich radikal.«

»Mach jetzt keinen Rückzieher. Es ist keine unausgegorene Idee, sondern ein sinnvoller Plan, das weißt du ganz genau. Es ist meine letzte Chance, sonst bin ich am Ende, ruiniert. Sie werden das Haus übernehmen, falls sie es nicht längst schon getan haben, und ich ende in einem Hinterzimmer, wo ich von ihren Almosen leben darf.«

Sie sprachen lange über die Konsequenzen, die dieser Schritt nach sich ziehen würde. Fern mußte zugeben, daß Charlotte nichts anderes übrigblieb, doch die Auswirkungen auf das künftige Familienleben waren eine ganz andere Sache. Sie hatte von Victor keine Antwort auf ihre Bitte um Versöhnung erhalten, nur Rupes kurz angebundene Absage.

»So wie es aussieht, werde ich in der Lage sein, dir das Geld bald wieder zurückzuzahlen«, fuhr Charlotte fort. »Du brauchst dir diesbezüglich also keine Sorgen zu machen. Mr. Winters sagte, er würde einen offiziellen Darlehensvertrag aufsetzen, wenn du möchtest, mit einer Zinsvereinbarung und allem drum und dran.«

»Er denkt wirklich an alles«, murmelte Fern.

»Also?«

»Also ja, Charlotte. Ehrlich gesagt, fällt mir auch keine andere Lösung ein. Aber ich hoffe inständig, wir tun das Richtige.«

Charlotte zeigte sich großzügig und beglich die Rechnung. »Noch eins, Fern. Kannst du es dir leisten, das Grundstück, das Austin auf deinen Namen eingetragen hat, auch noch zu kaufen?«

Fern war verblüfft. Ihre Schwägerin meinte es wirklich ernst und würde sich nicht von ihren Söhnen über den Tisch ziehen lassen. Insgeheim klatschte sie ihr dazu Beifall.

»Ich denke schon. Je größer dein Druckmittel, desto besser«, antwortete sie.

Zu Ferns Mißbehagen schlang Charlotte voller Begeisterung ihre Arme um sie und drückte sie an sich, während die anderen Gäste sie mißbilligend anstarrten. »Fern, du bist ein Schatz! Eine liebe, gute Freundin. Das werde ich dir nie vergessen. Kommst du am Montagmorgen mit zu Mr. Winters? Dann können wir alles in die Wege leiten.«

Cleo kam weder in dieser noch in einer anderen Nacht in sein Zimmer. Rupe war verärgert.

»Wenn du mich liebtest, würdest du es tun«, warf er ihr vor. »Niemand braucht es zu erfahren.«

Von wegen, dachte Cleo. Von ihren Brüdern wußte sie, daß Männer nur zu gern über solche Dinge miteinander sprachen, sich förmlich damit brüsteten, und sie wollte jede peinliche

Situation vermeiden. Louisa schien sehr froh zu sein, daß sie und Rupe so viel Zeit miteinander verbrachten, doch Cleo wußte, wo ihr Platz war. Immerhin war sie hier nur die Gouvernante, und die Atmosphäre auf Springfield war auch ohne diesbezügliche Komplikationen schon angespannt genug.

Außerdem hoffte sie, daß Rupe ihr einen Heiratsantrag machen würde. Manchmal, wenn er besonders liebevoll war, spürte sie, daß er kurz davorstand, doch dann zog er sich wieder zurück und benutzte seine Enttäuschung als Vorwand, um seinen Ärger an ihr auszulassen.

»Du hältst mich nur hin«, warf er ihr zornig vor, doch Cleo blieb ruhig.

»Das ist nicht meine Absicht. Vielleicht sollten wir nicht so viel Zeit miteinander verbringen, zu zweit, meine ich.«

»Da hast du allerdings recht«, sagte er, nur um sie zu kränken. »Ich werde ohnehin für ein paar Tage fort sein.«

Sie wollte ihm nicht die Genugtuung geben, nach dem Ziel seiner Reise zu fragen, das sie früher oder später ohnehin von Louisa erfahren würde.

»Auf Jocks Farm findet ein dreitägiges Rennen statt«, erzählte diese dann auch prompt. »Normalerweise fahren wir alle zusammen hin, da es sich um ein großes Ereignis handelt, aber diesmal bleibe ich hier. Meinetwegen soll Victor allein gehen. Ich jedenfalls werde dieser alten Hexe Crossley nicht noch einmal die Gelegenheit geben, mich zu beleidigen.«

Da auch Victor zu Hause blieb, besuchte Rupe das Rennen schließlich allein. Er brach auf, ohne sich von Cleo verabschiedet zu haben.

Sie war enttäuscht. Rennveranstaltungen auf dem Land boten beste Unterhaltung. Wenn sich Louisa nicht derart über Mrs. Crossley aufgeregt hätte, wären sie gemeinsam hingefahren. Sie wünschte Rupe eine erdenklich schlechte Zeit, was jedoch ziemlich unwahrscheinlich schien. Schließlich strömten gewöhnlich unverheiratete Mädchen aus dem ganzen Bezirk zu derartigen Veranstaltungen, und Rupe würde bestimmt voll auf seine Kosten kommen.

Doch Cleo schüttelte ihre Sorge wie immer ab. Rupe war hinter ihr her, soviel war klar. Nun wollte sie sehen, ob es ihm um mehr als nur um Sex ging.

Die Walkers waren mit den gleichen komplizierten Erwerbsvorgängen beschäftigt wie die Brodericks, da auch sie den von Jock erschlossenen Riesenbesitz erhalten wollten. Zum Glück stand ihnen ein erfahrener Richter, Jocks Sohn, mit Rat und Tat zur Seite und wachte darüber, daß die gepachteten Grundstücke nach und nach Familienmitgliedern und langjährigen, treuen Dienstboten übertragen wurden.

Alle Mitarbeiter des Landministeriums, vom Abteilungsleiter bis hinunter zum jüngsten Sekretär, kannten schon bald die imposante Erscheinung von Richter Walker und suchten das Weite, sobald sie ihn kommen sahen, da er sie das Fürchten gelehrt hatte.

Zunächst einmal war Richter Walker entsetzt gewesen angesichts der kolossalen Beträge, die aus seinem Familienvermögen in die Kassen der Regierung flossen. Jedesmal, wenn er mit dem Gedanken an das viele schöne Geld das Gebäude des Ministeriums betrat, was nicht selten vorkam, geriet er in Rage. Er war nämlich entschlossen, sich von den Mitarbeitern über jeden Morgen und jeden Penny Rechenschaft ablegen zu lassen. Der Richter studierte jede Landkarte sorgfältig, verlangte, daß die offiziellen Kopien in jedem Detail übereinstimmten, und zog oftmals Vermesser hinzu, um sich von ihnen strittige Grenzziehungen bestätigen zu lassen. Walker erwies sich als Meister der Schikane und brüllte Angestellte des Ministeriums nieder, wenn diese sich über die abenteuerliche Form der Grundstücke ausließen, die von der herkömmlichen Vorgehensweise der staatlichen Landvermesser, für gewöhnlich rechteckige Gebiete abzuteilen, weit abwichen. Wie

Austin Broderick kannten auch die Walkers ihr Land wie ihre Westentasche und sorgten dafür, daß jedes Grundstück über einen Zugang zum Wasser verfügte, doch das konnten die Beamten nur ahnen.

Als es an der Zeit war für die ersten Zahlungen, ließ Richter Walker sich nicht mit von einfachen Angestellten erteilten Quittungen abspeisen, sondern verlangte zusätzliche Prüfungen und Bestätigungen aus den oberen Etagen. Dies gab ihm willkommene Gelegenheit, die zuständigen Ministerialbeamten als Räuber und Landesverräter zu beschimpfen.

Während er die Grundstücke nacheinander käuflich erwarb und ausstehende Zahlungen aus Mangel an Bargeld hinauszögerte, wachte er adlergleich über den Rest seiner Ländereien für den Fall, daß ein Siedler daran Interesse bekunden sollte. Daneben behielt er auch die Grundstücke seiner Nachbarn im Auge und verlangte von den Beamten, Dutzende von Landkarten heranzuschaffen, die mit seinem Besitz nicht das geringste zu tun hatten. Sie folgten seiner Aufforderung, da sie mittlerweile gelernt hatten, daß man am besten fuhr, wenn man seine Wünsche tunlichst erfüllte.

Das Interesse des Richters an anderen Besitzungen erwuchs teils aus Pflichtgefühl, teils aus Neugier. Er war begierig zu erfahren, wie es die anderen hielten, wieviel sie sich leisten konnten, bevor es im Portemonnaie weh tat.

So entdeckte er, daß Austin Brodericks eigener Abschnitt vor dessen Tod offiziell erworben worden war und später einige weitere Grundstücke auf Victors und Louisas Namen hinzugekommen waren. Dann gab es da noch einen Abschnitt, der auf Rupes Namen lief, und auch Charlotte war kürzlich als Eigentümerin aufgenommen worden. Desgleichen Fern Broderick, deren Namen er mit grimmiger Befriedigung las. Offensichtlich war Victor inzwischen soweit, auf entfernte Familienmitglieder und Strohmänner zurückgreifen zu müssen, um die neuen Gesetze zu umgehen. Denn was sollte Fern Broderick schon mit einem Stück Weideland anfangen wollen!

Doch der Name Harry Broderick tauchte nirgends auf, und diese Tatsache nagte an ihm. Dieser Idiot von Schwiegersohn besaß einfach kein Verantwortungsgefühl. Obwohl er auf der Liste der Eigentümer der Springfield-Anteile fehlte, hatte er auf eine Anfechtung des Testaments verzichtet.

»Kein Rückgrat«, murmelte der Richter, als er das Landministerium verließ und den Weg zu seinem Club einschlug. Diese Behörde war schlecht für seinen Blutdruck; ein paar Gläser guten Scotchs waren da ein ausgezeichnetes Gegenmittel. Im Club würde er Freunden, die nächste Woche zum Rennen fuhren, einen Bericht für seinen Vater mitgeben. In diesem Jahr würden er und seine Frau nicht dabeisein können, da seine Anwesenheit in Brisbane geboten war, wenn sich die Aufteilung der Farm nach ihren Wünschen gestalten sollte.

Lochearn, die Farm der Walkers, verdankte ihren Namen der schottischen Heimat von Jocks Vorfahren, doch nur wenige konnten ihn richtig aussprechen, und bei Jock hieß sie meist nur ›mein Land‹. Lange Zeit galt es als Witz, sie auch nur so zu nennen. Jeder kannte ›Jocks Land‹, und im Laufe der Jahre war diese Bezeichnung in den allgemeinen Sprachgebrauch übergegangen.

Als Liebhaber von Vollblütern besaß Jock eine private Rennbahn auf der Ebene hinter dem Haus. Anfangs war das Rennen nichts als ein Kräftemessen mit seinen Freunden gewesen, die ihre besten Pferde über die improvisierte Rennstrecke jagten, doch bald wurde es zu einem gesellschaftlichen Ereignis, auf dem sich alljährlich die sich nach etwas Abwechslung sehnenden Bewohner benachbarter Farmen einfanden, um teilzunehmen oder einfach nur zuzuschauen.

Inzwischen hatte sich das Ganze zu einer dreitätigen Renngala ausgeweitet, komplett mit Jockeys, Buchmachern und was sonst noch alles dazugehörte. Auch der Ball am letzten Abend durfte nicht fehlen. Die Koppel neben der mittlerweile hervorragend ausgebauten Rennstrecke verwandelte sich in dieser Zeit in eine Zeltstadt. Harry und Connie wurden hier bei ihrer Ankunft herzlich begrüßt.

Sie machten sich auf den Weg zum Haus, wo die Familie und enge Freunde untergebracht waren, und wurden vor der Tür von Ada Crossley empfangen.

Sie umarmte ihre Nichte Connie und zeigte sich erfreut, daß sie in ihrem Zustand die lange Fahrt so gut überstanden hatte.

»Komm herein, meine Liebe. Ich habe dir das Zimmer nach Westen gegeben, weil es am ruhigsten ist.« Da sie selbst keine Kinder hatte, war sie froh, daß Jock endlich einen Urenkel und sie eine Großnichte oder einen Großneffen zum Lieben und Verwöhnen bekommen sollte.

»Harry, wie geht es dir?« fragte sie mit fester Stimme, als er mit ihrem Gepäck nachgekommen war.

»Sehr gut, Ada, vielen Dank. Und dir?«

»Besser denn je.«

Sie schob Connie in ihr Zimmer, hielt Harry jedoch zurück. »Einen Moment, ich möchte noch mit dir reden. Du siehst bemerkenswert gut aus, junger Mann.«

»Vielen Dank.«

»Das ist kein Kompliment. Es heißt, du habest einen Zusammenbruch erlitten. Ich war nicht darauf gefaßt gewesen, daß du aussiehst wie das blühende Leben.«

Er lachte. »Das macht die Landluft, Ada. Es gibt nichts Besseres.«

»Wie du dir vorstellen kannst, hast du dich mit dieser Abstimmung nicht gerade beliebt gemacht. Aber vorbei ist vorbei. Der Richter ist im übrigen immer noch wütend, daß du

Austins Testament nicht angefochten hast.« Sie wies mit dem Kopf auf das Schlafzimmer. »Wegen Connie.«

Harry seufzte. »Ich kann es nicht jedem recht machen. Das habe ich schmerzlich erfahren müssen.«

Sie nickte. »Das glaube ich gern. Aber du hast dich auf die Seite deiner Mutter gestellt und damit in meinen Augen alles wieder wettgemacht. Du hast wirklich Mut, Harry. Und jetzt geh hinein und kümmere dich um deine Frau.«

Auf diese etwas barsche Art verlieh Ada Crossley ihren Gefühlen Ausdruck. Anders als Charlotte, die erst als Braut in den Bezirk gekommen war, war sie selbst hier aufgewachsen und hatte zeitlebens mit ihrem Bruder um Jocks Aufmerksamkeit wetteifern müssen. Sie erinnerte sich gern daran, wie gut sie bereits mit zwölf Jahren reiten konnte und ihren älteren Bruder bei jeder Gelegenheit geschlagen hatte.

»Sie hat das Herz eines Löwen!« pflegte Jock zu sagen.

Ihre Mutter, eine sanfte Schottin, die sich mehr für Heim und Herd interessierte, war ganz anders gewesen. Sie lebte in der ständigen Angst, Ada könne einen Unfall erleiden, so wild, wie sie ritt.

»Clarrie lernt fleißig, aber das Mädchen ist ein rechter Wildfang«, beklagte sie sich bei Jock. »Sie sollte nicht bei der Geburt von Schafen zusehen und das Gerede der Scherer mit anhören. Wir sollten sie in ein Internat geben.«

Doch Ada weigerte sich, und Jock ebenso. Die Ausbildung seines Sohnes war ihm wichtiger.

Clarrie verließ sein Zuhause und kam fortan nur noch in den Ferien heim. Er wurde ein angesehener Richter, und alle waren stolz auf ihn. Zu spät begriff Ada, daß ihre Mutter recht gehabt hatte. Sie lebte in der rauhen Welt des Busches, während ihr Bruder Mitglied der eleganten Gesellschaft von Brisbane war. Dank des Familienvermögens hatte er sogar mit seiner Braut eine Reise nach Europa unternehmen können, während sie, Ada Crossley, nie von zu Hause weggekommen war.

Mit einunddreißig heiratete sie gegen den Willen ihrer Mutter einen Scherer, einen hoffnungslosen Trinker, der ins Herrenhaus einzog und sich benahm, als sei es sein eigenes.

Eines Abends war er zu weit gegangen. Im Rausch hatte er sich mit einem Gürtel auf Ada gestürzt, doch diese, gestählt durch die Erfahrungen in der rauhen Männerwelt, entwand ihm den Gürtel und schlug zurück. Auf Dauer konnte sie es jedoch nicht mit ihm aufnehmen; seine Fausthiebe und Tritte trafen sie, bis ihr Gesicht von blauen Flecken übersät war und mehrere Rippen gebrochen waren.

Als Ada reglos in der Ecke lag, weinte er und bettelte sie aus lauter Angst um Vergebung an. Danach rannte er um sein Leben, zu Recht, denn Jock verfolgte ihn mit einem Gewehr. Der Rest der Geschichte blieb im Dunkeln.

Es hieß, er habe sich ein Pferd geschnappt und sei nach Springfield geritten, um dort Zuflucht zu suchen. Alle Männer von Lochearn waren ihm auf den Fersen. Man erzählte sich auch, er sei bei einem Sturz vom Pferd umgekommen, als er auf Broderick-Land über eine ausgetrocknete Wasserrinne springen wollte. Ada jedoch bezweifelte das. Als man seine Leiche fand, wurde sie in einem verschlossenen Sarg nach Lochearn gebracht und dort bestattet. Sie durfte ihren Mann nicht noch einmal sehen, wollte es auch gar nicht.

Kurz darauf legten Austin Broderick und Jock ihren Streit, den sie über ein herrliches Stück Weideland geführt hatten, sang- und klanglos bei. Austin erhielt das Grundstück ohne weiteren Protest zugesprochen.

Was sollte sie davon halten? Sie war überzeugt, daß sich Austin und ihr Vater um den Mann gekümmert hatten, der sie beinahe getötet hätte; mehr wollte sie gar nicht wissen. Zum Glück war sie ihn los.

Nun dachte sie über Charlottes Situation nach. Da sie forscher als diese war und es mit einem Mann zu tun hatte, der nicht ihr über alles geliebter Gatte, sondern nur ihr Vater war, hatte sie ihn geradeheraus gefragt, welche Stellung sie nach dem Tod ihrer Mutter laut seinem Testament auf der Farm einnehmen würde. Zu ihrer Erleichterung erfuhr sie, daß sie und ihr Bruder Lochearn zu gleichen Teilen erben sollten. Darüber hinaus besaß sie Wohnrecht auf Lebenszeit. Ada hatte immer zu Charlotte aufgesehen, die ihr unter anderem dabei geholfen hatte, nach dem Tod ihrer Mutter in der Gesellschaft Fuß zu fassen. Durch sie lernte sie die Mitarbeit in den Clubs und Vereinigungen der Landfrauen schätzen und begann Frauen und Kinder auf abgelegenen Besitzungen zu unterstützen. Erst dabei wurde ihr bewußt, wie sehr die stille Charlotte anderen Menschen half. Mittlerweile hatte Ada mit dem Segen ihrer Freundin viele soziale Aufgaben übernommen. Sie war Präsidentin mehrerer Organisationen, hatte Listen von fähigen Hebammen aufgestellt, ihr Heim zum Zentrum der Leihbücherei für Damen gemacht und bezahlte aus eigener Tasche eine Krankenschwester, die die Pflege und Ernährung kleiner Kinder überwachte.

Ada galt als Kraftquelle des Bezirks, worauf sie stolz war. Der ungeheure Andrang beim Rennen bot ihr eine weitere Gelegenheit, reine Frauenversammlungen abzuhalten, bei denen Probleme besprochen und Lösungen angeboten werden konnten.

Doch sie würde niemals wieder heiraten.

Als sie erfuhr, daß Austin Springfield seinen beiden Söhnen hinterlassen hatte, so daß Charlotte praktisch wie eine Haushälterin in ihrem eigenen Heim leben mußte, geriet sie außer sich. Bevor sie Charlotte besuchen konnte, hatte diese die Farm bereits verlassen. Die restlichen Informationen erhielt sie von ihrem Bruder, Richter Walker, und betrachtete die Haltung von Victor und Rupe Broderick fortan als verachtenswert.

Gewöhnlich waren die Brodericks als Nachbarn und enge Freunde gerngesehene Gäste auf Lochearn. Als Ada nun

Rupe, den weithin bekannten Schürzenjäger, auf das Haus zukommen sah, ging sie ihm sofort entgegen. Eigentlich wollte sie ihn von ihrem Grund und Boden weisen, was jedoch Aufsehen erregt und ihren Vater vermutlich verärgert hätte. Also begrüßte sie ihn statt dessen kühl und abweisend. »Guten Tag, Rupe. Sind Victor und Louisa auch mitgekommen?«

»Nein, sie haben sehr viel zu tun.«

Darauf wette ich, dachte sie bei der Erinnerung an ihre letzte Begegnung mit Louisa Broderick.

Sie stieß einen Seufzer aus. »Auch gut. Wir sind dieses Jahr völlig ausgebucht, weil so viele Leute an den Start gehen. Du findest sicher ein Bett in der Unterkunft für alleinstehende Männer.«

Diese schroffe Zurückweisung erstaunte Rupe, doch er fuhr sich nur grinsend mit der Hand durch die zerzausten blonden Haare. »Natürlich, vielen Dank. Wissen Sie vielleicht, ob William Pottinger bereits eingetroffen ist?« Unter diesem Vorwand wollte er schon auf die Tür des Hauses zugehen.

»Noch nicht«, beschied ihn Ada.

»Dann passe ich ihn später ab.« Mit erzwungener Lässigkeit schlenderte er davon, den Rucksack über die Schulter geworfen, und gesellte sich zu den Männern in der Unterkunft. Er suchte sich ein Bett aus, gab einem der chinesischen Wäscher seine Kleidung zum Bügeln und trat auf die Veranda hinaus. Dort ließen mehrere seiner Freunde eine Flasche Rum kreisen und begafften die Mädchen, die vor ihren Augen in ihren schönsten Kleidern umherspazierten.

»Eine echte Modenschau, was?« bemerkte er fröhlich. Es störte ihn nicht weiter, daß ihm die Gesellschaft der Walkers versagt worden war. Hier unten würde er sich ohnehin besser amüsieren können.

»Wo ist denn dein Mädchen?« wollten die anderen wissen.

»Welches Mädchen?«

»Komm schon, Rupe, die Gouvernante. Wie ich höre, wirst du allmählich brav.«

»Red keinen Quatsch. Mal sehen, was sich im Zelt so tut.«

Schon bald ließ er sich von der überschäumenden Atmosphäre anstecken. Er flirtete, überprüfte die Reihe der Rennpferde auf mögliche Sieger, trank zuviel, stolperte bei einem lächerlichen Tauziehen umher, wurde beim Barbecue wieder nüchtern und mischte sich beim Rennen unter die Zuschauer, wobei er seine Wettscheine schwenkte.

Rupe amüsierte sich bestens, bis er Harry und Connie in der Menge entdeckte.

Er schwankte auf seinen Bruder zu. »Hat dir der Boß freigegeben?«

Harry ignorierte die hämische Frage. »Wie geht es dir, Rupe?«

»Ganz toll! Hab' schon auf zwei Gewinner gesetzt.«

»Schön für dich. Hast du noch einmal über Charlottes Bitte nachgedacht?«

»Bitte? Ist wohl eher eine Forderung. Brauch' ich nicht. Sie wird schon noch einsehen, daß wir im Recht sind. Du hast es ja auch getan.« Er sah, wie Connie auf ihren Mann zukam und sich im letzten Moment abwandte, um Rupe nicht begegnen zu müssen.

»Connie schmollt noch, was?«

»Treib es nicht zu weit«, knurrte sein Bruder. »Kommt Victor auch?«

»Nein. Hatte keine Zeit. Was interessiert es dich überhaupt?«

»Er hat ein bißchen mehr gesunden Menschenverstand als du, Rupe, und ich möchte erfahren, was er bezüglich unserer Mutter zu unternehmen gedenkt.«

»Wir müssen wegen Charlotte gar nichts unternehmen. Sie ist uns zu Hause jederzeit willkommen.«

Harry hatte genug von ihm. »Wie überaus großzügig von dir. Hoffen wir, daß sie dich hinauswirft, sobald sie wieder da ist.«

»Da kannst du lange warten.«

Verunsichert machte Rupe sich davon. Sein nächstes Pferd verlor, ebenso das folgende. Er unterhielt sich mit zwei Mädchen von der Ballymore-Farm, fand ihre Gesellschaft aber langweilig und schlenderte zurück zum Zelt. Dort stand er untätig herum, das Glas in der Hand. Bestimmt wußten alle, daß man ihm die Männerunterkunft zugewiesen hatte, während sein Bruder im Haus schlief. Er versuchte sich einzureden, daß Harry nur deswegen dort untergebracht sei, weil Connie zur Familie gehörte, doch er wußte sehr wohl, es steckte mehr dahinter. Ada Crossley war ein harter Brocken und hätte sich nicht gescheut, Harry das Haus zu verbieten, wenn sie ihn dort nicht haben wollte.

An diesem Abend saß Rupe mit Freunden inmitten der Zelte und Planwagen am Lagerfeuer. Sie genossen den Abend, doch er selbst konnte ihre Freude nicht teilen. Er vermißte Cleo und beneidete Victor und Louisa, die klugerweise zu Hause geblieben waren. Als sich die laute Fröhlichkeit gelegt hatte und die üblichen Lieder angestimmt wurden, ging er schlafen, vorbei an den funkelnden Lichtern des Hauses. Er bemühte sich, die Tatsache zu verdrängen, daß er sich zum ersten Mal im Leben wirklich einsam fühlte.

Am nächsten Tag kehrte seine Zuversicht zurück. Er hatte beschlossen, Harry und die Zurückweisung durch die Walkers zu ignorieren, da ihm anderenfalls nur der Rückzug nach Springfield geblieben wäre; und so leicht würde er sich nicht geschlagen geben. Er verlegte sich tatkräftig aufs Feiern und umwarb sogar William Pottingers ungelenke Tochter.

Dies schien den Anwalt zu freuen. Er lud ihn zum Tee unter bunten Sonnenschirmen ein. Pottinger schwafelte über den ungeheuren Menschenandrang bei diesem Rennen und wie schön es doch sei, daß sich die jungen Leute so prächtig amüsierten. Er war zu taktvoll, um auf die Probleme der Brodericks einzugehen, und bemerkte nur, daß ihn die Fortschritte freuten, die der freie Erwerb von Springfield-Land mache.

Rupe verstand nicht, worauf Pottinger hinauswollte. Zwar hatten Charlotte und Harry ihre Drohungen, das Testament anzufechten, nicht wahr gemacht, doch Victor wollte die offizielle Vermögensverteilung abwarten, bevor er weitere Ländereien kaufte. Der Anwalt hatte ihnen ein Arbeitskonto eingerichtet, damit die finanziellen Angelegenheiten der Farm weiterlaufen konnten, doch das Bargeld in den Safes war bereits aufgebraucht. Alle anderen Bankkonten und Aktien waren eingefroren, bis die Eigentumsverhältnisse geklärt wären. Es dürfte sich nur noch um Tage handeln, doch konnten die Käufe in der Zwischenzeit unmöglich Fortschritte gemacht haben.

»Wir haben nur die vier Grundstücke gekauft«, sagte Rupe. »Wir halten uns an die Regeln, die Sie uns auferlegt haben. Sobald alles geklärt ist, werden wir mit den Käufen jedoch zügig fortfahren.«

»Ich dachte schon, ihr beide hättet euer eigenes Geld eingesetzt«, erwiderte der Anwalt.

Welches Geld? fragte Rupe im stillen bitter. Austin hatte dafür gesorgt, daß weder Victor noch er eigenes Vermögen besaßen.

»Nein. Wir warten ab, bis das Testament meines Vaters vollstreckt ist.«

»Das ist aber seltsam. Könnte es sein, daß eure Anwälte in Brisbane ohne eure Erlaubnis weitergekauft haben?«

Rupe lachte. »William, solange die kein Geld sehen, rühren die doch keinen Finger.«

»Du solltest besser mit Jock reden. Er hat mir versichert, daß ihr zwei weitere Abschnitte gekauft hättet.«

»Woher will er das wissen?«

»Von Richter Walker. Er weiß über alles Bescheid und erzählte, daß zwei weitere eurer Grundstücke in Eigenbesitz übergegangen seien. Erst letzte Woche.«

Pottinger hielt inne und schlug sich mit der Hand vor den Mund. »Mein Gott, Rupe, euch werden doch wohl keine Siedler durchs Netz geschlüpft sein?«

Rupe machte sich auf die Suche nach Jock. Er fand ihn in den Ställen, niedergeschlagen, da sein bestes Pferd lahmte. Entsprechend war Jock nicht in der Stimmung, sich mit den Problemen von Springfield zu befassen.

»Hör zu, mein Sohn«, sagte er, »wenn der Richter sagt, sie sind verkauft, dann ist es so! Victor hat vermutlich bloß vergessen, es dir zu erzählen. Sieh dir diese Schönheit an! Wie konnte das nur passieren? Sie ist ein Champion, kein Pferd im Staat kann es mit ihr aufnehmen ...«

Er war den Tränen nahe. Rupe ließ ihn in Ruhe und machte sich auf den Weg zur Männerunterkunft, um seine Sachen zu holen. Vergessen waren sein Angebot, Marie Pottinger zum Ball zu begleiten, und die Gewinne, die er bei einem der Buchmacher einkassieren wollte. Er sattelte sein Pferd und verließ Lochearn in dem Moment, als die Rufe der begeisterten Zuschauer den Start des letzten Rennens an diesem Tag anzeigten.

Er traf spät am Abend auf Springfield ein. Victor, Louisa und Cleo spielten in Austins Höhle Karten. Sie sahen ihn überrascht an, da sie ihn nicht so früh zurückerwartet hatten, doch er verlor keine Zeit mit Erklärungen und kam gleich zur Sache.

»Victor, hast du letzte Woche zwei weitere Grundstücke gekauft?«

»Was zum Teufel soll das heißen? Natürlich nicht.«

Rupe ließ sich in einen Sessel fallen. »Jesus, dann haben sich hier Siedler eingeschlichen!«

»Wie? Woher willst du das wissen?« fragte Victor verblüfft.

»Von Jock. Und er hat es vom Richter gehört.«

»Das kann nicht stimmen.«

»Sie behaupten es aber.«

»Jesus, welche Grundstücke denn?«

»Das konnte mir Jock nicht sagen. Er dachte, du hättest sie gekauft.«

»Wie willst du herausfinden, ob es wahr ist?« fragte Louisa.

»Gleich am Montag telegrafiere ich nach Brisbane. Vorher können wir nichts unternehmen. Vermutlich haben sie da bloß etwas mißverstanden.«

»Das würde einem Richter Walker doch nicht passieren«, warf Rupe ein.

»Ihm nicht, aber vielleicht Jock.«

»Wie war das Rennen?« fragte Louisa.

»Mehr Fremde denn je«, entgegnete Rupe. »Ich habe mich aber gut unterhalten, bis dieses Thema aufkam. Die Walkers scheinen zuviel Geld zu haben. Mehr Zelte als im Zirkus, und jeder takelt sich auf, als ginge es nach Ascot. Man fühlt sich gar nicht mehr wie auf einem Landfest, alles viel zu steif. Früher hat es mehr Spaß gemacht.«

»Waren Connie und Harry auch da?« wollte Louisa wissen.

»Ja, aber ich habe sie kaum gesehen. Kann ich etwas zu essen haben? Ich bin schon fast verhungert.«

Cleo sprang auf. »Hannah ist ausgegangen, aber wir können ja mal nachsehen, was die Vorratskammer zu bieten hat. Komm mit.«

Victor zwinkerte seiner Frau zu, als die beiden das Zimmer verließen. »Meinst du, er ist wirklich deshalb nach Hause gekommen? Klingt ein bißchen weit hergeholt.«

Sie lächelte. »Vielleicht hat er Cleo vermißt. Sie waren unzertrennlich, bevor er zu den Walkers geritten ist. Ich hatte mich schon gewundert, weshalb er sie nicht eingeladen hat mitzukommen. War er im Haus untergebracht?«

»Das weiß ich nicht.«

»Victor, hast du eigentlich mit Rupe über die Nebenfarmen gesprochen? Daß er sich dort ein eigenes Heim einrichten könnte?«

Ihr Mann, der offensichtlich nicht allzu erpicht darauf war, sich auf dieses Thema einzulassen, fingerte nervös an den Spielkarten herum, als erwarte er jeden Moment die Rückkehr der anderen beiden. »Das ist nicht mehr möglich, Louisa.«

»Wieso nicht?«

»Weil wir beschlossen haben, die Außenposten zu verkaufen, um Springfield kompakter zu gestalten. Wir müssen den Gürtel enger schnallen.«

»Deinen Vater würde der Schlag treffen!«

»Er mußte sich niemals wirklich mit dem freien Grunderwerb befassen. Die Farmen bringen einen guten Preis, und wir hatten ohnehin immer mehr Land, als wir gebrauchen konnten. Den Luxus der Nebenfarmen können wir uns nicht länger leisten.«

Louisa lehnte sich in ihrem Sessel zurück und sah ihn an. »Und nun? Springfield gehört euch beiden zusammen. Wenn Rupe heiratet, leben zwei Ehefrauen im Haus. Und so wie es aussieht, kann Charlotte jeden Augenblick heimkommen und ihr Wohnrecht beanspruchen.«

»Ich weiß gar nicht, was du hast«, seufzte Victor leise. »Dieses Haus ist riesengroß. Warum sollte hier nicht mehr als eine Frau leben können? Und Cleo wohnt doch bereits hier. Mit Austins Alleinherrschaft ist es endgültig aus und vorbei.«

»Dafür schwingt Charlotte dann wieder das Zepter. Zudem

macht es einen gewissen Unterschied, ob eine Gouvernante hier wohnt oder eine Ehefrau. Warum hast du mich in dem Glauben gelassen, Rupe würde ausziehen?«

Victor legte den Arm um sie. »Es wird alles gut, Liebes, mach dir keine Sorgen. Lassen wir es einfach auf uns zukommen.«

»Das kannst du vielleicht«, murmelte sie. »Ich glaube, Harry hat es von Anfang an richtig gemacht. Er ist ausgezogen und war alle Probleme auf einen Schlag los. Ich weiß nicht, was schlimmer ist: ein Leben mit meiner Schwiegermutter oder deinem kleinen Bruder. Cleo meint, sie könne Rupe bändigen, aber da kennt sie ihn schlecht. Im Grunde verdient sie mein Mitleid.«

»Keineswegs. Er ist nur ein bißchen dickköpfig. Darin kommt er sehr nach Austin.«

»Er hat mit Austin überhaupt nichts gemein!« widersprach Louisa hitzig. »Soweit ich weiß, hat *er* die schwarzen Frauen immerhin respektiert, was man von Rupe weiß Gott nicht behaupten kann. Cleo kann froh sein, daß die Schwarzen nicht mehr da sind.«

Nun wurde Victor wütend. »Woher hast du dieses Geschwätz?«

»Es ist allgemein bekannt, du brauchst also gar nicht so unwissend zu tun. Springfield ist Charlottes Heim, daran kann ich nichts ändern, aber ich will, daß Rupe von hier verschwindet. Du verlangst zuviel von mir. Einer muß gehen, entweder er oder ich.«

»Wenn ich mich nicht irre, hast du so etwas schon mal im Zusammenhang mit meinen Eltern gesagt«, gab er zurück. »Weshalb sagst du nicht einfach, daß du nicht auf Springfield leben willst?«

Mit einer heftigen Armbewegung wischte Louisa die Karten vom Tisch. »Ich habe dich geheiratet, nicht deine ganze verdammte Familie! Dein kostbares Springfield interessiert mich nicht im mindesten, ich will ein eigenes Zuhause haben. Warum kannst du das nicht verstehen?«

Sie stürmte aus dem Zimmer. Victor bückte sich nach den Karten.

Über all den aufregenden Ereignissen rund um ihre Verschwörung – so pflegte Fern ihre Geschäfte zu bezeichnen – waren die beiden Frauen zu guten Freundinnen geworden.

»Und was geschieht jetzt?« fragte sie, als Charlotte in einem bequemen Sessel auf der Vorderveranda Platz genommen hatte. Sie rückte einige Kissen zurecht und ließ sich in ihren Sessel sinken. Sie saß gern bei Sonnenuntergang draußen auf der langgestreckten, gefliesten Veranda und ließ die Welt an sich vorüberziehen.

Charlotte seufzte. »Das weiß ich auch nicht so genau. Ich hoffe nur, ich habe das Richtige getan.«

»Guter Gott, für solche Bedenken ist es jetzt ein bißchen zu spät. Mr. Winters sagte, wir seien nun stolze Besitzerinnen von erstklassigem Weideland. Sind wir jetzt echte Squatter?«

»Wohl kaum. Echte Grasherzöge haben es im Blut. Man kann sich nicht einfach in diese Bruderschaft einkaufen. In den Downs gibt es Leute, die bereits vor Jahren eine Farm gekauft haben, und sie gelten noch immer nicht als vollwertige Mitglieder des Squatteradels.«

Als der Herrgott den Humor verteilte, hatte Charlotte nicht gerade ›Hier‹ geschrien, dachte Fern bei sich.

»Das war nur ein Scherz«, sagte sie beschwichtigend; die Besorgnis ihrer Schwägerin konnte sie aber gut nachfühlen. Immerhin hatte sie einen entscheidenden und darüber hinaus recht bizarren Schritt unternommen, um sich aus ihrer prekären Lage zu befreien. Allerdings hatte sich Fern, die immer ein waches Auge auf wirtschaftliche Entwicklungen hatte, insgeheim damit beruhigt, daß diese Entscheidung ja schließlich nicht unumkehrbar sei. Charlotte gegenüber wollte sie dies jedoch lieber nicht erwähnen, da sie fürchtete, damit deren Entschlossenheit gegenüber den Söhnen ins Wanken zu bringen.

»Du gehörst natürlich bereits zu dieser Elite ...«, sagte sie lächelnd.

»Erinnere mich bitte nicht daran. Kannst du dir vorstellen, daß mich eine dieser schrecklichen Frauen im Hotel als die Herzoginwitwe Mrs. Broderick bezeichnet hat? Ist das nicht furchtbar?«

Fern brach in lautes Gelächter aus. »Ich habe dir doch gesagt, du sollst bei mir einziehen.«

»Vielen Dank, aber ich bleibe doch lieber im Hotel.«

»Als Märtyrerin?«

»Ach was! Aber es ist an sich ganz gemütlich dort, und Victor und Rupe müssen mir den Aufenthalt bezahlen. Da werde ich ihnen doch nicht den Gefallen tun und ausziehen. Sie sollen so richtig schön ins Schwitzen kommen.«

»Das tun sie doch sowieso schon. Aber ich weiß immer noch nicht, was du als nächstes tun willst. Uns gehören jetzt also diese Grundstücke. Wie sollen wir sie verwalten?«

Charlotte sah zum blaßblauen Himmel auf, wo ein Schwarm Ibisse lautlos über die Baumkronen glitt. Die untergehende Sonne tauchte ihre weißen Schwingen in ein rosiges Licht. »Ich habe gründlich darüber nachgedacht. Es gibt mehrere Möglichkeiten. Victor muß seine Tiere von unserem Land holen, damit wir einen eigenen Bestand aufbauen und einen Verwalter einstellen können. Zweifellos wird er uns den Zugang zu den großen Scherschuppen verweigern. Ich könnte mir allerdings vorstellen, daß wir Ada Crossleys Einrichtungen benutzen dürfen.«

»Wer ist das?«

»Jock Walkers Tochter von der Nachbarfarm.«

»Die Schwester des Richters?«

»Genau.«

Unwillkürlich zuckte Fern zusammen. »Ich verstehe.«

Charlotte legte ihr dar, daß sie sich im Grunde nicht von den Siedlern unterschieden, die ein Stück Land von der Regierung erworben hatten, und erklärte detailliert, wie diese ihre Schaffarmen aufbauen würden. Im Vergleich zu Springfield war ihr Besitz winzig, verfügte jedoch über ausgezeichnete Weiden. Bisher hatte Fern die immensen Ausmaße von Austins Farm, die an einigen Stellen fünfzig Meilen breit war, nie richtig erfassen können, und war beeindruckt von Charlottes sachlicher Einschätzung. Sie schien genau zu wissen, wie viele Schafe jede Weide aufnehmen konnte, sprach über die natürliche Erweiterung und Reduzierung ihrer Herden und so viele andere Dinge, daß Fern nicht mehr mitkam.

»Du klingst wie Austin!«

»Er war ja auch ein guter Lehrmeister. Ich war nicht immer nur Hausfrau. Früher waren wir bei Wind und Wetter draußen, kämpften Seite an Seite um die neugeborenen Lämmer und schützten die frisch geschorenen Schafe vor Kälte und Feuchtigkeit. Wir kauften gemeinsam die Zuchtwidder ein und verwöhnten sie wie unsere eigenen Babys. Ein erstklassiges Schaf erkenne ich auf den ersten Blick. Daher ärgere ich mich jetzt auch so, daß Austin mich zu seiner Haushälterin gemacht hat und meine Söhne mich wie einen alten Klepper im Schuppen hinter dem Haus abstellen wollen.«

»Nicht gerade der richtige Platz für eine Herzoginwitwe, was?« fragte Fern augenzwinkernd.

»Ganz und gar nicht«, erwiderte Charlotte ernsthaft. »Im übrigen gibt es einen viel einfacheren Weg, unseren neuen Besitz zu verwalten.« Zum ersten Mal brachte sie ein Lächeln zustande. »Wir verpachten ihn an Springfield.«

Fern seufzte erleichtert. »Wieso hast du das nicht gleich gesagt?«

»Weil ich vermute, daß Victor eine Weile braucht, bis er diese Möglichkeit erkennt und uns, falls überhaupt, ein entsprechendes Angebot unterbreitet. Das bedeutet für mich ein Einkommen und für dich eine Rente. Bis dahin müssen wir nur dann einen neuen Bestand aufbauen, wenn wir es wirklich wollen. Wir haben das Land gekauft, das sollte fürs erste genügen.«

»Ich frage mich, wie sie reagieren, wenn sie es erfahren.«

Charlotte schüttelte den Kopf. »Nicht allzu erfreut, fürchte ich. Ich wünschte, ich würde mich bei dieser Sache wohler fühlen. Sie werden mich hassen.«

»Einen Moment.« Fern verschwand im Haus und kehrte mit einem Tablett zurück, auf dem eine Karaffe und zwei kleine Kristallgläser standen. Sie reichte Charlotte einen Sherry.

»Kein Wort mehr, bis wir einen Schluck von meinem Besten getrunken haben. Du steckst mich schon an mit deiner Nervosität.«

Charlotte kippte die Hälfte in einem Zug hinunter. »Ich habe Victor und Rupe heute geschrieben. Ich möchte nicht, daß sie es von jemand anderem erfahren. Sie sollen nicht als Narren dastehen. Ich habe ihnen erklärt, daß sie mir keine andere Wahl gelassen haben.«

»Oh Gott, ich fürchte, ›nicht allzu erfreut‹ ist die Untertreibung des Jahrhunderts.«

Charlottes Brief traf am gleichen Tag ein, an dem die Brodericks einen Reiter nach Cobbside geschickt hatten, wo er ein Telegramm an die Anwälte in Brisbane aufgeben sollte. Darin erkundigte sich Victor nach kürzlich getätigten Käufen von Springfield-Ländereien.

Als Reiter war Spinner ausgewählt worden, der sich über den freien Tag sehr freute. Man hatte ihn nämlich angewiesen, in der Stadt auf Antwort zu warten.

Allerdings störte ihn die Tatsache, daß er als Schwarzer nicht das Pub betreten durfte, obwohl er auf Springfield wie alle anderen Viehhüter behandelt wurde. Da er inzwischen jedoch voller Stolz den Rang eines bezahlten Arbeiters bekleidete, konnte er einen weißen Viehhüter dazu überreden, ihm im Pub einen Schnaps zu kaufen. Damit ging er in den Park neben dem neuen Rathaus, wo sich die Schwarzen zu versammeln pflegten.

Sie waren neugierig auf seine Heiratspläne, doch er weigerte sich, über dieses Thema zu sprechen.

»Hast du kalte Füße bekommen, Spinner?«

»Ist das Mädchen vielleicht zu schlau für dich?«

»Warum willst du unbedingt auf Springfield bleiben? Der große Boß ist tot, und den anderen bist du egal.«

Jeder in der schwarzen Gemeinschaft mischte sich in fremde Angelegenheiten, und Spinner spielte schon mit dem Gedanken, lieber neben dem Kolonialwarenladen zu warten, der gleichzeitig als Postamt fungierte. Dann spuckte jedoch ein alter Mann seinen Tabak aus und meldete sich zu Wort.

»Vielleicht wartet er auf seine eigenen Leute. Die kommen zurück, oder?«

»Wer sagt das?« knurrte Spinner.

Der alte Kerl nickte, grinste und kratzte sich am Schenkel. »Sie kommen zurück. Ein paar Leute haben es gesehen. Sie haben es gesagt.«

»Was genau haben sie gesehen?«

»Die Emu-Leute haben gesehen, daß Honig verschwindet. Fischfallen. Kleine Lager. Alles auf deinem Land. Du bist kein Schwarzer mehr, sonst würdest du es auch gesehen haben. Da muß jemand sein.«

»Wo? Auf Springfield?«

»Was erzähle ich denn die ganze Zeit? Die Leute wandern umher. Gehen woanders hin. Sehen Zeichen. Da leben Schwarze. Sie bewegen sich. Erst sind sie auf einer Seite vom Fluß, dann auf der anderen.« Er gackerte fröhlich, als er sah, wie verblüfft Spinner wirkte.

»Ach, Unsinn! Wenn dort Schwarze leben würden, wüßte ich Bescheid.« Er kehrte in die Stadt zurück, kaufte sich beim Bäcker eine große Fleischpastete, verschlang sie gleich auf der Hintertreppe des Ladens und ließ sich dabei durch den Kopf gehen, was er soeben erfahren hatte.

Es stimmte, er würde es nicht merken, wenn einheimische oder fremde Aborigines Springfield beträten, doch die Stammesleute würden es wissen. Sie zogen ständig umher, ohne sich um Grenzen zu kümmern, die ohnehin nur für die Weißen galten. Ihnen würde auffallen, wenn Vogeleier in den Nestern fehlten, wenn Nußbäume erst kürzlich geplündert worden wären, wenn ein nackter Fuß Gras niedergetreten hätte. Ihren scharfen Augen entging nichts, daher waren sie auch so gute Fährtenleser. Doch Spinner hatte diese Kunst verlernt, da er sie in seinem neuen Leben nicht brauchte.

Er aß seine Pastete auf und wünschte sich, er könne sich noch eine leisten, weil sie so gut geschmeckt hatte. Sie war mit dicken Fleischstücken gefüllt und troff von Bratensoße. Er leckte sich die Finger und dachte nach. Wenn die Leute deutliche Zeichen im Busch entdeckt hatten, mußte ihre Vermutung stimmen. Was aber hatte das mit ihm zu tun? Wäre Boß Broderick noch am Leben, so hätte er ihm diese Neuigkeiten bereitwillig überbracht, um seine Umsicht unter Beweis zu stellen. Das hätte dem alten Mr. Austin gefallen. Er hätte dem Boß erzählen können, daß er all diese Zeichen selbst bemerkt hatte. Sich als großartigen Kerl darstellen. Doch Victor und Rupe besaßen keinen Draht zu den Schwarzen und konnten vermutlich ganz gut auf ihre Gegenwart verzichten.

Am besten er vergaß die ganze Sache gleich wieder. Nur Moobuluk konnte er nicht ignorieren; doch wenn der Zauberer etwas von ihm wollte, würde er sich mit Sicherheit bei ihm melden. Wäre er zornig, würde er als Dingo mit flammenden Fängen auftauchen. Bisher aber hatte er keinen

Grund, zornig zu sein. Von den kleinen Jungen gab es nach wie vor keine Spur, dessen war Spinner gewiß.

Um kurz vor fünf erhielt er ein Antworttelegramm für Victor Broderick. Er ritt damit rasch durch die Dunkelheit, wobei er verzweifelt an seine Liebste dachte und die Geister anflehte, Moobuluk möge ihn von seinem uneinlösbaren Versprechen entbinden, nach Kindern Ausschau zu halten, die nie zurückkehren würden.

Nioka sah von ihrem Lager aus, wie der Reiter, der in Richtung des Hauses unterwegs war, eine Abkürzung durch den Busch nahm, blieb aber im Verborgenen. Es war Spinner, der ihr ohnehin nicht weiterhelfen konnte. Sie würde bis zu diesem und notfalls auch den nächsten zwanzig Weihnachtsfesten auf die Jungen warten. Sie würden nach Hause kommen, dessen war sie sicher.

Dennoch legte sich ein Hauch von Melancholie über sie, während sich die Tage hinzogen und die Einsamkeit sie wie eine lästige Wespe umsummte. Wie oft sie sie auch zu vertreiben suchte, sie kehrte immer wieder zurück. Die Euphorie der ersten Tage war verflogen. Zunächst hatte es Spaß gemacht, allein die alten Stammesorte aufzusuchen; auch an Nahrung mangelte es ihr nicht. Wie im Rausch war sie durch den unberührten Busch gestreift, hatte ein Lager aufgeschlagen, wo es ihr gefiel, war in die hochgelegenen Wälder gewandert und hatte auf die weiten Grasebenen hinuntergeblickt, bis sie wieder eins wurde mit der natürlichen Schönheit des Landes und seiner Geschöpfe, doch selbst dieses Gefühl von Freiheit und Macht begann nun zu verblassen.

Sicher, die Heimkehr hatte ihr neues Selbstvertrauen geschenkt. In der Fremde war sie nie sie selbst gewesen, obwohl die Horde am See sie freundlich behandelt hatte. Auch Liebe hatte sie dort erfahren, die jedoch vom tragischen Ende ihrer Schwester und der ständigen Sorge um die Jungen überschattet wurde. Nioka zweifelte nicht daran, daß ihre Rückkehr der richtige Schritt gewesen war. Sie gehörte hierher, wo sie eine starke Frau sein konnte, die nicht von Kummer und Unsicherheit gequält wurde.

Andererseits vermißte sie nach Wochen selbstgewählter Einsamkeit allmählich doch andere Menschen. Diese Schwäche vertrug sich natürlich nicht mit ihrem großartigen Plan, allein zu leben, bis die Jungen wiederkehrten. Sie wünschte, die anderen würden ebenfalls heimkommen, doch diese Hoffnung war vergeblich. Die Angst des Clans, weitere Kinder zu verlieren, war einfach zu groß.

Möglicherweise konnte sie sich der Horde anschließen, die auf Jocks Farm lebte. Dort würde man sie bestimmt willkommen heißen. Doch ihre Widerspenstigkeit hielt sie davon ab. Man würde ihr viele Fragen stellen, auch die Weißen würden neugierig werden und wissen wollen, woher sie kam und was aus den anderen Leuten des Clans geworden war. Sie war nicht in der Stimmung, ihnen irgend etwas zu erzählen. Was ihre Leute taten und ließen, ging die Weißen überhaupt nichts an.

Tief im Busch stieß sie auf ein junges Känguruh, das allein umherhüpfte. Seine Mutter war vermutlich tot, vielleicht den Dingos zum Opfer gefallen, und sie drückte es an sich. Nioka war dankbar für die Gesellschaft. Sie flocht einen Beutel aus Schilf, legte das Tierchen hinein, hängte ihn sich über die Schulter und genoß die Wärme des pelzigen Körpers an ihrem Rücken.

Im Antworttelegramm bestätigten die Anwälte den Inhalt von Charlottes Schreiben. Ihre Schwiegertochter freute sich.

»Ich bin ja so erleichtert«, sagte sie zu Cleo. »Die Männer hatten sich schon Sorgen gemacht, daß sich Siedler bei uns eingenistet hätten. Zum Glück haben Charlotte und Fern Broderick die Grundstücke gekauft und dazu beigetragen, die Farm zu erhalten.«

»Das ist schön. Mir sind die Auseinandersetzungen wegen des Testaments natürlich nicht entgangen. Meinen Sie, sie will ihren Söhnen auf diesem Wege ein Friedensangebot unterbreiten?«

»Schon möglich. Es wird ja auch allmählich Zeit. Eigentlich gab es von Anfang an keinen Grund zum Streiten, da Austins Anweisungen sehr deutlich formuliert sind.«

»Da haben Sie wohl recht.« Dennoch hegte Cleo gewisse Vorbehalte bezüglich der Gerechtigkeit dieses Testaments. Sie hatte lange über den Standpunkt der Witwe nachgedacht und konnte sich des Eindrucks nicht erwehren, daß Austin Broderick seine Söhne auf Kosten seiner Frau allzu großzügig bedacht hatte. Was hatte er ihr denn schon hinterlassen? Nur das Recht, im Haus zu leben. Cleo konnte es Charlotte nicht verdenken, daß sie darüber entrüstet war und nun versuchte, einen sichereren Zugriff auf den Besitz zu erhalten. Aber natürlich stand es ihr nicht zu, einen Kommentar dazu abzugeben.

Als die Tageshitze nachließ, unternahm sie mit Teddy einen Spaziergang bis zum Abhang, von dem aus sich ein Blick auf das weite Tal bot.

»Da ist Daddy«, rief der Junge und deutete auf eine Gruppe von Reitern, die die Talsohle durchquerte. Die Reihe der Männer auf den rhythmisch dahintrabenden Tieren wirkte sehr anmutig. Bei genauerem Hinsehen entdeckte Cleo, daß nicht Victor, sondern Rupe die Gruppe anführte. Sie wünschte, sie könnte diesen Anblick auf einem Bild festhalten: die gelassen reitenden Männer, die Silhouetten der Pferde vor den zarten Staubwolken, das vergilbende Wintergras und dahinter das üppige Grün des Gebüschs an den Hängen jenseits des Tales.

»Das dort vorn ist Onkel Rupe«, sagte sie mit Stolz in der Stimme.

»Und da ist mein Daddy, auf dem grauen Pferd.«

Sie spähte wieder in die Ferne. »Stimmt. Sollen wir ihnen entgegengehen?«

»Ja! Ja!« schrie Teddy begeistert und ergriff ihre Hand. »Komm, Cleo, lauf. Sonst sind sie vor uns da.«

Victor erfuhr als erster von der Bestätigung der Anwälte. »Was soll das heißen, es war nur Charlotte?« Er nahm den Hut ab und warf ihn aufs Sofa.

»Und Fern Broderick. Es waren gar keine fremden Siedler.« Gereizt sagte er zu Louisa: »Du redest wirres Zeug. Wer hat was gekauft?«

»Das habe ich dir doch gesagt. Jock Walker hatte recht. Zwei weitere Grundstücke sind jetzt in freien Grundbesitz übergegangen, und zwar jene, die auf Charlotte und Fern eingetragen waren.«

»Wer hat sie bezahlt?«

»Die beiden, nehme ich an.«

»Wo ist Charlottes Brief? Und das Telegramm?«

Er las beides durch, stürmte – darin erinnerte er an Austin – ans Fenster und rief nach Rupe, der gerade mit Cleo aus den Stallungen kam.

»Willst du meine Bilder sehen?« fragte Teddy.

»Jetzt nicht. Geh und sag Rupe, er soll zu mir kommen.«

Der Junge rannte davon. Louisa sah ihren Mann erstaunt an. »Ich dachte, es würde dich freuen.«

»Freuen? Begreifst du denn nicht? Sie haben einen Teil von Springfield gekauft. Er gehört uns nicht mehr!«

»Aber du hast doch selbst gesagt, es stehe lediglich auf dem Papier. Daß dieses ganze Aufteilen von Springfield nur wegen der neuen Gesetze durchgeführt wird ...«

Victor kochte. »Aber bloß dann, wenn wir die Grundstücke selbst erwerben.«

»Was macht es denn für einen Unterschied? Charlotte und Fern gehören doch zur Familie.«

Victor zog Rupe fast über die Schwelle. »Komm rein, los! Würdest du meiner Frau bitte erklären, wie es für uns aussieht, wenn Charlotte das Grundstück gekauft hat, das wir ihr auf der Käuferliste zugeteilt haben?«

Rupe lachte. »Das kann sie gar nicht! Sie hat kein Geld.«

»Oh doch, sie steckt mit Fern unter einer Decke. Sie haben die auf sie eingetragenen Grundstücke gekauft, offensichtlich mit Ferns Geld. Wahrscheinlich hat Mutter sie gegen uns aufgehetzt, um sich an uns zu rächen.« Er gab Rupe Charlottes Brief, der ebenso knapp wie deutlich war und sich auf die nüchternen Tatsachen beschränkte.

Rupe starrte fassungslos darauf. »Das verstehe ich nicht. Wie haben die beiden das geschafft?«

»Ganz einfach. Wir haben die Ansprüche auf ihre Namen angemeldet, und das haben sie ausgenutzt. Sie haben diese Grundstücke erworben und beanspruchen nun die Eigentumsrechte daran.«

»Das wollten wir doch ohnehin.«

Victor explodierte. »Wieso kapiert das denn keiner von euch? Wir hätten diese Grundstücke als Eigentümer von Springfield und mit unserem Geld erworben, so wie es ursprünglich geplant war ...«

»Das stimmt, und sie haben uns nun die Mühe abgenommen und Kosten erspart«, fügte Rupe hinzu.

»Du verdammter Dummkopf! Sie haben uns gar nichts erspart. Ihnen gehört ein Abschnitt im Herzen der Farm und einer auf dem Land, das wir verkaufen wollten. In der Mitte von Springfield klafft somit ein Loch.«

Rupe ließ sich in einen Sessel fallen. »Na gut, aber was ist so schlimm daran? Dann wird Charlotte es uns eben wieder überschreiben. Wir haben Vieh auf dem Land stehen.«

Endlich dämmerte es Louisa. »Oh Gott, ihr wolltet ihr keinen Anteil geben, also hat sie sich einen gekauft.«

»Brillante Schlußfolgerung!« meinte Victor sarkastisch.

»Rede nicht in diesem Ton mit mir! Es ist so verdammt kompliziert. Ihr gehört demnach gutes Weideland – und wenn schon? Eure eigene Mutter wird euch doch keine Schwierigkeiten machen wollen.«

»Sie hat unser Land gestohlen!« sagte nun auch Rupe wütend. »Da sie das Testament nicht anfechten konnte, hat sie es sich hinter unserem Rücken erschlichen. Und ist durchaus in der Lage, uns eine Menge Ärger zu bereiten.«

»Wie denn zum Beispiel?« fragte Louisa.

Victor zündete sich einen Stumpen an, den Blick auf Austins Porträt gerichtet. »Zuerst einmal könnte sie oder diese verfluchte Fern das Land verkaufen, wann immer es ihr paßt.«

»Falls wir dem keinen Riegel vorschieben«, sagte Rupe. »Wir werden bestraft, weil Charlotte ihren Willen nicht bekommen hat. Sie könnten verlangen, daß wir unser Vieh von ihrem Land entfernen. Sie können eigene Herden aufbauen. Eine Einzäunung fordern. Verwalter einstellen, die eigene Häuser brauchen.«

»Vergiß Ferns Land«, entgegnete Victor. »Ich mache mir Sorgen um Charlottes Grundstück. Es könnte tatsächlich zu einer Farm innerhalb von Springfield werden. Was aber sollten wir dagegen unternehmen? Wir können sie nicht damit durchkommen lassen.«

Auch beim Abendessen war das Thema allgegenwärtig. Cleo hörte höflich zu, obwohl sie die ganze Sache eher belustigend fand, doch sie behielt ihre Meinung wohlweislich für sich.

Schließlich beschloß man, Victor solle an Charlotte schreiben und seiner Entrüstung darüber Ausdruck verleihen, daß sie ihre gemeinsamen Erwerbspläne für eigene Zwecke ausgenutzt habe.

Er brauchte mehrere Entwürfe, bis er ein Schreiben aufgesetzt hatte, das auch Rupe zufriedenstellte.

Darin teilte Victor seiner Mutter mit, daß sie anscheinend

keine Unterstützung durch ihre Söhne mehr benötige, wo sie sich den Erwerb eines so großen Grundstücks leisten könne. Die Zahlungen an sie würden deshalb umgehend eingestellt. Außerdem wies er darauf hin, daß man ihr den Zugang zu ihrem Grundstück verwehren würde, obgleich er bezweifelte, daß dieses Verbot vor Gericht standhalten würde. Immerhin hatte er das Recht, ihr die Benutzung der Wollschuppen zu untersagen.

Auf Rupes Drängen drohte er weitere drakonische Maßnahmen an, die den Betrieb einer Farm innerhalb Springfields äußerst schwierig gestalten würden.

Zuletzt äußerte er auf Anraten seiner Frau den Wunsch, daß diese unerfreuliche Situation bald ein Ende finden möge. In einem reichlich späten Versuch, sich versöhnlich zu zeigen, entschuldigte er sich für die Mißstimmung, die zwischen ihnen entstanden sei und gab der Hoffnung Ausdruck, daß man von nun an glücklicheren Tagen entgegensehe.

Victor überblickte sehr viel besser als Louisa und Rupe, welche Schwierigkeiten auf sie zukommen konnten, und war überaus nervös. Charlotte war eindeutig auf dem Kriegspfad und erwies sich als durchaus ernst zu nehmende Gegnerin. Rupe hatte ihnen letztlich doch von der Zurückweisung durch Ada Crossley erzählt, was seine Sorge nur noch verstärkte. Im Notfall konnte Charlotte im Bezirk ganz sicher auf größere Unterstützung zählen als sein Bruder und er.

Bevor er den Brief versiegelte, schob er ohne das Wissen der anderen einen kleinen Zettel in den Umschlag.

Teddy vermißt seine Großmutter.

Victor und Jock planten, dem Zuchtwidder der Brodericks einige von Jocks Mutterschafen zuzuführen. Zu Victors Überraschung begleitete Ada Crossley ihren Vater nach Springfield.

Die massige Frau im unförmigen Reitanzug, die sich den großen Hut, der ihr gebräuntes Gesicht beschattete, mit einem

Tuch festgebunden hatte, glitt flink wie ein junges Mädchen von ihrem Vollblüter.

»Wie geht's, Victor? Ich hatte dich eigentlich beim Rennen zu sehen erwartet.«

»Ich hatte zu tun.«

»So ein Pech, es war nämlich ein echtes Spektakel. Weshalb ist Rupe so früh gegangen?«

»Keine Ahnung. Er trifft seine eigenen Entscheidungen. Ich sage Louisa Bescheid, daß du hier bist.«

Er erwartete schon halb, daß Ada ablehnen würde, nach allem, was Louisa ihm über ihre unerfreuliche Begegnung in Cobbside erzählt hatte, doch Ada sagte nichts. Also schickte er einen Viehhüter los, der seiner Frau die Ankunft der Gäste ankündigen sollte.

»Was will sie bloß?« fragte Louisa die Köchin. »In der Stadt behandelt sie mich wie Dreck, und jetzt taucht sie seelenruhig zum Morgentee auf. Eigentlich sollte ich mich indisponiert geben.«

Hannah schüttelte den Kopf. »Das geht nicht. Dann hätte Victor es ihr gleich sagen müssen. Außerdem gibt es gewisse Anstandsregeln, an die man sich halten muß. Ich habe frischen Kuchen gebacken, Sahne gibt es auch dazu. Ich mache noch ein paar von meinen Pikelets, die Jock so gern mit Brombeermarmelade ißt. Keine Bange, ich werde sie richtig verwöhnen.«

Als sie mit Victor und ihrem Vater an der Vorderseite des Hauses entlangging, bemerkte Ada das welke Laub auf dem Kiesweg. Der Zustand des Vorgartens ärgerte sie.

»Du lieber Himmel, seht euch diese armen Rosensträucher an! Victor, sie brauchen dringend Wasser. Und wie die Blumenbeete aussehen! Das sind einjährige Pflanzen, die müssen ausgetauscht werden.«

»Er hat Besseres zu tun«, fuhr Jock sie an.

»Natürlich, es war ja auch Charlottes Garten.«

Victor verstand den versteckten Vorwurf, verkniff sich aber jeglichen Kommentar. Schließlich machte er mit Jock die Geschäfte, nicht mit ihr.

Der Morgentee im sonnigen Frühstückszimmer war köstlich. Louisa bot ihre besten bestickten Tischdecken und Servietten, das Silberbesteck und Charlottes Lieblingsporzellan auf. In Ermangelung frischer Blumen dekorierte sie den Tisch mit Blütenzweigen aus dem Obstgarten und plazierte die verzierte silberne Kuchenetagere in der Mitte.

Als Ada hereinkam, ahnte Louisa sofort, was ihr blühte.

»Ah, diese Kuchenetagere. Ich habe sie immer bewundert. Spielte sogar schon mit dem Gedanken, sie mitgehen zu lassen. Wußtest du, daß der Premierminister sie Austin und Charlotte zum zehnten Hochzeitstag geschenkt hat? Das war vielleicht ein Fest! Erinnerst du dich noch, Jock?«

»Auf Springfield hat es so viele Feste gegeben. Du kannst nicht erwarten, daß ich mich an jedes einzelne erinnere.« Er lachte glucksend, während er Platz nahm. »Vermutlich konnte ich mich nicht mal am nächsten Tag dran erinnern.«

»Wie heißen noch mal diese kleinen Pfannkuchen?« fragte er und lud sich den Teller voll.

»Pikelets«, antwortete Louisa.

»Stimmt. Hannah kennt meine Schwäche für diese Dinger. Reich mir bitte die Marmelade. Die Sahne auch. Man muß sie essen, solange sie heiß sind.«

Im Verlauf der Mahlzeit konnte Louisa erleichtert aufatmen. Sie war dankbar für Hannahs Backkünste und die Diskussionen der Männer über die Vorzüge diverser Merinoschafe. Doch Ada konnte nicht ganz auf ihre Sticheleien verzichten. »Und wann dürfen wir mit Charlotte rechnen?« fragte sie und griff nach einem weiteren Stück Kuchen mit Zuckerguß. Die Frage erfüllte ihren Zweck: Bei Jock fiel der Groschen, er erkannte sein Stichwort.

»Was habe ich da über Charlotte gehört? Eure Mutter kauft euch den Boden unter den Füßen weg? Ganz schön clever, was?«

»Wovon redest du?« fragte Victor kühl.

»Komm mir nicht auf die Tour, mein Junge. Charlotte hat sich ein Stück von Springfield gekauft, wußtest du das nicht?«

»Natürlich, aber das ist weiter kein Problem.«

»Wenn du meinst«, grinste Jock. »Ada, es wird Zeit für uns.«

»In der Tat. Schließlich hast du ihnen jetzt alles weggegessen.« Sie nickte Victor und Louisa zu. »Vielen Dank für diesen bezaubernden Morgen. Wie schön, daß es euch nichts ausmacht, wenn Charlotte nun auch ein Teil gehört. Richtet ihr bitte aus, daß sie sich jederzeit an ihre Nachbarn um Hilfe wenden kann.«

»Sie haben uns ausgelacht«, sagte Louisa zu Victor, nachdem sie weg waren.

Er schüttelte den Kopf. »Jock schon, sie nicht. Ada hat uns den Fehdehandschuh hingeworfen. Du mußt wissen, daß nicht mehr er, sondern sie auf der Farm das Sagen hat. Lochearn ist nach Springfield der größte Besitz in den Downs. Wenn sie es auf uns abgesehen hat, sitzen wir in der Patsche, das weiß sie ganz genau.«

»Was kann sie denn schon tun, außer uns unfreundlich zu behandeln?«

»Uns in die Isolation treiben. Scherer abwerben. Ihnen sagen, daß sie sich entscheiden müssen, entweder bei uns oder bei allen anderen zu arbeiten. Das ist schon vorgekommen. Austin hat vor einigen Jahren einen Squatter boykottiert, der Schafe von Nachbarfarmen gestohlen hatte. Man hat ihn förmlich vertrieben.«

»Das ist aber etwas anderes. Er war immerhin ein Dieb.«

»Mag sein, aber die Squatter bilden eine sehr enge Gemeinschaft. Austin war sehr beliebt, doch wir haben nie darüber nachgedacht, daß Charlotte ebenso großes Ansehen genießt ...«

»Hat Ada Crossley es etwa geschafft, alle gegen uns aufzuhetzen?«

»Nur wenn sie glauben, wir täten Charlotte Unrecht. Ada hat uns heute eine faire Warnung zukommen lassen. Louisa, wir sind in ernsten Schwierigkeiten.«

Er unternahm den Versuch, Rupe soweit zu überzeugen, daß dieser die Situation ernst nahm. »Bevor uns alles entgleitet, sollten wir mit Charlotte einen Waffenstillstand schließen.«

»Wie denn?«

»Wir geben ihrer ursprünglichen Forderung nach. Mehr will sie ja gar nicht. Dann gehört ihr ein Drittel von Springfield. Ich vermute, sie ist zufrieden, wenn sie dem Namen nach Mitbesitzerin ist, und wird uns die Farm führen lassen. Sie fühlt sich einfach ausgeschlossen. Wir müssen ihr nur geben, was sie verlangt, und zwar unter der Bedingung, daß sie uns ihr und Ferns Grundstück überschreibt.«

Rupe goß sich noch einen Whisky ein und betrachtete nachdenklich sein Glas. »Wir geben ihr also ein Drittel und erhalten im Gegenzug ein Zehntel. Ich war nie ein Rechengenie, aber das scheint mir doch ein sehr schlechtes Geschäft zu sein. Da muß sie uns schon etwas mehr anbieten.«

»Was denn zum Beispiel?«

»Laß das doch ihre Sorge sein.«

Ada Crossley verschwendete keine Zeit. Sie verzichtete zwar darauf, Charlotte mitzuteilen, daß sämtliche Freunde sie im Kampf gegen ihre geldgierigen Söhne unterstützen würden, um sie nicht in Verlegenheit zu bringen, aber da ihr das einzige Hotel in Cobbside gehörte, wies sie den Geschäftsführer an, die Viehhüter von Springfield künftig abzuweisen.

Diese Entscheidung stiftete Unruhe in der Stadt, und es kam zu einigen Tätlichkeiten, doch das kümmerte sie nicht. Einige Männer von Springfield wurden wegen Ruhestörung eingesperrt – immerhin war der Friedensrichter Adas Cousin. In mehreren Agrargemeinschaften bildeten sich neue Ausschüsse, in die die Brodericks nicht als Mitglieder aufgenommen wurden. Die Tennisturniere, die gewöhnlich auf Springfield stattfanden, wurden verlegt. Der Metzger und der Pferdepfleger, die beide für Springfield und Lochearn arbeiteten, erklärten übereinstimmend, daß die Arbeit bei Jock sie zu sehr in Anspruch nehme, um noch nach Springfield zu kommen. So ging es immer weiter.

Victor flehte Rupe an, nachzugeben. Er wußte, daß eine gemeinsame Leitung der Farm auch ohne diese zusätzlichen Probleme schwierig genug wäre. Außerdem war ihm der Gedanke gekommen, daß Charlotte ihn Rupe als Boß vorziehen und als Puffer zwischen ihnen beiden fungieren könnte.

Doch Rupe blieb eisern bei seiner Haltung, trat großspuriger auf denn je und sonnte sich in seiner neuen Rolle als Mitglied des Landadels mit eigenem Einkommen.

»Auf die Lokalmatadore können wir doch verzichten. Ich habe beschlossen, einige Freunde aus Brisbane zu einer Wochenendparty einzuladen. Vielleicht bleiben sie auch länger, wenn sie Lust haben. Wir können eine Jagd, einen Angelausflug und eine Dinnerparty für den Samstag organisieren.«

»Das solltest du besser erst mit Louisa abklären.«

»Wieso?«

»Aus Höflichkeit.«

Rupe runzelte die Stirn. »Victor, eines möchte ich ein für allemal klarstellen: Das hier ist mein Zuhause. Ich brauche Louisa nicht um Erlaubnis zu fragen, wenn ich Gäste einladen möchte. Ich entscheide, wen ich wann herbitte. Und wenn Charlotte heimkehrt, gilt das gleiche für sie. Wir haben eine Köchin und mehrere Hausmädchen; es reicht, wenn sie entsprechend instruiert sind.«

»Zum Teufel damit!« schrie Victor und packte Rupe an den Schultern. »Das hier ist auch Louisas Heim, und du behandelst sie gefälligst mit Respekt! Sie führt den Haushalt ...«

Rupe stieß ihn zornig weg. »Versuch nicht, mich zu gängeln, mein Freund. Ich könnte selbst eine Frau herbringen. Und sie wird dann auch nicht um Erlaubnis bitten müssen!«

»Welche Frau? Was soll das heißen? Willst du vielleicht Cleo heiraten?«

Er zuckte die Achseln. »Das habe ich nicht gesagt. Von ihr war gar nicht die Rede.« Beim Hinausgehen sah er sich noch einmal um. »Wie du siehst, wird Louisa vielleicht nicht allzu lange allein regieren.«

Rupe begab sich in den ehemaligen Flügel seines Vaters. Mittlerweile hatten es sich alle angewöhnt, das Billardzimmer zu nutzen, doch er hatte sich das Büro nebenan gesichert, wo er ungestört alte Journale und Bücher durchblättern und sich wichtig fühlen konnte.

Er zündete sich eine Zigarre an und legte die Füße hoch. Er hatte Victor ganz schön auf die Palme gebracht, vor allem mit dem Hinweis auf Charlottes Rückkehr, die bestimmt nicht mehr lange auf sich warten lassen würde, nachdem sie ihr den Unterhalt gestrichen hatten. Wenn er selbst erst mit Cleo verheiratet war, würde es drei Mrs. Brodericks im Haus geben. Sehr zum Unwillen Louisas.

Durchs Fenster sah er einen Schwarm Kraniche, der in Richtung des Flusses zog. Nach der Trockenzeit versammelten sich stets Tausende von Vögeln auf den Wasserläufen von Springfield und boten Gästen einen herrlichen Anblick. Eigentlich müßten jetzt Besucher hier sein, dachte er bei sich.

Seine Familie blickte leider nicht weit genug voraus, sonst wäre allen längst klar geworden, daß eines Tages drei Frauen auf Springfield leben würden. Harry war ausgezogen, doch was war mit ihm? Erwarteten sie, daß er als alter Hagestolz endete?

Rupe war davon überzeugt, daß Louisa der Schlüssel zu seinen Plänen war. Mochte Victor noch so entschlossen sein, eisern zu sparen, um so viel Land wie möglich aus den Fängen von Siedlern zu befreien, für eine Befreiung seines Bruders mußte es auch noch reichen. Rupe mußte über seinen eigenen Witz lachen.

Er wollte nichts als einen anständigen Unterhalt, damit er und seine Frau angemessen reisen konnten, wohin es ihnen gefiel. Rupe sehnte sich nach dem Leben eines Gentleman-Squatter. Er hatte keineswegs die Absicht, den Rest seines Lebens bei seiner unglückseligen Familie zu verbringen und Tag für Tag das gleiche zu tun. Drei Frauen würden ihn diesem Ziel näherbringen. Wenn er Louisa genügend schikanierte, würde sie allein schon aus Eigennutz darauf bestehen, daß Victor ihm und seiner Frau so viel Geld gab, daß sie Springfield verlassen konnten. Ihm stand die Hälfte der Gewinne zu; im Gegensatz zu Charlotte hatte er ein Anrecht auf diese Unterhaltszahlung, egal, ob er nun blieb oder ging.

Und seine Mutter würde es sicher auch begrüßen, wenigstens eine der beiden Frauen los zu sein.

Nein, Victor, diesen Streit wirst du nicht gewinnen, dachte er bei sich. Vielleicht mußt du noch ein paar Grundstückabschnitte mehr verkaufen als erhofft, aber ich bin bald samt Frau und deinem Segen unterwegs.

Charlottes Antwort bestärkte Rupe in der Überzeugung, daß Victor die Probleme allmählich über den Kopf wuchsen. Dieser war im Grunde seines Herzens Farmer, selbst wenn seine Herden Hunderttausende von Tieren umfaßten. Er glaubte noch immer selbst dafür sorgen zu müssen, daß seine Schafe zu jeder Jahreszeit ausreichend Futter und Wasser erhielten, geschoren und geschützt wurden; er wachte über das Weideland wie auch den Anbau der Nutzpflanzen für den Haushalt, das Wohlergehen seiner Zuchtschafe ebenso wie der mehr als hundert Pferde. Was Victor brauchte, war ein ruhiges Leben, das friedvolle Leben eines hingebungsvollen Farmers. Wenn es nach ihm ginge, hätte Charlotte heimkommen, ein Drittel des Besitzes als stille Teilhaberin halten und sich um ihre eigenen Angelegenheiten kümmern können.

Doch drei Frauen im Haus würden ihm diese Ruhe nicht gönnen. Und nun kam Charlotte tatsächlich heim, mehr noch, ihre Antwort enthielt die Warnung, daß die eigentliche Schlacht noch bevorstand.

Sie hatte auf den Brief ihrer Söhne rasch und heftig reagiert. *Ihr vergeßt, daß Ihr in meinem Haus lebt. Ich hoffe, Ihr habt es gut in Ordnung gehalten, denn ich kehre in Kürze heim. Eure Selbstsucht kennt anscheinend keine Grenzen. Ich werde nicht zulassen, daß Ihr meinen Unterhalt streicht. Er wird auch nach meiner Rückkehr weiterlaufen, sonst könnt Ihr Euch darauf gefaßt machen, daß ich als Herrin von Springfield einige Abstriche an Eurer Unterbringung vornehmen werde.*

Louisa zuckte zusammen. »Was meint sie damit?«

»Das weiß Gott allein«, antwortete Rupe. »Vielleicht will sie uns ja in die Arbeiterquartiere abschieben. Du solltest besser wieder ihre Vorhänge hervorholen.«

»Das werde ich nicht tun!«

Victor hatte Wichtigeres im Kopf als die Vorhänge. »Sie kann mit dem Haus tun und lassen, was sie will. Habt ihr den Rest denn nicht gelesen? Sie sagt, sie spiele mit dem Gedanken an den Verkauf ihres Landes, falls es mit uns zu keiner Einigung über ihren Anteil an Springfield komme. Verkauf!«

»Sie blufft doch nur«, sagte Rupe gähnend.

»Hat sie auch geblufft, als sie uns das Land vor der Nase weggeschnappt hat? Es ist eine Sache, wenn es Mutter gehört, aber eine ganz andere, wenn sich nun Fremde darauf breitmachen ... Sie würden praktisch vor unserer Haustür wohnen und Zugang zum Fluß haben.«

»Sie ist doch völlig verrückt geworden!«

Victor kaute nervös an einem Fingernagel. »Ein Grund mehr, sich vor ihr in acht zu nehmen. Wir werden ihren Unterhalt nicht streichen, und wir werden sie hier nach allen Regeln der Kunst willkommen heißen. Louisa, es würde dir nicht weh tun, wenn du ein paar Sachen an ihren ursprünglichen Platz zurückstelltest.«

»Das werde ich nicht tun. Wenn du es so haben willst, dann mußt du es schon selbst tun. Ich habe dieses Haus verschönert, es sieht endlich nicht mehr aus wie ein Museum.«

»Ich bitte dich lediglich um ein wenig Entgegenkommen.«

»Nein, du gibst ihren Drohungen nach. Meinetwegen soll sie dich schikanieren, aber ich lasse es mir nicht gefallen. Zuerst Austin, jetzt sie. Ich persönlich glaube, daß euer allmächtiger Vater dieses ganze verdammte Chaos verursacht hat, weil er immer nur an sich und seinen Riesenbesitz dachte.«

»So groß wie eine englische Grafschaft«, zitierte Rupe grinsend Austins Lieblingsspruch. »Nicht, daß er je eine aus der Nähe gesehen hätte.«

Victor kochte vor Wut. »Haltet endlich den Mund! Austin hat uns einen Besitz hinterlassen, auf den wir stolz sein können, und nun löst er sich vor unseren Augen auf, was euch überhaupt nicht zu stören scheint.«

»Deine Mutter aber auch nicht«, fauchte Louisa. »Wenn sie das Land tatsächlich verkauft, dann aus Rache für Austins Testament. Zeit der Vergeltung, wie die Aborigines sagen. Ich glaube, darauf wollte sie die ganze Zeit hinaus. Warum sonst hätte sie dieses Land gekauft?«

Rupe ließ die beiden allein weiterstreiten, fühlte sich jetzt aber doch ein wenig verunsichert. Zunächst hatte es ihn geärgert, daß sich Charlotte in ihren Besitz eingekauft und Fern

Broderick ebenfalls hineingezogen hatte, doch bei näherer Betrachtung hatte er diese Tatsache gar nicht mehr als so schlimm empfunden. Schließlich konnten sie die Weiden für ein Taschengeld von ihr pachten, so daß ihre Würde keinen Schaden nahm und sie bekämen, was sie wollten. Doch ein Verkauf war ausgeschlossen. Dies war erstklassiges Weideland, dessen Verlust sich in den Profiten niederschlagen würde. Und der Profit war das einzige, das zählte.

Er beschloß, Charlottes Ankunft erst einmal abzuwarten. Wenn sie wirklich die Absicht hatte zu verkaufen, blieb als letzte Lösung, ein ruhiges, klärendes Gespräch zwischen ihr und Harry einzufädeln. Auf ihn würde sie ganz bestimmt hören.

11. KAPITEL

AM SONNTAGNACHMITTAG SASSEN Rupe und einige Viehhüter auf einem hohen Zaun und beobachteten, wie ein Zureiter ein widerspenstiges Wildpferd zu zähmen versuchte. Es war kastanienbraun, auffallend hochgewachsen und wunderschön. Doch es gebärdete sich wie der Teufel und bescherte dem schwarzbärtigen Zureiter eine echte Herausforderung.

Austin hatte immer behauptet, daß Marty Donovans weicher irischer Akzent die Pferde verzaubere, doch an diesem Tag mußte er sich sein Geld sauer verdienen. Das Pferd bäumte sich zornig auf, stampfte mit den Hufen und keilte mit den Hinterbeinen aus, als Marty es fesseln wollte; doch der Zureiter bewies Geduld. Ebenso wie das Tier war er mit Staub und Schweiß bedeckt. Er sprang beiseite, um den gebleckten Zähnen zu entkommen, und wich bis an den Zaun zurück, wobei er ununterbrochen auf den Braunen einredete.

»Komm schon, braver Junge. Ganz langsam, mein Guter. Und was für ein Hübscher du bist ...«

Marty arbeitete sanft; er gehörte zu den wenigen Zureitern, die Austin auf Springfield geduldet hatte. Er setzte seine Peitsche ein, um Lärm zu verursachen, nicht Schmerz. Und wenn er mit der Arbeit fertig war, blieben seine Pferde gezähmt. Bei brutalen Zureitern hingegen, die halbgezähmte Tiere übergaben, verfielen diese, sobald sich eine Gelegenheit ergab, in ihre alten Gewohnheiten zurück.

Marty wahrte Distanz zum Tier, dessen wilde, wachsame Blicke ihn im Auge behielten, während es jetzt, ruhiger geworden, im Kreis trabte. Gelegentlich ließ es sein Temperament an den Zaunlatten aus, wobei die Viehhüter herunterfielen und sich auf allen vieren davonmachen mußten, um den Hufen zu entkommen.

Da sich dieses Verfahren noch eine Weile hinziehen würde, beschloß Rupe, inzwischen nach Cleo zu sehen. Er glitt vom Zaun hinunter und lief den Hügel hinauf zum Haus.

Die Gouvernante saß mit einem Buch auf der schattigen Seitenveranda. Sie trug ein fließendes, weißes Musselinkleid, ein dazu passendes Seidenband hielt die dunklen Locken zusammen. Bei ihrem Anblick machte Rupes Herz einen Sprung; er mußte an sich halten, um nicht auf sie zuzustürmen und sie in seine Arme zu reißen.

Einen Moment schloß er die Augen, als wolle er diese allzu heftigen Gefühle verdrängen. Er begehrte Cleo, doch es ärgerte ihn, sich seine Liebe für sie eingestehen zu müssen. Darüber hinaus fiel es ihm schwer, zwischen sexuellem Verlangen und echter Liebe zu unterscheiden.

Seufzend wandte er sich ab und ging zum Haus.

Rupe duschte, rasierte sich und bürstete sein blondes Haar, das laut Louisa die Schere vertragen hätte. Cleo mochte es jedoch, wenn er es länger trug. Er zog ein frisches Hemd an, enge Moleskin-Hosen, unter denen sich seine kräftigen Schenkel abzeichneten, und kurze Reitstiefel, die eher modisch als praktisch waren. Dann schlenderte er wie zufällig über die Veranda.

»Was liest du da?«

»Dickens. *Die Pickwickier.* Kennst du das Buch?«

»Verschone mich damit. Wir haben dieses Zeug in der Schule lesen müssen. Magst du Dickens wirklich?«

»Ja, du etwa nicht?«

Er wollte die Frage schon bejahen, nur um ihr eine Freude zu machen, doch das ging gegen seine Natur. »Nein, mir war dieses gefühlsduselige Gewäsch einfach zuviel. Wir hielten es für Weiberkram.«

Cleo lachte. »Für einen Haufen wilder Internatsschüler ist es das wohl auch. Was liest du denn gern?«

»Weiß ich nicht mehr. Ich hab' ein paar gute Bücher gelesen, aber mir fällt nicht mehr ein, von wem sie waren. Im übrigen solltest du an einem so schönen Nachmittag nicht hier sitzen. Wie wär's mit einem Spaziergang? Ich zeige dir die Vögel.«

Cleo war sichtlich erfreut. »Wirklich? Hannah sagte, da draußen seien Abertausende von ihnen, doch es sei ziemlich weit weg.«

»Für Hannah schon. Sie findet den Weg von der Küche zur Molkerei schon weit. Wenn wir die Abkürzung durch den Obstgarten nehmen, ist es nur ein Katzensprung. Früher kamen die Vögel viel näher ans Haus, aber sie haben sich zurückgezogen, weil hier so viel Trubel ist.«

»Schön, gehen wir.«

Als sie aufstand, fiel sein Blick auf ihre Schuhe. »Der Fluß geht allmählich zurück, das Ufer dürfte schlammig sein. Vögel mögen Sumpfgebiete, aber du wirst dir deine schönen Schuhe ruinieren.«

»Einen Moment, ich ziehe rasch andere an.«

Im Handumdrehen kehrte sie in schwarzen Stiefeln zurück. Daß sie nicht zu ihrem luftigen Kleid paßten, schien sie nicht weiter zu stören. Rupe gefiel diese Einstellung, zumal er selbst es inzwischen bereute, seine schicken Stiefel angezogen zu haben. Immerhin lohnte es den Einsatz, wenn er Cleo auf diese Weise vom Haus weglotsen konnte. Außerdem war es nicht überall sumpfig; die Wiesen am Fluß waren trocken und vor allem sehr, sehr abgelegen.

In diesem Moment schoß Teddy um die Ecke.

»Cleo, wo gehst du hin?«

»Die Vögel ansehen.«

»Darf ich mitkommen?«

»Nein«, erwiderte Rupe, »lauf zu deiner Mutter.«

»Sie schläft. Bitte, bitte, nehmt mich mit.«

»Natürlich darfst du mit«, sagte Cleo. »Wir machen uns einen schönen Nachmittag.«

Teddy ging so langsam, daß Rupe ihn die meiste Zeit Huckepack tragen mußte. Als sie in Hörweite der gefiederten Besucher waren, setzte er ihn ab. Sie folgten einem Weg, der durch die Büsche auf einen hohen Hügel führte, von dem aus man den Fluß überblicken konnte. Dort suchten Hunderte von Vögeln eifrig nach Futter. Enten segelten über den breiten Fluß, Schnepfen kratzten am Ufer herum, Kraniche pickten anmutig im seichten Wasser. Obwohl die zahllosen Tiere soviel Lärm veranstalteten, wirkte die Szene friedvoll.

Die Stille wurde nur von Teddys aufgeregten Fragen unterbrochen.

»Was machen sie? Was fressen sie da? Warum fliegen sie nicht weg? Wo sind ihre Nester?« Und so ging es immer weiter.

Cleo war beeindruckt von Rupes geduldigen Antworten. »Sie fischen, fressen Insekten oder Pflanzen. Die meisten sind Sommervögel, die aus dem hohen Norden kommen und im Winter zurückfliegen. Sie verstecken ihre Nester in den Büschen.«

Er deutete auf einen Eisvogel, dessen Kopf und Schwingen grün leuchteten. Aufmerksam beobachtete er den Fluß, bereit, jeden Moment herunterzustoßen und sich den ersten Fisch zu schnappen, der sich an die Oberfläche wagte. Teddy stellte noch mehr Fragen, doch irgendwann wurde er es leid und stocherte mit einem Stock im Gebüsch nach Vogelnestern.

»Faß sie nicht an, wenn du welche findest«, warnte ihn Cleo. »Zeig sie uns lieber. Wir warten hier auf dich.«

Rupe ergriff ihren Arm, dann setzten sich beide ins Gras. »Einen Moment, was ist mit mir? Du schenkst Teddy deine ganze Aufmerksamkeit.«

»Ach, du Ärmster«, erwiderte sie belustigt.

Er küßte sie sanft und liebevoll, und Cleo reagierte leidenschaftlich, angeregt von der romantischen Umgebung. Die Nachmittagssonne tauchte die Wolken in ein tiefes Rosa. Cleo glühte vor Liebe.

»Du siehst heute wunderschön aus«, flüsterte Rupe ihr ins Ohr.

»Vielen Dank.« Ihre Stimme war kaum zu hören. Sie wollte den Zauber des Augenblicks nicht zerstören.

Rupe drückte sie an sich, fuhr ihr mit den Lippen sanft über Gesicht und Hals. »Willst du mich heiraten, Cleo?«

»Ja«, hauchte sie atemlos, »ja.«

Er hatte sie tatsächlich gefragt! Dieser Mann würde bald ihr Ehemann sein. Aufgeregt küßten sie einander, rollten durchs Gras, lachten übermütig. Verliebt und bald verheiratet. Er zerzauste ihr Haar, kitzelte sie, strich über ihre Brüste unter dem weichen Musselin. Dann glitt er mit der Hand unter ihr Kleid und berührte ihre warmen Schenkel, doch Cleo hielt seine Hand fest.

»Nein, Rupe, Teddy könnte uns sehen.« Sie setzte sich abrupt auf. »Teddy! Wo ist er eigentlich?«

»Ach, er stochert da drüben mit seinem Stock herum«, sagte Rupe, der sich von seinem Neffen keineswegs beim verliebten Spiel stören lassen wollte.

Doch Cleo war schon aufgesprungen. »Wo?« Sie lief herum und rief nach dem Jungen.

Zögernd erhob sich nun auch Rupe. »Teddy? Wo bist du! Verdammt, er ist in den Busch gelaufen!«

»Er könnte auch unten am Flußufer sein.«

»Nein, dann hätten wir ihn doch gesehen.«

Cleo antwortete nicht. Sie wußte, daß sie ihn keinesfalls gesehen hätte, und bezweifelte stark, daß Rupe dazu in der Lage gewesen wäre. Auch am Ufer war keine Spur von Teddy zu entdecken. Aus den Büschen erklangen Rupes Rufe. Cleo geriet allmählich in Panik. Der Fluß war tief und reißend. Wenn er nun hineingestürzt war? Sie stolperte das Ufer auf und ab und rief unablässig seinen Namen.

»Kein Grund zur Sorge«, schrie Rupe ihr zu, »der kleine Mistkerl hat sich nur verkrochen. Ich finde ihn schon.«

Während er weiter oben suchte, taumelte Cleo hysterisch weinend das schlammige Ufer entlang, wobei sie sich an Ästen und Grasbüscheln festklammerte. Teddy hätte hier leicht ins Wasser fallen können. Ein Stück weiter machte der Fluß eine Biegung und strömte auf die Koppeln in der Nähe des Hauses zu. Cleo lief weiter. Noch immer hörte sie Rupes Stimme aus dem Busch über ihr, die nach seinem Neffen rief.

Schließlich kletterte sie wieder die Uferböschung hinauf, verfing sich dabei in einem Dornbusch und riß ihr Kleid mit einer heftigen Bewegung los. Sie war von oben bis unten mit Schlamm bedeckt.

»Hast du eine Spur von ihm gefunden?« fragte sie beinahe flehend. »Da unten ist er nicht.«

»Nein!« erwiderte Rupe zornig. »Aber er muß hier irgendwo sein.«

Cleo klammerte sich an ihm fest. »Meinst du, er ist in den Fluß gefallen? Es wäre doch immerhin möglich!« Ihre Stimme klang schrill vor Angst.

»Bleib ruhig, Herrgott noch mal! Er weiß sehr gut, daß er nicht an den Fluß darf.«

»Aber wir sind doch selbst mit ihm hergekommen!«

»Ich meinte doch das Wasser! Er weiß, daß er nicht zu nah ans Wasser darf. Lauf zu der Lichtung da drüben, ich komme von der anderen Seite. Er muß irgendwo dort im Gebüsch stecken. Wenn er erst einmal gerodetes Land erreicht, läuft er vermutlich zum Haus zurück.«

Cleo wollte eigentlich noch einmal das Ufer absuchen, hätte Teddy in seinem rotkarierten Hemd jedoch gar nicht übersehen können. Also gehorchte sie und stürzte in den Busch.

Als sie den Pfad erreichte, fing sie an zu laufen. Das wilde Buschland am Fluß war keine halbe Meile breit, und sie hatten die Strecke auf dem Hinweg im Nu zurückgelegt, doch nun kam sie ihr endlos vor.

Als sie endlich aus den Büschen auftauchte, blieb sie keuchend stehen, legte die Hand über die Augen und suchte im Licht der untergehenden Sonne die Koppel ab. Keine Spur von Teddy. Konnte er überhaupt so weit gekommen sein? »Lieber Gott«, schluchzte sie, »ich hoffe es so sehr.«

Rupe folgte ihr auf dem Pfad. Er war wütend und schimpfte wie ein Rohrspatz, doch seine Angst war nicht zu überhören. »Der kleine Mistkerl. Wo kann er bloß stecken? Wir nehmen den anderen Weg, in Richtung der Vögel. Du gehst hier entlang, ich bleibe in Flußnähe. Er muß doch hier irgendwo sein.«

»Und wenn er nun doch in den Fluß gefallen ist?«

»Dann hätte er gerufen, und wir hätten ihn gehört.«

»Nicht, wenn er schon zu weit weg war!« kreischte sie. »Er könnte ertrunken sein!«

Cleo schluchzte unbeherrscht. Rupe packte und schüttelte sie. »Hör auf damit! Deine Tränen bringen uns nicht weiter.« Sie hielt sich am Rande des Buschlandes und machte immer wieder einige Schritte hinein, wobei sie den Signalruf »Kui« ausstieß. Sie hoffte auf eine Antwort, da Teddy stolz war, diesen Ruf zu beherrschen. Nichts. Nachdem sich die Vögel zerstreut hatten, senkte sich tiefe Stille über den Busch.

Rupe setzte seine Suche am hochgelegenen Flußufer fort, von dem aus sie die Vögel beobachtet hatten und wo er Cleo – vor einer Ewigkeit, wie es ihm nun schien – um ihre Hand gebeten hatte. Er verfluchte sich, weil sie Teddy sich selbst überlassen hatten.

Vorsichtig näherte er sich dem Ort, an dem er Teddy das letzte Mal mit seinem Stock gesehen hatte. Er selbst hatte den Zweig von einem Baum abgebrochen, geschält und seinem

Neffen gegeben, der damit wie die Schwarzen herumstöbern konnte. Teddy hatte sich sehr über den Stock gefreut.

Rupes Angst wuchs. Er umkreiste die Stelle, an der er mit Cleo im Gras gelegen hatte, und näherte sich auf Umwegen dem Fluß, wie man es von einem übermütigen Kind zu tun erwarten könnte, das den Erwachsenen einen Streich spielen will.

Dann sah er ihn! Teddys Stock steckte in einer Erdfurche, unmittelbar neben einem steil abfallenden Uferstück.

Rupe rührte ihn nicht an; er beugte sich nieder, um das Ufer zu untersuchen. Ein Grasbüschel, an dem frische Erde haftete, war abgerissen, doch er bewahrte einen klaren Kopf. Das konnte auch Cleo bei ihrer gehetzten Suche gewesen sein.

Aber nein, dazu hätte sie sich im Wasser befinden müssen. Beinahe unwillig richtete er seine Aufmerksamkeit auf den schmalen Schlammstreifen zwischen Fluß und Gras und erkannte die Krallenspuren auf der glatten, glänzenden Oberfläche des Schlamms. Dort war jemand hinuntergerutscht.

Er wollte sich einreden, es seien die Spuren eines Tieres, vielleicht eines Schnabeltieres. Aber ein Schnabeltier hätte Fußspuren hinterlassen, keine Krallenabdrücke. Oder waren es Kratzspuren von Kinderhänden?

Die Wahrheit traf ihn wie ein Schlag, doch er wollte sie sich noch immer nicht eingestehen. Er sprang auf, schrie nach dem Jungen und stürzte dann die Uferböschung entlang. Er lief schneller und sicherer als Cleo, raste um die Biegung und warf sich halb wahnsinnig vor Angst in den Fluß, als könne er den Jungen im wirbelnden Wasser tatsächlich aufspüren.

Die Strömung spülte ihn beinahe bis ans andere Ufer; die Wassermassen rauschten wild über den höhlenartigen Tiefen dahin und schossen ungezügelt auf die sechzig Meilen entfernte Mündung in einen größeren Fluß zu.

Als Rupe nicht zurückkehrte, bekam Cleo Angst. Die untergehende Sonne hatte den Himmel scharlachrot gefärbt und verströmte ihr letztes, unheilvoll wirkendes Licht, bevor sie verschwand. Cleo wartete eine Ewigkeit, rief nach ihm und Teddy, fürchtete sich vor einer Rückkehr in den Busch. Sie rang hilflos die Hände und ging ruhelos auf und ab.

Sie hörte die trauervollen Rufe der Brachvögel und das Kreischen eines Vogelschwarms, der aus den Bäumen aufstieg. Zwei Emus liefen über die Koppel. Alle Vögel kehrten heim, es war schon spät. Sehr spät. Louisa würde wütend sein, denn Teddy hätte eigentlich um fünf Uhr baden sollen.

Alle möglichen Erklärungen für Rupes Ausbleiben schossen ihr durch den Kopf. Er könnte verletzt sein. Könnte Teddy gefunden haben, der transportunfähig war. Vielleicht war der Junge von einer Schlange gebissen worden. Vielleicht ... Sie wußte es nicht und konnte nicht länger warten. Sie mußte Hilfe holen.

Hannah war entsetzt, als Cleo bei Einbruch der Dämmerung völlig aufgelöst und schlammbedeckt in die Küche stürzte. Die Köchin rief nach Victor, doch der war in seinem Büro, und so kam Louisa angelaufen.

»Was ist passiert?« Sie warf einen Blick auf die Gouvernante und schrie los. »Was ist passiert? Sieh dich nur an! Wo ist Teddy? Wie konntest du es wagen, ihn ohne mein Wissen mitzunehmen? Ich habe ihn überall gesucht, bis mir einer der Viehhüter sagte, er hätte dich und Rupe gesehen ...«

Sie hielt inne, als Cleo unter Tränen einige Worte stammelte. »Was ist los? Wo ist Teddy?«

Doch Cleo war zu keiner vernünftigen Antwort fähig.

Louisa versetzte ihr eine Ohrfeige. »Ich will wissen, was passiert ist, sofort! Hör auf zu heulen.«

»Teddy«, wimmerte sie, »wir können ihn nicht finden. Er ist weg. Und Rupe auch. Ihn konnte ich auch nicht mehr finden.«

»Wo ist das passiert?«

»Unten am Fluß. Wir haben uns bloß die Vögel angesehen. Und Teddy ist weggelaufen ...« Sie brach erneut in Tränen aus, doch Louisa hatte genug gehört. Sie lief zur Hintertür und läutete die große Notfallglocke, mit der sie jeden Mann in Hörweite alarmieren konnte.

Als erster kam Victor angelaufen, der die Lage rasch erfaßte und seiner Frau nacheilte, die schon in Richtung Obstgarten gerannt war.

»Warte, Louisa.« Er hielt sie fest. »Ganz ruhig.«

»Sie haben Teddy verloren!« schrie sie. »Laß mich los!«

»Nein, mit Pferden sind wir schneller. Wir brauchen Laternen, es wird bald dunkel.«

Er konnte sie überreden, kurz in der Küche zu warten, und sprach mit den Männern, die sich bereits an der Hintertür versammelt hatten. Cleo hing wie ein Häufchen Elend über dem Tisch.

Louisa trat hinter sie. »Wenn meinem Sohn etwas zugestoßen ist, bringe ich dich um. Hast du mich verstanden?« brüllte sie. »Ich bringe dich um! Was hast du getan? Mit Rupe geschmust? Warum mußtet ihr Teddy unbedingt mitnehmen?«

»Nun mal sachte«, sprach Hannah beruhigend auf sie ein, »alles wird gut. Rupe kümmert sich um Teddy. Cleo hat sich bestimmt nur verlaufen und Angst bekommen. Ich mache Tee.«

Doch Louisa hatte kein Interesse an Tee. Als Victor mit ihrem Pferd auftauchte, sprang sie förmlich in den Sattel und sah angstvoll zum Abendhimmel auf. Sie ritten um den Obstgarten herum und galoppierten hinter dem Trupp Viehhüter über die Koppeln. Rasch näherten sie sich dem Buschgebiet, hinter dem der Fluß lag.

Als sie abstiegen, hatten sich die Männer bereits verteilt. Victor und Louisa liefen zum Pfad, der zum Ufer führte.

Der plötzliche Aufruhr schreckte kleine Tiere in den Büschen auf; Vögel flatterten aufgeregt aus den Baumkronen hoch, als die Männer geräuschvoll in ihr Revier eindrangen.

Teddys Eltern waren dem Wahnsinn nahe. Sie stolperten hilflos am Ufer entlang und riefen nach ihrem Sohn. Ihre Stimmen mischten sich unter die klagenden Rufe der Vögel über den dunklen Fluten.

Victor fand Rupe, der einsam, den Kopf in den Händen vergraben, am Ufer hockte.

Er schrie ihn an und riß ihn grob auf die Füße. »Wo ist Teddy? Was ist passiert? Du bist klatschnaß. Ist er in den Fluß gestürzt? Wo ist er, du Schwein? Hast du ihn hineinfallen lassen?«

»Ich weiß es nicht«, schluchzte Rupe. »Ich kann ihn nicht finden. Ist er nicht nach Hause gekommen?«

»Natürlich nicht, du Idiot! Red keinen Unsinn. Wo ist er?« Victor war derart außer sich, daß er seinen Bruder schüttelte und ohrfeigte, bis Jack Ballard dazwischentrat.

»Ich rede mit ihm, Victor. Kümmere du dich um deine Frau.«

Laternen wurden entzündet. Sie weiteten die Suche auf das gesamte Flußufer bis zum Haus aus und durchkämmten auch die andere Richtung so weit, wie ein Kind zu Fuß hätte laufen können.

Alle wußten, wie unwahrscheinlich es war, daß sich der Junge diesseits des Flusses im Busch verirrt hatte. Der Grüngürtel war zu schmal und wich bald offenem Weideland. Am gegenüberliegenden Ufer dagegen wucherte der Busch wild und ungehemmt. Niemand hatte sich die Mühe gemacht, ihn zu roden, weil es genügend Weiden auf dem Besitz gab. Da der Fluß die größte Gefahr darstellte, konzentrierten sich die Männer auf die Ufer und hielten ängstlich Ausschau nach einem kleinen Körper, der dort angespült worden wäre.

Nachdem Rupe seinen Schock überwunden hatte, schloß er

sich dem Suchtrupp an. Vielleicht war Teddy ja doch nur umhergewandert, müde geworden und irgendwo eingeschlafen. Kinder taten so etwas doch häufig.

Jack Ballard brachte Louisa, die kurz vor einem Zusammenbruch stand, auf Victors Anweisung ins Haus zurück.

»Sie werden ihn finden«, sagte er und schob sie in die Küche. »Die Jungen finden ihn, Louisa. Kommen Sie rein, ich hole Ihnen einen Brandy. Sie zittern ja.«

Cleo wartete voller Angst auf sie. Ihre bange Frage erübrigte sich.

Louisa sank auf einen Stuhl, umklammerte mit zitternden Händen das Brandyglas und trank es in einem Schluck leer.

Als sie wieder zu Atem gekommen war, beugte sie sich über den Tisch und sagte drohend: »Verlaß auf der Stelle mein Haus! Raus!«

Schluchzend sprang Cleo auf und floh aus der Küche.

»Ganz ruhig«, sagte Hannah und legte den Arm um Louisa. »Das arme Mädchen ist schrecklich durcheinander.«

»Durcheinander?« kreischte Louisa. »Sie hat auch allen Grund dazu! Jack, sie kann heute nacht noch bleiben, aber dann will ich sie nicht mehr sehen. Morgen früh bringt jemand sie nach Cobbside. Von dort aus kann sie selber zusehen, wie sie weiterkommt, diese Schlampe!«

Jack nickte. »Gut, ich werde mich darum kümmern. Möchten Sie sich ein bißchen hinlegen? Hannah kocht Ihnen eine schöne Tasse Tee.«

»Nein, ich bleibe hier! Sie gehen zurück, ich warte bei Hannah.«

Sie suchten die ganze Nacht, dehnten das Suchgebiet immer weiter aus, durchkämmten schließlich sogar das Haus und sämtliche Nebengebäude in der schwachen Hoffnung, das Kind könne auf irgendeinem Weg zurückgekehrt sein.

Jack schickte einen Mann zum alten Jock, um einen schwarzen Fährtenleser zu holen, obgleich die Gegend inzwischen vermutlich derart zertrampelt war, daß keine Spuren mehr zu erkennen sein würden.

Jock Walker war entsetzt angesichts dieser Katastrophe und machte sich gleich selbst auf den Weg. Er brachte Simon mit, einen hochgewachsenen Aborigine. »Er ist unser bester Fährtenleser und wird den Jungen finden, sobald es hell ist«, versicherte er.

Die müden Männer fanden sich auf der Farm ein, um etwas zu essen und heißen Tee zu trinken. Sie ruhten sich kurz aus und machten sich bei Tageslicht mit neuer Hoffnung auf die Suche. Nur Rupe blieb zurück; er konnte es nicht mehr ertragen, weiterzusuchen. Man brachte Simon zu ihm; er mußte ihm erklären, wo er den Jungen zuletzt gesehen hatte, und ihn mit Victor zum Fluß begleiten.

Wie Jack erwartet hatte, schüttelte der Fährtenleser beim Anblick der durcheinanderlaufenden Fußspuren von über zwanzig Leuten den Kopf. Er suchte das steile Ufer ab, während Victor und Rupe wie gebannt warteten.

Rupe wußte, daß der Stock noch immer in der Furche steckte, wagte aber nicht, sie darauf aufmerksam zu machen. Am liebsten hätte er ihn gepackt und in den Fluß geworfen, damit er ihn nicht mehr sehen mußte, war aber vor Angst und Schuldgefühlen wie gelähmt.

Simon hockte sich hin und untersuchte sorgfältig den Hügel, auf dem Rupe und Cleo gesessen hatten; glücklicherweise verkniff er sich einen Kommentar. Dann suchte er schrittweise die Büsche und den Boden ab.

»Leider sind die Männer überall gewesen«, sagte Victor.

Simon sah hoch. »Männer sind groß, sehen nur nach oben. Hier liegen Dreckklumpen. Kleine Linien am Boden. Jemand hat mit Stock gegraben, unten in Erde. Wer war das?«

Alle Augen richteten sich auf Rupe. Er krümmte sich innerlich. Jock, Victor und Jack Ballard fixierten ihn, ohne sich der Tragweite dieser Frage bewußt zu sein. Dann wieder Simon:

»Wer hatte Stock zum Graben?«

»Teddy«, flüsterte Rupe. »Er hat damit herumgestochert.«

Simon nickte und machte sich wieder an die Arbeit. Langsam, beinahe unerbittlich, wie es Rupe schien, nahm er die Spuren des Stocks auf. Er drang bei seiner Suche tiefer in den Busch vor, den Abhang hinunter, seufzte bei Hindernissen, bewegte sich aber unentwegt weiter, bis er unten am Ufer auftauchte.

Dort hockte er sich hin und deutete auf etwas.

»Was ist los?« schrie Victor. Der Stock ragte nur etwa dreißig Zentimeter aus der Erde.

Simon bedeutete ihnen stehenzubleiben, während er den Stock Zentimeter für Zentimeter einkreiste, ohne ihn jedoch zu berühren.

Rupe wußte, daß der schwarze Fährtenleser bald das getrocknete Grasbüschel und die Kratzspuren entdecken würde, sofern letztere noch zu sehen waren. Er betete, Simon möge eine andere Schlußfolgerung daraus ziehen, flehte Gott um Hilfe an. Hoffte entgegen aller Wahrscheinlichkeit, daß jemand herbeistürzen und rufen würde, daß man Teddy gefunden habe. Diese Quälerei war einfach unerträglich.

Simon schüttelte traurig den Kopf. Er sah unverwandt aufs Wasser hinaus, bis sein Blick schließlich auf Victor fiel. Er hatte Tränen in den Augen. »Ich denke, Teddy genau hier rein, Boß.«

Die Brodericks waren entsetzt; alle waren entsetzt. Victor ließ den Fluß mit einem Schleppnetz absuchen. Er wollte nicht eher aufgeben, bis sie Teddys Leiche gefunden hätten, doch dies war eine schwierige Aufgabe. Der Fluß steckte voller Baumstümpfe, Stämme und Farnblätter, die vom Hochwasser mitgeschwemmt worden waren und sich in der felsigen Tiefe verfangen hatten. Die Männer durchkämmten das Wasser, während Victor ihnen vom Ufer aus Anweisungen zurief, doch alle wußten, daß die Strömung den kleinen Körper leicht davongetragen haben konnte.

Als Rupe sich an der Suche beteiligen wollte, griff Victor ihn blindlings mit einem Handbeil an, und nur Jack Ballards rasches Eingreifen verhinderte eine weitere Tragödie. Er entriß seinem Boß die Waffe und ließ ihn von zwei Männern festhalten, während er Rupe wegführte.

»Komm schon, geh nach Haus. Du solltest dich besser ausruhen.«

»Oh Gott, es tut mir so leid«, schluchzte Rupe, während Jack ihn auf ein Pferd verfrachtete und über die Koppel führte. »Was soll ich machen? Was kann ich denn sagen?«

Jack wußte darauf auch keine Antwort. Er brachte Rupe in die Personalküche, wo dieser sich zitternd am Herd des chinesischen Kochs niederließ, der für die Verpflegung der Männer zuständig war. Hoffentlich war es Hannah wenigstens gelungen, die bedauernswerte Mutter des Jungen ins Bett zu bringen.

Aber nein, sie saß noch immer völlig erschöpft in der Küche und weigerte sich, ihren Posten zu verlassen.

»Er ist nicht ertrunken, oder?« fragte sie Jack flehend. »Doch nicht Teddy, bitte Jack, sagen Sie, daß es nicht wahr ist. Heute morgen hat er noch mit seiner Eisenbahn gespielt, und ich sagte, daß ihm sein Daddy ein paar Waggons basteln würde. War das heute? Nein, es muß gestern gewesen sein!« Sie fing an zu schreien. »Wie lange ist er jetzt schon verschwunden? Die ganze Nacht allein im Dunkeln!«

Jack wandte sich mit fester Stimme an Hannah. »Bring Mrs. Broderick auf ihr Zimmer, sofort! Sie muß sich hinlegen.«

»Sie will aber nicht!« erklärte Hannah verzweifelt.

»Oh, doch.« Jack ließ nicht mit sich reden. Mit vereinten Kräften schleppten sie Louisa nach oben, doch als sie an Cleos Tür vorbeigingen, kreischte sie erneut los. »Ist sie noch immer hier? Ich will, daß sie verschwindet!«

Jack traf Cleo in ihrem Zimmer an, wo sie nervös zwischen gepackten Koffern saß. »Irgend etwas Neues von Teddy? Ich habe noch nichts gehört, ich werde wahnsinnig hier oben.«

Jack tätschelte ihre Schulter. »Kopf hoch, meine Liebe. Leider gibt es keine guten Nachrichten. Sieht aus, als wäre er ertrunken. Ich sage es Ihnen nur ungern, aber Sie sollten besser von hier fortgehen. Niemand gibt Ihnen die Schuld, die Missus weiß nicht, was sie redet ...«

»Natürlich geben sie mir die Schuld«, weinte Cleo. »Ich werde es mir ja auch nie verzeihen können. Ich werde gehen, Jack, aber ich wünschte, ich könnte Louisa sagen, wie furchtbar leid es mir tut.«

»Dazu würde ich Ihnen im Moment nicht raten«, erwiderte er. »Kommen Sie mit runter, dann überlegen wir gemeinsam, was zu tun ist.«

Er suchte Rupe in der Personalküche auf. »Ich habe eine Aufgabe für dich.«

»Was denn?«

»Louisa ist furchtbar wütend auf Cleo, wir müssen sie von hier wegbringen. Ich kann sie aber nicht allein nach Cobbside schicken, in dieses gottverlassene Kaff. Bring sie bitte nach Toowoomba, such ihr ein anständiges Hotel und sorg dafür, daß sie von da nach Brisbane weiterreisen kann.«

»Wieso ich?« knurrte Rupe. »Willst du mich etwa gleich mit loswerden?«

»Keine schlechte Idee. Du bist immerhin mit ihnen zum Fluß gegangen.«

»Es war ihre Aufgabe, auf Teddy aufzupassen. Ich dachte, sie wüßte, wo er steckt.«

»Du wolltest wissen, wie du helfen kannst. Gegenseitige Beschuldigungen bringen Teddy nicht zurück, und du hast gesehen, in welchem Zustand sich seine Eltern befinden. Laß ihnen Zeit, zur Besinnung zu kommen, Rupe.«

Dieser rührte sich noch immer nicht. Der Koch, der Streit witterte, stahl sich aus der Küche.

»Ich bitte dich doch nur, Cleo nach Toowoomba zu bringen. Das ist doch nicht zuviel verlangt.«

Wäre es nicht um sie gegangen, hätte Rupe bereitwillig die Gelegenheit ergriffen, dieser schrecklichen Situation zu entfliehen. Doch er wollte sie nie wieder sehen oder mit ihr sprechen, da er sich mittlerweile eingeredet hatte, alles sei allein ihre Schuld gewesen. Worüber sollten sie sich auf diesem langen Ritt denn unterhalten? Daß sie Teddy vergessen hatten? Daß er ertrunken war? Schon der Gedanke an eine solche Unterhaltung versetzte ihn in Panik.

Schließlich sagte er: »Du scheinst meine Gefühle nicht zu verstehen. Teddy war mein Neffe. Ich habe ihn auch geliebt.« Er konnte seine Stimme nicht mehr beherrschen und schrie: »Warum läßt du mich nicht einfach in Ruhe!«

»Du willst Cleo also nicht hinbringen?«

»Nein, das werde ich nicht tun.« Er seufzte. »Jock war eben hier. Er sattelt die Pferde und nimmt Simon mit. Ich werde für eine Weile bei ihm bleiben.« Er zuckte hilflos die Achseln. »Wenn sie mich hier schon nicht haben wollen.«

»Ich nehme an, damit muß ich mich zufriedengeben. Aber ich dachte, Cleo sei dein Mädchen.«

Auf dem Rückweg zum Haus stieß Jack auf Spinner. »He, komm mal her! Kennst du die Tirrabee-Farm?«

»Ja, langer Weg. Harry jetzt Boß da.«

»Das stimmt. Ich möchte, daß du dir ein gutes Pferd nimmst, zu Harry reitest und ihm ausrichtest, daß wir ihn hier brauchen.«

Spinner verdrehte die Augen. »Soll ich vom armen Teddy erzählen?«

»Ja, und bring ihn unbedingt mit. Und zwar schnell.«

»Gut, Boß, ich erledige das.«

Da Rupe sich weigerte, Cleo nach Toowoomba zu bringen,

und sie kaum allein dorthin reiten konnte, ließ Jack den Gig vorfahren. Er wies einen Viehhüter an, die Dame nach Cobbside zu bringen. Mehr konnte er nicht für sie tun.

»Gehen Sie ins Pub«, wies er sie an. »Dort wird man sich um Sie kümmern, bis die Kutsche kommt. Brauchen Sie Geld?«

»Nein Jack. Aber ich möchte Rupe sehen, bevor ich fahre.«

»Er ist nicht hier, Cleo. Vermutlich ist er zu Victor hinübergeritten«, log Jack. »Es tut mir wirklich leid, aber unter diesen Umständen sollten Sie ... Louisa Zeit lassen. Sie weiß im Moment einfach nicht, was sie sagt.«

»Oh doch, das weiß sie genau.«

Er brachte sie zum Gig. Es war ein trauriger, einsamer Abschied. Nicht einmal Hannah und die Mädchen kamen heraus, um ihr Lebewohl zu sagen.

»Schicken Sie uns Ihre Adresse«, sagte Jack. »Die Polizei wird Ihre Aussage benötigen.«

Er sah dem Wagen nach, als er den Kiesweg und auf die Straße hinauffuhr, vorbei an der Reihe hoher Kiefern, die Austin vor langer Zeit gepflanzt hatte.

Gut, daß du das nicht mehr miterleben mußtest, Austin, dachte er im stillen. Es hätte dir das Herz gebrochen.

Er hatte seine Pflicht erfüllt, indem er Cleo und Rupe aus der Reichweite der verzweifelten Eltern entfernte. Vor allem Victor war in einer gefährlichen Verfassung. Doch schon bald würden die beiden erklären müssen, was an diesem Sonntagnachmittag geschehen war. Wie es dazu kommen konnte, daß sie Teddy aus den Augen verloren.

Unter den Männern herrschte die Ansicht vor, sie hätten geschmust und den Jungen darüber vergessen.

»Jesus«, murmelte Jack mit einem Blick zum großen Haus hinüber, »was wird passieren, wenn Rupe seinem Bruder in die Hände fällt?« Er hoffte, daß Harry keine Zeit verlieren und umgehend nach Springfield kommen würde.

Dann fiel ihm Charlotte ein.

Teddy war ihr Enkel, sie mußte benachrichtigt werden.

Die Männer kehrten kopfschüttelnd vom Fluß zurück und wurden von der nächsten Schicht abgelöst. Noch immer keine Spur von dem Jungen. Sein Vater war dem Wahnsinn nahe und drohte jeden niederzuschießen, der ans Aufgeben dachte. »Oh Herr, verleih unserem Harry Flügel«, flehte Hannah, die sich mit Jack daran gemacht hatte, ein angemessenes Telegramm an Charlotte aufzusetzen.

»Wie können wir es ihr schonend beibringen?« fragte sie ihn besorgt.

»Ich weiß es nicht. Mit Worten habe ich es nicht so.«

»Ich mußte noch nie ein so schlimmes Telegramm abschikken«, schluchzte Hannah.

»Aber sie muß es erfahren.«

»Mehr als zwölf Wörter kosten Zuschlag.«

»Pfeif auf die Kosten!«

Nach mehreren erfolglosen Versuchen hatte Hannah ihre Botschaft beisammen und übertrug sie auf ein sauberes Stück Papier. *Müssen leider mitteilen, daß Teddy Unfall hatte. Mit freundlichen Grüßen, Hannah.*

Sie sah auf das Blatt herunter. »Mehr kann ich nicht tun. Wir wissen ja nicht, was genau mit ihm geschehen ist.«

»Er ist gewiß ertrunken.«

»Mag sein, aber ich schicke kein Telegramm, wo das drinsteht. Es ist zu grausam. Die arme Frau wird es noch früh genug erfahren.«

Nur Minuten später brach ein Mann mit dem Zettel nach Cobbside auf.

Charlotte erhielt das Telegramm am nächsten Morgen um neun Uhr im Hotel, kurz nachdem das Büro geöffnet hatte. Da Telegramme als Unglücksboten bekannt waren, spitzten ihre neuen Bekannten die Ohren, als sich die Nachricht im

Hotel verbreitete. Die Damen standen besorgt vor ihrer Tür, klopften schließlich leise an und fragten, ob sie etwas für sie tun könnten.

Charlotte saß wie betäubt da, dieses eine Mal dankbar für ihre Anteilnahme.

»Ich muß nach Hause«, rief sie aus. »Meinem Enkel ist etwas zugestoßen. Ein Unfall – was soll das heißen? Es muß schlimmer sein. Sonst würde sie doch nicht schreiben ›müssen leider mitteilen‹. Ich muß sofort nach Hause.«

Sie war völlig aufgelöst und versuchte schluchzend zu pakken. Doch selbst in dieser Lage bewahrte Charlotte Broderick Haltung. Sie war es gewohnt, Befehle zu erteilen, und nun kam ihr diese Fähigkeit zupaß. Eine Dame wurde angewiesen, ihre Koffer zu packen, eine andere ausgeschickt, Fern Broderick zu informieren. Eine dritte buchte für sie eine Zugfahrt erster Klasse im nächsten Zug nach Toowoomba.

Um zwölf Uhr mittags überreichten die Damen ihr einen Picknickkorb für die lange Reise, den sie mit Dank entgegennahm. Auch Fern war da, um sich von ihr zu verabschieden. »Laß mich wissen, was passiert ist. Vielleicht ist es ja gar nicht so schlimm. Dienstboten geraten leicht in Panik. Ich schicke ein Telegramm, damit sie wissen, daß du kommst.«

»Das ist nicht nötig«, erwiderte Charlotte steif. Sie hatte große Angst und fragte sich, weshalb man es Hannah überlassen hatte, sie zu benachrichtigen. Sie kannte die Köchin. Diese Frau geriet nicht so schnell aus der Fassung. Worum es bei diesem Unfall auch immer ging, es mußte schlimm sein.

»Aber dann können sie jemanden nach Toowoomba schikken, um dich abzuholen«, versuchte Fern zu erklären.

»Ich sagte nein. Ich werde in einem Hotel übernachten und eine Kutsche mieten, die mich nach Springfield bringt. Keine Sorge, Fern, ich kenne den Weg nach Hause.«

An diesem Abend erhielt Mrs. Charlotte Broderick, die im Bezirk wohlbekannt war, das beste Zimmer im Hotel Victoria von Toowoomba. Der Wirt, der sich durch ihre Anwesenheit geehrt fühlte, schickte ihr eine erstklassige Mahlzeit aufs Zimmer, die sie jedoch kaum anrührte.

Das gleiche galt für eine junge Frau, die ebenfalls im Hotel wohnte. Cleo Murray war zu erschüttert, um Hunger zu empfinden.

Am nächsten Morgen schleppte sie ihren Koffer zum Bahnhof, wo sie wie ein Häufchen Elend auf den Zug nach Brisbane wartete.

Was war mit Teddy geschehen? Sie kannte noch immer nicht die ganze Wahrheit.

Und was war mit Rupe? Warum war er nicht zu ihr gekommen? Er hätte wenigstens nach ihr sehen können. Wollte er sie etwa nicht mehr heiraten?

Sie wußte es nicht.

Im Zug weinte sie um Teddy und betete für ihn.

Dies tat auch Charlotte. Sie dachte ununterbrochen an ihn, während sie schäumend vor Wut in der Eingangshalle des Hotels saß. Die Kutsche stand wegen einer gebrochenen Achse nicht zur Verfügung. Noch schlimmer war, daß der Hotelbesitzer keinen anderen Fahrer ausfindig machen konnte, da in der Stadt gerade Jahrmarkt war. Natürlich hätte sie Freunde bitten können, sie nach Springfield zu fahren, doch in dieser Situation schien es ihr unpassend, Gäste mitzubringen. Da sie keine Lust hatte, unter Menschen zu gehen, blieb sie im Hotel und weigerte sich hartnäckig, Victor zu benachrichtigen. Statt dessen telegrafierte sie Ada Crossley in Lochearn, schilderte ihr die Situation und bat um Neuigkeiten über Teddys Unfall.

Nur wenige Stunden später erhielt sie Adas knappe Antwort: *Bleib, wo du bist. Ich komme selbst.* Kein Wort von Teddy. Charlotte, die jetzt noch besorgter war als zuvor, blieb nichts anderes übrig, als zu warten. Sie wollte sich einreden, daß Ada es erwähnt hätte, wenn der Junge ernsthaft verletzt gewesen wäre. Aber warum hatte sie dann ihre Frage nach ihm unbeantwortet gelassen? Charlotte machte sich Vorwürfe, ihr Telegramm zu ungenau formuliert zu haben. Es war so schwierig, die richtigen Worte zu finden. Da sie erst am nächsten Tag mit Ada rechnen konnte, verbrachte sie quälende Stunden in ihrem Zimmer, wo sie auf- und ablief und den fröhlich feiernden Jahrmarktsbesuchern draußen lauschte.

12. KAPITEL

BEI DER RÜCKKEHR ins Land am Fluß empfand er Freude und Nostalgie, doch es war keine Heimkehr mehr. Hier waren sein Vater und alle Väter vor ihm zum Mann herangewachsen, hatten die Gesetze geachtet, die der Erde und ihren Geschöpfen zum Schutz dienten. Die Pflichterfüllung bestand in der Bewahrung der Stämme und des Landes und führte gute Männer zu einem spirituellen Bewußtsein, einem tieferen Verstehen der Geheimnisse der Natur. Mit wehmütigem Lächeln erinnerte sich Moobuluk an die aufrichtige Zufriedenheit, die das Leben eines Mannes in dieser Phase erfüllte. Für ihn waren diese Erinnerungen wertvoll, ebenso wertvoll wie seine Schritte, die gezählt waren, und die wenigen Tage, die ihm noch blieben.

Wo immer er auch im vergangenen Jahr hingekommen war, er hatte es wie eine Heimkehr empfunden, da er die Erde so sehr liebte und förmlich nach dem Kontakt zwischen seinen abgehärteten, tastenden Füßen und dem Boden gierte. Vom Land am See bis hin zum wogenden blauen Meer und nach Süden über die Hügel bis zu den Grasebenen, wo er einst ungeheure Entfernungen an einem Tag zurückgelegt hatte, wenn er anderen Clans Botschaften überbrachte, hatte er die Schönheit der Umgebung immer intensiver empfunden.

»Ich war schnell«, verkündete Moobuluk seinem treuen Hund, während er vom Plateau aus auf Springfield hinunterblickte. »Ich konnte rennen wie der Wind. Du vermutlich auch, bevor dich die Falle der Weißen verstümmelt hat.«

Auch der Einfluß der Weißen trug dazu bei, daß sich seine letzte Reise qualvoll gestaltete. Er empfand Trauer bei seinem

Abschied von Familie und Freunden – nicht um seiner selbst willen, sondern wegen ihrer erbarmungswürdigen, verwirrten Gesichter. Er hatte erschütternde Geschichten über Umsiedlungen unmittelbar aus dem Mund der Betroffenen gehört. Er wußte, daß die Schwarzen im Norden Frontlinien gezogen hatten und sich weigerten, weiter vor den Invasoren zurückzuweichen. Moobuluk mußte sie wohl oder übel ihrem Schicksal überlassen. Er konnte ihnen nicht einmal Trost oder ein Körnchen seiner vielgerühmten Weisheit bieten und schämte sich dafür. Er litt sehr unter dem Gefühl, sie im Stich zu lassen. Irgendwo im großartigen Sagenbuch der Natur, das er so gut kannte und respektierte, hätte eine Warnung stecken müssen.

»Vielleicht gab es sie«, gestand er sich demütig ein. »Und ich war zu stolz, um sie zu erkennen.«

Er fragte sich, was die lange verstorbenen Ältesten wohl von dem neuen Zeitalter hielten, das über ihr Land kam. Dem Zeitalter der Trostlosigkeit. Es ging nicht nur um die Zerstreuung der Menschen, nein, Moobuluk dachte voll Trauer an kostbare Vogel- und Tierarten, die aussterben würden, weil sie dem Fortschritt nicht gewachsen waren. Noch nie zuvor in ihrer Geschichte hatten die Stämme eine derartige Umwälzung erlebt.

An diesem Abend saß er unter den Sternen und weigerte sich, die Zeit mit Schlaf zu vergeuden. Er sprach mit den Geistern seines Clans, diskutierte mit ihnen dieses erbärmliche Ende seiner langen Laufbahn in ihren Diensten. Erklärte, daß er nur zu seinem letzten Auftrag hergekommen sei, da er hoffe, das Mädchen Nioka aufzuspüren. Er sprach von ihr als einer guten, starken Frau, bat für sie um Schutz vor den Dämonen der Trübsal, die ihrer Schwester das Leben auf sinnlose, willkürliche Weise geraubt hatten.

Am Morgen erhellten goldene Sonnenstrahlen den grauen Himmel. Moobuluk weinte vor Freude. Was wußte er denn schon von den Tragödien, die Menschen in unermeßlichen Äonen erlitten hatten? Wie konnte er so vermessen sein zu glauben, er könne das Schicksal beeinflussen? Die Geister hatten ihn wegen seines Stolzes gescholten und weil er den Teufeln verlorener Hoffnung keinen Widerstand entgegengesetzt hatte. Auch sie betrauerten das Elend ihrer Rasse, doch Moobuluk hatte von ihnen mehr über die Welt und das endlose Universum gelernt, als er je für möglich gehalten hätte. Wissen, das er nicht mit sich nehmen konnte, doch das war auch nicht nötig. Er zog sich aus der Welt zurück, würde aber nicht in die Gesellschaft der Teufel eingehen, sondern in die Herzen der Männer und Frauen, die ihn verstanden – Wissenden, neben denen er noch für kurze Zeit als Sterblicher weilen durfte.

Moobuluk wäre gern zurückgekehrt, um an den Lagerfeuern zu sitzen und den Menschen Hoffnung zu schenken, ihnen zu sagen, daß er sie und ihre Kinder im Traum hatte lächeln sehen. Das Leben auf der Erde bedeutete Mühsal, wie Sturm und Unwetter, Hochwasser und Hungersnöte. Es ging vorüber. Er spürte neue Energie in sich. Sein Körper fühlte sich geschmeidig und leicht an; unter der glatten, schwarzen Haut zeichneten sich die Muskeln ab, während er mit dem Dingo die Farm erforschte. Er wollte Spinner nach den Kindern fragen, fand ihn aber nicht. Auch keine Spur von den Kindern. Er besuchte das alte Grab des Mannes, der Kelly geheißen hatte. Es war von einem Metallzaun umgeben. Daneben entdeckte er ein zweites Grab, das von Boß Broderick.

Verwirrt wanderte Moobuluk weiter. Nur Victor und seine Missus lebten noch im Haus, zusammen mit den Dienstboten. Die Boß-Missus, die Charlotte hieß, war nicht mehr da, das gleiche galt für Teddy.

»Vermutlich haben sie ihn zur Schule geschickt«, sagte er zu seinem Hund. »Wie unsere Jungen.«

Als er lautlos über das Anwesen glitt, konnte er das Unglück förmlich riechen. Als wäre der Ort von Teufeln besessen. Die Männer arbeiteten nicht, hingen nur untätig herum. Sogar die Pferde, die weiße Männer verstehen wie Dingos die Aborigines, wirkten freudlos und reizbar. Sie wichen ängstlich zurück, als er sich ihnen näherte.

Er ging zum Fluß, wo er schweigende Zwiesprache mit den Vögeln hielt, die er so gut kannte. Er lauschte dem Geplapper der Kakadus, von denen Hunderte wie prächtige, weiße Blüten auf den hohen Ästen thronten.

Dann sah er die Brolgas kommen. Ein riesiger Schwarm, mehr als er je zuvor auf einmal gesehen hatte, und sein Herz war von Freude erfüllt, als sie über ihm kreisten und laut ihre Ankunft verkündeten, als wollten sie alle anderen Vögel warnen: »Platz da! Platz da!«

Hier endete ihre Rückreise aus den fernen Ländern. Sie hatten es nicht eilig, schwebten auf den warmen Luftströmungen herab, machten kehrt, stiegen wieder hoch in den Himmel und glitten auf der unsichtbaren Luftrutsche erneut herunter.

Moobuluk lachte, als er sah, wie die königlichen Vögel mit Eleganz endgültig zur Landung ansetzten. Kleinere Artgenossen flatterten davon; kühnere Kakadus blieben noch da, beäugten sie unsicher, krächzten gereizt und zogen sich dann paarweise ebenfalls zurück.

Ganze Schwärme von Brolgas stelzten auf ihren langen Beinen durchs Wasser und brachen in heisere Schreie aus, die bei weitem nicht so lieblich klangen wie ihr eindringlicher Gesang. Doch nun ging es um die Fortpflanzung, die jeden betraf. Die Geister hatten Moobuluk daran erinnert.

Harry und Spinner waren die ganze Nacht hindurch geritten und hatten unterwegs mehrfach die Pferde gewechselt. Harry war erschüttert, als er von Teddys Tod im Fluß erfuhr. Jack

Ballard, der ihn in den Ställen empfing, warnte ihn, daß weiteres Unheil bevorstand.

»Victor droht, Rupe zu töten.«

»Wieso?«

»Weil er und seine Freundin Teddy mit zum Fluß genommen haben. Ohne es Louisa zu sagen.«

»Wo ist Rupe jetzt?«

»Drüben bei Jock.«

Nachdem Harry die ganze Geschichte gehört hatte, war er den Tränen nahe. »Was hatten sie so weit vom Haus entfernt zu suchen?«

»Sie wollten sich die Vögel ansehen.«

»Ach so«, seufzte Harry. Auch er hatte sich früher stets auf die Rückkehr der Vögel gefreut. »Sind dieses Jahr viele Brolgas gekommen?«

»Ein paar kamen vor einigen Monaten. Vermutlich war es ihnen dort, wo sie herkamen, zu trocken. Aber gestern ist ein großer Schwarm eingetroffen, Hunderte von Tieren.«

»Schön zu hören. Nun, ich gehe besser ins Haus und sehe, was ich tun kann.«

Wie erwartet, fand er Victor und Louisa niedergeschmettert vor. Sie wirkten nicht einmal erstaunt über sein Erscheinen.

»Haben sie ihn inzwischen gefunden?« fragte Victor. »Ich wäre unten geblieben, mußte aber nach Louisa sehen, sie dazu bringen, wenigstens eine Tasse Tee zu trinken. Haben sie auch das andere Ufer abgesucht?«

»Ja, Victor. Es tut mir leid. Es gibt noch keine Neuigkeiten.« Sein Bruder sah mitgenommen und verhärmt aus, die Augen waren rotverweint. »Wenn es nur ein Unfall gewesen wäre, könnte ich damit leben, aber sie waren dabei. Sie haben meinen Jungen mitgenommen ...«

»Dennoch war es ein Unfall«, warf Harry sanft ein.

»Sie sind weg, oder? Rupe und Cleo, meine ich.«

»Ja.«

»Ich will Rupe nie wieder hier sehen, verstehst du? Nie mehr. Das kannst du ihm von mir ausrichten. Und dieses Mädchen sollte sich hier auch nicht mehr blicken lassen, das rate ich ihr.«

Louisa lag in eine Decke gewickelt auf der Couch. Sie schien zu betäubt, um sich an der Unterhaltung zu beteiligen.

Harry setzte sich neben sie und deutete auf ein Tablett, das auf einem Tisch stand. »Die Sandwiches sehen gut aus. Darf ich eins haben?«

Sie antwortete nicht. Er aß ein Sandwich, nahm ein weiteres und brach ein Stück davon ab. »Das ist Hannahs berühmte Käse-Essiggurken-Mischung. Es gibt nichts Besseres. Hier, probier mal.«

Louisa schüttelte den Kopf, doch er zeigte sich beharrlich und steckte ihr winzige Bissen in den Mund, als füttere er einen Vogel. Ihm fehlten die Worte, um sie oder seinen Bruder zu trösten.

Natürlich nahm Ada Rupe bei sich auf; die früheren Streitigkeiten waren vergessen. Angesichts dieser furchtbaren Tragödie benötigte er jede Hilfe, die sie ihm geben konnte. Dennoch mußte sie Jock die naheliegende Frage stellen.

»Was macht er eigentlich hier?«

Nachdem er ihr die Lage erklärt hatte, war sie entsetzt. »Die Armen. Ich nehme an, sie geben Rupe die Schuld.«

Jack nickte. »Das kannst du wohl laut sagen. Victor ist reif fürs Irrenhaus, und Louisa hat die Gouvernante aus dem Haus geworfen. Wir dachten uns, daß Rupe hier sicherer wäre, bis Victor sich etwas beruhigt hat. Sie müssen erst so weit sein, einzusehen, daß solche Dinge eben passieren. Schuldzuweisungen bringen ihnen den Jungen auch nicht zurück.«

»Was ist mit Charlotte? Ist sie benachrichtigt worden?«

»Ich denke schon. Zudem hat Jack Spinner losgeschickt, um Harry zu holen. Er kann die Wogen vielleicht ein bißchen glätten.«

Am nächsten Tag fühlte sich auch Ada unruhig; Rupe, der ziellos durchs Haus wanderte, hatte sie angesteckt.

»Es wird schon gutgehen«, sagte sie zu ihm. »Bei Kindern weiß man nie, sie überstehen die unglaublichsten Dinge. Es hat keinen Sinn, daß du dir die Schuld gibst.«

Seine Antwort kam überraschend. »Das tue ich auch nicht, Victor gibt mir Schuld. Ich bin ebenso erschüttert wie sie. Ich habe Teddy geliebt, hätte alles für den Jungen getan. Ich wollte ihn nicht mit zum Fluß nehmen und sagte, er könne nicht mitkommen. Cleo hat darauf bestanden. Ada, versteh doch, es war gar nicht mein Fehler.«

»Natürlich«, sagte sie, war aber verstört angesichts der Tatsache, daß der junge Mann versuchte, sein eigenes Gewissen zu beruhigen, indem er dem Mädchen die Schuld gab. Diese Haltung mißfiel ihr. Sie hatte Gerüchte gehört, wonach er der Gouvernante schon seit geraumer Zeit schöne Augen machte.

Was immer auch aus ihr werden mag, ohne ihn ist sie besser dran, dachte sie bei sich. Sie beneidete auch Charlotte nicht um den Familienzwist, der durch diese Tragödie nur noch größer geworden war.

Sie machte sich auf die Suche nach Jock. »Du solltest besser Reverend Whiley nach Springfield schicken. Diese Familie hat geistlichen Beistand dringend nötig.«

»Das will ich gern tun. Ein Reiter hat soeben ein Telegramm von Charlotte gebracht. Sie sitzt in Toowoomba fest und fragt nach Neuigkeiten von Teddy. Die Arme muß gerüchteweise etwas erfahren haben.«

Ada befragte Rupe. Er wußte weder, daß seine Mutter in Toowoomba eingetroffen war, noch, ob man sie über Teddys Schicksal informiert hatte. Auch zeigte er keinerlei Erleichterung über ihre Heimkehr. »Sie stiftet höchstens noch mehr Verwirrung«, lautete sein Kommentar.

»Deine Mutter macht sich Sorgen«, knurrte Ada. »Sie weiß offensichtlich, daß etwas nicht stimmt, sonst hätte sie mir nicht telegrafiert. Aber gib dir keine Mühe, ich kümmere mich schon darum.«

Ada besaß eine wunderschöne neue Kutsche, deren Federung es bestens mit den holprigen Straßen aufnehmen würde, und die sich nun endlich auch als nützlich erweisen konnte. Sie gab dem Reiter eine ausweichende Antwort mit auf den Weg, da sie es ebensowenig wie Jack oder Hannah über sich brachte, Charlotte die grausame Wahrheit in einem Telegramm mitzuteilen.

»Ich sollte es ihr besser persönlich beibringen«, erklärte sie Jock.

»Ihr Sohn ist hier. Schick ihn doch rüber.«

»Nie im Leben. Ich möchte lieber nicht wissen, was dieser Tölpel ihr zu sagen imstande wäre. Er soll hierbleiben. Und verrate ihm nicht, wo ich bin. Laß die Pferde einspannen. Charlie soll fahren, er kennt sich mit dem Wagen aus.«

Rupe sah vom Fenster aus, wie seine Gastgeberin nach draußen eilte und in die schicke Kutsche stieg, die er schon beim Rennen bemerkt hatte. Nur wenige Leute besaßen derart elegante Gefährte, selbst die Brodericks gaben sich mit gepolsterten Gigs mit wasserdichten Dächern zufrieden.

Sie mußte ein Vermögen gekostet haben, dachte er und grinste, als er den alten Stallburschen Charlie auf dem Kutschbock sah, der in seiner grünen Livree und der passenden Kappe eher wie ein höfischer Page als wie ein Bushie wirkte. »Hält sich wohl für eine verdammte Herzogin«, murmelte er. Dann ging er in den Salon und blätterte einige Farmermagazine durch. Doch die Realität holte ihn bald wieder ein. Besorgt fragte er sich, ob sie Teddys Leiche bereits gefunden hatten, und suchte die Bilder zu vertreiben, die sich ihm immer wieder aufdrängten – Bilder eines Kindes, das im wirbelnden Wasser umhergeschleudert wurde. Er durfte nicht daran denken, es war einfach zu furchtbar.

Für die Männer war es an der Zeit, wieder an die Arbeit zu gehen. Freiwillige Helfer von anderen Farmen unterstützten sie bei der Suche. Sie hatten den Fluß mehrmals mit Schleppnetzen durchkämmt, und Harry wußte, daß weitere Versuche im Grunde sinnlos waren. Die Ufer waren mit durchweichtem Unrat übersät, den sie zutage gefördert hatten; die schlammbedeckten Gegenstände wirkten geisterhaft. Als der dicke Lehm an den herausgefischten Ästen trocknete, nahmen sie steife, surreale Formen an, die die an sich schon gespenstische Szenerie nur noch verstärkten.

Victor war so durcheinander, daß er kaum wußte, was er tat. Er eilte zum Fluß und schikanierte die Männer, rannte zurück zu Louisa, brüllte die Hausmädchen an, befahl ihnen unablässig, das Haus zu durchsuchen, bis Harry einschritt und ihn mit einigen Gläsern Brandy zu beruhigen suchte.

Louisa sprach nur im Flüsterton und zuckte zusammen, sobald jemand das Wort an sie richtete. Dann zog sie sich in ihr Nest unter der Decke im äußersten Winkel des Ledersofas zurück. Daher war Harry sehr überrascht, als sie ihn plötzlich ansprach.

»Du wirst ihn finden, nicht wahr? Das wirst du doch, oder?« Er stimmte ihr zu, obgleich er nicht wußte, ob sie die Leiche oder das lebende Kind meinte. Warum war er nur hergekommen? Er konnte nichts tun, hatte sich nie zuvor so ohnmächtig gefühlt. Er versuchte, einen Brief an Connie zu schreiben, doch selbst dazu war er nicht in der Lage. Also machte er sich durch den Obstgarten und den ausgetretenen Pfad entlang auf den Weg zum Fluß, wo man Teddy zuletzt gesehen hatte. Früher am Tag hatte er das Grab seines Vaters besucht, still mit dem Hut in der Hand dagestanden und ihm das Versprechen gegeben, er werde in Zukunft öfter nach Springfield kommen. Victor hatte ihm etwas über Charlottes Einmischung berichten wollen, die den Besitz in den Untergang treiben würde, doch die Geschichte klang so verwickelt und absurd, daß Harry sie weder verstand noch sonderlich ernst nahm. Also ließ er seinen Bruder reden, während seine Gedanken abschweiften. Hannah hatte Charlotte telegrafiert, und er zweifelte nicht daran, daß seine Mutter bereits unterwegs war. Er erwartete, jeden Moment von ihr zu hören, da sie ein Transportmittel brauchen würde, um nach Springfield zu gelangen. Er fürchtete sich davor, ihr die schreckliche Nachricht beibringen zu müssen. Erst sehr viel später würde er mit ihr über die Probleme sprechen, die Victor anscheinend solches Kopfzerbrechen bereiteten.

Als Harry sich dem Fluß näherte, schoß ein Dingo aus den Büschen und versperrte ihm den Weg. Das Tier war verkrüppelt, aber von beträchtlicher Größe, so daß Harry vorsichtshalber zurückwich. Gewöhnlich reagierten Dingos nur auf diese Weise, wenn man sie beim Fressen störte. Dann ertönte ein scharfer Pfiff, und der Hund machte ihm zögernd Platz, wobei er mißtrauisch seine Fersen beschnüffelte.

Die Neugier trieb Harry weiter; er wollte gern erfahren, wem das Tier gehörte.

Als er den alten Aborigine vor sich sah, der mit überkreuzten Beinen am Ufer saß, war er gar nicht überrascht. Nur wenige weiße Männer besaßen Dingos.

»Hallo«, grüßte er ihn freundlich und setzte sich neben ihn. »Was machst du hier, Boß?«

»Warten.«

Der Hund legte sich neben seinen Herrn.

»Wann kommt die Horde wieder zurück?« fragte Harry.

Das Haar des alten Mannes war ebenso weiß wie sein zerzauster Bart, das ledrige Gesicht voller Falten. Er schenkte ihm ein zahnloses Grinsen. »Du bist Harry, Boß Brodericks Junge.«

Erst jetzt erkannte er ihn. »Guter Gott, Moobuluk, du alter Halunke! Ich dachte, du wärst schon seit Jahren bei den Sternen.«

Moobuluk nickte erfreut. Harry war der einzige Broderick-Sohn, den er persönlich kannte. Von klein an hatte er sich ständig bei den Schwarzen herumgetrieben, hatte sogar ihre Sprache erlernt, Wissen über die Erde aufgeschnappt, aber nie die Ehrfurcht bezeugt, die die Stammesleute dem Zauberer entgegenbrachten. Eines Tages hatte er sogar erklärt:

»Mein Dad meint, du bist ein Medizinmann.«

Nun glitzerten Moobuluks alte Augen belustigt, als er Harry endlich die Frage stellte, die ihm so lange auf der Zunge gelegen und die er damals aus Stolz nicht gestellt hatte:

»Was ist eigentlich ein Medizinmann?«

Harry sah ihn verwirrt an. Dann fiel ihm die alte Geschichte wieder ein, und er sagte lachend: »Was für ein gutes Gedächtnis du hast! Der Boß hat das über dich gesagt. Ein Medizinmann ist ein Zauberer, ein kluger Mann. Sehr klug. Er heilt die Menschen.«

»Aha.« Die Antwort schien ihn zu erfreuen, doch plötzlich wurde er ernst. »Noch eine Frage. Wo sind unsere Babys?«

»Welche Babys?«

Moobuluk streckte die knotigen Hände aus und zählte langsam an seinen Fingern ab: »Bobbo. Doombie. Jagga. Wo sind sie?«

Harry sah ihn verständnislos an. »Das weiß ich nicht. Sind sie vielleicht mit jemandem auf Wanderschaft gegangen?«

»Nein.« Moobuluk fiel es schwer, dem weißen Mann einzugestehen, daß er ihr Schicksal selbst nicht genau kannte, daß er seine Pflichten gegenüber seiner Familie vernachlässigt hatte. Mit gesenktem Kopf erklärte er Harry die Lage, der offensichtlich keine Ahnung davon hatte, daß der Betmann die Kinder mitgenommen hatte. Das war bezeichnend für die gesamte Situation. Niemand interessierte sich für die kleinen schwarzen Jungen; sie hatten sich nicht einmal die Mühe gemacht, Harry davon zu berichten, der gemeinsam mit ihren Eltern aufgewachsen war.

Mit geduldigem Fragen gelang es Harry, die Geschichte aus ihm herauszuholen. Er half Moobuluk mit englischen Wörtern aus und kramte seine eigenen, fast vergessenen Kenntnisse des Clandialektes hervor. Ihm war durchaus bekannt, daß verschiedene staatliche und religiöse Gruppen Programme durchführten, bei denen schwarze Kinder aus ihren Stammesverbänden herausgerissen und in die weiße Gesellschaft eingegliedert wurden, doch bisher hatten ihn diese Dinge nicht sonderlich interessiert. Er hatte es einfach für richtig gehalten und wurde sich erst jetzt der Leiden bewußt, die diese Vorgehensweise für die Eltern mit sich brachte.

»Es tut mir leid, schrecklich leid.«

Doch Moobuluk war noch nicht fertig. »Leider noch nicht alles. Bobbos Mummy so traurig, hat sich in See gestürzt und ist ertrunken.«

»Minnie?« rief Harry entsetzt aus. Erst dann erinnerte er sich daran, daß die Namen von Toten nicht erwähnt werden durften, und senkte beschämt den Kopf.

»Es tut mir leid«, flüsterte er noch einmal. Moobuluk akzeptierte seine Entschuldigung.

Dann fuhr er fort. »Gabbidgee ist gebrochener Mann, ganz traurig, und Nioka fortgelaufen, wie wahnsinnig. Was haben sie mit Jungen gemacht, Harry? Kommen nie wieder?«

Harry sträubten sich die Haare. Er wußte von der Vergeltung der Aborigines; die Geschichten darüber hatten ihn immer fasziniert. Nachdem Moobuluk ihm sein Herz ausgeschüttet hatte, würde er ihn fragen, ob er etwas über Teddys Verschwinden wußte, das Verschwinden des Jungen, den die Aborigines wie ihre eigenen Kinder liebten.

Bei diesem Gedanken lief ihm ein Schauer über den Rükken, und auch Moobuluks kalter, steter Blick wirkte alles andere als tröstlich. Drei schwarze Kinder in Teddys Alter hatte man aus Springfield entführt, und nun war ihr weißer Spielkamerad ertrunken. Jesus, konnte es sich dabei um ihre Vergeltung handeln? Mit heiserer Stimme wiederholte er seine Frage, die der Alte unbeantwortet gelassen hatte:

»Wo ist der Rest der Horde? Ist einer von ihnen mit dir zurückgekommen?«

Moobuluk sah ihn erstaunt an. »Können nicht zurückkommen. Ich sie weggebracht, damit weißer Mann nicht andere Kinder auch stiehlt. Verstehst du, Harry? Sie mußten gehen.«

»Du lieber Himmel, warum hat mein Vater nichts dagegen unternommen? Oder Victor? Oder meine Mutter? Was haben sie sich nur dabei gedacht?«

»Interessiert keinen. Sind doch nur schwarze Kinder!« stieß der alte Mann hervor.

Harry sprach weiter mit ihm über die Jungen, versprach, nach ihnen zu suchen und sie wenn irgend möglich zurückzubringen. Er war erleichtert zu sehen, daß er Moobuluks Vertrauen allmählich zurückgewann, achtete aber dennoch aufmerksam auf versteckte Hinweise, die möglicherweise auf eine Vergeltung hindeuteten. Harry wußte durchaus, daß Moobuluk in diesem Fall ein ebenso schlauer wie gefährlicher Gegner war, den man im Auge behalten mußte.

Allmählich wurde es spät. »Hast du Hunger?« fragte er den alten Mann. »Ich kann dir etwas zu essen holen, für den Hund auch.«

Moobuluk kramte in einem schmutzigen Beutel und holte gequetschte Beeren heraus, von denen er Harry einige überreichte. Dieser aß sie höflich und unterdrückte ein Würgen. »Gutes Essen«, bemerkte der Alte freundlich.

Dann deutete er zum Fluß hinunter. »Warum fischt ihr ganze Zeit im Wasser?«

Harry rückte näher, ohne das ängstliche Knurren des Dingos zu beachten. »Sie suchen nach Teddy. Er ist in den Fluß gefallen. Er ist ertrunken. Moobuluk, du bist ein weiser Mann«, fügte er eindringlich hinzu. »Kannst du mir etwas darüber sagen?«

Der Alte blinzelte und sah Harry fragend an. »Teddy? Sohn von deinem Bruder? Ist ertrunken?«

»Ja. Sie suchen schon seit Tagen nach seiner Leiche. Mein Bruder, seine Frau, alle ... sind am Boden zerstört.«

Moobuluk machte ein Zeichen, er solle ihm aufhelfen. Erst jetzt wurde Harry klar, wie alt dieser Bursche sein mußte. Seine Beine trugen ihn kaum noch, und als er ein paar wacklige Schritte nach vorn machte, mußte er sich auf seinen Stock stützen. Er blickte den Fluß auf und ab, die Nasenlöcher geweitet, als nehme er eine Witterung auf; seine linke Hand bewegte sich nach vorn, als taste er die Luft nach Informationen ab. Er blieb lange Zeit so stehen und drehte sich dann zu Harry um.

»Kein Tod hier. Kein Tod. Wer hat dir erzählt?«

»Es ist wahr. Er ist tot. Ertrunken. Er hat hier gespielt und ist in den Fluß gefallen.«

»Du ganz unrecht. Nichts hier redet von Tod. Nichts.«

»Wo ist er dann? Wir können ihn nicht finden.«

In diesem Augenblick spürte Moobuluk, daß Nioka heimgekehrt war und sich irgendwo in der Nähe aufhielt. Er schaute über den Fluß ins dunkle Unterholz. Oh ja, ihre Gegenwart war so deutlich wie der Duft der Nachtblumen. Und wenn der Junge weder im Fluß noch bei den Weißen war ... Er sah zum karminroten Himmel hinauf und entdeckte dort ihre dunklen, machtvollen Augen. Er sah auch eine Frau, die beschützt werden mußte. Sie mußte die Familie weiterführen, um sich sammeln, ihr den Weg durch diese seltsame Zeit weisen. Sie war mit ihm verwandt, war klug, wußte, was zu tun war. Nioka durfte kein Unheil zustoßen.

Doch wenn sie dieses Kind gefunden und nicht zurückgegeben hatte, würden die weißen Männer keine Gnade walten lassen. Moobuluk erschauderte. Konnte er als Verräter an seiner Familie in die Traumzeit gehen?

Die Antwort darauf war ebenso beunruhigend wie die Frage selbst. »Was soll das?« quälten ihn innere Stimmen. »Die weißen Männer haben eure Kinder genommen. Drei Kinder. Was macht es, wenn sie eines verlieren? Das ist nicht deine Sache. Wenn du gehst, nimmt Nioka deinen Platz ein. Sie muß lange leben, du darfst dich nicht einmischen.«

Harry flehte ihn an, wollte wissen, ob jemand den Jungen gesehen hatte. Fragte, wann Moobuluk nach Springfield zurückgekehrt sei. Diese Frage drang dem alten Mann wie ein Dorn ins Fleisch, denn die Anspielung tat weh. Er wandte sich ab.

»Geh jetzt. Wir reden morgen.«

»Was ist mit Teddy?«

»Ich muß denken. Wir reden morgen.« Er hockte sich nieder, schloß die Augen und schottete sich gänzlich von der Außenwelt ab.

Verwirrt machte sich Harry auf den Rückweg zum Haus. Der alte Mann mußte senil sein, er war sicher hundert Jahre alt. Andererseits wußten diese alten Burschen viele Dinge, die Harry nicht genau benennen konnte. Wenn Moobuluks Instinkt ihn nun nicht trog, wenn sich tatsächlich kein Todesfall in dieser Gegend ereignet hatte?

»Unmöglich!« murmelte er. Dann fiel ihm ein, daß er ihm Essen angeboten und sein Angebot danach vergessen hatte. Er seufzte. Die Gelegenheit, Näheres zu erfahren, hatte er vertan, indem er Moobuluks Stolz verletzt hatte, als er ihn mißtrauisch nach seiner Rückkehr in die alte Heimat fragte. Es war offensichtlich, daß er eine mögliche Verbindung zu Teddys Verschwinden aufdecken wollte. Dabei hatte Moobuluk ihm unmittelbar zuvor erklärt, daß er dort keinen Tod spüre. Die Suchaktion hatte ihn ganz offensichtlich in Erstaunen versetzt, und er hatte keineswegs schuldbewußt dabei gewirkt.

»Verdammt!« Harry beschloß, diese Begegnung niemandem gegenüber zu erwähnen, um Teddys Eltern nicht noch mehr zu beunruhigen. Victor wußte, wo sich Moobuluk aufhielt; er würde mit dem Taktgefühl eines Elefanten dort einfallen.

Nein, er selbst mußte Moobuluk wieder aufsuchen, zum Zeichen seiner Friedfertigkeit Essen mitbringen, am besten etwas Weiches, dem die zahnlosen Kiefer des alten Mannes gewachsen waren.

Er befragte Hannah nach den verschwundenen Kindern.

»Stimmt es, daß Bobbo, Jagga und Doombie in die Schule gebracht worden sind?«

»Ja. Ein Prediger und seine Frau haben sie mitgenommen. Sie haben eine Weile hier gewohnt. Wir waren froh, sie loszuwerden, weil sie die ganze Zeit nur die Bibel im Mund führten.«

»Was hat Minnie dazu gesagt?«

»Oh, sie hat sich furchtbar aufgeregt, die anderen Schwarzen auch. Standen brüllend vor der Küchentür. Ihre Mum mußte Victor holen, damit er sie beruhigte. Ihnen erklärte, daß es zum Besten der Kinder sei. Dieser verdammte Prediger hat die Sache noch schlimmer gemacht, indem er sich mit den Kindern fortschlich. Hat sie einfach aus dem Lager geholt und so getan, als nehme er sie auf einen kleinen Ausflug mit dem Wagen mit. Sie konnten sich nicht einmal verabschieden.«

Hannah schob einige Töpfe auf dem Herd zurecht. »Andererseits glaube ich nicht, daß es etwas genützt hätte. Sie hätten nur noch mehr geschrien und geweint. Jetzt fällt mir ein, kurz darauf haben sich alle davongemacht. Die ganze Horde. Wir dachten, sie wären bloß auf Wanderschaft gegangen. Ihr Vater hat sich mächtig aufgeregt, das können Sie mir glauben.«

»Aber er hat den Prediger mit den Kindern ziehen lassen.«

Die Köchin dachte nach, die Hände auf die breiten Hüften gestützt. »Ich meine, er wär' krank gewesen, als sie aufbrachen. Ja, es war kurz nach seinem Schlaganfall. Aber er hat seine Erlaubnis gegeben, schon vorher. Und Ihre Mutter war auch damit einverstanden. Sie sprachen schon ein paar Tage davon, bevor sie aufgebrochen sind.«

Harry sah aus dem Fenster. »Das muß ein ungeheurer Schock für die Kinder gewesen sein. Sie hatten die Farm nie zuvor verlassen. Und die armen Eltern erst.«

»Ach, Sie denken jetzt sicher an den kleinen Teddy. Und Victor und Louisa. Aber das ist etwas anderes. Er ist tot, während die schwarzen Kinder die Chance bekommen haben, etwas aus sich zu machen. Sie dürfen nicht so darüber denken. Es war zu ihrem Besten. Guter Gott, Harry, Sie sind doch selbst im Internat gewesen, und es hat Ihnen nicht geschadet.«

»Aber bei uns gab es Ferien. Wir wußten, daß wir dann nach Hause fahren konnten. Diese Kinder sind für immer verschwunden. Ich habe auch einmal gedacht, die Umsiedlung schwarzer Kinder mache Sinn, aber allmählich kommen mir da Zweifel. Ich fühle mich wirklich unwohl dabei, Hannah, ganz ehrlich. Ihre Eltern müssen beinahe wahnsinnig geworden sein vor Schmerz. Ihre Kinder sind von Fremden entführt worden, sie wußten nicht wohin, konnten keinen Kontakt zu ihnen aufnehmen ...«

Hannah schüttelte den Kopf. »Kommen Sie, Harry, Sie dürfen sich nicht so aufregen. Es ist noch nicht allzu lange her, daß es Ihnen gesundheitlich sehr schlecht ging.«

»Und wenn so etwas nun mit Teddy geschehen wäre? Was würden wir dabei empfinden? Seine Eltern würden vor Kummer verrückt.«

Hannah sah ihn an und sagte energisch: »Wie ich schon sagte, das ist etwas völlig anderes! Sie wissen gar nicht, was Sie reden, so niedergeschlagen sind Sie. Das Essen ist fertig. Ich stelle es auf Tabletts in den Salon, damit Victor bei Louisa bleiben kann. Sie rührt sich nicht von der Stelle. Gehen Sie zu ihnen, sie brauchen jetzt jemanden, mit dem sie reden können.«

Moobuluk besuchte Spinner im Traum. Er sah angsteinflößend aus, groß, kraftvoll, mit feierlicher Körperbemalung in weiß und ocker. Seine Stimme hingegen klang sanft. »Hast du Leute von uns hier gesehen?«

»Nein. Aber es heißt, jemand sei hier. Es gibt dafür Anzeichen im Busch.«

»Hast du es den Weißen erzählt?«

»Nein, ich habe ihnen nichts erzählt. Sie haben die Kinder nicht zurückgebracht. Ich muß auch weg von hier. Ich möchte eine Frau heiraten, aber sie will nicht hierher ziehen. Darf ich gehen?«

»Noch nicht, ich brauche dich hier. Wir müssen warten.«

»Worauf?«

Doch in diesem Moment erwachte er vom Schnarchen der anderen Männer ringsum; vergeblich versuchte er, sich die Unterhaltung ins Gedächtnis zurückzurufen. Hoffentlich bedeutete Moobuluks Ankunft kein Unheil.

Nioka hatte sie von der anderen Seite des Flusses aus bemerkt. Rupe und seine Freundin standen auf dem Hügel und schauten auf das große Korrobori der Vögel hinab. Dann hatte Rupe Teddy hochgehoben, damit er besser sehen konnte, und auf die Tiere gezeigt. Niokas Herz tat weh. Würde ihr Jagga jemals wieder die schönen Vögel sehen können? Eifersüchtig betrachtete sie den blonden Jungen, der so viel Spaß hatte. Er war gewachsen; Jagga würde wohl inzwischen ebenso groß sein wie er. Teddy besaß noch Babyspeck, Jagga war drahtiger gewesen. Sie hoffte, daß die schlechten Menschen ihm genug zu essen gaben. Jungen brauchten anständige Nahrung, viel frisches Fleisch, Fisch und alles, was der Busch hergab. Hier fand man so viele Nüsse und Beeren, daß sich ein Kind praktisch allein ernähren konnte.

Ihre scharfen Augen bemerkten, wie Rupe und das Mädchen einander näherkamen, doch Teddy war nicht mehr zu sehen. Die beiden schmusten, streichelten und küßten einander, und Nioka dachte traurig an den Geliebten, den sie am See zurückgelassen hatte. Sie wünschte, er wäre bei ihr. Sie brauchte auch Liebe. Die Zeit hatte ihre Entschlossenheit ins Wanken gebracht. War es dumm, hier auf die Rückkehr der Jungen zu warten? Vielleicht würden sie niemals kommen. Nun bedauerte sie, daß sie ihre weißen Freunde in Brisbane nicht gebeten hatte, ihr bei der Suche zu helfen. Sie war so auf ihre Heimkehr fixiert gewesen, glaubte so fest daran, von hier aus ihre Spur aufnehmen zu können. Als ob Gabbidgee dies nicht selbst auch schon versucht hätte.

Die Liebenden umschlangen einander und sanken ins Gras, wobei sie ein Gebüsch vor Niokas Blicken verbarg. Sie war nicht weiter erstaunt; wenn es um die Liebe ging, unterschieden sich die Weißen nicht von ihren eigenen Leuten. Zudem war Rupe für seine Forschheit Frauen gegenüber bekannt. Sie kicherte. Ob das weiße Mädchen wohl ahnte, daß Rupe darauf aus war, ihre geheimsten Körperstellen zu erkunden?

Als sie Teddys rotes Hemd sah, das durch die Büsche schimmerte, wurde ihr Blick abgelenkt. Sie blinzelte, sah ihn eine Weile nicht, bis er schließlich auf der Lichtung am Fluß auftauchte und mit seinem Stock herumstocherte.

Warum behielten sie ihn nicht im Auge?

Ganz einfach, sie waren zu sehr miteinander beschäftigt.

Niokas Blicke wanderten zwischen den Büschen, hinter denen Rupe und Cleo lagen, und dem Jungen, der viel zu nah am Ufer spielte, hin und her. Plötzlich rutschte er ab, suchte verzweifelt Halt, rutschte weiter.

Von Panik getrieben, rannte Nioka ins Wasser. Man nannte es den stillen Tod, wenn Kinder ertranken. Sie gingen so schnell unter, daß sie nicht mehr um Hilfe rufen konnten. Sie tauchte eine weite Strecke, kam hoch, sah das um sich schlagende Kind, das von der Strömung in ihre Richtung getragen wurde. Sie schwamm mit kraftvollen Zügen, die Augen auf den roten Farbfleck geheftet, der auf sie zutrieb. Sie sah ihn verschwinden, tauchte, kämpfte gegen Hindernisse im Wasser an und kam unmittelbar neben ihm wieder an die Oberfläche.

Teddys Körper war schlaff und viel schwerer als erwartet. Sie zog ihn an sich und sah sich um, während sie stromabwärts gerissen wurden. Ihr eigenes Ufer lag näher; es war zu gefährlich, sich durch die tosenden Wirbel zur anderen Seite kämpfen zu wollen. Also hielt sie Teddys Kopf über Wasser und trat mit den Füßen, bis sie in die Nähe des Ufers gelangte, wo ein Haufen Felsbrocken Rettung verhieß. Sie streckte den Arm danach aus, bis sie nach mehreren vergeblichen Versuchen endlich Halt fand.

Dann schob sie Teddy an Land, kletterte hinter ihm her über die glitschigen Steine, streckte ihn flach auf dem Boden aus und betrachtete angstvoll sein grünliches Gesicht. Hämmerte mit den Fäusten auf seine Brust. Reinigte seinen Mund. Weinte. Blies Luft in seine Lungen, wobei sie ihn durch den Tränenschleier nur undeutlich wahrnahm. Er würgte, spuckte und erbrach Wasser und Galle. Nioka blies mehr Luft in seinen Mund. Er lebte noch, mußte aber ums Überleben kämpfen. Sie hob ihn auf und rannte zu ihrem Lager, von dem aus sie immer fischen ging. Dort wickelte sie ihn in Decken, die sie aus den Ställen von Springfield gestohlen hatte. Da sie wußte, daß er unter Schock stand, drückte sie ihn eng an sich, schenkte ihm Wärme, lauschte auf seinen Herzschlag, tätschelte den zerbrechlichen Rücken, streichelte ihn und sang ihm etwas vor.

Nioka hielt ihn die ganze Nacht so, während ihr eigener unbedeckter Rücken kalt wurde. Sein Atem klang rauh und war unregelmäßig, daher blies sie regelmäßig Luft in seine Lungen. Sie wußte nicht, was sie sonst noch tun sollte, um ihn am Leben zu erhalten.

In der tintenschwarzen Nacht tröstete sie ihn mit ihrer Stimme, wobei ihr eigener Körper vor Kälte schmerzte und steif wurde; doch sie wagte nicht, ihn zu stören, indem sie ihre Position veränderte. Sie sehnte sich nach dem Morgen, wenn die kostbaren Sonnenstrahlen endlich auch ihr Wärme spenden würden.

Schließlich weckten ihn die Kookaburras, die der Welt lauthals das Herannahen der Morgendämmerung verkündeten, und sie preßte sein kaltes Gesicht an ihren Körper.

»Mir ist schlecht«, sagte er und wollte sich wieder übergeben, brachte aber nur ein trockenes Würgen zustande. Nioka lachte und weinte vor Erleichterung, bedeckte ihn mit Küssen, rief ihn beim Namen, sagte, er sei ein guter Junge.

Teddy war erschöpft und brauchte dringend Schlaf. Nioka trug ihn tiefer in den Busch und legte ihn, noch immer in die Pferdedecken eingehüllt, in ihre Rindenhütte. Dann wartete sie. Sobald er sich bewegte, flößte sie ihm tropfenweise Honigwasser ein und freute sich, als seine Zunge über die aufgesprungenen Lippen fuhr und den Honig ableckte.

Irgendwann stellte sich der Lohn ihrer Bemühungen ein. Der Junge sah sie schläfrig an, erkannte sie und fuhr hoch. »Wo ist Jagga?«

Nioka war überglücklich. Er hatte sie erkannt und sich darüber hinaus an ihren Jungen erinnert. Sie verdrängte ihre

Trauer und erklärte, er sei in der Schule. Sie war erstaunt, wie leicht ihr diese Lüge über die Lippen ging; der Junge durfte sich in seinem Zustand um keinen Preis aufregen.

Als er später wieder erwachte, sagte er mit einer Mischung aus ängstlicher Überraschung und Stolz: »Ich bin in den Fluß gefallen.«

»Ja. Hast zu nah gespielt, aber jetzt alles gut.«

»Was ist das in dem Beutel? Es bewegt sich. Ist da eine Schlange drin?«

»Nein, kleines Känguruh.« Das Tierchen spähte aus der Öffnung des Beutels.

Teddy war fasziniert. »Oh, darf ich es auf den Arm nehmen?«

»Ja, ist stark jetzt, aber noch Baby. Wie du«, grinste sie.

»Ich bin kein Baby!«

Doch für sie war er genau das, ein Baby wie ihr Jagga. Wie schön wäre es gewesen, jetzt mit ihrem Sohn hier zu sitzen. Ihr Herz war übervoll mit Freude und Schmerz, und sie genoß das Zusammensein mit Teddy, die Ernsthaftigkeit, mit der Kinder seines Alters sich zu unterhalten pflegten. Alles das hatte man ihr genommen, als man ihr Jagga nahm.

»Hast du mich aus dem Fluß gezogen, Nioka?«

»Ja.«

»Dachte ich mir. Da hab' ich aber Glück gehabt. Hast du was zu essen? Ich bin hungrig.«

Nioka hätte ihm gern ein paar Hummer oder Aale aus dem Fluß geholt, die gekocht sehr gut schmeckten, doch sie wagte nicht, ihn allein zu lassen. Also schob sie ihm einen Korb mit grünen Grassamen, wilden Beeren und geschälten Nüssen hin. Zufrieden bediente er sich und kaute eifrig, während er mit dem Känguruh schmuste.

»Wenn besser geht, wir suchen Jamswurzeln und vielleicht ein paar Maden.«

»Mir geht es schon besser. Mir war nur schlecht.«

Da er darauf bestand, zogen sie los und wanderten geruhsam durch den Busch, bis sie einen entlegenen Wasserlauf erreichten. Nioka wußte, daß er genügend Süßwasser führte und sie dort anständige Nahrung finden würden.

Teddy plapperte ununterbrochen, genoß ihre Gesellschaft und die abenteuerliche Suche nach Aborigine-Essen. Er erkundigte sich nach dem Rest der Horde und wollte wissen, wann sie zurückkämen. Nioka antwortete wahrheitsgemäß und wich nur der Frage nach dem Warum aus. Sie erzählte ihm von dem herrlichen See, an dem ihre Leute nun zusammen mit anderen Familien lebten, die Kanus bauten, mit denen man schnell wie der Wind übers Wasser fahren konnte.

»Gehst du mit mir dorthin?«

»Nein, zu weit weg.«

»Wir könnten reiten, dann wären wir schneller.«

Sie lachte. »Haben keine Pferde.«

Auch Nioka hatte Fragen. Kinder waren aufrichtig. Sie mochten zwar Dinge durcheinanderwerfen, trafen aber oftmals den Nagel auf den Kopf. Sie zündete das Feuer an, während Teddy ihr erzählte, daß er jetzt Unterricht bekam. Das Mädchen, das sie in Rupes Begleitung gesehen hatte, war seine Lehrerin.

»Warum nicht auch unseren Jungen Unterricht geben? Warum sie weggehen zum Lernen?«

»Schwarze Kinder haben nun mal keine Gouvernanten.«

»Was ist Gouvernante?«

Er seufzte, als müsse sie diese Dinge eigentlich wissen. »Eine Lehrerin. Sie gibt mir Unterricht, bis ich in eine richtige Schule komme.«

»Schule, wo unsere Jungen sind?«

Teddy dachte nach. »Nein, wohl nicht. Im Gymnasium gibt es keine schwarzen Kinder.«

»Was ist Gymnasium?«

»Weiß nicht, wohl so eine Art Schule. Vielleicht lernt man

dort auch Gymnastik, Turnen und so. Kann ich jetzt was zu essen bekommen?«

Er genoß die fetten, kleinen Maden, die nußartig schmeckten. Nioka pickte die gerösteten Jamswurzeln aus der Kohle, löste das gekochte Fleisch der Schalentiere aus und gab es Teddy, nachdem es abgekühlt war. Sie aß den Aal, den der Junge nicht mochte, mit dem knusprigen Buschbrot, von dem sie die Asche abklopfte.

»Was deine Mutter sagen über unsere Jungen? Wann kommen heim?«

»Sie kommen nicht mehr heim«, sagte er voller Gewißheit. »Sie müssen wie Weiße aufwachsen.«

»Wieso?«

»Es ist am besten für sie. Das sagen alle.«

»Wie Spinner?«

»Nein, der ist doch ein Schwarzer.« Teddy kratzte sich am Kopf. Anscheinend verstand er diese Vorgänge auch nicht so genau. Doch Nioka hatte genug gehört. Sie kamen also nicht zurück. Minnie hatte recht gehabt, sie hatte ihren Sohn verloren.

Teddy begann sich wegen seiner Mutter zu sorgen. »Ob Mum wohl wütend ist, weil ich in den Fluß gefallen bin?«

»Nein. Hauptsache, du jetzt in Sicherheit.«

»Gut. Du hast das Brot verbrennen lassen.«

Sie brach ein Stück für ihn ab. »Besser so. Mehr Geschmack.«

Sie war noch immer von Freude erfüllt, der Freude, wieder einen Menschen zu lieben. Sie vergötterte das Kind, gab ihm zu essen, hörte ihm zu, verwöhnte es, diente ihm. Fühlte sich als seine Mutter. Zwar tauchten immer wieder quälende Gedanken auf, die ihr das Herz schwermachen wollten, wenn sie das Kind mit dem dichten, hellen Haar, der hellen, rosigen Haut und den himmelblauen Augen betrachtete, doch sie verdrängte sie, um die Idylle nicht zu zerstören.

Nioka kannte den Grund für diese Gedanken: Das Kind gehörte ihr nicht. Ein ganzer Tag war bereits vergangen, doch für sie zählte nur das Hier und Jetzt. Sie hatte wieder einen Sohn, der sie bezauberte.

Teddy fragte: »Wie kommen wir über den Fluß?«

»Wir müssen zur Brücke gehen. Langer Weg. Solltest besser schlafen.«

»Mein Vater hat ein Boot, aber er wird uns von drüben wohl nicht hören.«

»Nein. Ich mache Schlafhütte. Willst du helfen?«

»Ja, das kann ich gut. Bobbo hat es mir beigebracht.«

Gut war leicht übertrieben gewesen, aber sie ermutigte ihn lächelnd, während sie gemeinsam die Schutzhütte aus Reisig errichteten. Teddy ging daran, sich eine eigene winzige Hütte zu bauen, die er Spielhaus nannte und die kein Dach besaß.

»Du schlafen dort oder in meiner?« fragte Nioka, als sie fertig waren. Die Vögel am Abendhimmel suchten allmählich ihre Schlafplätze auf.

Er verzog fragend das Gesicht. »Sind in deiner Schlangen?«

»Keine Sorge.«

»Dann schlafe ich doch lieber bei dir.«

In dieser Nacht, als das Kind friedlich mit dem jungen Känguruh im Arm schlummerte, kehrten Niokas Dämonen mit ungekannter Heftigkeit zurück.

»Das Kind gehört dir. Du hast ihm das Leben geschenkt. Du hast es aus dem Fluß gerettet. Es gehört dir. Sie wollen es nicht. Haben es beinahe ertrinken lassen. Es gehört dir.«

Auch Minnies Teufel mischten sich mit fordernder Stimme in den Chor. »Du hast ihn jetzt. Ein Leben für ein Leben. Das Wasser hat deine Schwester genommen und dir dafür einen Sohn geschenkt. Nimm ihn mit, solange es noch geht. Bring ihn zum See. Zu deinen Leuten. Das Schicksal meint es gut mit dir. Die Wassergeister haben sich angesichts deines Schmerzes großherzig gezeigt. Sieh nur, wie sehr sie dich lieben.«

Im Traum sah Nioka diese glückliche Welt wie durch einen Nebel, der den dämmrigen Wald verschleierte. Sie bewegte sich mit ihrem vielgeliebten Sohn auf die Menschen zu und wurde mit Rufen des Willkommens und Erstaunens empfangen. Alle freuten sich, daß sie mit ihm heimgekehrt war. Jaggas wunderbare Rückkehr stürzte das ganze Lager in einen Freudentaumel. Wie stolz sie war – nicht nur auf ihren Sohn, sondern weil sie nun losziehen würde, um auch Bobbo und Doombie heimzuholen, sie mit ihren Familien zu vereinen und den neuen Freunden vorzustellen. Es war so aufregend, daß Nioka sich selbstzufrieden aufblähte, doch plötzlich schoß sie aus dem Schlaf hoch.

Dies war nicht Jagga, sondern Teddy, ein weißer Junge.

Enttäuscht über den Traum, versuchte sie die Geschichte zu deuten. Es war schwer, sich von dem Gefühl außergewöhnlicher Zufriedenheit zu lösen, die die Traumwelt bot, doch eine Konfrontation mit der Realität war unvermeidlich. Es war unmöglich. Für ein einsames schwarzes Mädchen interessierte sich keiner, doch eine Aborigine-Frau in Begleitung eines weißen und überaus gesprächigen Kindes würde sofort auffallen. Alle würden sie anstarren und Fragen stellen. Der Busch gewährte ihnen auch nicht genügend Schutz. Die gefürchtete Polizei, die in zunehmendem Maße Eingang in die Legenden der Aborigines fand, würde sie sicher aufgreifen.

Der nächste Tag verlief ruhig und faul, da Teddy von seinen Abenteuern erschöpft war. Nachts kuschelte sich Nioka an den Jungen und zog die Decke über ihn. Sie schliefen auf einer Schilfmatte, die ihre Körperwärme speicherte und zurückgab, während das Gestrüpp der Hütte ihnen von oben Schutz bot. Durch die Ritzen schimmerte ein silberner Mond.

Das kleine Känguruh verspürte Lust auf einen nächtlichen Ausflug. Sie hielt ihm Gummibaumblätter hin, an denen es eine Weile kaute und wieder einschlief. Auch Nioka nickte ein.

Im Schlaf kehrten die Dämonen mit voller Macht zurück, boshaft und selbstgerecht. Sie behaupteten, ihre Schwester sei bei ihnen.

»Das Kind gehört dir. Du hast es aus dem Wasser geholt. Wir haben es dir gegeben. Ein Leben für ein Leben. Deine Schwester ist hier, ganz verzweifelt. Weshalb läßt du sie im Stich? Wie kann sie in das andere Leben hinübergelangen, wenn du so schwach bist? Sie sagt, ein Leben für ein Leben. Selbst das ist nicht genug. Unser Clan hat drei Kinder und deine Schwester verloren. Die Zeit der Vergeltung ist gekommen.«

»Nein«, schrie Nioka.

Dann sah sie Boß Broderick und Victor und seine Frau und alle anderen Weißen, die über die Wiese am Haus schlenderten, während Teddy sich mit einem Spielzeugwagen amüsierte ...

»Sieh sie dir an«, höhnten die Stimmen, »sie haben dein Kind genommen, unsere Kinder, und sie irgendwo achtlos weggeworfen. Wir werden sie nie wiedersehen. Schau dir die Weißen an. Ihnen ist alles egal. Sie sind von Natur aus grausam. Sie verachten uns. Unsere Kinder sterben irgendwo und finden niemals den Weg in die Traumzeit. Die Weißen müssen dafür bestraft werden. Wer wüßte das besser als du?«

Nioka nickte. Sie war schwach, das wußte sie. Einst wurde sie von Haß verzehrt und hatte das gleiche starke Bedürfnis nach Vergeltung verspürt, doch irgendwie hatte es sich aufgelöst, war auf ihrer Wanderung verlorengegangen.

Der Busch um sie herum knisterte heftig wie bei einem Feuer, und es lag eine seltsame Spannung in der Luft, als

Nioka die Fesseln der Sterblichkeit abzustreifen schien. Es war eine rauschhafte Erfahrung; sie erhielt die Macht über Leben und Tod.

Die Wesen umgaben sie von allen Seiten. »Ist es nicht Zeit für die Vergeltung?«

Sie nickte und akzeptierte die unausweichliche Konsequenz des Zorns, von dem sie durchdrungen waren. Die Vergeltung mußte vollzogen werden, sonst würden die Emu-Leute wie schon so viele kraftlose Clans vor ihnen zu Staub zerfallen.

»Du hast ihn aus dem Fluß geholt, du bringst ihn wieder hinein«, befahlen die Stimmen. »Nur wir werden wissen, daß das Gesetz erfüllt wurde. Deshalb haben wir ihn dir gegeben. Verstehst du das nicht, sind dir unsere Gesetze fremd? Du hast das Privileg erhalten, deine Schwester zu rächen. Sie steht hier und wartet. Bring ihn zurück in den Fluß.«

»Nein!« schrie Nioka lautlos. Das Kind schlief noch. Der Busch erwachte langsam. Kookaburras kicherten. Kleinere Vögel zwitscherten. Gelbes Licht drang durch die Zweige. Eine Eidechse eilte vorüber. Frösche tauchten unter den wachsamen Augen einer Krähe mit einem Plop in den Bach. Nioka war wie betäubt. Sie meinte, Louisa rufen zu hören, doch die Stimme klang schwach aus einer Welt voller seltsamer Gestalten zu ihr herüber, und sie konnte die Worte nicht verstehen. Ihr Puls raste noch von den Angriffen der Dämonen, vor denen sie sich schrecklich fürchtete. Sie konnten schmerzhafte Strafen verhängen, wenn man sich ihnen in den Weg stellte.

Leise weckte sie Teddy auf. »Komm, wir müssen gehen.«

»Wohin?«

»Zum Fluß.«

Als er taumelnd auf die Füße kam, hoben die Krähen an, mit ihrem Krächzen den morgendlichen Frieden zu stören.

»Verdammte Krähen«, murmelte er, »können wir das Känguruh mitnehmen?«

»Nein! Es ist jetzt groß genug, kann auf sich selbst aufpassen. Beeil dich!«

Zur selben Zeit plünderte Harry die Küche, noch bevor Hannah dort erschien, und rannte los zu Moobuluk. Er wußte, daß seine Hoffnung von törichtem Aberglauben genährt wurde, doch es bestand immerhin die Chance, daß der Alte etwas über Teddys Schicksal wußte. Vielleicht sogar, wo die Leiche zu finden war, dachte er traurig.

Es überraschte ihn nicht, daß er den uralten Mann an derselben Stelle fand wie am Tag zuvor, als habe er die ganze Nacht dort verbracht. Das war typisch Moobuluk, auf so etwas verstand er sich. Die Zauberer waren große Künstler, wenn es darum ging, Normalsterbliche mit dramatischen Tricks zu beeindrucken.

Harry gab sich unbeeindruckt. Heute würde er seine Antworten bekommen.

Er gab Moobuluk die Papiertüte mit dem Essen, der sie mit einem dankenden Nicken entgegennahm. Schon bald hatte er ein paar hartgekochte Eier, Brot und kalten Hackbraten verzehrt.

»Gut«, meinte er anerkennend.

»Ich möchte mit dir über Teddy sprechen.«

Moobuluk zuckte die Achseln. »Besser reden über unsere Jungen. Was habt ihr mit ihnen gemacht, he?«

»Ich war nicht hier, aber ich werde mich nach ihnen erkundigen. Man hat sie in eine Schule gebracht.«

»Gestohlen«, widersprach Moobuluk zornig.

Harry versuchte, es ihm zu erklären. »So war es nicht gedacht. Meine Familie hielt es für das Richtige. Es tut mir wirklich leid.«

Ohne Harrys offensichtliche Ungeduld zu beachten, befahl Moobuluk ihm, sich hinzusetzen. »Jetzt erzähl von Schule.«

Doch Harry hatte zu seiner Beschämung wenig zu berichten. Da er diesen Mann nicht anlügen konnte, mußte er eingestehen, daß er weder die Lage der Schule noch die Menschen kannte, die sich der drei Kinder angenommen hatten. Er wich aus, indem er die Bedeutung der Schulbildung erläuterte, wobei er sich der Trauer in den alten Augen seines Gegenübers schmerzlich bewußt war.

»Sie lernen deine Sprache?«

»Ja.«

»Welche Väter lehren sie Traumzeit?«

Harry schüttelte wie betäubt den Kopf, da er wußte, wieviel das kulturelle Bewußtsein den Aborigines bedeutete. Für sie war es das Leben selbst, auf unergründliche Weise ein Teil der Erde und des Universums.

»Sie sind verloren«, flüsterte Moobuluk.

Harry verstand ihn absichtlich falsch, obgleich er wußte, daß der alte Mann dies bildlich meinte. Er wollte ihm wenigstens ein kleines Fünkchen Hoffnung bewahren.

»Nein, nicht verloren, sie sind nur in Brisbane. In der großen Stadt. In einer Schule. Ich war damals auch in der Schule.«

Sofort begriff er, daß dieses Argument nicht greifen würde. Moobuluk erhob sich jetzt mühelos vom Boden und fragte mit kräftiger Stimme:

»Wann heimkommen?«

Harry sah hinaus auf den Fluß. »Ich weiß es nicht«, gestand er.

»Hol sie!« fauchte Moobuluk, das Gesicht vor Wut verzerrt. »Ich sage, hol sie! Bring sie zurück!«

»Ich weiß nicht, wo sie sind.«

»Solltest sie besser finden!« drohte Moobuluk. Harry fuhr unwillkürlich zusammen. War nun die Zeit der Vergeltung gekommen? Er dachte dabei nicht an das Zeigen des Knochens oder anderen sogenannten Zauber, vor dem sich die Aborigines so fürchteten. Sollte jedoch die Horde von Springfield zurückkehren und auf Rache sinnen, könnte das katastrophale Folgen haben.

»Ich lasse mir nicht gerne drohen«, entgegnete er ruhig. »Möglicherweise kann ich sie finden. Ich könnte sie vielleicht heimbringen, aber versprechen kann ich es nicht.«

Moobuluk zog mit seinem Stock eine Linie in den Sand. »Du versprechen. Sage dir Wichtiges.«

»Was denn?«

»Erst versprechen.«

»Gut, ich werde nach ihnen suchen.« Warum sollte er sie nicht heimholen? Die armen Kinder würden sich in dieser ominösen Missionsschule halb zu Tode fürchten. Charlotte oder Victor würden sicher wissen, wo diese Schule lag, immerhin hatten der Geistliche und seine Frau mehrere Tage bei ihnen verbracht. Doch er würde es aus eigenem Antrieb tun und nicht, weil ein altes Schlitzohr es ihm befahl oder ihn bestach.

»Und jetzt die wichtige Nachricht, alter Mann.«

»Denke besser an eigenen Jungen. Zeig ihm richtiges Leben, damit er guter Mann wird.«

Harry fuhr hoch. »Sprichst du von Teddy?«

Moobuluk schüttelte den Kopf und zog eine Grimasse, als sei es kaum zu fassen, daß jemand so begriffsstutzig sein konnte. »Nein, nein! Dein Junge, der kommt.« Er zog verächtlich die Nase hoch. »Schon vergessen? Wie unsere Kinder? Ist nicht gut.«

Doch Harry starrte ihn nur fassungslos an. Connie war schwanger, das stimmte, doch woher sollte er das Geschlecht des Kindes kennen?

»Woher weißt du, daß meine Frau ein Baby erwartet?« fragte er, wußte aber, daß er darauf keine Antwort erhalten würde. Dies war eine der völlig unglaublichen Situationen, in die man mit den Aborigines gelegentlich geriet und die schon Legende geworden waren. Er spürte eine Welle der Freude in sich aufsteigen. Dies war wirklich, und er rieb sich innerlich die Hände beim Gedanken an die Wetten, die er auf das Geschlecht des ungeborenen Kindes annehmen konnte und zweifellos gewinnen würde. Er würde einen Sohn haben.

Der dreibeinige Dingo hinkte am Ufer entlang. Moobuluk sah zu, wie er sich das Wasser aus dem Fell schüttelte. Vermutlich hatte er sich abkühlen oder einen Fisch fangen wollen, so genau wußte man das bei Dingos nie. Mit demütigen, braunen Augen näherte er sich dem alten Mann, und Harry konnte sich einer gewissen Rührung nicht erwehren. Das war echte Freundschaft zwischen diesen beiden.

Moobuluk streichelte den Hund und redete in seiner eigenen Sprache auf ihn ein. Dann packte er Harry mit starker Hand und zog ihn zu sich heran.

»Hab' auf dich gewartet, Harry, lange Zeit. Muß Dinge sagen.« Sein Blick verschleierte sich. »Du immer guter Junge, Harry. Warst krank, aber wieder gut, was?«

»Ja«, sagte Harry und hielt gespannt den Atem an.

Moobuluk nickte. »Boß Broderick auch guter Kerl. Kein Krieg mehr. Er und ich, beide Krieger, immer stolz. Keine Angst. Er jetzt oben auf Hügel, geht nicht mehr weg, ich auch nicht. Unser Heim.« Sein Griff verstärkte sich und wurde unangenehm. »Boß Broderick sagen, Kinder nicht in einer verdammten Schule.« Seine Stimme wurde lauter. »Hörst du, Harry? Boß sagt mir, Kinder ›in keiner verdammten Schule‹! Verstehst du?«

Harry spürte, wie sich seine Haare sträubten. Er hätte schwören können, daß die Worte ›in keiner verdammten Schule‹ aus Austins Mund stammten. Sie klangen wie er, tief, leidenschaftlich, zornig – nicht wie die krächzende Stimme eines Hundertjährigen.

Nein, er verstand gar nichts.

»Du jetzt gehen.« Er ließ Harrys Hand los. »Denk an alten Moobuluk und seine Kinder, ja? Dies ist Schlafenszeit.«

»Ich werde daran denken, aber könntest du mir bitte etwas über Teddy sagen?« Er sah sich verzweifelt um. »Bitte, wen sollte ich sonst fragen?«

Moobuluk kniff die Augen zusammen. »Ich sage. Kein Tod hier. Nur Leben.« Er stieß ihn an. »Auch Leben von deinem Sohn, was? Hast Glück. Machst altem Mann noch Geschenk.«

»Du meinst einen Gefallen tun?«

»Ja. Hol Nioka, paß auf sie auf. Sie ist gute Frau, weiß über anderen Jungen.«

»Oh Gott, wo ist sie?«

Moobuluk deutete mit dem Arm. »Da drüben.«

»Wo?«

»Hund bringt dich hin. Er weiß. Du ihr besser helfen.« Er streichelte wehmütig Harrys Arm. »Guter Tag für Wanderschaft, was?«

Harry mußte seine Ungeduld zügeln, um nicht unhöflich zu erscheinen, doch das war gar nicht nötig, da der alte Mann wieder in seine Träume versunken war. Der Hund schaute erwartungsvoll zu ihm hoch.

»Los!« rief Harry. Er rannte hinter dem Dingo her und fragte sich, ob dies nur eine grausame Fata Morgana sei, ob er Nioka überhaupt finden würde und wie er ihr helfen sollte. Wieviel wußte sie? Er lief und lief, stolperte durch Büsche und über felsige Landzungen, immer getrieben von der Angst, das Tier aus den Augen zu verlieren.

Nioka hatte noch einen weiten Weg vor sich. Sie und Teddy waren tief ins Landesinnere gewandert. Der Fluß wand sich auf seinem uralten Weg quer durchs Land, umtoste Felsen und hatte sich im Laufe der Zeit durch weicheren Sandstein gegraben, bis er schließlich in die Ebene vordrang, wo nichts mehr seinen natürlichen Lauf hemmte.

Das Kind war niedergeschlagen. Dieses Abenteuer gefiel ihm nicht. Sie waren so überstürzt aufgebrochen, daß sie sogar das Känguruh zurücklassen mußten. Und dann waren da noch das Spielhaus und die selbstgesammelten, noch ungeöffneten Nüsse.

Teddy ließ sich nur widerwillig weiterziehen, so daß Nioka ihr Tempo verlangsamen mußte. Ängstlich sah sie immer wieder über die Schulter, als erblicke sie hinter sich die Dämonen. Sie heulte innerlich auf. Wenn sie das Kind in den Fluß stürzen mußte, würde sie ebenfalls hineinspringen und mit ihm untergehen, wie ihre Schwester es getan hatte. Dann war alle Hoffnung dahin.

»Warum weinst du?« fragte er sie teilnahmsvoll. »Ich habe dir doch gesagt, wir laufen zu schnell. Du bist ganz außer Atem.«

Nioka umarmte ihn stumm, doch wann immer der Fluß in ihr Blickfeld kam, schlug sie eine andere Richtung ein, stolperte durch den Busch, suchte nach alten Pfaden. Teddy sah den Fluß auch und erklärte, sie liefen in die falsche Richtung. Er bat sie, ihm einen Wanderstock zu machen, damit er Schlangen abwehren konnte; wollte Löcher im Boden untersuchen, als sei dies nur ein Spaziergang; hörte ferne Vogelgeräusche und wollte die Tiere aus der Nähe betrachten; kurzum, er hielt sie ständig auf.

Er wußte nicht, daß sie bereits am Vogelparadies vorbeigekommen waren; sie hatte ihm weisgemacht, es befinde sich weiter flußaufwärts. Als er irgendwann todmüde war und sich kaum noch auf den Beinen halten konnte, nahm sie ihn huckepack.

»Rupe hat das auch mal mit mir gemacht. Er sucht jetzt bestimmt nach mir. Und Cleo auch. Ich sollte besser wieder zum Unterricht gehen.«

Als sie endlich zum Ufer hinuntertaumelte, schluchzte Nioka erleichtert. Sie hatte die felsige Furt gefunden, an der der Fluß eine Reihe kleiner Wasserfälle bildete und ruhiger floß. Dennoch war die Strömung stark, man konnte erst nach Beginn der Trockenzeit mühelos hindurchwaten.

Sie setzte ihn ab und nahm ihn an die Hand, ganz aufgeregt, weil sie den Dämonen entkommen und der Junge beinahe zu Hause war, doch Teddy hielt sie schreiend zurück.

»Nein, ich werde ertrinken! Ich geh' da nicht rein!«

Nioka hielt ihn fest und warf ihn sich trotz seiner Gegenwehr quer über die Schultern. Sie sprach beruhigend auf ihn ein, als sie tiefer und tiefer in den Fluß hineinwatete und mit den Hüften schmerzhaft gegen Felsbrocken stieß. Als ihr das Wasser bis zur Brust reichte, klammerte er sich an sie, schluchzte, erteilte Ratschläge, lotste sie. Stieß wiederholt gegen Felsen, beklagte sich, wollte sich aus ihrem Griff befreien. Nioka hätte ihn am liebsten geohrfeigt, damit er endlich aufhörte. Mit zusammengebissenen Zähnen ertrug sie die schmerzhaften Stöße, während das Ufer immer näher rückte und sie die Dämonen hinter sich ließ.

»Jetzt können sie ihn nicht mehr kriegen«, dachte sie, als das Wasser wieder auf Hüfthöhe gesunken war. Vor ihr im seichten Wasser wartete Moobuluks Hund und hechelte aufgeregt. Er war gekommen! Sie sah ihn am Ufer stehen. Er würde sie und Teddy vor allem beschützen. Er war mächtiger als alle Dämonen dieser Welt. Schluchzend streckte Nioka den Arm nach ihm aus.

Harry sah sie den Fluß durchqueren. Eine schwarze Frau mit einem Kind, das sie wie einen Kartoffelsack über die Schultern geworfen hatte, kämpfte sich mit Riesenschritten durch die Strömung. Er war stehengeblieben, um Atem zu holen, hatte beinahe schon aufgeben wollen, da er sich wie ein Idiot vorkam, der auf die Zaubereien eines Schwarzen hereingefallen war und nun hinter einem Dingo herjagte. Er rannte los, brach durchs Gebüsch, bis er den Weg fand, der zur Furt führte. Die Tränen strömten ihm übers Gesicht. Er schlitterte das Ufer hinab und sprang ins Wasser. Die so sanft erscheinende Strömung warf ihn fast um, doch da er sich nur bis zu den Hüften darin befand, konnte er das Kind aus Niokas Armen entgegennehmen.

An diesen Augenblick würde sich Harry für den Rest seines Lebens erinnern. Er zog Nioka an sich, umarmte sie und den Jungen, wollte sie nie wieder loslassen, glaubte zu träumen, weinte Freudentränen, bis Teddy, dem das Theater zuviel wurde, zu protestieren anfing.

»Jetzt wär' ich fast schon wieder hineingefallen. Ich hasse diesen Fluß!«

Nioka sah Harry dankbar an, als habe er sie gerettet und nicht sie Teddy.

Er umarmte sie noch einmal. »Nioka, wie sollen wir dir nur danken? Ich bringe euch beide zum Haus.« Er nahm Teddy auf den Arm. »Schaffst du das Stück noch? Du siehst erschöpft aus.«

Sie nickte und sah den Hund im Busch verschwinden. Sie war enttäuscht, daß Moobuluk nicht mehr da war, und wußte plötzlich, daß sie ihn nie wiedersehen würde.

Jack Ballard sah sie von weitem über die Koppel kommen. Harry mit einer schwarzen Frau! Er schob den Hut zurück und kniff die Augen zusammen, da er ihnen nicht ganz traute. Neugierig lenkte er sein Pferd in ihre Richtung, stieß einen lauten Schrei aus und galoppierte auf sie zu. Es waren tatsächlich Nioka und Harry, der Teddy auf den Schultern trug!

»Allmächtiger Gott!« brüllte er ihnen zu, da ihm nichts anderes einfiel. »Allmächtiger Gott!«

Als Harry Teddy vor Jack in den Sattel setzte, verkündete der Junge stolz: »Ich bin in den Fluß gefallen.«

»Reite mit ihm vor«, sagte Harry, doch Jack schüttelte den Kopf. »Du hast ihn gefunden, wir gehen zusammen.«

»Nein, das verdanken wir Nioka.«

Jack grinste sie an. »Sieht aus, als wärst du im rechten Augenblick heimgekommen. Alle werden sich mächtig freuen, dich zu sehen.« Er sah sie besorgt an. »Du siehst müde aus, Mädchen. Wie wär's, wenn du zu Teddy in den Sattel steigst?«

»Nein, nein«, erwiderte sie grinsend, »Teddy besser bei dir.« Der Junge pflichtete ihr bei. »Stimmt, Nioka kann nicht reiten.«

»Dann müssen wir es ihr eben beibringen«, sagte Jack und lenkte das Pferd auf das Haus zu. Er überschüttete Nioka mit Fragen, doch sie schwieg sich aus und überließ es Harry, seine Neugier zu stillen.

»Er ist in den Fluß gefallen, doch Nioka hat ihn Gott sei Dank gesehen. Sie war am anderen Ufer und hat keine Sekunde gezögert, ihm nachzuspringen, hat ihn in der Flußmitte erwischt und ans andere Ufer gebracht.«

»Ich mußte mich übergeben«, warf Teddy ein. »Ich bin fast ertrunken.«

»Das stimmt. Nioka hat mir gesagt, dir sei sehr übel geworden. Hast zuviel Flußwasser geschluckt, kleiner Mann. Jedenfalls hat Nioka ihn gepflegt und zu der Furt gebracht, wo ich sie getroffen habe. Sie hat ihn herübergetragen.«

»Aber warum tauchen sie erst jetzt auf?« wollte Jack wissen. »Das ist doch schon vor Tagen passiert.«

Nioka hatte ihm keine Erklärung dafür gegeben, so daß Harry sich selbst eine ausdenken mußte. »Teddy war sehr schwach.« Dann trat er näher zu Jack und zwinkerte ihm zu. »Da hatte einer verdammte Angst vor dem Fluß. Er brauchte Zeit, um sich zu erholen, und dann sind sie einige Meilen bis zur Furt marschiert. Selbst da war er nicht sonderlich scharf auf die Überquerung. So wie es sich anhört, hat es da erst einen kleinen Kampf geben müssen. Aber was macht das schon?«

Er legte den Arm um Nioka. »Wir sind stolz auf dich. Das hast du sehr gut gemacht.«

Im Haus brach ein Tumult los. Von allen Seiten kamen Leute angelaufen und riefen sich die freudige Nachricht zu.

Louisa stürzte aus dem Salon durch Austins Zimmer, hinaus auf die Veranda, sprang mit einem Satz über das Geländer und rannte durchs Tor, während ihr die Tränen übers Gesicht strömten und sie abwechselnd nach Teddy und ihrem Mann rief.

Sie riß ihren Sohn an sich, drückte ihn fest, küßte ihn, wollte immer wieder wissen, ob mit ihm alles in Ordnung sei.

»Mein Liebling«, schluchzte sie, »mein kleiner Liebling. Wo bist du nur gewesen? Ich hatte solche Angst um dich. Wir haben dich so vermißt.« Teddy, den all das ziemlich unbeeindruckt ließ, versuchte vergeblich, sich aus ihrer Umklammerung zu befreien. Dann kam sein Vater und mußte ihn auch an sich drücken, um zu begreifen, daß er sich das nicht alles bloß einbildete.

Weinend streckte er den Arm nach Harry aus. »Harry, ich danke dir, ich danke dir ...«

»Bedank dich lieber bei Nioka! Sie hat ihn aus dem Fluß gefischt.«

Teddys Eltern fielen förmlich über sie her, umarmten sie, dankten ihr unter Tränen, während sich Viehhüter und Hauspersonal um sie drängten, um an ihrer Freude teilzuhaben.

Schließlich gingen sie ins Haus, wo Victor zur Feier des Tages alle auf ein Glas einlud. Louisa ließ ihren Sohn nicht eine Sekunde aus den Augen. »Ich werde ihn baden und ins Bett bringen, er braucht jetzt Ruhe. Und etwas zu essen. Hannah, du kümmerst dich bitte um Nioka. Sie braucht etwas Frisches zum Anziehen. Am besten bringst du sie im Gästezimmer unter.«

Hannah zog die Augenbrauen hoch. »Sie meinen wohl Minnies altes Zimmer?«

»Nein, ich sagte Gästezimmer. Ich stehe tief in ihrer Schuld, das kann ich niemals gutmachen. Also soll sie es wenigstens bequem haben. Möchtest du das, Nioka? Ein Bett im Haus?«

Sie zuckte die Achseln, eingeschüchtert von so viel Aufmerksamkeit. Willenlos ließ sie sich von der Köchin wegführen.

»Wie geht es Minnie?« erkundigte sich diese freundlich.

»Sie gestorben. Zuviel gebrochenes Herz wegen Bobbo.«

»Gott, das tut mir aber leid, Nioka. Das arme Mädchen.«

»Du weißt, wo unsere Jungen sind?« fragte Nioka sehnsüchtig.

Die Köchin schüttelte den Kopf. »Leider nicht. Irgendwo in einer Schule. Dort wird man sich bestimmt um sie kümmern. Jetzt hole ich dir etwas zu essen, du bist sicher hungrig.«

Das Mädchen nickte teilnahmslos.

Das große, weiße Badezimmer mit den glänzenden Armaturen kam ihr gegenüber der alten Blechwanne im Schuppen, die sie in Brisbane benutzt hatte, wie ein Wunder vor, aber sie war zu müde, um sich wirklich darüber zu freuen. Was zählte, war die ungeheure Erleichterung, daß sie den Dämonen entronnen war. Sie würden niemals wiederkehren. Nioka wußte auch, daß sie dies auf irgendeine Weise Moobuluk zu verdanken hatte, daß sie unter seinem Schutz stand.

Als Hannah kam und ihr frische Sachen brachte, sah sie überrascht, daß Nioka noch immer auf dem hölzernen Hocker saß.

Die Köchin hatte inzwischen noch mehr über Teddys Rettung erfahren, und ihre Dankbarkeit kannte keine Grenzen. Sie ließ Badewasser für Nioka ein und holte Handtücher. Als das Mädchen nach einem ausgiebigen Bad Baumwollunterwäsche und ein Kleid angezogen hatte, trocknete sie Nioka die Haare ab, bürstete sie, bis sie glänzten, und band sie mit einer hübschen Schleife zusammen.

»Du solltest jetzt bei uns bleiben, nicht wieder davonwandern. Du könntest doch hier arbeiten.« Sie grinste bei dem Gedanken an das trotzige Aborigine-Mädchen von damals, das nichts von Hausarbeit hatte wissen wollen. »Es mag ja sein, daß dir die Arbeit hier drinnen nicht behagt. Andererseits ist die ganze Horde weg und du kannst nicht mutterseelenallein unten im Lager leben. Du siehst doch gut aus, Nioka, such dir hier einen Ehemann ...«

Nioka hörte kaum auf ihr Geplauder, da sie unentwegt an Moobuluk denken mußte. Allmählich reinigte sich ihr Geist, Kummer und Schmerz lösten sich auf. Er wußte, weshalb sie das weiße Kind so lange bei sich behalten hatte, und vergab ihr. Sie brauchte seine Verzeihung, denn ihr wurde bewußt, daß sie selbst die Dämonen heraufbeschworen hatte. Es waren nicht Minnies Teufel gewesen, sie stiegen aus ihrem eigenen Gewissen auf, um sie dafür zu bestrafen, daß sie Teddy von seiner Mutter ferngehalten hatte. Von dem Augenblick an, in dem sie den Jungen aus dem Fluß gerettet hatte, hatte sie versucht, Louisas Gesicht vor ihrem geistigen Auge auszuradieren, ihre Existenz nicht zur Kenntnis zu nehmen, nur um den Jungen behalten zu können.

Vermutlich würden die Brodericks sie für ihren Eigennutz bestrafen. Schließlich hatte sie sich Teddys Eltern gegenüber grausam verhalten, das konnte sie nicht bestreiten. Ihr war egal, was sie mit ihr machten; für sie zählte nach wie vor nur eines: die drei Kinder. Sie mußten um jeden Preis gefunden werden.

Nachdem die Euphorie ein wenig abgeklungen war, ging Harry in sein Zimmer, um sich umzukleiden, und machte einen Umweg über Niokas Zimmer.

Zu seiner Belustigung hockte sie wie ein Häufchen Elend auf der Bettkante, als habe man sie in eine Zelle gesperrt. Das Zimmer schüchterte sie offenbar ein.

»Was ist das denn?« lachte er. »Du siehst ja richtig schick aus. Besser als naß im Fluß, was?«

Nioka nickte, hielt die Augen aber unverwandt auf den gemusterten Teppich geheftet. »Tut mir leid«, sagte sie.

»Was denn?«

»Du weißt.« Ihre nackten Füße zuckten.

Er wußte es tatsächlich. Er hatte Nioka sein Leben lang gekannt und verstand, wie schwer es dem schwarzen Mädchen fallen mußte, sich bei einem Weißen zu entschuldigen. Sie glich ihrer Mutter, war den weißen Jungen lieber hochmütig als unterwürfig begegnet. Er erinnerte sich, wie sie Rupe einmal verächtlich mit dem Handrücken geschlagen hatte, als er ihr zu nahe kommen wollte. Er und Victor hatten sich schiefgelacht, weil ausgerechnet ein keckes schwarzes Mädchen Rupe an seinen Platz verwies. Doch nun wirkte sie alles andere als keck; sie war reifer geworden, eine gutaussehende Frau mit entschlossenem Gesicht und dunklen, nachdenklichen Augen.

»Sprichst du von den letzten paar Tagen?« fragte er sanft.

Sie nickte und wand sich unter seinem Blick.

»Ich vermute, du hast dir den Jungen für eine Weile ausgeliehen, was? Um ihn umsorgen zu können. Nur geliehen.«

Bei ihrer Rückkehr hatte Teddy erzählt, wie Nioka mit ihm gefischt und ihn seine eigene Hütte hatte bauen lassen. Diese Geschichte mußte also so schnell wie möglich klargestellt werden.

»Schließlich warst du es ja nicht, die ihn hat in den Fluß fallen lassen«, beschwichtigte er sie.

»Nur geliehen«, gestand sie und sah zu ihm auf. »Er sehr kranker Junge. Ich mache ihn besser, er glücklich.« Sie seufzte. »Mach mich auch glücklich. Sag Louisa, tut mir leid.«

»Keine Sorge, das werde ich. Du hast ihm das Leben gerettet, nur das zählt.«

Plötzlich fiel ihm der alte Mann wieder ein. »Oh Gott, das hätte ich ja beinahe vergessen. Ich habe mit Moobuluk gesprochen. Er wußte, daß Teddy noch am Leben war, sagte, ich solle dich suchen. Ich muß mich bei ihm bedanken gehen.«

Sie starrte ihn an. »Kannst du nicht. Ist gegangen. Nicht gut, jetzt seinen Namen nennen.«

Harry wußte, was das bedeutete. Nun starrte er sie an. Wieder einmal sträubten sich ihm die Haare, und er beschloß, dieses komplizierte Thema nicht weiter zu diskutieren, sondern lieber Spinner an den Fluß zu schicken, um Moobuluk zu suchen. Nur für den Fall, daß sich Nioka irrte.

»Du machst dir noch immer Sorgen um eure Jungen, was?« fragte er und erschauderte, als er den Schmerz in ihren Augen sah.

»Wo sind sie?«

»Ich weiß es nicht, aber ich werde es herausfinden.«

»Du tust das?« Sie sprang vom Bett und ergriff seine Hand. »Ich arbeite«, schluchzte sie, »ich arbeite gut, bin nicht mehr frech. Sag ihnen, Harry, ich bin gut. Aber bring Babys wieder.«

Er wich zurück, peinlich berührt und zugleich erschüttert, daß sie ihn auf diese ungewohnt zahme, demütige Weise anflehte. Über Nioka und ihre Mutter war auf der Farm oft gesprochen worden. Die Broderick-Jungen waren fasziniert gewesen von diesen beiden Frauen, die es sogar mit Austin aufnahmen, eine Haltung, der Austin überraschenderweise Anerkennung zollte. Er hatte immer behauptet, nichts und niemand könne die junge Nioka zähmen.

Mit Bedauern sah Harry nun, daß sich Austin geirrt hatte. Nioka konnte sehr wohl gezähmt werden.

Er zog sie an sich und umarmte sie. »Gib nicht auf, Nioka, du mußt durchhalten. Ich werde sie finden, das verspreche ich.« Er seufzte, als er diese Verpflichtung ein zweites Mal einging. »Es kann dauern, aber ich fahre nach Brisbane und suche sie.« Er lachte grimmig. »Ich habe dort einmal etwas gegolten. Vielleicht ist ja noch ein bißchen von diesem Einfluß übrig.«

Auf dem Weg durch den Gang zum Haupthaus spürte er beim Gedanken an Springfield, seinen Vater, die Schwarzen, denen dieses Land einmal gehört hatte, eine Welle der Nostalgie in sich aufsteigen. Doch die sorglosen Tage seiner Jugend waren vorüber. Die Aborigines, seine Freunde, waren alle verschwunden; die Farm lief laut Victor Gefahr, im Namen des Fortschritts zerstückelt zu werden, das gleiche Schicksal zu erleiden wie viele Besitzungen im Süden des Landes auch, wo die rasch anwachsende Bevölkerung sich nicht mehr hatte zurückdrängen lassen.

Dieser Tag war Harry endlos erschienen, dabei war es erst Mittag. Alle waren wieder an ihre Arbeit gegangen, nur Louisa und Victor feierten noch immer mit strahlenden Augen im Eßzimmer.

»Teddy schläft«, rief Victor ihm zu. »Komm doch zu uns. Wir haben eine Flasche Champagner aufgemacht. Das ist der schönste Tag meines Lebens! Ich bin schon ein bißchen betrunken, aber was soll's!«

»Ich mache mir Sorgen um Charlotte. Wir haben noch nichts von ihr gehört.«

»Das ist auch nicht nötig«, grinste Victor, »Jock sagt, Ada habe sie in ihrer schicken Kutsche abgeholt.«

»Wieso Ada?«

Louisa lachte. An diesem Tag konnte ihr nichts die Laune verderben. »Wieso nicht? Komm, trink ein Glas Champagner mit uns.«

»Na gut, um dir eine Freude zu machen«, entgegnete Harry, »aber dann muß ich Spinner suchen. Er soll einen Auftrag für mich übernehmen.«

»Hat keinen Zweck, nach ihm zu suchen«, sagte Victor und goß Champagner in ein drittes Glas. »Er ist zu Jock geritten. Hat etwas mit den Schwarzen zu tun.«

»Worum geht es?«

»Du kennst doch noch den alten Moobuluk, der sich immer hier herumgetrieben hat. Anscheinend ist er gestorben, und sie halten Wache bei ihm. Alle Schwarzen aus dem Bezirk sind gekommen.«

»Wo ist er denn gestorben?«

»Woher soll ich das wissen? Hier, trink, du Held.«

Sie redeten unentwegt über Teddy, wie knapp er dem Tod entronnen und auf wie wunderbare Weise er gerettet worden war.

Nicht ein Mal wurde Kritik an Nioka laut. Sie schienen es als selbstverständlich zu erachten, daß sie ihr Bestes getan hatte, indem sie ihn ausruhen ließ und – darüber mußten alle lachen – mit Maden und Jamswurzeln fütterte, bis er sich erholt hatte.

Louisa war sehr aufgeräumt. »Er sagt, sie hätte ihm gekochten Aal gegeben, doch er roch so komisch, daß er ihn nicht hat essen wollen. Kannst du dir vorstellen, daß jemand einem Kind ausgerechnet Aal vorsetzt?«

»Aal habe ich auch schon gegessen«, warf Victor ein. »Austin hat ihn uns förmlich aufgedrängt, als wir klein waren. Aal und Kutteln. Gott, wie ich die gehaßt habe.«

Sie waren bester Stimmung und fanden alles wunderbar.

»Gott sei Dank ist Nioka eine hervorragende Schwimmerin«, sagte Victor. »Als wir Kinder waren, hat sie immer damit angegeben. Ist quer durch den Fluß und wieder zurück geschwommen und wußte genau, daß wir uns das niemals trauen würden.«

»Ein Glück, daß sie da war«, sagte Louisa. »Welch ein Zufall, daß sie Teddy ins Wasser fallen sah.«

»Nein, ganz so war es nicht«, warf Harry ein. »Sie hat ihn

vom anderen Ufer aus beobachtet. Ihr werdet euch vielleicht erinnern, daß sie Jagga an eure verdammten Glaubensfanatiker verloren hat. Da war nun also diese kinderlose Frau, die voller Liebe ein anderes Kind beobachtete. Als es in den Fluß fiel, reagierte sie instinktiv wie eine Mutter und sprang ihm sofort hinterher. Zum Glück ist sie stark wie ein Ochse und schwimmt wie ein Fisch.«

»Während Rupe und Cleo ihn einfach vergessen hatten«, grollte Victor.

»Keiner von ihnen hätte Teddy in diesem Augenblick retten können«, erklärte sein Bruder. »Die Strömung hatte ihn fortgerissen. Er ist in Sicherheit, er ist nicht ertrunken, belassen wir es dabei.«

»Soll ich etwa vergessen, daß Rupe meinen Sohn in diesen verdammten Fluß stürzen ließ?« fauchte Victor.

»Ich denke, er hat genug gelitten. Er muß sich schrecklich fühlen. Die Gouvernante übrigens auch.«

»Dann denk bitte auch mal daran, was wir durch sie gelitten haben«, sagte Louisa empört. »Ich werde ihnen das nie verzeihen.«

»Jesus, was ist nur aus dieser Familie geworden?« fragte Harry. »Ihr wollt Rupe nicht verzeihen. Victor und Charlotte haben sich förmlich gegeneinander verrannt. Du behauptest, sie wolle das Herz von Springfield verkaufen, besitzt aber gleichzeitig nicht die Fairneß, ihr den Anteil anzubieten, der ihr zusteht. Austin würde sich im Grab umdrehen.«

»Nein, keineswegs«, sagte Louisa. »Er selbst hat doch die Weichen für all das gestellt. Aber ich weigere mich, heute darüber nachzudenken. Victor, bitte noch etwas Champagner für mich. Durch Gottes und Niokas Hilfe ist unser Junge sicher heimgekehrt, das will gefeiert werden.«

Spinner war zu betrübt, um sich darüber zu freuen, daß er nun auf die Nachbarfarm ziehen und sein Mädchen heiraten konnte. Der Verlust des alten Mannes traf ihn tiefer als erwartet, ihm war, als sei ein Berg urplötzlich aus der Landschaft verschwunden, eine verwirrende Erfahrung für einen Mann, der sich im Grunde mehr als Weißer denn als Schwarzer fühlte. Und noch etwas verwirrte ihn: Er wußte nicht, wie es nun um sein Versprechen stand. Vielleicht war er ja noch gar nicht von seiner Pflicht entbunden; vielleicht erwartete man von ihm, daß er weiter nach den Jungen Ausschau hielt.

Besorgt trat er an Niokas Fenster und bat sie, herauszukommen und mit ihm zu reden. Er hätte nie gewagt, das große Haus zu betreten.

Zu seinem Erstaunen stürmte sie auf ihn zu und umarmte ihn, obwohl sie niemals echte Freunde gewesen waren.

»Spinner, wie schön, dich zu sehen. Gut siehst du aus. Bist du nicht auch ein wenig gewachsen?«

Er konnte ja nicht ahnen, daß Nioka dankbar war, ihrer selbstauferlegten Einsamkeit entfliehen zu können, und sich verzweifelt danach sehnte, mit jemandem zu sprechen. Geschmeichelt setzte er sich mit ihr unter den alten Feuerbaum und war stolz, daß diese Frau, eine Heldin, seine Gegenwart zu schätzen wußte. Die Weißen lobten sie derzeit über den grünen Klee.

Er erklärte ihr sein Dilemma, und jetzt umarmte sie ihn aus lauter Dankbarkeit, daß er die ganze Zeit über nach ihren Jungen Ausschau gehalten hatte.

»Du brauchst dir keine Sorgen mehr zu machen. Jetzt bin ich hier. Ich gehe nicht fort. Ich warte auf sie. Harry hat mir versprochen, sie zu suchen. Sie lassen mich hier wohnen. Ich suche mir Arbeit.«

»Ehrlich?« fragte Spinner erstaunt.

Nioka lachte. »Ja. Es ist mir inzwischen egal. Ich habe ohnehin nichts anderes zu tun. Ich habe ganz allein da drüben im Busch gelebt ...«

»Das wußten wir«, sagte Spinner, ohne einzugestehen, daß

die Schwarzen nicht gewußt hatten, *wer* sich dort aufhielt. »Aber wir haben es keinem verraten. War auch gut so, was? Sonst wärst du nicht dagewesen, um Teddy zu retten. Mann, Victor ist vielleicht sauer auf Rupe! Ich glaube, er wird ihn erwürgen, wenn er ihn in die Finger bekommt. Wo hast du eigentlich Minnie gelassen? Warum ist sie nicht mit dir gekommen?«

Nioka erzählte ihm von ihrer Schwester, und er entschuldigte sich für seine taktlose Frage.

»Aber ihr seid alle gegangen, ohne mir etwas zu sagen«, beschwerte er sich. »Wo seid ihr hingewandert?«

Sie erklärte ihm, daß sie aus Angst um die anderen Kinder die Gegend verlassen und ein schönes, sicheres Plätzchen zum Leben gefunden hatten, das sie sich mit Angehörigen eines anderen Clans teilten.

Sein Gesicht verdüsterte sich. »Man ist nirgendwo mehr sicher. Ist das Land gut? Erzähl mir davon. Bekommt ihr dort viele Weiße zu Gesicht? Wie weit ist es von Farmen und Dörfern entfernt?«

Nachdem sie ihm alle Fragen beantwortet hatte, schüttelte Spinner den Kopf. »Es hat keinen Sinn, Nioka, es ist nicht von Dauer. Mehr und mehr weiße Leute kommen her und brauchen viel Land für ihr Vieh und den Ackerbau. Du solltest deiner Horde besser raten zurückzukehren.«

»Das geht nicht! Es ist zu gefährlich für unsere Kinder.«

»Dort oben, inmitten von Fremden, ist es das auch. Und es geht nicht nur um die Kinder. Ihr werdet alle in Reservate gesteckt.« Er ließ ihr Zeit, darüber nachzudenken.

Schließlich schlug sie sich mit verschränkten Händen gegen die Brust, als wolle sie von dort eine Antwort hervorzaubern, die aber nicht zu kommen schien.

»Ich muß Harry fragen.«

»Beeil dich lieber damit. Er lebt nicht mehr hier. Seit der Boß gestorben ist, hat sich vieles verändert. Die Schwarzen sind nicht die einzigen, die überrannt werden. Es kommen immer mehr Weiße, die auf Springfield leben und Häuser bauen wollen. Sie sagen, die Brodericks hätten zuviel Land, so wie sie es früher über die Schwarzen gesagt haben.«

»Nein!«

»Doch! Dasselbe passiert bei Jock. Es gibt große Probleme, glaub mir!«

Nioka starrte ihn fassungslos an. Wie war das möglich? Die Welt stand kopf. Sie konnte einfach nicht begreifen, daß eine weitere Invasion des Tales und der offenen Grasebenen dahinter bevorstehen sollte.

Sie seufzte. »Geh jetzt, Spinner. Und vergiß nicht, mir dein Mädchen vorzustellen.«

In der Zwischenzeit hatten Victor und Louisa unerwarteten Besuch bekommen. Sergeant Perkins aus Cobbside hatte von dem Unfall im Fluß erfahren, den er nun näher zu untersuchen gedachte, und Reverend Whiley wollte sein Beileid ausdrücken und seine Hilfe anbieten.

Beide Männer waren hocherfreut über die guten Neuigkeiten und feierten nur zu gerne mit den Brodericks.

Dann brachte ein Hausmädchen Teddy nach unten. »Tut mir leid, Missus, aber er will nicht mehr schlafen.«

Louisa lachte und nahm Teddy mit einem Schwung auf den Schoß. »Macht nichts, er kann hierbleiben. Als unser Ehrengast.«

Rupe war überwältigt angesichts der guten Nachricht, die ihn so plötzlich traf, daß er weiche Knie bekam. Jock goß ihm einen Brandy ein.

»Ich trinke einen mit. Was für ein Tag! Ich bin ja so erleichtert. Du mußt auf Wolke sieben schweben.«

Das stimmte, doch die bevorstehende Begegnung mit Victor lag ihm schwer auf dem Magen. Nun hatte er keinen

Grund mehr, sich länger bei Jock zu verstecken. Teddy war in Sicherheit, und er mußte heimkehren.

Er hielt sich an seinem Brandy fest und suchte nach einer Ausrede, um das Unvermeidliche hinauszuzögern, doch sie wollte nicht kommen.

An diesem Nachmittag ließ Ada Crossley ihren Fahrer am Kolonialwarenladen am Stadtrand von Toowoomba vorfahren, damit er die Kutsche gründlich reinigen konnte. Sie waren gut vorangekommen, hatten eine Zwischenübernachtung bei Freunden eingelegt und dort die Pferde gewechselt, so daß diese kurze Verzögerung kaum ins Gewicht fiel.

Charlotte erwartete sie bereits vor dem Hotel. »Gott sei Dank!« rief sie und drängte sich an dem Kutscher vorbei, der Ada heraushelfen wollte. »Ich bin fast wahnsinnig geworden. Niemand hier weiß Bescheid. Ich dachte schon, du kommst nicht mehr.«

»Ich habe mich so gut beeilt, wie ich konnte!«

»Was ist mit Teddy? Was in Gottes Namen ist mit ihm geschehen?«

Ada nahm sie am Arm. »Laß uns reingehen. Ich hoffe, du hast ein gutes Zimmer für mich gebucht. Wir gehen hinauf, trinken Tee und unterhalten uns.« Sie teilte ihr erst mit, was geschehen war, als sich die Tür hinter ihnen geschlossen hatte. Wie erwartet, brach Charlotte beinahe zusammen.

»Teddy?« schrie sie. »Mein süßer, kleiner Junge soll tot sein? Ertrunken? Wie konnte das passieren?«

Ada saß stundenlang bei ihr, spendete Trost, betete mit ihr, versuchte zu erklären, wie es zu dem Unglück gekommen war, und tat ihr Bestes, um Charlotte in ihrer Trauer zur Seite zu stehen. Nicht zum ersten Mal mußte sie miterleben, daß Freunde von einem tiefen Unglück getroffen wurden, doch die Situation wurde nicht leichter dadurch. Später sandte sie entgegen Charlottes ausdrücklichem Willen nach einem Arzt, der ihr ein Beruhigungsmittel verabreichte, und versprach, gleich am nächsten Morgen mit ihr nach Springfield zu fahren.

Als die Kutsche die endlosen Landstraßen entlangfuhr, unternahm Ada den Versuch, Charlotte von der Tragödie abzulenken, indem sie sich erkundigte, ob sie den Streit mit ihren Söhnen inzwischen beigelegt habe.

»Wen kümmert das jetzt noch?« fauchte Charlotte. »Victor und Louisa müssen am Boden zerstört sein. Und Rupe natürlich auch. Ich werde mir nie verzeihen, ihnen so viele Unannehmlichkeiten bereitet zu haben. Ich war nicht da, als sie mich brauchten, habe statt dessen in Brisbane gesessen und geschmollt. Wenn ich dagewesen wäre, hätte ich dieser verdammten Gouvernante doch nie erlaubt, mit Teddy an den Fluß zu gehen ...«

»Charlotte, es ist Gottes Wille, du konntest nichts dagegen tun. Wir alle müssen uns seinem Ratschluß beugen.«

»Seiner Grausamkeit, meinst du wohl. Zuerst mein Mann, und nun mein einziger Enkel. Der arme Victor hat fast gleichzeitig Vater und Sohn verloren. Ich muß ihm beistehen, ich habe mich so selbstsüchtig verhalten. Er kann den Besitz haben, mitsamt meinem Grundstück. Ich gebe alles zurück.«
Ada seufzte. Sie hätte es nie gewagt, der Freundin in ihrem derzeitigen Zustand zu widersprechen, hielt ihren Entschluß insgeheim jedoch für übereilt. Selbstsüchtig hatten sich eher die anderen in ihrer Familie verhalten.

Irgendwann nahm Charlotte die Haube ab, lehnte sich zurück und schloß die Augen. Auch Ada war müde, hatte aber noch nie während der Fahrt schlafen können, nicht einmal in diesem komfortablen Gefährt. In Gedanken ließ sie ihre eigenen Probleme Revue passieren. Jock alterte zusehends, wollte die Zügel jedoch nicht aus der Hand geben. Er betrachtete sich immer noch als Boß, lag aber ständig mit den Aufsehern der drei Außenposten im Streit, die sich um die Vorherrschaft drängten. Sie tuschelten oft miteinander, er solle sich endlich zurückziehen und einen von ihnen zum Verwalter ernennen.

Zu ihrer Überraschung hatte Jock sich ihr anvertraut, nachdem die letzten Renngäste abgereist waren.

»Weißt du, Ada, Austin Broderick, Gott hab ihn selig, hat es falsch gemacht. Harry war nie für die Politik geschaffen. Er ist ein geborener Bushie, und Austin hätte darauf bestehen sollen, daß statt seiner Rupe nach Brisbane geht. Er weiß, wann er die Hand zu heben und wann er sie unten zu lassen hat. Der Jüngste hat es faustdick hinter den Ohren.«

»Das findet seine Mutter auch gerade heraus«, gab Ada zurück. »Und was Harry betrifft, nachher ist man immer klüger. Er und Connie haben einfach über ihre Verhältnisse gelebt und sind unsanft auf dem Teppich gelandet. Von dieser verdammten Abstimmung ganz zu schweigen. Das wird man ihm nie verzeihen.«

»Ach, es ist doch schon fast vergessen. Ich habe Harry nie gut gekannt, weil er so oft weg war, aber ich möchte ihn und Connie gern hier haben. Jetzt kommt auch noch ein Baby, das bringt Leben ins Haus. Dein Bruder, der Herr Richter, läßt sich nur selten zu einem Besuch bei uns herab. Ich schätze, das nächste Mal taucht er bei meiner Beerdigung auf.«

»Was soll das Gerede? Worauf willst du hinaus?«

»Ich sag' dir was, Mädchen. Hätte ich gewußt, daß Harry nach Tirrabee gehen wollte, hätte ich ihn mir selber geschnappt.«

»Wozu?«

»Um ihn zu meinem Verwalter zu machen natürlich. Er würde unseren drei Witzbolden hier Beine machen, meinst du nicht? Ich kann nicht ewig arbeiten, und du wirst auch nicht jünger. Welchem von den dreien würdest du denn die Leitung überlassen?«

»Keinem«, entgegnete sie bitter.

»Dann solltest du besser über meinen Vorschlag nachdenken, Ada. Nimm den Teufel, den du kennst, und wenn er dazu noch zur Familie gehört ... Harry und Connie sind genau das, was du brauchst, die nächste und die übernächste Generation. Das Essen war übrigens ganz hervorragend. Bringst du mir noch ein Glas Portwein?«

Sie goß sich auch eines ein und nippte nachdenklich daran. Sie wollte ihrem Vater nicht antworten, bevor sie sich die Sache nicht gründlich überlegt hatte. Die Gesellschaft ihrer Nichte und deren Mannes hätte ihr gefallen, doch es gab noch andere Erwägungen.

»Ich denke darüber nach, Pa, aber nur unter einer Bedingung. Ich will ein hieb- und stichfestes Testament. Du hinterläßt mir diesen Besitz mit allem, was dazugehört. Ich will nicht, daß es mir einmal so ergeht wie Charlotte.«

»Eigentlich sollte er zwischen dir und deinem Bruder aufgeteilt werden.«

»Er hat schon genug bekommen. Du hast ihm sein Leben lang Geld zugeschoben. Der Richter ist gut gestellt, um ihn brauchst du dir keine Sorgen zu machen. Außerdem hat er hier nie einen Finger gerührt und bekommt dennoch immer seinen Anteil von den Wollerlösen. Ich habe mich nie daran gestört, schließlich ist es dein Geld, aber du wirst die Farm ins Chaos stürzen, wenn du ihm die Hälfte vermachst. Er wird seinen Anteil zu Geld machen wollen und auf einen Verkauf drängen.«

Ada bemerkte, daß Jock an seinem unordentlich buschigen, weißen Bart zupfte; er war guter Stimmung. Sie hatte schon lange mit ihm über dieses Thema sprechen wollen und nur auf die richtige Gelegenheit gewartet. Nun war sie endlich da.

»Ich sage dir was. Ich setze ein neues Testament auf und hinterlasse dir die gesamte Farm. Es wird auch die Bestimmung enthalten, daß nach deinem Tod alles auf meine Enkelin Connie Broderick und ihren Ehemann übergeht.«

Seine schlauen Augen glitzerten, und sie ahnte, daß er etwas im Schilde führte, stimmte aber dennoch zu.

»Das ist fair, da wird sich nicht einmal der Richter beklagen können. Seine Familie wird davon profitieren, da ich wohl kaum noch Nachkommen hervorbringen werde. Ja, so werden wir es machen. Vielen Dank, Pa, ich danke dir sehr.«

»Das ändert aber nichts an der Tatsache, daß ich Harry Broderick als Verwalter haben will. Was hältst du davon?«

Sie lachte. »Man sollte nicht über ungelegte Eier sprechen. Er hat bereits eine Stelle und scheint auf Tirrabee sehr glücklich zu sein. Andererseits, fragen kostet nichts.«

Traurig wurde ihr plötzlich bewußt, daß sie Harry nun früher als erwartet wiedersehen würde – auf Teddys Beerdigung.

Als sich Jock schließlich an den Namen von Charlottes Hotel in Toowoomba erinnerte, spürte Harry eine ungeheure Erleichterung. Er wäre sonst längst schon aufgebrochen, wartete nur noch die Ankunft seiner Mutter ab. Man hatte einen Reiter losgeschickt, der ihr die gute Neuigkeit telegrafieren sollte, doch als er in Cobbside eintraf, war das Postamt aus Umzugsgründen geschlossen. Als die Nachricht am nächsten Tag im Hotel Victoria ankam, waren die Frauen bereits aufgebrochen. Sie übernachteten auf demselben Besitz, auf dem Ada ihre Pferde gewechselt hatte, damit sie sie wieder in Empfang nehmen konnte, fuhren aber an Cobbside vorbei. So verpaßten sie die letzte Gelegenheit, von Teddys Rettung zu erfahren.

Als die Kutsche durch das Tal rollte, verließ Ada der Mut. Sie fürchtete sich vor der Begegnung mit Teddys Eltern und fragte sich, wie um alles in der Welt sie ihnen Trost spenden sollte. Das würde noch schlimmer sein als mit Charlottes Schmerz umzugehen. Sie bemerkte, wie ihre Freundin tiefer in den Sitz sank, als der Kutscher in die breite Auffahrt einbog, und ergriff zur Ermutigung ihre Hand.

Da sich der Kutscher des traurigen Anlasses bewußt war, fuhr er ganz langsam durch den kreisförmigen Garten zum Haupteingang von Springfield vor. Ada fiel auf, daß Charlottes Garten, der einmal alle Augen auf sich gezogen hatte, noch schlimmer aussah als bei ihrem letzten Besuch. Doch ihre Freundin achtete jetzt nicht auf derartige Banalitäten. Ihre Tränen flossen von neuem, sie rang verzweifelt um Fassung und kramte in ihrer Handtasche nach einem Taschentuch.

Charlie öffnete den Verschlag der Kutsche und half ihnen beim Aussteigen. Die beiden Frauen rafften ihre Röcke und stiegen die Stufen vor der Haustür hinauf, als diese aufflog und Teddy herausstürzte. »Oma! Oma ist da!«

Charlotte starrte ihn ungläubig an und kippte dann bewußtlos um. Bevor Ada oder Charlie sie auffangen konnten, stürzte sie rückwärts die ganze Treppe hinunter, und die beiden hörten ein häßliches Knacken.

Adas Schreie alarmierten die Familie, die sich gerade zum Essen an den Tisch setzen wollte.

Charlotte lag reglos unten vor den Stufen, und Ada bemühte sich verzweifelt, sie aufzuheben.

Victor und Louisa erschienen als erste.

»Elendes Pack!« fuhr Ada sie an. »Wie konntet ihr eurer Mutter das antun? Ist euch überhaupt klar, was sie durchgemacht hat?«

»Wieso? Was?« fragte Louisa, als die Männer Charlotte aufhoben und ins Haus trugen. Sie wollte mitgehen, kehrte dann aber zu Ada zurück, die sie jedoch beiseite stieß.

»Wir müssen einen Arzt rufen!« schrie Hannah, die sich hinter Victor und Harry in den Salon drängte, wo die beiden ihre Mutter auf das Sofa legten.

»Was ist passiert?« rief Victor und beugte sich über sie. »Mutter? Kannst du mich hören?«

»Weg da!« keifte Ada zornig, die den Alkohol in seinem Atem riechen konnte. Anscheinend hatte sie ihre Freundin in einem Irrenhaus abgeliefert. Und der putzmuntere Teddy sah mit großen Augen zu, wie sich alle um seine Oma bemühten.

Charlotte hatte eine stark blutende Platzwunde an der Stirn, die Ada nun mit einem Lappen betupfte, während sie beruhigend auf sie einredete. Gleichzeitig winkte sie die anderen beiseite, damit ihre Freundin Luft zum Atmen hatte. Sie knöpfte Charlottes Kragen auf und wisperte dann streng: »Holt einen Arzt, sie hat sich den Arm gebrochen.«

»Ist sie tot?« fragte Teddy. Seine Mutter brachte ihn flugs zum Schweigen, doch die Stimme hatte seine Großmutter geweckt. Sie öffnete langsam die Augen. »Ist das Teddy? Ada, war das Teddy?«

»Ja, Liebes. Ihm geht es gut. Er ist hier im Zimmer. Aber du mußt jetzt ganz ruhig liegen. Wir machen es dir gleich bequemer.«

Sie wies die Männer aus dem Raum und untersuchte die Patientin mit geschickten Händen. »Sonst scheint nichts gebrochen zu sein, Gott sei Dank. Hannah, hol mir Mull und eine Leinenbinde für die Wunde. Ich fürchte, sie muß genäht werden, aber fürs erste reicht es.«

Hannah eilte davon.

Besorgt beugte sich Louisa über ihre Schwiegermutter, doch Ada ging dazwischen. »Sie braucht keinen Schnapsatem im Gesicht.«

Louisa war zu schockiert und eingeschüchtert, um zu erklären, daß sie nur einen kleinen Gin vor dem Essen genommen hatte, den Charlotte im übrigen ebenfalls zu schätzen wußte. Sie zuckte zurück und rannte zu Victor, der sie in die Arme nahm.

»Keine Sorge, Liebes, Harry holt einen Arzt. Ihr geht es bald wieder besser.«

Doch was würde danach kommen? fragte sich Louisa. Charlotte war wieder zu Hause und hatte zudem diese furchtbare Frau mitgebracht. Die Freude über Teddys Heimkehr war plötzlich verflogen. Sie hatte Kopfschmerzen.

Der alte Jock schien nicht zu bemerken, daß Rupe es mit der Rückkehr alles andere als eilig hatte. Bei ihm durfte jeder Gast so lange bleiben, wie er wollte, Hauptsache, er konnte sich mit ihm fachmännisch über Pferde unterhalten und ihm seine preisgekrönten Tiere in allen Gangarten vorführen. Rupe nutzte seine Erfahrung auf diesen Gebieten, um Zeit zu gewinnen. Es fiel ihm nicht schwer, die herrlichen Pferde und ihre luxuriösen Stallungen zu loben, um die Jock allgemein beneidet wurde. Rupe hatte schon oft versucht, Victor zu überreden, sich mehr auf ihre Vollblüter zu konzentrieren, doch sein Bruder dachte leider sehr eingleisig. Sicher, ihre Merinos waren berühmt, doch es gab einfach nichts Erhabeneres als Pferde. Er rang Jock sogar die Erlaubnis ab, auf einem prächtigen, schwarzen Araber namens Dynamite um die Bahn zu reiten. Durch den kraftvollen Ritt aufgeheitert, sprang er übermütig aus dem Sattel und klopfte Jock auf die Schulter.

»Was für ein Tier! Ein Geschenk der Götter. Wer wäre nicht stolz auf diesen Champion?«

All das hatte ihm Zeit verschafft, zu einer Entscheidung zu gelangen. Die Lösung war einfach. Victor würde eine Weile brauchen, bis er über diese Beinahe-Katastrophe hinweg wäre, und eben dies bot ihm eine Entschuldigung, Springfield den Rücken zu kehren.

Während die Stallknechte die Pferde für die Nacht vorbereiteten, teilten er und Jock sich eine Flasche Bier.

Er legte sich in Gedanken zurecht, was er Victor sagen wollte. »Es ist offensichtlich, daß du mich nicht hierhaben willst, also werde ich gehen. Ich komme mir ohnehin vor wie das fünfte Rad am Wagen. Außerdem weißt du keine meiner Ideen zu würdigen, doch das nur am Rande. Ich bleibe nicht hier und lasse mich wie ein Aussätziger behandeln, nur weil ich zufällig Cleo – wohlgemerkt nur sie, und nicht Teddy – eingeladen habe, sich mit mir zusammen die Vögel anzusehen.

Ich weiß noch nicht, wohin ich gehe« – in Wahrheit spielte er mit dem Gedanken an eine Europareise – »aber du brauchst dir keine Sorgen um mich zu machen. Ich mische mich nicht mehr in deine Pläne ein. Ich mag zwar die Hälfte von Springfield besitzen, aber du kannst mit der Farm nach Gutdünken verfahren, so wie du es immer gewollt hast. Du bist jetzt der Boß. Ich brauche natürlich etwas Geld. Wir können uns jedes Jahr den Wollscheck teilen, das ist doch ein fairer Deal. Du hast das Haus, ein Herrenhaus, möchte ich sagen, aber das neide ich dir nicht.«

Er wußte, daß seine Bitte nicht ungewöhnlich war. Es gab viele Empfänger fetter Wollschecks, die in Saus und Braus in London lebten, und oft waren es nicht einmal enge Verwandte. Selbst den Vettern reicher Viehzüchter gelang es oft, mit Hilfe familiären Drucks Anteile an den Profiten zu erlangen, womit sie sich dann auf den Weg in die Stadt der Städte machten.

Dabei fiel ihm Cleo wieder ein. Was hatte er nur an ihr gefunden? Natürlich, sie war das einzige Mädchen weit und breit gewesen. Er zuckte die Achseln. Ihr Familienvermögen wäre ganz gelegen gekommen, doch wenn er erst einmal über ein eigenes Einkommen verfügte, könnte er sich auch anderen Damen zuwenden. Er sorgte sich nur um die Höhe dieses Einkommens, das nun, da der Erwerb der Ländereien daraus bestritten werden mußte, nicht mehr ganz so üppig ausfallen würde.

Dann verkaufen wir eben noch mehr Land, dachte er bei sich.

»Laß uns ins Haus gehen«, schlug Jock vor. »Ich möchte dir Dynamites Stammbaum zeigen. Du wirst grün vor Neid, wenn du siehst, welche Vorfahren er hat.«

Am Morgen lag Charlotte mit eingegipstem Arm und Verband um die Stirn in ihrem eigenen Bett. Die Wunde hatte zum Glück doch nicht genäht werden müssen, aber sie litt unter scheußlichen Kopfschmerzen und hatte äußerst schlechte Laune. Die treue Ada war die ganze Zeit über nicht von ihrer Seite gewichen.

Victor hatte sich bemüht, den Frauen zu erklären, was geschehen war. Auch Louisa machte einen Versuch, wurde aber schnell wütend und fauchte sie an:

»So wie ihr euch verhaltet, könnte man meinen, ihr hättet Teddy lieber tot vorgefunden!«

Charlotte preßte die Lippen zusammen. »Wie kannst du es wagen, so etwas zu sagen! Ich erhalte ein Telegramm, in dem steht, Teddy habe einen Unfall gehabt. Als nächstes höre ich, er sei ertrunken. Und die ganze Zeit über ist keiner da, um mir zu erklären, was wirklich passiert ist. Nur Ada hat sich um mich gekümmert.«

»Wer hat dir eigentlich dieses Telegramm geschickt?« erkundigte sich Victor verblüfft.

Hannah brach in Tränen aus, als sie zur Rede gestellt wurde. Sie erwähnte Jack Ballards Beteiligung mit keinem Wort und bot ihre Kündigung an. Im Laufe des Morgens festigte sich ihr Entschluß, das Haus zu verlassen. Der Arzt war in einem der Gästezimmer untergebracht, gleich neben Niokas. Diese hatte sich allerdings in dem feinen Gästezimmer nicht wohl gefühlt und war in den Schuppen gezogen, in dem ihre Schwester gelebt hatte, wo sie nun ihres Schicksals harrte. Hannah hatte die Nase gründlich voll von ihnen allen.

Die Hausmädchen waren völlig verwirrt, weil sie nun den

Anordnungen mehrerer Frauen gleichzeitig nachkommen mußten und nicht wußten, welcher von ihnen Vorrang gebührte. Also übernahm es Hannah höchstpersönlich, Harry, der seltsamerweise noch im Bett lag, sein Frühstück zu bringen. Zugegeben, er hatte einen langen Ritt hinter sich, da er den Arzt zuerst in Cobbside und dann auf einem anderen Besitz gesucht hatte und zudem noch aufgeblieben war, bis seine Mutter bequem untergebracht war. Doch es paßte einfach nicht zu ihm, so lange im Bett zu bleiben.

»Sagen Sie jetzt bloß nicht, Sie sind auch krank«, sagte Hannah und stellte das Tablett auf seinen Nachttisch.

»Nein«, antwortete er grinsend, »ich dachte nur, hier oben wäre es sicherer. Hannah, du bist ein Schatz. Ich befürchtete schon, der Hunger würde mich hinuntertreiben.«

»Machen Sie das Beste draus, ich verlasse jedenfalls dieses Haus. Noch nie habe ich so ein Tohuwabohu erlebt. Sie gehen einander an die Kehle, der ganze Haufen.«

»Du kannst nicht kündigen. Beiß einfach eine Weile die Zähne zusammen. Sie müssen nur etwas Dampf ablassen und werden sich schon wieder beruhigen. Aber was soll nur aus meiner armen Frau draußen auf Tirrabee werden? Ich muß dringend nach Hause. Zuerst werde ich allerdings hier für Ordnung sorgen.«

»Sie könnten damit anfangen, indem Sie Mrs. Crossley hinauswerfen.«

»Dafür braucht es einen mutigeren Mann als mich. Versteck dich eine Weile in der Küche, während ich diese Mahlzeit genieße. Es ist wirklich bald alles vorbei.«

»Das will ich hoffen.«

Sie schloß die Tür und ging in einer Aufwallung von Trotz zur Vordertreppe, obwohl sie sonst immer die weitaus bescheidenere Hintertreppe nahm. Vom Treppenabsatz aus erblickte sie Rupe, der gerade hereinkam und seinen Hut auf den Garderobenständer warf.

Hannah neigte nicht dazu, den Namen des Herrn unnütz im Mund zu führen, doch diesmal wurde es ihr zuviel.

»Oh, Jesus Christus!« murmelte sie. »Der hat uns gerade noch gefehlt.« Sie eilte den Flur zurück und lief die einfachen Holzstufen hinunter, die sie sicher in ihr angestammtes Reich führten.

13. KAPITEL

DAS KLEINE HAUS auf Tirrabee bot dagegen ein Bild des Friedens. Aus dem Schornstein kräuselte sich Rauch empor, das rote Dach schimmerte anheimelnd in der Nachmittagssonne, und die Bäume ringsherum quollen über von rosa und weißen Blüten. Im spärlichen Gras hinter dem Zaun scharrten und pickten Hühner, drängte sich ein neugieriges Ferkel zwischen sie und beschnüffelte ihr Futter. Ein alter Schäferhund, der im Gebüsch geschlafen hatte, stürzte hervor und empfing die beiden Reiter, die am Tor abstiegen, mit wachsamem Gebell. Connie trat auf die Veranda hinaus.

Sie weinte, als sie auf Harry zulief, doch er strahlte übers ganze Gesicht. »Kein Grund für Tränen, Liebste. Sie haben Teddy gefunden. Er ist quietschfidel und schon wieder ganz schön frech.«

Sie trat einen Schritt zurück. »Was? Wie? Spinner hat doch gesagt ...«

»Ich weiß, und es tut mir schrecklich leid, daß du dir solche Sorgen gemacht hast, aber es war falscher Alarm. Gib deinem Ehemann einen Kuß und sag, daß du ihm verzeihst.«

Sie küßte ihn zärtlich, schluchzte erneut, lächelte und versuchte, sich zu beherrschen, da Harry nicht allein gekommen war.

»Du erinnerst dich doch an Jack Ballard, Connie? Von Springfield?«

»Natürlich. Entschuldigen Sie, Jack, ich habe Sie nicht sofort erkannt. Harry, wieso hast du mir nicht telegrafiert, daß es Teddy gutgeht? Ich bin fast verrückt geworden vor Trauer.«

»Weil wir jetzt hier sind. Ein Telegramm hätte länger gebraucht als wir. Es ist eine lange Geschichte, die ich dir erzählen werde, wenn du uns hineinläßt.«

»Du lieber Himmel! Das Wohnzimmer ist völlig durcheinander. Clara bringt mir gerade bei, wie man einen Quilt macht, und nun liegen überall Stoffetzen herum.«

»Clara ist die Frau eines Viehhüters«, erläuterte Harry. »Sie hat Connie sehr geholfen, und auf ihren Mann kann man sich auch verlassen. Er war früher Zimmermann, suchte aber nach einer Stelle mit Unterkunft, da hat es ihn hierher verschlagen. Wir könnten ihn befördern, ihm etwas mehr Verantwortung übertragen.«

Connie runzelte verwundert die Stirn, als sie hörte, daß Harry mit einem Besucher Personalfragen besprach. Wollte er Jack vielleicht als Vorarbeiter einstellen? Aber das würde für diesen doch einen Abstieg bedeuten; außerdem konnte dieser Besitz keinesfalls einen Verwalter *und* einen Vormann ernähren. Doch für den Augenblick gab es wirklich Wichtigeres zu bedenken: Was sollte sie ihnen bloß zu essen vorsetzen?

»Erzähl mir von dir«, sagte Harry liebevoll, als sie hineingingen. »Geht es dir gut? Du siehst aus wie das blühende Leben.«

»Vielen Dank«, antwortete sie lächelnd, »ich fühle mich auch ganz ausgezeichnet. Überhaupt keine Probleme.«

Ihre Sorge um das Essen war unbegründet gewesen. Die beiden Männer übernahmen in der Küche die Regie und bestanden darauf, daß Connie sich hinsetzte und mit ihnen plauderte. Sie brieten riesige Portionen Steak mit Ei und Zwiebeln und kochten einen großen Topf Kartoffeln. Dabei erfuhr sie die Geschichte von Teddy und Nioka und hörte von Charlottes Unglück, der Entlassung der Gouvernante und der tiefen Kluft zwischen Victor und Rupe.

»Mehr konnte ich nicht tun«, erklärte Harry, während er

Salz, Pfeffer und Worcestershire-Sauce, einen Laib Brot und Butter auf den Tisch stellte. »Das müssen sie schon untereinander ausmachen. Wieder mal«, fügte er lachend hinzu.

Erst nach dem Essen, bei Kaffee und Käse, berichtete Harry im Detail von den Ereignissen, die zum Teil selbst Jack Ballard neu waren.

»Moobuluk hattest du bisher gar nicht erwähnt.«

»Ich weiß nicht mal, wer das ist«, warf Connie ein.

»Er ist ein Zauberer, alt wie die Berge. Besser gesagt, er war es.«

»Ein Zauberer?« lachte Connie. »An dieses Zeug glaube ich nicht.«

Jack nickte. »Mag sein, aber bei den Schwarzen genießen sie großes Ansehen.«

»Sie wissen viel über Mutter Natur, von dem wir keine Ahnung haben.«

Connie ergriff seine Hand. »Wenn du es sagst, Liebling. Erzähl weiter. Du hast also mit diesem alten Burschen gesprochen, bevor du Nioka gefunden hast. Was ist so seltsam daran? Er wußte offenbar, daß sie da war und Teddy bei sich hatte.«

»Wahrscheinlich«, gab Harry zu, doch damals war es ihm nicht so erschienen. Er kam nun zum wichtigsten Teil der Geschichte, der Connie vermutlich nicht gefallen würde: dem Schicksal der schwarzen Kinder.

Er berichtete ausführlich von seinen Gesprächen mit Moobuluk, der Sorge des alten Mannes um die vermißten Jungen, seiner Angst, die anderen Kinder könnten auf die gleiche Weise spurlos verschwinden.

Jack zündete seine Pfeife an. »Da brat mir einer 'nen Storch. Deshalb ist die Horde also so plötzlich aufgebrochen. Sie haben kein Wort darüber verloren.«

»Sie hatten Angst.«

»Wie traurig«, sagte Connie mitfühlend. »Die armen Eltern. Stell dir vor, jemand würde uns das Kleine wegnehmen.«

»Unseren Sohn«, sagte Harry geistesabwesend.

»Du bist mir vielleicht einer! Woher willst du wissen, daß ich einen Sohn bekomme? Genausogut könnte es ein hübsches Mädchen werden.«

»Und Minnie hat sich umgebracht?« fragte Jack bestürzt.

»Ja. Deshalb ist Nioka auch zurückgekommen. Sie sucht nach ihrem Sohn und den beiden anderen Kindern. Sie ist stärker als die anderen und will sie um jeden Preis wiederhaben. Genau wie Moobuluk.« Er holte tief Luft. »Ich mußte ihm versprechen, sie zu suchen.«

»Wieso denn gerade du?« fragte Connie.

»Woher soll ich das wissen? Vermutlich, weil ich gerade zur Stelle war. Zur rechten Zeit am rechten Ort.« Er wirkte gereizt, da er lieber nicht über dieses Thema gesprochen hätte. »Ich schätze, es war eine Art Handel. Die Jungen gegen Teddy.«

»Hat er dir gedroht?« wollte Jack wissen.

»Nein.«

Doch Connie gab sich damit noch nicht zufrieden. »Als du Nioka gefunden hast, war sie schon dabei, Teddy zurückzubringen. Sie hat deine Hilfe eigentlich nicht gebraucht.

Wie du sagtest, ist sie eine starke Frau und hätte ihn sicher heimgebracht.«

»Und Teddy niemals etwas zuleide getan«, fügte Jack hinzu. »Ich glaube, er hat dich reingelegt, Harry. Dieser alte Windhund wußte, daß sie ihn zurückbringen würde, und hat dich unter Druck gesetzt, solange er es noch konnte.«

Harry war klar, daß das so nicht stimmte, doch es hatte keinen Sinn, dies erklären zu wollen. Also wandte er sich einem unverfänglicheren Thema zu. »Ich habe es nicht nur Moobuluk versprochen, sondern auch Nioka. Ihr dürft nicht vergessen, daß sie Teddy das Leben gerettet hat. Rupe und Cleo haben ihn in den Fluß fallen lassen, und er wäre zweifellos ertrunken, wenn Nioka nicht gewesen wäre. Wir stehen tief in ihrer Schuld.«

»Victor und Louisa stehen in ihrer Schuld«, korrigierte Connie. Sie begann allmählich zu verstehen, was vorgegangen war, und wandte sich an Jack. »Verzeihen Sie, ich möchte nicht unhöflich erscheinen, aber weshalb sind Sie hier? Nur zu Besuch?«

»Nein. Harry hat gesagt, er braucht mich, weil er eine Weile weg muß ...«

Hilfesuchend sah Jack zu Harry hinüber, da er nichts Genaueres über dessen Pläne wußte.

»Du willst schon wieder weg?« fragte Connie vorwurfsvoll.

»Es geht nicht anders. Ich muß die Kinder suchen.«

»Wieso denn du? Du hast damit doch nichts zu schaffen, Harry. Du warst nicht einmal dabei, als dieser Geistliche und seine Frau sie mitgenommen haben. Dich trifft keine Schuld. Victor, Louisa und deine Mutter sind dafür verantwortlich, laß sie doch nach ihnen suchen.«

»Sie hielten es damals für das Beste«, sagte Jack schuldbewußt.

»Das Beste?« stieß die werdende Mutter hervor. »So etwas habe ich ja noch nie gehört. Man holt Kinder von ihren Müttern weg und bringt sie in irgendein entsetzliches Waisenhaus. Gibt es nicht schon genügend echte Waisen in diesem Land? Soweit ich weiß, werden sie auch nicht allzu gut behandelt.«

»Da steckt nun einmal die Regierung hinter«, erklärte Jack. Harry ließ die beiden diskutieren. Er hatte Victor ohne nähere Angabe von Gründen gebeten, ihm den Vormann für eine Weile zu überlassen, und sein Bruder hatte seiner Bitte nur zu gern entsprochen, da er Harry nach wie vor als einen von Teddys Rettern betrachtete.

Auch Jack hatte sich über die Abwechslung gefreut, die für ihn einem Urlaub gleichkam. Während des langen Ritts nach Tirrabee hatte Harry die Gelegenheit ergriffen, aus Jacks langjähriger Erfahrung Nutzen zu ziehen, die seine eigenen Kenntnisse bei weitem übertraf. Er würde sich die Farm genau ansehen und ihn beraten.

Harry wußte, daß man die schwarzen Jungen in eine Schule gebracht hatte, die von der Kirche des Heiligen Wortes geführt wurde – das immerhin hatte ihm Louisa sagen können. Er mußte nur nach Brisbane fahren, die Kinder abholen, mit dem Zug nach Toowoomba bringen, dort ein Fahrzeug mieten und sie wohlbehalten in Springfield abliefern. Er schätzte, dieses Vorhaben würde acht bis zehn Tage in Anspruch nehmen. Die unbequeme Reise durch den Busch war zwar lästig, doch er hatte es nun einmal versprochen.

Obwohl Harry einen tüchtigen Mann mitgebracht hatte, der auf der Farm nach dem Rechten sehen und auch ihr beistehen konnte, war Connie noch immer nicht begeistert von diesem Plan.

»Sie wissen doch, wo die Kinder sind, also laß sie hinfahren! Victor ist genau der Richtige dafür, oder Rupe. Damit können sie Nioka ihre Dankbarkeit beweisen. Sie tragen die Schuld, also müssen sie den Schaden wiedergutmachen.«

Sie stritten bis spät in die Nacht. Harry war sehr aufgewühlt. Er wußte, daß dies ein besonders ungünstiger Zeitpunkt war, um Connie allein zu lassen. Als er sie in die Arme nahm, war ihm, als verlange Moobuluk eigentlich zuviel von ihm.

Doch irgendwo tief in seinem Inneren meldete sich eine andere Stimme zu Wort, die mehr war als nur sein Gewissen. Er träumte, er sähe Niokas Mutter, die muskulöse, schwarze Frau, die allen Kindern – schwarzen wie weißen – ungeheure Angst eingejagt hatte, wenn sie ihnen die Leviten las und dabei mit der Keule gegen den Boden hämmerte. Er sah, wie sie

Victor und Rupe beiseite stieß und auf ihn deutete, während sie mit Austin sprach, besser gesagt, ihn anschrie. Ihm die Schuld gab. Austin wirkte unbeeindruckt; er wandte sich an Harry und sagte etwas Unverständliches.

Beim Aufwachen begriff er, daß Victor oder Rupe einfach nicht mit dem Herzen dabei wären und die Kinder deswegen vielleicht gar nicht finden würden.

Vor seinem Aufbruch hatte er mit Charlotte gesprochen und versucht, sie zu beschwichtigen. Sie war noch immer wütend auf ihre Familie und über den Sturz, der ihr den gebrochenen Arm eingetragen hatte. Er hatte schnell das Thema gewechselt und sich nach den schwarzen Kindern erkundigt. Seine Mutter erklärte, Austin habe tatsächlich eingewilligt, daß diese Leute die Jungen mitnahmen, und der Kirche sogar eine beträchtliche Summe gespendet. Sie hatte nichts Schlimmes darin gesehen und wie alle anderen geglaubt, es sei zum Besten der Kinder. Sie konnte sich nur noch an den Namen des Paares erinnern, der Name der Kirche fiel ihr nicht mehr ein. Louisa hatte ihm dann weitergeholfen.

Während er kalt duschte, dachte Harry über seinen Traum nach. Es überraschte ihn nicht sonderlich, daß die schwarze Frau im Traum seinen Vater angebrüllt und dieser sich ungerührt gezeigt hatte.

Schließlich hatte auch er es für das Beste gehalten. Harry spürte, daß er demjenigen, der ihm als nächstes mit diesem Spruch käme, vermutlich eine Ohrfeige verpassen würde. Immerhin hatte Connie das ebenso empfunden wie er. Wenn sie nur verstehen könnte, warum er sich verpflichtet fühlte, die Jungen zu suchen. Er stieg aus der Dusche und trocknete sich ab. Ihm war klar, daß er nur dann aufbrechen konnte, wenn Connie dem zustimmte. Sie hatte sich nach ihrem damaligen Streit nie wieder beklagt, weder über den Umzug nach Tirrabee noch über ihren geänderten Lebensstil. Für seine Reise nach Springfield hatte es einen triftigen Grund gegeben, doch konnte er sie noch einmal auf dieser abgelegenen Farm allein lassen? Hatte er überhaupt das Recht dazu?

Am nächsten Tag führte er Jack Ballard über den Besitz, und Connie schüttete unterdessen Clara Nugent ihr Herz aus. Bei mehreren Tassen Tee lauschte diese fasziniert der Geschichte, und unterbrach Connie mit zahllosen Fragen, die diese bereitwillig beantwortete.

Dann verkündete sie: »Es reicht. Warum sollte mein Ehemann noch mehr Zeit darauf verwenden, diese dummen Situationen zu bereinigen, in die seine Familie ständig gerät? Stell dir vor, wie furchtbar dieser Ritt nach Springfield für ihn gewesen sein muß, und dann trifft er seinen Neffen quietschfidel an.«

»Das hat sich doch aber erst später herausgestellt.«

»Du weißt schon, wie ich es meine. Jedenfalls ist es hochgradig lächerlich. Sein Vater hat ihn aus dem Testament gestrichen. Seine Mutter wollte sein Erbe retten, doch seine Brüder lassen nicht mit sich reden. Und nun will er tatsächlich ihre Probleme mit den Schwarzen aus der Welt räumen. Heute morgen hat er sogar gesagt, er bezweifle, daß seine Brüder ihr Versprechen gegenüber Nioka halten würden. Nun, sie wohnt dort, sie muß selbst dafür sorgen, daß sie es tun.«

Clara sah die Frau an, die ihre Freundin geworden war. Connie mochte ein wenig verrückt und eine hoffnungslose Hausfrau sein – sie konnte nicht einmal richtig Betten machen –, doch es machte Spaß, mit ihr zusammenzusein. Clara war noch nie einem Menschen wie ihr begegnet.

Häusliche Kalamitäten konnten sie nicht schrecken. War das Essen angebrannt, plünderte sie mit ihrem Mann lachend den Vorratsschrank. Sie lachte überhaupt viel, meist über ihre eigene Unfähigkeit, was ansteckend wirkte. Sie strahlte soviel Wärme und Fröhlichkeit aus, daß auch die Männer grinsten, wenn sie erschien, und ihr am liebsten galant die Mäntel vor die Füße gelegt hätten, damit sie sich ihre Schuhe nicht schmutzig machte.

»Ich wette, sie war mal ein richtiges Gesellschaftstier«, bemerkte Claras Mann einmal.

»Wie kommst du denn darauf?« fragte Clara interessiert.

»Oh, sie hat das gewisse Etwas. Hat die Männer bestimmt innerhalb kürzester Zeit um den Finger gewickelt.«

»Das kann ich mir vorstellen.« Clara sah keinen Grund, deswegen neidisch zu sein. Sie war auch hübsch mit ihren langen, sonnengebleichten Haaren und der hochgewachsenen Figur; zudem konnte sie ausgezeichnet reiten. Sie machte nicht viel Aufhebens darum, doch sie hatte sogar Preise beim Kunstreiten gewonnen. Die Auszeichnungen bewahrte sie in einem mit Satin ausgeschlagenen Kasten auf.

Mrs. Broderick hatte tatsächlich das gewisse Etwas und war darüber hinaus eine gebildete Frau, die kistenweise Bücher besaß. Clara dachte manchmal, sie würde während ihrer Lektüre nicht einmal bemerken, wenn das Dach über ihrem Kopf abbrannte. Und nun gab sie diese Bücher an die Frau des Viehhüters weiter, als sei dies das Normalste von der Welt.

Clara hatte nicht nur eine Freundin gewonnen, mit der sie über die ausgefallensten Dinge sprechen konnte, sondern durch sie auch Gefallen an Büchern gefunden, die sie in einem ungeheuren Tempo verschlang.

Clara zwang sich, ihre Gedanken wieder auf das augenblickliche Thema zu lenken, denn Connie wollte ihre Meinung über Harrys Vorhaben hören.

»Ich halte den Boß für einen sehr großzügigen Mann.«

»Im Augenblick kann er sich das nicht erlauben. Uns fehlt es an Bargeld.«

Clara sah aus dem Fenster, ohne die dicken Staubwolken zu bemerken, die vom Westwind aufgewirbelt wurden. »Großzügigkeit hat nicht nur mit Geld zu tun. Mein Vater pflegte zu sagen, ein großes Herz sei die wichtigste Tugend. Er war Lehrer, ein guter, wie es heißt, obwohl er für uns Kinder nicht viel getan hat. Der Alkohol, weißt du. Mit Mum und Dad ging es bergab ...«

Doch Connie hörte ihr nicht zu. Sie hatte nur die ersten Worte aus dem Mund dieser gütigen Frau wahrgenommen und war beschämt. Clara schien etwas an Harry bemerkt zu haben, das ihr selbst entgangen war. In der Vergangenheit hatten sie beide schlimme Fehler begangen, standen einander nun aber näher als je zuvor. Sie liebten sich und hatten dennoch eine ganze Nacht mit Streiten vergeudet. Was bedeuteten schon ein oder zwei Wochen, wenn Harry fühlte, daß es seine Aufgabe war, die Kinder heimzubringen? Wo war denn ihre Großherzigkeit? Hatte sie sich nicht in der Diskussion mit Jack Ballard leidenschaftlich für sie eingesetzt, Regierungspolitik hin oder her? Jemand mußte sie nach Hause holen.

Als Harry allein zurückkam, zog sie ihn ins Schlafzimmer und umarmte ihn. »Du bist ein liebenswerter Mann, Harry Broderick.«

Als das Thema eine Weile später wieder aufkam, sah sie ihn augenzwinkernd an: »Sagte ich, du dürftest nicht gehen? Ich meinte natürlich, du solltest nicht gehen müssen.«

»Ich muß aber«, entgegnete er aufrichtig. »Und ich liebe dich, Connie.«

Die Bahnlinie von Toowoomba zur Bergarbeiterstadt Ipswich verlief nur wenige Meilen am Eingeborenen-Reservat vorbei, von dessen Existenz Harry allerdings nichts wußte. Nur wenige Weiße kannten diese Einrichtung – die Farmer im Umkreis beklagten sich jedoch über die Wahl des Ortes. Sie wehrten sich dagegen, daß man Hunderte von Schwarzen, wenn auch auf einem abgeriegelten Gebiet, in ihrer Mitte zusammenpferchte. Leider bemerkten sie es zu spät, denn die Bürokraten in Brisbane hatten die Umsiedlung heimlich, still und leise über die Bühne gebracht. Eine deutsche Pioniersfrau, die jenseits von Nerang lebte, verfaßte einen von Trauer erfüllten Brief an die *Courier Mail*, in der sie die Regierung der übertriebenen Härte bezichtigte. Diese träfe nicht nur die Schwarzen, die mit Gewalt von ihrem Territorium vertrieben würden, sondern auch die kleine weiße Gemeinde, deren Angehörige die Aborigines als Freunde betrachteten. Sie erklärte, die Pionierfamilien schuldeten den einheimischen Schwarzen ungeheuer viel. Sie seien ihnen in den schweren Jahren, in denen sie erst lernen mußten, sich von der fremden Erde zu ernähren, freundlich und hilfsbereit begegnet. Die Frau bat flehentlich um ihre Rückkehr, doch der Brief wurde nie veröffentlicht. Vielleicht, so dachte sie später, sei ihr Englisch nicht gut genug gewesen.

Es gab auch Farmer, die das Reservat mit Erstaunen betrachteten. Sie lagen nicht im Streit mit den Aborigines und stellten sich nur die offensichtliche Frage: Diese Ebenen boten hervorragendes Ackerland, doch wie sollten so viele Menschen auf einem so kleinen Gebiet überleben können? Ursprünglich hatten sie angenommen, daß dies ein landwirtschaftliches Projekt sei, wurden aber bald schon eines Besseren belehrt, als immer mehr schwarze Familien in diese Gegend gebracht wurden. Es entstanden dort auch keine Farmen, sondern eine Vielzahl von winzigen Gemüsegärtchen, Hütten, Suppenküchen und Lagerschuppen, in denen die Bewohner mit Hilfe eines komplizierten Gutscheinsystems Nahrung erhielten. Eingeschmuggelter Schnaps diente als Währung und Trostbringer gleichermaßen.

Harry, der die Zusammenhänge nicht kannte, sah nur ein dichtbevölkertes Gebiet und dachte bei sich, daß die Farmer und Viehzüchter wohl deshalb mehr Land für sich beanspruchten. Toowoomba und Ipswich wuchsen rasch. In wenigen Jahren würden dies eigenständige Städte sein, und der

Westen würde weitere Siedlerströme aufnehmen müssen. Nur ganz im Norden des Landes, der mit seinen ungeheuren Entfernungen abschreckend wirkte, würden die riesigen Farmen überdauern können.

In Ipswich angekommen, ging er ins Railway Hotel, trank einige Gläser Bier und stieg wieder in den Zug, um seine Mission in Brisbane zu erfüllen. Vielleicht konnte ihm ja der anglikanische Erzbischof den Weg zur Kirche des Heiligen Wortes weisen.

In seinem neuen Zuhause hatte Jagga viele Spielkameraden. Es tat ihm nicht leid, sich von seinen komischen Kleidern zu trennen; vor allem der Abschied von den Schuhen, die Maggie alsbald zu Geld machte, fiel ihm leicht. Sie gab ihm zu essen, wenn sie nüchtern war; ansonsten aß er, was sich gerade bot. Meist ergatterte er etwas in den klapprigen, offenen Schuppen, die sich an die elenden Hütten lehnten. Nur wenige Menschen übernachteten in diesen Unterkünften; sie wurden lediglich als Regenschutz benutzt, denn die meisten Bewohner schliefen lieber im Freien.

Bald schon lernte Jagga, Schwierigkeiten aus dem Weg zu gehen. Überall herrschte Kampf: zwischen den einzelnen Clans; den Leuten, die Gemüse anbauten, und jenen, die es stahlen; unter Betrunkenen; zwischen Männern und Frauen ... es nahm einfach kein Ende. Die Kinder bewarfen angebliche Feinde mit Steinen und wurden daraufhin gejagt und geschlagen. Jagga entwickelte sich zu einem drahtigen Straßenbengel, der die besten Verstecke für seine geschenkten oder gestohlenen Vorräte kannte. Von Mrs. Smith und ihrer Köchin hatte er recht gut Englisch gelernt und trieb sich nun oft bei der Lagerverwaltung herum, wo er dem Leiter, Mr. Jim, zuhörte, der inzwischen fünf Angestellte befehligte. Schließlich fanden sie eine Aufgabe für ihn. Er wurde ihr Botenjunge, der durch das Chaos sauste und Personen aufspürte, die die Beamten nicht mehr wiedererkannt hätten. Dafür erhielt er gelegentlich eine Orange oder einen Lutscher, manchmal auch Essensreste, was den Neid seiner Freunde weckte. Die Kinder bezeichneten ihn als Spion und schlugen nach ihm, doch er lernte schnell, sich mit der einzigen Waffe zu wehren, die er besaß: Er drohte ihnen, Mr. Jim davon zu berichten, der sie ins Gefängnis sperren würde. Dieses geheimnisumwitterte Gebäude war erst kürzlich gebaut worden, um Betrunkene und Unruhestifter aufzunehmen.

Jagga war ein Überlebenskünstler. Das Ehepaar Smith war gut zu ihm gewesen, so daß er keine Angst vor den weißen Bossen kannte, und das kam ihm hier zugute. Er konnte sich nicht mehr an seine frühen Jahre auf Springfield erinnern und spürte nur eine unbestimmte Sehnsucht nach seiner Mutter Nioka, doch er hatte einen Traum. Wann immer neue Leute ins Lager kamen, stand Jagga am Tor und betrachtete aufmerksam die Kinder. Er gab nie die Hoffnung auf, daß Bobbo und Doombie eines Tages in sein Leben zurückkehren würden, seine eigentliche Familie.

Nur wenige Wochen, nachdem die Aufseherin Giles das Armenhaus verlassen hatte, herrschte unter den Damen vom Wohltätigkeitsverein helle Aufregung, da ihre Nachfolgerin alles andere als geeignet war – eine grobe Frau ohne Erfahrung in der Krankenpflege, die außer ihrer täglichen Inspektionsrunde nur wenige Pflichten übernahm. Sie pochte auf ihren Status, anstatt sich um die Mißstände zu kümmern, die sie offenbar gar nicht zu bemerken schien. Wenn die Damen nach ihr fragten, war sie oft gerade nicht im Dienst, und das zu den unterschiedlichsten Tageszeiten. Beschwerden beim Direktor landeten nur wieder bei der Frau, die sie betrafen, da er sich angeblich nicht für sie zuständig fühlte. Zudem wurde getuschelt, daß sie eine persönliche Freundin dieses Herrn sei und er ihr diesen Posten verschafft habe.

Pläne zur Schließung dieser Einrichtung verstaubten in den Schubladen des Wohnungsbauministeriums, nachdem sie endlos zwischen dem Gesundheitsministerium, der Wohlfahrtsbehörde und den Ämtern, die für die regierungseigenen Einrichtungen zuständig waren, hin und her geschickt worden waren.

Schließlich geschah wie durch ein Wunder doch etwas. Der Direktor und seine Aufseherin wurden beide entlassen. Ein Verwalter wurde eingesetzt, und mit ihm kam eine strenge, junge Aufseherin. Beide waren entschlossen, ein Zeichen zu setzen, und stürzten sich in die praktische Arbeit. Kammerjäger desinfizierten das Gebäude, Zimmerleute und Maler folgten. Dank einer Initiative der Damen und mehrerer Kirchenkomitees rollten ganze Wagenladungen mit frischer Bettwäsche und Decken vor dem Armenhaus an.

Für die Insassen bedeutete dies eine ungeheure Hilfe, und die Mitarbeiter waren überaus zufrieden, doch ein bescheidener Angestellter hatte keinen Grund zur Freude. Der neue Verwalter schien keinen Assistenten zu brauchen, da die männlichen Angestellten seiner Ansicht nach nur unnötigen Platz beanspruchten. Die Frauen konnten kochen, putzen, nähen und bekamen weniger Gehalt. Daher behielt er nur ein paar Männer da.

Buster war auf einmal wieder arbeitslos und suchte seine Schwester Molly auf, um ihr die traurige Nachricht zu überbringen.

Die ehemalige Aufseherin nahm es gelassen auf. »Das ist Pech, aber du darfst dich jetzt nicht gehenlassen und wieder nach der Flasche greifen. Du kannst bei mir und Doombie leben. Und hier im Vorort gibt es mehr als genug Gelegenheitsarbeiten für dich.«

»Aber wie sollen sie dort ohne mich zurechtkommen?« sorgte sich Buster. »Da sind die beiden Krüppel, die ich immer in die Sonne hinausgetragen habe, und die alte Mrs.

Sparkes, die zu fett ist, um etwas zu tun, und Polly, die Verrückte, die vor allen außer mir Angst hat. Ich habe ihr immer das Essen gebracht. Was sollen sie nun ohne mich anfangen?«

»Still jetzt. Die neuen Leute sind nett, sie werden sich darum kümmern. Du hast deine Arbeit sehr gut gemacht, ich bin stolz auf dich ...«

»Ehrlich?« fragte er strahlend. »Ich dachte, das hätte nie einer bemerkt.«

»Ich schon. Ich wußte deine Arbeit zu schätzen, und das ist die Hauptsache. Wir haben unsere Pflicht getan.«

»Das mag wohl stimmen.«

Weitaus mehr sorgte Molly sich um Doombie, den beide sehr liebten. Sie traute sich in diesem Moment nicht, ihrem Bruder zu gestehen, daß sie um sein Leben fürchtete, da er zwar ein zufriedenes, aber kränkliches Kind war.

Nach einer Weile fiel es auch Buster auf. »Warum läßt du ihn nicht zum Spielen rausgehen?«

»Er kann auf den Hof, wenn er möchte, aber im Augenblick ist er zu müde dazu.«

»Er ist immer müde. Und so mager. Der Junge wächst, du mußt ihm genug zu essen geben.«

Das hatte Molly getan. Doombie bekam das Beste vom Besten – Milch, Eier, dicke Suppe, Koteletts und soviel Gemüse, wie sie nur auftreiben konnte. Er aß gern, nahm aber einfach nicht zu. Morgens setzte sie ihn in eine Decke gewickelt auf einen Stuhl unter die Bäume, am Nachmittag konnte er im winzigen Wohnzimmer spielen. Sie hoffte, er werde von selbst hinausgehen, wenn ihm danach war, doch er wirkte immer zu erschöpft dazu.

Zunächst glaubte sie, er vermisse seine Eltern. Sie fand heraus, daß sein ›Dadda‹ Gabbi Gee oder so ähnlich hieß, doch der Junge schien beim Sprechen über ihn nicht sonderlich bekümmert zu sein. Molly begriff, daß er einen großen

Teil seines früheren Lebens vergessen hatte. Daher bemühte sie sich, ihm einen Ersatz zu schaffen: Wenn sie abends zu Hause war, hielt sie ihn in ihren Armen, bis er einschlief, erzählte ihm alle seine Lieblingsmärchen. Machte sie ihre Runden als Hebamme, legte sie ihn mit ein paar Bilderbüchern in ihr Bett. Bei ihrer Rückkehr fand sie ihn immer schlafend vor, umgeben von den billigen, kleinen Büchern, im Arm den Teddybär, den sie in einer Spendenkiste gefunden hatte. Doombie liebte diesen Bären heiß und innig, und sie erfreute sich stets aufs neue an diesem friedlichen Bild, da sie sich Sorgen machte, wenn sie ihn länger allein lassen mußte.

Busters Einzug hob ihre Stimmung. Nun konnten sie sich gemeinsam um das zauberhafte Kind mit dem krausen, schwarzen Haar, der dunklen Haut und dem gewinnenden Lächeln kümmern. Seine Krankheit – sie war sicher, daß er an einer Krankheit litt – schien ihn, von der Müdigkeit einmal abgesehen, nicht weiter zu belasten. Er steckte immer voller Fragen, wollte wissen, wer die Leute in den Büchern waren und weshalb sie so alberne Dinge taten. Sein kleiner Verstand pickte unlogische Stellen sofort heraus, verkündete sie Buster stolz. Warum erkannte Rotkäppchen denn nicht den Unterschied zwischen der Großmutter und einem Wolf?

»Er ist wirklich schlau«, stimmte Buster zu. Er fühlte sich ungeheuer geschmeichelt angesichts Doombies Freude darüber, daß er ›für immer‹ zu ihnen gezogen war. Da das Haus nur zwei Schlafzimmer besaß, schlief er auf der hinteren Veranda, und Doombie rief oft nach ihm, um sich zu vergewissern, daß er auch wirklich da war. Die beiden Geschwister gehörten zu den eher zurückhaltenden Menschen und sprachen nie über ihre Gefühle, doch Buster wußte, daß seine Schwester den Jungen wie einen Sohn liebte. Für ihn bedeutete die Vaterrolle eine völlig neue und wertvolle Erfahrung. Doombie liebte ihn und zeigte es auch ganz offen. Er fühlte sich wohl in Busters Gesellschaft, saß oft auf seinem Schoß, folgte ihm überallhin. Molly zog sie schon damit auf.

»Natürlich, Männer halten doch immer zusammen. Dagegen komme ich als Frau gar nicht an. Ich darf nur für euch kochen und waschen.«

Dankbar begriff Buster allmählich, daß er, obgleich ein mittelloser Ex-Trinker und gescheiterter Boxer, um seinetwillen geliebt wurde. Doombie bewunderte seinen Freund, der sich zum willigen Sklaven des Kindes machte und ängstlich bemüht war, ihm zu gefallen.

Doch Mollys Sorgen wurden größer. Sie sprach mit einem Arzt über das Kind und konnte ihn überreden, sich Doombie anzusehen, obwohl er schwarz war. Sie wußte, daß sie die Tatsache vorher erwähnen mußte, um eine peinliche Situation zu vermeiden. Da Molly jedoch als ausgezeichnete Hebamme bekannt war, konnte er ihr diese Bitte nicht abschlagen.

Seine Diagnose bestätigte ihre Befürchtungen: Der Junge hatte die Schwindsucht. Vermutlich hatte er sich im Armenhaus damit angesteckt. Der Arzt verschrieb Medikamente, die Molly bereits von einem befreundeten Apotheker erhalten hatte, riet zu Ruhe und viel gutem Essen. Außerdem schlug er einen Klimawechsel vor, der Junge brauche frische Luft. Molly war darüber verärgert.

»Was denn für frische Luft? Wir leben weder in der Stadt noch im Kohlenrevier. Wo könnte er bessere Luft bekommen als hier? Wir sind nur ein paar Meilen vom Meer entfernt.« Der Arzt zuckte hilflos die Achseln. Sie hatte ja recht. Er hatte früher in London praktiziert, wo man den vielen Tuberkulosekranken den Rat zu geben pflegte, in die Schweizer Alpen zu fahren. Doch hier lebten selbst die Ärmsten in einem gesunden Klima.

»Geben Sie ihm gut zu essen, viel mehr kann man nicht tun«, sagte er. »Und rufen Sie mich, wenn es ihm schlechter gehen sollte. Dann muß er möglicherweise ins Krankenhaus.«

Doch bei seinen Worten fiel ihm ein, daß die Krankenhäuser keine schwarzen Kinder aufnahmen. »Andererseits glaube ich, daß Sie ihn ebensogut hier pflegen können, Molly. Oder sogar besser. Kinder bekommen oft Angst in einem Krankenhaus.«

Buster wollte es einfach nicht verstehen. »Wie konnte so etwas mit Doombie nur passieren? Du verstehst doch etwas von Krankenpflege, du mußt wissen, wie man ihn gesund machen kann. Er kommt doch wieder in Ordnung, oder? Er ist noch so klein. Diese Krankheit kann er doch gar nicht haben.«

»Doch«, sagte sie sanft, »du hast gehört, was der Arzt gesagt hat. Wir wissen nun, was zu tun ist. Ich dachte, wir könnten einen Wagen mieten und ein paar Stunden an die See fahren. Doombie war noch nie am Meer.«

»Genau, das machen wir! Das wird ihn aufmuntern.« Er wäre am liebsten sofort zu dem Jungen hineingestürzt, doch Molly hielt ihn zurück, um das Kind nicht aufzuregen.

Das Flußboot *Marigold* hatte schon bessere Tage gesehen, war aber immer noch der ganze Stolz seines Besitzers Theo Logan, der sich gern als ›Captain‹ ansprechen ließ. Er hatte einige Jahre als einfacher Matrose bei der britischen Marine gedient, bis er einem Offizier den Kiefer brach und in einem tasmanischen Gefängnis landete. Für einen Burschen, der aus den Slums von Glasgow in die weite Welt aufgebrochen war, stellte dies keine besonders schwere Prüfung dar. Der Herr hatte ihm einen kräftigen Körper und ungewöhnliche Stärke verliehen, so daß er alle Strafen ertragen konnte, mit denen ihn die Wärter bedachten. Und die waren zahlreich, da Theo alles andere als ein Musterhäftling war. Er verabscheute das Eingesperrtsein aus tiefster Seele, vor allem, weil er überzeugt war, daß der Offizier ein Dieb und Lügner gewesen war und den Schlag vors Kinn durchaus verdient hatte, da er ihn in seine krummen Geschäfte hineinziehen wollte. Schon bald galt er bei der Gefängnisbehörde als übler Kerl, widerspenstig, kampflustig und oftmals brutal. Die anderen Gefangenen machten einen weiten Bogen um den jähzornigen Einzelgänger, wobei sie dessen Tobsuchtsanfälle durchaus unterhaltsam fanden.

Zwei Jahre im Gefängnis von Hobart reichten ihm, und beim erstbesten Gefangenenaufstand ergriff er die Gelegenheit, über das Dach zu fliehen. Er fand Unterschlupf in der Unterwelt des Hafens mit seinen schmutzigen Gasthäusern und Bordellen, wo er seinen Namen in Theo Logan änderte. Den würde er nicht so schnell vergessen, schließlich war es der Name des Marineoffiziers, dem er den Kiefer gebrochen hatte.

Schon bald heuerte er auf einem Walfänger an. Theo fuhr lange Jahre zur See, segelte quer über den Pazifik von Hobart nach Chile, bis er auf ein anderes Schiff wechselte, das in den ruhigeren Gewässern der Moreton Bay auf Walfang ging. Sein Heimathafen war Brisbane.

Dort begegnete der alte Seemann Marigold Frew, der Besitzerin des Ship Inn, und heiratete sie. Es hieß, sie sei eine alte Vettel, eine schlampige, ordinäre Harpyie, doch niemand wagte es, sie in Hörweite ihres Mannes so zu nennen. Sie waren Seelenverwandte, die einander vollkommen verstanden und niemals stritten. Weder Marigold noch Theo waren während ihres schweren Lebens je verheiratet gewesen und trauten niemandem über den Weg, so daß es für sie beide einer Offenbarung gleichkam, mit fünfzig noch der einen, großen Liebe zu begegnen. Nach einer ziemlich verhaltenen Zeit der Werbung trafen sie eine Entscheidung, traten hinaus in den Sonnenschein und ließen in der nächsten Kirche ihre Verbindung segnen.

Es gab keine Feier und kein Hochzeitsfrühstück, da sie die Trauung als höchst private Angelegenheit betrachteten.

Theo arbeitete als Stallknecht im Gasthaus und half manchmal hinter der Theke aus, wenn er nicht gerade als Rausschmeißer gebraucht wurde. Die Gäste bemerkten die neuen Verhältnisse erst, als das Schild über der Tür auf einmal ›M. und T. Logan‹ als Besitzer auswies. Die Stammgäste gratulierten überschwenglich, bekamen ein Freibier und wurden mit einem freundlichen Nicken bedacht, ansonsten aber lief alles weiter wie zuvor. Das Ship Inn war immer voll, so daß während der Arbeit keine Zeit für Zärtlichkeiten blieb, doch wenn abends der letzte Betrunkene auf dem Heimweg war, die Kasse abgerechnet und die Türen verschlossen und verriegelt waren, betrachteten Marigold und Theo einander verliebt und voller Staunen darüber.

Um ihretwillen erwähnte Theo nie, daß er die See vermißte, das Auf und Ab der Wellen, das Klatschen des Wassers unter seinen Füßen, die Sterne, das Mondlicht auf dem Deck und die wilden Stürme des südlichen Meeres. Er wußte selbst, daß er nicht länger seefest war mit seinem von zahlreichen Knochenbrüchen gelähmten Bein und dem verdrehten Handgelenk. Daher hatte er sich auf den Walfang in der ruhigeren Moreton Bay verlegt, fühlte sich aber als Landratte nicht recht wohl. Doch man konnte im Leben nicht alles haben, und es reichte, daß er Marigold, seine Frau, gefunden hatte. Es waren ihnen zehn Jahre miteinander vergönnt, dann hauchte Marigold mit nie gekannter Würde ihr Leben aus. Nach ihrem letzten Herzanfall schloß Theo das Pub, damit sie in Frieden sterben konnte. Draußen in der Gasse hielten die treuesten Gäste mit Kerzen in den Händen Wache.

Theo öffnete das Ship Inn nicht wieder, sondern verkaufte es und begab sich auf die Suche nach einem neuen Lebensinhalt. Schließlich erwarb er eine große Fähre, die er auf den Namen *Marigold* taufte.

So wurde er zu Captain Logan, dem endlich ein eigenes Schiff gehörte, und schipperte kreuz und quer über den Brisbane River, beförderte Passagiere, leichte Fracht, Post, sogar Vieh. Flußauf, flußab war er bald als alter Brummbär mit aufbrausendem Temperament bekannt, auf den jedoch unbedingt Verlaß war.

Doch niemand wußte von seinem Schmerz. Theo vermißte seine Frau, ihr verrücktes Gelächter, ihren bissigen Humor, ihre Nähe. Nicht umsonst hatte er sie stets als seine bessere Hälfte bezeichnet. Obwohl er nun ein Boot besaß, fühlte er sich unendlich einsam. Niemals, auch in hundert Jahren nicht, würde er eine zweite Marigold finden.

Theo beschäftigte zwei Matrosen. Es hatten schon unzählige Männer bei ihm angeheuert, die sich allesamt als Nichtsnutze erwiesen und nie lange blieben; er pflegte sie als Nägel zu seinem Sarg zu bezeichnen. Als er an diesem Tag nach Brisbane zurückkehrte, lud er Kartoffeln und andere landwirtschaftliche Produkte, darunter auch Tomaten und Eier. Nach dem Beladen ließ er wie üblich die Passagiere an Bord und bemerkte erst dann, daß am Ufer noch Kartoffelsäcke übriggeblieben waren, die eigentlich zuerst aufs Schiff gemußt hätten, um Schäden an der leichteren Fracht zu vermeiden.

Wütend wies er seine Matrosen an, den Rest der Ladung zu holen. Die Burschen rannten die Gangway entlang und drängten sich an den Passagieren vorbei, was den Kapitän noch zorniger machte. In diesem Durcheinander fiel ihm gar nicht auf, daß ein kleiner Junge an Bord schlüpfte und unter Deck verschwand.

Ungefähr zwanzig Passagiere waren zugestiegen. Theo kassierte das Geld ein und gab die Fahrkarten aus. Wer nicht aufs Schiff gehörte, war an Land gegangen, die Kartoffeln hatte man sicher verstaut, so daß die *Marigold* endlich ablegen konnte und den gewundenen Brisbane River hinuntertukkern konnte bis zu den geschäftigen Kais der Stadt.

Bobbo war mit sich zufrieden. Nun hatte er tatsächlich einen Weg gefunden, den breiten Fluß zu überqueren. Er hockte zwischen den sperrigen Säcken im Frachtraum und erkannte allmählich seine Umgebung, als sich seine Augen an die Dunkelheit gewöhnt hatten. Er schnappte sich eine fleischige Tomate aus einem Sack und biß hinein. Mit zwei weiteren stillte er den schlimmsten Hunger. Er vermutete noch andere Lebensmittel im Frachtraum und machte sich auf die Suche, wurde dabei aber von Barney, einem der Matrosen, aufgestöbert.

Dieser zerrte das widerspenstige schwarze Kind ins Ruderhaus und ließ es vor die Füße des Kapitäns plumpsen.

»Wer ist denn das?« rief Theo. »Wo kommt der her?«

»Hab' ihn im Frachtraum gefunden. Hat Tomaten geklaut. Dreckiger Bengel.«

Theo sah ihn drohend an. »Wer bist du? Was hast du auf meinem Boot zu suchen? Schnell, sonst fliegst du über Bord.«

»Bobbo. Geh nach Hause, Mister.«

»Wo ist dein Zuhause?«

»Springfield.«

»Nie gehört. Was hat ein Kind in deinem Alter allein hier verloren? Wo ist deine Ma?«

»Springfield.«

»Woher kommst du?«

Bobbo wies mit dem Kopf nach hinten. »Von da.«

»Das weiß ich. Aber von wo genau?«

Da das schwarze Kind nicht antwortete, gab Theo seine Fragerei auf. Es hatte auch keinen Sinn, ihm Vorträge über Fahrkarten oder Schadenersatz für stibitzte Tomaten zu halten.

»Bring ihn zurück in den Frachtraum«, knurrte er. »Er kann hier nicht frei herumlaufen. Sobald wir anlegen, schaffe ich ihn an Land.«

Barney schleppte Bobbo zurück in den Frachtraum. »Du bleibst gefälligst hier. Wag es ja nicht, herauszukommen, kapiert?«

Bobbo war das nur recht. Er rollte sich auf den Säcken zusammen und döste ein. Wie schön, den Fluß auf so bequeme Weise überqueren zu können.

Als Barney ihn schließlich holen kam, sprang er auf und lief auf Deck. Erstaunt betrachtete er die riesengroßen Gebäude, die sich vor ihm auftürmten.

»Wie heißt das hier?«

»Brisbane.«

Bobbo fuhr zusammen. Er war aus einer großen Stadt aufs Land geflohen, und nun hatten sie ihn wieder in eine große Stadt gebracht. Er wollte doch den Fluß überqueren, um zurück in den Busch zu gelangen.

»Nein! Nein!« schrie er und krümmte sich. »Schlimmer Ort hier. Geh nicht mehr dahin. Nein!«

Der Kapitän trat auf ihn zu. »Was ist denn nun schon wieder los?«

»Er will nicht an Land.«

»Das werden wir ja sehen.« Theo hob Bobbo auf, ohne sich um dessen Geschrei zu kümmern, und setzte ihn am Kai ab. »Hau ab. Du kannst von Glück sagen, daß ich dir keine Tracht Prügel verpaßt habe.« Dann stampfte er drohend mit dem Fuß auf, bis das Kind davonrannte.

Pünktlich um zwei Uhr an diesem Nachmittag dampfte die *Marigold* wieder flußaufwärts. Um die überhöhten Gebühren und Abgaben für einen Liegeplatz am Kai von Brisbane zu umgehen, hatte Theo ein Abkommen mit den Einwohnern von Somerset getroffen, einer kleinen Siedlung weiter flußaufwärts. Die *Marigold* durfte dort gebührenfrei anlegen, sie erhielten im Gegenzug eine regelmäßige Transportmöglichkeit nach Brisbane. Die Leute aus Somerset erklärten sich bereit, eigens für die *Marigold* einen Kai zu bauen, und beide

Seiten profitierten davon. Die Einheimischen, vor allem die Damen, waren hocherfreut, daß ihr Dorf nicht mehr von der Außenwelt abgeschnitten war. Die Fähre legte sechsmal zwischen Somerset und Brisbane an, und die Farmer aus der Umgebung waren froh über diesen neuen Service. Selbst nach mehreren Jahren auf dieser Strecke verdiente Theo nicht allzu viel, doch für ihn reichte es. Er lebte auf der *Marigold*, deren hinteren Salon er in eine Kabine mit Kombüse umgebaut hatte. Nachts hatte er das Boot für sich allein. Der Kapitän genoß die Abende, wenn er mit seiner Pfeife und einem Glas Rum auf Deck sitzen konnte. Die Farmer versorgten ihn mit frischen Eiern, fertig gerupftem Geflügel oder Gemüse und weigerten sich, Geld dafür zu nehmen. Logan, dem es als altem Schotten jedoch schwerfiel, Almosen anzunehmen, revanchierte sich für diese Freundschaftsbeweise, indem er Pakete und Nachrichten kostenlos überbrachte oder an den Anlegestellen Geschenke für die Kinder hinterließ. Der brummige alte Mann war am Brisbane River zu einer Legende geworden; seine Donnerstimme und sein Jähzorn wirkten weniger furchterregend als vielmehr belustigend.

An diesem Tag beförderte er die übliche Zahl von Passagieren flußaufwärts; im Frachtraum befand sich eine Ladung Holz. Ausnahmsweise war selbst mit den Matrosen alles glatt gelaufen, doch dann entdeckte Barney erneut das schwarze Kind im Frachtraum. Diesmal ging er allein zum Kapitän und erstattete Bericht.

»Er ist schon wieder unten.«

»Wer?«

»Der blinde Passagier. Dieser schwarze Junge.«

»Der, den wir heute morgen vom Schiff geworfen haben?«

»Genau der.«

Theo ging in die Luft. »Muß ich denn auf alles alleine aufpassen, du verdammter Idiot? Es gibt doch nur die eine verfluchte Rampe, könnt ihr nicht mal die im Auge behalten?

Oder muß ich mich jetzt jeden Tag mit blinden Passagieren herumschlagen? Schaff das Gör von meinem Boot!«

»Wie denn?« Barney sah hilflos auf den Fluß, der in kleinen Wellen an ihnen vorüberfloß.

»Popils Anlegestelle. Der nächste Halt. Wirf ihn runter, und sorg dafür, daß er draußen bleibt!«

Um sicherzugehen, daß er den Störenfried los war, sah Theo zu, wie Barney das magere Kind über das Deck schleifte, nachdem die Fahrgäste ausgestiegen waren. Doch bevor sie die aus einer Planke bestehende Gangway betraten, stürzte das Kind ohnmächtig zu Boden.

Überrascht und verärgert lief Theo aufs Deck.

»Heb ihn auf und bring ihn runter in meine Kabine. Ich komme gleich nach.«

Nachdem er seine Arbeit erledigt hatte, eilte Theo in die Kabine und sah hinunter auf das zerbrechliche Kind, das in seiner Koje lag.

»Meinen Sie, er ist krank?« fragte Barney.

»Nein«, antwortete Theo nachdenklich, wobei die grausame Erinnerung an seine eigene Kindheit schmerzlich in ihm aufstieg, »nur halb verhungert.«

Erzbischof Pedley freute sich, Harry Broderick in seinem Amtssitz begrüßen zu dürfen. Natürlich wußte er von Harrys Vergangenheit, sein gesellschaftlicher Absturz war schließlich niemandem verborgen geblieben. Er hatte Austin Broderick gekannt, wenn auch leider eher auf gesellschaftlicher als auf seelsorgerischer Ebene, und war neugierig darauf, dessen Sohn kennenzulernen. Er lächelte, als Harry ins Zimmer trat. Innerhalb der Squattokratie spielte die Familie noch immer eine bedeutende Rolle; bei Freund und Feind waren diese Leute wegen ihres luxuriösen Lebensstils und immensen Grundbesitzes als ›Grasherzöge‹ bekannt. Dieser Broderick mit seinen feingeschnittenen Gesichtszügen sah tatsächlich ein wenig aristokratisch aus. Er war groß und schlank und trug einen maßgeschneiderten Tweedanzug im Country-Stil; zudem verfügte er über ausgezeichnete Manieren, wie der Erzbischof im Verlaufe ihres Morgentees feststellen konnte.

Nach dem üblichen Austausch von Höflichkeiten kam Harry auf den Grund seines Besuchs zu sprechen. Er sei auf der Suche nach drei schwarzen Kindern, die aus ihrer angestammten Umgebung weggebracht worden waren. Der Erzbischof freute sich über Harry Brodericks Interesse, da dies eines seiner Lieblingsprojekte war.

»Die Kirche kostet dieses Experiment eine Menge Geld«, erklärte er. »Unser Budget ist zum Zerreißen gespannt, da wir auch die Kathedrale noch nicht abbezahlt haben, doch selbst wenn es noch sehr viel teurer wird, hat sich die Mühe gelohnt. Ich kann Ihnen gar nicht sagen, wie sehr es mich freut, daß Sie sich von den Fortschritten der Kinder mit eigenen Augen überzeugen wollen.«

Harry stellte seine Teetasse ab. »Das trifft nicht ganz zu, Sir. Ich würde allerdings gern erfahren, wie das System funktioniert, da Sie sehr viel mehr darüber zu wissen scheinen als die Leute, mit denen ich bisher gesprochen habe. Die meisten hatten eine äußerst unklare Vorstellung davon.«

»Ich werde es Ihnen gerne erklären.«

Harry hörte zu, ohne den Erzbischof zu unterbrechen. Er begegnete Pedley an diesem Tag zum ersten Mal und schätzte ihn als intelligenten, gütigen Mann ein, der nicht allzu fromm daherredete. Und doch ...

»... wie Sie sehen, haben wir damit eine ungeheure Herausforderung angenommen, Harry.«

»Und das Ziel besteht in der Assimilation?«

»Natürlich. Wir können diese Kinder nicht unzivilisiert aufwachsen lassen, das wäre für sie ebenso entwürdigend wie für ihre Vormunde. Da wir dieses Land kolonialisieren, tragen wir eine gewisse Verantwortung für die Eingeborenen.«

Harry lächelte grimmig. »Im Norden dieses Staates setzen sich zahlreiche Stämme gegen diese Kolonialisierung zur Wehr. Sie kämpfen um ihr Leben.«

»Das ist wahrlich traurig, doch daran können wir nichts ändern, oder? Es ist nun einmal der Lauf der Welt.«

»Vermutlich«, stimmte Harry bedrückt zu. »Aber sagen Sie mir eins: Was ist mit den Eltern dieser Kinder? Ich nehme an, sie sind zutiefst erschüttert; meinen Ermittlungen zufolge muß es Tausende solcher Eltern geben.«

Der Erzbischof nickte. »Dieses Problem ist mir nicht neu ...«

»Es ein Problem zu nennen ist wohl leicht untertrieben. Für sie bedeutet es furchtbares Leid.«

»Wir wollen nur das Beste für ihre Kinder.«

»Indem Sie den Eltern die Kinder für immer entziehen?«

»Wenn nötig, ja, da dies die beste Alternative ist.«

»Ohne Rücksicht auf den Schmerz, den Sie Eltern und Kindern damit zufügen?«

Pedleys Gesicht wirkte plötzlich härter. »Ich glaube, wir sind hier unterschiedlicher Meinung, obwohl es mich überrascht. Viele Squatter bitten Regierung und Kirche, sie von den Schwarzen auf ihren Besitzungen zu befreien.«

»Das bezweifle ich nicht. Gerade derartige Organisationen scheinen in höchstem Maße anfällig zu sein für Selbstsucht und Rücksichtslosigkeit.«

Der Erzbischof war alles andere als glücklich über den Verlauf der Diskussion. »Anscheinend können wir bei diesem Thema tatsächlich nicht zu einer Übereinstimmung gelangen.«

Harry knabberte geistesabwesend an einem Graunußkeks. »Eminenz, bitte haben Sie Geduld mit mir. Ich möchte Ihren Standpunkt gern verstehen.« Er holte einen zusammengefalteten Zeitungsausschnitt aus der Tasche.

»Kennen Sie einen Mr. Tobias Waller?«

»Ja, ein wunderbarer Bursche. Schreibt anspruchsvolle Artikel für den *Sydney Morning Herald* und unseren *Courier*. Ein Denker. Ich lese seine Artikel ausgesprochen gern.«

»So? Ich habe hier einen seiner Artikel mitgebracht, in dem er behauptet, das Ziel der Trennung dieser Kinder von ihren Eltern bestehe nicht in der Assimilation, sondern in der Ausrottung der Aborigines. Und er ist vorbehaltlos dafür. Er sieht sie als Geißel des Landes an. Er schreibt, sie seien eine schlimmere Plage als die Dingos. Der einzige Weg, sie loszuwerden, liege darin, die Erwachsenen in Reservaten unterzubringen und ihnen die Kinder wegzunehmen, die Sprache und ihre heidnischen Praktiken auszulöschen.«

»Ja, und?«

Harry sah ihn fassungslos an. »Finden Sie seine Haltung nicht unchristlich?«

»Ein wenig übertrieben vielleicht.«

»Dann erklären Sie mir bitte, worum es bei alldem wirklich geht: Assimilation oder Ausrottung?«

Der Erzbischof schüttelte den Kopf. »Harry, ich fürchte, bei Ihnen gewinnen die Gefühle die Oberhand über die Vernunft. Sie scheinen nicht zu begreifen, daß wir nur das tun, was für diese Menschen am besten ist.«

»Sie meinen die Menschen, denen dieses Land ursprünglich gehörte? Sie haben meine Frage nicht beantwortet.«

»Nun, ich vermute, das eine würde irgendwann das andere nach sich ziehen.«

Harry spürte eine Welle der Übelkeit in sich aufsteigen, geboren aus dem schalen Gefühl der Hoffnungslosigkeit. Wenn nicht einmal dieser Mann, der sich selbst als ach so gerecht betrachtete, dies als Verbrechen ansah, welche Überlebenschancen blieben dann den Aborigines?

Er wechselte das Thema. »Kennen Sie die Kirche des Heiligen Wortes? Der Name kommt mir bekannt vor, aber ich kann ihn nicht einordnen.«

Der Erzbischof war froh über die unverfängliche Frage. »Eine solche Kirche gibt es nicht.«

»Da habe ich aber etwas anderes gehört.«

»Ach ja, es gab hier einmal einen Kerl, der sich als Bischof dieser sogenannten Kirche ausgab; er hatte viele Anhänger, hauptsächlich aus Neuseeland, glaube ich. Aber er war ein Scharlatan, ein Dieb erster Güte.« Er seufzte. »Solange ich lebe, werde ich nie verstehen, wie Menschen so leichtgläubig sein und ihre ganzen Ersparnisse solchen Schurken überlassen können.«

Harry war betroffen. Von der schmählichen Haltung der anglikanischen Kirche zur Verschleppung der Kinder einmal abgesehen, hatte er immerhin gehofft, der Erzbischof, der seine religiösen Ableger eigentlich kennen müßte, werde ihn geradewegs zu Reverend Billings führen.

»Ist er weg? Dieser Reverend Billings, meine ich?«

»Nein, so hieß er nicht. Ich glaube, er hat sich aus dem Staub gemacht. Er hatte ein Haus irgendwo am Stadtrand, das er als Kirche deklarierte. Es wurde inzwischen verkauft, und er hat das Geld in die eigene Tasche gesteckt. Einige seiner Gemeindemitglieder haben sich bei mir darüber beklagt, doch leider konnte ich nicht allzuviel Mitgefühl für sie aufbringen.«

»Aber was ist aus den Kindern geworden?«

»Welchen Kindern?«

»Dieser Reverend Billings hat schwarze Kinder von unserer Farm mitgenommen und behauptet, er wolle sie im kircheneigenen Waisenhaus unterbringen. Mein Vater gab ihm einen Scheck, der für diese Kinder bestimmt war. Wo sind sie jetzt?«

»Ich habe keine Ahnung. Es gibt weder eine Kirche noch ein Waisenhaus dieses Namens. Ich bin überrascht, daß Ihr Vater ...«

»Er ist einfach nur ihren Lehren gefolgt«, erwiderte Harry wütend. »Er hielt es für das Beste.«

Beim Abschied klopfte ihm der Erzbischof aufmunternd auf die Schulter. »Ich glaube, wir beide kommen wohl nicht auf einen Nenner, Harry.«

Dieser sah ihn traurig an. »Nein, Sir, wohl nicht. Ich hoffe nur, daß Sie eines Tages einsehen, daß nicht alle Kinder Gottes weiß sind.«

Harry übernachtete in Fern Brodericks Haus. Er schrieb an Connie, daß seine Suche möglicherweise länger als erwartet dauern werde, weil er keine Ahnung habe, wo sich die Jungen aufhielten. Er entschuldigte sich für die Verzögerung seiner Rückkehr und versprach, ihr jeden Tag zu schreiben.

Er machte die Runde durch die Waisenhäuser, studierte die Listen ihrer Zöglinge. Doch da man den schwarzen Kindern englisch klingende Namen zugewiesen hatte, halfen ihm diese nicht weiter. Also ging er durch Räume voller trauriger, sehnsüchtiger Gesichter und versuchte, sich an Bobbos, Doombies und Jaggas Aussehen zu erinnern. Doch es war zwecklos, sie wiedererkennen zu wollen. Es war Jahre her, seit er sie gesehen hatte; damals waren sie noch Babys gewesen.

In einer dieser Einrichtungen erinnerte man sich allerdings an ein Kind namens Bobbo.

Er sprach mit einem Laienlehrer, der, wie sich bald herausstellte, keinerlei Qualifikation besaß. Das gleiche galt für alle Lehrer in diesem Waisenhaus, die ohnehin eher wie Wärter als wie Pädagogen wirkten.

»Ich könnte mich unter Umständen erinnern«, sagte die schleimige Kreatur und schlich näher. Eine halbe Krone half ihrem Gedächtnis auf die Sprünge.

»Ja, er war hier, dieser Bobbo. Richtiger Lümmel. Hat nie getan, was er sollte. Konnte ihm einfach nix lernen.«

Harry stöhnte innerlich auf und hoffte, daß diese Gestalt nicht Englisch unterrichtete.

»So, und wo ist er jetzt?«

»Weiß nich', ist abgehaun. Hab' ihn nie mehr gesehn.«

»Haben Sie denn wenigstens nach ihm gesucht?«

»Klar haben wir das, aber wir müssen uns auch um andre Kinder kümmern. Sind zu viele, wenn Sie's genau wissen wolln. Is' doch kein Gefängnis hier.«

»Aber er ist erst sieben Jahre alt. Haben Sie die Polizei verständigt?«

»Wozu? Die meisten Ausreißer kommen wieder angekrochen, wenn sie nix zu essen finden. Der hier is' nich' wiedergekommen, das is' alles.«

»Ich bin entsetzt. Ein kleines Kind verschwindet, und niemand scheint sich dafür zu interessieren. Das ist eine Schande, genau wie diese ganze Einrichtung hier.« Harry spähte in den langen, dunklen Flur hinaus. »Außerdem stinkt es hier. Sie werden noch von mir hören, verlassen Sie sich darauf.«

Der Lehrer sah ihn blinzelnd an. »Hör'n Sie mal, Mister. Machen Sie, was sie wollen, aber dieses Waisenhaus is' um einiges besser als das, woher er gekommen is'. War 'n Gefallen, daß wir ihn überhaupt genommen haben.«

Plötzlich war Harry hellwach. »Woher ist er denn gekommen?«

»Aus dem Armenhaus«, lautete die höhnische Antwort.

»Und Sie sagen, er sei allein gewesen? Waren nicht noch zwei kleine Aborigines bei ihm?«

»Nein. Wir haben andre Abos hier, aber die sind älter.«

»Wer hat ihn hergebracht?«

»Hab' ich doch sagt, 'n Typ aus'm Armenhaus. Jesus, ich dachte, er wär' vielleicht dahin zurück.«

»Vielen Dank«, erwiderte Harry empört.

Innerhalb der nächsten Stunde hatte er sich bis zum Direktor des Armenhauses vorgearbeitet, dem er sein Anliegen vortrug. Doch wieder hatte er kein Glück.

»Mr. Broderick, ich kann Ihnen leider nicht helfen. Ich bin

selbst erst seit einigen Monaten hier, aber eines weiß ich genau: Wir nehmen keine Waisen auf. Manchmal kommen Kinder mit ihren Müttern her, aber wir verlegen sie so bald wie möglich. Frauen mit Kindern haben absoluten Vorrang. Wie Sie verstehen werden, ist das hier nicht die gesündeste Umgebung für Kinder.«

»Ich habe aber aus zuverlässiger Quelle erfahren, daß dieser Junge namens Bobbo hier war, die anderen vielleicht auch. Führen Sie Buch über die Namen der Leute, die hierherkommen?«

»Sicher, wir führen ein Register. Das ist sehr wichtig. Die Zuschüsse der Regierung hängen von der Zahl der Aufnahmen ab.«

»Würde es Ihnen etwas ausmachen, in den älteren Registern nachzuschauen? Ich wäre Ihnen sehr verbunden.«

»Selbstverständlich.«

Der Direktor holte große, gebundene Register aus dem Aktenschrank seines Büros und legte sie auf seinen Schreibtisch. Gemeinsam gingen sie die Listen durch, die viele Monate zurückreichten, und konzentrierten sich dabei auf das Alter der Insassen, doch die wenigen Kinder waren allesamt mit ihren Müttern zusammen aufgenommen worden.

Der Direktor seufzte. »Es tut mir leid, Mr. Broderick, ich wünschte, ich hätte mehr für Sie tun können, aber wie ich schon sagte, nehmen wir hier keine Waisenkinder auf. Das verstößt gegen die Regeln. Ich vermute, daß sie – da Sie die Waisenhäuser bereits überprüft haben – von diesem Reverend direkt auf irgendeine Farm gebracht worden sind. Ich meine, er konnte sie ja schlecht auf der Straße stehenlassen ... Das müssen vielleicht Schurken gewesen sein ...«

Harry sah ihn erstaunt an. »Ich verstehe das einfach nicht. Warum sollten sie die Kinder überhaupt mitnehmen wollen, wenn es Scharlatane waren?«

»Haben Sie Ihnen zufällig etwas gespendet?«

»Ich nicht, aber mein Vater.«

Der Direktor zuckte die Achseln. »Ja dann ...«

»Nein, das kann nicht sein. Wenn er nur auf das Geld aus war, hätte er die Kinder irgendwo unterwegs absetzen können, aber er hat sie tatsächlich bis nach Brisbane gebracht. Einer von ihnen, Bobbo, war in einem hiesigen Waisenhaus.«

»Vielleicht hat der Kerl dort gelogen.«

»Gott, das will ich nicht hoffen.«

Der freundliche Direktor begleitete Harry zum Tor und dankte ihm für die fünf Pfund, die er als Spende auf den Schreibtisch gelegt hatte. Als er wieder im Büro saß, steckte Mrs. Charmaine Collins, eine der Wohltätigkeitsdamen, den Kopf zur Tür herein.

»War das nicht eben Harry Broderick?« fragte sie neugierig. »Ja.«

»Na so etwas!« Sie lächelte erwartungsvoll, auf eine neue Klatschgeschichte spekulierend. »Er ist also wieder in der Stadt. Hat er seine Frau mitgebracht?«

»Das kann ich Ihnen nicht sagen.« Auch er war Gerüchten nicht ganz abgeneigt. »Wer ist er eigentlich?«

»Mein Gott, das war vielleicht ein Skandal!« Eifrig weihte sie ihn in ihre Version der Geschichte ein. Erstaunt erfuhr der Direktor, daß dieser Bursche in seinem eigenen Haus mit einem Gewehr herumgeschossen hatte.

»Er machte aber einen sehr netten Eindruck.«

»Es heißt ja auch, er sei dazu getrieben worden. Seine Frau, Sie wissen schon. Ein anderer Herr wurde gesehen, als er das Haus verließ, wenn Sie verstehen, was ich meine. Und dann gab es noch irgendeinen Aufruhr im Parlament. Danach hat er seinen Sitz abgegeben.«

»Er war Abgeordneter?«

»Oh ja. Ist noch gar nicht so lange her. Was wollte er denn hier?«

Der Direktor stellte die Register zurück in den hohen Aktenschrank. »Er sucht nach drei kleinen schwarzen Kindern. Ich sagte ihm, daß wir keine Waisen aufnehmen, konnte ihn aber nicht so recht überzeugen. Wir sind sogar die alten Register durchgegangen ...«

»Aber sie waren doch hier.«

»Was? Wie kann das sein?«

»Jemand hat sie vor dem Tor abgesetzt. Die Aufseherin war zu gutherzig, um sie abzuweisen, und hat versucht, sie irgendwo unterzubringen.«

Der Direktor stellte das letzte Register zurück. »Ich lasse sie sofort kommen.«

»Nein, nicht diese Frau. Ich meine die nette Aufseherin, die in den Ruhestand ging, bevor Sie kamen.« Sie grinste. »Natürlich stehen sie nicht im Register, es war ja gegen die Regeln. Aber sie wird wissen, was aus ihnen geworden ist. Einen Moment mal ... eine unserer Damen hat einen der Jungen bei sich aufgenommen. Lassen Sie mich mal nachdenken. Es war eine törichte Frau, eine Dilettantin, wie wir sie zu nennen pflegen. Sie hat ein paarmal geholfen und hat sich dann nie wieder blicken lassen. Hoffnungslos, hatte noch nie im Leben einen Putzlappen in der Hand gehalten.«

Er hörte aufmerksam zu. »Das muß ich Mr. Broderick erzählen. Wissen Sie zufällig, wo er wohnt?«

»Nein, aber das kann ich herausfinden. Überlassen Sie es ruhig mir.« Mrs. Collins hatte nicht die Absicht, sich diese faszinierende Geschichte entgehen zu lassen. Weshalb machte Harry Broderick soviel Aufhebens um drei schwarze Kinder? Was hatte er nun schon wieder vor?

Sie verließ das Büro, band die schwarze Schürze fest, rollte die Ärmel hoch und machte sich auf den Weg zur Küche. Charmaine Collins würde ihre Pflichten gegenüber den Armen nicht vernachlässigen. Harry Broderick mußte sich eben noch ein Weilchen gedulden. Während der Arbeit erkundigte sie sich bei den Damen, die ihr in der primitiven, dampfenden

Küche als Spülhilfen zur Hand gingen, nach der Frau, die einen der Jungen aufgenommen hatte. Mrs. Smith, das war es, Mrs. Adam Smith. Die Frau irgendeines Beamten.

14. KAPITEL

ZUNÄCHST SCHENKTEN VICTOR und Louisa Rupe keinerlei Beachtung. Es war, als sei er überhaupt nicht vorhanden. Er gab vor, es nicht zu bemerken, und aß unter Hannahs mißbilligenden Blicken in der Küche, wann es ihm gerade einfiel. So unpassend die Stunde auch sein mochte, sie konnte sich schlecht weigern, einem der Bosse etwas vorzusetzen. Rupe und seine Familie begegneten einander zwangsläufig auf den Fluren und draußen, doch sie wechselten kein Wort miteinander. Die Luft zwischen ihnen war eisig. Und genau so wollte er es auch haben, während er darauf wartete, daß Charlotte wieder herunterkam. Der gebrochene Arm würde sie nicht lange ans Bett fesseln, und der Schock würde bald verflogen sein angesichts der Freude über Teddys glückliche Rettung. Wenn er einen Blick in ihr Zimmer warf, fand er sie fast immer mit einem Märchenbuch vor, aus dem sie ihrem Enkel, der nun keine Gouvernante mehr hatte, vorlas.

Mit einem Schaudern verdrängte er den Gedanken an Cleo.

Obgleich sich der körperliche Schock über ihren Sturz inzwischen gelegt hatte, wußte Rupe, daß Charlotte noch immer wütend war. Er hatte sich ihre Klagen über den Zustand des Hauses und des Gartens angehört und mürrisch genickt, als stimme er in allem mit ihr überein. Er kannte seine Mutter; sobald er sich kritisch über Louisa äußerte, würde sie sich gegen ihn stellen. Charlotte steckte voller Widerspruchsgeist. Immerhin war ihre Freundin Ada Crossley nach Hause gefahren; man konnte nie wissen, wozu sie Charlotte sonst anzustiften imstande wäre. Zweifellos zürnte sie Victor noch, weil er sie nicht sofort über alles informiert hatte.

Am vergangenen Abend hatte Rupe ihr sein Herz ausgeschüttet, von seiner Qual und seinen Schuldgefühlen berichtet, als er Teddy aus den Augen verloren und ihn tot geglaubt hatte.

»Ich wußte nicht, wie ich Victor und Louisa gegenübertreten oder was ich zu ihnen sagen sollte. Außerdem war ich sicher, sie wollten nicht mit mir reden.«

»Was ist mit Cleo?« fragte seine Mutter. »Sie trägt doch auch einen Teil der Schuld, oder?«

Durch die Gegenwart seiner Mutter friedlich gestimmt, schlug er einen gemäßigten Ton an. »Wir haben nicht einmal bemerkt, daß er sich davongemacht hat. Du weißt doch, wie flink Kinder sind. Es dauerte nur eine Sekunde. Wir haben versucht, Vögel näher zu bestimmen, außerdem lief er in den Busch, nicht zum Fluß hinunter. Er muß im Kreis gegangen sein. Wie auch immer, die arme Cleo hat genug gelitten. Allein die Art und Weise, in der sie Springfield verlassen mußte, war furchtbar demütigend.«

»Was empfindest du für sie?«

Mit einem Achselzucken sagte er: »Sie ist ein sehr nettes Mädchen. Aus guter Familie. Ich hatte gehofft ...«

»Ich hoffe, du hast die Finger von ihr gelassen.«

»Mutter, ich sagte doch, sie kommt aus einer guten Familie. Ich war nicht darauf erpicht, daß ihr Vater plötzlich mit der Schrotflinte bei mir auftaucht. Aber das spielt jetzt keine Rolle mehr, ich habe sie verloren. Ich bezweifle, daß sie irgendeinen von uns je wiedersehen möchte.« Er ging zum Fenster und schaute in die Dunkelheit hinaus. »Sie war das erste wirklich intelligente Mädchen, dem ich begegnet bin. Sie ist sehr süß und nett, hat die Welt bereist, und ich dachte, sie wolle nun seßhaft werden ...«

»Guter Gott, liebst du sie etwa? Das hat mir keiner gesagt.« »Wer denn auch? Ich glaube, da war auch Eifersucht mit im Spiel.«

»Sprichst du von Louisa?«

»Was dachtest du denn? Cleo ist reich, gebildet, hat sechs

Monate in London gelebt, und Teddy vergöttert sie. Das war ein harter Brocken für Louisa. Ich vermute, sie betrachtete sie als künftige Rivalin um die Herrschaft auf Springfield.«

Charlotte reichte Rupe ihr Tablett. »Mir scheint, du bist ein wenig voreilig. Noch bin ich nicht tot, und das hier ist immer noch *mein* Heim.«

Genau das hatte Rupe hören wollen.

Am folgenden Nachmittag verkündete Charlotte der Köchin, daß sie zum Essen hinunterkommen würde. Entgegen Hannahs Hinweis, daß die Familie in letzter Zeit im Frühstückszimmer speise, ordnete sie an, im Eßzimmer zu decken.

»Und sag Rupe, er soll auch kommen«, fügte sie hinzu. »Er wird mit seiner Familie an einem Tisch essen. Dieses gegenseitige Anschweigen muß ein Ende haben.«

Rupe ging Victor wohlweislich aus dem Weg. Die Scherer konnten nun jeden Tag eintreffen, und sein Bruder war mit der Reinigung der Scherschuppen vollauf beschäftigt. Also ritt Rupe hinaus, um beim Auftrieb der Schafe zu helfen. Bei seiner Rückkehr erfuhr er von dem geplanten Familienessen. Eines der Hausmädchen berichtete außerdem von einem Zusammenstoß der beiden Mrs. Brodericks, bei dem es um die Arrangements ging, die seit Mrs. Charlottes Abreise getroffen worden waren.

»Sie haben sich vielleicht angeschrien, Mr. Rupe«, sagte das Mädchen. »Wir mußten wie die Möbelpacker alles hin- und herrücken.« Sie sah ihn mit einem frechen Augenzwinkern an. »Am besten, Sie machen einen Bogen um sie. Das ist eine reine Frauensache.«

Er schenkte ihr sein strahlendstes Lächeln und gab ihr einen Klaps auf den Po. »Das lasse ich mir um keinen Preis entgehen.«

Doch der Sturm hatte sich bereits verzogen. Charlotte trug ein glänzend schwarzes Kleid und Diamantohrringe, die er seit Jahren nicht mehr an ihr gesehen hatte, und stellte im Salon Blumenvasen auf, die allerdings nur mit Zweigen der australischen Silbereiche bestückt waren, da ihr englischer Garten völlig verwildert war. Charlotte liebte Blumen, doch es war ungeheuer schwer, hier etwas zum Blühen zu bringen. Die Silbereiche war zum Glück überaus robust.

Sie bemerkte ihren Sohn und sagte: »Ich erwarte dich zum Abendessen, Rupe.«

»Ich werde kommen«, erwiderte er innerlich lächelnd und eilte nach oben. Er duschte und rasierte sich, kämmte sein blondes Haar mit Pomade nach hinten, holte seinen besten schwarzen Anzug mit den Samtrevers aus dem Schrank und dazu ein weißes Rüschenhemd, das ihm einmal irgend jemand geschenkt hatte. Allein für seine Mutter warf er sich so in Schale, da er sie als Verbündete zu gewinnen hoffte. Er wußte, daß Victor, der von der Farm und ihren Anforderungen in Anspruch genommen war, jegliches Interesse an gesellschaftlichen Umgangsformen verloren hatte. Nicht, daß es ihn je sonderlich interessiert hätte; er war ein Gewohnheitstier. Rupe bezweifelte auch, daß Louisa in der Stimmung war für Charlottes altmodische Formalitäten. Er wählte eine schmale schwarze Krawatte aus, steckte eine goldene Taschenuhr in die Weste und polierte die schwarzen Schuhe, bis sie glänzten. Dann warf er einen prüfenden Blick in den Standspiegel und ging in den Salon hinunter.

»Du lieber Himmel«, sagte Charlotte lächelnd, »du siehst aber gut aus. Und trägst das Hemd, das ich dir letzte Weihnachten geschenkt habe. Ich dachte schon, es gefiele dir nicht.«

»Natürlich gefällt es mir. Ich war nur ein wenig unsicher wegen der vielen Rüschen. Wie geht es deinem Arm?«

Sie sah auf den eingegipsten Arm in der schwarzen Schlinge hinunter. »Er juckt und ist überaus lästig. Möchtest du einen Sherry, während wir auf die anderen warten, die sich mal wieder Zeit lassen?«

Das Eßzimmer strahlte im warmen Licht der bernsteinfarbenen Lampenschirme, die die getäfelten Wände schimmern und das blendendweiße Damasttischtuch weicher erscheinen ließen. Das Abendlicht drang durch die Spitzenvorhänge an den hohen Fenstern, umrahmt von den üppigen dunkelgrünen Samtportieren, die wieder ihren Weg ins Zimmer gefunden hatten. Rupe lächelte. Sie rochen leicht nach Mottenkugeln. Damit war es vorbei mit Louisas kurzer, innovativer Herrschaft. Die Ära des Tageslichts und der luftigen Zimmer war mit Charlottes Rückkehr abrupt zu Ende gegangen.

Als Victor und Louisa eilig den Raum betraten, stellte sich Rupe hinter den Stuhl am Kopf der Tafel, auf dem Austin früher gesessen hatte, und zog ihn zurück, so daß seine Mutter darauf bequem Platz nehmen konnte. Sie nickte ihrem Jüngsten dankbar zu und sah dann die anderen an.

Louisa wirkte aufsässig in ihrer hübschen Bluse und einem Rock mit Gürtel, und Victor, der sich der Spannungen gar nicht bewußt war und ohnehin wenig Sinn für Etikette hatte, war in einem sauberen Hemd und Kordhosen erschienen. Er zeigte keine Reaktion auf Rupes elegante Erscheinung und nahm, nachdem sich seine Frau gesetzt hatte, seinen gewohnten Platz am Ende des Tisches ein. Rupe saß links von ihm. Wie jeden hart arbeitenden Mann, interessierte auch ihn hauptsächlich das Essen, das auf den Tisch kam. Geistesabwesend griff er nach der gestärkten Serviette und sah seine Frau an.

»Was gibt es heute?«

»Erbsensuppe und gebackenen Schinken.«

»Fein.«

Doch Charlotte war nicht bereit, ihnen diesen Verstoß gegen die Regeln so einfach durchgehen zu lassen. »Ziehen wir uns nicht mehr zum Essen um?« fragte sie in ruhigem Tonfall.

»Oh, tut mir leid«, erwiderte Victor beiläufig und nahm sich ein warmes Brötchen, das er dick mit Butter bestrich.

»Wir sind zu dem Entschluß gekommen, daß es zu aufwendig ist«, erklärte Louisa. »Wie du weißt, haben wir versucht, unsere Ausgaben einzuschränken, und es ist doch reine Verschwendung, wenn wir jeden Abend unsere guten Sachen anziehen. Das Waschen und Bügeln macht viel mehr Arbeit als bei den Alltagskleidern.«

»Mir ist es recht«, sagte Victor versöhnlich. »Steife Hemden haben mir ohnehin nie gefallen.«

»Ich finde es sehr schade«, sagte Charlotte verärgert. »Wir haben Traditionen zu pflegen. Wir haben uns immer zum Essen umgezogen, anstatt wie Bauern zu Tisch zu kommen.«

»Was hast du gegen Bauern?« fragte Louisa, die offensichtlich noch immer gekränkt war.

»Nichts, meine Liebe, aber wir sind nun mal keine. Ich wahre gern einen gewissen Standard in meinem Haus. Hier draußen im Busch läuft man immer Gefahr, die guten Sitten schleifen zu lassen. Denkt an meine Worte: Wenn wir uns gehen lassen, wird das Personal unserem Beispiel folgen!«

Da war es, dachte Rupe. ›Mein Haus‹, hatte sie gesagt. Damit hatte sie Louisa auf ihren Platz verwiesen.

»Noch eins, bevor wir anfangen«, fuhr seine Mutter fort, »mir ist aufgefallen, daß ihr nicht miteinander sprecht. Das muß aufhören. Dankt lieber dem Herrn, daß wir unseren Jungen gesund wiederbekommen haben, nur das zählt. Rupe hat euch im übrigen etwas zu sagen.«

Er erhob sich nicht, wandte sich einfach im Sitzen an Victor und Louisa. »Was geschehen ist, tut mir schrecklich leid. Für euch war es ein Alptraum, doch auch ich habe gelitten. Ich bitte nicht um Entschuldigung, sondern um Vergebung.«

Persönlich wäre es ihm egal gewesen, wenn er nie wieder ein Wort mit ihnen gewechselt hätte, doch er mußte sich an Charlottes Anweisungen halten und brauchte außerdem Victors Unterstützung.

»Könnt ihr mir verzeihen?« fragte er ernst.

»In Ordnung«, nickte Victor. »Es war für uns alle eine schlimme Zeit.«

Louisa standen die Tränen in den Augen. »Ja. Vorbei ist vorbei.«

»Dem Herrn sei Dank«, sagte Charlotte. »Jetzt bin ich an der Reihe. Wir müssen die Eigentumsfrage klären. Gehört Springfield nun der Familie oder nur euch beiden?«

Rupe stöhnte. So hatte er sich den Abend nicht vorgestellt. Er überließ seinem Bruder das Antworten.

»Mutter, wie du weißt, sind wir nicht der Ansicht, daß man dich benachteiligt hat, wenn wir auch in der Frage des Unterhalts ein wenig übereilt gehandelt haben mögen. Du wirst ihn weiterhin bekommen. Die zwei Grundstücke, die du und Fern gekauft habt, müssen allerdings wieder zu Springfield gehören. Man hat mir gesagt, wir könnten eine Firma gründen, die alle großen Weiden nach dem freien Erwerb unter unserer Leitung zusammenfaßt. Das heißt, der Großteil des Besitzes bliebe intakt. Ich hatte an den Namen Springfield Pastoral Company gedacht, da in diesem Fall nur das Haus mit seiner unmittelbaren Umgebung noch als Springfield-Farm gelten darf. Verstehst du das?«

»Ja, und ich halte es für einen hervorragenden Vorschlag. Doch wer wären die Direktoren dieser Firma?«

»Rupe und ich.«

»Also werden meine Rechte weiterhin mißachtet. Ihr wollt diese Grundstücke zurückhaben, wir haben für sie bezahlt. Auf welche Weise soll diese Rückgabe vonstatten gehen?«

»Wir werden sie euch zum gleichen Preis abkaufen, ihr werdet also keinerlei Verlust haben.«

Sie richtete sich in ihrem gepolsterten Ledersessel auf. »Dürfte ich dich daran erinnern, daß dies vom geschäftlichen Standpunkt aus sehr unklug von mir wäre? Einer muß daran verdienen, Victor. Und der Preis steigt mit jedem Tag, an dem ihr die Entscheidung hinausschiebt, an dem ihr mir meinen

Anteil an diesem Besitz vorenthaltet. Bis ihr soweit seid, meine Position zu verstehen, werdet ihr euch das Land vielleicht gar nicht mehr leisten können.«

Nun schaltete sich Louisa in das Gespräch ein. »Geht es dabei nur um dich, Charlotte, oder wird auch Harry seine Ansprüche geltend machen?«

»Nein. Harry hat mir gegenüber angedeutet, daß er dies nicht vorhat.«

Victor lehnte sich mit einem Seufzer vor, stützte die Ellbogen auf den Tisch und kratzte sich am Kopf. »Warum tust du uns das an, Mutter?«

»Harry ist alt genug, um sich einzugestehen, daß er seinen Vater durch sein Verhalten dazu gebracht hat, ihn zu enterben. Mein Fall liegt anders. Mich hat man ungerecht behandelt. Mein Bruder war Austins Partner, als sie dieses Land erschlossen, und allen Versprechungen zum Trotz hat es mir nichts eingebracht. Bevor euer Vater starb, hat er großmütig dafür gesorgt, daß ich zu essen und ein Dach über dem Kopf habe, wie eines seiner verdammten Merinoschafe. Nun, das reicht mir nicht! Noch habe ich nicht einmal angefangen, euch das Leben schwerzumachen. Ihr solltet nicht vergessen, was das neue Gesetz vorschreibt: Wenn wir das Land verkaufen, muß es innerhalb von sechs Monaten vom neuen Besitzer besiedelt werden. Dann habt ihr Fremde im Tal!«

Louisa war außer sich. »Victor, um Gottes willen! Ich habe diese Diskussionen so satt. Gebt ihr doch endlich einen Anteil.«

Er sah sie verwirrt an. »Du scheinst zu vergessen, daß Austin diese Regelung im Testament getroffen hat, nicht ich. Wir haben uns daran zu halten.«

Rupe unterbrach ihn. »Ich weiß ja nicht, wie es euch geht, aber ich verhungere fast. Könnten wir jetzt vielleicht essen, Mutter?«

Sie läutete die kleine Silberglocke, und die beiden Hausmädchen, die auch als Serviererinnen fungierten, eilten geschäftig herein.

Während die Suppe aufgetragen wurde und allgemeines Schweigen herrschte, versuchte Rupe die Situation für sich zu analysieren. Victors hartnäckige Defensivstrategie war Charlottes bitterer Entschlossenheit nicht gewachsen. Sie äußerte keine leeren Drohungen; sie würde ihren Weg gehen und sie notfalls alle niedertrampeln. Rupe zog es vor, nicht unter ihre Hufe zu geraten. Sie schien sich für eine Art wiedergeborenen Austin Broderick zu halten, hart und kompromißlos. Doch das war sie nicht. Austin hatte schwer gearbeitet, Land gerodet und nicht nur die Schwarzen, sondern auch alle anderen abgewehrt, die seine großzügig bemessenen Grenzen mißachteten. Er hatte erkannt, daß die endlosen Weiden jenseits des Tales ohne kontrollierte Viehbestände und sinnvolle Wasservorräte in absehbarer Zeit ruiniert wären. Daher hatte er in umsichtiger Weise Wasserläufe umgeleitet und Brunnen angelegt. Viele Jahre lang hatte er die Tiere selbst zusammengetrieben und geschoren. Zugegeben, bei der billigen Pacht und den hohen Wollpreisen war das Geld nur so hereingeströmt, aber Austin hatte zeitlebens wirklich hart dafür gearbeitet. Auch Charlotte hatte unter Bedingungen gelebt, die der Familie inzwischen undenkbar erschienen: Hütten, Cottages, alles ohne fließendes Wasser, nur ein Dach über dem Kopf und eine Feldküche, in der sie für die Viehhüter das Essen bereiten mußte. Doch dies war jetzt nebensächlich.

Sie hatte unrecht. Sie war kein Austin Broderick. Dieser hatte sich wild entschlossen durch rauhes, unberührtes Land gekämpft, um sein eigenes Reich zu begründen, und niemals hätte er auch nur einen Quadratzoll davon aufs Spiel gesetzt, wie sie es nun tat. Er hätte gewußt, daß sie alle dabei verlieren würden; er hätte nie eine Diskussion darüber geduldet, wem was gehören sollte. Nur Springfield zählte, sonst nichts. Er hatte Victor und Rupe dazu bestimmt, sein Werk fortzusetzen, da er sich auf sie verlassen konnte. Harry war dieser Aufgabe sicher nicht gewachsen. Mit der Zeit hätte er vermutlich alles auf seinen ältesten Sohn überschrieben, der das größere Verantwortungsbewußtsein an den Tag legte.

Eigentlich waren sie alle immer nur an zweiter Stelle gekommen, hinter der Farm, sinnierte Rupe. Und nun wurde sein Lebenstraum von innen her bedroht. Das durfte nicht sein. Er selbst war wenigstens klug genug, sich schwach zu stellen und Charlotte damit auf seine Seite zu ziehen. Immerhin war es Louisa gewesen, die die Palastrevolution angeführt hatte; es wäre amüsant, ihr die Schuld an allem zu geben, wenn Victor auf sie hören sollte.

»Ich muß sagen«, verkündete er, »Louisa hat recht ... obwohl ich es nicht so plump ausdrücken würde. Da Mutter aufrichtig davon überzeugt ist, daß man sie ungerecht behandelt hat, müssen wir als Gentlemen wohl zurücktreten. Ich finde Familienstreitigkeiten furchtbar ordinär.« Er schenkte seiner Mutter ein gewinnendes Lächeln. »Wir sollten Mutter in den Kreis der Eigentümer aufnehmen und ihr ein Drittel geben.«

»Was?« keuchte Victor fassungslos. »Du hast doch so darauf gepocht, daß Austins Wünsche respektiert werden. Er hat Springfield *uns* hinterlassen.«

»Ja, aber ich begreife erst jetzt, wie sehr Mutter daran hängt.«

»Ja, so sehr, daß sie damit droht, Teile der Farm an Fremde zu verhökern!« gab Victor erbost zurück.

Rupe warf seiner Mutter einen verständnisvollen Blick zu. »Ich glaube nicht, daß es so weit gekommen wäre. Mutter hat nur aus ihrer Gekränktheit heraus so reagiert.«

Charlotte sagte nichts. Victor schien vollauf damit beschäftigt, die Hausmädchen zu beobachten, die die Suppenteller abräumten und den nächsten Gang auftrugen. Sie stellten Schüsseln mit Gemüse auf den Tisch und legten allen den dick geschnittenen Schinken vor.

Eines der Mädchen wandte sich an Charlotte, bevor es das Eßzimmer verließ. »Mrs. Broderick, die Köchin läßt sagen, daß es noch viel mehr Schinken gibt. Sie hat ihn im Ofen warmgestellt.«

»Einen Moment«, warf Louisa ein, »die Senfsauce fehlt noch.«

Doch Charlotte bedeutete dem Mädchen zu gehen. »Schon gut, ich habe Hannah gesagt, sie soll sich nicht mit der Sauce aufhalten. Wir haben ja die weiße, die zum Blumenkohl gehört. Wozu brauchen wir zweierlei Saucen?«

Mit geschürzten Lippen saß Louisa stocksteif am Tisch.

Ihr Mann schien die kurze Unterhaltung nicht registriert zu haben, denn er fuhr in seinem Gedankengang fort. »Gut, wenn du darauf bestehst, Mutter, und Rupe nun deiner Meinung ist, will ich euch nicht im Weg stehen. Ich lasse die Dokumente entsprechend aufsetzen.«

Charlotte nickte erfreut. »Es bleibt ja alles in der Familie, Victor. Ich danke euch. Der Schinken sieht übrigens einfach köstlich aus. Würdest du ihn mir bitte schneiden, Rupe? Dieser Arm ...«

Probleme beeinträchtigten Victors Appetit in keinster Weise. Er hatte schon die halbe Mahlzeit verschlungen, als er sagte: »Ich nehme an, daß wir dann eure Grundstücke zurückkaufen können?«

Charlotte lag es fern, sich ihren Triumph anmerken zu lassen. »Ja«, erwiderte sie daher nur, ohne eine Miene zu verziehen.

»Dann werden wir Ferns Grundstück umgehend zu einem höheren Preis anbieten. Wir brauchen dringend Geld. Außerdem ziehen wir die Grenzen enger, indem wir drei andere am Rande liegende Abschnitte verkaufen, damit sparen wir die

Verwalter für die Nebenfarmen ein. Ist dir klar, weshalb das erforderlich ist?«

»Ja, sehr vernünftig«, gab Charlotte zurück. »Dann sind wir also alle einer Meinung. Wie schön, daß wir die Sache so friedlich beilegen konnten. Möchte noch jemand Schinken?« Sie klingelte nach dem Mädchen, als die beiden Männer die Frage bejahten.

Charlotte vergeudete keine Zeit. Noch am selben Abend wurde der Brief aufgesetzt, den Victor und Rupe unterzeichneten und an ihren Anwalt William Pottinger schickten. Alle waren guter Stimmung, bis auf Louisa.

»Mach dir keine Sorgen wegen Charlotte«, versuchte Victor sie in ihrem Zimmer zu beschwichtigen, »sie ist nur jetzt am Anfang so voller Tatendrang. Wenn sie erst wieder mit der Gartenarbeit angefangen hat, läßt sie dich auch in Ruhe. Dann läuft alles wie gehabt.«

»Ich weiß. Aber es war so schön, eine Weile nach unseren eigenen Vorstellungen leben zu können. Und erinnere mich bitte nicht daran, daß dies ihr Haus ist. Das hat sie mir schließlich klar und deutlich vor Augen geführt. Dir ist hoffentlich bewußt, daß sie mit dem Haus und dem Anteil mehr bekommen hat als wir anderen.«

Victor war die Nörgeleien satt. »Sie ist Austins Witwe, und dies ist ihr Haus.«

»Und wenn einige der Außenposten wegfallen, werden wir Rupe auch nicht los. Ich bin nicht mehr wütend auf ihn wegen Teddy, aber er hat sich überhaupt nicht verändert, ist boshaft wie eh und je. Er hat uns heute abend regelrecht vorgeführt. Er hätte uns ruhig sagen können, daß er vorhatte, sich zum Essen umzuziehen.«

»Mach dir keine Sorgen wegen Rupe, ich glaube nicht, daß er noch lange hierbleibt.«

»Wirklich? Dies ist die erste gute Neuigkeit an diesem Tag. Was hat er denn vor?«

»Er will auf Reisen gehen. Nach Übersee.«

»Seit wann weißt du davon?«

»Wir haben uns heute morgen im Wollschuppen darüber unterhalten. Alles ist vorbereitet, die Scherer müßten eigentlich heute kommen. Ich schätze, die Schur wird dieses Jahr alle Rekorde brechen. Allerdings wird sich der Gewinn in Grenzen halten, weil wir Bargeld für den Erwerb der Ländereien beiseite legen müssen, aber der Verkauf der vier Grundstücke hilft uns dabei. Ich glaube, die Siedler zahlen irrsinnige Preise, um beim Run auf das Land dabeizusein.«

»Und was ist mit Rupe?«

»Nun, ihm steht ein Gewinnanteil zu, nur ein Drittel zwar, aber das geschieht ihm ganz recht. Schließlich hat er heute als erster vor Charlotte gebuckelt. Jedenfalls wird es reichen, damit er irgendwo in großem Stil leben kann.« Victor lachte. »Das mit Charlotte und dir tut mir leid, es läßt sich wohl nicht ändern, aber so kommt uns Rupe nicht mehr in die Quere.«

»Oder macht schnippische Bemerkungen. Ich finde die Idee ausgezeichnet. Soll er doch für den Rest seines Lebens durch die Weltgeschichte gondeln.«

Rupe war schon beim Packen, als Charlotte von seinen Plänen erfuhr. »Das wirst du nicht tun«, fauchte sie. »Jetzt ist Schur, die arbeitsreichste Zeit des Jahres, und du marschierst einfach davon und überläßt deinem Bruder die ganze Arbeit. Zieh dir was Altes an und mach dich nützlich.«

»Mutter, du scheinst mich nicht zu verstehen. Da draußen ist alles geregelt. Victor und ich haben ein Abkommen getroffen, am Samstag reise ich ab.«

»Dann bekommst du keinen Penny. Ich habe jahrelang mit angesehen, wie es mit Ada Crossleys Bruder gelaufen ist. Die Farm zahlt ihm Geld für nichts und wieder nichts. Das wird bei uns nicht passieren. Du wirst deinen Teil der Arbeit tun.« Rupe sah ungerührt seinen Kleiderschrank durch. »Adas Bruder war kein Eigentümer, er hat sich einfach auf Jocks Großzügigkeit verlassen. Meine Situation ist völlig anders. Ich werde einfach stiller Teilhaber im Geschäft.«

»So etwas habe ich ja noch nie gehört.«

»Dann hörst du es eben jetzt. Ich nehme an, du wirst ebenfalls deinen Gewinnanteil einstreichen, genau wie ich. Mutter, wir beide werden hier nicht gebraucht, das mußt du einsehen. Du bist zu alt, und ich passe einfach nicht hierher.«

»Du warst schon immer groß im Nehmen, Rupe. Du magst es geschafft haben, Victor weichzuklopfen, aber bei mir wird dir das nicht gelingen.«

Dennoch hatte seine Bemerkung sie zutiefst verunsichert. Waren sie wirklich der Meinung, sie sei zu alt, um sich nützlich zu machen? Auf dem Weg zum Wollschuppen dachte sie über ihre Tätigkeit nach. Sie half beim Kochen, empfing die Scherer und sorgte dafür, daß sie mit ihren Unterkünften zufrieden waren, bereitete die alljährliche Abschlußparty vor und hatte überhaupt immer viel zu tun. Sie band das Tuch fester um den Kopf und raffte ihre Röcke. Oh nein, so leicht würde sie sich nicht aufs Abstellgleis schieben lassen.

Sie passierte die Pferche, wo Hunderte von Schafen für die Schur zusammengetrieben wurden, und sog den altvertrauten Geruch der ungeduldig drängelnden Tiere ein. Den Geruch von dicker Wolle, Schmutz und Staub. Sie ging an Männern vorbei, die die Dame des Hauses mit einem freundlichen Nikken begrüßten, an hechelnden Schäferhunden, die ihr einen raschen Blick zuwarfen und wieder ihrer Pflicht nachgingen; schließlich mußte sie lachen. Was für eine Närrin sie doch war. Rupe konnte ein schwarzes Schaf weißreden, pflegte Austin zu sagen. Beinahe wäre es ihm auch in ihrem Fall gelungen. Verdammt, sie lebte gern auf Springfield! Sie mochte den Gestank und Schweiß, die Geschäftigkeit in den Wollschuppen, und das war nur ein Teil davon. Die Farm war das ganze Jahr über voller Leben und Aufregung, der Wechsel der Jahreszeiten spannend, und sie würde das Ruder noch lange nicht aus der Hand geben. Frauen taten auf großen wie kleinen Farmen ihre Arbeit, ohne durch Verträge dazu verpflichtet zu sein, und hatten es nicht nötig, ihren Nutzen unter Beweis zu stellen.

Sie beschloß, Victor jetzt lieber nicht zu stören. Es machte viel mehr Spaß, sich über das Geländer zu lehnen und den Schafen zuzusehen, die die Rampe hinaufdrängten. In der Ferne breiteten sich die Herden wie ein grauer Teppich über das Tal aus. Tausende von gesunden, wohlgenährten Schafen, die vor Beginn des Sommers ihre kostbare Wolle abgeben würden. Aus Gewohnheit sah sie voller Dankbarkeit zum Himmel auf. Schlechtes Wetter bedeutete Gefahr für die frisch geschorenen Tiere.

An diesem Abend machte sie ihre Haltung jedoch deutlich. »Rupe kann gehen, wohin er will, aber wir werden ihm seinen Lebensunterhalt unter gar keinen Umständen finanzieren. Ist das klar, Victor?«

»Ja, er hat es mir gesagt. Er droht damit, dir deinen Anteil wieder streitig zu machen.«

Charlotte lächelte. »Ich dachte mir schon, daß er das bei dir versuchen würde. Er blufft nur. Rupe weiß ganz genau, bei wem etwas zu holen ist. Er wird es sich keinesfalls mit uns beiden verscherzen wollen.«

Sie sollte recht behalten. Rupe beruhigte sich wieder, und Victor, der nun als Schlichter fungierte, überredete ihn, bis nach der Schur zu bleiben.

»Wenn wieder etwas Ruhe eingekehrt ist, kannst du fahren. Laß Charlotte einfach ein bißchen Zeit, sich an den Gedanken zu gewöhnen.«

Louisa zeigte sich wenig beeindruckt. »Sie wird ihn nicht gehen lassen. Jetzt haben wir ihn endgültig am Hals.«

Zur selben Zeit hatte Theo Logan ein Kind namens Bobbo am Hals. Er hatte Wochen gebraucht, den geschwächten kleinen

Kerl wieder aufzupäppeln. Jeden Tag erhielt er ein wenig mehr zu essen, bis sich sein Magen wieder an die Nahrung gewöhnt hatte. Dennoch war sein Körper auf einmal mit Blasen bedeckt, und Logan hatte einen Arzt rufen müssen. Theo kannte sich mit Blasen aus, aber nicht in dieser Menge. Vielleicht waren es ja die gefürchteten Windpocken; in diesem Fall hätten seine Passagiere samt und sonders die Flucht ergriffen.

Der Arzt schien jedoch nicht weiter besorgt. Er öffnete einige der Blasen, was bei einem schreienden, um sich schlagenden Kind keine leichte Aufgabe war, legte Verbände an, damit sich der Junge nicht kratzte, und bettete ihn wieder auf das improvisierte Lager in Theos Vorratsraum. Er gab Anweisung, die Breiumschläge wirken zu lassen.

Obwohl Theo am ganzen Fluß verbreitet hatte, daß er ein verirrtes schwarzes Kind auf seinem Schiff gefunden habe, meldete sich niemand, um es zu beanspruchen oder zu identifizieren. Schlimmer noch, der Junge hatte inzwischen Zutrauen zu ihm gefaßt.

»Wie ein verdammter Hund«, knurrte er, als Barney einmal Bobbos Anhänglichkeit ansprach. »Nur, weil ich ihm zu essen gebe.«

Die beiden Matrosen hingegen fanden die Situation überaus komisch. Sie konnten sich einfach nicht vorstellen, daß jemand ihren zänkischen Boß gern hatte, vor allem nicht dieses Kind, für das er kein freundliches Wort übrig hatte. Er wies seine Matrosen im Gegenteil an, ihm den Kleinen vom Leib zu halten.

Sie wußten jedoch nicht, daß Theo nachts, wenn die *Marigold* am Kai von Somerset vor Anker lag, bei dem Kind saß und ihm Gesellschaft leistete, um sein Leiden zu lindern. Es kam ihm nicht in den Sinn, Bobbo Geschichten zu erzählen oder Kinderspiele zu erfinden, da er dies aus seiner eigenen Kindheit nicht kannte; er zündete nur seine Pfeife an und saß da, umgeben von den Regalen mit Ersatzteilen und Konservendosen und anderem Krimskrams, dachte an nichts Besonderes und wartete, bis dem Kleinen die Augen zufielen.

Als sich Bobbo von dem Ausschlag erholt hatte, schien es Theo an der Zeit, etwas über das Kind und seine Herkunft in Erfahrung zu bringen, damit er sich seiner endgültig entledigen konnte. Er begriff nicht, daß Bobbo ihn trotz seiner rauhen Art liebgewonnen hatte und genau wußte, daß dieser Mann keine Bedrohung für ihn darstellte. Er beantwortete bereitwillig die Fragen des Kapitäns und bestand darauf, nach Hause zu wollen.

»Da hinten«, sagte er immer wieder, »da gehe ich hin.«

Mit einiger Mühe gelang es Theo herauszufinden, daß Bobbo und zwei seiner Freunde von einem Betmann und seiner Missus in die Stadt gebracht worden waren. Vermutlich handelte es sich dabei um einen Priester oder Prediger. Mit solchen Menschen hatte Theo es nur am Tag seiner Hochzeit zu tun gehabt und das auch nur, weil es sich aus rechtlichen Gründen nicht vermeiden ließ. Der Junge stellte im Gegenzug natürlich ebenfalls Fragen, Fragen, die nur einem äußerst lebhaften Verstand entspringen konnten. Wo war seine Missus? Wo war seine Mumma? Gehörte ihm dieses große Boot? Warum besaß er keine Schafe? Wo war seine Horde? Seine Familie? Nach und nach erfuhr Theo mehr über die Herkunft des Jungen.

Schließlich fand er heraus, daß dieses Kind mit einigen Gefährten in einem Waisenhaus in der Stadt gelandet war, aus dem der Kleine sich davongemacht hatte. Das gefiel ihm. Natürlich ließ er sich das nicht anmerken, doch sein Respekt für die Kühnheit des Jungen, der ganz auf sich allein gestellt den Heimweg finden wollte, wuchs. Immerhin konnte er nicht viel älter sein als sieben.

»Du bringst mich nicht zu Schlägern zurück, Kapitän?« fragte Bobbo ernsthaft, und Theo mußte lachen. Das Wort hatte er sicher von den anderen Kindern aufgeschnappt, doch es verriet einiges über die Zustände im Waisenhaus. Interessiert hakte er nach und geriet in Wut, als er von dem verängstigten Kind mehr über die brutale Behandlung erfuhr, die ihm dort zuteil geworden war.

»Nein, mein Freund, dorthin bringe ich dich ganz bestimmt nicht zurück.«

Dennoch blieb die Frage nach seinem Zuhause bestehen, wo immer das auch sein mochte. Er mußte Bobbo erklären, daß es nicht einfach auf der anderen Seite des Flusses lag, obgleich sich der Junge daran erinnerte, daß sie über eine große Brücke gefahren waren. Erstaunlich, was sich Kinder so alles merkten. Er konnte ihm nur mit Mühe klarmachen, daß es wenig Sinn hatte, am anderen Ufer auszusteigen. Er würde sich nur wieder verirren. Sein Zuhause konnte Hunderte von Meilen entfernt sein. Seufzend machte er sich daran, dem Kind begreiflich zu machen, was eine Meile war. Dies erforderte einiges an Geduld, da Bobbo noch keine Vorstellung von Entfernungen hatte, doch Theo hoffte, daß er aufgrund ihrer täglichen Reisen und der verschiedenen Ankerplätze mit der Zeit ein Gespür dafür entwickeln würde. Er hatte Angst, der Kleine könne wieder davonlaufen und in noch schlimmere Situationen geraten, und wies ihn daher strengstens an, an Bord zu bleiben, bis sie sein Zuhause gefunden hätten. Bobbo versprach es ihm mit vertrauensvollem Blick.

Nun durfte er sich auf dem Schiff frei bewegen und war bald schon überall als der Kabinenjunge bekannt, dessen fröhliches Lächeln die Passagiere bezauberte. Theo hingegen machte sich ständig Sorgen um ihn und fürchtete, er könne über Bord fallen. Daher befahl er Barney an einem Sonntagmorgen, Bobbo das Schwimmen beizubringen. Er sah vom Deck aus zu und rief Barney, der mit dem Kind vom Ufer ins sanft dahinfließende Wasser watete, Anweisungen zu. Die Fischer beobachteten vom Kai aus fasziniert das Geschehen und brachen bald in lautes Gelächter aus. Der Kleine schwamm wie ein Fisch und ließ Barney weit hinter sich.

Allmählich setzte Theo Bobbos Vergangenheit wie ein Puzzle zusammen. Er hatte mit seiner Horde auf einer Schaffarm an einem großen Fluß gelebt und war weggeschickt worden, um das zivilisierte Leben zu erlernen. Diese Information hatte er von interessierten Passagieren erhalten, die sich etwas auf ihr Wissen einbildeten und es bereitwillig an andere weitergaben.

»Das kommt häufig vor«, erklärten sie ihm. »Die schwarzen Kinder müssen von ihren Stämmen getrennt und in die weiße Gesellschaft aufgenommen werden. Es ist am besten so.«

In Theo wuchs der Groll, als er begriff, was dieses Kind durchgemacht hatte, dieses Kind, das noch immer im Schlaf nach seiner Mutter rief und sich sogar vor Theo verängstigt zusammenkrümmte, wenn es aus Versehen in seine eigene Sprache verfiel. Er holte Erkundigungen über dieses gewaltsame Zivilisierungsprogramm ein, und je mehr er darüber erfuhr, desto weniger gefiel es ihm. Er dachte an seine eigene Mutter, die verzweifelt gegen die Armut angekämpft hatte, um ihre Familie beisammenzuhalten. Niemand hätte es wagen dürfen, eines von ihren vier Kindern aus ihrer Mitte zu reißen. Um die Wahrheit zu sagen, Theo konnte dieses Verhalten nicht einmal ansatzweise verstehen. Die Leute redeten von Zivilisierung, doch er argwöhnte, sie meinten in Wirklichkeit Christianisierung. Er hegte tiefes Mißtrauen gegen Menschen, die sich selbst großspurig als gute Christen bezeichneten.

Die Zeit verging. Bobbo folgte den Matrosen auf Schritt und Tritt. Sie ließen ihn das Messing polieren, die Sitze der Passagiere abwischen und Abfall aufheben, um ihn zu beschäftigen, da er nur dann den Kapitän in Ruhe seine Arbeit machen ließ. Bei gutem Wetter spielte er abends mit Wurfringen aus Seilenden an Deck, während Theo nachdenklich daneben saß.

Der Kapitän wußte noch immer nicht, wo Springfield lag, und war der Fragerei allmählich überdrüssig. Der Junge glich in seinen Augen einem entflohenen Sträfling, eine Situation, mit der er sich bestens auskannte. Wie konnte er sichergehen, daß Bobbo nicht wieder zurückgeschickt würde, sobald er zu Hause angekommen war? Einen weiteren Aufenthalt im Waisenhaus würde er nicht überleben.

Nicht, daß er den verdammten Bengel gern gehabt hätte, mitnichten, aber irgend jemand mußte sich schließlich um ihn kümmern. Selbst wenn ihm eine erneute Flucht aus dem Waisenhaus gelingen sollte, würde er danach vermutlich verhungern oder in schlechte Gesellschaft geraten. Außerdem benahm er sich ganz anständig, seit er wieder an Bord war. Dann fiel ihm etwas ein. Ein neuer Name mußte her, um ihn zu schützen. Er rief das Kind von da an Robbie in Erinnerung an Robert Burns, den größten schottischen Dichter aller Zeiten.

Fern war überrascht, als Charmaine Collins so früh am Morgen vor ihrer Tür stand. »Du bist mir ja vielleicht eine Frühaufsteherin, Charmaine! Komm doch herein.«

»Nein, ich möchte dich nicht lange aufhalten. Du hast sicher viel zu tun. Ich wollte mich nur erkundigen, wo ich Harry Broderick finden kann.«

»Er wohnt hier bei mir. Komm mit in den Salon, ich werde ihn holen.«

»Ich störe doch hoffentlich nicht.«

»Nein, im Gegenteil, ich freue mich, dich zu sehen. Wie geht es Angus? Ich hörte, er sei krank.«

»Mittlerweile hat er sich wieder erholt, es war ein leichter Herzanfall. Der Arzt sagt, er solle in den Ruhestand gehen, aber du kennst ihn ja. Er scheint zu glauben, ohne ihn ginge die Kanzlei vor die Hunde, obwohl inzwischen unsere beiden Söhne den Laden schmeißen.«

Fern lächelte. »Wahrscheinlich kann er sich ein Leben ohne Arbeit nicht vorstellen. Wann immer ich ans Aufhören denke, bekomme ich Angst, ich ginge ein vor Langeweile ...«

»Aber du bist doch noch munter wie ein Fisch im Wasser«, erwiderte Charmaine. »Mit dem Ruhestand ist es bei dir noch lange hin.«

»Danke für das Kompliment. Warte einen Augenblick, ich bin gleich wieder da.«

Kurze Zeit später kam sie in Harrys Begleitung zurück, der sich noch die Krawatte band. »Mrs. Collins, wie schön, Sie wiederzusehen. Sie sehen blendend aus.«

Charmaine dachte das gleiche von ihm. Keine Anzeichen mehr von diesem Nervenzusammenbruch, von dem man so viel gemunkelt hatte. »Vielen Dank, Harry. Ich hoffe, ich habe Sie nicht beim Frühstück gestört.«

»Nein, meine Tante weckt und verpflegt mich recht früh, bevor sie ins Geschäft geht.«

»Nun, ich will Sie nicht lange aufhalten. Ich bin im Damenkomitee des Wohltätigkeitsvereins, wir setzen uns für die Instandhaltung des Armenhauses ein. Es ist sehr viel Arbeit damit verbunden, aber das ist eine andere Geschichte. Jedenfalls habe ich Sie gestern zufällig dort gesehen und erfahren, daß Sie sich nach dem Verbleib einiger schwarzer Kinder erkundigt haben.«

»Das stimmt«, entgegnete Harry bedrückt. »Ich suche nach ihnen und hoffte, sie dort zu finden. Leider hat sich diese Spur nur als eine weitere Sackgasse erwiesen.«

»Aber sie waren da!« rief Charmaine aufgeregt. »Ich erinnere mich sehr genau an sie.«

»Der Direktor sagte, sie nähmen keine Waisen auf. Wir sind die Bücher durchgegangen, es gibt keine diesbezügliche Eintragung. Er hätte mich doch nicht belogen, oder?«

»Du lieber Himmel, nein. Der arme Kerl tut sein Bestes. Soweit ich mich erinnere, wurden die drei Kinder vor dem Tor ausgesetzt. Einer hieß Bobbo, einer Jack, und ... der dritte Name will mir nicht einfallen ...«

»Das sind sie!« stieß Harry hervor. »Warum hat mir der Direktor das nicht gesagt?«

»Weil er nichts darüber weiß, es war vor seiner Zeit. Wir hatten damals eine ausgezeichnete Aufseherin, die leider in den Ruhestand gegangen ist. Sie konnte es nicht übers Herz bringen, die Kinder wegzuschicken, und hat sie heimlich dabehalten, bis sie ein Zuhause für sie gefunden hatte.«

»Wurden sie gut behandelt?«

»Das schon, aber es war natürlich keine Umgebung für Kinder, zuviel Gesindel.«

»Wie hieß diese Aufseherin?«

»Molly Giles. Ihr Bruder Buster hat auch dort gearbeitet. Er war nicht besonders helle, hatte aber ein gutes Herz.«

»Ist er noch da?«

»Nein, er wurde im Zuge des vor einiger Zeit erfolgten Personalabbaus entlassen.«

Harry seufzte. »Ich glaube, Bobbo wurde ins Waisenhaus gebracht.«

»Ja, das stimmt. Er war als erster fort.«

»Er ist von dort weggelaufen. Ich hoffte, er sei vielleicht ins Armenhaus zurückgekehrt, aber das war wohl nicht der Fall. Ich muß Molly Giles finden, sie weiß vielleicht, wo die Kinder jetzt sind.«

Mrs. Collins lächelte ihn selbstzufrieden an. »Ich kann Ihnen noch mehr sagen. Jack, ein hübscher kleiner Kerl, wurde von einer gewissen Mrs. Adam Smith aufgenommen.«

»Den Namen habe ich noch nie gehört.«

»Ich muß zugeben, ich fand es damals ziemlich töricht von ihr. Ich möchte sie nicht kritisieren, vielleicht wollte sie ihm ja wirklich etwas Gutes tun, aber ... wie soll ich es ausdrükken? Er wurde wie eine Puppe behandelt. Alle Damen, die sie besuchten, machten sich darüber lustig. Sie staffierte ihn mit allerlei komischen Kleidern aus.«

»Das könnte Jagga gewesen sein. Ist er noch da?«

»Möglich. Ich gebe Ihnen die Adresse, ich habe sie seit ewigen Zeiten nicht mehr gesehen. Mrs. Smith kam nur einige Male ins Armenhaus. Nicht jeder ist für diese Art von Arbeit geschaffen, wenn Sie verstehen, was ich meine.«

Fern holte Papier und Stift und schrieb die Adresse auf. »Kennst du zufällig auch die Anschrift der Aufseherin?«

»Nein, aber sie hat gesagt, sie wolle sich in ihr Cottage in Camp Hill zurückziehen. Vermutlich haben sie im Armenhaus die genaue Anschrift. Sie war eine überaus tüchtige Frau.«

Harry lehnte sich zurück. »Mrs. Collins, ich weiß nicht, wie ich Ihnen danken soll.«

»Stillen Sie meine Neugier. Warum sind Sie auf der Suche nach diesen Kindern?«

Harry wollte keine Diskussion über die Rechte schwarzer Kinder anfangen und beschränkte sich auf das Nötigste. »Auf Springfield ereignete sich ein Unfall. Mein kleiner Neffe fiel in den Fluß und wäre ohne die Hilfe einer Aborigine-Frau ertrunken. Wir waren ihr natürlich sehr dankbar. Es stellte sich heraus, daß vor einiger Zeit Missionare ihren Sohn und zwei weitere Kinder mitgenommen hatten, um sie im Rahmen des Programms, das Kirche und Regierung gemeinsam erarbeitet haben – Sie haben sicher auch schon davon gehört – erziehen zu lassen.«

Sie nickte.

»Also habe ich dieser Frau – Nioka heißt sie – versprochen, nach den kleinen Jungen zu suchen. Es ist das mindeste, was ich für sie tun kann.«

Mrs. Collins nickte wieder. »Natürlich.«

»Als ich in Brisbane eintraf, mußte ich feststellen, daß es

sich bei den Missionaren um Betrüger handelte. Sie haben die Kinder nur benutzt, um Spenden zu ergattern. Die Kirche des Heiligen Wortes existiert nicht mehr, die Anführer sind geflohen. Da sie nicht wußten, was sie mit den Kindern anfangen sollten, haben sie sie vor dem Armenhaus ausgesetzt.«

»Das ist ja entsetzlich!«

»Vielleicht verstehst du jetzt, in was für einer Zwangslage Harry sich befindet«, warf Fern ein. »Er kann schlecht mit leeren Händen zu der Frau zurückkehren. Welches von den Kindern ist Niokas?«

»Jagga. Immerhin ihn scheinen wir ja aufgespürt zu haben.«

»Ich bin froh, Ihnen weitergeholfen zu haben. Jetzt muß ich mich aber schleunigst auf den Weg machen.«

»Warum so eilig, bleib doch noch auf einen Kaffee.«

»Nein, vielen Dank.« Mrs. Collins erhob sich. »Ein anderes Mal vielleicht. Ich muß zu einer Versammlung, du wirst im Geschäft erwartet, und Harry wird heute sicher ebenfalls sehr viel zu tun haben. Aber laßt mich wissen, was aus der Sache geworden ist.«

»Natürlich«, versprach Harry lächelnd.

»Viele Grüße an Connie. Wie geht es ihr eigentlich?«

»Sehr gut. Sie erwartet ein Kind«, erwiderte er stolz.

»Eine wundervolle Nachricht. Gott segne Sie beide.«

»Tut mir leid, Sir«, sagte das Hausmädchen. »Mrs. Smith ist nicht da.«

»Das ist bedauerlich. Könnte ich dann bitte mit Mr. Smith sprechen?«

»Er ist im Büro, Sir. Möchten Sie vielleicht Ihre Karte hinterlassen?«

Automatisch griff Harry nach seiner Brieftasche, erinnerte sich dann aber grinsend, daß er gar keine Visitenkarten mehr besaß. »Ich heiße Harry Broderick. Wann erwarten Sie Mrs. Smith zurück?«

»Erst heute nachmittag.«

»Und wenn ich um fünf Uhr noch einmal vorbeischaue?«

»Dann müßten beide hier sein.«

»Gut. Da fällt mir ein, ist Jack zu Hause?«

»Wer ist Jack?«

»Der kleine Aborigine-Junge. Das Pflegekind der Smiths, soweit ich informiert bin.«

»Nein, der ist nicht mehr hier. Ist schon eine ganze Weile weg.«

Harry stand die Enttäuschung ins Gesicht geschrieben. »Wo ist er denn jetzt?«

Das Mädchen schien zu spüren daß sie sich hier ein Problem eingehandelt hatte, und machte einen Rückzieher. »Ich weiß es nicht. Warten Sie, ich frage die Köchin.«

Nach einer Weile tauchte eine kantige, grauhaarige Frau an der Tür auf. »Sie suchen den kleinen Jack?«

»Ja, deshalb bin ich gekommen.«

»Und Sie sind Mr. Broderick?«

»Ja.«

»Warum haben Sie Mr. Smith nicht bei der Arbeit aufgesucht?«

»Ich kenne weder Mr. noch Mrs. Smith. Ich suche nur nach dem Jungen.«

»Wieso?«

»Man hat ihn seinen Eltern gegen ihren Willen weggenommen. Ich muß ihn unbedingt finden, Madam. Können Sie mir sagen, wohin er von hier aus gekommen ist? Er hat doch hier gewohnt, oder?«

Die Köchin seufzte. »Ja. Er war ein lieber kleiner Kerl.« Dann trat sie vor die Tür und nahm Harry beiseite. »Sie werden doch keinem sagen, daß Sie es von mir haben? Könnte mich meine Stelle kosten.«

»Nein, das verspreche ich Ihnen.«

»Gut. Mrs. Smith hat ihn mitgebracht und wollte ihn zu einem Püppchen dressieren, aber er konnte sich nicht an das Haus gewöhnen.« Sie rümpfte die Nase. »Geht manchem von uns genauso. Sie hat manchmal so komische Launen, will was Besseres sein. Er hatte Heimweh, war richtig unglücklich. Hat sie geärgert. Der Herr ist den ganzen Tag außer Haus. Schließlich hatte sie ihn über.«

»Sie hatte Jagga, ich meine Jack, über?«

»Genau. Sie hat das Interesse an ihm verloren, wie bei all ihren tollen Ideen. Die halten meistens nicht lange vor ...«

»Und was ist dann passiert?«

»Der Herr hat den Jungen weggebracht. Sie hatte ihn hübsch angezogen, und er sah aus wie ein Kätzchen, das man zum Fluß trägt, um es zu ersäufen. Mir wurde ganz übel dabei.«

»Du lieber Himmel, wo haben sie ihn hingebracht? In ein Waisenhaus?«

»Nein, ins Schwarzenreservat, irgendwo hinter Ipswich. Die Missus hat erzählt, wie gut es ihm da geht, weil er bei seinen Leuten ist, und daß sie ihn vermißt und so. Aber das war nur Gerede ...«

»In ein Reservat? In dem Alter? Von seinen Leuten kann da niemand sein. Er kommt aus dem Westen.«

Die Köchin runzelte die Stirn. »Wie kommt so ein kleiner Kerl dann nach Brisbane? Klingt nicht, als hätten Sie sich gut um ihn gekümmert.«

»Ich weiß. Es war alles ein furchtbarer Fehler. Deshalb versuche ich ja jetzt auch so verzweifelt, ihn zu finden.« Er zog eine halbe Krone aus der Tasche. »Von Jack, für die einzige Freundin, die er hier hatte. Vielen Dank für Ihre Hilfe. Sie brauchen den Smiths nicht zu sagen, daß ich hier war. Ich glaube, wir haben nicht viel gemeinsam.«

»Sieht aus, als käme noch ein Kunde«, bemerkte Buster, als ein großer Mann vom Pferd stieg und das Tier am Tor festband.

»Mach die Vorhänge zu«, schalt ihn Molly. »Es ist ungehörig, die Leute zu beobachten. Wenn er was zu sagen hat, wird er schon an die Tür kommen.«

Dennoch konnte auch sie sich einen raschen Blick auf den Ankömmling nicht verkneifen. Vermutlich ein werdender Vater, der die Hebamme rufen wollte. Sie wartete, bis er den Türklopfer betätigt hatte, und öffnete ihm mit einem Lächeln.

»Was kann ich für Sie tun, junger Mann?«

»Sind Sie Mrs. Giles, die ehemalige Aufseherin vom Armenhaus?«

»Ja.«

»Darf ich eintreten?«

Sie führte ihn in das winzige Wohnzimmer. Zum Glück hatte Buster sich verzogen, es gab nämlich nur zwei Sessel. »Was kann ich für Sie tun?«

»Mein Name ist Harry Broderick. Ich komme von Springfield Station in den Downs. Ich suche nach drei kleinen Aborigine-Jungen und habe erfahren, daß Sie mir dabei vielleicht helfen können.«

Ihr Herz begann heftig zu klopfen. »Mein Gott, setzen Sie sich, Mr. Broderick. Ich hatte immer gehofft, daß einer nach ihnen fragt, aber es ist nie passiert.«

»Ich hörte von verschiedenen Seiten, daß Sie gut zu ihnen gewesen sind, wofür ich Ihnen gar nicht genug danken kann. Wir wußten zunächst gar nicht, daß sie verschwunden waren.«

»Wie ist das möglich?«

Harry erzählte seine Geschichte ein weiteres Mal, und die Frau reagierte voller Empörung.

»Man sollte Leute erschießen, die Kinder gewaltsam von ihren Eltern wegschleppen. Haben wir noch nicht genügend Bettler in der Stadt? Wenn ich Sie richtig verstehe, waren diese Missionare Betrüger. Das ist ja nun wahrlich nichts Neues. Warum aber haben Sie sie gehen lassen?«

Harry brachte es nicht über sich einzugestehen, daß seine Familie sogar ihr ausdrückliches Einverständnis dazu gegeben hatte, und antwortete ausweichend. »Ich weiß nicht, ich war nicht dabei.«

Dann fuhr er in seinem Bericht fort. »Ich glaube, ich bin Jagga auf die Spur gekommen. Er lebte eine Weile bei einem gewissen Ehepaar Smith, doch dann haben sie ihn in ein Eingeborenenreservat bei Ipswich gebracht.«

»Du lieber Gott! Dann war da noch Bobbo. Ihn konnten wir in einem Waisenhaus unterbringen ...«

»Von dort ist er weggelaufen. Ich dachte, Sie wüßten vielleicht, wo er und Doombie sind.«

Die Frau wirkte auf einmal sehr still. »Doombie ist hier.«

»Was?« Harrys Gesicht hellte sich auf, und er wollte schon aufspringen, doch sie hielt ihn zurück und sah ihn ernst an.

»Im Armenhaus wurde Doombie sehr krank. Wie Sie sich denken können, ist es eine Brutstätte für Krankheiten. Mein Bruder und ich haben ihn liebgewonnen und konnten ihn einfach nicht dortlassen. Als ich in den Ruhestand trat, habe ich Doombie mit zu mir genommen. Er ist hier sehr glücklich gewesen, wirklich, und es war uns eine große Freude, das Kind bei uns zu haben.« Sie holte tief Luft. »Mr. Broderick, ich habe den Rat mehrerer Ärzte eingeholt und ihn so gut wie möglich gepflegt, aber er hat die Schwindsucht.«

Sie wischte ihre Tränen mit einem Taschentuch fort. Harry saß wie versteinert da. Er erinnerte sich daran, wie diese Kinder mit Teddy gespielt hatten, wenn er in den Sommerferien mit Connie nach Springfield kam. Alle waren gesund und glücklich gewesen. Am liebsten hätte er Reverend Billings eigenhändig grün und blau geprügelt. Er beugte sich vor, stützte die Ellbogen auf die Knie und rieb sich die Stirn. Vielleicht übertrieb die Frau ihre Sorge ja ein wenig, da sie das Kind offensichtlich so sehr liebte.

»Kann ich ihn sehen?« fragte er heiser.

Aus dem Flur erklang eine Stimme. »Er darf sich nicht aufregen.« Das war vermutlich der Bruder.

»Schon gut, Buster«, sagte die Frau sanft. »Hol doch bitte die Wäsche rein.« Dann wandte sie sich wieder Harry zu. »Mein Bruder macht sich furchtbare Sorgen um Doombie. Als das Kind die ersten Schwächeanfälle erlitt, sagte ich, es dürfe sich nicht aufregen. Jetzt ist es eigentlich egal, aber ich bringe es nicht übers Herz, ihm das zu sagen.«

»Oh, Gott, steht es denn so schlecht um ihn?«

»Ich fürchte, ja.«

Er folgte ihr in eine enge Diele und von dort aus in einen winzigen Raum, der mit seinem Waschtisch und den Medizinflaschen wie ein Krankenhauszimmer wirkte. An einer Stange hingen saubere Handtücher, in der Ecke stand ein kleiner Schaukelstuhl. Das Bett mit den makellos weißen Laken sah riesig aus im Vergleich zu dem winzigen Patienten darin.

Doombies dunkle Haut wirkte grau, die Wangen hohl; die dünnen Ärmchen ruhten auf der Bettdecke, doch die großen Augen schauten dem Besucher interessiert entgegen.

Harry unterdrückte einen Aufschrei der Verzweiflung. Es war tatsächlich Doombie; er erkannte Gabbidgees Gesichtszüge in seinen und auch das breite, freundliche Lächeln.

»Liebling, du hast Besuch«, sagte Molly Giles. »Erinnerst du dich an Mr. Broderick?«

»Ich glaube kaum, daß er mich noch kennt«, murmelte Harry, doch er irrte sich.

»Er großer Boß«, sagte der Kleine stolz.

»Springfield«, erklärte Harry, küßte das Kind auf die Stirn und ergriff dessen zerbrechliche Hand. »Darf ich mich aufs Bett setzen?« fragte er die Frau.

»Ja, bitte.«

Er nahm vorsichtig Platz. »Ich wollte dir nur Hallo sagen. Wir vermissen dich alle ganz schrecklich, Doombie.«

Zu seiner Überraschung verfiel dieser in seine eigene Sprache, erkundigte sich nach seinen Eltern, und Harry bemühte sich, im Dialekt zu antworten, was das Kind zu belustigen schien. Es wirkte erstaunlich fröhlich, doch als es immer weiter in seiner Muttersprache plapperte, sah Harry Mrs. Giles fragend an, ob er ihn auch nicht überanstrengte. Sie nickte ihm aufmunternd zu.

»Lassen Sie ihn nur«, flüsterte sie. »Für ihn ist es eine Erleichterung, Englisch zu sprechen fällt ihm schwer.«

Harry blieb lange bei dem Jungen sitzen und berichtete ihm von seinen Eltern und von Nioka, als lebten sie noch immer auf Springfield. Er gab vor, das Kind zu verstehen, und es ergriff beinahe heftig seine Hand, als wolle es die kostbaren Erinnerungen festhalten.

Als sie wieder im Wohnzimmer waren, fragte Harry verzweifelt: »Gibt es noch Hoffnung, daß ich ihn zu seinen Eltern bringen kann?« Er könnte Victor telegrafieren. Ihn anweisen, die Eltern nach Springfield zu holen. Nioka würden wissen, wo sie lebten.

»Tut mir leid, Mr. Broderick, er würde die Reise nicht überstehen.«

»Wir könnten den Zug nehmen. Und dann eine bequeme Kutsche. Sie können natürlich mitkommen und ihn unterwegs pflegen. Bitte lassen Sie mich ihn nach Hause bringen.«

»Es ist leider zu spät. Doombie hat nicht mehr viel Zeit. Sie haben den Hustenanfall ja selbst erlebt.«

»Was sollen wir denn tun? Ich kann Spezialisten holen, falls es eine Frage des Geldes ist ...«

Sie schüttelte den Kopf. »Ich würde alles tun, damit er seine Eltern wiedersehen kann, das müssen Sie mir glauben. Aber man darf keine falschen Hoffnungen wecken. Mein kleiner Liebling würde es nicht schaffen.«

»Ich habe ihm gesagt, ich würde morgen mit einem Geschenk wiederkommen. Geht das in Ordnung?«

»Ja, natürlich. Er mag doch so gerne Eis, das wäre eine echte Überraschung für ihn.«

An diesem Abend schrieb Harry einen weiteren Entschuldigungsbrief an Connie, überließ es jedoch Fern, in einem Begleitschreiben die näheren Umstände zu erklären, da er dazu viel zu aufgewühlt war. Jeden Tag suchte er Brisbane vergeblich nach Bobbo ab, nachdem er Doombie morgens mit Eis, Schokolade oder Stofftieren besucht hatte. Auch Jagga spukte stets in seinem Kopf herum.

Harry, Molly und Buster hielten an Doombies Bett Wache, als das Kind erschöpft für immer die Augen schloß. Buster, der Ex-Boxer, weinte, als würde sein Herz brechen.

Zu Austins Zeit war das Reisen vielleicht langsamer, dafür aber einfach gewesen, dachte Harry, als der Zug durch das offene Land in Richtung Ipswich ratterte. Wenn sein Vater nach Brisbane wollte, hatte er einfach sein Pferd gesattelt und war losgeritten. Er übernachtete ein paarmal auf anderen Farmen, wo man den Besucher herzlich willkommen hieß. Diese Zwischenstopps boten reichlich Gelegenheit zum Plaudern und für Fachgespräche über Wetter, Wolle und Pferde. Dann brach das Zeitalter der Eisenbahnen an. Die erste Strecke verlief zwischen Brisbane und Ipswich, später wurde sie bis Toowoomba ausgebaut. Niemand konnte sich dem Fortschritt entziehen. Austin beklagte sich, man könne vom Zug aus nichts sehen, und Harry war geneigt, ihm zuzustimmen. Er starrte trübsinnig aus dem Fenster. Hoch zu Roß überblickte man das Land, bemerkte sich abzeichnende Wetterwechsel, das nach Trockenheit oder Buschbränden wieder sprießende junge Grün, die scheuen Tiere, das Funkeln der Farben im unscheinbaren Gebüsch. Es gab immer etwas Neues zu entdekken. Er sah seine Mitreisenden an, die ebenso gelangweilt wirkten wie er selbst.

In Ipswich mußte er aussteigen und bis zum Aborigine-Reservat reiten. Später würde er das Tier zurückbringen und wieder den Zug besteigen. Ob er nach Toowoomba oder zurück nach Brisbane reisen würde? Das hing davon ab, welche Antworten ihm der Besuch im Reservat brachte. Würde er Jagga noch dort finden? Er bezweifelte es, da die Kinder schon so oft herumgereicht worden waren; dennoch mußte er es versuchen. Harry fürchtete sich davor, hören zu müssen, man habe Jagga in ein Waisenhaus nach Brisbane gebracht. Es wäre nicht weiter überraschend, immerhin galt der Junge als Waise. Was machte es schon für einen Sinn, ihn zwischen lauter Fremde in ein Reservat zu stecken? Er hatte gehört, daß kein Schwarzer freiwillig dorthin ging, wo man die Aborigines ohne Rücksicht auf Stammes- oder Clanzugehörigkeit zusammenpferchte. Allein schon darin erkannte ein Mann wie Harry, dem die Kultur der Aborigines vertraut war, ungeheure Probleme.

Als er aus dem Zug stieg, war er so niedergeschlagen, daß er am liebsten nach Toowoomba weitergefahren wäre. Dort wartete ein Pferd, das ihn nach Hause bringen würde. Doch welches Zuhause? Tirrabee, wo Connie ihn erwartete? Springfield, wo er Nioka sein Scheitern eingestehen mußte? Der arme Doombie war tot, Bobbo nicht aufzufinden, und Jagga, ihr eigener Sohn, war von Pontius nach Pilatus geschleppt und wie zahllose Leidensgenossen seiner Rasse entwurzelt worden. Wenn Bobbo und Jagga nun auch an Schwindsucht litten? Vielleicht konnte er sie deshalb nicht finden.

Dieser Gedanke verlieh ihm neuen Auftrieb. Es gab noch immer eine Chance, Jagga ausfindig zu machen. Sein Gewissen drängte ihn, diesen letzten Versuch zu unternehmen, so wenig Aussicht auf Erfolg auch bestehen mochte.

Hoffentlich würde er Connie nicht noch länger warten lassen müssen.

Für ein Mietpferd war das Tier, ein kräftiger Brauner, ausgezeichnet und galoppierte schwungvoll auf die Landstraße hinaus. Sicher hatte es selten Gelegenheit dazu, war vermutlich nur bequem dahintrabende Städter gewöhnt. Das Pferd gefiel ihm, er würde sich schwer von ihm trennen.

»Tut mir leid, Kumpel, ich würde dich gern behalten, aber was auch geschieht, ich muß wieder in den verfluchten Zug steigen.«

Er hielt sich an die Wegbeschreibung, die man ihm in den Stallungen von Ipswich gegeben hatte, und erreichte bald das offene Tor des Reservats. Es gab keine Hinweisschilder in dieser baumlosen Ansammlung von Hütten und Schuppen, doch am Tor stand ein ordentliches Holzgebäude, das offiziell wirkte. Es war eine exakte Kopie der Polizeiwachen des Landes. Einige Stufen führten auf eine schmale Veranda, von dort aus gelangte man zu einem Schalter im Innenraum.

Vor dem Eingang lungerten ein paar seltsam gekleidete Aborigines herum, die ihn neugierig betrachteten. Er nickte ihnen zu. »Wo ist der Boß?«

Sie deuteten die Stufen hinauf. Harry achtete nicht auf das Kind, das in einem verschmutzten weißen Hemd um die Ecke kam, stehenblieb und ihn anstarrte, wobei es sich am Kopf kratzte.

Jagga überprüfte jeden Neuankömmling, da er noch immer Ausschau nach seinen Freunden hielt. Er wußte, dieser große weiße Mann hatte etwas zu bedeuten, auch wenn er keine Kinder bei sich hatte. Er wirkte irgendwie vertraut. Der Junge rieb verlegen einen Fuß am anderen Bein, als suche er in seinen zusammengewürfelten Erinnerungen nach einem Anhaltspunkt. Dieser Mann war ein weißer Boß, soviel wußte er. Er kam von einem Ort, den er kannte, einem guten Ort.

Jagga folgte Harry die Treppe hinauf und spähte in den Raum, wo der Boß mit dem Leiter des Reservats sprach, der hinter seinem Schalter stand. Er konnte nicht genau hören, was sie sagten, doch dann fiel sein Name. Der weiße Boß hatte seinen Namen ausgesprochen, nicht Jack, sondern Jagga! Er schlich sich vorsichtig hinein und zupfte kaum merklich an der Jacke des Mannes.

Der Lagerboß brach in dröhnendes Gelächter aus. »Sie suchen nach Jagga, Kumpel? Der kleine Bengel kriegt doch alles mit! Er hängt gerade an Ihren Rockschößen!«

Überrascht drehte Harry sich um. Er hatte sich bereits so sehr daran gewöhnt, Fehlschläge hinnehmen zu müssen, daß er nun mißtrauisch wurde. Er erkannte das verdreckte Kind nicht wieder. Wie auch? Victor und Rupe kannten Jagga besser als er, sie hatten schließlich nicht jahrelang in Brisbane gelebt.

»Bist du Jagga?« fragte er.

»Genau, Boß, ich Jagga.«

Er konnte jeder sein. Aborigines waren bekannt dafür, daß sie Weißen genau das erzählten, was diese hören wollten.

An der Wand stand eine Holzbank. Harry setzte sich, um mit dem Kind zu sprechen. Auf keinen Fall durfte er den falschen Jungen mitbringen.

»Woher kommst du?« fragte er.

»Von da draußen.«

»Wo ist da draußen?«

Das Kind schüttelte verwirrt den Kopf.

»Wie heißt deine Mumma?«

Auch das schien ein Problem zu sein. »Maggie?« fragte der Junge eifrig.

»Das ist die Frau, die hier nach ihm sieht«, warf der Leiter ein.

»Springfield. Kennst du diesen Ort?« Harry mußte aufpassen, daß er dem Kleinen keine Stichworte lieferte.

»Ja, guter Ort.«

»Was für ein Ort?«

Auch diese Frage brachte ihn nicht weiter, denn der Junge wußte darauf nichts zu erwidern.

»Erinnerst du dich an Mrs. Smith?«

»Hübsche Lady? Kommt mich holen?«

Noch immer war sich Harry nicht sicher. War dies wirklich Niokas Sohn? Wenn er nun vorgab, er heiße Jagga, nur um ihm zu gefallen? Er hätte doch mit dem Ehepaar Smith sprechen sollen, um zu erfahren, was sie über die Herkunft des Kindes wußten, denn so gab es keinerlei Beweis, daß dies der gesuchte Junge war.

Er beschloß, ihn auf die Probe zu stellen.

»Heißt du Billy?«

Der Kleine kniff die Augen zusammen. »Nicht Billy, Mister.«

»Vielleicht Bobbo?«

Die Augen des Jungen leuchteten aufgeregt. »Sie haben Bobbo, Mister? Bringen Bobbo her? Sagen ihm, Jagga gut auf ihn aufpassen.«

»Wer ist Bobbo?«

»Mein Freund. Doombie auch kommen?«

Harry stieß einen Seufzer aus und schloß das Kind in die Arme. »Du erinnerst dich an Springfield, nicht wahr? An deine Mumma Nioka? Sie hat mich zu dir geschickt. Sie wartet auf dich. Ich bringe dich nach Hause.«

»Nioka. Bringst du Mumma auch her?«

»Nein, ich bringe dich zu ihr.« Harry war so erleichtert, daß er sich plötzlich emotional ganz ausgelaugt fühlte. Er sah den Leiter an, als erwarte er eine ähnliche Reaktion bei ihm zu sehen, doch dessen Gesicht wirkte eher abweisend.

»Ich dachte, Sie wären nur ein Besucher. Setzen Sie ihm bloß keine Flausen in den Kopf! Er kann hier nicht weg. Der Staat ist sein Vormund. Wenn sie erst einmal hier sind, bleiben sie auch hier.«

»Sie verstehen mich nicht. Das alles war ein Fehler, er sollte gar nicht hierherkommen. Das Kind ist auf der Springfield-Farm zu Hause.«

»Nie gehört.«

»Sie liegt weit weg von hier in den Western Downs. Das Kind gehört dorthin, und ich muß es seiner Mutter zurückbringen.«

»Sie werden nichts dergleichen tun. Nicht ohne richterliche Erlaubnis. So lautet das Gesetz.«

Harry argumentierte, bat, spielte mit dem Gedanken an einen Bestechungsversuch, doch dann kam ihm eine bessere Idee.

»Ihnen scheint nicht bewußt zu sein, wer ich bin. Mein Name ist Harry Broderick, und ich bin Parlamentsabgeordneter für die Regierungspartei. Ich bezweifle, daß der Premierminister sich freuen wird zu hören, daß man das Wort eines Landrichters über das eines Abgeordneten stellt. Unterzeichnen Sie sofort den Entlassungsschein für dieses Kind!«

Die Notlüge tat ihre Wirkung. Der Papierkram nahm nur wenige Minuten in Anspruch. Das Kind hatte keinen persönlichen Besitz, so daß Harry einfach mit ihm zum Tor hinausmarschieren und sein Pferd besteigen konnte. Keiner von ihnen blickte zurück.

Als der Braune die lange, sandige Straße entlangtrabte, fragte Jagga verwirrt: »Wo gehen jetzt?«

»Bist du jemals mit der Eisenbahn gefahren?«

»Nein.« Die dunklen Augen leuchteten ehrfürchtig auf. »Echter Zug?«

»Ja. Damit fahren wir zu deiner Mumma.«

Nach der aufregenden Zugfahrt folgte der mühseligere Teil der Reise. Harry holte sein Pferd ab und ritt mit Jagga los. Er band den Jungen mit seinem Gürtel am Sattel fest für den Fall, daß dieser einschlafen sollte. Er ritt vorsichtig und dehnte die Reise auf mehrere Tage aus, wobei er in Häusern von Freunden übernachtete.

Das Kind war ein Plappermaul, doch was es sagte, wirkte

zusammenhanglos, konfus und verwegen zugleich. Traurig begriff Harry, daß dies auf den Überlebenstrieb in einer verstörenden Welt zurückzuführen war. Er beschäftigte den Jungen mit dem Zählen von Kookaburras, Elstern oder Pferden. Nach den Ruhepausen deutete er auf Pflanzen, Bäume oder Blumen, nannte die englischen Namen und forderte Jagga auf, ihm den entsprechenden Aborigine-Ausdruck zu sagen. Damit konnte er den zappeligen Jungen wenigstens für ein Weilchen ruhig halten.

Als sie schließlich auf der Straße von Cobbside nach Springfield waren, wurde er sehr still, doch Harry ahnte, daß er das tat, was Kinder am besten können: intensiv und schweigend die Welt beobachten. Jagga hatte einen wachen Verstand. Kannte er diese Straße? Erinnerte sie ihn an seine seltsame Abreise? Glaubte er wirklich, daß er zu seiner Mutter gebracht wurde, oder bereitete er sich innerlich auf eine erneute Enttäuschung vor?

In Harrys Augen sprachen der trockene Busch, das hohle Krächzen der Mönchsvögel und die dunklen Augen der wachsamen Krähen von Qual und Angst, als wüßten sie um das Geheimnis, als wiege der Verlust zweier Buschkinder auch für sie unendlich schwer.

Im Dunkeln ritten sie an den hohen Fichten vorbei, auf die Lichter des Hauses zu. Jagga lehnte schlafend an Harrys Brust. Er traute sich nicht, den Jungen zu wecken und ihm zu sagen, daß er zu Hause angekommen sei.

Alle waren verblüfft, als er mit Jagga auf dem Arm ins Haus trat, doch er grinste nur und ging weiter in die Küche. Nioka war sicher irgendwo dort draußen.

Hannah rief nach ihr, und bald stand sie wie betäubt in der Tür, als könne sie ihren Augen nicht trauen. Doch da war er, ihr Junge, Jagga, der sich schläfrig in Harrys Armen bewegte, und hinter ihm drängten sich alle anderen in die Küche. Missus Louisa weinte. Dann ging Nioka lautlos über den Steinboden, vorbei an dem großen Küchentisch, und nahm tränenüberströmt ihren Sohn entgegen.

Als Harry später mit ihr draußen saß, stellte sie ihm die unvermeidliche Frage: »Wo sind andere Kinder?«

Nachdem sie alles gehört hatte, gab sie sich voller Verzweiflung selbst die Schuld an allem. Schluchzte, sie hätte an jenem Tag im Lager bleiben sollen, anstatt die Kinder den zaghaften Frauen zu überlassen, die sich nicht gegen die Entführung wehrten. Sie war entsetzt, daß Doombie so weit entfernt von seiner Familie und seinem Traumort gestorben war, und fürchtete, sein kleiner Geist werde nie den Heimweg finden. Sie hatte Angst, daß auch Bobbo gestorben sein könnte. Harry bemühte sich vergeblich, sie davon zu überzeugen, daß ihr Neffe eines Tages ebenso wie Jagga heimkehren würde.

»Meine Tante, die in Brisbane lebt, hat mir versprochen, nach ihm Ausschau zu halten. Sie wird ihn finden.«

Schließlich setzte er sich mit seiner eigenen Familie zusammen und berichtete von der Suche. Er wußte, daß Vorwürfe und Beschuldigungen nichts brachten, da sie aufrichtig entsetzt waren, als sie von Doombies Tod, Bobbos Verschwinden und dem furchtbaren Betrug der Missionare hörten.

»Ich hab' diesen Schweinehund ja nie gemocht«, erklärte Victor.

Dann sah Harry Victor, Louisa und Charlotte an, die seinen Erzählungen so aufmerksam gelauscht hatten.

»Wo steckt eigentlich Rupe?«

Charlotte rutschte unbehaglich auf ihrem Stuhl hin und her. »Das ist wieder eine andere Geschichte.«

15. KAPITEL

CHARLOTTE FÜHLTE SICH ziemlich geschmeichelt. Sie hatte zwei Briefe von Mr. Winters, ihrem neuen Anwalt, erhalten. Beide waren geschäftlicher Natur, doch der zweite endete mit der persönlichen Bemerkung, er hoffe, sie bald wieder in Brisbane begrüßen zu können. Die Stadt entwickle sich rasend schnell, es gäbe viel Neues zu sehen.

Einerseits errötete sie angesichts seines forschen Stils, andererseits versuchte sie, ihn vor sich selbst zu verteidigen. Warum sollte er sich nicht ein wenig forsch geben? Die meisten Leute verhielten sich ohnehin viel zu steif. Außerdem war er eine stattliche Erscheinung und, das hatte sie bereits über ihn in Erfahrung gebracht, verwitwet. Mr. Winters verstand besser als jeder andere, wie einsam sich eine Witwe selbst innerhalb ihrer Familie fühlen mußte. Schon als sie ihm zum ersten Mal begegnet war, hatte sie ihn überraschend attraktiv gefunden, diese Tatsache jedoch vor Fern verborgen, um nicht zur Zielscheibe von Neckereien zu werden. Auch wußte sie nur allzu gut, daß sie keine Schönheit war; weshalb also sollte sich ein so charmanter Mann für sie interessieren?

Dennoch lächelte sie, als sie ihm nun antwortete. Der Brief fiel länger aus als geplant. Sie beschrieb ihm das betriebsame Leben auf der Farm zur Zeit der Schur, wenn es im berühmten Wollschuppen vor Scherern nur so wimmelte. Es war schön, einen Briefpartner zu haben, selbst wenn die Korrespondenz hauptsächlich aus höflichen Nichtigkeiten bestand. Sie hob seine Briefe in ihrem Zimmer auf, um keine Neugier zu wecken.

Ihre Stimmung hatte sich dadurch so weit gebessert, daß sie Louisa bei Tisch nunmehr mit einem milderen Blick betrachten konnte. Meist aßen die beiden Frauen allein zu Mittag, die Männer stellten sich nur ein, wenn sie gerade in der Nähe des Hauses arbeiteten. Normalerweise nahmen sie die Mahlzeit während der Schur zusammen mit den Arbeitern ein.

»Ich habe mir gedacht, wir sollten öfter mal aus Springfield herauskommen. Mir erscheint es nicht richtig, daß du die ganze Zeit praktisch auf der Farm begraben bist. Das gilt im übrigen auch für mich selbst.«

Louisa sah sie erstaunt an. »Wie denn? Victor tut, als sei er hier angekettet. Er meint immer, alles würde zusammenbrechen, sobald er Springfield auch nur für einen Tag verließe.«

»Ich weiß, er arbeitet sehr hart. Aber Rupe ist doch auch noch da. Ihr solltet euch ein bißchen Zeit nehmen und ein paar Wochen nach Brisbane oder ans Meer fahren.«

»Können wir uns das denn leisten?«

»Du lieber Himmel. Unten an der Südküste kann man für ein paar Pfund ein Cottage mieten. In Brisbane könntet ihr bei Fern unterkommen. Es liegt ganz bei euch. Austin hat sich immer frei genommen, wenn ihm danach war. Warum also nicht auch Victor? Und solange du hier bist, brauche ich ja nicht ständig anwesend zu sein. Ich würde nämlich gerne mehr Zeit in Brisbane verbringen. Du mußt wissen, diese Stadt entwickelt sich rasend schnell. Es gibt so viel zu sehen. Du solltest wirklich im Sommer an die See und im Winter nach Brisbane fahren.«

Ihre Schwiegertochter schluckte. Sie schob Charlotte eine Schüssel hinüber. »Möchtest du vielleicht etwas von der Bananencreme?«

»Danke, und ein bißchen Sahne dazu. Ich wäre gern öfter in Urlaub gefahren, als Austin noch lebte und Geld kein Thema war. Wir hätten überallhin fahren können, doch er wollte immer nur nach Brisbane zu seinen Freunden. Mach jetzt nicht denselben Fehler wie ich, Louisa. In ein paar Jahren haben wir die Durststrecke hinter uns, und die Springfield Pastoral Company wird erfolgreicher sein, als Springfield allein es jemals gewesen ist. Die Grundstückspreise schießen in astronomische Höhen.«

Louisa traute sich angesichts dieses ungewohnten Wohlwollens kaum, den Mund aufzumachen, fühlte sich andererseits aber auch bemüßigt, irgendeine Reaktion zeigen. »Ich hoffe, wir können Victor davon überzeugen«, murmelte sie dankbar.

Charlottes jüngster Sohn tobte, weil sie seine Pläne durchkreuzt hatte. Victor war ein Schwächling, hatte immer nach Austins Pfeife getanzt und ließ sich jetzt von seiner Mutter unterbuttern. Wie konnte sie es wagen, ihm zu sagen, was er zu tun und zu lassen hatte? Für wen hielt sie sich eigentlich? Sie hatte seinen Bruder doch tatsächlich dazu gebracht, sein Versprechen zu brechen und die Zusage eines jährlichen Unterhalts zurückzunehmen. Dabei wurde er hier doch gar nicht gebraucht, spielte ohnehin nur die zweite Geige und würde diese Rolle bis ans Ende seines Lebens nicht abschütteln können. Und wenn er nun heiratete? Wahrscheinlich würden sie ihm in ihrer unendlichen Güte ein Zimmer in diesem Wespennest anbieten.

Als wenn er sich darauf einlassen würde! Rupe dachte daran, sein Versprechen ebenfalls zurückzunehmen. Immerhin war er für seine Mutter eingetreten, hatte ihr einen Anteil an der Firma angeboten, und was tat sie im Gegenzug – zeigte sich dermaßen undankbar! Vielleicht sollte er den Anwälten mitteilen, daß er es sich anders überlegt habe, Victors Plan für die Springfield Pastoral Company über den Haufen werfen. Doch er wußte auch, daß dies finanziell gesehen ein schwerer Fehler wäre. Falls er Charlotte in dieser Situation ausschloß, würde alles wieder von vorn beginnen. Im Grunde hatte er die ganze Zeit über gewußt, daß sie nicht bluffte, auch wenn er seinerzeit das Gegenteil behauptet hatte.

Die unterschiedlichsten Argumente fuhren in seinem Kopf Karussell, während er in dem stinkenden Wollschuppen arbeitete, Vliese aufsammelte und in die Lattenkisten warf, die er hinter den Scherern herschob. In diesem System war er kein bißchen wichtiger als Spinner, der vor ihm arbeitete. Rupe konnte nicht scheren, hatte es auch nie lernen wollen. Victor beherrschte die Technik, überließ die Arbeit aber lieber den Profis. Ihn schien es nicht zu stören, daß er im Wollschuppen nicht mehr galt als ein gewöhnlicher Arbeiter, ein Handlanger. Ihm lag allein das Wohl des Familienbetriebs am Herzen.

»Ihr könnt mich mal«, murmelte Rupe vor sich hin. Aus ihm würden sie keinen Viehhüter machen. Ein halbgeschorenes Schaf rutschte dem Scherer weg, und Rupe trat es boshaft zurück an seinen Platz.

»He, immer mit der Ruhe, Kumpel!« protestierte der Scherer, doch Rupe beachtete ihn nicht weiter und ging zum Rauchen nach draußen.

Victors Idee war wirklich brillant. Alle markierten Abschnitte von Springfield waren groß genug, um als Schafweiden oder kleine, unabhängige Farmen gelten zu können. Sein Bruder hatte entschieden, sie umzutaufen, und Louisa und Charlotte fiel die Ehre zu, neue Namen auszuwählen. Sie benannten sie nach Bäumen: Black Wattle Station, Needlewood Station, Mudgee Station, Stringybark und so weiter. Seinetwegen hätten sie sie ebensogut durchnumerieren können, doch es klang eindrucksvoller, wenn sie unter diesen Namen als Farmen im Besitz der Springfield Pastoral Company aufgeführt wurden.

Die Regierung hatte inzwischen ein Mittel gefunden, um die Umgehung der Landgesetze durch den Einsatz von Strohmännern zu verhindern: Administrative Befugnisse wurden nun nicht mehr vom Landministerium in Brisbane wahrgenommen, sondern einem örtlichen Landbeauftragten übertragen, der die Verhältnisse kannte. Victor war darüber hocherfreut, da es sich bei diesem um einen alten Freund seines Vaters handelte, der frühzeitig andeutete, er werde im Falle der Brodericks ein Auge zudrücken.

Ein weiteres Problem waren die von der Regierung geforderten Verbesserungen auf diesen neuen Farmen. Sie mußten innerhalb einer bestimmten Frist den Prüfern vorgeführt werden zum Beweis, daß das Land sich nicht in Händen von Bodenspekulanten befand. Oftmals bedeutete dies, daß Wohnhäuser errichtet und Ackerbau betrieben werden mußte, doch Victor hatte entdeckt, daß sich diese Maßnahmen durch strategische Einzäunungen und das Anlegen neuer Dämme umgehen ließen.

Rupe hörte sich Victors Erläuterungen über die neue Verfahrensweise beim Landerwerb an: eigens dazu bevollmächtigte Vermesser, schriftliche Eingaben an die Gerichte, Anträge auf Bescheinigungen darüber, daß den Kaufbedingungen Genüge getan worden war, die beim örtlichen Grundbuchamt eingereicht werden und dreimal in der Lokalzeitung veröffentlicht werden mußten – das alles war ihm viel zu kompliziert. Er hielt es für klüger, Victor den Aufbau des neuen Broderick-Imperiums in Form der Springfield Pastoral Company zu überlassen.

Wenn er ihnen nun Steine in den Weg legte, indem er Charlotte den Eintritt in die Firma verwehrte, würde er den Ast absägen, auf dem er saß, und die Entstehung eines großartigen Familienunternehmens vereiteln.

Rupe trat die Zigarette aus. Er würde alles in Victors Hände legen; sein Bruder hatte die Regierungsvorschriften so gründlich studiert und auf Schlupflöcher abgeklopft, daß selbst Harry es nicht besser gekonnt hätte.

Der war immerhin aus dem Spiel, ein Teilhaber weniger. Rupe grinste. Der alte Harry war so klug gewesen, Connie Walker zu heiraten, und hatte dann doch alles verpatzt. Wenn er seine Trümpfe richtig ausgespielt hätte, würde er jetzt den Besitz der Walkers verwalten und nicht diese erbärmliche Tirrabee-Farm.

Dann fielen ihm seine eigenen Sorgen wieder ein, und seine Wut auf die Art und Weise, in der man ihn behandelte, kam wieder hoch. Niemand konnte ihn zwingen, in der Einöde zu leben; doch für die Veränderung seines Lebensstils würde er Geld brauchen, und er befürchtete, daß ihm die Familie seinen rechtmäßigen Anteil an den Gewinnen verweigern würde.

Zornig stampfte er von den Schuppen weg und sah die lange Auffahrt hinunter, die auf die Hauptstraße führte. In die Freiheit.

Dann werde ich sie eben verklagen! Einen weiteren Familienskandal können sie sich jetzt kaum leisten. Und einen Prozeß würde ich garantiert gewinnen, weil es kein Gesetz gibt, das einen Teilhaber dazu verpflichtet, auf seinem Besitz auch zu arbeiten. Charlotte tut dies schließlich ebensowenig. Dieses Argument habe ich immer noch in der Hinterhand.

Dennoch, selbst wenn das Gericht seine Familie letztendlich zwang, ihn zu unterhalten, würde er in der Zwischenzeit von irgend etwas leben müssen. Darüber mußte er nachdenken. Vermutlich konnte er sich etwas von Freunden leihen, doch Schulden wollten irgendwann zurückgezahlt sein.

Was sollte er also tun? Die Aussicht, in Brisbane von Darlehen zu leben, war nicht sonderlich verlockend und würde ihm kaum das Leben bieten, das er sich erträumte. Er würde seine Pläne noch genauer durchdenken müssen.

Dann kam ihm ein Geistesblitz. Cleo! Mit etwas Glück wohnte sie noch bei ihrer Tante in Brisbane. Sollte er die Beziehung zu ihr nicht wieder aufnehmen? Sie hatte ihn einmal geliebt und sogar heiraten wollen, warum sollte sich daran etwas geändert haben? Wie romantisch, wenn er sie höchstpersönlich und überraschend aufsuchte! Er würde wie ein echter Kavalier vor ihrer Tür stehen und sich nicht mehr heimlich mit ihr treffen müssen; er konnte mit ihr ausgehen, ihr süße Nichtigkeiten ins Ohr flüstern und erneut um ihre Hand bitten. Es würde klappen. Er könnte ihr vorschlagen, die Plantage im Norden zu besuchen, wo ihr Vater lebte, um dort offiziell um ihre Hand anzuhalten. Ein paar Monate bei ihrer Familie würden ihn von den Sorgen um Kost und Logis befreien. Zudem hatte er schon immer den hohen Norden mit seinen tropischen Küstenstädten sehen wollen, das Land der Palmen und der samtig-blauen See. Je länger er darüber nachdachte, desto aufgeregter wurde er. Im Norden des Landes mußte es jetzt himmlisch sein, vor allem im Vergleich zu dieser sommerlichen Staubhölle. Vielleicht würde er sogar ganz dorthin ziehen. Man könnte Cleos Vater sicher überreden, ihnen ein Haus zu kaufen, vorzugsweise an einem der sonnigen Strände, so daß er seine Tochter immer in Reichweite hätte. Er war sicher traurig, daß sie zur Zeit so weit von ihm entfernt lebte.

Cleo hatte gesagt, Cairns sei der nächstgelegene Ort. Nach dem, was Rupe über das zwanglose Leben in den Städten dort oben gehört hatte, war es genau der richtige Ort für einen Gentleman, der von seinem Einkommen lebte. Später könnten sie auf Reisen gehen – oder er allein, falls sie mit den Kindern zu Hause bleiben mußte –, doch in diesem herrlichen Klima spielte der Winter ohnehin keine Rolle. Ebensowenig die Schafe und seine lausige Familie. Sich einfach im tropischen Luxus zurücklehnen und das Leben genießen, stellte er sich himmlisch vor.

Er war so fasziniert von seinem Plan, daß er gar nicht mehr daran dachte, in den Schuppen zurückzukehren. Nur der Mangel an Bargeld hielt ihn noch davon ab, seinen Plan auf der Stelle in die Tat umzusetzen. Vielleicht gab es ja eine bessere Lösung als das demütigende Borgen bei Freunden. Vielleicht ...

»Wo ist Rupe?« fragte Charlotte, als sie sich zum Essen hinsetzten. »Er erscheint nie pünktlich zu den Mahlzeiten. Es ist einfach nicht fair, Hannah so lange warten zu lassen. Victor, du solltest mal in Ruhe mit ihm reden. Ich habe es mir ein wenig mit ihm verscherzt.«

»In Ruhe mit ihm reden? Ich drehe ihm höchstpersönlich den Hals um. Er hat sich heute nachmittag einfach aus dem Staub gemacht, lange vor Feierabend. Dabei weiß er, daß ich jede Hilfe in den Schuppen bitter nötig habe. Er ist so ein verdammter Faulenzer.«

Sie begannen zu essen, doch Rupe tauchte noch immer nicht auf. Sicher hat er sich nach der Arbeit hingelegt, dachte Charlotte und schickte ein Hausmädchen hinauf, um ihn zu wecken.

Es kam mit der Nachricht zurück, Mr. Rupe sei nicht in seinem Zimmer. Victor nickte. »Ich kann mir schon denken, wo er steckt. Bei Jock wird heute abend getanzt. Viele unserer Jungs und die Scherer sind hingegangen.«

Charlotte seufzte. »Er hätte wenigstens Bescheid sagen können. Warum bist du mit Louisa nicht auch hingefahren?«

»Weil wir auf Ada Crossleys schwarzer Liste stehen«, antwortete Louisa.

»Du lieber Himmel, ihr solltet sie gar nicht beachten. Manchmal sitzt sie auf dem hohen Roß, aber sie meint es gut.«

»Das war mir noch gar nicht aufgefallen«, murmelte ihre Schwiegertochter, zwang sich jedoch ein Lächeln ab. Überrascht bemerkte Victor, daß sich die beiden Frauen an diesem Abend erstaunlich gut verstanden. Am besten, er sagte nichts dazu. Also erging er sich in einem begeisterten Bericht über die Arbeit, die sie an diesem Tag geschafft hatten, an dem die Schur glatt verlaufen war und das Wetter sich gnädig gezeigt hatte.

»Trotzdem vermisse ich Jack Ballard. Jetzt muß ich überall

zugleich sein und sie ganz allein auf Trab halten. Es war ein Fehler, ihn Harry ausgerechnet um diese Zeit auszuleihen, aber was blieb mir übrig?«

Seine Frau lächelte. »Du hast das Richtige getan. Wir waren Harry doch so dankbar, daß wir ihm auch die Hälfte aller Viehhüter überlassen hätten, wenn er darum gebeten hätte. Jack kommt sicher bald wieder, Harry hat doch gesagt, er wolle ihn uns nur kurz entführen. Sicher braucht er ihn, weil er nicht so viel Erfahrung in der Leitung einer Farm hat wie du.«

»Mag sein.« Victor warf einen nachsichtigen Blick auf Rupes leeren Stuhl. »Sag Hannah, sie soll mir die restlichen Koteletts auch noch geben. Rupe ist ja anscheinend auf Wanderschaft gegangen.«

In der Morgendämmerung saß Victor mit einem Becher Tee bei Hannah in der Küche, während sie ihm Würstchen und Eier briet. Ein Vertreter der Scherer trat in die Tür.

»Wir haben einen Ausfall, Boß. Einer unserer Scherer, Les Bragg.«

»Was ist passiert?«

»War gestern abend beim Tanzen besoffen. Ist hingefallen und hat sich das Handgelenk gebrochen.«

»Gut, schick ihn zu mir, ich werde ihn auszahlen. Sind alle anderen auf dem Damm?«

Der Scherer lachte. »Das vielleicht nicht gerade, aber sie werden arbeiten.«

»Gut.«

Victor genoß das Frühstück. Es war seine liebste Mahlzeit des Tages, weil er dabei nicht reden mußte. Hannah hatte Verständnis und ließ ihn in Ruhe sein Tagewerk durchdenken. Mit militärischer Präzision berechnete er, wie viele Schafe seine Viehhüter maximal hereintreiben konnten, ohne die Pferche zu überfüllen oder die Scherer warten zu lassen.

Der Morgenhimmel war rosig überhaucht, ein gutes Zeichen, daß es die geschorenen Tiere warm genug haben würden. Victor trank eine zweite Tasse Tee, bedankte sich bei Hannah und ging in sein Büro, um Les Braggs Lohn abzuzählen. Er wollte ihm den Umschlag zu den Schuppen bringen, anstatt zu warten, bis er von selbst zum Haus kam. Da bemerkte er, daß Rupe noch immer nicht aufgetaucht war.

»Und wenn du einen Riesenkater hast, du arbeitest wie alle anderen, mein Freund«, murmelte er zwischen den Zähnen. Doch als er die Tür zu Rupes Zimmer öffnete, entdeckte er, daß das Bett unberührt war. Vermutlich hatte er bei Jock geschlafen.

Verärgert kehrte Victor in sein Büro zurück. Auf jeden Fall fiel Rupe für diesen Tag aus. Sollte er deswegen mit Charlotte reden? Es war schlimmer, die Launen seines Bruders zu erdulden, als ihn seiner Wege ziehen zu lassen.

Er holte das Lohnbuch heraus, berechnete die Anzahl von Braggs Arbeitstagen und öffnete den Safe, um die Kassette herauszunehmen, die das für diesen Zweck bestimmte Geld enthielt. Alle Scherer mußten in bar entlohnt werden.

Fassungslos starrte er ins Innere des Safes, der gewöhnlich zwei Hauptbücher, Papiere und eine stählerne Geldkassette enthielt. Letztere fehlte.

Ungläubig durchstöberte er den Safe, obwohl ihm klar war, daß die Kassette kaum unter den wenigen Papieren verborgen sein konnte.

Schließlich gab er auf und ließ sich in einen Sessel fallen. »Man hat uns ausgeraubt!« Verwirrt sah er sich im Zimmer um. In dieser Kassette waren mehrere hundert Pfund gewesen, der Lohn für die Scherer und eine Reserve von ungefähr fünfzig Pfund.

Er seufzte erleichtert, als er die Kassette auf seinem Schreibtisch entdeckte.

Verlegen stand er auf. »Ich muß sie selbst hier draußen vergessen haben. Wie dumm von mir.« Er schwor sich auf der Stelle, nie wieder so nachlässig zu sein.

Doch schon folgte der nächste Schock. Die Kassette war leer. Wieder mußte er sich setzen. Wer war zu so etwas fähig? Seine Leute bestimmt nicht. Vielleicht einer der Scherer? Einige von ihnen waren der Familie nur flüchtig bekannt, andere sogar gänzlich fremd hier. Würde einer von ihnen so dreist sein, ins Haus zu marschieren und Geld zu stehlen? Victors Büro führte auf einen kleinen Hof hinaus, von dem aus man an der Küche vorbei auf den Hinterhof gelangte. Konnte sich ein Fremder nachts an den Hunden vorbeischleichen, ohne daß diese anschlugen? Wohl kaum. Victor starrte auf die Fenster. Wohlgemerkt, in diesem Raum gab es nicht einmal Verandatüren.

Und welcher Dieb würde sich die Mühe machen, das Fenster hinter sich zu schließen? Ansonsten gelangte man nur durchs Haus in sein Büro.

Mit langsamem Schritt und wachsender Wut verließ er sein Büro und ging die Treppe hinauf. Bevor er Alarm schlug und jemanden beschuldigte, mußte er alles noch einmal überprüfen. Niemand sollte von seinem Verdacht erfahren, solange dieser – hoffentlich – unbegründet war. Rupe war noch immer nicht in seinem Zimmer. Victor sah in der Kommode und dem Kleiderschrank nach. Er kannte die Garderobe seines Bruders genau; alle guten Stücke daraus waren verschwunden. Nur Arbeitsstiefel, Arbeitshemden, ausgebeulte Hosen und Buschhüte waren übriggeblieben. Auf dem Toilettentisch fehlte das silberne Frisierset. Victor trat an den Waschtisch. Kein Rasierzeug, nicht einmal Zahnbürste oder Zahncreme.

Sein Bruder hatte sich tatsächlich davongemacht, und eine große Menge Bargeld war gestohlen worden. Ein zufälliges Zusammentreffen von Umständen? Wohl kaum.

»Das glaube ich nicht!« keuchte Charlotte. »Wie kannst du

so etwas nur denken? Es wird einer der Scherer gewesen sein. Geh runter und verlange, daß er das Geld zurückgibt, sonst rufen wir die Polizei. Wenn du es nicht machst, tue ich es.«

Sie schwang die Beine aus dem Bett, wobei ihr Nachthemd bis zu den Knien hochrutschte. »Gib mir die Hand. Nicht du, Victor, ich meine Louisa. Dieses verdammte Nachthemd bleibt immer am Gips hängen, das fühlt sich an wie eine Zwangsjacke. Ich werde keines mehr tragen, bis der Gips ab ist.«

Louisa grinste. »Ich werde alle Besucher vorwarnen.«

Victor zog sich taktvoll zurück, hatte aber keineswegs vor, einen der Scherer zu beschuldigen. Sicher, er wollte auch nicht an Rupes Schuld glauben, aber alles deutete auf ihn. Immerhin konnte er ein paar Fragen stellen, ohne Verdacht zu erregen. Also lief er über die Hintertreppe zu den Schuppen.

»War der Safe abgeschlossen?« fragte Charlotte unterdessen ihre Schwiegertochter.

»Das ist er nie, das weißt du doch.«

»Somit wäre das also die erste Lektion«, knurrte Charlotte. »Wenn wir schon einen Safe haben, sollten wir ihn auch richtig benutzen. Schütte mir bitte etwas Wasser in die Waschschüssel. Danach ziehe ich mich sofort an.«

Doch Louisa setzte sich wieder aufs Bett. »Komm, laß dir helfen. Ich wasche dich. Dann fühlst du dich gleich besser.« Sie stieß einen Seufzer aus. »Viel können wir ja ohnehin nicht tun.«

»Du glaubst doch nicht wirklich, daß Rupe es war.« Charlottes Stimme verhieß Ärger.

Louisa goß Wasser aus dem Porzellankrug in die Schüssel. »Es scheint keine andere Erklärung zu geben. Victor ist furchtbar aufgebracht. Als er zu mir kam, war er kreidebleich. Ich dachte schon, er sei krank. Es dauerte eine Stunde, bis er sich dazu durchringen konnte, dir zu sagen, was passiert ist.«

»Dennoch sollte er keine vorschnellen Schlüsse ziehen.«

»So kannst du es nicht nennen, Charlotte.« Louisa tauchte den Schwamm in das kühle Wasser und drückte ihn aus.

Sie hielt sich zurück, als sie ihre Schwiegermutter wusch und ihr beim Anziehen half, da sie wußte, daß Charlottes Wut auf Angst begründet war. Sie empfand Mitleid mit ihr. Sie selbst hatte in dem Moment, als Victor ihr von dem Vorfall berichtete, gewußt, daß Rupe der Schuldige war, ließ ihn die entsprechenden Schlüsse jedoch selbst ziehen, da sie sich nicht vorwerfen lassen wollte, Rupe gegenüber voreingenommen zu sein. Als er sich endlich entschloß, mit Charlotte darüber zu reden, bestand er darauf, sie als moralische Unterstützung mitzunehmen. Das war auch gut so, denn ihre Schwiegermutter beschuldigte in ihrem Schmerz alle anderen, sogar Victor, nur um die Schuld nicht bei ihrem jüngsten Sohn suchen zu müssen.

»Bist du sicher, daß das Geld weg ist? Vielleicht hat Victor es nur verlegt. Er ist manchmal ganz schön geistesabwesend.«

»Wir haben das ganze Büro auf den Kopf gestellt, um diese Möglichkeit auszuräumen. Die Kassette stand offen auf dem Tisch.«

»Aber deswegen gleich Rupe als den Schuldigen hinzustellen ... Er ist gestern nur zum Tanzen gegangen und kommt bestimmt bald nach Hause.«

»Und zu diesem Zweck hat er alle seine Sachen mitgenommen? Wenn du fertig bist, können wir ja hinuntergehen.«

Charlotte zupfte nervös an ihren Haaren. »Ich gehe nirgendwohin. Ich will hier auf Victor warten. Falls wir etwas zu besprechen haben, sollten wir es hier tun und nicht in Gegenwart der Mädchen. Sie dürfen nichts merken.«

»Hannah wird mißtrauisch, wenn wir nicht zum Frühstück erscheinen.«

»Was interessiert mich das Frühstück?« erwiderte Charlotte entgegen ihrer eigenen Logik.

Louisa seufzte. »Ich muß jedenfalls Teddy anziehen. Soll ich dir etwas zu essen raufschicken?«

»Ich habe keinen Hunger. Ich warte hier!«

Nachdem sie für Teddys Essen gesorgt und bei Hannah eine lahme Entschuldigung dafür vorgebracht hatte, daß weder sie noch Charlotte frühstücken wollten, sprach sie mit Nioka.

»Würdest du bitte mit Teddy spazieren gehen? Ich habe heute morgen zu tun.«

Der Junge freute sich, da er Nioka liebte und ihr wie ein Hund überallhin folgte.

»Können wir zu den Schafen gehen?« fragte er. Nioka nickte. Louisa wollte die schwarze Frau schon bitten, vorsichtig zu sein, hielt sich aber gerade noch rechtzeitig zurück. Nioka war sicherlich die letzte, die ihren Sohn in Gefahr bringen würde.

Als sie gegangen waren, setzte sie sich mit einer Tasse Tee auf die hintere Veranda. Was mochte schlimmer sein – einen Dieb in der Familie zu wissen oder unter den Männern?

Da sah sie Victor in Begleitung eines Scherers. Er nickte ihr zu und ging mit dem Arbeiter ins Büro. Was hatte das zu bedeuten? Hatte sich das Problem bereits gelöst? Victor wirkte nicht im geringsten sorgenvoll.

Louisa entschloß sich, Charlotte ein Tablett nach oben zu bringen. Die Ärmste mußte mit den Nerven völlig am Ende sein.

Unterwegs traf sie Victor, der ihr die Tür aufhielt.

»Was ist geschehen? Habt ihr das Geld gefunden?« fragte sie ihn.

Er zuckte die Achseln, schob sie in Charlottes Zimmer und schloß die Tür hinter sich.

»Am wichtigsten ist das Bargeld. Ich habe gerade einen der Männer, denjenigen, der sich das Handgelenk gebrochen hat, als Boten zur Bank geschickt. Wir müssen die Scherer bezahlen. Ich habe dem Burschen einfach gesagt, wir hätten die Kosten unterschätzt.« Er sah die beiden Frauen grimmig an.

Charlotte ging in die Defensive. »Warum hast du das getan? Wieso hast du sie nicht zusammengerufen, von dem Diebstahl in Kenntnis gesetzt und verlangt, daß das Geld zurückgegeben wird?«

»Das war nicht nötig. Rupe hat gepackt und ist verschwunden. Er war gestern abend nicht beim Tanz. Einer der Viehhüter hat gesehen, wie er nachmittags weggeritten ist, und zwar nicht auf einem Arbeitspferd, sondern auf Piper Lad. Was würdest du daraus schließen, Mutter?« fragte er bitter.

»Gestern nachmittag?« wiederholte sie. »Rupe kann ebensogut einen Unfall gehabt haben. Vielleicht liegt er irgendwo da draußen und ist verletzt.«

»Wenn er auf der Straße einen Unfall erlitten hat, wird unser Bote unweigerlich auf ihn stoßen. Wer weiß, vielleicht bekommen wir dann ja auch unser Geld zurück?«

»Sei nicht so sarkastisch!«

»Von wegen sarkastisch. Wenn ich nicht fürchten müßte, daß der Mistkerl einen Vorsprung von achtzehn Stunden hat, wäre ich längst unterwegs. Aber jetzt ist es zu spät. Er ist weg und das Geld mit ihm.«

Charlotte schüttelte hartnäckig den Kopf. »Ich kann es einfach nicht glauben. Es muß eine andere Erklärung geben. So etwas würde Rupe nicht tun.«

»Soll ich deiner Meinung nach also lieber die Polizei rufen?« fragte er leise, doch sie antwortete nicht. Victor nickte. »Dachte ich mir.«

»Was ist das für eine andere Geschichte?« fragte Harry, doch Charlotte wollte mit ihrem Bericht warten, bis sie unter sich wären.

»Laßt uns in den Salon gehen. Kaffee können wir später

immer noch trinken.« Sie legte ihre Serviette auf den Tisch, stand auf und verließ als erste das Speisezimmer.

Harry sah ihr verwirrt hinterher und folgte dann den anderen nach nebenan. Charlotte wies Victor an, die Türen zu schließen. Louisa wirkte unnatürlich still, und sein Bruder war vom ersten Moment an schlecht gelaunt gewesen, während seine Mutter kaum auf die Schilderung seiner mühevollen Suche nach den Kindern reagiert hatte. Harry hatte sich seinen Empfang eigentlich etwas anders vorgestellt.

»Erzähl es ihm, Victor.«

»Du hast nach Rupe gefragt, also kann ich es dir auch sagen.« Er berichtete von dem Diebstahl und dem Verschwinden ihres jüngeren Bruders und lehnte sich dann im Sessel zurück.

Harry stieß einen leisen Pfiff aus. »Wann ist das passiert?«

»Vor zwei Tagen.«

Charlotte beugte sich vor. »Meinst du, es war Rupe? Es hätte jeder sein können. Die Männer sind noch hier, aber einer könnte das Geld gestohlen und versteckt haben, bis die Schur beendet ist. Verstehst du, worauf ich hinauswill?«

Harry sah seine Mutter nachdenklich an. »Mir scheint, der Person, die das Bargeld gestohlen hat, war es völlig egal, ob sie die Aufmerksamkeit auf sich zog.«

»Was soll das heißen?«

»Genau das versuche ich dir die ganze Zeit zu sagen«, warf Victor ein. »Rupe hätte es nicht offensichtlicher machen können.«

Charlotte wandte sich wieder an Harry. »Du meinst, er ist es gewesen? Dein eigener Bruder?«

»Ja.«

»Oh, mein Gott!« Sie lief rot an und tastete im Ärmel nach einem Taschentuch. »Was sollen wir jetzt tun?«

»Was habt ihr denn schon getan?«

»Nichts natürlich. Victor hat einen Boten zur Bank geschickt, um neues Bargeld zu beschaffen, das war alles.«

»Wie kann es dazu gekommen sein? Hattet ihr Streit?«

»Nicht wirklich«, sagte Charlotte, aber Louisa fiel ihr ins Wort.

»Sicher doch. Sie haben sich endlich darauf geeinigt, daß Charlotte ein Drittel das Besitzes erhält, der demnächst den Namen Springfield Pastoral Company tragen wird und alle frei erworbenen Weiden umfaßt.«

»Bin ich froh, das zu hören!«

»Rupe aber wollte weg ...«

»Aha«, grinste Harry.

»Er wollte nicht mehr hier leben.«

»Und arbeiten«, knurrte Victor.

»Also hat Victor zugestimmt«, fuhr Louisa fort. »Er sollte jährlich ein Drittel der Einkünfte ausbezahlt bekommen.«

»Großzügig, aber nicht ungewöhnlich«, bemerkte Harry. »Ihr wolltet ihn bezahlen, damit er wegbleibt.«

»Nicht direkt«, murmelte Victor.

Charlotte ergriff wieder das Wort. »Natürlich wolltet ihr das, aber ich hätte es nicht geduldet, unter gar keinen Umständen. Welches Leben würde ein unerfahrener junger Mann wie Rupe führen, wenn er keinen Finger mehr rühren müßte?«

»Angesichts der hohen Kosten, die der Grundstückserwerb verursacht, gibt es ohnehin nicht viel aufzuteilen«, sagte Harry.

»Darum kümmern wir uns schon. Wir planen die äußeren Weiden zu verkaufen, um die Grenzen übersichtlicher zu gestalten. Dann hätten wir zwar weniger Land, dafür aber einen kompakteren Besitz, der sich mühelos von hier aus verwalten ließe.«

Harry wirkte interessiert. »Eine ausgezeichnete Lösung. Ich hatte mich schon gefragt, wie ...«

Charlotte unterbrach ihn. »Darüber könnt ihr auch später noch reden. Was unternehmen wir wegen Rupe?«

»Ich weiß es nicht.«

Victor runzelte die Stirn. »Dann streng dein Hirn an und schlag etwas vor, Harry.«

»Was soll ich dazu schon zu sagen haben? Es ist doch euer Problem. Ich habe nichts mit der Springfield Pastoral Company zu tun, das weißt du ganz genau. Ob es dir nun gefällt oder nicht, Rupe wird eifrig darauf bedacht sein, seinen jährlichen Anteil einzustreichen.«

»Ich ziehe ihm ab, was er sich schon genommen, oder, besser gesagt, gestohlen hat.«

»Darüber wird er sich im klaren sein. Er ist ja nicht dumm.«

»Harry«, sagte seine Mutter mit ernstem Blick, »ich hatte gehofft, du könntest Rupe suchen. Ihm sagen, daß er heimkehren und das Geld zurückgeben muß ...«

»Nein, ich muß nach Hause. Ich war ohnehin schon länger unterwegs als geplant. Ich breche morgen früh auf. Meine Scherer können jeden Tag eintreffen.«

»Ich kann ihn nicht selbst verfolgen, schließlich hast du dir meinen Vorarbeiter genommen.«

»Ach, komm schon, Victor, du würdest es sowieso nicht tun.«

»Also unternehmen wir gar nichts?« fragte Charlotte.

»Nur, wenn ich ihn anzeigen und von der Polizei zurückbringen lassen kann.«

Louisa hatte aufmerksam zugehört. »Darf ich auch mal etwas sagen?«

»Natürlich«, erwiderte ihre Schwiegermutter.

»Wir können Rupe nicht gewaltsam zurückholen, und, ehrlich gesagt, will ich ihn auch gar nicht mehr hier haben. Wie groß ist Springfield im Vergleich zu Tirrabee, Harry?«

Er wirkte überrascht angesichts der unerwarteten Frage. »Du lieber Himmel, ungefähr zehnmal so groß.«

»Tatsächlich? Und wieviel verdienst du im Jahr?«

»Neunzig Pfund, Haus und Instandhaltung eingeschlossen. Ich habe es ganz gut angetroffen, die Farm ist traumhaft schön gelegen.«

»Vielen Dank. In diesem Fall bin ich der Ansicht, daß Victor als Verwalter von Springfield mindestens fünfhundert Pfund im Jahr verdienen sollte.«

»Das ist doch Wucher!« rief Charlotte. Auch Victor wirkte schockiert.

Harry lachte. »Nein, nur logisch. Ihr werdet niemals einen besseren Verwalter als Victor finden.«

»Niemand verdient soviel Geld«, sagte seine Mutter. »Außerdem können wir es uns nicht leisten, ihm ein solches Gehalt zu zahlen.«

»Dann wird die Firma es ihm eben schulden, bis sie es sich leisten kann«, erklärte Louisa energisch. »Victor ist der Verwalter, ihm steht ein anständiges Gehalt zu. Das derzeitige Arrangement ist nicht länger tragbar, Charlotte. Entweder Victor wird bezahlt, oder wir gehen weg.«

»Aber fünfhundert Pfund!«

»Das ist eine Menge Geld«, stimmte Victor zu, doch Louisa wußte, daß sie gewonnen hatte. »Dann eben vierhundertfünfzig.«

»Dreihundertfünfzig.«

Louisa lächelte. »Abgemacht. Solange Victor ein Gehalt und seinen Anteil als Teilhaber erhält, werde ich Rupe sein Geld nicht streitig machen.«

»Wenn er zurückkommt, steht auch ihm ein Gehalt zu«, sagte Charlotte.

Victor sah sie ungläubig an. »Hör zu, Mutter, ich möchte, daß du der Wahrheit ins Gesicht siehst. Solange ich Verwalter von Springfield bin, kann Rupe bleiben, wo der Pfeffer wächst. Ich will ihn hier nicht haben. Nicht nach dem letzten Zwischenfall. Und was seinen Anteil betrifft, so wird der für lange Zeit nicht sonderlich üppig ausfallen.«

»Das kann doch nicht dein Ernst sein. Rupe ist hier zu Hause.«

»Er kann zu Besuch kommen, aber nicht mehr hier leben.«

»Aber wovon soll er denn leben, wenn sein Gewinnanteil ohnehin nicht hoch ist und durch dein Gehalt noch niedriger ausfallen wird?«

»Er hat sich doch einen Vorschuß genommen. Den Lohn der Scherer.«

»Und wenn der aufgebraucht ist?«

Alle wußten, daß Rupe imstande war, das gestohlene Geld notfalls innerhalb weniger Wochen in Brisbane zu verprassen, doch Victors Entscheidung stand fest. Er nahm eine Zigarre aus dem Behälter und bot seinem Bruder ebenfalls eine an.

Ihre Mutter sah zu, wie sie die Spitzen abknipsten und die Zigarren anzündeten. »Ich warte. Wovon soll Rupe leben, wenn er nicht nach Hause kommen darf?«

Harry genoß die teure Zigarre, die er sich in letzter Zeit nur selten gönnte. »Er könnte es mal mit Arbeit versuchen«, gab er grinsend zur Antwort. »Es heißt, das sei gut für den Charakter.«

Vor seiner Abreise sprach Harry noch einmal mit Nioka.

»Kehrt der Rest deiner Horde nun zurück? Ich kann euch versichern, daß keine Kinder mehr von hier weggeholt werden, das hat Victor mir fest versprochen. Er würde sogar eine Schule für sie bauen.«

»Ich weiß nicht, Harry. Ich habe Nachrichten geschickt. Daß armer Junge von Gabbidgee gegangen ist. Daß mein Jagga zu Hause ist und wie gut du warst. Bobbo noch immer weg. Aber ich bleibe hier mit Jagga, wenn Missus mich läßt. Meine Schwester tot, ich muß auf Bobbo warten. Das in Ordnung? Sie lassen mich bleiben?«

Er umarmte sie. »Natürlich. Du hast jetzt dein eigenes

Zimmer im Haus, alle werden sich freuen, wenn du bleibst. Aber es wäre gut, wenn auch die anderen in ihr Lager zurückkehren würden. Hier ist es besser für euch, Nioka.«

»Spinner sagt, mehr Fremde kommen nach Springfield, vertreiben alle.«

»Nicht, solange Victor hier der Boß ist. Bei ihm seid ihr sicher.«

Als er davonging, rief sie ihm nach: »Zeigst du uns dein Baby, wenn er kommt?«

»Natürlich«, erwiderte er lächelnd und fragte sich, ob das ›er‹ wohl ein Zufall gewesen war. Doch er hatte genug von diesem Unsinn, er mußte sich wieder auf sein eigenes Leben konzentrieren.

Angesichts des Bündels Scheine in seinem Beutel zog Rupe es vor, nicht bei Freunden zu übernachten. Er nahm sich ein Zimmer im eleganten Hotel Gloucester, dem Mekka der wohlhabenden Landbewohner, und betrat noch in Reitkleidung die Bushmen's Bar. Sein Durst war unerträglich nach dem langen, staubigen Ritt. Nie zuvor hatte er sich so gefreut, das breite Band des Brisbane River zu erblicken, und ritt mit einem Gefühl der Erregung, die er lange nicht mehr empfunden hatte, über die Brücke.

Die Reaktionen seiner Familie interessierten ihn nicht die Bohne. Natürlich würde niemand die Polizei rufen, auch wenn sie bestimmt vor Wut tobten. Er hatte einfach nur einen Vorschuß auf das genommen, was ihm zustand. Victor war ein hervorragender Verwalter, der keinen Assistenten nötig hatte.

Beim Gedanken an Louisa mußte er grinsen. Wetten, daß sein Weggehen ihr nicht sonderlich leid tat, so sehr sie sich auch über die Umstände seines Aufbruchs aufregen mochte? Und was Charlotte betraf, so hatte sie es sich selbst zuzuschreiben. Ihre Söhne hatten ihr aus reiner Freundlichkeit den

Weg in die Firma geebnet, und nun maßte sie sich plötzlich an, ihre eigenen Regeln aufzustellen. Hoffentlich war ihr inzwischen klar geworden, welch schweren Fehler sie begangen hatte, indem sie sich in eine bestehende Abmachung zwischen ihren Söhnen einmischte.

Als er lässig an der eleganten Marmortheke lehnte, dachte er an seinen Vater. Dabei überlief ihn unwillkürlich ein kalter Schauer. Wäre Austin noch am Leben, hätte der ihn sicher mit der Waffe im Anschlag verfolgt!

Plötzlich vernahm er hinter sich eine Stimme. »Na, wenn das nicht Rupe Broderick ist! Wo hast du so lange gesteckt, Kumpel?«

Ein Stück entfernt entdeckte er an der Theke eine Ansammlung bekannter Gesichter, nahm sein Glas und gesellte sich zu den Männern. An diesem Ort konnte er den Staub von Springfield für immer abschütteln.

Irgendwann im Laufe dieses alkoholseligen Nachmittags und der darauf folgenden wilden Nacht gelang es ihm, Cleo Murray eine höfliche Nachricht zu senden. Darin teilte er ihr mit, er wohne für einige Tage im Gloucester und fragte an, ob er sie aufsuchen dürfe. Diesmal mußte er sich wohl oder übel an die Etikette halten.

Am nächsten Morgen schlief er lange. Nach dem Aufwachen verschwammen in seinem Kopf undeutliche Erinnerungen an zahllose Bars, ein Varieté, üppige Frauen in seinen Armen und eine Puffmutter, die ihn um Geld anschrie. Er wußte nicht mehr, ob er sie bezahlt hatte oder nicht, aber das war auch egal. Er hatte nur ein Pfund bei sich gehabt, der Rest lag sicher im Hotelzimmer versteckt. Bei diesem Gedanken sprang er unvermittelt aus dem Bett und sah in der untersten Kommodenschublade nach. Das Geld war noch da. Gut. Damit war seine Unabhängigkeit von der Familie vorerst gesichert.

Beim Rasieren bestätigte ihm der Spiegel, wie gut er aussah, sogar besser als sein Bruder Harry. Sein Aussehen hatte die Damen gestern abend wie die Motten angezogen, soviel wußte er immerhin noch. Sie hatten gar nicht damit aufhören können, von seinen langen Wimpern und frechen Augen zu schwärmen.

Wann würde er wohl von Cleo hören? Er zweifelte nicht eine Sekunde daran, daß sie sich melden würde. Gott sei Dank wußte er noch, wo ihre Tante wohnte; schließlich hatte sie es ihm oft genug gesagt und mit dem herrlichen Haus geprahlt, das in Yeronga am Flußufer lag. Sie hatte versucht, ihn damit zu beeindrucken, was er nie so recht verstanden hatte. Wieso brüstete sie sich ausgerechnet damit, wo ihr Vater doch die riesige Zuckerrohrplantage im Norden besaß? Erst kürzlich hatte er gelesen, daß die Zuckerpreise in astronomische Höhen stiegen, da in den Großstädten die Marmeladenfabriken wie Pilze aus dem Boden schossen. Nur in Queensland ließ sich erfolgreich Zuckerrohr anbauen, weil dort das richtige Klima herrschte und billige schwarze Arbeitskräfte von den Salomonen zur Verfügung standen. Alles klang so herrlich dekadent, genau wie in den Geschichten über die Pflanzer in Südamerika, die sich in weißen Anzügen mit Longdrinks in der Hand und umringt von unzähligen Bediensteten in der Sonne aalten.

Doch das war Zukunftsmusik. Im Augenblick stand Rupe kurz vor dem Verhungern. Er brauchte eine anständige Mahlzeit und ging zum Mittagessen in den Speisesaal. Er aß einen Grillteller und erwiderte das liebliche, schüchterne Lächeln einiger hübscher Mädchen um ihn herum, das seine Laune noch weiter gehoben hätte, wäre da nicht die Sorge um Cleo gewesen. Wenn sie nun heimgefahren war? Oder ihn nicht sehen wollte? Immerhin hatte man sie recht unsanft von Springfield verbannt. Doch das war ja nicht seine Schuld gewesen.

Verärgert schlenderte Rupe aus dem Speisesaal. Nun saß er

hier fest und mußte auf Cleos Antwort warten, wo es in Brisbane doch so viele interessante Dinge zu sehen gab.

Ein Page sprach ihn an. »Mr. Broderick ...«

Da war er – ein rosafarbener Umschlag, der seinen Namen in Cleos ordentlicher Handschrift trug.

Sie freue sich, von ihm zu hören, und lud ihn für den Nachmittag ein. Er nickte lächelnd. Natürlich, warum hatte er sich überhaupt Sorgen gemacht?

Rupe hatte sich die anderen Herren im Hotel genau angesehen und beschlossen, sich eine völlig neue Garderobe zuzulegen. Er eilte über die Straße zum besten Herrenausstatter, bei dem die Brodericks gut bekannt waren, und kaufte ausgiebig ein. Die Rechnung würde an Springfield gehen.

In einem dunklen Gehrock in der modernen, gekürzten Länge, schmal gestreiften Hosen und Zylinder verließ er den Laden und platzte beinahe vor Selbstvertrauen. Er nahm eine Pferdedroschke zu der angegebenen Adresse in Yeronga, stieg aus und betrachtete den herrlichen Garten hinter dem hohen Eisentor.

Cleo hatte recht; allein der Garten verriet, daß es sich hier um ein herrschaftliches Anwesen handelte. Er öffnete das Seitentor und ging auf das Haus zu. Natürlich konnte es mit Springfield nicht mithalten, war jedoch ein hübsches, einstökkiges Gebäude aus Sandstein, das eher wie ein Wochenendhaus wirkte. Die elegante Fassade wurde durch eine Reihe von Bögen in klösterlich-strengem Stil betont.

Rupe war nicht auf die unnahbare Frau vorbereitet, die ihm die Tür öffnete. Noch nie war er einer häßlicheren Frau begegnet. Ihr Gesicht erinnerte an eine Kartoffel, ein Eindruck, der durch das streng nach hinten gekämmte Haar mit dem Mittelscheitel noch verstärkt wurde. Nur das schwarze Taftkleid mit den ausladenden Ärmeln und der Perlenbrosche am steifen Kragen verriet ihm, daß er es hier nicht mit der Haushälterin zu tun hatte.

Sie stellte sich als Miss Murray, Cleos Tante, vor und teilte ihm mit, daß ihre Nichte sich nicht wohl fühle und eigentlich keinen Besuch empfangen könne. Da er aber eingeladen zu sein schien, solle er dennoch eintreten.

Rupe kochte innerlich angesichts dieser unhöflichen Begrüßung, während er ihr durch das geräumige Haus folgte, wobei ihm die teuren Teppiche und Vitrinen mit exquisitem Porzellan nicht entgingen. Sie führte ihn in ein langgestrecktes Zimmer im hinteren Teil, und er sah sich erstaunt um. Es war ein Sonnenzimmer, dessen eine Wand aus Fenstern mit weißen, bodenlangen Vorhängen bestand. Alle Möbel waren aus weißem Bambus, so daß die üppigen Topfpflanzen, Palmen, Blumenkörbe und Farne einen wahren Farbschock erzeugten. Es gab sogar träge herabhängende Orchideen in purpurrot, rosa und weiß, die aussahen, als langweilten sie sich in dieser exotischen Landschaft. Die Luft wirkte unangenehm feucht.

Er wandte sich an die Tante und beglückwünschte sie zu diesem Arrangement. »Sie müssen eine begnadete Gärtnerin sein, Miss Murray. Die Pflanzen sind herrlich.«

»Ich bin Botanikerin«, erwiderte sie knapp. »Cleo erwartet Sie.«

Erst jetzt bemerkte er sie auf einem kleinen Sofa links von ihm, das zu einer dreiteiligen Sitzgruppe gehörte. Sie umklammerte ein Stofftäschchen und sah aus, als warte sie auf einen längst überfälligen Bus. In ihrem weißen Musselinkleid hob sie sich tatsächlich kaum von ihrer Umgebung ab.

Rupe trat lächelnd auf sie zu und stellte fest, daß dieses Zimmer keine schmeichelhafte Kulisse für sie bot. Im Gegensatz zur lebenssprühenden Energie der Pflanzen wirkte sie bleich und leblos, ihrem dunklen, traurig herabhängenden Haar fehlte der Glanz der neben ihr stehenden *Monstera deliciosa*.

»Wie geht es dir, Cleo?« fragte er betont munter.

»Gut, vielen Dank.«

Ihre Tante widersprach umgehend. »Ihr geht es überhaupt nicht gut. Nehmen Sie Platz, Mr. Broderick.«

Sie deutete auf das Sofa, das Cleos gegenüberstand, und nahm selbst auf einem dritten zwischen ihnen Platz – eine Anstandsdame, deren Anwesenheit die Unterhaltung beträchtlich erschweren würde.

»Tut mir leid, das zu hören«, sagte er. Er fragte sich, aufgrund welcher Krankheit Frauen wohl an Gewicht zulegten, denn Cleo wirkte eindeutig aufgeschwemmt. Schlimmer noch, regelrecht unattraktiv.

»Aber das Wetter wird besser, es ist schon viel wärmer. Ich wage zu behaupten, daß es deinen Wangen bald wieder Farbe verleihen wird.«

Sie nickte. »Das hoffe ich. Und du, Rupe? Wie geht es dir?«

»Sehr gut, ich kann nicht klagen. Ich freue mich, in der Stadt zu sein, es gibt so viel zu sehen.« Er plauderte ein Weilchen und wandte sich dann, da Cleo nicht gerade gesprächig war, an die Tante. »Leben Sie gern in Brisbane, Miss Murray?«

»Jedenfalls nicht ungern. Die Winter sind angenehm. Und ich habe natürlich viel zu tun.«

»Vermutlich besitzen Sie neben Ihrem grünen Daumen noch andere Talente. Wo haben Sie Ihre Botanikkenntnisse erworben?«

»In Kew Gardens«, antwortete sie und setzte einfach voraus, daß Rupe sie kannte, was jedoch nicht der Fall war. »Ich habe dort drei Jahre lang als unbezahlte Assistentin gearbeitet und soviel wie möglich gelernt, bevor ich dann nach Australien zurückgekehrt bin ...«

Offensichtlich hatte er das Eis gebrochen. Sie berichtete lang und breit über ihre Karriere, ihr intensives Interesse für die einheimische Flora und ihre Zusammenarbeit mit dem

Kurator des Botanischen Gartens von Brisbane. Rupe heuchelte Interesse und wünschte insgeheim, sie möge sich zurückziehen und ihm eine Chance geben, allein mit Cleo zu sprechen, anstatt ihn mit endlosen Diskursen über einheimische Akazien zu langweilen.

»Es gibt Hunderte von Akazienarten, Gattung *Mimosaceous*, und wir entdecken laufend neue«, berichtete sie.

»Wie erstaunlich«, erwiderte er mit gespielter Begeisterung, obgleich für ihn Akazie gleich Akazie war.

Offenbar würde sein erster Besuch in Miss Murrays Haus von kurzer Dauer sein, da sie ihm keinen Tee anbot. Er sah sich seufzend um. »Ich sollte mich wohl wieder auf den Weg machen. Ich habe geschäftlich in der Queen Street zu tun.«

Nun wurde Cleo ein wenig lebhafter. »Kommst du denn wieder?«

»Wenn man mich einlädt ...«

Sie rutschte unbehaglich hin und her. »Ich wollte dich eigentlich fragen, wie es Victor und Louisa geht.«

»Prima. Sind damit beschäftigt, die Regierung wegen der Zahlungen für die Ländereien aufs Kreuz zu legen.«

Miss Murray wirkte plötzlich angespannt. »Wie bitte?«

Rupe setzte zu einer langwierigen Erklärung der Auswirkungen des Gesetzes über die Zweckentfremdung von Land an, zum einen, um seinen Aufenthalt im Haus zu verlängern, zum anderen, um sich ein wenig für die botanischen Vorträge seiner Gastgeberin zu rächen. Allmählich spürte er jedoch ihre Mißbilligung. Im Glauben, er habe die Sache vielleicht ein wenig zu spaßig dargestellt, versuchte er einen Rückzieher.

»Ich kann diese Praktiken allerdings nicht gutheißen; schließlich heißt es doch: Zahl Cäsar ...«

Cleo lächelte nachsichtig. »Gib Cäsar ...«

»Wie bitte? Ach ja, natürlich.« Er erwiderte ihr Lächeln, um zu beweisen, daß er ihr die Berichtigung nicht übelnahm.

»Ihre Nichte ist zweifellos eine ausgezeichnete Lehrerin, Miss Murray.«

Doch das teigige Gesicht der Tante hatte sich verhärtet, ihr Kiefer trat hervor, die Augen blickten unnachgiebig. »Ich nehme an, die erwähnte Louisa ist Ihre Schwägerin Mrs. Broderick?«

»Ja.«

»Sie hat Cleo sehr schlecht behandelt, das haben wir keineswegs vergessen.«

Rupe nickte. Nun kannte er auch den Grund für den Mangel an Gastfreundschaft. »Ich weiß, nicht zuletzt deshalb bin ich ja auch gekommen. Ich wollte mich entschuldigen. Andererseits möchte ich Ihnen wie auch Cleo erklären, daß ich damit nichts zu tun hatte. Ich war damals sehr durcheinander, so wie wir alle ...«

»Sie hätten wenigstens für Cleo eintreten können. Ich habe angenommen, Sie seien Freunde, und dennoch haben Sie zugelassen, daß man Cleo auf diese Weise behandelt ...« Sie runzelte wütend die Stirn.

Cleo wollte sie beschwichtigen. »Ich habe nie gesagt, ich sei böse auf Rupe ...«

»Nein, du warst angeblich auf niemanden böse.« An Rupe gewandt fuhr sie fort: »Das Mädchen tauchte vollkommen hysterisch bei mir auf. Ich weiß, es war eine Tragödie, aber niemand hat ihr irgendwelche Unterstützung angeboten, nicht einmal Sie, Mr. Broderick.«

»Wie denn auch? Ich wußte ja nicht, was geschehen war. Mein Bruder war so aufgebracht, daß ich die Farm vorübergehend verlassen mußte. Inzwischen habe ich erfahren, wie schlimm man mit Cleo umgesprungen ist, doch mir erging es nicht anders. Bei meiner Rückkehr war die Atmosphäre dermaßen unerträglich geworden, daß mir keine andere Wahl blieb. Ich konnte es nicht aushalten, wochenlang in meinem eigenen Heim geschnitten zu werden.«

»Du bist weggezogen?« fragte Cleo erstaunt. »Rupe, das tut mir aber leid. Was willst du denn jetzt machen?«

»Ach, das ist nicht weiter problematisch. Ich bin noch immer Teilhaber der Springfield Pastoral Company, also werde ich nicht verhungern. Ich habe sogar daran gedacht, nach Norden zu gehen und mich dort umzusehen.«

Die Tante wirkte nun wieder ein wenig umgänglicher. »Man hat Sie ebenfalls vertrieben?«

»Leider ja. Die Familie hat sich erbarmungslos gezeigt, obwohl Teddy gesund und munter aufgefunden wurde, und mir die Schuld an allem gegeben, was *hätte* passieren können. Es war so ungerecht ...«

Miss Murray atmete keuchend, als stehe sie unter Schock, und Rupe sah von einer Frau zur anderen, da er sich über die plötzliche Stille wunderte. Der Frauenhaarfarn, der in einem Korb über seinem Kopf wuchs, schien zu zittern, als sei eisige Kälte in den Raum gedrungen. Cleos Gesicht hatte Farbe bekommen: Scharlachrote Flecken hoben sich von ihrer blassen Haut ab.

Die Tante wandte ihr mit einem Ruck den Kopf zu. »Cleo, wie hieß das Kind?«

»Teddy«, flüsterte sie.

»Habe ich richtig gehört? Sagten Sie eben, er sei gesund und munter?«

Cleo schluckte nur. Es hatte ihr die Sprache verschlagen.

»Mr. Broderick, das Kind hat also doch überlebt?«

»Ja, ich dachte, das wüßten Sie. Es ist in den Fluß gefallen ... ich dachte, Sie wüßten ...« Er brabbelte zusammenhanglos vor sich hin. »Ja, das ist er, aber ohne unser Verschulden. Er ist uns entwischt, so war es. So sind Kinder nun einmal. Aber er wurde von einer Aborigine-Frau gerettet. Sie hat ihn erst ein paar Tage später nach Hause gebracht ...«

Dann schenkte er Cleo ein freundliches Lächeln. »Ende

gut, alles gut, würde ich sagen. Wie schön, daß ich so freudige Nachrichten überbringen kann.«

»Ist Ihnen eigentlich klar, was Cleo durchgemacht hat? Was sind Sie nur für selbstsüchtige, rücksichtslose Menschen! Wieso kam niemand auf die Idee, ihr mitzuteilen, daß ihr Schüler nicht ertrunken ist? Daß er, wie Sie zu sagen beliebten, gesund und munter ist? Wollen Sie mir weismachen, daß alles nur ein Versehen war?«

Er versuchte sie zu beschwichtigen.

»Miss Murray, bitte hören Sie mich an. Als Teddy gefunden wurde, waren wir alle so aufgeregt und erleichtert, daß wir nicht daran dachten ... ich meine, ich habe natürlich angenommen, daß Louisa dir geschrieben hat«, sagte er an Cleo gewandt.

»Tatsächlich? Sie haben uns eben lang und breit dargelegt, daß Ihre Schwägerin überaus nachtragend ist, selbst angesichts dieser glücklichen Rettung. Weshalb sollten Sie also glauben, daß sie Cleo geschrieben hätte? Warum haben Sie es nicht selbst übernommen? Seit Wochen leidet dieses arme Mädchen und gibt sich die Schuld am Tod eines Kindes!« Ihre Stimme steigerte sich zu einem Kreischen.

»Sie verstehen nicht ...«

»Oh, doch. Sie sind eine überaus verschlagene Kreatur, Sir. Wenn Sie mich nun entschuldigen wollen. Cleo, kümmere dich um deinen Gast!« Mit diesen Worten stapfte sie aus dem Zimmer.

Gott sei Dank. Er näherte sich Cleo, ergriff ihre Hand und kniete halb vor ihr nieder. »Liebste Cleo, hätte ich gewußt, was du durchgemacht hast, hätte ich dir geschrieben, das schwöre ich. Ich habe ehrlich geglaubt, du wüßtest Bescheid.«

»Woher denn? Niemand hat mir etwas gesagt. Und in der Zeitung hat nichts darüber gestanden, was denn auch ... Am Ende ist ja gar nichts passiert.« Sie brach in Tränen aus. »Außerdem war es so viele Meilen weit weg.«

Dann fuhr sie heftiger fort: »Es lohnte wohl nicht, darüber zu berichten, obgleich es um die berühmten Brodericks ging. Ich habe so gelitten deswegen, daß ich niemandem unter die Augen treten konnte. Was habe ich mich geschämt! Und du hast mich grundlos leiden lassen!«

»Cleo, das wollte ich nicht, ehrlich. Ich habe dich vermißt. Wir müssen miteinander reden, es gibt so viel zu sagen ...« Sie erhob sich und schob ihn zur Seite. »Nein, gibt es nicht. Verschwinde!«

»Das meinst du doch nicht im Ernst. Du bist nur überreizt.« Das gleiche galt für ihn. Wie konnte es dieses unansehnliche Ding wagen, ihn hinauszuwerfen?

»Können wir das nicht alles vergessen und uns auf die Zukunft konzentrieren?«

Sie wich vor ihm zurück, wobei ihr Tränen über das Gesicht liefen. »Geh weg, Rupe, ich bitte dich.«

Die Tante hielt ihm bereits die Tür auf. »Hier haben Sie Ihren Hut, Mr. Broderick. Leben Sie wohl.«

Trotz dieses unfreundlichen Abschieds war es zweifellos ein herrlicher Tag. Rupe lüpfte den Hut und grüßte zwei ältere Damen, die ihn auf das wunderbare Wetter aufmerksam gemacht hatten. Der Himmel strahlte tiefblau, kein Wölkchen war in Sicht. Winzige Vögel schwirrten durch die Bäume, ohne zu bemerken, daß hoch über ihnen ein Falke nahezu regungslos in der Luft verharrte. Ein Hund lag dösend vor einem Tor und zuckte nicht einmal, wenn ein Passant an ihm vorbeiging.

Rupe trat wütend gegen das Tor, worauf der Hund jaulend hochfuhr. Als er losbellte, war Rupe bereits um die nächste Ecke gebogen. Er konnte es einfach nicht fassen, daß diese beiden Frauen, diese Niemande, ihm die Tür gewiesen hatten. Und nur, weil Cleo zu dumm war, um herauszubekommen, was sich wirklich auf Springfield zugetragen hatte. Sie hätte ja an Louisa schreiben können, notfalls ein Kondolenzschreiben, wenn sie so von Teddys Tod überzeugt gewesen war. Louisa hätte sicher geantwortet und ihr die Wahrheit mitgeteilt.

Er war so zornig, daß die tatsächlichen Ereignisse in seinem Gedächtnis durcheinandergerieten. Und wenn Cleo es bisher nicht erfahren hatte, so hätte sie sich doch wenigstens freuen können, daß er sie nun darüber informierte.

Aber nein, sie war viel zu sehr damit beschäftigt, die Märtyrerin zu spielen. Als wenn er sie je hätte wiedersehen wollen, wenn Teddy tatsächlich ertrunken wäre. Sie war nicht krank, bloß dumm und eine graue Maus. Wie hatte er nur die Heirat mit einem derart reizlosen Ding in Erwägung ziehen können? Selbst wenn ihre Familie vermögend war, hätte sie sich nie in die Kreise eingefügt, die ihm vorschwebten.

Rupe schritt schwungvoll aus und verdrängte die Gedanken an seine Zukunft. Auch andere Mütter hatten schöne Töchter. Fürs erste konnte er sich in dieser Stadt herrlich amüsieren, lange genug hatte er dies entbehren müssen.

Die Bushmen's Bar quoll über von Männern, die von den alljährlichen Einjährigen-Auktionen kamen, die an diesem Morgen auf der Rennbahn stattgefunden hatten. Rupe wünschte, er wäre dorthin gegangen, anstatt seine Zeit mit Cleo und ihrer häßlichen Tante zu verschwenden. Er wollte nicht länger über sie nachdenken und stürzte sich lieber in die aufregenden Fachsimpeleien um ihn herum. Wer hatte wieviel für einen Abkömmling welchen Stammbaums gezahlt? Wer hatte zuviel bezahlt? Wer war jetzt der stolze Besitzer des Fohlens von Kerry Star aus Irland?

Der Champagner floß in Strömen. Niemand interessierte sich dafür, wer die Zeche zahlte. Pfundnoten wurden unermüdlich auf die Theke geknallt, wo sie vergossenen Champagner aufsogen und von den schwitzenden Barkeepern in überquellende Kassen gestopft wurden. Doch Rupe bemerkte in diesem ganzen Gerede und Schulterklopfen, dem Gesang und der trunkenen Prahlerei noch einen Unterton, ein Flüstern, verbunden mit wachsamen Seitenblicken. In Gruppen standen Männer in Ecken zusammen und führten ernsthafte Diskussionen.

Während er mit seinen eigenen Freunden trank und alte Geschichten hervorkramte, beobachtete er die Männer aufmerksam. Etwas lag in der Luft. Er trat näher zu Lindsay Knox heran, einem alten Bekannten aus der Schule, der im Mittelpunkt des Interesses zu stehen schien.

»Hast du heute gekauft oder verkauft?«

Lindsay grinste. »Keins von beidem. Ich habe gehört, dein alter Herr ist gestorben. Mein Beileid. Bist du wegen der Auktion gekommen?«

»Nein, ich wollte nur mal weg von der Farm. Mich ein bißchen umsehen. Vielleicht ein bißchen reisen.«

»Ach ja? Wohin soll's denn gehen?« Rupe bemerkte, daß Lindsay nicht bei der Sache war. Seine Fragen klangen zerstreut, er schien keine Antwort zu erwarten, sondern sah schon wieder woanders hin. Rupe jedoch würde ihn nicht so leicht davonkommen lassen.

»Das habe ich noch nicht entschieden«, sagte er entschlossen. »Ich dachte an Übersee, aber es heißt, man solle zuerst einmal sein eigenes Land kennenlernen. Ich fahre vielleicht nach Cairns, sehe mir mal die Tropen an. Es heißt, dort seien die Frauen ebenso heiß wie das Wetter.«

Das Wort ›Frauen‹ erregte anscheinend dann doch Lindsays Aufmerksamkeit.

»Weshalb gerade Cairns?« fragte er unvermittelt.

»Weshalb nicht?« Rupes Lächeln sollte andeuten, er kenne sich mit der Erotik der Damen aus dem Norden aus, doch Lindsay nahm ihm das nicht ab.

»Komm schon, Kumpel, nimm mich nicht auf den Arm. Du weißt doch Bescheid.« Er schwankte leicht und lehnte sich an die Theke. »Bin wohl ein bißchen betrunken. Dann kann ich mir auch den Rest geben. Noch ein Glas von dem Sprudelzeug.«

Rupe bestellte Nachschub und erhielt zwei randvolle Gläser. »Viel Glück!«

»Da sagst du was«, lachte Lindsay. »Wann soll's denn losgehen?«

Rupe nahm an, er meine die Reise nach Cairns, und beschloß aus Neugier, sich auf das Gespräch einzulassen. »In den nächsten Tagen. Was ist mit dir?«

Lindsay stützte sich schwer auf Rupe. »Ich sag dir was, Kumpel. Ich hau ab. Das laß ich mir um keinen Preis entgehen. Aber ich brauche einen Partner. Die Kerle hier passen mir nicht, wenn du verstehst, was ich meine. Viele von ihnen spucken nur große Töne, und ich weiß nicht, ob sie genügend Rückgrat haben. Aber du und ich, wir sollten uns zusammentun. Was hältst du davon?«

Verwirrt trank Rupe seinen Champagner und suchte nach einer geeigneten Antwort.

»Ich weiß nicht, ob wir das gleiche im Sinn haben.«

Lindsays Stimme war jetzt nur noch ein Flüstern. »Natürlich. Wir reden von Gold, das ist doch klar.«

Gold! Rupe war wie betäubt. Kein Wunder, daß man nur hinter vorgehaltener Hand davon sprach. Wo lag dieses Gold? In Cairns? Man war im ganzen Land auf riesige Goldadern gestoßen, aber seines Wissens noch nie so weit im Norden. Das hatte man nun davon, wenn man als Hinterwäldler lebte. Die interessanten Neuigkeiten drangen nicht bis zu einem durch. »Eine Partnerschaft? Ich werde es mir überlegen.« Und zwar genau eine halbe Minute, dachte er bei sich.

Am nächsten Morgen tauchte ein nüchterner Lindsay Knox mit einer Landkarte und Plänen bewaffnet in Rupes Hotelzimmer auf, wo sie sich ungestört unterhalten konnten. Er erkannte bald, daß die Karte, auf der nur Küstenorte und keine Goldfelder verzeichnet waren, nicht viel taugte, doch von so etwas ließ er sich nicht abschrecken.

»Wo genau liegt dieser Ort?«

»Am Palmer River. Irgendwo da oben. Wir können uns den Weg in Cairns beschreiben lassen, vor allem aber müssen wir uns beeilen, Rupe. Bisher ist es nur ein Gerücht, aber wenn es sich verbreitet, kriegen wir keinen Platz auf dem Schiff mehr.«

Sie unterhielten sich eine ganze Weile, kamen jedoch zu keinem konkreten Ergebnis. Immerhin erfuhr Rupe, daß sich die Goldfelder bei einem Ort namens Charters Towers befanden, der südwestlich von Townsville lag, und schlug vor, zuerst dorthin zu reisen. Aber Lindsay sprach sich dagegen aus.

»In dem Ort wimmelt es nur so von Goldgräbern. Bis wir da aufgetaucht sind, ist kein Gold mehr da. Ich dachte, wir versuchen es mal mit Cairns. Da will ich nämlich hin, ob du mitkommst oder nicht.«

Schließlich bat Rupe ihn um einige Stunden Bedenkzeit, in denen er noch ein paar Erkundigungen einziehen wollte.

»Wo denn? Du willst doch wohl nicht alles herumerzählen?«

»Auf keinen Fall. Ich habe einen alten Bekannten im Landministerium, der mit meinem Vater befreundet war. Ich höre mal nach, was er zu sagen hat.«

Leo Marshall war in der Tat ein Freund von Austin Broderick gewesen und ging mit dem jungen Mann in die Gasse hinter dem Gebäude, um ungestört mit ihm sprechen zu können. »Dein Dad war gut zu mir und hat mir diese Stelle besorgt, als ich eine Pechsträhne hatte. Habe die ganzen Jahre hier gearbeitet, stehe kurz vor der Pensionierung. Ja, ich weiß Bescheid über den Palmer-Fund, er kann jeden Tag Schlagzeilen machen. Wir haben die Information vom Bergbauministerium erhalten. Es liegt zwar nicht bei Cairns, aber ihr müßt dennoch mit dem Schiff dorthin fahren. Von da aus nehmt ihr das nächste Schiff nach Cooktown, oben an der Mündung des Endeavour River, wo Kapitän Cook sein Schiff hat reparieren lassen. Ich nehme an, du hast in der Schule davon gehört.«

»Und dort liegt das Gold?«

»Nein. Ihr müßt erst ins Landesinnere reisen, ungefähr hundert Meilen in südwestlicher Richtung.«

»Aber es gibt Gold an diesem Fluß?«

»Ja.«

»Viel?«

Leo zog an seiner Pfeife. »Es scheint sich um ein anständiges Vorkommen zu handeln.«

»Hundert Meilen sind nicht weit, wir könnten die Strecke in ein paar Tagen schaffen, wenn wir reiten. Kein Problem.«

»Genau da irrst du dich. Es ist gefährlich. Ein furchtbares Land, vom Fieber heimgesucht, und die Schwarzen sind uns feindselig gesonnen. Von denen lebt da oben eine ganze Menge. Ich gebe dir einen guten Rat: Geh nicht dorthin. Laß dich nicht dazu überreden. Dieser Ort ist einfach zu gefährlich.«

»So schlimm kann es doch gar nicht sein. Offensichtlich ziehen viele Goldgräber hin.«

»Und gehen ein beträchtliches Risiko ein. Das haben die Männer, die heil zurückgekehrt sind, nachdrücklich erklärt. Rupe, du darfst dir das nicht antun; der Weg zum Palmer River führt durch ein Dschungelgebiet, das von den kriegerischsten Aborigines bewohnt wird, eine Hölle auf Erden. Das ist nur etwas für Lebensmüde. Der Palmer gibt sein Gold nicht so leicht her, denk an meine Worte.«

Genau das tat Rupe. Er merkte sich, was Marshall über die Lage des Goldfeldes gesagt hatte, und leitete nur diese Information an Lindsay weiter. Dieser zeigte sich beeindruckt.

»Gut gemacht. Morgen legt ein Schiff nach Cairns ab. Was hältst du davon? Sollen wir es nehmen?«

»Ja!« stieß Rupe aufgeregt hervor. Es fiel ihm nun sichtlich schwer, die nötige Ruhe zu bewahren. »Die Ausrüstung können wir uns in Cairns besorgen, aber wir brauchen außerdem Gewehre und Munition, um uns vor Räubern zu schützen.«

»Natürlich! Wo es Gold gibt, finden sich auch Gesetzlose ein«, stimmte Lindsay begeistert zu.

»Am besten kaufen wir die Waffen hier, das kommt billiger.« Kein Wunder, in dieser Gegend waren sie auch nicht so gefragt. »Aber kein Wort zu irgend jemandem, Lindsay. Wir verziehen uns morgen ganz unauffällig. In Ordnung?«

»Selbstverständlich, Partner. Während die anderen noch darüber reden, sind wir schon unterwegs.«

Erst als es um die Berechnung der Kosten ging, stellte sich heraus, daß Lindsay nur fünfzehn Pfund beisteuern konnte. Kein Wunder, daß er einen Partner brauchte!

Dennoch, Rupe hatte Leos Warnungen soweit beherzigt, daß er nicht allein aufbrechen wollte. Wenn sie es mit zum Äußersten entschlossenen Männern zu tun bekämen, hätte er eine Rückendeckung bitter nötig, und ein Bekannter war allemal besser als irgendein Fremder. Er sorgte sich ein wenig, weil Lindsay alles als einen großen Spaß zu betrachten schien. Sicher, er war kräftig und in guter Form, aber kein Bushie. Er hatte sein ganzes Leben als Arztsohn in Brisbane verbracht. Rupe fragte sich, wie er mit dem von Leo beschriebenen mühseligen Marsch zurechtkommen würde.

»Kannst du dir nicht was von deinem Vater leihen?«

»Nein. Ich habe keinen Kredit mehr bei ihm.«

Rupe wollte seinen Plan auf keinen Fall mehr aufgeben. »Na schön, ich habe genug für uns beide. Wir richten vorerst eine Gemeinschaftskasse ein, und du kannst mir das vorgestreckte Geld dann von den Gewinnen zurückzahlen.«

»In Gold, Kumpel!« lachte Lindsay. »Und jetzt müssen wir den letzten Abend in der Zivilisation feiern.«

Rupe besaß eine ungefähre Vorstellung von den Vorräten und der Ausrüstung, die sie für den Weg von Cooktown ins Landesinnere brauchten, dazu kamen noch die Packpferde. Daher hatte er keine Lust, Lindsays Lokalrunden zu übernehmen. Als er am nächsten Morgen die Hotelrechnung in Händen hielt, fiel ihm eine weitere Sparmöglichkeit ein.

Er hatte die Schiffspassagen bereits gekauft und schickte Lindsay hin, um zwei anständige Kojen auf dem Küstendampfer zu reservieren, während er seine Sachen packte. Dann ließ er sie aus dem Fenster in einen dichten Oleanderstrauch fallen.

In seiner neuen Kleidung, deren Kauf er mittlerweile bereute, trat er an die Rezeption und teilte dem Empfangschef mit, daß er Gäste zum Mittagessen erwarte.

»Führen Sie sie bitte ins Lesezimmer, sobald sie eintreffen. Ich bin bald wieder da.«

»Gewiß, Mr. Broderick.«

Mit diesen Worten schlenderte Rupe Broderick aus der Tür, setzte schwungvoll den Hut auf, huschte um die Ecke und holte seine Tasche aus dem Gebüsch. Dann ging er hinunter zum Hafen, zu dem Schiff, das ihm den Weg zu ungeahntem Reichtum verhieß.

Es kam tatsächlich ein Gast, der zu Rupe wollte. Man führte eine nervöse junge Dame in das mit Teppichen ausgelegte Lesezimmer mit den Fenstern aus Mattglas, den dick gepolsterten Sesseln, den grün-goldenen Lampen und Landschaftsporträts an den Wänden.

Cleo hatte die ganze Nacht nicht geschlafen. Sie waren zu hart mit Rupe gewesen, vermutlich aus dem Schock heraus. Sie schämte sich inzwischen für ihre abscheuliche Reaktion. Anstatt sich über Teddys wunderbare Rettung zu freuen, hatte sie Rupe angegriffen. Oder war es ihre Tante gewesen? Sie fühlte sich noch immer nicht gut, aber um Längen besser als in den letzten Wochen. Eine Last war ihr von der Seele genommen, Schuld und Scham waren wie weggeblasen. Sie hatte neben dem Bett gekniet und Gott für seine Gnade gedankt. Doch was war mit Rupe? Er verdiente eine Entschuldigung. Wenn sie nun wirklich nur vergessen hatten, ihr Bescheid zu geben? In der allgemeinen Euphorie nur noch Teddy für sie zählte? Wie vermessen von ihr zu glauben, daß die Brodericks in einer solchen Situation ausgerechnet an sie denken würden.

Die Reaktion ihrer Tante auf die demütigende Entlassung war verständlich. Sie hatte nur ihre zutiefst erschütterte Nichte gesehen, nicht deren mögliche Mitschuld, und sich auf ihre Seite gestellt, was ganz natürlich war. Deshalb hatte sie Rupe auch voller Vorurteile empfangen.

Es tat ihr nun alles furchtbar leid. Rupe war gekommen, sobald sich die Aufregung ein wenig gelegt hatte und er die Farm verlassen konnte. Wie gut er ausgesehen hatte! Und dieses zauberhafte Lächeln! Sie umklammerte ihre gute Handtasche mit dem bernsteinfarbenen Besatz, die sie in London gekauft hatte, und sah auf ihre Hände nieder. Sie trug die beiden großen Diamantringe, die ihre Mutter ihr hinterlassen hatte. Cleo hatte sie nicht mit nach Springfield genommen, da sie ihrer Ansicht nach weder zu einer Gouvernante noch auf eine Schaffarm paßten, doch hier in der Stadt konnte sie den Schmuck getrost tragen. An ihrem Revers glitzerte außerdem eine Diamantbrosche in Form einer Feder.

Cleo blieb lange in dem Sessel sitzen, starrte die Wand an und bereitete sich innerlich auf ihr Gespräch mit Rupe vor. Sie würde sich natürlich entschuldigen und ihm sagen, wie glücklich sie über Teddys Rettung sei. Ihn um Vergebung bitten. Vor allem aber sollte er erfahren, wie sehr sie sich über seinen Besuch gefreut hatte. Er liebte sie, das hatte sie in seinen Augen lesen können, und auch seine Enttäuschung war ihr nicht entgangen, als ihre Tante sich zwischen sie gesetzt hatte. Hätten sie sich nur allein unterhalten können, wäre es vermutlich nie zu all den Mißverständnissen gekommen. Cleo wußte, wie sehr ihre Tante sie liebte, aber Rupe tat es auch und verdiente eine zweite Chance.

Deshalb hatte sie das Haus unter einem Vorwand verlassen. Sie mußte ihn suchen, ihm alles erklären und ihm sagen, daß sie ihn liebte.

Sie sah auf die kleine goldene Uhr, die sie an einer Kette trug. Angeblich wurde er zum Mittagessen zurückerwartet, doch nun war es beinahe zwei Uhr. Sie ging zu den Gepäckträgern in der Halle und bat einen freundlichen Burschen nachzusehen, ob Mr. Broderick im Speisesaal sei.

Sie erfuhr, daß er immer noch nicht eingetroffen war, und fragte den jungen Mann, ob er ihm die Nachricht aufs Zimmer bringen könne, daß eine Besucherin ihn im Lesezimmer erwarte.

»Natürlich, Miss. Und wenn ich Mr. Broderick sehe, schikke ich ihn sofort zu Ihnen.«

»Vielen Dank, das ist sehr freundlich.« Diesmal nahm sie in einem Sessel mit Blick zur Tür Platz. Ein Herr bot ihr eine Zeitung an, die sie ablehnte. Es gab so viel zu bedenken. Sie könnte Rupe in den Norden einladen, da sie ohnehin vorhatte, demnächst ihre Familie zu besuchen. Wie schön wäre es, mit ihm zusammen dorthin zu reisen. Als seine Braut. Sie hatte stets davon geträumt, ihrer Familie ihren Verlobten vorzustellen. Alle würden ihn mögen, da war sie ganz sicher.

Die Stunden zogen sich endlos dahin, doch das Warten machte ihr wenig aus. Schließlich wußte Rupe ja nicht, daß sie kommen würde. Er hatte so viele Freunde in Brisbane, da konnte es schon mal später werden.

Irgendwann wurde Cleo dann aber doch ungeduldig. Elegante, fürs Abendessen gekleidete Damen gingen an der Tür vorbei; die Pagen zündeten die Lampen an, im Foyer herrschte fieberhafte Aktivität. Sie würde ihren Wachposten aufgeben müssen, wenn sie sich nicht vollends lächerlich machen wollte. Schüchtern näherte sie sich der Rezeption, um noch einmal darum zu bitten, Rupe eine Nachricht zukommen zu lassen.

»Würden Sie Mr. ...« setzte sie an.

Doch der Mann starrte sie wütend an und schnaubte: »Mr. Broderick ist nicht länger Gast in diesem Hause, Miss.«

»Oh, das tut mir leid, Verzeihung«, stammelte sie und eilte hinaus. Wie schade, daß sie ihn verpaßt hatte. Wahrscheinlich war er nach Hause gefahren. Nun, sie konnte ihm schreiben; ohnehin würde es ihr auf diesem Wege leichter fallen, ihre Schüchternheit zu überwinden und ihm alles zu erklären.

Sie nahm eine Pferdedroschke. In einem Brief würde sie es sogar wagen, ihm ihre Liebe zu gestehen. Noch war nicht alles verloren.

Als das Schiff den Fluß verließ und Kurs auf Moreton Bay und den Norden nahm, hatte Rupe Cleo und Springfield bereits vergessen. Ihn interessierten weder die verschwindende Küste hinter ihm noch die anderen Goldsucher, die auf diesem Schiff fuhren. Er saß mit seinem Partner und einer Flasche Rum in einer Ecke des Salons und träumte von einer Zukunft in Reichtum. Sogar Lindsay verhielt sich still. Zwischen ihnen herrschte Frieden, der letzte Frieden, den Rupe je erleben würde. Daher war es nur gerecht, daß ihm dieses sanfte Zwischenspiel, die ruhige See, die laue Mondnacht vergönnt waren.

Rupe genoß die Seereise nach Cairns und von dort aus nach Cooktown, die durch Gewässer führte, die im Schutz des Großen Barrier-Riffs lagen. Endlich war er frei von familiären Bindungen. Er wünschte, er könnte auf ewig sorglos durch dieses aquamarinblaue Wasser gleiten. Warum nur hatte er den Staub von Springfield nicht schon früher hinter sich gelassen? Dies hier war das wahre Leben.

Er war kein Broderick mehr, mußte keinem Befehl mehr gehorchen. Er war nur ein Mann unter übermütigen Männern, bereit für das Abenteuer seines Lebens.

Zunächst spürte er nur einen dumpfen Schlag im Rücken – bis Lindsay versuchte, den Speer herauszuziehen. Rupes Schrei hallte durch die Finsternis dieser furchtbaren Nacht. Er wollte etwas sagen, Lindsay befehlen, bis zum Morgen zu warten, da er sich mit Sicherheit verlaufen würde. Doch der arme, tapfere Lindsay zerrte seinen Körper weg von dem Pfad, tiefer ins Gebüsch, weil er dies für das Richtige hielt. Ihm fehlte jeglicher Orientierungssinn. Die Schwarzen waren weg. Kein Grund mehr zur Panik. Rupe dachte an Kelly, den Partner seines Vaters. Auch er war durch einen Speer umgekommen, aber auf noch schrecklichere Art und Weise. Das hier war gar nicht so schlimm. Er wollte Lindsay von Kelly erzählen, doch seine Stimme ging unter im Rauschen eines öligen Stromes, der über die glitschigen Felsen über ihnen stürzte.

Er hörte Lindsay keuchen, während sich dieser durch das nasse Unterholz kämpfte. Sein Freund war zu schwach zum Umkehren, seit Tagen krank gewesen, hatte unter hohem Fieber und schwerem Durchfall gelitten, sich aber unermüdlich weitergeschleppt und ständig entschuldigt. Hatte darauf bestanden, daß es ihm besser ginge, sobald sie den moskitoverseuchten Dschungel hinter sich gelassen hätten.

In dieser Gegend brach die Dunkelheit rasch herein. Urplötzlich und absolut. Nicht ein Mondstrahl drang durch den uralten Baldachin aus Baumkronen und Schlingpflanzen, doch Rupe war alles egal. Er riß sich nur um Lindsays willen zusammen, der sich als verdammt guter Kamerad erwiesen hatte. Mit all seiner verbliebenen Lebenskraft wünschte er sich, sein Freund möge umkehren und wenigstens sein eigenes Leben retten. Er mußte einfach weiterlaufen, der schlammige Abhang würde ihn bis zum Morgen ans Ziel bringen. Irgendwann würde er die Meeresküste erreichen und in Sicherheit sein. Er könnte einen Pfad finden, der ihn zu anderen Goldsuchern führte, die einem kranken Mann ihre Hilfe nicht verweigern würden.

Lindsay mußte ihn gehört haben. »Rupe«, rief er mit schwacher, rauher Stimme. »Wir haben es nicht geschafft. Wir sind nicht mal bis dorthin gekommen.«

Sein Schmerz und seine Enttäuschung waren verständlich, aber unbedeutend. Wieso wußte er das nicht? Es ging doch nur noch darum, an die Küste zu gelangen.

Lindsay sprach beruhigend auf ihn ein. »Keine Sorge, Kumpel, alles wird gut.« Er stieß keuchend Worte hervor, die Rupe nicht mehr hörte. »Ich lasse dich nicht allein.«

Doch sein Freund war ihm bereits vorausgegangen.

Coda

Sieben Jahre später

DIE BEIDEN DAMEN trafen sich in dem hübschen Teehaus mit Blick auf den Brisbane River und umarmten sich zur Begrüßung.

Ada hatte Charlotte, die nun Mrs. Craig Winters hieß, seit mehr als einem Jahr nicht mehr gesehen, und so gab es viel zu erzählen. Sie plauderten bereits angeregt, während die Kellnerin sie zu der sonnigen Nische führte, die Stammgästen vorbehalten war.

»Wie herrlich«, sagte Ada und schaute sich um. »Ich muß es unbedingt Connie empfehlen, hierher zu kommen, wenn sie das nächste Mal in der Stadt ist.«

»Wie geht es ihr?«

»Sehr gut. Harry ebenfalls. Seit Pa tot ist, hat er sich als Fels in der Brandung erwiesen. Er ist ein ebenso guter Verwalter für Lochearn wie Victor für Springfield. Du solltest die beiden mal zusammen erleben, das ist wie bei Pa und Austin früher; wenn sie nicht gerade ihre Aufzeichnungen vergleichen, streiten sie über irgend etwas ...«

»Aber sie verstehen sich gut?« wollte Charlotte besorgt wissen.

»Natürlich, das ist doch alles nur Schau. Im Grunde sind sie die besten Freunde. Connie und Louisa kommen auch gut miteinander aus; die beiden sind das gesellschaftliche Rückgrat des Bezirks. Aber ich muß sagen, Harry ist und bleibt mein Liebling, ein richtiger Schatz.«

»Das kann ich mir vorstellen. Ich habe es sogar läuten hören, daß du ihn als deinen Schwiegersohn vorgestellt hast«, bemerkte Charlotte lächelnd.

»Na ja, ein bißchen Angeberei muß sein. Ich hatte nie Kinder und genieße die Enkel nun um so mehr. Die Jungen nennen mich Oma, das finde ich wunderbar. Nach den beiden Söhnen wünsche ich mir von Connie nun noch eine Enkelin.«

Sie hielt inne. »Du lieber Himmel, ich hoffe, es macht dir nichts aus. Schließlich sind es in Wirklichkeit deine Enkelkinder, aber dich rufen sie ja Nanny. Ich will dich nicht von deinem Platz verdrängen. Aber ihre Großmutter mütterlicherseits besucht sie ohnehin nie auf der Farm.«

»Schon gut«, sagte Charlotte traurig.

Doch Ada Crossley in ihrer direkten Art konnte es nicht einfach auf sich beruhen lassen. »Sag es mir nur, wenn ich dich gekränkt haben sollte. Ich wollte dich nicht verletzen. Ich meine, die Kinder sind und bleiben doch Brodericks. Sei mir bitte nicht böse.«

Charlotte sah durchs Fenster hinaus auf den Fluß, wo sich gerade eine kleine Fähre ans andere Ufer kämpfte. »Nein, darum geht es nicht.«

»Worum dann? Irgend etwas stimmt doch nicht. Du solltest es mir besser sagen, bevor Craig auftaucht. Bist du unglücklich in eurer Ehe? Ich habe gehört, ihr wärt wie die Turteltauben ...«

»Das stimmt auch.« Charlotte verbarg ihr Gesicht und kramte nach einem Taschentuch, um die aufsteigenden Tränen abzuwischen. »Damit hat es nichts zu tun. Ada, Rupe ... er hat heute Geburtstag.«

»Mein Gott.«

Sie saßen schweigend da, bis sich Charlotte wieder gefaßt hatte.

»Nicht ein Wort?«

Sie schüttelte den Kopf. »Wir haben in aller Welt Erkundigungen eingezogen, weil er immer gesagt hatte, er wolle auf Reisen gehen. Nichts. Wir wissen nur, daß er sich einige Tage in Brisbane aufhielt, nachdem er Springfield verlassen hatte. Er besuchte diese frühere Gouvernante von Teddy, saß mit

Freunden in einer Bar zusammen und ist dann verschwunden. Seither haben wir nichts mehr von ihm gehört.«

»So wie ich Rupe kenne, ist er in Europa und lebt dort in Saus und Braus. Er wird irgendwann unangekündigt heimkommen, um dich zu überraschen. Du weißt doch, wie er ist.«

»Schön wär's, aber ich glaube nicht daran. Die Pastoral Company läuft übrigens gut, ich habe einen Trust auf Rupes Namen eingerichtet, in den jeder Penny seines jährlichen Gewinnanteils einbezahlt wird.«

»Gut, dann erwartet ihn bei seiner Heimkehr eine schöne Überraschung«, sagte Ada munter, um Charlotte von ihren trüben Gedanken abzulenken. »Dein verlorener Sohn wird aus allen Wolken fallen, wenn er erfährt, daß er zu einem reichen Mann geworden ist. Und reich wird er doch sein, oder nicht? Zumindest unsere eigenen Gewinne können sich sehen lassen, und die sind doch bestimmt mit denen von Springfield vergleichbar.«

Charlotte sah sie an. »Eines kann ich dir mit Sicherheit sagen, Ada. Ich kenne Rupe. Er würde wissen, daß hier Geld zu holen ist, und es nicht einfach jahrelang liegen lassen. Er kann nie genug davon haben.«

Sie sah auf ihre Hände nieder, die wie im Gebet gefaltet waren. »Nein, er ist tot. Das spüre ich. Auch seine Brüder wissen es, bemühen sich aber, mir gegenüber den Schein zu wahren.«

»Das tut mir unendlich leid, meine Liebe.«

Charlottes Stimme klang gequält. »Wie lange sollen wir noch so weitermachen? Wir haben nie eine Messe lesen lassen, nicht einmal einen Gedenkgottesdienst abgehalten. Er ist nicht zur letzten Ruhe gebettet worden.«

Ada, die jetzt auch den Tränen nahe war, wußte keinen Rat. »Charlotte, ich kann dir wirklich nicht helfen. Du solltest mit Craig darüber sprechen.«

Charlottes Mann wartete in seinem Zimmer auf Teddy Broderick, der jeden zweiten Samstag das Internat verlassen und mit seinen Großeltern in der Stadt essen durfte. Er freute sich jedesmal schon lange im voraus darauf. Teddy war ein hübscher, hochgewachsener Bursche mit den kräftigen Gesichtszügen der Brodericks und einem kupfernen Schimmer im Haar, über den sich Charlotte besonders freute. Ihre drei Söhne hatten das blonde Haar ihres Vaters geerbt, doch bei ihrem Enkel hatte sich ihre eigene Haarfarbe durchgesetzt.

Victor zog sie gern damit auf und erklärte, die Sonne von Springfield würde Teddy das Haar schon bleichen, wenn er erst wieder dort lebte, doch Charlotte war nicht zu überzeugen. Sie glaubte fest daran, daß das Rot mit der Zeit noch deutlicher hervorkäme, zumal Harrys Söhne ebenfalls blond waren. Inzwischen war es bei ihnen zu einer Art Familienwitz geworden.

Craig Winters lächelte. Seine Ehe mit Charlotte hatte ihm mehr Glück beschert, als er je glaubte zu verdienen. Selbst kinderlos, hatte er nun nicht nur eine wunderbare Frau, sondern eine ganze Familie mit dazu, die er wie seine eigene liebte.

Sein Sekretär klopfte und kündigte mit einem Seufzer an, daß ein Klient im Vorzimmer warte.

»Wer ist es denn? Ich erwarte für heute niemanden mehr.«

»Ein Kapitän Logan«, sagte der Sekretär mit hochgezogenen Augenbrauen. »Jedenfalls nennt er sich so.«

»Haben Sie ihm gesagt, daß ich heute nur halbtags geöffnet habe? Ich muß gleich weg.«

Ein stämmiger Mann in Seemannskleidung schob sich ins Zimmer und hinkte auf den Schreibtisch zu. »Ich will Sie nicht lange aufhalten, Sir. Ich möchte nur mein Testament machen, ein paar Zeilen. Kriegen Sie das hin, Mr. Winters, oder soll ich mir einen anderen Rechtsverdreher suchen?«

Craig starrte ihn an. Das Gesicht des alten Knaben verschwand beinahe hinter dem ungepflegten grauen Bart und den überlangen Koteletten. Auf dem Kopf saß eine schwarze Mütze, die er beim Eintreten nicht abgenommen hatte. Die Augen unter den buschigen Brauen wirkten hart.

Craig sah auf die Uhr. »Ich habe wirklich nicht viel Zeit.«

»Ich kann Sie bezahlen, wenn es das ist, was Ihnen Kopfzerbrechen macht. Ich will mir von Ihnen nur ein Testament aufsetzen lassen.«

»Es ist keine Frage des Geldes ...«

»Gut. Wir haben alle zu tun, Mr. Winters, ich mache es kurz.« Logan pflanzte sich auf einen Stuhl dem Schreibtisch gegenüber und rief nach draußen: »Komm her, Robbie, mein Junge. Du mußt mit dabei sein.«

Craig gab es auf. Es hatte keinen Sinn, diese Landplage wegschicken zu wollen. Erstaunt sah er den jungen Aborigine an, der zur Tür hereinspähte.

»Komm schon, komm schon«, forderte ihn Logan ungeduldig auf. »Setz dich hin. Der Herr hier hat nicht den ganzen Tag Zeit.«

Der junge Bursche trug die gleiche Kleidung wie Logan: schwarzes Wams, Latzhosen und Segeltuchschuhe. Er wirkte sauber und ordentlich. Zögerlich setzte der Anwalt sich hin und nahm einen Stift zur Hand.

»Sehr schön. Was genau kann ich für Sie tun?«

Der angebliche Kapitän verschwendete keine Zeit. »Gut. Schreiben Sie: Mein Name ist Kapitän Theo Logan.«

»Theobald?«

»Nein, nur Theo. Und das hier ist Robert Burns, mein Junge. Ich hab' ihn aufgezogen, er arbeitet auf meinem Boot. Vielleicht kennen Sie die *Marigold*?«

»Natürlich kenne ich sie.«

»Na, dann wissen Sie auch, wer ich bin.«

Craig nickte und schrieb. Nun konnte er sein Gegenüber

einordnen. Logan galt als Original und war entlang des gesamten Flusses wohlbekannt.

»Die Sache ist so. Ich komme langsam in die Jahre. Kann nicht mehr gut sehen, und die Pumpe will auch nicht mehr so recht. Also frag' ich mich, was aus der *Marigold* wird, wenn ich den Löffel abgebe. Robbie hier kennt das Boot und das Geschäft, hat schließlich auf dem Schiff gearbeitet, seit er so klein war. Schreiben Sie ein Testament, in dem ich ihm das Boot und alle weltlichen Güter hinterlasse. Geht das?«

»Ja. Ich brauche dazu nur Ihrer beider Anschrift.«

»Die haben Sie doch schon. *Marigold.* Wir leben beide an Bord. Er ist eine Waise, hat niemanden außer mir. Wenn ich abtrete, ist das Schiff sein Lebensunterhalt. Er kann sonst nichts.« Der Kapitän beugte sich vor. »Sie sehen mir wie ein ehrlicher Mann aus. Ich will, daß es eine absolut wasserdichte Sache wird, ist das klar? Keiner soll ihm sein Recht streitig machen können, bloß weil er schwarz ist. Gibt zu viele Schweine, die Schwarze übers Ohr hauen. Das soll ihm nicht passieren. Verstehen Sie mich?«

»Selbstverständlich.«

»Das wär's dann. Schreiben Sie es auf, dann sind Sie uns los.«

»Einen Moment, Kapitän. Ich kann dieses Dokument aufsetzen, aber es braucht ein wenig Zeit. Nächste Woche ist es fertig.«

»Ich wollte es aber jetzt. Ich habe das Geld dabei.«

Robbie stand auf und tippte Logan auf die Schulter. »Laß gut sein, Kapitän.« Mit einem selbstsicheren Grinsen wandte er sich an Craig. »Dieser Herr weiß, was zu tun ist. Er muß es so machen, wie es sich gehört.« Seine Stimme wurde sanft, als er Logan ansah. »Du wirst weder nächste Woche noch nächstes Jahr sterben. Den entscheidenden Schritt, an dem dir so viel lag, hast du nun getan, überlassen wir Mr. Winters alles Weitere.«

Der alte Mann erhob sich brummend. »Hoffentlich. Das hier darf nicht schiefgehen.«

»Ich werde mich darum kümmern, Kapitän Logan. Ich setze Ihr Testament auf, und nächste Woche können Sie es unterzeichnen.«

»Dann ist alles legal?«

»Auf mein Wort.«

»Gut. Hand drauf.« Craigs Hand verschwand in seiner schweren Pranke.

»Du auch, Robbie«, bellte Logan. »Schüttle ihm die Hand. Du hast jetzt einen Anwalt. Sieh zu, daß du alles Nötige unternimmst, wenn es soweit ist.« Er zwinkerte Craig zu. »Sonst schicke ich dir einen Teufel hinterher.«

Er bemerkte, daß Craig auf die Uhr sah, und sagte verärgert: »Den Wink können Sie sich sparen, Mister. Wir gehen ja schon!«

Der Anwalt stammelte eine Entschuldigung. »Nein, es tut mit leid, kein Grund zur Eile. Ich wollte nur sehen, wie spät es ist, weil ich meinen Enkel erwarte. Er müßte eigentlich schon da sein.« Er sprach gern von Teddy als seinem Enkel und sah plötzlich, daß er da mit Theo Logan etwas gemein hatte. Auch er war unverhofft zu einem Enkel gekommen. Also gab es doch einen Gott.

»Er müßte ungefähr so alt sein wie du, Robbie«, fügte er hinzu und erntete vom Kapitän ein anerkennendes Nicken.

Teddy schlenderte auf dem Weg zu Grandpa Winters' Kanzlei gemütlich die Queen Street entlang. Er war hinsichtlich dieser Samstagsausflüge immer ein wenig hin- und hergerissen. Charlotte und Craig waren ein nettes, altes Paar, nicht so steif und pompös wie Richter und Nana Walker, die ihn sonntags gelegentlich zu sich einluden. Glücklicherweise nicht allzu oft, wie er in Gedanken hinzufügte. Die Sonntagsnachmittagstees bei ihnen waren allein schon deshalb fürchterlich, weil er sich die Vorträge des Richters über die Sünden der heutigen Jugend anhören mußte. Außerdem war er geizig, mehr als drei Pence waren bei ihm nicht zu holen, während Grandpa Winters ihm immer zehn Shilling zusteckte. Nanny übrigens auch, dachte er grinsend.

Dennoch langweilte es ihn, sich jedesmal die gleichen Fragen gefallen lassen zu müssen, während sich die Jungs in der Schule beim Sport austoben durften. Andererseits gingen sie mit ihm in schicke Restaurants, wo er essen konnte, bis er platzte. In der Schule konnte er dann genüßlich jedes Fitzelchen, das er gegessen hatte, bis ins letzte Detail beschreiben und seine Freunde damit ärgern, vor allem die Desserts: Regenbogeneis, dreistöckige Schokoladentorten mit zentimeterdicker, auf der Zunge zergehender Glasur und Tonnen von Schlagsahne.

Dabei fiel ihm ein, daß er sich beeilen mußte. Er verließ das Geschäft, in dem er die allerneuesten Fahrräder bewundert hatte, und legte einen Schritt zu. Richter Walker ging wie selbstverständlich davon aus, daß er nach der Schule Jura studieren würde, auch Grandpa Winters sähe es gern. Sie hatten sogar seinen Vater bedrängt, ihm in diesem Sinne zuzureden, doch Victor war der Ansicht, er solle selbst entscheiden.

»Und ob«, sagte Teddy zu sich. Er ging jedem Streit mit dem zänkischen Richter wohlweislich aus dem Weg, denn die Zeit im Internat hatte ihn gelehrt, den Mund zu halten, um nicht in Schwierigkeiten zu geraten. In Richter Walkers Haus hatten Kinder ohnehin nur höflich zuzuhören und zu allem ja und amen zu sagen. Doch insgeheim schmiedete Teddy eigene Pläne. Sobald er die Schule beendet hätte, wollte er nach Springfield heimkehren. Er wußte, er gehörte dorthin, und war bereit, bei Null anzufangen und sich vom Viehhüter hochzuarbeiten.

Sein Vater würde zweifellos sehr glücklich darüber sein,

auch wenn er ihn nie gedrängt hatte, weil er selbst vom alten Grandpa Austin seinerzeit so unter Druck gesetzt worden war. Er vermied es sogar, mit ihm über seine Zukunft zu sprechen, was Teddy zunächst sehr enttäuscht hatte, bis Onkel Harry ihm die Zusammenhänge erklärte. Außerdem war Victor kein Mann großer Worte, neigte nicht zu langen Diskussionen und haßte Auseinandersetzungen. Er wollte für seinen Sohn einfach nur das Beste.

»Du sollst tun können, was *du* willst«, hatte Harry gesagt. »Aber natürlich liegt es ihm am Herzen, laß dich durch seine Schweigsamkeit nicht täuschen.«

Teddy mochte Onkel Harry gern; bei ihm gab es immer was zu lachen. Er bat den Schulleiter nie um Erlaubnis für einen Besuch, sondern tauchte einfach gelegentlich auf dem Schulhof auf, wenn er in der Stadt war. Dann brachte er eine Riesendose Karamelbonbons oder Kekse mit und steigerte damit noch die Beliebtheit seines Neffen bei seinen Kameraden.

Teddy registrierte es mit einem Grinsen.

Harry glaubte ebenfalls, daß Teddy nach Springfield gehörte und diesem Weg folgen sollte, wenigstens für ein paar Jahre. »Und was kommt danach?« hatte Teddy überrascht gefragt.

»Dann gehst du wieder zur Schule. In Victoria eröffnet demnächst eine landwirtschaftliche Fachschule, das Dookie-College. Heutzutage mußt du mehr über Schafzucht wissen, als irgendein Viehhüter dir beibringen kann. Arbeite ein paar Jahre in dem Beruf und lerne dann, wie man eine Farm richtig führt.«

»Warum kann ich nicht direkt von der Schule aus hingehen?«

»Weil du auf einer leeren Wiese sitzen würdest. Sie fangen gerade erst an zu bauen. Außerdem kann es nicht schaden, wenn du dir erst einmal ein paar praktische Kenntnisse aneignest. Du bist zwar auf Springfield aufgewachsen, weißt aber so gut wie gar nichts von der Arbeit auf einer Farm.«

Das also war sein Plan.

»Soll ich an meinen Vater schreiben und ihm davon berichten?« hatte er Harry gefragt.

»Ja, dann fühlt er sich besser und wird höllisch stolz auf dich sein. Aber du solltest dich mehr um die Schule kümmern. Wie ich höre, sind deine Zeugnisse höchstens mittelmäßig. Du wirst wie ein Trottel dastehen, wenn dich das Dookie-College nicht aufnimmt. Der Andrang wird groß sein, und sie nehmen sicher nur die Besten.«

Zur großen Überraschung seiner Lehrer entwickelte sich Teddy Broderick nach diesem Gespräch zu einem Büffler sondergleichen. Der Gedanke an die zahlreichen Abenteuer, die vor ihm lagen, beflügelte ihn dabei sehr, nicht zuletzt die Reise nach Victoria, dem Staat weit unten im Süden, wo er lernen würde, wie er seinem Vater am besten zur Seite stehen konnte.

Bobbo schob den Kapitän durchs Vorzimmer der Kanzlei. Er war traurig, schrecklich traurig. Sein beflissenes Lächeln war verschwunden, denn er hatte seine Rolle, die er auf wütende Anweisung des Kapitäns gespielt hatte, abgelegt. Eigentlich hatte er gar nicht herkommen wollen. Das Gerede über das Testament, den Todespakt, machte ihm angst. Es war, als fordere man das Schicksal heraus, als treibe man Scherze mit den Geistern, als gehe man über sein eigenes Grab und trotze den Elementen.

Sie hatten monatelang deswegen gestritten, bis der Kapitän erklärte, dann wolle er eben allein gehen, doch das konnte Bobbo nicht zulassen. So flink Logan sich an Bord auch bewegen mochte, in der Stadt mit ihrem gefährlichen Verkehr war er nicht sicher. Sein Sehvermögen ließ rasch nach. Wenn er nicht aufpaßte, würde er unter die Hufe der Pferde geraten.

Bobbo hatte mit befreundeten Stammpassagieren über das Leiden des Kapitäns gesprochen, und sie hatten ihm einige Ärzte empfohlen, doch Logan weigerte sich strikt, sie aufzusuchen. Er sagte, sein Augenlicht läge in der Hand Gottes und nicht in der irgendwelcher Kurpfuscher. Darauf wußte Bobbo keine Antwort, machte sich aber dennoch weiterhin Sorgen.

Obwohl er all die Jahre unter dem Namen Robbie gelebt und nie daran Anstoß genommen hatte, da er dem Kapitän das Recht zugestand, einen Namen für ihn auszusuchen, hielt er unverwandt an seiner Identität fest. Er bewahrte seinen wirklichen Namen wie einen Schatz, den er niemals preisgeben würde, zumal er die letzte zerbrechliche Verbindung zu seiner verlorenen Familie bedeutete. Er dachte selten an jenen Teil seines Lebens zurück, der wie ein bedrückender Traum für ihn war, nämlich der, in dem seine Mutter ertrank. Nicht in reißenden Fluten, sondern in ungefährlichen Gewässern. Dieser Punkt verwirrte ihn immer wieder aufs neue. Eines wußte er jedoch ganz genau: Immer wieder rief sie in diesem Traum seinen Namen und legte ihre ganze wunderbare, zärtliche Liebe hinein.

Mit der Zeit hatte er sich vom Kabinenjungen zum ersten Maat einer dreiköpfigen Mannschaft hochgearbeitet. Ihr derzeitiger Matrose war ein Chinese namens Willy Chong, der schon seit Jahren mit ihnen fuhr, da er fähig, klug und zuverlässig war. Und taub. Die Beleidigungen und Beschimpfungen des Kapitäns prallten an ihm ab. Auf seinem Gesicht stand immer ein leicht entrücktes Lächeln.

So waren sie mit der Zeit zu einer Familie geworden. Einer netten Familie mit Nähe und Abstand. Zu dritt lebten sie auf dem Boot. Der Kapitän war der unumstrittene Chef; von dem ungefähr zwanzigjährigen Willy war nichts zu erfahren über ihn selbst oder seine Vergangenheit. Trotz seines Alters sehnte sich Bobbo in geradezu kindlicher Weise nach einer Geborgenheit, die ihm die Männer nicht geben konnten, so sehr er sich auch bemühte, den sentimentalen Gedanken an eine

Heimkehr zu verdrängen. Hätte es ein Zuhause gegeben, hätte der Kapitän es zweifellos für ihn gefunden. Also blieb ihm nur der Name Bobbo, den er hütete wie einen Talisman. Er war sein Zwilling, sein Vertrauter, sein Freund.

Der Kapitän war so verdammt eigensinnig, daß er sich hartnäckig geweigert hatte, für den Weg in dieses schicke Anwaltsbüro einen Gehstock zu Hilfe zu nehmen. Also führte Bobbo ihn vorsichtig über den glatten Linoleumboden. In dem langen Flur kam ihnen ein hochgewachsener Junge entgegen, vermutlich Mr. Winters' Enkel. Mußte etwa in seinem Alter sein, war aber größer als er selbst. Größer und dünner. Bobbo war auf einmal stolz auf seinen harten, muskulösen Körper. Diesen Burschen hätte er in Sekundenschnelle zu Fall gebracht. Er bemerkte seine elegante Kleidung und sah ihn verächtlich an.

Aus Gewohnheit machten der Kapitän und Bobbo dem Jugendlichen Platz, der ihnen höflich zunickte und das Büro seines Großvaters betrat. Das gefiel Bobbo. Manche Leute schoben den Kapitän einfach beiseite.

Logan war bereits auf dem Weg zur Tür und stützte sich mit einer Hand an der Wand ab, doch Bobbo zögerte noch und folgte dem Jungen mit den Augen. Die Neugier trieb ihn dazu, einen Blick in eine andere Welt zu werfen, die Welt dieses wohlhabenden Schuljungen, dessen Großvater eine bedeutende Persönlichkeit zu sein schien. Ein Rechtsanwalt. Wie mochte es sich leben als Angehöriger der weißen Oberschicht?

Der hochnäsige Sekretär hatte ihn an die gemeinen Kerle in den schäbigen Hafenbüros erinnert, die ihn warten ließen und wie Dreck behandelten, weil er ein Abo war. Daran war er gewöhnt. Doch Mr. Winters' Sekretär hatte den Kapitän ebenfalls mit diesem eisigen, beleidigenden Blick bedacht, als habe er kein Recht, hier zu sein, und verschmutze die Luft oder den Boden.

Logan hatte es aufgrund seiner schlechten Augen nicht bemerkt, sonst wären sie binnen einer Minute wieder auf der

Straße gewesen. Oder er hätte dem höhnisch grinsenden Kerl den Hals umgedreht.

Bei diesem Gedanken hielt Bobbo inne. Er wollte nur hören, wie dieser gleichaltrige Junge empfangen wurde. Der Junge, der so elegant war und bestimmt die Macht besaß, jedes höhnische Grinsen verschwinden zu lassen, wenn ihm danach war. Er hoffte, der Sekretär möge den Jungen ebenso grob behandeln wie ihn, was er natürlich nicht tat.

Er hörte, wie ein Stuhl zurückgeschoben wurde, als der Sekretär aufstand und ihn in kriecherischem Ton begrüßte. Seine Stimme klang schrill.

»Oh, guten Morgen! Verzeihen Sie, ich meine guten Tag, es ist schon nach zwölf. Guten Tag, Master Broderick. Kommen Sie herein, Ihr Großvater erwartet Sie bereits. Treten Sie bitte ein ...«

Die Stimme verstummte, doch Bobbo stand stocksteif da. Irgend etwas kam ihm vertraut vor. Am liebsten wäre er hineingegangen, um einem verschwommenen Klang, einem unbestimmten Gefühl zu folgen. Es hatte mit diesem Jungen zu tun, vielleicht mit seinem Namen. Was war es nur? Er konnte nicht vor noch zurück. Seine Füßen waren wie angewurzelt. Er mußte unbedingt diesem reichen Jungen folgen, ihn festhalten, ihn bitten mit ihm zu sprechen! Seine Gedanken wirbelten durcheinander wie eine Spirale, in deren Zentrum der Junge stand. Er kannte ihn, da war er ganz sicher! Sein Lächeln hatte echt gewirkt, sanft und freundlich. Er kannte es von irgendwoher.

»Willst du den ganzen Tag da stehenbleiben?« bellte der Kapitän vom Ende des Flurs und brach damit den Zauber.

Bobbo tauchte ein wenig aus seiner Versunkenheit auf. Wie war er nur auf die Idee gekommen, er könnte einen so eleganten Jungen kennen? Doch der Name hatte wie ein Signal gewirkt, das ihn in eine ferne Vergangenheit stieß, hin zu diesem Jungen, der so alt sein mochte wie er selbst. Wie gebannt bewegte er sich auf die Tür zu, hörte, wie der Junge von seinem Großvater begrüßt wurde ... hörte plötzlich Lachen und Scherze, roch warmes Brot in einer Küche, war umgeben von Frauen, atmete Staub ein, den allgegenwärtigen Staub, sah das glückliche Spiel am Flußufer, das Seil, mit dem sie sich übers Wasser geschwungen hatten ...

»Was ist los mit dir?« rief der Kapitän, dessen gebeugte Silhouette sich vor der Eingangstür abzeichnete. Der Augenblick der Erinnerung glitt davon.

Bobbo schüttelte die nostalgische Stimmung ab und fragte sich, was sie ausgelöst haben mochte. Die Tatsache, daß der Junge einem alten Mann und einem Schwarzen höflich begegnet war, machte ihn noch lange nicht zu einem Freund; er hatte Bobbo gar nicht richtig wahrgenommen. Dennoch, es war eine ungewöhnliche Begegnung gewesen, die er dem Kapitän gegenüber niemals erwähnen würde.

»Wie lange soll ich denn noch warten?« brüllte Logan jetzt wütend.

Bobbo zuckte die Achseln. »Ich komme schon.«

Teddy Broderick öffnete die Tür, um nach der Quelle des Lärms zu sehen, doch er bemerkte nur, wie der schwarze Junge den Flur entlanglief. Eine Sekunde lang empfand auch er ein Gefühl von Nostalgie. Als er sehr klein gewesen war, hatte er mit schwarzen Kindern gespielt, die immer noch einen besonderen Platz in seinem Herzen einnahmen.

Dann wandte er sich wieder seinem Großvater zu, der darauf drängte, Nanny nicht zu lange warten zu lassen.

Als Teddy kurz darauf noch einmal auf den Flur hinausschaute, waren der alte Mann und der junge Schwarze verschwunden.

»Eine Geschichte zum Mitleiden, zum Schwelgen und Hoffen!«

NEUE PRESSE, HANNOVER

Tamara McKinley
DAS VERSPRECHEN
DES OPALS
Roman
416 Seiten
ISBN 978-3-404-15456-2

Ein schwarzer Opal, der ihr aus einer alten Spieldose entgegenpurzelt, weckt bei Miriam Strong eine Flut von Erinnerungen. Wehmütig denkt sie zurück an das abenteuerliche Leben, das sie mit ihrem Vater führte, der als Opalsucher durch Australien zog. Bis er eines Tages nicht aus seiner Mine zurückkehrte und die kleine Miriam allein in der Wildnis zurückblieb – ebenso wie die Frau, die er liebte ... Von den Pioniertagen des roten Kontinents in die Gegenwart und von Irland nach Australien führt Tamara McKinley ihre Leser in dieser fesselnden Geschichte – und schenkt ihnen erneut ein wunderschönes Buch über die Macht der Liebe und den Zusammenhalt der Familie.

Bastei Lübbe Taschenbuch

Der Zauber der Kindheit und die Kraft der Liebe – eine Reise zum Mittelpunkt des Herzens

Tamara McKinley
DAS LIED DES
REGENPFEIFERS
Roman
432 Seiten
ISBN 978-3-404-15594-1

Olivia lauschte dem Lied des Regenpfeifers. Hier war sie zu Hause, ungeachtet der schmerzhaften Erinnerungen und der Geheimnisse, die sie aufzudecken hatte. Wie die Bäume war auch sie in dieser Erde verwurzelt. Sie betete nur, dass die Wurzeln tief genug reichten, um dem drohenden Sturm standzuhalten.

Die junge Olivia Hamilton muss vielen Stürmen trotzen, bis sie in Australien ein neues Leben findet und endlich erkennt: Was zählt, ist die Liebe und dass man fähig ist, sie weiterzuschenken ...

Tamara McKinley verzaubert ihre Leser einmal mehr mit den Düften und Farben des roten Kontinents und schickt sie auf eine abenteuerliche Reise – zum Mittelpunkt des Herzens.

Bastei Lübbe Taschenbuch